若者のための社会学

希望の足場をかける

豊泉周治＝著

toyoizumi shuji

発行＝はるか書房　発売＝星雲社

若者のための社会学◉希望の足場をかける

【目次】

第1章 「若者の現在」への視点——イノセンスとノン・モラル

第1章

「若者の現在」への視点——イノセンスとノン・モラル

1 若者のノン・モラル？

「希望は、戦争」の読まれ方

「三一歳フリーター。希望は、戦争。」──そんな挑発的なサブタイトルの小論が二〇〇七年の一月、雑誌『論座』に掲載され大きな反響を呼んだ。赤木智弘の論文「『丸山眞男』をひっぱたきたい」である。「三一歳フリーター」を自称する赤木は、この論文において、流動性のない今の「平和な社会」がポストバブル世代にバブル崩壊後の不利益を一方的に押しつけ、若者から一人前の人間として生きる尊厳を奪ってきたとして、「希望は、戦争」と論じた。

「我々が低賃金労働者として社会に放り出されてから、もう一〇年以上たった。それなのに社会は我々に何も救いの手を差し出さないどころか、GDPを押し下げるだの、やる気がないだのと、罵倒を続けている。平和が続けばこのような不平等が一生続くのだ。そうした閉塞状態を打破し、流動性を生み出してくれるかもしれない何か──。その可能性のひとつが、戦争である。」

（『論座』二〇〇七年一月号）

太平洋戦争の末期、後に戦後民主主義の思想的リーダーとなった丸山眞男は、帝大助教授の職にありながら徴兵され、戦場では二等兵としてイジメ抜かれたという。「戦争が起きれば社会は流動化する」。その逸話を引いて赤木は、「一方的にイジメ抜かれる私たちにとっての戦争とは、現状をひっくり返して、『丸山眞男』の横っ面をひっぱたけるかもしれないという、まさに希望の光なのだ」と言うのである。

いかにも挑発的な主張だが、私は、社会的排除に脅かされる若者がナショナリズムに反転する可能性を、当の若者自身が自分の心情に即して語りきっていることに衝撃を覚えた。赤木が一貫して糾弾しているのは、弱者の若者から人間としての尊厳を奪い、さらに「自己責任」だと追い打ちをかけて格差を固定化し、格差に安住しようとする「平和な社会」のありようである。萱野稔人が後にコメントしているように、赤木が本当に望んでいるのは「戦争」でも「革命」でもなく、なにより人間としての尊厳の回復であり、アイデンティティの要求なのである（萱野「『承認格差』を生きる若者たち」）。もしそのために社会が動こうとしないのであれば、戦争による社会の流動化さえも若者は希望する。戦争になれば、固定した格差のもとで社会から排除されてきた若者も国家の一員として迎えられ、たとえ戦場で命を落としても人としての尊厳は回復される、と赤木は論じたのである。

今どきの若者の浅はかな暴論と読むべきだろうか。『論座』同年四月号に掲載された佐高信ら著名な知識人たちの「応答」は、基本的にそのような読み方であった。一様に「希望は、戦争」という発言の「ノン・モラル」（道徳観の欠如）を厳しく批判して、頭を冷やして考え直せ、自分から立ち上がって闘えと、ある者は叱りつけるように（佐高信「自分の横っ面をひっぱたくことだ」）、ある者は諭すように（奥原紀晴「絶望している場合ではありません」）、「戦争待望の妄言」（斎藤貴男）を批判した。

いずれの批判も、一人の若者の「戦争」への思い違いを正そうとする真剣な応答ではあるが、赤木が「戦争」の言辞で投げかけたアイデンティティの要求を十分に汲み取っているとは言いがたい。「国民全員が苦しむ平等を」といった「妄言」はいかにも粗雑な議論だが、一方、若者のアイデンティティの危機と絶望が実際に暴力と戦争に道を開いてきた歴史の教訓を軽視すべきではなかろう。この間、「ぷちナショナリズム」（香山リカ）と見られてきた若者の「右傾化」は、実は深刻な社会変化にさらされた若者の精神の危機に根ざしていたのである。ところが、ここで赤木の投げた渾身の曲球は、まともすぎるほど正直にはじき返されてしまい、結局、その狙いが正面から受け止められることはなかった。

「なぜ人を殺してはいけないのか」という問い

赤木論文をめぐるやりとりを見て、私が即座に思い出したのは、一〇余年前、「なぜ人を殺してはいけないのか」という若者の問いかけをめぐって交わされた議論である。神戸連続児童殺傷事件の容疑者として一四歳の少年が逮捕され、世間が騒然としていた一九九七年の夏のこと、あるテレビニュースの討論番組で、一人の若者が不意に「なぜ人を殺してはいけないのか」と出席者に問いかけた。とっさのことに、同席していた知識人たちもその場でうまく応答することができず、その事態が大きく取りざたされて、その後、さまざまなメディアでこの問いかけをめぐる議論が続いたのである。

なかでも大江健三郎の一文が目を引いた。大江は後日、この件にふれて、「この質問に問題があると思う。まともな子供なら、そういう問いかけを恥じるものだ」と断じた。「なぜなら、性格の良し悪しとか、頭の鋭さとかは無関係に、子どもは幼いなりに固有の誇りを持っているから。……人を殺さないということ自体に意味がある。どうしてと問うのは、その直観にさからう無意味な行為で、誇りのある人間のすることじゃないと子どもは思っているだろう」、と述べたのである（『朝日新聞』一九九七年一一月三〇日）。

戦後民主主義者を自認する大江によって、この問いを発した若者は「まともな子供」ではなく「誇りのある人間」でもないとされ、問いかけ自体が否定され、封じられたかたちである。大江のこの発言に対する批判もあったが、一般には、若者の「とんでもない」発言に対する驚きと非難が広がった。神戸の事件後も、少年による殺傷事件が相次いで報じられ、「キレる若者」や「普通の子」の犯罪が注目の的になり、その後も若者のノン・モラルを非難する声は大きくなるばかりであった。「ユースフォビア（青少年恐怖症）」（中西新太郎）と呼ばれるような気分が、この頃から社会全体に醸成されたことは間違いない。その気分は、一〇年を経て、赤木論文を読む者のなかにも続いているように思われる。上記の知識人たちの応答にも感じられるが、そこでは、「希望は、戦争」と唱える赤木は「まともな」若者ではなく、「誇りのある人間」でもないということになろう。だが、赤木が告発しているのは、赤木のような弱者の若者に「誇りある人間」として生きることを許さない社会の現実の方なのである。

「なぜ人を殺してはいけないのか」――。難問のようだが、実は人間社会の存立という点から考えるなら、理由ははっきりしているとも言える。もしそうでなければ人間の社会そのものが成り立たないからである。そのことは逆に「殺してもよい」理由を考えてみればわかる。死刑制度にせよ、戦争にせよ、仮にもそれらは国家権力の行使によって社会の存続を図ろうとするものだ。したがって、「なぜ……」という若者の問いかけは、本人の意図がどうであったにせよ、みずからの生きる社会の存立を直観できない、あるいは社会の存立を受け入れられない生きがたさを、暗黙のうちに社会に投げかけたことになる。大江が当然のように語る「誇り」は、今の社会を生きる若者にとって、容易には獲得しがたいものなのである。だから、その発言をモラルを欠いた一人の若者の逸脱として切り捨てないかぎり、その問いかけは私たちの社会の根源的な危機を射抜く言葉となって、私たち自身にはね返ってくることになる。同席した知識人たちが応答につまったのも、実はこの根源的な危機の根深さによるであろう。そして一〇年後、若者の危機がいっそう深まるなかで、赤木はその問いかけを反転させるようにして、「希望は、戦争」と訴えたのである。

「若者を見殺しにする国」

赤木自身も、上記の論文を収めた著書『若者を見殺しにする国』のなかで、この一〇年前の若者の問いかけについて言及し、「設問自体がまちがい。この国に『人を殺してはいけない』なんていうルールはない」と述べている。もとより直接的に「人の手」によってではなく、「経済的に」見殺しにする、という意味だが、赤木は、安定した労働を与えられず、家族を持てない自分の境遇を「見殺しにされている」と自覚したとき、その答えはあっさりと見つけられたと言う。赤木からすれば、この国はバブル崩壊の不利益を若者に押しつけ、まぎれもなく若者を経済的に見殺しにして、バブル後の不況を乗り越えてきたのである。

「若者を見殺しにする国」——これもまた辛辣なタイトルだが、それがたんなるレトリックの問題ではすまないことを、近年、私たちは「ネットカフェ難民」や「ワーキングプア」という言葉とともに、非正規雇用に就く若者の過酷な生活実態をとおして知らされてきた。「生きさせろ!」と訴えて、「難民化する若者たち」の運動をリードしようとする雨宮処凛の目立った活躍もある。この間に拡大した「格差」と「貧困」の一つの焦点が若年世代であることはすでに指摘されてきたが、その現実を、若者自身の側から「見殺し」と言い返したところに、格差・貧困問題の再認識を迫る迫力がこの言葉にはある。

赤木は、「安定労働層」と「貧困労働層」との間に、「家族を持つ人間」と「持てない人間」との間に、そして「強者の女性」と「弱者の男性」との間に決定的な対立軸を持ち込み、前者の人びとの擁護する「私たち」の「平和」こそが若者を見殺しにするものだと言う。たしかに、赤木の立論に見当違いを指摘することはたやすい。若者の貧困化が一九九〇年代以降における日本の経済・社会の「構造改革」の結果であり、それにともなう非正規雇用の拡大(雇用の不安定化)や社会保障の脆弱化に起因することは、近年、広く知られるようになった。そうした構造の変化は若者を直撃しただけでなく、安定労働層の基盤を奪い、家族を空洞化させ、女性にいっそうの困難をしわ寄せしてきたのである。赤木の主張に対して本当に批判すべき相手を見誤っていると言うなら、なるほどそのとおりである。

だが、そうした構造変化を承知のうえでムキになって対立をつくり出す赤木の論じ方にも、注目すべき理由がないわけではない。そこでは、「格差」と「貧困」の問題が、「社会的排除」の問題として、痛烈に意識化されているからである。赤木の言う「私たち」とは、社会の「内」に包摂される人びとであり、それに対して「外」に排除される人びとを分かつのが、安定雇用であり、家族形成であり、社会的承認（性別分業下での）なのである。「主婦になれるから」と、女性弱者をフリーター男性弱者より強者と見る議論が正しいわけではないが、「内」の主婦に対して、男性フリーターを「外」に排除する特有の次元がこの国にあることは認めてよいであろう。そうした排除の揺るがしがたさこそ、すでに述べたように、いかに欺瞞的であれ、国家のために戦う兵士として男たちが承認される「戦争」へと、赤木の議論を向かわせるものなのである。

赤木が「戦争への意思は単なる脅しやレトリックではない」と述べていることを、軽く見るべきではないだろう。堤未果が報告しているように、現に「貧困大国アメリカ」では、社会的排除からの「出口をふさがれた若者たち」が「一人の人間として最低限の生活を送るための、最も確実な選択肢」として、イラクの戦場に行く道を選ばされた。「若者を見殺しにする国」は、そこでは実際に若者を戦場に向かわせ、再び戦場で若者を見殺しにするのである。しかもそれはたんに海の向こうの話では終わらない。同書には、州兵としてイラク戦争を戦った一人の日本人の若者が登場する。日本の平和憲法について問われて、その若者は、まるで赤木と示し合わせたかのように、次のように答えている。

「苦しい生活のために数少ない選択肢の一つである戦争を選んだ僕は人間としてそんなに失格ですか？　たまたま九条を持つ日本に生まれたからといって、それを踏みにじったとなぜ責められなければいけないんでしょう？　……狂っているのはそんな風に追いつめる社会の仕組みの方です。僕が米兵の一人として失ういのちと、日本で毎年三万人が自ら捨てるいのちと、どちらが重いなんて誰に言えるんですか？」（堤『ルポ　貧困大国アメリカ』一八七頁）

2　若者のイノセンス

「自己責任」という線引き

米兵として戦った上記の若者の言葉を聴くとき、若者のノン・モラルをたんに責めてすむような次元ではまったくないところにまで、今日の事態が進んでいることに気づかされる。日米の状況は異なるが、「若者を見殺しにする国」の過酷な実態が変わらないかぎり、「希望は、戦争」というノン・モラルを許しがたい「妄言」として一喝しても、「戦争」へと誘われる若者の心情は変わらないと見るべきであろう。堤は、改憲の動きに反対する「九条の会」の運動の広がりを紹介しつつも、「だが、九条が変えられるのを待たずとも、社会から切り捨てられた日本人たちは黙って戦場へと向かうだろう」と述べている。「九条」擁護論を「堕落」だと批判する赤木の苛立ちも、堤の指摘からすれば、まったく理解できないわけではない。赤木はそこに、若者を見殺しにしつつ、「内」にいる「私たち」の「現状の平和」を守ろうとする運動を見るのである。もとよりそれは運動の曲解というものだが、ここでは、赤木の批判の矛先が本当は何に向けられているのかを、軽率に見える議論の展開のなかから見きわめることに関心がある。

赤木は、自分の論文に向けられた知識人たちの「応答」に対して、「けっきょく、『自己責任』ですか」と反論している。「外」を締め出す「私たち」の「内」からの線引きについて、「自己責任」の論理が常に引き合いに出されてきたことを、赤木はくり返し指摘している。現代の構造的な社会的排除が自己責任イデオロギーによって「内」から強力に正当化されているという主張は、重要な指摘である。実際、高橋源一郎によれば、大学の授業で学生たちに赤木論文を読ませたところ、六割が激しい嫌悪感を示し、「努力しろ」「他人のせいにしている」「資格をとる勉強をしろ」と、赤木の主張に対して自己責任論をもって応じたという（高橋「世界は間違っている。それでも明日のことを考えましょう。」）。同様の口調は、「口先だけで責任転嫁する前に、まずおのれが動く」（若山孝二）といった先の知識人たちの「応答」からも聞くことができる。赤木からすれば、このような「内」からの線引きに無自覚なままに、戦後民主主義を仰いで「現状の平和」を守ろうとする左派の議論は、結局のところ、自己責任論と同じ立場に立って貧困労働層の社会的排除に加担し、若者の「見殺し」に加担しているというのである。

戦前の国家主義を批判して「無責任の体系」と論じた丸山の思想は、戦後の平和と民主主義のシンボルとなった。だが、その思想は、この間の新自由主義による構造改革と「自己責任」の要求に対して、抵抗の原理となることはなかった。戦後思想において強調された人間の自由や主体性は、現代の新自由主義が掲げる自由や主体性に対して、どのようにして対抗の原理となりうるのか。戦後民主主義は今日、「現状の平和」のもとで拡大している不安定労働層の不利益を無自覚のままに肯定しており、「平和・不平等」の思想に変質していると、赤木は述べる。いまや「自己責任」や「主体性」の要求こそが、若者の社会的排除を「内」から正当化し、さらに排除された若者自身によって内面化されて、若者のアイデンティティを内面から引き裂く当のものなのである。

『丸山眞男』をひっぱたきたい」という論文タイトルは、たんに挑発的なレトリックなのではなく、戦後民主主義に対する赤木の根本的な懐疑を表明していたことがわかる。ぶしつけに「ひっぱたきたい」と断じただけとはいえ、自己責任論を内面化し沈黙を強いられてきた若者が、ここで一点を突破していることは確かである。米兵となった先の若者は、「狂っているのはそんな風に追いつめる社会の仕組みの方です」と述べた。「戦争」というノン・モラルを持ち出して赤木が主張していることも、その点では同じである。「自己責任」を強要して若者を「見殺し」にするこの社会に対して、要するに「自分には責任がない」(イノセンス)、というのである。

イノセンスという視点

「ノン・モラル」ではなく、「イノセンス」という視点から、戦争や殺人さえもタブーではなくなった若者の精神の問題を、そして若者を格差・貧困の犠牲にする社会の問題を、考えてみたい。ふり返ってみれば、ここ一〇年あまりの若者論の主流は、圧倒的に「モラル」や「心」の問題として若者問題を解釈し、批判する類の言説であった。それらの多くは、ほとんど社会の仕組みにふれることなく、問題の原因を若者自身のモラルや心に、あるいは若者の家族関係に求め、結局、新自由主義の自己責任論に合流するものであった。実際、自己責任イデオロギーはこの間、巨大な奔流となって、戦後思想を根こそぎにして飲み込むほどの猛威を振るってきたのである。その奔流に向かって赤木は、「自分には責任がない」と主張した。芹沢俊介の議論を援用すれば、そこには「イノセンス」という立ち位置がある。

「イノセンス」とはどういうことか。その言葉は、ここ二〇年にわたる芹沢の子ども論のキーワードであり、「子どもは根源的にイノセンスである」という基本認識から出発する。英和辞典で「イノセンス」を引くと、「無罪、潔白、無邪気、無垢、……」などとあるが、芹沢はいわばその言葉の存在論的意味を突きつめて、カタカナ書きにして独自の意味で用いている。芹沢によれば、イノセンスとは、この世に生まれた子どもの「根源的受動性」であり（I was born と受動態の表現をとるように）、それゆえに「自分には責任がない」「このままのかたちでは現実を引き受けられない」という心的場所（心のあり方）であるという。たとえば、誰にも覚えがあるように、親から厳しく叱責されて、思わず「誰が産んでくれって頼んだよ」と言い返すとき、それがイノセンスの表出である。したがって成熟して大人になることは、子どもがイノセンスをみずから解体し、「自分には責任がある」と世界を引き受けること、自分を構成する世界を肯定して選び直してゆくことだと、芹沢は言う。そのためにイノセンスは子どもによって表出され、その後に親＝大人によって肯定的に受け止められる必要がある。子どもは自分が肯定されていると感じることで、はじめてイノセンスを解体し、世界を引き受けることができる、というのである（芹沢『現代〈子ども〉暴力論』）。

芹沢の子ども論＝イノセンス論は、〈子ども〉暴力論である。芹沢によれば、今日、暴力の形態をとって噴出している多くの子ども問題は、イノセンスの解体、つまり世界を肯定し選び直すことに失敗した子どもたちによるイノセンスの表出、「このままのかたちでは現実を引き受けられない」というメッセージだという。たとえば、拒食症や過食症は自身の身体と性の選び直しに失敗した子どもたちの自分自身に対する暴力（自傷行為）であり、家庭内暴力は親の選び直しに失敗した子どもたちの親に対する暴力である。芹沢は、「子どもは根源的にイノセンスであるゆえに、それから自己を解放するためにあらゆる暴力、あらゆる悪を行うことが可能性として許されている存在である」とも言う。もとよりイノセンス論の趣旨は、子どもの暴力を肯定して免罪しようというのではなく、この時代における「暴力の発生を問うこと」、そして「暴力から自由になる道筋」を突きつめることである。芹沢によれば、「そうでないかぎり暴力の契機はいつまでたっても残されたまま」だからである（同書）。

芹沢のイノセンス論は、直接には、一九八〇年代以降に注目されるようになった家庭内暴力、拒食・過食症、校内暴力、不登校などを対象とする〈子ども〉暴力論であり、なかでも教育家族化した現代家族における「暴力の発生」を焦点とするものであった。「子供たちの復讐」（本多勝一）に脅える社会に対して、芹沢の議論は、発表の当時（一九八九年）から、子どもの暴力の根源的な意味を解明するものとして、貴重な手がかりを与えるものとなった。近年の子どもたちによる「暴力の発生」を見れば、そこで説かれた「暴力の契機」は依然として残されたままであり、むしろいっそう広範に強化されてきたことがわかる。二〇年近くも前に芹沢が教育家族のなかに鋭く察知したその問題は、今では暴力を直接に抱えた〈子ども／家族〉の問題であるばかりでなく、有形無形の「生きづらさ」を抱えた〈若者／社会〉の問題にまで地続きに広がっているように思える。

今日、子どもと若者そして大人の境界は不分明になり、「大人になる」道筋はますます見えにくく困難になっている。そのなかで「自己責任」を強要される若者たちは、容易に社会を引き受けられない、あるいは社会に受け入れられない苦悩にさらされており、そのことが若者の暴力の発生の契機となっているように思える。親の選び直しに失敗した子どものイノセンスが親への暴力となって表出されるように、社会の選び直しに失敗した、あるいは失敗を余儀なくされた若者のイノセンスは、社会を破壊する暴力の契機を懐胎するものとなる。赤木は、現代の若者のそうしたイノセンスの様相を、「希望は、戦争」と表明したのである。

若者の無力性と擬似イノセンス

芹沢が独自のイノセンス論を着想するきっかけとなったのは、「無力性が暴力の起源である」とした心理学者ロロ・メイのイノセンス論（『わが内なる暴力』）であった。ただし、子どもの暴力の発生を追究した芹沢の議論とは異なり、メイのイノセンス論は、ベトナム戦争の当時、「アメリカという国における『狂気』と暴力の種子」を、臨床心理的に解明することを意図するものであった。

「歴史的に見た今日の時点でアメリカにとってとくに問題になるのは、個人的な意味感覚の喪失が拡がりつつあることであり、内奥でインポテンツ（無能力——引用者）と感ぜられている喪失感である。われわれをとり巻く暴力以上に悲劇的な今日の状況というものは、きわめて多数の人間が、自分は権力を持っていないし、また持ち得ないと思っていることであり、主張すべき何ものも残されておらず、したがって、暴力的な爆発を除いて何ら解決法がないということである。」（メイ『わが内なる暴力』二八〜二九頁）

「暴力は、力の過剰から生まれてくるのではなく、無力性（powerlessness）のゆえに生まれてくる」。メイは、無力性に固着し、「無力さを見かけ上の美徳とすることによって、自分の無力感に立ち向かうという方法」、「個人の側で意識的に自分の力を剝奪してしまうこと」を、子どもや聖人の真のイノセンスと区別して「擬似イノセンス」と呼び、そこにアメリカにおける暴力の種子を見いだした。すなわち、「アメリカにおける擬似イノセンスの歴史は、国の歴史とともに古い」。ピューリタンによるアメリカ建国以来、イノセントなユートピア主義は、インディアン撲滅のような計り知れない暴力と共存してきた。メイはその歴史に擬似イノセンスの歴史を認め、その歴史がみずからの時代の戦争と暴力にまで引き続いているとしたのである（同書）。

一方、芹沢は、イノセンスの概念を借用しつつも、メイは「イノセンスの生まれてくる根源」を尋ねていないとして、その根源を、子どもの出生という根源的受動性（その無力性）に求め、〈子ども／家族〉問題における「暴力の契機」を鋭く追究した。それだけに芹沢の議論では、家族領域ないし親密圏が焦点となり（芹沢『家族という暴力』）、もともとメイが追究した戦争のようなマクロな暴力の問題は視野から遠ざかった。しかし、〈若者／社会〉問題が、戦争さえも含めて「暴力の契機」として顕在化してきた今日、メイのイノセンス論は現代日本の〈若者／社会〉問題の解明に向けて、再び参照されてよいであろう。教育家族のなかで表明もされず解体もされなかった子ども時代のイノセンスは、「自己責任」を迫る今日の社会のなかで若者の無力性をいっそう募らせ、若者はそれに対して、みずからの無力性に固着することによって、無力性に立ち向かっているのではないか。「希望は、戦争」とは、なるほど若者の「擬似イノセンス」の表明であり、自分の無力性に閉じこもって、社会に立ち向かうものと見ることができる。そして、もし社会が若者の無力性を解くことができないなら、赤木が警鐘を鳴らすように、あるいは二〇〇八年の秋葉原事件が彷彿させるように、「暴力的な爆発」が待ち構えているのである。

今、日本の若者に無力性の感覚が広まっていることは間違いないと思われる。たとえば、ここ一〇数年の間に広く知られるようになった、若い世代における「引きこもり」の増加がある。無力性の表明は、ここでも「このままのかたちでは現実を引き受けられない」という、イノセンスのメッセージなのである。今では一〇代から四〇代まで、数十万人とも一〇〇万人以上とも推計される「引きこもる」人びとの増加は、芹沢の言う教育家族のなかでイノセンスを解体できず、実際に社会を引き受けることができなかった若い世代がずっと続いてきたことを示している。同様の無力性の感覚は、程度の差はあれ、ニートと呼ばれる若者にも、フリーターと呼ばれる若者にも、さらには若い世代一般にも、無縁ではなかろう。第5章で詳しくふれるが、ある調査によれば、「自分はダメな人間だと思う」かという質問に、実に日本の高校生の六五・八％が「とてもそう思う」「まあそう思う」と答えている。今の高校生にとって、むしろ無力性が普通の感覚なのである。

このような無力性の感覚、「幼いころの態度の永続化としてのイノセンス」の問題を、メイは一世代以上も前のアメリカ社会を目の当たりにして論じたのだが、それはまさしく現代日本の若者の姿に符号するように思える。教育学者の太田政男の指摘によれば（太田「青年の自立と社会参加」）、イタリアの衣料メーカー「ベネトン」は、一九九九年の広告ポスターに原宿に集う日本の若者たちを登場させた。当時、写真家オリビエーロ・トスカーニを起用したベネトンのポスターは、自社製品ではなく、戦争や人種差別などの国際的な課題を取り上げて注目されていたのだが、いったいなぜ、日本の若者だったのか。トスカーニには、原宿の若者たちは世界一おしゃれで清潔、暴力とも無縁で、まるで天使のように見えたという。ところが、一人ひとりインタビューをしても誰ひとりとして政治や社会について語らなかったという。「日本の現実を無意識に拒絶する彼らは、実は悲劇の天使なのではないか」、「貧困や暴力にもまして我々が今後直面する悲劇の前触れなのではないか」と、トスカーニは語った（『朝日新聞』一九九八年一〇月三日夕刊）。この写真家の目に映ったのは、天使のように無邪気な日本の若者の衝撃的なまでのイノセンスだったのである。

3　イノセンスを収奪する社会

「負債」としての自己

若者のノン・モラルをイノセンスの視点から考える本書の着想は、『敗戦後論』を書いた加藤典洋の議論を参考にしている。論文「敗戦後論」がきっかけとなった戦争責任をめぐる論争のなかで、戦争責任を「記憶せよ」と迫った高橋哲也の議論に対して、加藤は、戦後生まれのはるかに若い世代が「いや、オレは関係ない」と言う「ノン・モラル」の権利について、芹沢のイノセンス論を手がかりに考えていた。「ノン・モラル」は権利を持つ。「この『自分にはそんなことは引き受けられない』という権利がなければ、『自分はこれを引き受ける』という行為の白紙性が、逆にわたし達から奪われるのではないだろうか」（加藤『敗戦後論』一〇八頁）。加藤はこのように述べて、若者のノン・モラルの起点にイノセンスという立ち位置を認め、「自由な主体的行為の基底」を確認しようとしていた。

加藤によれば、イノセンス（無罪）の反対は有罪であり、罪の原義は負債であるという。つまり、「人間にイノセンスを認める考え方とそれを認めない考え方の違いは、生まれた時、負債なしか、負債ありか、ということになる。ここに対立する二つの考え方の根がある」（加藤『戦後を戦後以後、考える』四二頁）。戦争責任を「記憶せよ」と迫る高橋は「負債あり」の考え方である。だが、そこを起点にしてしまうと、もはや若者は責任を引き受ける主体としてみずからを立ち上げることができない。問題は戦争責任について考える手前にあり、若者にとって「世界を引き受ける」とはどういうことか、そこから問題を考えなければいけないと、加藤は主張したのである。

「生まれた時、負債なしか、負債ありか」——今の日本で考えるなら、たしかに「負債あり」と言わざるをえない状況がある。かつて子どもは「生まれる（be born）」もの、「授かる」ものだったが、久しく以前から子どもは「産む」もの、「生を与える（give birth to）」ものになった。少子化が常態化し、各種の生殖技術が発達した今、受胎調節に始まり、人工授精や体外授精、胎児診断や男女産み分けなど、何段階もの「産む」選択と決断を経て、子どもに命が「授けられる」。その点で、子どもは根源的に生を贈与され、それゆえ「負債」を負う存在になったと言える。そして今日、芹沢が強調しているように、なによりも教育家族化が「負債」の最大の要因なのである。

「教育家族」というのは、子どもの「就学の成功」、子どもの「高学歴化」が最大の関心事となった家族のことである。芹沢によれば、一九六〇年代後半以降の日本で急速に拡大し、今では「ほぼ一〇〇％近くが教育家族だ」と言われるほどに、それはいかにもありふれた家族の情景となった。ところがそのありふれた現実が、たとえば子どもの誕生と同時に「学資保険」がかけられるように、文字どおり「負債」となって子どもに重くのしかかっているのである。実際、大方の親が子どもに期待するのは、休まず登校して勉強し、進学して学歴をつけ、安定した職に就くという普通の人生の道筋だが、その「普通」が強い規範となって、子どもに「いい子」であることを強要することになる。芹沢は、登校（好成績）、進学そして学校的価値への従順が「いい子」の三条件だと言う。子どもは絶えず学校的価値に従って生産的であることが期待され、その結果、「私たちの社会の縮図としての学校と教育家族化した家族は、子どもたちが『あるがまま』でいることを罪悪であるかのように導いてゆく」（芹沢『ついてゆく父親』九九頁）。

「負債」を内面化し、「あるがまま」の自分を「罪悪」のように受け入れる子どもの自己のありようを、芹沢は不登校や引きこもり、家庭内暴力、拒食・過食症などのいくつもの事例から読み解いている。イノセンスを受け止めてもらえない教育家族のなかで、子ども・若者の自己は「負債」と化し、それぞれの病理のなかでイノセンスは現実を否定する暴力となって噴出し、家族へと、あるいは自分自身へと向けられる。なるほどそれらの家族の問題は、日本の家族の総数から見れば、一部の家族の「不幸」ということになろう。だが、そうした病理状況と無縁のように見えても、「負債」としての自己感覚が今の若い世代に広がる無力性の基底にあるらしいことは、すでに示唆してきた。そのような自己の感覚が、今の若者にとって「世界（社会）を引き受ける」ことを著しく困難にしているのではないか。

日本青少年研究所が四カ国の高校生の意識を比較した『高校生の意欲に関する調査』（二〇〇七年）によれば、「暮らしてゆける収入があればのんびりと暮らしてゆきたい」という考えに、「とてもそう思う」と回答した日本の高校生は四二・九％であり、「まあそう思う」を加えると八〇・八％に達した（米国四六・八％、中国四一・二％、韓国六一・八％）。一方、「あなたは偉くなりたいと思いますか」という質問に「強くそう思う」と回答したのはわずかに八・〇％、「まあそう思う」を加えても四四・一％であった（米国六六・一％、中国八五・八％、韓国七二・三％）。他国の高校生の多くが、「偉くなる」ことについて、「自分の能力をより発揮できる」と肯定的に答えたのに対して（米国五七・七％、中国七三・三％、韓国五五・九％、日本は四一・二％）、日本の高校生の多くは「責任が重くなる」（七八・九％）、「自分の時間がなくなる」（四六・七％）と否定的に答えている。この調査から見るかぎり、日本の高校生たちの社会に関わろうとする「意欲」の低さ、社会を忌避する気分の強さはきわだっている。

同じく日本青少年研究所が実施した三カ国比較調査『高校生の学習意識と日常生活』（二〇〇五年）によれば、「生活についての自己評価」に関して「よく勉強するほうだ」と回答した日本の高校生は、「よくあてはまる」「ややあてはまる」を合わせて一四・一％で、他の二国（米国七四・四％、中国六六・九％）よりも隔絶して低かった。実際に、「学校以外の勉強時間（塾や家庭教師の時間を含む）」について、日本の高校生の四五・〇％が「ほとんどしない」と回答した（米国一五・四％、中国八・一％）。これらの回答からすれば、日本の教育家族は内部に深刻な病理を噴出させているだけでなく、競争的教育のインセンティヴによって若者の社会化を促すという目論見も、今ではすっかり空転していることがわかる。

親たちのイノセンス

芹沢は、親による子どもへの暴力、児童虐待を論じる際に、「親によるイノセンスの収奪」という表現を使う。芹沢によれば、親とは子どものイノセンスの表出を最初に受け止めることによって、親子関係の基本を築く存在だが、子どもを虐待する親は、逆に子どものイノセンスを収奪し、子どもの現実を「そのままでは受け入れることができない」として、暴力を振るうというのである。なぜ、「そのままでは」受け入れることができないのか。そこには、親たちがかつて受けた暴力の「反復」という問題があり、また「教育（しつけ）」という名で子どものイノセンスを収奪する親たちの文化の問題がある。それは、一部の家族の「不幸」ではなく、現代の教育家族すべてに関わる問題である。ここでは、この親たちの文化を「イノセンスの文化」と呼んでおこう。親たちのイノセンスの文化のもとで、子どもは親からしばしば暴力として発現する「教育（しつけ）」を受け、前述のように「負債」としての自己を内面化し、自己不全に苦悩することになる。

ところで、この話にはよく似た先例がある。『魂の殺人』におけるアリス・ミラーの議論である。ミラーは、独自の精神分析を展開し、子ども時代に親から受けた「教育」という名の虐待と自己への抑圧は、子どもの精神に深い傷跡を残し、後になって成長した子どもの他者への、あるいは自分自身への冷酷な破壊的暴力となって再現されると論じた。その議論は、親子関係一般の問題であるとともに、ヒトラーとドイツ第三帝国市民によるユダヤ人虐殺を生んだ心理学的機制を明らかにするものとして、ドイツにおける「教育」の伝統とその責任を厳しく問うものであった。「始めに教育ありき」というのがこの本の原題だが、そこで「闇教育」と呼ばれたかつての教育は、要するに子どもの感情と生命力を奪い去る自己否定と大人への完全な依存とをめざす教育であった。父親の激しい虐待にさらされたヒトラーの子ども時代、そのヒトラーが権力を握って比類ない規模で再現した冷酷な破壊的暴力、そして幼児のように歓呼の声をあげてヒトラーに従った若者たち。それらの悲劇の脈絡を追ってミラーは、始まりは「闇」のような「教育」だったと述べたのである。「闇教育」による偽りの見解を、ミラーは次のように列挙している。「一、義務感によって愛情が生まれる。二、憎悪は禁止すれば殺せる。三、両親はただ両親であるがゆえに尊敬されなければならない。四、子どもは子どもであるがゆえに尊敬されない。五、従順は人を強くする。六、高い自己評価は害がある。……一六、両親には衝動も罪もない。一七、両親はいつでも正しい」（ミラー『魂の殺人』七四〜七五頁）。子どもの自己を否定し、子どもの感情を殺す親たちは「罪もなく」「正しい」とされ、そこに親たちのイノセンスの文化がくっきりと浮かび上がる。このような「教育」と暴力の連鎖が世代を越えて受け継がれ、現代の暴力をも規定しているという。ミラーは、そのことが大人たち自身によって気づかれ悲しまれないかぎり、連鎖は断ち切られることがない、と述べた。

ミラーのこの議論は、遠いかつてのドイツ帝国の悲話としてすまされる問題ではない。戦前の日本の教育、戦時の日本人による破壊的暴力と戦争責任、戦後の教育家族に内在する暴力の契機、そして世界を引き受けられない現代の若者の暴力への衝動。それらの問題の糸をたどるとき、ミラーの投げかけた問題は今の日本の現実とけっして無縁ではないことがわかる。今の日本の多くの大人たちにとって、上記の「闇教育」の見解は自分にはまったく心当たりのない無縁な考え方だと、いったい誰が言い切れるであろうか。

今の日本の親たちのイノセンスは、戦後の教育家族化の結果だが、日本における教育家族の原型あるいは「教育」という暴力の原型をたどれば、それは戦前の家父長制国家の教育と「天皇のイノセンス」へと、つまり絶望的なまでに「若者を見殺しにした」この国の歴史へと通じている。『敗戦後論』において加藤は、戦前から戦後へとすべてが「さかさま」になったのにもかかわらず、敗戦後の「ねじれ」を無意識のうちに隠蔽し、いずれも「戦後日本の汚れのない無垢」（イノセンス）を起点として想定しているのではないかと、戦後の護憲論と改憲論の双方を批判した。同じことは「親たちのイノセンス」についても当てはまるのではないか。「若者を見殺しにする」親たち・大人たちの「イノセンスの文化」は、戦前から戦後へとかたちを変えて受け継がれ、「教育」と暴力の連鎖は今も断ち切られてはいない。ミラーの言葉に従えば、大人たちはそのことに気づき、悲しむことがなかったからである。

野田正彰によれば、一九八〇年代日本の「多幸症」とも言うべき、感情の平板化した空虚な時代の気分は、戦後日本の「罪の意識を抑圧してきた文化」（「イノセンスの文化」と読み替えたい）の連続に由来するものだという。野田は、「侵略戦争を直視せず、どのような戦争犯罪を重ねたかを検証せず、否認と忘却によって処理しようとする身構えが、いかに私たちの文化を貧しくしてきたか」を、元日本兵への丹念な聞き取り調査をとおして追跡した（野田『戦争と罪責』）。戦時の集団に埋没し、過剰に適応し、「無邪気な悪人」となって数々の残虐行為に関与した元兵士たちから、野田は多くの証言を聞き取り、「それでもなお日本兵は精神的に傷つくことがあまりに少なかった」と、ほとんどの兵士の感情麻痺について報告している。当時の陸軍病院に残されたカルテにも自分の残虐行為に傷ついた兵士の記録はほとんどなく、アメリカ兵や旧ソ連兵の戦争神経症の記録・研究とは、きわだった違いがあるという。「しかもこのような感情麻痺は、戦後の日本人に持続していたのではないか」と、野田は問うのである。

野田によれば、戦後の日本では侵略戦争をふり返ることもなく、戦争はすべて悲惨だとひっくるめて「無罰化」され、一方で過剰な経済至上主義によって敗戦の傷は代償され、人びとは経済的豊かさの追求と会社の発展に再び過剰に同調することになった。そして世界を驚嘆させた経済復興と高度経済成長があり、ついに一九八〇年代の日本には、かつてない経済的繁栄と「多幸症」の時代が訪れた。「だが個人を尊重せず、集団に過剰適応しつつ競争心を抱き、上下の関係にこだわる文化はそのままだ。学歴社会があり、有名校があり、会社での肩書への執心があり、そのような価値観を疑う者を不安にさせる圧力がある」（同書、七～八頁）。

それは、戦争と戦後を生きた大人たちだけの問題ではない。若者たちは、その大人たちが復興させ、経済成長を遂げた社会に生まれ、その社会に構造化された教育家族のなかで育てられた。その結果、「感情を抑圧してきた社会の歪みは、若い世代にも続いている。感情交流を拒否し、他者のちょっとした言葉や態度に『傷つく』を連発する青年たち。彼らは深い悲しみと単なる好き嫌いとを弁別する能力さえ持っていない」（同書、三五五頁）。野田は、戦前から戦後へと「引き継がれる感情の歪み」を指摘して、このように述べた。

市場のイノセンス

野田は、「戦争は今も続いている」と言う。たしかに「戦争が今も続いている」とするなら、この時代に生まれ育った若者が「なぜ人を殺してはいけないのか」と問い、「希望は、戦争」と訴えても不思議ではない。ここでは、そうした「感情の歪み」がたんなるノン・モラルではなく、子どものイノセンスを収奪する大人たちの「イノセンスの文化」によって醸成されたことを見てきた。「罪の意識を抑圧し」、その精神において戦争を続けてきたのは、誰よりも大人たちだったのである。

もっとも、野田が指摘した「多幸症」の時代、トスカーニが一〇年前に原宿で出会った「悲劇の天使」たちの頃と比べて、若者をとり巻く状況はすでに大きく変わった。ここ一〇年ほどの間に、高度成長以来の経済的繁栄と豊かさの虚構は誰の目にも明らかになり、迫り来る破綻の恐怖のなかで、大人たちは「このままのかたちでは現実を引き受けられない」と、イノセンスの暴力性を無力な若者に露骨に振り向けてきたからである。大人たちのイノセンスは、経済的混迷のなかで「市場のイノセンス」へとあたかも全面的に委ねられ、赤木が告発したように「自己責任」の名のもとに、無力な若者に犠牲を強い、社会的排除の危険を増大させたのである。

「市場のイノセンス」は、あたかも戦前の「国家（天皇）のイノセンス」に対応する。一九九〇年代の後半、政府の新自由主義政策が本格化するなかで、「市場はノーと判定した」とか「市場の信任が得られた」といった表現が多用され、あたかも「市場の判断」が政策決定の基準であるかのような状況が生まれた（二宮『現代資本主義と新自由主義の暴走』）。株価や為替相場の変動でしかない「市場」が「最後の審判者」となり、無謬の判断主体として、かつての国家（天皇）の無謬性（イノセンス）に照応する位置を占めたかのようであった。新自由主義のイデオローグとして野口悠紀夫が、解体されるべき体制の原型を超国家主義の時代の「一九四〇年体制」に求めたことは、この照応関係を裏書きするものと言ってよい。異なるのは、戦時体制下の無謬の国家による支配か、現代の無謬の市場による支配か、である。新自由主義の主張は、「国家のイノセンス」(「一九四〇年体制」)の遺産を清算し、「市場のイノセンス」へと「構造改革」を徹底しようとするものであった。

こうして議論は、最初に検討した赤木の「希望は、戦争」に戻ることになる。赤木は、市場のイノセンス(無謬性)に基づくこの間の「構造改革」が自己責任の原理のもとで、どれほど無力な若者を追いつめ、社会的に排除してきたかを、激しく告発していた。ニートの若者に対する「働く意欲のない若者」という非難が典型だが、中西によれば、無力性の社会的排除の深さは、「被害を被っている側に『自分に責任がある』と感じさせてしまう、つまり困難を内閉化させる抑圧様式」に見ることができる。「一人ひとりが抱える困難をその人の内側に閉じこめる強烈な力がはたらいている。私には異議を申し立てる権利があると言わせない、封殺する力」だ(中西『〈生きにくさの根はどこにあるのか〉』五八頁)。その力を、「市場によるイノセンスの収奪」と言ってもよい。そのような市場による「見殺し」に対して、赤木は、戦時下の国家の支配の方がまだましだとして、たとえ兵士として命を落としても、国家に招集(包摂)される戦争を希望すると述べたのである。

くり返すなら、ここでの主題は、赤木の主張をノン・モラルではなく、イノセンスと理解することによって、今の日本の社会に蓄えられている暴力と戦争の契機を探り当て、そこから自由になる「内在的な道筋」を突き止めることである。赤木のイノセンスは、無力性を排除し内閉させる社会において、みずからの無力性に固着することで無力性に対抗しようとする擬似イノセンスであり、そこにもまた、戦争の過去へと悲しみの及ばないナイーブな「感情の歪み」が引き継がれている。問題は、次の若い世代とともに、私たちがイノセンスの文化をいかに超えるかである。

4　存在への権力——イノセンスを超える

ノン・モラルからの出発

加藤典洋が『敗戦後論』で論じたのは、意識下に抑圧され隠蔽された、戦前と戦後との間の「ねじれ」の関係に気づき、その関係を「選び直し」、引き受けることによって、抑圧によって生じた戦後日本社会の「人格的な分裂」を克服するという課題であった。その課題は、野田が元兵士の聞き取りから明らかにした課題とも符合する。罪の意識を抑圧し、感情を麻痺させてきた人間と社会が、傷ついた自己に気づき、感情を取り戻すこと。それは、アリス・ミラーがナチズムを生んだ「教育」の偽りを自覚し、精神の歪みを克服する課題を提起したこととつながる。しかし、それはどのようにして可能なのか。

野田は、「まず知ること」だと言う。「知り、語り合い、さらに感じるという二つの段階を順々に経て、私たちは傷つきうる柔らかい精神を取り戻すだろう」と（野田、前掲書、三五六頁）。だが、今日、自分の親さえ戦争の記憶のない若い世代が「いや、オレは関係ない」と言うとき、いったい問題を考える足場はどこにあるのだろうか。

『敗戦後論』において加藤は、そのような若者の「ノン・モラル」は権利を持つと述べた。そして、その後の講演で、若い世代をめぐるこの課題について論及している。「戦後以後」の時代（一九七〇年代以降）に生まれた若い世代について、彼・彼女らが戦争と戦後について考える足場を問うとすれば、それは、その手前にある問題、つまり「社会とつながりのない」若者にとって、そもそも「世界を引き受けるとはどういうことか」を考えることだ、というのがその解答である。芹沢俊介のイノセンス論を導きとしたその講演の副題が、「ノン・モラルからの出発とは何か」であった（加藤『戦後を戦後以後、考える』）。

加藤の主張は、要約すれば、一九七〇年代以降に生まれた若い世代にとって、「日本人としての罪の意識」といった罪責感から戦争・戦後問題を考えるのは「二階」から店に入ってゆくような転倒であり、反対に「オレは関係ない」という「ノン・モラル」の発語こそがその起点とならなければならない、というものである。加藤は、若い世代にとって、「社会とつながりがない」ことが「いま、ここ」という「一階」の問題であり、芹沢のイノセンス論が示したように、その立ち位置がひとたび「自分には責任がない」（「無罪＝イノセンス」）と表明されるのでなければ、若者は自分から「世界を引き受けること」（「自分には責任がある」）には進めない、と言うのである。今の若者にとって「世界を引き受けるということ」は、いったんノン・モラルの発語によって無実の場所（イノセンス）を確保し、その発語を起点として人との関係をつくり、責任を引き受け、社会とつながることであると言う。そのために加藤は、イノセンスの表出と肯定（イノセンスの解体）という芹沢の議論を、「肯定ではなくて承認だ」と修正して、イノセンスの表出、そして発語と問いの承認関係へと進む社会性（「公共性」）のありようを想定している。

「罪の意識」から発する「強い倫理」の要求に対して、一九七〇年代以降に生まれた「戦後以後」の若者のノン・モラルの発語を足場として「弱い倫理」を立ち上げ、そこに「公共性」と結びついた「世界の引き受け」を見ようとする加藤の議論は、なかなか魅力的ではある。その意図は、『敗戦後論』と併行して書かれた『可能性としての戦後以後』という著書のタイトルに象徴されている。ただしそこでは、ノン・モラルの深層としてのイノセンスは「人の根源的な無実性」と解釈され、暴力の根源となる「無力性」の問題はほとんど素通りされてしまった。そのために加藤の援用するイノセンス論は、若者が世界を引き受ける主体としての「一個の人間」になるところで終わり、ノン・モラルから戦争責任の引き受けへと進む内在的な道筋は不明のままである。あるいは、自己に内在する無力性に対峙し、「暴力から自由になる道筋」がそこで示されたわけではない。

すでにメイによって見てきたように、現代の若者のイノセンスは「無実性」というイノセンスであるよりも、「無力性」に固着する擬似イノセンスであった。ここではむしろその点から、「ノン・モラルから出発する」意味を理解することが重要であろう。加藤は、一九七〇年代以降の若者のノン・モラルに「戦後以後に生きる可能性」を見いだしたのだが、実はその時代は、芹沢によれば、教育家族化によって子どものイノセンスが無力性へと封殺された「家族という暴力」の時代であった。加藤が見た「戦後以後」の「可能性」は教育家族のなかで窒息させられ、野田は、そうした精神の封殺が戦前から戦後へと引き継がれた「感情の歪み」に由来するものであることを指摘していた。そうした無力性と「感情の歪み」の延長上に、「なぜ人を殺してはいけないのか」という若者の問いも、「希望は、戦争」という赤木の訴えも生まれた。赤木は、今日、イノセンスを封殺された若者の社会的排除が「一階」において深刻化するなかで、若者の「いま、ここ」の無力性から反転するかたちで、戦争という「二階」の問題の根源に向けて、ノン・モラルの発語を投げつけたのである。

ここで「ノン・モラルから出発する」とは、若者の根源的な「無実性」をただ承認すればよいという問題ではなかろう。必要なことは、その発語に託された若者の擬似イノセンスを受け止め、その根底にある「無力性」を解くこと、そのために、私たちの社会の各世代に広がるイノセンスの文化に気づき、これを問い直すことであろう。そのとき、若者のノン・モラルの発語が足場となり、そこから始まる世代間の承認の対話によって、世代にまたがるイノセンスの文化が問い直され、文化と社会が選び直される――そうした「内在的な道筋」が、「可能性」として見えてくる。野田は、「問い、知ることによって、私たちは次の段階に達する」と述べ、世代を越えて「私たちはその作業ができる時に、ようやく来ている」と、先の著作を結んでいた。

暴力と権力

「イノセンスを超える」と本節の見出しに添えたが、いったい「イノセンスを超える」とは何を意味するのであろうか。また、どのようにしてそれは可能なのであろうか。芹沢と加藤の議論では、大人によるイノセンスの肯定ないし承認によって、子ども・若者はイノセンスをみずから解体し、世界を引き受けるというのだが、なぜそのような実存的な飛躍が可能となるのか、それ以上の説明はない。では、イノセンスの最初の提唱者であるメイの場合はどうか。

メイの先の著作（『わが内なる暴力』は邦題）の原題は『権力とイノセンス――暴力の根源の探求』であり、メイにとってイノセンスの問題圏は、始めから「権力（パワー）」の問題圏であった。みずからの無力性に閉じこもろうとするイノセンス（擬似イノセンス）と、そこから発生する暴力の現実に対して、メイはイノセンスを克服することによって、暴力の信管を抜くことができると主張した。そのためには、人間として現実を生きるために不可欠な「権力」が分有されなければならない。メイの言葉を引いておこう。

「暴力は一つの症候である。その病気はさまざまの形をとるが、それは無力感であり、無意味感であり、不公正感を抱くことである――要するに、自分は人間以下であり、私はこの世界に寄るべのない（homeless）という確信である。……（中略）

この病気にその根底で打撃を加えるには、我々はインポテンス（無能力――引用者）を扱う必要がある。理想的には、われわれは官僚制社会のどうした領域にいようと、自分もまた重要なのだ、自分は仲間にとって大事な人間なのだ、自分はどうでもよい汚らしい場所に人にあらずとして追い出されないと感じうるように、権力を分有し配分する方法を見出さねばならない。

権力はあらゆる人間の生得の権利（birthright）であり、自尊心の源であり、自分は人間関係の上で重要であるという確信の根拠でもある。」（メイ、前掲書、三二〇～三二一頁）

メイはベトナム戦争当時のアメリカ社会を前にして、以上のように述べた。暴力を抱えたその時代の病理的な心性は、戦争に「希望」を託す赤木の深い無力感が示すように、今の日本の若者の心性にも通じている。「世界に寄るべがない」という確信は、次章で「居場所がない」という感覚について述べるように、多くの日本の若者にとってけっして例外的なことではない。そのことを、メイは「権力」を欠くことだと言うのである。

一般に「権力（パワー）」という言葉は、当時のアメリカでも、今の日本でも、国家の「支配力force」と同一視され、そのために忌避される傾向があるが、ここでメイの言う権力は、「存在そのものの根源的な力（パワー）」であり、「存在への権力（存在するための力 power to be）」である。「権力こそは、一切の生きとし生けるものにとって、不可欠のものである」という一文で、メイの著作は始まる。新生児は、この世に誕生するやいなや激しく泣き叫び、「生きている」という事実において他人に作用する権力を出現させ、やがてそれは自己の存在の承認を求める「自己確認」の要求となり、その要求は生涯にわたって発展し続けるものとなる。ところが「自己確認」の要求が抵抗に遭遇すると、それはただの「自己主張」の行動となり、さらに自己主張が阻止されるとき、それは攻撃性へと転化し、ついには暴力となって爆発する、というのである（同書）。

今の日本においても、その種の暴力がしばしば凄惨な少年事件となって噴出していることは疑えないであろう。芹沢が早い時期から注目したのは、そのような子ども・若者たちの暴力であった。ただし、芹沢が子どものイノセンス（無罪）に暴力の可能性を承認したのに対して、メイは、権力を欠くことが暴力の可能性だとして、暴力を根底から覆すために、人は権力をどのように分有することができるかを問うたのである。

イノセンスないしノン・モラルから始める芹沢や加藤の議論では、大人による肯定ないし承認によって、子ども・若者がみずからイノセンスを解体し、「世界を引き受ける」という点に、暴力から自由になる「成熟」のかたちが求められた。いずれも、大人(他者)との関係を成熟への転機としているが、最終的に個人の「成熟」の物語として完結する点で、依然として個人における「成長の倫理」が基調となっている。ところがメイは、「人間存在の『連帯』という現実的な包摂をすべて見落としている」として、その種の倫理の欠陥を批判している。「欠けているものは、他人への真正の同情であり、権力を奪われている人びと——黒人や囚人それに貧しい人——の悲しみや喜びとの同一化である」と(同書、三三二頁。一部改訳)。

メイが直接に批判の対象としているのは、主流の心理学やプロテスタンティズムの宗教倫理だが、芹沢や加藤の議論も、人びとが世界を引き受けて「一個の人間」として成熟する必要性を説くところで終わり、そこから先の社会については語らない。社会を拒否する若者の問題が、同時に若者を排除する(「見殺し」にする)社会の問題であることを、二人の議論から看て取ることはできない。それに対してメイは、「存在への権力」を人間の生まれながらの権利ととらえ、「人間相互の責任」である「連帯」をあらゆる倫理の不可欠の源泉として、イノセンスを超える「新しい倫理」を指向したのである。そこでは、コミュニケーションと共感とが暴力に対峙する位置に立つ。もっぱら個人の「成長」によってではなく、「連帯」による包摂によって、また「共感」を基盤とする権力の分有によって、イノセンスを超え、暴力に対峙するコミュニケーションを育むことができるという。そうした「新しいコミュニティー造り」が、メイのイノセンス論の結論であった。

「出生」という人間の条件

自閉化する日本の若者の無力性と暴力への衝動を目の当たりにするとき、暴力の根源を無力性に求め、イノセンスに対して権力の分有を求めたメイの議論は、芹沢のイノセンス論の先で、暴力を社会的に克服する「内在的な道筋」に手がかりを与えるものである。イノセンス（擬似イノセンス）に固着する若者たちはまた「存在への権力」を欠く者たちであり、イノセンスを解体するという「成熟」の課題は、「存在への権力」を分有する課題と不可分なのである。

「希望は、戦争」と言い放った赤木のイノセンスは、社会的に排除され、「存在への権力」を剝奪された若者たちの無力性を代弁するものであり、同時に、その無力性に固着する態度でもあった。だが、ここでもう一度、赤木の著書に戻るなら、実は赤木自身も結論部分で、「存在への権力」の分有を願うかのように、「思いやりのある社会」への「希望」を付言していたことに気づく。赤木は、著書の最後の項でアメリカの作家カート・ヴォネガットを引き、ヴォネガットが語ったという「誕生日」についての興味深いエピソードを紹介している。あるパーティーにやってきた「まったくなんの特徴もなく、友だちもいらない男」が、誰かに「きみの誕生日はいつ？」と尋ねられ、「獅子座だとわかると、とつぜん彼はいろいろのすばらしいものに一変する」という話である。「彼を受け入れる親切な連中」がいて、彼らが誕生日を聞いてくれたことによって、何の役割も与えられていない男は演じるべき役割を与えられ、自分の重要性を感じることができた。赤木はこのエピソードに自分たちの問題を重ねている。

「私たちのような、いまだに真っ当な役割を与えられぬまま、社会の周辺で、社会の内部にいる他人を恨みながら生きるしかない人間を、社会のなかに組み入れるためには、どうすればいいのか。まずは、社会の内部にいる人間の、ほんのわずかな『親切心』や『思いやり』といったもの。それこそが必要なのではないでしょうか。」（赤木『若者を見殺しにする国』三四五頁）

「希望は、戦争」の真意がアイデンティティの要求であることはすでに述べたが、この最後のエピソードは、その要求が、排除の危機にある若者を社会の内部に包摂するように求めるものであることを再確認させる。「親切心」や「思いやり」への訴えはいかにもナイーブな心情のようだが、「誕生日」のエピソードに注目すれば、それは、メイが「存在への権力」を分有するものと見た「連帯」や「共感」への訴えに重なることもわかる。「誕生日」を持つ人間という「存在」に権力（パワー）を与えるのは、「誕生日はいつ」と尋ねてその人の「出生」を社会に組み入れる、共に生きる人びとだからである。

ところで、ここで引いた「存在への権力」というメイの概念には、メイ自身も引用しているように、全体主義における暴力の根源を追究した政治哲学者ハンナ・アーレントの影響が見られる。アーレントこそ、全体主義という時代経験の解明をとおして、暴力と権力とを区別し、権力が社会的なもの、人間関係的なものであり、人びとの共生によって暴力に対抗しうる唯一のものであることを考え抜いた、最初の思想家であった。そして、そのような権力の生成を根源的に条件づけているのが、「出生」という「人間の条件」だったのである。その点からすれば、ここでの「誕生日」のエピソードは、近代の政治哲学の最大の課題とも関連することになる。

アーレントは、主著『人間の条件』において、人間の「出生」と「活動」との結びつきをくり返し論じた。人は一人ひとり「新しい始まり」としてこの世界に誕生し、対人的な活動と言論（コミュニケーションの行為）によって、人びとの間において「唯一の存在」として自己のアイデンティティを開示し、人間世界にその姿を現すという。アーレントにおいて「活動」とは、自然の生命に関わる「労働」、物の世界をつくり出す「仕事」とは異なり、多数の人びとと共に生きる人間固有の対人的、共同的活動のことである。芹沢が子どもの出生の「根源的な受動性」に注目してイノセンスを定義したのに対して、アーレントは、「始まり」としての人間の出生の意味を、人びとの間で能動的に活動する「人間的な根源的行為」に求めた。そしてアーレントは、そうした共生の活動に「政治」の原義を見いだし、「活動し語る人びとの間に生まれる潜在的な出現の空間、すなわち公的な領域を存続させるもの」を「権力」と呼んだのである（アーレント『人間の条件』三二二頁）。

共生によって人びとの間に生まれるこの「潜在的な出現の空間」のことを、メイとともに「存在への権力」と言い換えることができよう。この空間において権力を分有するとき、人は「なにか」ではなく、「だれか」として存在することができる。エピソードの男は「誕生日はいつ」と尋ねられたそのとき、新来者として権力を配分され、「唯一の（ユニークな）存在」としてその場に現れ出ることができたのである。一方、排除され、無力性に内閉する人びとが奪われるのは、そうした

「出現の空間」であり、人びとの間で共に生きる活動と権力である。それらの活動と権力を奪われた人びとの悲劇の極限が、アーレントの追究した全体主義という近代の時代経験であった。そして、メイが暴力の根源を追究した当時のアメリカ社会もまた、そのような危険と無縁ではなかった。アーレントは、メイに先立って当時のアメリカ社会を論究し、「権力のいかなる減退も暴力への公然の誘いであることを、われわれは知っており、知るべきである」、と警告を発していた（アーレント『暴力について』一七五頁）。

こうしてアーレントの思想に照らして見るとき、今日、「希望は、戦争」という日本の若者の叫びの向こうで、人びとの相互的な活動と権力の新たな衰弱が深く進行していることを危惧しないわけにはゆかない。人びとの間から共生する活動と権力（「存在への権力」）が消失するとき、人びとはただ「死に向かって」生きることになる。それに対してアーレントは、「なるほど人間は死ななければならない。しかし、人間が生まれてきたのは死ぬためではなく、始めるためである」と述べた。人間的なものはそれ自身として消滅を免れないが、それに対して世界を滅亡から救う奇跡は、「新しい人びとの誕生であり、新しい始まりであり、人びとが誕生したことによって行いうる活動である」（同書、三八五〜三八六頁）。

「イノセンスを超える」という課題を前にして、さしあたりアーレントにならって言えば、「希望」は「戦争」ではなく、「人間の出生」であり、出生とともに始まる人びとの共生する「活動」なのである。

［引用・参考文献］

赤木智弘『若者を見殺しにする国』双風舎、二〇〇七年
雨宮処凛『生きさせろ！』太田出版、二〇〇七年
H・アーレント『人間の条件』筑摩書房、一九九四年
H・アーレント『暴力について』みすず書房、二〇〇〇年
太田政男「青年の自立と社会参加」、全国民主主義教育研究会編『格差社会と若者の未来』同時代社、二〇〇七年
加藤典洋『敗戦後論』講談社、一九九七年
加藤典洋『戦後を戦後以後、考える』岩波書店、一九九八年
萱野稔人「『承認格差』を生きる若者たち」、『論座』七月号、二〇〇七年
香山リカ『ぷちナショナリズム症候群』中央公論社、二〇〇二年
芹沢俊介『現代〈子ども〉暴力論』春秋社、一九九七年
芹沢俊介『ついてゆく父親』新潮社、二〇〇〇年
芹沢俊介『家族という暴力』春秋社、二〇〇四年
高橋源一郎「世界は間違っている。それでも、明日のことを考えましょう。」、『論座』三月号、二〇〇八年
堤未果『ルポ貧困大国アメリカ』岩波書店、二〇〇八年
中西新太郎『若者たちに何が起こっているのか』花伝社、二〇〇四年

中西新太郎『〈生きにくさ〉の根はどこにあるのか』ＮＰＯ前夜、二〇〇七年
二宮厚美『現代資本主義と新自由主義の暴走』新日本出版社、一九九九年
日本青少年研究所『高校生の学習意識と日常生活調査報告書』二〇〇五年
日本青少年研究所『高校生の意欲に関する調査報告書』二〇〇七年
野田正彰『戦争と罪責』岩波書店、一九九八年
Ａ・ミラー『魂の殺人』新曜社、一九八三年
Ｒ・メイ『わが内なる暴力』誠信書房、一九八〇年

第2章

若者の「生きづらさ」／親密性の構造転換——「動物化」ではなく

1 親密圏の孤独

「居場所がない」

「居場所がない」。この言葉が、思春期の子どもや若者の「生きづらさ」の感覚を、独特のニュアンスで表現するようになったのは、およそここ一〇年余りのことである。ふり返れば、この間、「居場所」を冠して子どもや若者の危機を論じた本の出版はおびただしい数にのぼる。歌手の浜崎あゆみが「居場所がなかった、見つからなかった」と歌って、同世代の若者に絶大な共感を呼び起こしたのは、二〇〇〇年の頃であった。無力性とイノセンスにとらわれた現代日本の若者の現在を考えるにあたって、この言葉を一つの手がかりとすることができるであろう。

「居場所」という言葉が現代のように用いられはじめたのは、一九八〇年代のことである。当時、増え続ける不登校との関連で、学校以外の子どもたちの「居場所」が求められるようになった。学校に行かない、行けない子どもたちのためのフリースクール、フリースペースのような学校外の文字どおりの居場所、空間がそこでは用意された。その後、不登校問題の深刻化を受けて、一九九二年に文部省（当時）の調査研究協力者会議が、「児童生徒の『心の居場所』づくりを目指して」という副題の報告書を発表し、それが今日のような「居場所」の用法の転機になったという（田中治彦編『子ども・若者の居場所の構想』)。以来、「居場所」は教室や遊び場のような物理的な空間にとどまらず、むしろ「心の居場所」を含意するようになった。そして、神戸連続児童殺傷事件など若者による犯罪が世間を揺るがした一九九〇年代後半、時代の気分はますます「心の時代」へと傾斜し、「居場所」の含意は心理的次元をさらに突きつめるようにして、「私」の存在そのもの(アイデンティティ)の次元にまで及んだ。一九九七年を前後してブームのように拡大したアダルト・チルドレンをめぐる言説は、「居場所のない」家族に育った若者の自己不全感、「生きづらさ」の感覚と呼応して、高度成長以後の日本社会に育った広範な人びとに受け止められた(鳥山敏子『居場所のない子どもたち』)。そして近年では、「居場所がない」とインターネット上に死の同伴者を募る若者たちさえ存在する。

「居場所」にまつわるこうした状況は、この一〇数年の間に、近代社会において「私」の居場所とされてきた親密さの領域(「親密圏」)が、現代日本において急速に変容しつつあることを物語っているように思える。ここで「親密圏」とは、さしあたりごく常識的に信じられてきたように、家族関係をモデルとする私的で緊密な相互配慮に基づく人格的な関係性の領域を指すものとしておく。「愛」による結びつきの世界、と言ってもよい。今でも日本語で「家族的な」と言えば、おおむねそれは「親密な」「愛情に満ちた」と言うのと同義であろう。ところが、ここ一〇年以上の間、実際に日本の家族がどう論じられ、どう報じられてきたのかと言えば、むしろそれは深刻な肉体的・精神的な暴力の現場、あるいはその温床としての「危険な」家族の現実であった。親を殴る子どもの家庭内暴力がはじめて社会的に注目されたのは三〇年以上も前のことだが、この間それに加えて、夫から妻への暴力（ドメスティック・バイオレンス）、親による子どもへの虐待、あるいは家族関係に起因する精神的外傷（トラウマ）など、親密なはずの家族関係に内在する肉体的・精神的な暴力の実態が次つぎに露呈してきたかたちである。最近まで当たり前だった「親密な家族」という言葉が、今ではいかにも嘘っぽく、偽善的な響きをもって聞こえる感覚を、たしかに私たちはすでに身につけている。

そして、上記の文部省報告書が指摘するように、この間、子どもたちのもう一つの居場所である学校が「心の居場所」ではなくなったことは、なおさら自明なことのように思える。二〇年以上も前から校内暴力やいじめ、不登校が「学校問題」として社会的な関心の的になり、さらにここ一〇年余り、それらの学校問題に加えて、学校内外における子どもや若者の凶悪事件が相次いで報じられ、凄惨な少年事件がしばしば人びとを驚愕させてきた。実際には、多くの専門家が統計的に指摘しているように、今の子どもや若者が全般に凶悪化したという事実はなく、それら一部の突発的な事件を拡大解釈する誤りには注意が必要である。とはいえ、二〇年来の一連の学校問題は、今の学校・学級が「親密さ」の空間から遠く隔たったことを窺わせるには十分であろう。かつて「クラスメート」と聞けば、名作『クオレ』の「愛の学校」のような、学級（クラス）の仲間との親密な友情を思い浮かべたものだが、今この言葉を耳にすることはあまりない。いじめを苦にした自殺や不登校の増加から思い浮かぶのは、むしろ「友だち地獄」（土井隆義）のような学校である。

ここでフィリップ・アリエスの議論を想起するならば、この崩壊しつつある家族と学校という親密圏の形成こそが、近代という時代の指標であったはずである。アリエスによれば、近代とは「子ども期の発見」にともなって、年齢区分（学級）のある学校、そして教育に配慮する近代家族の形成が進み、大人社会から隔離された子どもを中心とする私生活領域に、親密な感情生活が出現した時代のことである。「家庭と学校とは一緒になって、大人たちの世界から子供をひきあげさせた」のであり、近代における「〈子ども〉の誕生」とは、子どもへの「愛の感情」の自覚とともに、子どもの居場所を家庭化し、学校化する過程であった。そして「近代の家族は、子供たちだけでなく、大人たちの大部分の時間と関心をも、共同の社会生活から引き戻していった。近代の家族は、親密さとアイデンティティの欲求に対応している」（アリエス『子どもの誕生』三八六頁）。

今日、若い世代が家族にも学校にも「居場所がない」と訴え、ある者は引きこもり、ある者は親密さを求めてネット上の空間にさまよい出てゆくとき、これまで自明とされてきた近代の感情生活が根元から揺らぎはじめていることがわかる。ことさらに「生きづらい」若者に限定しなくとも、ここ一〇年、インターネットや携帯電話（以下、ケータイ）の普及によって若者の情報・コミュニケーション環境が劇的に変化し、親密な関係のあり方もまた大きく変わった。家族や学校において「親密さとアイデンティティの欲求」を充足できず、ケータイやインターネット上にその実現を求めることは、多くの若者にとってすでに特別なことではなくなっている。そのような変化を「親密性の構造転換」（見田宗介）と呼ぶとすれば、それは、近代（モダン）という時代が、いまや若い世代の感情生活の内部から変容しはじめていることを意味するであろう。

「みんなぼっち」の世界

当然のことながら、すべての若者が「居場所がない」と「生きづらさ」を訴えるわけではないし、実際に不登校や引きこもりを経験する子ども・若者は、全体から見れば「少数」だとも言える。あるいは、一般に青年期とはそもそもアイデンティティの危機の時代であり、子どもと大人との間にあって、若者はほんらい「居場所がない」ものだと言うことも可能であろう。問題は、ここで言う「居場所がない」という感覚がどのような特殊性と現代性を持っているのか、という点である。

ＯＥＣＤ学習到達度調査（ＰＩＳＡ）の二〇〇三年調査の結果は、日本の若者の「学力低下」を印象づけるものとして大きく報道されたが、実はあまり注目されなかった「世界一」の項目があった。生徒に学校への帰属感を問う質問で、「学校は気後れがして居心地が悪い」という項目に「とてもそうだと感じている」「そうだと感じている」と答えた日本の生徒の割合は一七・八％にのぼり、ＯＥＣＤの平均九・六％を引き離して第一位であった。反対に「全然そうは感じていない」と答えた生徒は二二・八％で、ＯＥＣＤの平均四二・九％の半分であった。ただし、「学校ではよそ者だ（またはのけ者にされている）と感じている」の項目に、同様に「とてもそうだ」「そうだ」と答えた生徒は五・九％で、ＯＥＣＤの平均六・九％よりも少なかった（国立教育研究所『生きるための知識と技能②』）。生徒の微妙な感情を多国間で比較するのは難しい面もあるが、「よそ者（のけ者）」と感じるわけではないが「気後れがして居心地が悪い」、そんな微妙な気分が日本の一五歳の学校生活の一部にあることは確かなようだ。にぎやかに見える教室の生徒たちにも、「居場所がない」という気分は無縁ではないのである。そんな気分を、ある社会学者たちは「みんなぼっち」と呼んだ（富田英典・藤村正之編『みんなぼっちの世界』）。

大学の講義で学生たちに本当に言葉が通じたと思える瞬間は多くはないが、近年の経験では「みんなぼっち」という言葉は別のようだ。この言葉を聞くと、多くの学生たちは黙ってうなずくように「よくわかる」という表情を見せる。講義の終わりに感想を書いてもらうと、それぞれの「みんなぼっち」の想いがさまざまに語られ、時にはいじめや不登校の辛い経験が添えられたりもする。彼・彼女らにとって、「みんなぼっち」の世界はまことになじみのある自分たちの世界なのである。

ひとりぼっちではなく、ふたりぼっちでもなく、みんなぼっち。この言葉をはじめて目にしたとき、その意表を衝くアイロニカルな響きにすっかり納得したものだ。一言ですぐにイメージがわく。たとえば「みんな」でカラオケに行って、それぞれに好きな曲を歌い、さしたる会話を交わすこともなく一緒に過ごし、それでいて「みんなで楽しかった」と帰るときの気分。ひとりぼっちを忌み嫌い、周囲から切り離された「みんな」の世界に専心し、それでいて一人ひとりが孤独（ひとり）の気分を抱えたままの関係。集団主義とも個人主義とも言えない、曖昧な雰囲気に満ちた世界がそこにある。それは『孤独な群衆』のデイヴィッド・リースマンの言う、他者との人間関係に自己確認を求める他人指向型でもなく、かといって内面の自己を追求する内部指向型でもなく、集団の内向きの親密さと孤独とが共存する独特な自己のかたちである。若者たちは、濃密とも希薄とも言えないそんな人間関係を居場所の作法としてしっかり身につけている。そうした風景は、今では子ども・若者たちの友だち関係ばかりでなく、いわゆる友だち夫婦や友だち家族も含めて、今日のあらゆる人間関係の基本のようにも思える。いったいその気分はいつ、どのようにして生まれてきたのか。

「みんな……」と書きながら思い出すのは、「赤信号みんなで渡ればこわくない」という、かつてビートたけし（北野武）が使った有名なギャグである。それは一九七〇年代までとは異質な八〇年代の笑いへの変化を象徴するものとされるが、要するにそこで笑いとともに変わったのは、「みんな」の世界である（村瀬学『子どもの笑いは変わったのか』）。赤信号を渡る「みんな」は相互に関係のないばらばらな個人であり、そこには共感する「みんなの世界」はみじんも感じられない。「みんな」は「一人ひとり」に分解しており、あるのは力ずくで秩序（社会のルール）を壊す暴力的な「みんな」の一律行動だけである。「みんな」の共同性が剝奪されて、あからさまな暴力性へと反転しはじめた時代の気分を、ビートたけしはみごとに衝いてみせたのである。

今、カラオケにみんなで行っても、けっして「みんなで歌う」わけではない。そもそもみんなで歌える歌がない。若者たちが「みんな」で盛り上がるのは、もっぱらイッキ飲みのときだけだ。笑いに隠されたそうした「みんな」の暴力性が、八〇年代に顕在化した「いじめ自殺」の問題と結びついていたことも想起しなければならない。いじめを苦に自殺した子どもたちの遺書やメモには、そうした「みんな」の暴力性がしばしば登場する。「みんな」の共同性が失われ、いつ暴力的な関係に反転するかわからない不安な関係のなかで、子どもたちが「学校は気後れがして居心地が悪い」と感じても不思議ではない。そして、九〇年代の「みんなぼっち」がやってきた。芹沢俊介の

「精神のサバイバル状況を生きる」という言葉を借りれば（芹沢『子どもたちの生と死』）、いわば「みんなぼっち」とは、暴力の可能性を秘めた「みんな」のなかで一人ひとりが孤独な「自己領域」を確保して適応し、みんなの「やさしい関係」を生き延びようとするサバイバルの作法なのである。笑顔とピース・マークで「みんな」を楽しく演出する集合写真の作法も、そんな「やさしさ」の一コマであろう。最近の言い方なら、それは「空気を読む」ということでもある。

日本の若者の「やさしさ」が独特な変容を遂げたことについては、大平健の『やさしさの精神病理』（一九九五年）以来、すでに多くの議論がある。旧来のやさしさは相手の気持ちとの一体感を必要としたが、昨今の若者のやさしさは、互いに距離を置いて相手を傷つけないように気づかう「人づき合いの技能」である、というのが大平の指摘であった。大平はそれを若者の「精神病理」と見立てたが、述べてきたような観点からすれば、それは病理ではなく、社会変化に伴う親密性の変容として理解されるべきであろう。土井義隆が「教室は、たとえて言えば、地雷原」という中学生の川柳を引いて述べているように、今の若者にとって人づきあいが最大の「危険地帯」であり、教室の人間関係には前線の地雷原を踏むような細心の「やさしさ」が必要とされる。土井はもっぱら「やさしい関係」の重圧について論じているが（『友だち地獄』）、その重圧は、「みんな」の共同性が剝奪されて「居場所」をなくした若者たちにとって、余儀なくされた精神のサバイバル状況でもある。現代の「やさしさ」は、そうした地雷原のような人間関係のなかで、「みんな」の親密さを生き延びようとする「みんなぼっち」の精神形成なのである。

ケータイと親密さの紐帯

現代の若者の親密な関係性にとって、ケータイの利用、とりわけケータイによる電子メールの利用（以下、ケータイ・メール）は欠かせない。実際、ケータイ・メールは、若者の「みんなぼっち」の世界をつなぐ親密さの紐帯のようにも見える。

ケータイ・メールの多用は日本の若者に特徴的な行動であり、そこには独特のケータイ文化が形成されてきたようだ。平成一七年度版『情報通信白書』によれば、当時、すでに日本ではケータイ利用者の八七・七％が電子メールを利用していた。アメリカでは、パソコン利用者の九六・一％が電子メールを利用していたのに対し、ケータイ利用者の電子メール利用率は一二・四％にとどまっていた。また日本と同様にケータイからのインターネット接続（以下、ケータイ・インターネット）が普及していた韓国でも、パソコン利用者の八四・八％が電子メールを利用していたのに対し、ケータイ利用者の電子メール利用率は四三・一％で、日本よりもかなり低かった。日本国内で見れば、年齢が若いほどケータイ・メールの利用率は高く、宮田加久子らの二〇〇二年末の調査によれば、二〇代で九二・三％、三〇代で七二・四％、四〇代で四八・五％であった（宮田ほか「モバイル化する日本人」）。現在、ケータイ・インターネットの利用率は二〇代から四〇代までほとんど差はなくなったが、若者に傾斜したケータイ・メール利用率の年齢格差は依然として続いている。

こうした国別、年代別のケータイ・メール利用率の違いは、たしかに各国のケータイ・インターネットの接続環境やケータイ会社のマーケティング戦略によって説明される面が大きい。だが、同時に忘れてはならないのは、日本の独自の環境と戦略を導いたのが一九九〇年代から若者の間で流行したポケベル（ポケットベル）・コミュニケーションだった、ということである。つまり日本の若者は、ポケベルからPHSを経てケータイへとツールを替えながら、文字メッセージによる日常的コミュニケーションを進化させ、普及させてきたのである。現在、日本は国際的に見てインターネット普及率のもっとも高い国の一つだが、二〇〇〇年代に入って、それまで停滞していた日本のインターネット普及率を一気に押し上げたのは、一九九九年に始まったケータイ・インターネット（i モード）の若者への普及だった。つまり、インターネット・メールを多用する若者のケータイ文化が現在の「インターネット大国」日本をリードしてきたのだが、その実態は、むしろ親密圏のコミュニケーションに専心する「みんなぼっち」の若者たちなのである。

前項で今の大学生は「みんなぼっち」という言葉にうなずいてくれると述べたが、私の講義のなかで、おそらくそれ以上に大学生たちが心に留めてくれる言葉がある。「孤独（loneliness）とは、ひとりでいること（solitude）ではない」という、アーレントが『全体主義の起源』のなかで語った有名な言葉である。この言葉の後には、「ひとりでいること（solitude）はひとりぼっちになること（being alone）を必要とするが、孤独（loneliness）は他の人々と一緒にいるときにもっともはっきりとあらわれて来る」と続く（アーレント『全体主義の起源 3』三二〇頁。ただし訳文は変更した）。「みんな」の親密さに指向しつつ孤独を抱えた「みんなぼっち」の気分には、アーレントのこの言葉がぴったりくるようだ。そして現代のケータイは、そんな「みんな」の親密さをメールの交信によって絶えず更新し、その紐帯のなかで絶えず「私」の居場所を確保する、いわば自己確認のツールとして利用されているのである。

上記の宮田らの調査によれば、パソコンからの電子メール（以下、PCメール）とケータイ・メールとの利用の仕方には明らかな違いがある（前掲論文、一〇七頁以下）。PCメールのみの利用者は「一緒に住んでいる相手」「車で一〇分以内の場所にいる相手」にはほとんどメールを送信しないが（三・八％）、ケータイ・メールのみの利用者はそれらの相手にメールの三一・六％を送信している。逆にPCメールのみの利用者は「車で一時間を超える場所にいる相手」にメールの六一・七％を送信しているが、ケータイ・メールのみの利用者では二一・六％である。PCメールとケータイ・メールを併用する利用者の場合は、おおむね近くに住む相手にはケータイで、遠くに住む相手にはパソコンでメールを送信している。要するに、「ケータイ・メールのやりとりは、親しい友だちや家族との短く素早いものであり、感情的なつながりを維持したり、待ち合わせの日時をメールしたり、日常の行動をスムーズにしたりするために行われている」というのである。そして、このようなケータイ・メールのヘビー・ユーザーは、見てきたように、より若い世代である。

この調査結果は、私たちが日常的に観察しているケータイ・メールの利用風景と一致する。いまや家族や学校の親密圏において感受される「みんなぼっち」のなかで、ケータイ・メールが親密さの紐帯として常時利用されているという理解を、それは裏づけるものであろう。アーレントの言葉に敏感に反応する学生について述べたように、そこには独特の孤独感があるようだ。親密圏における頻繁なケータイ・メールの交換と「みんな」のなかの孤独感との関係について、中村功の調査結果を見ておこう（中村「携帯メールと孤独」）。中村は二〇〇二年の学生調査を基に、「携帯メール多用者は人間関係が活発で、孤独でもない」ことを確認しつつ、同時に「孤独に対する恐怖感がある人ほど、携帯メールを頻繁に利用している傾向があった」と報告している。たとえば、「いつも誰かとつながっていたい」という項目に「そう思う」と回答した学生の四二・〇％がケータイ・メールの「高」利用群であったが、「そう思わない」と回答した学生の場合は二八・四％であった。また、「メールがあまり来ないと、いらいらしたり、落ち込む」という項目に「そう思う」と回答した学生の四六・八％が「高」利用群だったが、「そう思わない」と回答した学生の場合は三〇・六％であった。中村は以下のように述べて、ケータイ・メールに依存する若者たちの「みんなぼっち」の孤独感を確認していた。

「携帯メールをよく使う若者は、友達が多く、友達や恋人とよく会い、孤独感も低い。明るく見える彼らだが、その背景には、いつでも人とコンタクトをとっていなくては不安であるといった、孤独に対する恐怖感や、孤独に耐える力の欠如が存在している。逆に言えば、携帯メールは若者の孤独感と共存しているが故に、これだけ受け入れられたともいえる。」（同論文、三二四頁）

2 親密性の構造転換

「動物の時代」?

家族にも学校にも「居場所がない」と苦しむ若者たち、あるいはそうした居場所にあっても「親密さとアイデンティティの欲求」を充足できず、ケータイ・メールに依存する若者たちの姿を見てきた。いずれも、すでに若者だけに限られた現象ではない。家族や学校という近代(モダン)の親密圏の自明性が失われ、ケータイやインターネットの普及が新たなコミュニケーション環境を生み出すなかで、たしかに「親密性の構造転換」が進んでいるという実感がある。では、その転換の先には、どのような時代が待ち受けることになるのであろうか。それは一つのポストモダン(近代の先)には違いないが、「生きづらさ」を抱えたその未来は、かつて一九八〇年代に隆盛をきわめた、華々しい消費に彩られたポストモダンとはすっかり様相を異にするであろう。東浩紀によれば、それは「動物の時代」だという。

東は一九九〇年代以降のオタク系消費文化の特徴を分析して、二一世紀こそが全面的なポストモダンであるとし、それを「虚構の時代から動物の時代へ」の移行だと述べた。「ポストモダンの時代には人々は『動物化』する。そして実際、この一〇年間のオタクたちは急速に動物化している」

というのである（東浩紀『動物化するポストモダン』）。「動物化」という強い響きにとまどうが、「虚構の時代」（見田宗介）と呼ばれた八〇年代ポストモダンの空虚な明るさが失せ、「虚構の時代の果て」（大澤真幸）となった九〇年代、人間性を剝奪されたかのような禍々しい事件が連鎖したことを思うとき、その言葉には奇妙にリアルな響きがある。東も、いたずらにこの刺激的な言葉を選んだわけではない。この言葉は、現代という時代に「歴史の終わり」を見た、フランスの哲学者アレクサンドル・コジェーヴのヘーゲル読解から引かれたものである。

かつてコジェーヴは、ヘーゲルの『精神現象学』の読解を通じて、人間の精神の歴史的生成と終焉についての探求を深め、その後の西欧知識人に大きな影響を残した。そのなかでコジェーヴは、第二次世界大戦後の世界にあって、「アメリカ的生活様式」が人類の「永遠に現在する未来」となったとき、そこに「歴史の終わり」の到来を認め、その終末を「動物」として生きる人間の姿を予言したのである。果てしない物質的欲求の消費に明け暮れるアメリカ型消費生活とは、人間として他者の存在を欲することのない「動物的」な生活であるという。ところがコジェーヴは、一九五九年に日本を訪れて、そうした絶望的な「歴史の終わり」の見方を変えることになった。能楽や茶道のような日本文化に接し、純粋に「形式化された価値」に生きようとする日本特有の「スノビズム」（「気取り」）に瞠目したコジェーヴは、「歴史の終わり」をなお「人間」として生きる可能性は、「動物化」する西欧ではなく、「日本化」にあるとしたのである（コジェーヴ『ヘーゲル読解入門』）。つまり、「歴史の終わり」に生きる人間の生存様式は、物質的欲求の消費者として生きるアメリカ的「動物」か、形式的な価値（「虚構」）の趣向を追求する日本的「スノビズム」か、というわけである。

コジェーヴのいかにも素朴な日本びいきはともかくとして、近年、日本のアニメやゲームなどのオタク系文化が国際的に広く受容され、そこで「日本化」とも見なしうる文化的影響力を強めてきたことは確かである。また、コジェーヴ以後も、バルトやボードリヤールが「記号の帝国」日本への驚きを語ってきたことは、よく知られている。ところが東は、コジェーヴ以来の議論に対して、日本のそうしたオタク系文化の隆盛は、けっしてコジェーヴが期待したような西洋の「日本化」でも、アメリカ的な「動物化」に対する「正反対の道」でもなかった、と言うのである。バブル経済の繁栄とともに日本的スノビズムを洗練させた一九八〇年代のオタク系文化は、一九八九年以後の全面的なポストモダンのなかで物語性を欠いたデータベースへの欲望と化し、一九九五年のオウム事件以降、スノビズムを失効させて急速に「動物化」した、というのが東の結論である。

東はこの「動物化」した人間を、「データベース的動物」と呼ぶ。いくつものアニメやゲームを例解しつつ、「データベース」をキーワードとして展開されるその主張は、アニメやゲームに詳しくない者にとって細部の実感に乏しいが、主張するところは難しくはない。近代の「大きな物語」（イデオロギー）の失効という従来のポストモダン論を受けて、その全面化した時代がいかなる消費的世界かを、明らかにしようとしたのである。つまり、ポストモダンの開始に当たる「虚構の時代」（部分的なポストモダン）においては、消費的世界の「小さな物語たち」を支える「大きな物語」がなおも虚構として構築されたが、全面的なポストモダンの消費文化は、その虚構を「大きな非物語」にすぎないデータベースに解体した、というのである。たとえば、八〇年代のアニメ『機動戦士ガンダム』のファンは、「宇宙世紀」という架空の歴史の「大きな物語」に情熱を傾けたが、九〇年代後半の『エヴァンゲリオン』のファンは、作品の世界ではなく、「キャラ萌え」の対象としてキャラクターのデザインや設定にばかり関心を向けていたという。かくして、全面的なポストモダンを生きる人間は次のように描かれる。

「ポストモダンの人間は、『意味』への渇望を社交性を通して満たすことができず、むしろ動物的な欲求に還元することで孤独に満たしている。そこではもはや、小さな物語と大きな非物語のあいだにいかなる繋がりもなく、世界全体はただ即物的に、だれの生にも意味を与えることなく漂っている。意味の動物性への還元、人間性の無意味化、シュミラークルの水準での動物性とデータベースの水準での人間性の解離的な共存」(東『動物化するポストモダン』一四〇頁)

現代のオタクたちの「萌え」的消費文化をこのように描く東のポストモダンも、また一つの「世界の終わり」の情景と言うべきであろう。そこでオタクたちは、物語を情報(データベース)に還元する人間性のレベルでの変化と、意味を動物性に還元する消費行動のレベルとを二層的に、解離的に生きるという。つまり東の「動物化するポストモダン」とは、世界(「大きな物語」)を情報に解体し、意味なき情報に「萌え」、動物的に欲求を充足する「解離的人間」が社会の主体モデルとなる時代なのである。

オタク系文化に内在し、そこに純化したポストモダンの消費的世界を読み込もうとする東の議論からは見えにくいが、このオタクたちこそ、前節で見た「居場所のない」状況に、みずからを解離させて適応的に生きようとする若者たちの極端な姿であろう。東の見る「他者なしに充足する社会」「大きな共感のない社会」は、オタクたちが時代に先駆けて生きようとするポストモダンであるよりも、近代の親密圏を急速に崩壊させはじめた日本型モダンの終末を生き延びようとする若者たちのリアリティであろう。東も言うように、「ルソーを持ち出すまでもなく、かつて共感の力は社会を作る基本的な要素だと考えられていた。……しかしいまや感情的な心の動きは、むしろ、非社会的に、孤独に動物的に処理されるものへと大きく変わりつつある」（同書、一三九頁）。この感覚はオタクだけでなく、「居場所のない」若者たち、さらに広く今の社会を生きる若者たち一般に共有されているように思える。実にルソーこそ、アーレントが述べているように「親密さの最初の明晰な探求者」であり発見者であったが、その共感の原理は、今の若者にとって必ずしもリアルではなくなっている。

ルソーの『エミール』には、「一六歳になれば、青年は悩むとはどういうことか知っている。自分が悩んだことがあるからだ。けれども、自分とは別の存在もまた悩んでいることはまだほとんど知らない」という一節がある（『エミール（中）』二八頁）。大学の授業でこの一節を紹介すると、実際に一部の大学生は真顔で「私も知らなかった」と言い、「自分だけが悩んでいるのではないことを知って、ホッとした」という感想を漏らす。たしかに、彼らや彼女たちにとって、「いまや感情的な心の動きは、むしろ、非社会的に、孤独に動物的に処理されるものへと大きく変わりつつある」ように見える。そして、この「感情的な心の動き」の孤独な処理が、しばしばゲームやインターネット上の世界に求められるのも周知のとおりである。ここで重要なことは、それらの変化を「動物化」と断じることではなく、近代社会をつくる基本要素と考えられてきた共感や親密さの感情が失われ、近代の感情生活がなぜかくも大きく変化したのか、その理由を近代社会の内部から探ることであろう。

近代と「私生活の親密さ」

東は「動物化」の問題をコジェーヴの議論から引いたが、実はその問題は、近代における「親密さの発見」との関連も含めて、すでにアーレントが論及していた問題でもある。アーレントは、既述のように独自の視点から「人間の条件」を論究したが、その際に「人間がダーウィン以来、自分たちの祖先だと想像しているような動物種に自ら進んで退化しようとし、そして実際にそうなりかかっている」として、近代人の「もっとも重大で危険な兆候」を指摘していた（『人間の条件』五〇〇頁）。アーレントにとってもまた、近代は「動物化」の危険を内包した時代だったのである。そして東が指摘するように、実際に現代という時代は、アーレントの言う「人間の条件」そのものを根本から覆しかねない変化に見舞われているのである。ここでアーレントとともに見ておきたいのは、それが近代という時代に内在するいかなる問題の帰結なのか、という点である。

アーレントが説くのは、「私たちは今日、私的なものを親密さの領域と呼んでいる」という、この自明な（しかし、いまや自明とは言えない）前提がなぜ成立し、そのことが何を意味するのか、ということであった。ここで「私的なもの」というのは、もとよりアリエスが「子ども」とともに発見した近代家族における私生活のことである。私生活、家族（夫婦と子ども）、親密性（愛情）は、たしかに相互に重なり合って、これまで私たちの意識のなかで「一番大切なもの」そして「幸せ」の核心を形成してきた。そのことは今も疑うべくもないように思えるが、一方ここ一〇余年の間に、それがいかにも根拠のない幻想でしかなかったという思いも強くなった。アーレントによれば、「完全に発達した私生活の親密さというようなものは、近代が勃興し、それと同時に公的な領域が衰退するまで知られていなかった」（同書、七六頁）という。そうであるならば、これまで自明とされてきた「私生活の親密さ」は近代とともに登場し、近代とともに去ってゆく可能性もまたあるということになろう。「居場所のない」若者たちは、それをまっ先に感知しはじめた世代なのではないか。

では、なぜ「私生活の親密さ」が近代において成立したのか。アーレントによれば、「私生活の親密さ」は「公的な領域」の衰退とともに生まれた。その原因となったのが「社会的なるものの勃興」であり、近代において圧倒的な勝利を画した「大衆社会の出現」であったという。「社会」の拡大こそが公的領域を空洞化し、人間を「動物の種としての人間存在」へと貶め、同時に「私生活の親密さ」の発見を促したというのである。

アーレントの「社会」概念は独特の用法であり、注釈が必要であろう。一般に「社会主義」にせよ「社会福祉」にせよ、ある種の理想を込めて「社会」という言葉を用いてきた者にとって、アーレントの用法はとりわけなじみにくく、わかりにくい。簡潔に言えば、それは近代社会における「経済的なもの」（「私的なもの」）の社会化であり、それにともなう「政治的なもの」（「公的なもの」）の変質を指している。かつて家族の私的な領域で営まれていた生命の維持と生活の必要の充足（家計／経済）は、産業化と資本主義経済の浸透にともなって公的領域において組織的に営まれるようになり（「社会の勃興」）、人びとは「労働社会」と「消費者社会」に生きることになった。その結果、人びとは公的領域にあっては〈労働する動物〉として、私的領域にあっては〈消費する動物〉として、生命の維持のために生きる動物的な存在になった、というのである。そして、だからこそ、このような「社会に対する反抗」として、近代人は「私生活の親密さ」を発見したのだという。

日本の「近代化」に即して考えてみよう。戦後、劇的な経済社会の発展を遂げた日本人は、海外から「エコノミック・アニマル」と揶揄され、内からは企業社会の「社畜」として自嘲されてきた。ところで、そのような「動物化」の過程は、一九六〇年代の高度経済成長以来、「私生活の親密さ」を大切にする「マイホーム主義」の発見の過程でもあった。五年ごとの「日本人の国民性調査」（統計数理研究所）によれば、「家族」を「一番大切なもの」と回答する割合は一九六三年には一三％であったが、その後増加を続け、二〇〇三年には四五％に達した。二〇歳以上八〇歳未満の成人を対象としたこの調査には、すでに見た若い世代の親密性の変化はまだ含まれていない。ここで言えることは、少なくとも近年まで日本の多数派の成人にとって、「家族」という「私生活の親密さ」は、しだいに幻想性を露わにしつつも、「社畜」のような社会的現実に抗して、幸福な私生活の基盤として発見され続けてきたということである。

ところで、ここで注目したいのは、近代における「親密さの発見」の意義であるよりも、そのような私生活の親密さには真のリアリティが欠けているという、アーレントの主張の方である。アーレントは、「このような私生活の親密さは、たしかに主観的な情動と私的感覚の規模全体を常に著しく強化し、豊かにする。しかし、この強化は、必ず、世界と人びとのリアリティにたいする確信を犠牲にして起こるものである」と述べている（同書、七六頁）。上の例なら、「マイホーム主義」には真のリアリティが欠けている、ということである。

現代人にとって、「リアリティ（現実）」という言葉はしばしば「主観的なもの」と考えられるが、アーレントによれば、それは現代人が公的世界を剝奪された結果なのである。リアリティは、けっして主観的なものなのではなく、公的空間（共通世界）に現れ、万人によって見られ、聞かれることによって形成されるものである。「私たちが見るものを、やはり同じように見、私たちが聞くものを、やはり同じように聞く他人が存在するおかげで、私たちは世界と私たち自身のリアリティを確信することができる」（同書、七五〜七六頁）。したがって、リアリティは一面的なものでも、主観的なものでもなく、多くの他人に確証されて、真実に、不安なく形成されるものだと、アーレントは言うのである。「他人によって、見られ、聞かれるということが重要である」のは、それがリアリティを確証するからであり、そこに「公的生活の意味」があるという。

「マイホーム」の幸せのように、本当のリアリティは親密な私的な世界にあり、公的な世界は自分とは縁遠い、腐敗した「政治」の世界だと信じている現代人にとって、このアーレントの主張はほとんど理解しがたいかもしれない。だが、近年のイノセントな若者にとって、この主張はあんがい容易に理解されるのではないか。第1章の終わりでは、赤木智弘がヴォネガットの「誕生日」のエピソードに言及していたことを述べた。あるパーティーにやってきた孤独な男が、「きみの誕生日はいつ?」と尋ねられ、「とつぜん彼はいろいろのすばらしいものに一変する」という話である。「なんの特徴もなく、友達もいらない男」は、パーティーという公的空間において、「他者によって、見られ、聞かれる」ことによって、世界と自分自身のリアリティを獲得することができたのである。また本章では、「マイホーム」がすでに「居場所」としてのリアリティを失い、ケータイ・インターネットによって、見られ、聞かれる「居場所」を探し求める若者について述べてきた。さらに二〇〇八年の秋葉原事件で一般に知られることになったが、近年、もっぱらネット上に「居場所」を求める孤独な若者たちは、私生活においてリアルな現実を欠く自分たちを卑下しつつ、現実の世界で豊かに交流する人びとのことを「リア充」(リアルが充実している者)と呼んで、怨嗟の対象としていたのである(大澤編『アキハバラ発』)。

アーレントは、「近代が親密さを発見したのは、外部の世界全体から主観的な個人の内部へ逃亡するためだったように見える」(『人間の条件』九八頁)と述べた。経済的欲求に支配された「社会」が公的世界を空洞化し、リアリティを剝奪された孤独な近代人は、それに抗して、私生活の内部に親密な関係を強化して「マイホーム」の幸せ(その主観的なリアリティ)に避難しようとした、というわけである。ところが、加えてアーレントが発した警告は、大衆社会の到来は親密な私生活をさらに「消費者の社会」に飲み込み、私生活のリアリティまでも掘り崩して人間を「動物化」しつつあるということだった。ネット内に逃避した若者が人びとの現実に対して浴びせた「リア充」という侮蔑と羨望の言葉は、アーレントが警告を発したように、私生活の親密さを剝奪された社会がすでに若者の感情生活に急迫しており、そこで多くの若者がリアリティの欠如に悩まされていることを、はっきりと示している。

「動物化」とリアリティの反転

アーレントによれば、大衆社会におけるリアリティの欠如、共に生きる世界の喪失（「無世界性」）は、主観的な親密圏の価値を発見させたが、さらに大衆社会は「親密さの領域をも貪り食う」という。このアーレントの主張をふり返るとき、今日、少なからぬ日本の若者たちが生きはじめているのは、そのような親密さを貪られた私生活なのではないかと思えてくる。すでに見てきたように、私生活における「生きづらさ」の経験は、なにより家族と学校における「私」の居場所のなさであり、私生活のなかでさえも見られ聞かれる「他人」を欠く「私」は、まさに孤独にさまよう存在なのである。アーレントが言うように、「大衆社会では、孤独は最も極端で、最も反人間的な形式をとっている。なぜ極端であるかといえば、大衆社会は、ただ公的領域ばかりでなく、私的領域をも破壊し、人びとから世界における自分の場所ばかりでなく、私的な家庭まで奪っているからである」（同書、八八頁）。

親密さを貪られた私生活は、親密さの発見以前の私生活に近づくことになる。「親密なるものの発見以前には、私生活の特徴の一つは、この領域に住む人間は、真の人類としてではなく、動物の種たるヒトの一員として存在するという点にあった」（同書、七〇頁）。大衆社会を生きる〈労働する動物〉は、こうして私生活においても「動物化」することになるという。ここでアーレントの議論は、東の「動物化」の議論と符合する。

「動物化」によって、私生活の主観的リアリティもまた反転する。アーレントは、もし人が苦痛のように肉体自体を感じる知覚しか持たないなら、そもそも世界という観念そのものを持たないだろうと、生命の必要に支配される〈労働する動物〉の「無世界性」について論じていた（同書、一七二頁）。一方、今の日本で起きているのは、リストカットや摂食障害に苦しむ若者の場合のように、むしろ肉体の苦痛に、世界のリアリティではなく、「私」の生命のリアリティを求める転倒した病理現象である。東の述べた「意味の動物性への還元」は、今の日本では若者の一つの世代的な経験となっているようにさえ思える。言い換えるなら「動物化」という問題は、現代日本における若者の無世界性、共に生きる共通世界の喪失という問題なのである。

その問題は、「生きづらさ」に苦悩する一部の若者だけではなく、いまや「ふつう」の若者にとっても無縁ではない。近年、『ケータイを持ったサル』（二〇〇三年）を書いて、若者の「人間らしさ」の崩壊を嘆いてみせた正高信男の議論は、アーレントの議論の戯画的な反転のようでもある。正高は、無内容なケータイ・メールの交信に忙しい「ふつう」の若者に、サル化したコミュニケーションを見る。ケータイ・メールで「常につながっていないと気が休まらない」若者たちの群れ的な行動は、一九九〇年代後半からのIT革命やケータイの流布のなかで、仲間への信頼関係に基づいた社会関係を築けない「関係できない症候群」が蔓延した結果だというのである。その背景には、公共性を持った他者と交渉しようとしない若者の「家のなか主義」があり、「公の世界を拒否して、私の内部だけで生きようとするあまり、そうした行動は極端にサルに類似してしまう」と、正高は言う（同書、一二四頁）。だが、アーレントから見れば、それは因果関係を取り違えた議論であろう。この若者たちは公的世界を拒否しているのではなく、「大衆社会の出現」によって公的世界を剝奪されて、「家のなか」（私生活）の親密圏に追い込まれ、さらに私生活の親密さも剝奪されて、「常につながっていないと気が休まらない」群れ的世界に投げ出されているのである。

とはいえ、この議論からも、若者のリアリティのあり方が独特の反転を遂げていることがわかる。アーレントにとって親密さの発見は、リアリティを剝奪する社会を逃れて、主観的なものの豊かさの内部へと逃亡しようとするものであった。〈労働する動物〉の社会において、人びとは生命の維持に関わる労働社会と消費者社会に組み込まれ、画一主義と「無人支配」にさらされていたからである。その際、リアリティの剝奪と主体化（主観化）の条件となったのが、パノプティコン型の「見られているかもしれない」不安であった。周知のように、フーコーはベンサムの考案した一望監視施設（パノプティコン）をモデルとして、「見られているかもしれない」不安のなかで、「不可視の看守＝権力」を内面化する近代的主体の構成を論じた。ところが、いまや「常につながっていないと気が休まらない」若者の世界が広がっている。北田暁大によれば、一九九〇年代半ば以降の情報環境の変化のなかで、人びとの不安は「見られているかもしれない」不安から、「見られていないかもしれない」不安へと反転している、というのである（北田『広告都市・東京』）。

「欠如」としての私生活

本章の「親密性の構造転換」という言葉は、見田宗介の「思想の言葉」（『思想』二〇〇一年、第六号）から引いたものだが、その際に見田の思考を触発したのは、重度のリストカッターとして私生活をウェブ上の日記に公開し、ネットアイドルとして知られた南条あやの自死であった。彼女は、学校でのいじめと父親との葛藤のなかで「親密なもの」の「非在」に苦しみ、「血を見ると落ち着く」というリストカットを常習化する一方、当時まだ珍しかったウェブ上の「公開日記」によって「南条あや」というアイデンティティをつくりあげた（南条あや『卒業式までは死にません』）。東の議論に従って、アイデンティティの情報化と動物化した自己確認との解離を、南条にも指摘することができよう。そして見田が注目したのは、「私が消えて　私のことを思い出す人は　何人いるだろう　数えてみた　……」という、最後に電子メールで発信された南条の詩の言葉であった。それは、自己の存在の「証し」をめぐる、「見られていないかもしれない」という切実な問いである。見田は南条のこの言葉に、一九六〇年代の近代核家族の形成から四〇年を隔てて、「この社会の親密圏／公共圏をめぐる構図の、ある地殻の転変」が生じていることを指摘した。

見田が「親密性の構造転換」に言及してわずか数年だが、その「地殻の転変」がどれほど激しく進行したかは、「ミクシィ」のようなSNS（ソーシャル・ネットワーク・サービス）のその後の爆発的な拡大を見ればわかる。内閣府が二〇〇七年三月に実施した「第5回情報化社会と青少年に関する意識調査」によれば、すでにこの時点で大学・大学院生の男性で三割（三〇・八％）、女性で四割（三八・八％）が「一日に一回以上」SNSにアクセスすると回答していた（「週に二・三回」なら男性四一・五％、女性五〇・七％）。利用する理由は、もとより「自分のことを書き込んだり、他人の書き込みを読んだりすることができる」からである。そこでは人びとは「見られること」自体を目的とし、したがってまた「見られていないかもしれない」不安に突き動かされていることになる。北田はそのような不安を「接続的不安」と名づけたが、それはブログを頻繁に利用する若者だけの問題ではない。「いつでも、どこでも」つながるケータイの普及によって、また現代の若者たちのコンサマトリーな（自己充足型の）ケータイ・コミュニケーションにおいて、同じ不安は、常に作動しているのである。

「授業や外回りの合間、電車・バスでの移動時間帯（第三領域）は、『見られていないかもしれない＝接続されてないかもしれない』という不安にとり憑かれたケータイ・ユーザーたちにとって、『私は他者と本当につながっているのだろうか』ということをモニタリングする、きわめて〈社会的〉な場として立ち現れることだろう。……ケータイは、ただたんに『私的なものを都市空間へと持ち込んだ』のではなく、秩序の社会性によって覆い隠されていたつながりの社会性を明るみに出させ、第三領域（私的な家族でも、公的な学校・会社でもない領域――引用者）を過剰に社会化された空間、つまり『見られていないかもしれない私』にたえず向かい合わねばならない過剰な儀礼空間へと変容させてしまったのである。」（北田、同書、一六一〜一六二頁）

「見られているかもしれない」不安から、「見られていないかもしれない」不安へ。見田が南条の自死から読み取った「地殻の転変」は、いまや若い世代の多くの「私」にとって、アイデンティティの常態の不安として日常的な現実になっているように思える。本章の第1節でふれた「生きづらさ」、若者の「居場所のない」苦悩や「みんなぼっち」の気分は、そのような「接続的不安」の現れであったと言い換えることもできる。「私的なもの」が親密圏において「欠如」として意識され、それゆえに「見られること」を求めて絶えず仮想空間の「社会的なもの」へと散開してゆく（あるいは剝奪されてゆく）という、「地殻の転変」の局面が見えてくる。それを、「欠如」としての私生活、と呼んでおこう。そして、ここで注意を喚起したいのは、アーレントが「プライヴェート／私的」という言葉について、かつてそれが古代人にとって「欠如」を意味する概念であったことを指摘している点である。アーレントによれば、古代人にとって、「完全に私的な生活を送るということは、なによりもまず、真に人間的な生活に不可欠な物が『奪われている』deprived ということ」を意味したという。奪われているのは、公的世界において「他人に見られ聞かれることから生じるリアリティ」であり、要するに古代人の私生活とは、リアリティを保証する「他人」が欠けている状態であった、というのである（『人間の条件』八七〜八八頁）。

アーレントは、古代ギリシャにおいて「公的なもの」に対置された「私的なもの」について言及したわけだが、もとより今日、「私的」という言葉からこのような「欠如」や「剝奪」の意味が想起されることはない。既述のとおり、その理由は近代以降、経済的欲求に基づく「社会」の支配に抗して、私生活が親密圏として発見され、強化されてきたからである。ところが、北田の言う「見られていないかもしれない」不安は、アーレントの言うリアリティの「欠如」「剝奪」の感覚が、今の若い世代の私生活に急迫していることを窺わせる。「居場所がない」という若者の苦悩は、「私」の根源を脅かす私生活における「欠如」「剝奪」の感覚を訴えるものと見ることができよう。

もとよりこの不安や苦悩は、リストカットをくり返しても、ウェブ上に「私」の私生活を公開しても、どれほど頻繁に仲間とケータイでつながっても、けっして解消されるわけではない。まさにその不安や苦悩は、インターネットやケータイによる「いつでも、どこでも」つながれる「社会的な」環境との相互作用のなかで増殖し、遍在しているからである。現代の若者は、近代世界のそうした「地殻の転変」のなかで、欠如と剝奪の感覚にさらされながら生きていると言ってよいであろう。

3　傷ついた生活世界を生きる

生活世界という「社会」

近代社会を〈労働する動物〉の勝利と見るアーレントの大衆社会論を手がかりとして、東らの言う「動物化」の主張を問い直してきた。「居場所がない」「見られていないかもしれない」という日本の若者の不安に目を向けるとき、「動物化」のように見える若者の行動は、日本の大衆社会化が私生活の親密圏をも貪り、私生活が「欠如」として感覚されるようになった結果であった。近代社会を支配する〈労働する動物〉は、近代の終わり〈ポストモダンの訪れ〉とともに、「データベース的動物」をみずからの正統な嫡子として生み落とした、というわけである。もとよりアーレントの議論は、人間の「動物化」や「サル化」を歴史的必然であるかのように描き出してしまう束や正高の議論とは異なり、それが「人間の条件」のいかなる「欠如」であり「剥奪」であるのかという問いを、私たちの時代の思考に突きつけている。アーレントは、古代ポリスの生活を引き合いに出しつつ、現代において失われているのは、活動と言論によって人びとの共生を図る「出現(appearance)の空間」(公共圏)だとしたのである。

今日、私生活に苦悩する若い世代において、アーレントの言う「欠如」や「剥奪」がリアルに感受されていることを見てきたが、アーレントの議論に依拠できるのはここまでである。ギリシャ的世界をモデルとするアーレントにあっては、私生活とは定義上、「生命の必要」に支配される世界であり、本来的に「欠如し」「奪われている」生活を意味するからである。それどころか、私生活においては、ギリシャ人が自由の条件として奴隷を支配したように、力と暴力は「必然を克服し、自由となるための唯一の手段」として正当化されることにもなる。しばしば批判されるように、古代ギリシャのポリスと家族との関係を範として、政治的なもの(公的領域)と私的なもの(私的領域)、自由と必然とを対置したアーレントの二元論の難点が、ここではっきりと現れる。若者の「生きづらさ」は、家族や学校という「私生活の親密さ」が大衆社会の暴力によって剥奪されていることを意味するが、この暴力を私生活の内部から解除し、「動物化」に抵抗する手がかりを見いだすことは、アーレントの議論からは困難なのである。

ところで、アーレントの政治哲学に大きな影響を受け、その意義を咀嚼しつつ、こうした難点を克服しようとしたのが、ユルゲン・ハーバーマスであった。周知のようにハーバーマスは、アーレントの『人間の条件』に学んで、今日の公共性論にとって記念碑的な労作となった『公共性の構造転換』を著し、その後、『コミュニケーション的行為の理論』によって独自の社会理論を展開した。その際、ハーバーマスは、政治的なものと私的なものとの二元論のために、アーレントは大衆社会や官僚制が「政治的・能動的な公共性と根底的な民主主義へのあらゆる萌芽を無にしてしまわざるを得ない」という誤った結論に陥ったとして、その限界を指摘した（ハーバーマス『哲学的・政治的プロフィール（上）』三四〇頁）。アーレントの独特の「政治」概念は、大衆社会の「欠如」を鋭くえぐり出したが、逆にその主張は、政治的批判のいっさいの可能性を大衆化した現代社会から奪いかねないものでもあった。ハーバーマスの仕事は、アーレントがきわめて先鋭なかたちで表明した大衆社会の支配（「動物化」）に対して、この支配に抵抗しうる「社会」の理論を再構築することであった。その主要な成果が『コミュニケーション的行為の理論』であり、以来ハーバーマスは、その理論に依拠して、現代西欧社会の生活世界の内部に、「政治的・能動的な公共性と根底的な民主主義（ラディカル・デモクラシー）へのあらゆる萌芽」を探り続けてきたのである。

ならば、アーレントが「動物化」と見た近代の私生活に、そしてまた「欠如」に苦しむ現代の若者の生活世界の内部に、公共圏とラディカル・デモクラシー（民主主義の徹底）の萌芽をどのようにして見いだすことができるのであろうか。ここではハーバーマスの議論について、やや立ち入って検討しておこう。

『コミュニケーション的行為の理論』以降のハーバーマスのもっとも重要な理論的転換は、「社会」をたんに「システム」としてとらえるのではなく、人びとのコミュニケーション的行為によって織りなされる「生活世界」として把握する視点を導入した点である。「コミュニケーション的行為」とは、要するにアーレントが「人間の条件」の核心にとらえた「活動」、つまり人びとの間で営まれる言論（話し合い）と相互的な行為のことである。アーレントはそこにもっぱら「政治的なもの」を認めたが、ハーバーマスはむしろそこに本来的に「社会的なもの」を認め、コミュニケーションによって成り立つ社会関係を「生活世界」と名づけたのである。私たちは、人びとと話し合い、対話によってお互いの行為を調整し合いながら日常の社会生活を送っており、そのことを通じて集団に帰属し、また自己のアイデンティティを確認している。そのような社会生活の営まれる世界が「生活世界」なのである。一方、アーレントが批判の標的にした「社会的なもの」（大衆社会、労働社会、消費者社会）とは、ハーバーマスの概念では、近代になって生活世界から自立化した経済と政治の「システム」（貨幣経済と官僚制）のことである。

この理論的転換によって、アーレントの「政治的なもの」、つまり言論と相互的な活動によって人びとが現れ出る公的空間（公共圏）は、人びとの日常的なコミュニケーションが織りなされる生活世界という「社会的なもの」の内部に着床することになった。人びとは、「何かについて／他人と／了解しあう」という日常的なコミュニケーションによって、網の目のように織り合わされた社会（生活世界）に生きており、そのことを通じて社会集団に帰属し、自己のアイデンティティを形成している。アーレント流に言えば、人びとは活動と言論によって、アイデンティティを獲得し、共通世界に「現れ出る」のだが、それは、私生活から切り離された政治的な世界のことではない。ハーバーマスによれば、アーレントが「欠如」と見た私生活（私事性の領域）は、「生活世界の核をなす領域」として、むしろ政治的公共性を立ち上げる基盤なのである。

生活世界とラディカル・デモクラシー

ハーバーマスの議論は難解で知られるが、生活世界とコミュニケーション的行為によって民主主義を根底的（ラディカル）に基礎づけようとする主張のエッセンスは、きわめてシンプルだとも言える。民主主義が、暴力によってではなく、対話とコミュニケーションによって紛争を解決する意思形成であるとすれば（「民主主義の討議概念」）、その根は生活世界のコミュニケーション的な構造に由来し、生活世界の核となる私生活領域に結びついている。それゆえに民主主義は、私生活の領域を傷つけないように保護し、生活世界のコミュニケーション的な構造を護り、発達させること（「生活世界の合理化」）によって、政治的公共圏を豊かに機能させることができる、というのである。ハーバーマスはそこから、アーレントが「暴力」に対置した「権力」の概念、すなわち「コミュニケーション的権力」の意義と、暴力なきコミュニケーション共同体を理想とする「コミュニケーション的社会化」の意義を、現代におけるラディカル・デモクラシーの規範的（そうであるべき）課題として取り出したのである。

アーレントが「公的なもの」の「欠如」ととらえた私生活（私事性）の領域は、ここではまったく別の光が当てられることになる。ハーバーマスはくり返し、合理化された生活世界をその私的核心において「無傷のまま」維持することの重要性を強調し、ラディカル・デモクラシーによる政治的権力の循環モデルについて言及している。「無傷の私事性」に根を持つ生活世界のコミュニケーション的な構造が、活発な市民社会の意思形成（政治的公共圏）を通じてコミュニケーション的権力を産出し、法治国家の政治システムを制御する、というのである。いかにも「理想化」された民主主義の政治モデルのように聞こえるが、人びとの私生活を基盤とする多様な話し合いと市民的活動によって世論を厚く形成し、その影響力（コミュニケーション的権力）によって政治の動きを左右すると言い換えれば、部分的ではあれ、そのモデルは現在の政治過程に内在していることがわかる。西欧の政治に、「政治的・能動的な公共性と根底的な民主主義へのあらゆる萌芽」を探り、そこに「実在する理性のかけら」を確証しようとするハーバーマスの規範的な政治理論の根幹は、基本的には、そのような理想主義的な民主主義を核とするものである。そしてハーバーマスは、なによりそうした私生活圏と公共圏とをつなぐ民主主義の規範（理想主義）が不可欠である理由を、「全体主義的な国家社会主義の社会」の崩壊という「逆光」に照らして確認しているのである。

ハーバーマスによれば、かつてのソ連をはじめとする社会主義国において、パノプティコン化した国家は公共圏の官僚制支配を徹底しただけでなく、日常生活への恒常的な監視によって、公共圏の基盤となる私生活をも空洞化させてしまった。その結果、「私的生活領域においてコミュニケーション的行為の社会化の力が衰え、コミュニケーション的自由の閃光が弱まれば弱まるほど、破壊された公共圏のなかでは、互いに孤立し疎外しあう行為者たちはますます大衆化してゆき、監視の対象となり、群衆化した動きをするようになる」（ハーバーマス『事実性と妥当性［下］』一〇〇頁）。ハーバーマスは、監視国家による私生活の空洞化、つまり「生活世界の破壊」にこそ、国家社会主義の根本的な誤りと崩壊の原因があったと見るのである。

もとより、ここでハーバーマスは西側資本主義の勝利を称えているわけではない。国家社会主義の崩壊という「逆光」に照らして、ラディカル・デモクラシーが不可欠である理由を確認しつつ、資本主義下における西側民主主義の危機をはらんだ「事実性」を、その規範的な「妥当性」との緊張関係のなかでとらえ直そうとしたのである。「生活世界の植民地化」（以下、「植民地化」）という有名なテーゼは、西側民主主義の「事実性」がどのような危険にさらされているかを定式化したものである。それは、近代化によって合理化が進展するとともに、行政システム（国家）と経済システム（市場）が生活世界から自立化し、逆にシステムの命令（官僚制化と貨幣化）が生活世界に干渉し、生活世界のコミュニケーション的構造を破壊するプロセスのことである。そうした構図の下で、近代国家の官僚制支配と資本主義による貨幣の支配が生活世界に侵入し、諸々の社会病理を引き起こすことが明らかにされた。それに対してここでは、生活世界の潜在力に依拠して「植民地化」に抵抗し、システムの支配を堰き止める民主主義への希望、ラディカル・デモクラシーの可能性が論じられたのである。ハーバーマスは、そうした民主主義による西欧社会の発展とあるべき未来のために、私生活の核心において「無傷の生活世界」を維持することの重要性をくり返し強調した（同書）。

傷ついた生活世界の「生きづらさ」

ハーバーマスのラディカル・デモクラシー論は、あるべき民主主義を生活世界から基礎づけようとする規範的な社会理論（批判理論）の結論だが、もとより現に生きる人びとの生活世界はおよそ

「無傷」というわけにはゆかない。むしろ現代の若者のコミュニケーション世界を見て思うのは、そのあまりの「傷つきやすさ」の方である。ここで日本の若者の「生きづらさ」に戻って、欠如と剥奪の感覚にとらわれた若者の私生活について再考するなら、そこには「植民地化され」、深く「傷ついた」生活世界の状況が浮かび上がる。ハーバーマスに学んで言えば、それはけっして「動物化」した現実などではなく、精神の解離を引き起こしかねないほど深く、システムと生活世界との葛藤を内部に抱え込んだ私生活のありようなのである。本章のまとめとして、若者の「生きづらさ」を「傷ついた生活世界」の側から解釈し、すでに見てきた親密性の構造転換の問題を、ハーバーマスの言うシステムと生活世界との緊張関係のなかでとらえ直しておこう。

すでに明らかなように、「植民地化」の理論からすれば、「居場所がない」、「見られていないかもしれない」という「生きづらさ」の感覚は、「傷ついた生活世界」を生きる若者のアイデンティティの不安にほかならない。人は生活世界を基盤として、なかんずくその核となる親密な私生活圏において、対話と相互的な活動をとおして、社会への帰属（社会化）と自己のアイデンティティを確証する。ところが、「植民地化」によるコミュニケーションの歪曲は、そうした帰属性とアイデンティティの確証をなにより困難とするのである。本章では、ここまでさまざまなレベルでその困難に見舞われた若者の心情と行動を見てきた。現代の若者にとって、家族や学校の親密圏はもはや社会への帰属性とアイデンティティを保証するものではなく、多くの若者を「みんなぼっち」の孤独へと、あるいは他者による承認の不在へと投げ込んでいた。そこには、私生活圏における対話と相互的な活動に体系的な歪みを加える、社会（システム）の「構造的な暴力」を指摘することができる。

すでに第1章で見たように、芹沢俊介は子どもの暴力の根源を追究して、その場面となる現代家族の親密圏に、構造的な暴力に冒された「教育家族」の形成を指摘していた。それは、親密圏の核心までも市場化・学校化された生活世界において、子どもの社会化とアイデンティティ形成に行き詰まった現代家族のありようだった。その際に、関連して私が指摘したのは、日本において生活世界を体系的に歪めるシステムの支配は、大人たちの「イノセンスの文化」として、戦前の超国家主義（天皇のイノセンス）の時代から近年の新自由主義（市場のイノセンス）の隆盛まで、敗戦後の「ねじれ」（加藤典洋）をはさんでずっと持続してきたのではないか、ということであった。近代日本の生活世界と親密圏は、戦前から戦後へ、そして今日まで、十分に合理化される間もなく国家システムと経済システムに総動員され続け、パノプティコン型の支配のもとで激しく「空洞化」されてきたのではないか。現代日本の若者の「生きづらさ」が、パノプティコン国家による生活世界の破壊のイメージを喚起するのは、そのような歴史的背景を持つ構造的暴力の根深さによると思われる。

その点からすれば、ここで若者の社会化とアイデンティティ形成が焦点となるのは、理由のないことではない。エリクソンが述べたように、自我の混乱の危機を乗り越えてアイデンティティを形成することが近代における青年期固有の課題だが、実のところその課題は、近代における生活世界とシステムとの分断と緊張関係のなかに危機の根を持つからである。人は家族の生活世界に生まれ、青年期の危機を介して社会システムを担う（「世界を引き受ける」）大人へと社会化され、人びと共生する自立した人間としてアイデンティティを形成しなければならない。エリクソンはそのために、危機（生活世界とシステムとの葛藤）を乗り越えてアイデンティティを形成するモラトリアム（猶予期間）として、青年期の決定的重要性を指摘した。だが、生活世界が植民地化されてしまえば、モラトリアムはもはや有効に機能することはできない。現代の若者が直面しているのは、この植民地化された生活世界に内部化された、アイデンティティ形成の困難さなのである。アーレントは、「出生」という事実に照らして、人びとの間（複数性）に生きる人間の条件が近代の大衆社会化によって破壊され、「動物化」と全体主義の危機を招いたと論じた。だが、より正確に言えば、複数性の危機は一人ひとりの「出生」の事実ではなく、ルソーの言う青年期における「第二の誕生」をめぐって到来する危機なのである。

『エミール』の有名な一節によれば、「ここで人間はほんとうに人生に生まれてきて、人間的なにものもかれにとって無縁のものではなくなる」（ルソー『エミール（中）』七頁）、とある。一六歳になった青年エミールは、思春期の親密な感情生活の訪れとともに他者への共感の力を獲得し、多数の人びとのなかで活動する政治的な市民へと自己形成を始めることになるのである。一方、本章で見てきたのは、ルソーの言葉を聞いて「自分とは別の存在もまた悩んでいる」ということにはじめて気づいたという大学生の例のように、今の日本における「第二の誕生」のあまりの困難さである。くり返すなら、そこで「動物化」と見えた、従来の親密圏の常識を覆すような若者の行動は、この傷ついた生活世界のなかで社会への帰属とアイデンティティを模索する若者たちの適応的な、あるいは退行的な、あるいはまた反抗的な行動なのである。傷ついた生活世界において「私」に向き合う孤独と不安のなかで、ある者は自己だけの内的世界に引きこもり、ある者は自傷行為にとらわれ、ある者は、ケータイ・ネット空間という生活世界の「外部」に「純粋な」コミュニケーションを求め、「万人によって聞かれ、見られる」ことを追い求めていた。ここまでの議論を踏まえて言えば、それらは転倒したかたちではあれ、私生活を空洞化する「植民地化」に抗して、みずから世界を獲得し、現れ出ようとする若者たちのなけなしの「政治的な」行動だと見ることができる。

第1章で見た現代の若者のイノセンスとノン・モラルは、この社会の構造的暴力によって若者に負荷される圧倒的な無力性に対して、「このままのかたちでは世界を引き受けられない」と、はっきりと「政治的に」踏み込んだ若者の姿勢であった。本章で見た若者たちは、日本の深く傷つけられた私生活の親密さのゆえに、アーレントが述べた意味で、この国の私生活を「欠如」と感じ、「剝奪」と感受した最初の世代であった。それゆえにまた、彼らや彼女たちは、孤独を恐れながら「ひとりになること(solitude)」に向き合い、「活動と言論」によって人びとの間に現れ出ることに駆られた最初の世代でもあった。いずれも、「ねじれ」をはさんで戦時から引き継がれた日本の社会システムが大きく崩壊を始めたここ一〇年の光景のなかに現れた若者の姿である。パノプティコン型システムの崩壊とともに、「傷ついた生活世界」がさらけ出され、その「傷」に苦悩する若者たちの姿をとおして、システムと生活世界とのせめぎあう抗争ラインが顕在化したと見ることもできる。そこに、傷ついた親密圏を刷新して公共圏へとたどり着こうとする、若い世代の新たな社会化の萌芽を見いだすことができないかどうか、次章でさらに検討を行う。

［引用・参考文献］

東浩紀『動物化するポストモダン』講談社、二〇〇一年
Ph・アリエス『子どもの誕生』みすず書房、一九八〇年
H・アーレント『全体主義の起源 3』みすず書房、一九七四年
大澤真幸編『アキハバラ発』岩波書店、二〇〇八年
大平健『やさしさの精神病理』岩波書店、一九九五年
北田暁大『広告都市・東京』廣済堂出版、二〇〇二年
国立教育研究所『生きるための知識と技能②』ぎょうせい、二〇〇四年
A・コジェーヴ『ヘーゲル読解入門』国文社、一九八七年
芹沢俊介『子どもたちの生と死』筑摩書房、一九九八年
田中治彦編著『子ども・若者の居場所の構想』学陽書房、二〇〇一年
土井義隆『友だち地獄』筑摩書房、二〇〇八年
富田英典・藤村正之編『みんなぼっちの世界』恒星社厚生閣、一九九九年
鳥山敏子『居場所のない子どもたち』岩波書店、一九九七年
中村功「携帯メールと孤独」、北田暁大他編『子どもとニューメディア』日本図書センター、二〇〇七年
南条あや『卒業式までは死にません』新潮社、二〇〇〇年
J・ハーバーマス『哲学的・政治的プロフィール（上）』未来社、一九八四年
J・ハーバーマス『コミュニケイション的行為の理論（下）』未来社、一九八七年

J・ハーバーマス『事実性と妥当性［下］』未来社、二〇〇三年
見田宗介「親密性の構造転換」、『思想』第九二五号、二〇〇一年
宮田加久子ほか「モバイル化する日本人」、松田美佐他編『ケータイのある風景』北大路書房、二〇〇六年
村瀬学『子どもの笑いは変わったのか』岩波書店、一九九六年
J-J・ルソー『エミール（中）』岩波書店、一九六三年

第3章

幸福の現在主義
——若者のコンサマトリー化

1 「多幸な」若者たち――「今、とても幸せ」

ロスジェネの時代

ここ一〇数年の日本社会の変動と若者をめぐる状況を思い返すとき、若者にとってそれはいかにも「不幸な時代」であったとの思いが募る。近年すっかり定着した言葉で言えば、「失われた一〇年」によって苦境に投げ出された若者たち、「ロストジェネレーション（ロスジェネ）」の時代と、この時代を呼ぶことができるであろう。転換点となったのは、一九九五年であった（中西新太郎『一九九五年』）。あたかもこの年の阪神淡路大震災が戦後日本社会の幸福の基盤までも掘り崩したかのように、その後、人びとはそれまでの社会と文化の底が抜け落ちたかのようなリスク（危険）と不安にさらされることになった。なかでも、若者たちがまっ先にその変化に直撃された。オウム真理教事件や神戸連続児童殺傷事件など、若者を加害者とする衝撃的な犯罪が相次いで世間を震撼させ、事件のたびにマスコミは若者の「心の闇」をくり返し報じた。すでに前章で見たように、犯罪とは無縁な多くの若者もまた、親密圏の転換のなかで「心の傷」を抱え、居場所のない日本社会の「生きづらさ」にそれぞれ苦悩してきた。

かつて一九八〇年代、若者は情報化された消費社会を切り開く「新人類」としてもてはやされ、オシャレな若者たち、ネアカな少年少女たちが「幸せ」の最前線を闊歩していたはずであった。野田正彰は、そうした薄く浅い「幸せ」に流される時代の気分を「多幸症」と呼び、富国強兵に狂奔した戦前以来の「焦燥の時代」から「多幸の時代」への転換を指摘しつつ、そこで引き継がれた「感情の歪み」について論じていた（野田『戦争と罪責』）。そして一九九〇年代半ば、「多幸の時代」はバブル経済の崩壊とともに終わり、「多幸症」はロスジェネ世代の「生きづらさ」へと、一気に反転したかのようである。第1章で見たのは、そのような「不幸」に対してみずからのイノセンス（無罪）を叫んで、「希望は、戦争」と訴えたロスジェネの旗手、赤木智弘の主張であった。

若者にとっての「不幸な時代」の訪れは、誰の目にも明らかなように思われる。この間にマスコミ報道によって世間の注目を集めてきたのは、まずは少年犯罪の「凶悪化」であり、女子高生の「援助交際」であり、さらに「引きこもる」若者の増加であり、働く意欲のない「ニート」の存在であり、そしていまや、格差と貧困に苦しむ「ロストジェネレーション」の登場である。個人の問題から集団の問題へ、そして世代の問題へと若者の「不幸」の認識が拡大してきたことがわかる。「不幸な時代」は、すでに「生きづらさ」を越えて「絶望」にまで行きついた観さえある。よく引かれるように、日本青少年研究所が二〇〇〇年に実施した国際比較調査（『新千年生活と意識に関する調査』）によれば、「二一世紀は人類にとって希望に満ちた社会になるだろう」との考えに、実に日本の若者の六二・一％が「そう思わない」と答えて、他国の若者に比べて突出した希望のなさを印象づけた（韓国二八・五％、アメリカ一一・九％、フランス三三・六％）。実際、二〇〇三年の春にはインターネットの自殺系サイトで知り合った若者たちの集団自殺が相次いで報道され、あらためて彼ら彼女らの絶望の深さを思い知らされることになった。「友だちと騒ぎながら街行く若者たちは、大人から見ればお気楽そのものに見えるだろう。楽しげに見えても、多くの若者は社会に立ち向かう以前に自分の本質的な問題に苦しみ、絶望の中にいる」（村岡清子『僕たちは絶望の中にいる』）。そうした論調の若者論は枚挙にいとまがない。

たしかに、絶望感を抱えた若者たちの言葉に耳を澄まし、未来を閉ざしかねない心の暗部に目を凝らす必要がある。そこには、この一〇数年の日本社会が招き寄せた社会の亀裂、危機の意味を読み解く一つの鍵が隠されている。その亀裂に投げ出されたロスジェネ世代の「生きづらさ」が社会構造に起因する問題であり、ますます深刻の度を増していることは、最近になってようやく認識されはじめたばかりである。本書の第2章では、「生きづらさ」の面から、その点をクローズアップした。しかし、ここで一歩、踏み止まって考えたいのは、逆にここ一〇数年の若者の現実をおしなべて「心の闇」や「絶望」という言葉で覆い尽くしてしまう誤りにも注意しなければならない、ということである。一人ひとり固有名を持って生きる若者の現実を問うなら、彼ら彼女らにとって、当然ながらこの間の時代は必ずしも「不幸な時代」だったわけではない。それどころか、意外なことかもしれないが、ロスジェネの時代には赤木が訴えた絶望感の深まりとともに、ある種の幸福感の増大がずっと併行してきたのである。若者の「多幸な時代」は一九九五年に終わったように思われたが、実は以下で見るように、その後もずっと続いてきたと言うこともできる。若者の現在と日本社会の転換の複雑な様相を読み解くうえで、そこにはもう一つの鍵が隠されているように思われる。

若者の幸福感

内閣府の「国民生活に関する世論調査」で、「あなたは、全体として、現在の生活にどの程度満足していますか」という質問に、「満足」(「満足している」+「まあ満足している」)と回答する成人の割合は、近年では男女とも二〇歳代がもっとも高い。最近の二〇〇八年六月の調査から男性の結果を取り出して見ると、二〇歳代の六九・七%をピークとして、四〇歳代と五〇歳代で五〇%にまで減少し、その後ふたたび上昇するという右下がりのV字ラインになる(図表1)。女性の結果もさらに数ポイント高いレベルで、同様の曲線を描く。つかの間の好景気の反映かと言えば、そうではない。二〇代の若者の失業率が最悪を記録した二〇〇三年の調査でも、二〇代がもっとも高く、同様のV字ラインであった。逆に若者はずっと以前からそのような満足感を生きてきたのかと言えば、やはりそういうわけでもない。調査をさかのぼると、二〇代の男性の満足感がはじめて首位になったのは、ロスジェネの時代へと転換した一九九六年のことである。女性の場合はさらに早い。

要するに、「不幸な時代」と思われたロスジェネの時代に、当の二〇代の若者の満足感は他の年齢層を圧倒して高くなり、V字ラインを描く年齢層別の差はよりはっきりと、急勾配になったのである。その変化は、とりわけ男性において特徴的である。その点については、長期にわたって男性のデータを分析した袖川芳之・田邊健の「幸福度に関する研究」を参照した。同論文によれば、内閣府(旧総理府)の調査の年齢別データは一九六〇年代までさかのぼることができるが、男性の場

図表1　生活満足度（男性）

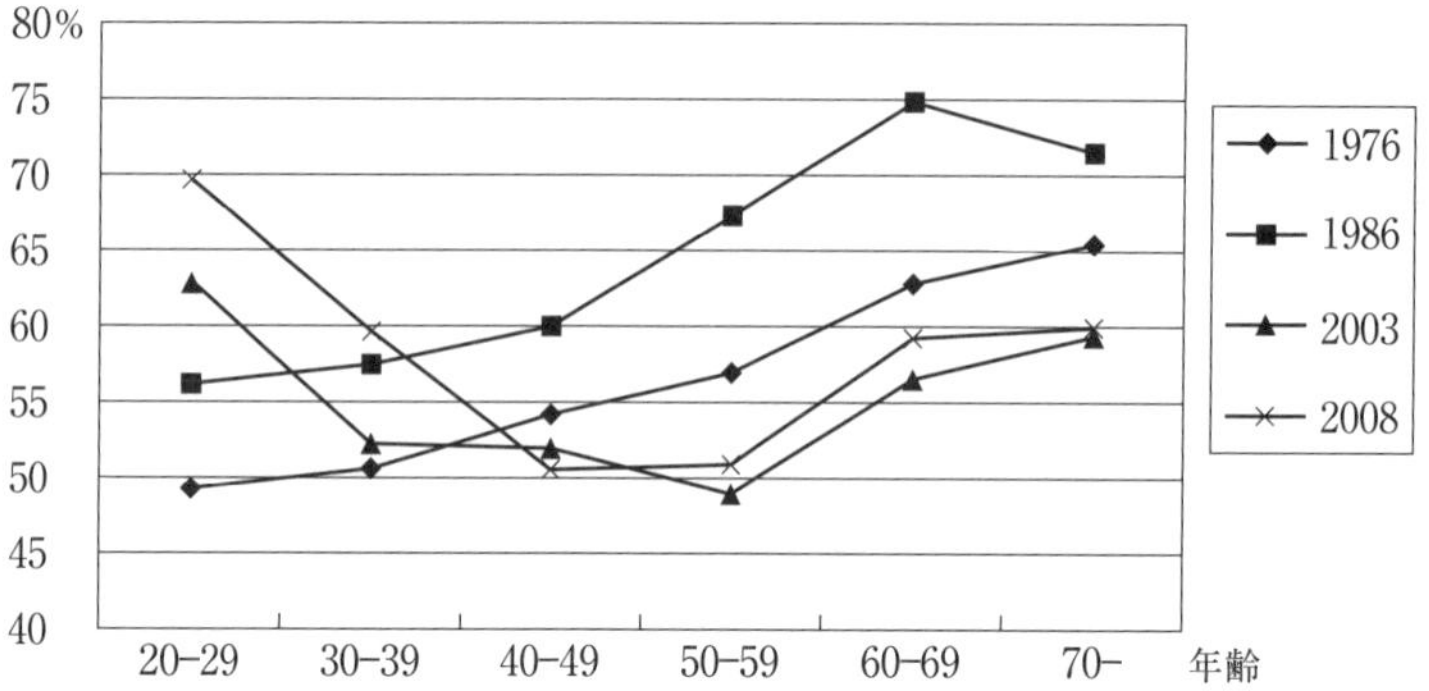

出所：内閣府「国民生活に関する世論調査」より作成

合、一九八〇年代までは一貫して若い年齢層で満足感がもっとも低く、おおむね年齢を追って高くなる右上がりのラインになっていた。図表1には、旧総理府『月刊世論調査』誌上で確認できた一九七六年と一九八六年のデータを載せた。ところが、およそ三〇年間も続いていた右上がりのラインが、九〇年代に入ると若者の満足感の増加によって水平になり、さらに二〇〇〇年代になると、とうとう右下がりのV字ラインに変化したのである。女性の場合も似た傾向が見られるが、男性ほど短期間の変化ではない（この違いについては後でふれる）。

袖川たちは、この生活満足感を「主観的幸福度」と言い換えている。若者たちはバブル崩壊とともに主観的な幸福感を高め、ロスジェネ世代の登場にいたって、他の年齢層を圧倒する幸福感を持つようになったのである。本書でここまで論じてきたことからすれば、それはいかにも腑に落ちない調査結果に思えるが、この調査だけが特異な結果を示しているわけではない。若者の意識に関する別の二つの代表的な調査の結果からも、おおむね同様の傾向を確認で

図表2 「とても幸せ」の割合（中学生・高校生）

（%）

		1982	1987	1992	2002
とても幸せだ	中学生	36.3	38.7	37.4	41.4
	高校生	23.8	25.1	31.6	33.2

出所：NHK『中学生・高校生の生活と意識調査』

きる。

NHK放送文化研究所の『中学生・高校生の生活と意識調査』の結果を見てみよう（図表2）。「あなたは今、幸せだと思っていますか」という質問に、「とても幸せだ」「まあ幸せだ」と回答した中高生の割合は、ここ二〇年間、一貫して九〇％強であり、大きな変化はない（調査は、一九八二年、一九八七年、一九九二年、二〇〇二年の四回）。ただし、そのなかでも「とても幸せだ」の割合が傾向的に増え続けている。中学生は一九八二年の三六・三％から、二〇〇二年の四一・四％へ、高校生は同じく二三・八％から、三三・二％へと増加している。大きな変化ではないが、ここ二〇年余りの間、とくに一九九〇年代に、中高生の意識はより「幸せ」の方向に傾いたことがわかる。

同じ傾向は、内閣府の『世界青年意識調査』でも確認することができる（図表3）。同調査によると、「いろいろ考えてみて、あなたは幸せですか」という質問に、「幸せだ」「どちらかといえば幸せだ」と回答した日本の若者（一八～二四歳）の割合は、ここ二〇年近くの間、九〇％弱から九〇％強へと緩やかながら一貫して増え続けており（調査は一九八八年、一九九三年、一九九八年、二〇〇三年の四回。二〇〇八年調査では同項目は削除）、そのなかでも「幸せだ」の割合は一九八八年の三〇・八％から、一九九八年の四

図表3　「幸せ」「満足」の割合（18〜24歳）

（％）

	1988	1993	1998	2003	2008
幸せだ	30.8	37.6	49.0	46.4	—
家庭生活に満足	33.0	45.1	51.1	49.5	52.5
学校生活に満足	25.0	31.1	42.1	36.0	43.7

出所：内閣府『世界青年意識調査』

九・〇％へと、九〇年代に顕著な増加を示している（二〇〇三年は四六・四％でやや減少）。「家庭生活」や「学校生活」への満足度（「満足」＋「やや満足」）も同様に七〇％から八〇％台で増加傾向にあり、そのなかでも「家庭生活」について「満足」とする回答は一九八八年の三三・〇％から、二〇〇八年の五二・五％へと、「学校生活」についても同じく二五・〇％から、四三・七％へと増加している。

いずれのデータも、同一の調査機関が同じ方法でくり返し実施してきた大規模な調査の結果であり、各調査において共通して確認できるこうした経年変化は、この間の若者たちの「幸福感」の動向を反映するものと見てよいであろう。国民生活に関する調査は二〇代、後の二つは中高生、高校生から大学生に相当する年齢の若者を対象にした調査だが、いずれの結果も「失われた一〇年」と呼ばれてきた閉塞の時代に、若者たちの生活に対する満足感が全般的に高くなり、「とても幸せだ」という「多幸な」若者が増えたことを示している。凶悪な少年犯罪に驚愕し、若者たちの「心の闇」に言葉を失ってきた大人からすれば、その結果はたいそう困惑させるものであろう。上記のNHK調査では、対象となった中高生の父母にも同時にアンケートを行っているが、その結果によると、親たちの「幸福感」は子どもたちよりも低く、しかもこの間、漸減傾向を続けてきた。ところが、そうした閉塞感を抱えた親たちと暮らす子どもたちの方では、家庭にも学校にも「満足」だという「多幸な」若者が増えていたのである。

「心の教育」？

冒頭で述べた若者の「不幸な時代」を思い描く議論が、若者自身の意識からすれば、きわめて一面的であったことは明らかであろう。ここでは各調査の結果に照らして、もっぱら「心の闇」や「絶望」という言葉で昨今の若者像のステレオタイプを論じる危険性を、まずは指摘しておきたい。

同様の問題は、「青少年の凶悪化」という現状認識についてもすでに指摘されてきたことである。神戸連続児童殺傷事件以降、「一四歳の犯罪」や「一七歳の犯罪」が大きく報道され、「青少年の凶悪化」のイメージが増幅されてきたが、非行・犯罪統計を冷静に検証すれば、青少年全般の「凶悪化」の事実はない。それは一種の「仮想現実」であり、「全体としてみると、青少年は凶悪化しているどころか、その逆である」というのが、少年非行に関わる研究者たちの「常識」であった（広田照幸「〈青少年の凶悪化〉言説の再検討」）。国際的には、むしろ日本の若者の凶悪犯罪の発生率の低さが関心の的になりはじめていたという（藤田英典「戦後日本における青少年問題・教育問題」）。ところが、衝撃的な事件報道が相次ぐなかで、「凶悪化」の議論はこの一〇数年の少年犯罪をめぐる議論の基調となり、厳罰化を趣旨とする少年法改正（二〇〇〇年、二〇〇六年）の動きを強力に推し進めてきたのである。

「凶悪化」の言説とともに、若者の凶悪犯罪の報道においてくり返し用いられてきたのが、容疑者の動機の不可解さを指す「心の闇」という言説であった。「人を殺してみたかった」、「誰でもよかった」という容疑者の若者の衝撃的な言葉とともに、この間、私たちは「心の闇」という常套句を何度、聞かされてきたことであろうか。そして、きまってその後には、若者たちに広がる「絶望」の深さを強調する言説が続いた。「凶悪化」論が少年法「改正」を強く後押ししたように、若者の不可解な「心の闇」を強調する議論は、「凶悪化」論と一体となって、ここ一〇数年の教育論議を「心の教育」へと突き動かしてきたように思われる。

文部省（現在の文科省）は神戸連続児童殺傷事件の後、「幼児期からの心の教育の在り方」を中央教育審議会に諮問し、一九九八年には、同答申「新しい時代を拓くために――次世代を育てる心を失う危機」が出された。そして、「一七歳の犯罪」が続発した二〇〇〇年の教育改革国民会議の発足を経て、二〇〇二年には『心のノート』が作成され、全国の小中学生全員に配布された。「教師用の手引き」によれば、『心のノート』とは、「子ども自身の道徳の学習の日常化を目指したものである」という。若者の「凶悪化」、「心の闇」への危機感に訴えるかたちで、教育論議が子どもの内面の教育へと誘導され、「心の教育」という名の道徳教育が教育現場に大きくせり出した格好である。二〇〇六年には、同様の趣旨を盛り込んだ教育基本法改正が行われ、二〇〇八年の学習指導要領の改訂では、「生きる力」の育成に併せて「道徳教育の充実」が掲げられた。

「心の教育」に込められた政治的意図の危険性については、すでに多くの批判がある。たとえば代表的な議論として、国家が「心」を「戦争」へと動員しようとする「こころ総動員法」前夜の危険が指摘された（高橋哲哉『「心」と戦争』）。ここでは、そうした国家の側の意図には立ち入らない。問題は、「心の教育」の前提となってきたここ一〇数年の若者像のステレオタイプを、上の調査で見たような多くの「多幸な」若者の側に立って問い直してみることである。「心の教育」の前提となった若者像がいかに一面的であるかは、すでに見てきた。そうであれば多くの「多幸な」若者たちは、「心の教育」において、それぞれの「心」をいったん「心の闇」で塗りつぶされ、さらに「道徳の学習の日常化」を強いられることになる。野田正彰はそこに若者の精神がいっそうの「解離」にさらされる危険を指摘しているが（野田「『心の教育』が学校を押しつぶす」）、前章で検討した見方からすれば、同時にそこには、「心の教育」を迫る国家（システム）との緊張関係のなかでせめぎあう、若者の精神のありよう（生活世界）もまた見えてくるのではないか。

「青少年の凶悪化」論に対して、凶悪犯罪の発生率の「低さ」が注目されるべきであったように、ここでは、「心の闇」や「絶望」ではなく、「とても幸せ」と答えて大人たちを困惑させる多くの若者たちにこそ、社会学的な解釈のまなざしが注がれるべきであろう。「多幸な」若者たちにとって、この一〇余年はいかなる時代であったのか、一九八〇年代までの「多幸症」の時代からいかなる転換があったのか。ロスジェネの「生きづらさ」に象徴される亀裂を抱え込んだ現代の日本社会にあって、時代の変化に独特の適応を見せてきた「多幸な」若者たちの実像にこそ、「絶望」ではなく、また「心の教育」とも異なる、別の未来へと通じる時代の変化の可能性を探ることができるように思われる。

2　若者のコンサマトリー化――「心の時代」を生き抜く

「心の時代」の到来

この一〇余年が若者にとって必ずしも「不幸な」時代ではなかったことを見てきたが、不幸であれ、多幸であれ、常に人びとの関心が「心」に集まり、政府によって『心のノート』がすべての小中学生に配布されるほどに、この一〇余年が「心の時代」であったことは間違いない。政治でも、経済でも、文化でもなく、「心」の時代。では、なぜ「心」の時代であったのか。そしてどのようにして、「多幸な」若者たちは「心の時代」を生き抜いてきたのであろうか。

見田宗介は一九九〇年の時点で、戦後日本社会のリアリティ（現実）の感覚と思想の変容をふり返って、プレ高度成長期（一九四五～六〇年）を「理想の時代」、高度成長期（一九六〇～七五年）を「夢の時代」、ポスト高度成長期（一九七五～九〇年）を「虚構の時代」と呼び、三つの時代を区分してみせた（見田『現代日本の感覚と思想』）。当然すぎる時代区分だが、そこに充てられたリアリティを指す三つの言葉によって、経済社会の変動とともに変化する、現実と向き合う人びとの感覚と思想（つまりリアリティ）の大きなうねりのような変化が見えてくる。政治的な「理想」がリアリティをもった戦後期、そして経済成長の「夢」のリアリティを追い求めた高度成長期、さらに消費文化の「虚構」こそがリアリティとなったポスト高度成長期。そして、「虚構」の後にやってきたのが「心」の時代、というわけである。見田の区分を受けて言えば、「虚構」のリアリティがついにバブルとなって弾けた後、「心」がリアリティの唯一の拠り所となり、ゼロ成長期の「心」の時代が訪れたということになろう。求められる確かなもの（リアリティ）は、もはや高邁な政治の「理想」でも、「夢」のような経済的な豊かさでもなく、幻惑するような消費文化の「虚構」でもなく、確かな「私」、私の「心」である。訪れたのは「私探し」や「癒し」の時代であり、精神科医や心理学者の活躍する「心の専門家」の時代であり、そして「心の教育」の時代であった。

見田自身は最近になって、この時代を「バーチャルの時代」と名づけた（『朝日新聞』二〇〇八年一二月三一日）。第2章で論じたように、同じ時代を東浩紀は「動物の時代」と呼び、また大澤真幸は「虚構の時代の果て」のこの時代を、「不可能性の時代」と呼んだ（大澤『不可能性の時代』）。それぞれの論じ方で力点は異なるが、核心においていずれも共通するのは、「他者」を剝奪された（「動物化」した）リアリティ（バーチャリティ）、あるいはリアリティの「不可能性」という問題である。私はすでにその問題を、第2章において、アーレントに依拠して「『欠如』としての私生活」という概念で論じた。さらにその原因を、ハーバーマスに依拠して、システムによって植民地化された、現代の「傷ついた生活世界」に求め、そこに潜在するシステムと生活世界との緊張関係に注意を喚起した。その際には理論的な指摘にとどまったが、現代の「心の時代」を生き抜く若者の「生きづらさ」と「多幸さ」に具体的に分け入って見れば、「心」のなかに引き込まれたせめぎあうシステムと生活世界との抗争ラインを見いだすことができるように思われる。

「心の時代」の歴史的な経緯を一瞥しておこう。ここでは見田にならって「心の時代」の到来をバブル崩壊後の時点に見立てたが、その起源は「虚構」の時代の末期にまでさかのぼる。臨時教育審議会（以下、臨教審）設置後の一九八五年、当時の中曽根首相は「心の時代」という言葉を引いて、「国民が物の時代を越えて、心の時代へ前進しようとする熱意は、教育改革への強い期待となって現れている」と、「教育改革」に言及した。小沢牧子は施政方針演説のこの一節に、「心の教育」へと展開してゆく時代の転換点（「物から心へ」）をとらえた。同じこの年に、後に『心のノート』作成の中心となる河合隼雄が学校における「心の専門家」（スクールカウンセラー）の必要性を唱え、教育行政と臨床心理学者の連携が始まったのである。小沢によれば、首相の述べた「心の時代」はあたかもモノにとらわれない「心」の大切さを説いたようでありながら、実は消費社会化による「心のモノ化、商品化の時代」、「心のビジネス」の始まりだったという。たしかに一九八五年は、円高を背景にバブル景気の頂点へと駆け上ってゆく時期であり、「心」を取り込んで消費社会の「虚構」がいよいよ膨張する起点となった年である。小沢は、「心」が操作化されるそうした時代を背景に、学校でも「いじめ」などの問題を「心」の面から取り扱う「心の専門家」が登場してきた、と言うのである（小沢『「心の専門家」はいらない』）。

こうした小沢の指摘は、ロバート・N・ベラーの『心の習慣』の議論を想起させる。ベラーが『心の習慣』を著したのは奇しくも同じ一九八五年のことであったが、そこで示されたのは、「経営管理者とセラピスト」によって特徴づけられる二〇世紀アメリカ文化への危惧であり、その下で生きる人びとの「心の習慣」の変化の兆候であった。「経営管理者とセラピスト――二〇世紀のアメリカの文化の輪郭は、概ねこの二者の存在によって定義される」。そしてベラーは、「この文化の社会的基盤は、古い地域的な経済の大半を支配するか、そこまで浸み込んでしまった官僚制的消費資本主義の世界である」と述べた（ベラー『心の習慣』五四頁）。レーガン政権下のアメリカ社会を舞台にしたこの議論は、上記の中曽根首相の演説から始まるその後の日本社会の動向を理解する点でも、きわめて示唆的である。

実際、日本でも一九八〇年代半ば以降、経営管理者が支配する「官僚制的消費資本主義」の展開が本格化し、「古い地域的な経済の大半」を支配し、そこに浸透し、人びとの職業生活をもっぱら経営管理者による経済的な効率追求の下に再編成することになった。まさしく日本のこの二〇年間は、財界の経営管理者たちの意に率いられた、引き続く「行政改革」と「構造改革」の歴史であった。そして、小沢が指摘したように、その動きと併行して、「心の専門家」や「心の教育」が登場してきたのである。ベラーによれば、セラピスト（すなわち「心の専門家」）とは、経営管理者と共通のコンテクストのなかで、個人主義化した人びとの内面に働きかけて、私的なライフスタイルと「人生の意味」を経営効率の追求に折り合わせ、あるいはその不適応を治癒する者なのだという。そして大切なのは「自己を見出すこと」。「経営管理者とセラピスト」の文化的支配という、ベラーのこうした構図は、ここ二〇年間の日本における新自由主義の隆盛と「心の時代」の到来にほぼぴったりと当てはまる。

「のんびりと自分の人生を楽しむ」

たしかに、この間、日本でも「自分探し」や「癒し」など、セラピー風の文化が広くゆきわたり、子どもや若者ばかりでなく、人びとの「心」への関心はますます高くなっている。すでにそれは「虚構」の時代の終わりを生き抜こうとする人びとのモーレス、すなわち「心の習慣」のようなものとなっている。もとよりそこには「闇」ばかりがあるのではない。ベラーによれば、「モーレスとそこに表われる世論の動向のなかにこそ、人々のヴィジョンの変化の兆候を、すなわち社会がどこに向かっているのかを垣間見させてくれるような社会的想像力の羽ばたきを、読み取ることができるのである」（同書、三三二頁）。ここではベラーとともに、この時代の若者の「心の習慣」のなかに、文化的な困難や危機ばかりでなく、適応しつつ時代を生き抜く「人々のヴィジョンの変化の兆候」を読み取ることに留意したいと思う。

そこで、もう一度「多幸な」若者たちの生き方に戻って考えることにしよう。第1節で述べたように、この一〇数年間、現在の生活に満足した「多幸な」若者が緩やかに増え続けたが、同時にこの一〇数年間は、若者にとって劇的とも言えるほど経済環境が悪化し、ロスジェネ世代の苦境が深刻化した時代であった。バブル崩壊後、日本の雇用状況は一変したが、なかでも若い世代（一五〜二四歳）の失業率は突出して高くなり、卒業して進学も正規就職もしなかった無業者の割合は一九九〇年代に急激に高まった。一九九〇年と二〇〇〇年とを比較すると、進学者を除く卒業者に占める無業者の比率（無業者／無業者＋就職者）は、高卒で一三・一％から三五・四％へ、短大卒で八・四%から三六・八%へ、大卒でも七・四%から三二・三%へと、それぞれ急上昇している(文科省『学校基本調査』から算出、無業者には「一時的な仕事に就いた者」を含む)。若者が学校を出ても正規の職に就けない状態が特別なことではなくなり、日本の戦後企業社会の根幹を成してきた「終身雇用」が、この時期、その入り口のところから急速に崩壊したことがわかる。今の若者が将来に希望を持てないと言う端的な理由の一つはそこにある。

雇用をめぐるこうした若い世代の厳しい現実は、しばしば働く意欲にとぼしい若者の「フリーター志望」のせいだと見られてきたが、近年になってようやく、それが日本社会の構造上の問題であり、「若者が《社会的弱者》に転落する」歴史的転換点の「危機」だという認識が、しだいに広がりつつある。「いま日本の若者たちは崖っぷちに立っている」と、まっ先に警告を発したのは宮本みち子であった(『若者が《社会的弱者》に転落する』)。ところが奇妙なことに、それにもかかわらず、当の若者たちは「幸せだ」と回答する。ここで理解しなければならないのは、若者を転落させる構造的変化の現実ばかりでなく、こうしたいっけん奇妙な若者の「心の習慣」の方であろう。それは、一九八〇年代の「多幸症」がいまだ醒めない、感情の麻痺した若者たち(野田正彰)の言葉なのか、あるいはまた、親の経済力に依存して「満足感」に安住する「パラサイト・シングル」たち(山田昌弘)の肉声なのか。おそらく、いずれでもないだろう。

先に引いたNHKの調査に、「他人に負けないようにがんばる」か、「のんびりと自分の人生を楽しむ」か、「あなたが良いと思うのはどちらのほうですか」と、中高生に「望ましい生き方」を尋ねた項目がある(図表4)。一九八二年から二〇〇二年までの変化を見てみると、「他人に負けない

図表4　望ましい生き方（中高生）

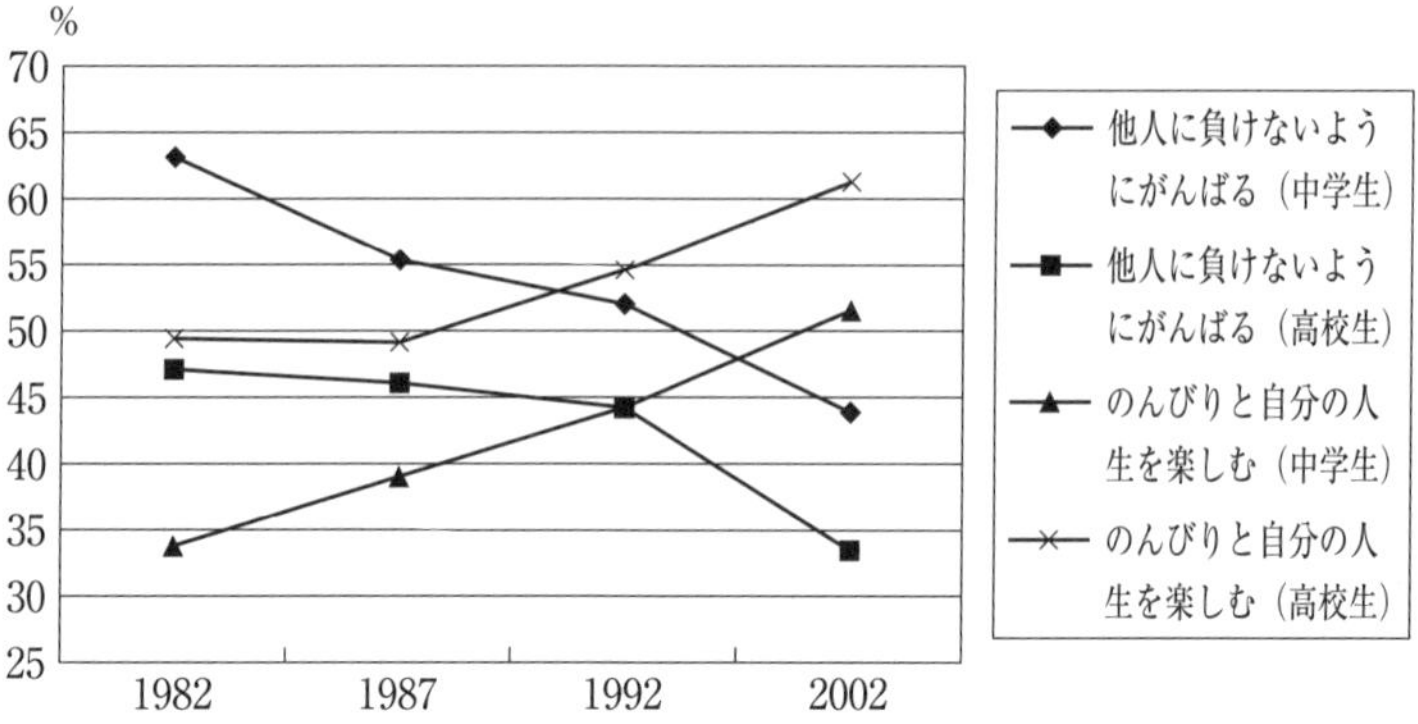

出所：NHK『中学生・高校生の生活と意識調査』より作成

ようにがんばる」が、中学生では六三・二％から四三・八％へ、高校生では四七・〇％から三三・五％へと、減少していることがわかる。代わって「のんびりと自分の人生を楽しむ」の方は、中学生で三三・七％から五一・七％へ、高校生では四九・二％から六一・三％へと、増加を続けており、この二〇年間で中高生とも「良いと思う」生き方の選択がちょうど反転したかたちである。一般に、「良いと思う」生き方をできることが「幸福感」であるとするならば、緩やかに増え続けた若者の「幸福感」は、この生き方の選択の反転と軌を一にしており、「幸福感」の内実もまた緩やかに反転していると見なければならない。つまりこの間、若者たちは〈社会的弱者〉に転落する歴史的転換点に直面しつつ、「良いと思う」生き方をしだいに反転させて、この困難な時代を「幸せに」生き抜いてきたのである。

こうした若者たちの「生き方」の選択と適応、そこに見られる価値的態度の転換は、もはや「多幸症」とも、「パラサイト」とも言いえない「心の習慣」であろう。

ならばその転換には、「社会がどこに向かっているのかを垣間見させてくれるような」、いかなる「社会的想像力の羽ばたき」を読み取ることができるのであろうか。

コンサマトリー化の概念

「他人に負けないようにがんばる」のか、「のんびりと自分の人生を楽しむ」のか、という「望ましい生き方」の選択は、従来からの社会学の用語で言えば、「道具的な（インストラメンタルな、手段的な）価値」か、「コンサマトリーな（即自的な、反手段的な）価値」かの選択である。三〇年ほど前、日本が「夢」の時代から「虚構」の時代へと移り行こうとするとき（一九七五年）、村上泰亮が転機に立つ産業社会の未来予測を試みて、それまで産業社会を強力に主導してきた「手段的合理主義」の対極に「コンサマトリーな価値」を置いたのが、この価値選択に関わる日本での議論の始まりであった。一般にはいずれもなじみのない概念だが、村上によれば、「一定の目的のために最善の結果を生むような手段」に最終的関心を払う行動が「手段的合理主義」であり、それに対して「行動それ自体の価値のみを考え、その生むはずの結果を全く考慮しない」行動が「コンサマトリーな価値」であるという（村上『産業社会の病理』八五〜八六頁）。

このようなコンサマトリー（consummatory）の概念は、もともとタルコット・パーソンズの社会システム論に由来する用語である。パーソンズは、端的に言えば、価値システムの共有によって社会統合が実現されるという観点から社会システムの機能分析を徹底した理論家だが、そのモデルとなったアメリカ社会の発展の基礎にパーソンズが見いだしたのが、「道具的（instrumental）活動主義」と呼ばれる価値システムであった。「道具的」というのは、「社会は『それ自体が目標』であるのではなく、むしろある意味で社会の外部の、あるいは社会を超越する諸目標を達成する手段として把握されている」ということであり、宗教的な文脈では、「人間は——自分の属する社会組織をも含めて——神の意志の実現のための道具として存在する」ということである。そして「活動主義」(アーレントの「活動」とは無関係)とは、そのような使命に従って個人は業績の達成に邁進すべきとする価値(「制度化された個人主義」)を意味する。一方、そのような道具的活動主義に対置して、「それ自体が目標」であるような、「自己‐満足」的な価値が、「コンサマトリーな」価値と呼ばれた(パーソンズ『社会構造とパーソナリティ』二六二頁)。

パーソンズはこの議論を、「変わりゆくアメリカ人の性格について」という副題を持つリースマンの『孤独な群衆』に対する批判として展開した。周知のようにリースマンは、二〇世紀半ば、アメリカでは「内部指向型」から「他人指向型」の社会への転換が進行し、近代の急激な産業化を推し進めた内部指向型の人間、つまり内面化された目標に従って個人の人生を切り開く性格類型はすでに衰退しつつあると主張した。内部指向型がおおむねパーソンズの道具的活動主義に対応することは言うまでもなかろう。それに対してパーソンズは、消費的世界において仲間集団への同調を指向する他人指向型の出現(コンサマトリー化)を承認しつつも、それは共有された価値システムのもとで進行する社会の構造分化にともなう現象であって、道具的活動主義と補完的なものだと反論したのである。たとえば、「仲間とうまくやってゆく能力」は今日の産業化において、業績の達成(活動主義)のためにますます不可欠になっている、というわけである。そしてこの時期以降、パーソンズは、社会システムの機能分析図式の説明に「道具的―コンサマトリー」の関係軸を用いるようになる。つまりパーソンズは、リースマンが見いだした他人指向型の趨勢、あるいはコンサマトリー化に対して、それを社会システムに取り込んで発展するアメリカ社会への信頼を表明するとともに、そのような価値システムに基づく自身の社会システム論の妥当性を主張したのである（同書、二九〇頁以下）。

パーソンズの議論から、コンサマトリー化が近代社会の価値形成にとって、いかに根源的な価値転換を含意していたかが理解できよう。実際、リースマンの言う他人指向型の性格類型は、今の日本の若者の「生きづらさ」の問題と照らし合わせてみても、きわめて射程の長い現代的な問題提起であったことがわかる。心のなかに埋め込まれた「ジャイロスコープ（羅針盤）」に従って一心に「針路」をめざす内部指向型とは異なり、他人指向型の人間は、「レーダー」のように「他者からの信号」に絶えず細心の注意を払い、仲間集団との同調に努め、そこに不安と喜びを見いだす。「見られていないかもしれない」不安のなかで、コンサマトリーなケータイ・コミュニケーションに絶えず専心する現代の若者の姿は、他人指向型の人間像そのもののように思える。そしてリースマンは、この歴史的な変化を、多くの否定的な特徴とともに、内部指向型とは異なる新しい型の自律性への期待を込めて記述した。一方、パーソンズは、リースマンの主張に含まれる近代批判とコンサマトリー化の趨勢に産業社会の危機を敏感に察知して、それらの要素をアメリカ的価値の理想へと包摂すべく、理論の体系化を進めたのである。

日本におけるコンサマトリー化の議論は、日本の高度経済成長が終わろうとする時期、ほぼパーソンズの考え方を踏襲しながらも、しかしずっと悲観的なトーンで主張された。村上は、産業社会の発展による個人主義のコンサマトリー化を「慢性の病」ととらえ、来るべき将来、コンサマトリー化が産業化の価値の根底を掘り崩し、産業社会の自動崩壊を引き起こすことを危惧して、『産業社会の病理』を著した。そして、コンサマトリー化する「大衆の一人一人」に向けて、「コンサマトリーな要求と、手段合理的な必要との両者を認識し、その間の分裂に耐えるだけの強さを持たなければならない」、と訴えたのである（同書、一七三頁）。そして、村上の著作の一五年後、高度成長後の「虚構の時代」が終わろうとするとき（一九九一年）、千石保は『「まじめ」の崩壊』を著し、コンサマトリー化の概念をふたたび用いて、若者の価値観や態度に対する苦言を呈した。「何かの目的のためのインストラメンタルを拒否し、そのときそのときを楽しく生きようとする。それがコンサマトリーである。やがて、このコンサマトリー自体が日本を風靡するコンセプトになるに違いないだろう」（千石『「まじめ」の崩壊』四頁）。千石はこう述べて、日本社会の「内部からの崩壊」に警鐘を鳴らし、コンサマトリー感覚で働く若者の「仕事倫理の崩壊」を憂え、「荒れる学校」や「いじめ」に対して「道徳を死守せよ」、「『まじめ』を失ってはならない」と断じたのである。

「まじめ」の崩壊？

見てきたように、コンサマトリー化の概念は、パーソンズの社会システム論で最初に用いられて以来、ずっと産業社会の価値システムを揺るがす危険として、システムによる馴化の対象とされてきた。そして日本では、一九九〇年代の初め、バブル化した産業社会の崩壊が迫るなか、千石が若者のコンサマトリー化を「『まじめ』の崩壊」と言い換えて世間の関心を引き、若者の「ノン・モラル」を批判するその後のおびただしい若者論の先陣を切ったのである。それらの論者たちを、ここでは「モラリスト」と呼んでおこう。めざすところは、「まじめ」とコンサマトリー化という「分裂した価値を一つの人格に統一する」という「教育の目標」であり（同書、二二六頁）、「モラル」の復権であった（千石『「モラル」の復権』）。

日本において村上から千石へと受け継がれたコンサマトリー化論は、システムによる馴化という基本線に沿って、中曽根首相以来の「心の教育」の動きを強力に後押しする議論となったことがわかる。そして今も、「まじめの崩壊」論はくり返されている（和田秀樹『まじめの崩壊』二〇〇九年）。だが、本当に若者の「まじめ」は崩壊したと言えるのであろうか。「心の教育」に道を開いた「凶悪化」や「心の闇」の言説が一面化された若者像であったように、コンサマトリー化についても同じことが指摘できるのではないか。

その点で、参考になるのは、村上と千石がそれぞれコンサマトリー化を論じた六年後の一九八一年と一九九七年の二点をとって、高校三年生の生活意識と職業意識の変化を分析した轟 亮の調査である（轟「職業観と学校生活感——若者の「まじめ」は崩壊したか——」）。轟は、根拠の不確かな「まじめの崩壊」説が検証に耐えうるか疑わしいとして、コンサマトリー化の進んだはずのこの一六年間に、高校三年生の学校生活の感じ方と職業観がどのように変化したかについて、計量的な検討を加えた。結論から言えば、学校生活の態度であれ、職業に対する姿勢であれ、大きく見るなら「まじめ崩壊」説が語っている傾向が見られるものの、その変化の大きさと質は「崩壊」に匹敵するようなものではない、というのが轟の主張である。

調査結果に即して見ておこう。学校生活について見ると、たしかにこの一六年間に、「授業をサボったり、学校を休みたくなることがある」とか、「学校の外での生活の方が楽しい」という「脱学校感」が高まったことがわかる。前者の質問に「ある」と答えた割合は、「いつも」「しばしば」「たまに」を含めて、六五・三％から八三・六％へと増加し、後者の質問に「そう思う」と答えた割合は、「強く」「どちらかといえば」を含めて、三五・二％から四八・三％に増加した。ところが、逆に「授業に充実感がある」という積極的な回答も、「いつも」「しばしば」「たまに」を含めて、この間に四四・五％から六三・九％へと増加している。この結果は、前出の『世界青年意識調査』でもこの間、「学校生活」について「満足」とする回答がかなり増えていたことと符合する。したがって、これらの調査結果から、学校生活について若者の「まじめ」が「崩壊した」と結論づけるのは困難であろう。轟は、このアンビヴァレントな結果を、「学校離れ」が進んだためではなく、高校生の生活領域が学校以外にも広がり、「生活構造の多チャンネル化」が進んだためだと解釈している。

職業観についてはどうか。「現在の欲求に忠実に生きるべきだ」という回答が増加し、「一生の仕事になるものを、できるだけ早く見つけるべきだ」とする回答が減少するなど、「現在の欲求」を優先し「一生の仕事」に無頓着な「脱近代的な職業観＝コンサマトリー化」への大まかな傾向が窺える。ただし、その変化は目立ったものではない。前者の質問に「そう思う」と答えた割合は、「強く」「どちらかといえば」を含めて、三四・二％から三七・六％へとわずかな増加であり、後者の質問では、六八・一％から五七・四％への減少である。また、「職業以外の生活に自分の生きがいを見つけたい」という質問については、「そう思う」と答えた割合は三〇・四％から二八・八％へと減少気味で、「そう思わない」という割合も四四・五％から三七・八％へと減っている。増加しているのは、「どちらともいえない」という中間的回答であり、コンサマトリー化の想定からすれば意外なことだが、職業が「生きがい」という意識はかなり根強く持続していることがわかる。やはり職業観についても、「まじめ」が「崩壊した」と安易に結論づけるわけにはゆかないであろう。轟の解釈によれば、それは「仕事離れ」という「まじめの崩壊」ではなく、不況で見通しにくくなった将来を前にした高校生の「判断保留」であり、産業社会の不透明さへの「適応的変容」だというのである。

二〇〇〇年代の高校生の職業意識については、ほかに安田雪の研究がある（安田『働きたいのに…高校生就職難の社会構造』）。二〇〇三年三月に高校を卒業した約五〇〇人の高校三年生を対象とした二度のアンケート調査（就職活動前の前年六月と活動開始後の一〇月）と、高校生の就職活動に関与するさまざまな人びとへのインタビューによって、今の日本で「機会と可能性をもたぬ少数派」となった就職志望の高校生たちの現実と葛藤が浮き彫りにされている。安田が「高校生の就職・採用という小さな舞台」をとおして明らかにし批判しているのは、無業者・フリーターの増加の原因は若者の勤労意欲の低下であるとして、若者への不信感や危機感を煽る、〈若者＝勤労意欲の低下＝フリーター亡国論〉というステレオタイプの誤りであり、それゆえに助長される若者への無理解と世代間の対立である。

すでに若者の無業者比率の増大が、若者を〈社会的弱者〉に転落させる社会の構造的問題であることを指摘したが、その一番の「崖っぷち」に立っているのが、この就職志望の高校生たちである。「若さと未熟さゆえに多くの保護と制約が課せられる高校生の就職活動には、それをとりまく日本社会の混乱と歪みがより鮮明に映し出される。就職をめぐる彼らの困惑は、我々、現役世代のつくりあげた社会の弱さそのものである」（同書、まえがき）。そして一方、安田が調査結果を分析して彼ら彼女らの困惑のなかに見いだすのは、「自分の進路は、自分で決める」という確固たる意思であり、「働くことを誇りに思う」という労働と自立に対する強い肯定観である。一般に言われるように、若者の勤労意欲が低下し、労働意識が変化したわけではない。だが、皮肉にも、自分の希望ややりたい仕事へのこの強いこだわりが、厳しい就職難のなかで空転を続けることになる。実際、新卒高校生への求人に「良い仕事」はほとんどない。しかも、進学か就職かを決めるのは「家庭の経済力に尽きる」という過酷な現実があるにもかかわらず、依然として「就職＝低学力」という偏見は強い。だからこそ、その偏見のなかで辛い仕事に就く高校生たちが「やりたいこと」「自分の希望」にこだわるのは、彼らの「ささやかな抵抗であり、切ない合理化であり、最後の矜持なのである」（同書、五一頁）、と安田は言う。

能力主義の虚構

語り口は異なるものの、轟と安田が基本的に一致しているのは、若者のコンサマトリー化の傾向は「まじめ」の崩壊や勤労意欲の低下を意味するものではなく、就職もままならない先行き不透明な厳しい社会環境のなかで、ロスジェネ世代の若者たちがそれぞれに折り合いをつけて適応し、誇りを持って生きようとする結果だということである。そうした若者の姿勢が、大人の目からは空転しているようにしか見えないとしても、「現在の欲求」と「自分の希望」にこだわる若者たちの独特なコンサマトリー化を進展させたというのである。

轟や安田が調査を進めたのは、ロスジェネ世代が世に送り出され、社会格差の拡大と社会的排除の危険が感受されるようになった時代であった。当時はまだ「ロスジェネ」という言葉も、「ワーキングプア」という言葉も知られていなかったが、今ではそれらの言葉が日常語として使われるほどに、格差と貧困の事実は歴然としている。日本社会が一九八〇年代以降、階層格差を拡大して不平等化したことは、経済学や社会学の計量的な分析によって実証的に指摘されてきたが、いまやそれが露骨な現実となって世間の注目を集めるほどに、社会の転換は速く、深く進んだのである。見田宗介が述べた「虚構」の時代は、実は消費社会の虚構性が広まっただけでなく、併行して道具的活動主義によって標榜された「総中流」社会（村上泰亮なら「新中間大衆」社会）の虚構化が進んだ時代だったのである。そして、「可能性としての中流」が虚構と化し、「努力すればナントカなる」希望を打ち砕かれた「不平等社会」が到来した（佐藤俊樹『不平等社会日本』）。安田によれば、「不況は人々の生活の土台を崩し、努力が機会を保障するというストーリーを社会から失わせてしまったのである。中高年が目をそらすその哀しい事実に、最も早く直面したのが就職志望の高校生たちだった」のである（安田、前掲書、二一六〜二一七頁）。

安田は、この哀しい事実を、「能力主義という虚構」という言葉で表現する。つまり、中高年の大人たちが無業者やフリーターとなる若者に勤労意欲の低下や低学力という偏見を押しつけるのは、この事実(「能力主義という虚構」)から目をそらしたいがためである。千石の「まじめ崩壊」論が、株価の下落が始まりバブル崩壊が迫り来るなかで論じられたことを、再度ここで確認しておこう。要するに、バブルの崩壊とともに能力主義(道具的手段主義)と「総中流」のストーリーの虚構性が露呈したとき、若者のコンサマトリー化とノン・モラルを批判する議論によって、「心の時代」の新たなストーリーが用意されたのである。そのストーリーは、露見した事実を隠蔽し、虚構にすぎない能力主義の公正さをなおも信じ込ませようとする意図を持つものだと言ってよい。そして今、コンサマトリー化した若者に対する「心の教育」の目論みが強力に推し進められていることは、すでに述べた。

だが、それにもかかわらず、「これほどまでにたてまえの公正を理念として掲げる社会に対してさえ、不公平感を抱かず、労働と自立を誇りにする、輝くばかりの感性をもつ若者がいる」(同書、二一七頁)。調査の結果を引きながら安田が深い共感をもって描き出すのは、そうした「サイレント・マジョリティ」としての若者の姿である。「他人に負けないようにがんばる」のではなく、「のんびりと自分の人生を楽しむ」という、コンサマトリーな生き方を望む今の多数派の若者たちは、村上や千石の批判したコンサマトリー化した若者像とはおおよそ異なる存在であろう。村上や千石にとってコンサマトリー化は産業社会の根幹を揺るがす「病理」と映ったが、今の若者にとってそれは、「能力主義の虚構」が露呈した不平等な社会において、機会を剥奪されてなお「矜持」を持って「幸せ」に生きようとする、「努力の終焉からの再出発」(安田)なのである。

実際、「他人に負けないようにがんばる」という能力主義的な努力観が終焉しつつあることは、しばしば落胆とともに指摘されるように、一般に中高生の学習時間が大きく減少しているとされる点にも見られる。その問題は従来、「ゆとり教育」の可否をめぐって「学力低下」の面から論議されてきた。だが、ここで言えば、それは「能力主義の虚構」が露呈した社会における若者の「適応的変容」の結果であり、歪みを含むとはいえ、「能力主義」に支配されない生き方への若者の「ヴィジョンの変化の兆候」を内在させているのである。次節に先駆けて、そこに一つの「転回」の可能性を見込むとすれば、本章の始めのデータで指摘したように、一九九〇年代における若者の幸福感の増大が、なぜ男性において特徴的であったのかも容易に推察される。産業社会の能力主義（道具的活動主義）をより深く内面化させられてきたのは、言うまでもなく男性の側であり、女性にとって「能力主義の虚構」はずっと以前から露呈していたからである。

3　「幸福」の課題——コンサマトリー化の先へ

情報／消費社会の「転回」？

若者のコンサマトリー化について述べてきたが、実は「他人に負けないようにがんばる」のではなく、「のんびりと自分の人生を楽しむ」ことを「望ましい生き方」として選択する点では、中高生の親たちへのアンケートでもほぼ同様の結果が出ている。前出のＮＨＫの調査では対象となった中高生の父母の場合も、やはり二〇年間で、「のんびりと」を選択する率は父母平均で四〇％台から六〇％台へと増加し、子世代と同じく「他人に負けないように」の選択率をすっかり逆転している。異なるのは、「幸福感」がそれにともなって増加することはなかったという点である。ともにコンサマトリー化を良しとしながらも、そうした生き方をしだいに可能としてきた若者と、それがままならなかった親たち、という構図になろう。いつの時代もそうであるように、今もまた若い世代が、産業社会の転換を含意するコンサマトリー化の大きな価値転換を、親世代に先駆けて経験しているように思われる。ここではその価値転換をある種の「転回」であると見て、見田宗介の現代社会論をヒントにして、若者の「ヴィジョンの変化の兆候」あるいは「社会的想像力の羽ばたき」（ベラー）を、そこから引き出してみよう。

見田が一九九〇年代の初め、ポスト高度成長期を生きる人びとの感覚と思想を「虚構」と評したとき、来るべき時代に投げかけられた思想的課題は「夢よりも深い覚醒へ」と表現された。同じ本に収められた一九八五年から八六年にかけて書かれた二八編の時評では、最盛期の「虚構」の空間と時代のなかに「覚醒」への手がかりを追い求めて、随所で光と闇とが交錯するような困難な可能性にふれていたが、それは半ば心象風景のようなものであった。「今わたしたちがほんとうに求めているのは、わたしたちを、もう一度〈内在〉させる力をもつ思想ではないだろうか。あるいは超越を超越する思想、世界を新鮮な奇跡の場所として開示する、ひとつの覚醒ではないだろうか」（前掲『現代日本の感覚と思想』一五四頁）。いかにも見田流の難しい言い回しだが、「世界を新鮮な奇跡の場所として開示する」ことは、『世界の中心で、愛を叫ぶ』（片山恭一、二〇〇一年）を読んで感動の渦を巻き起こした今の若者たちにとって、あんがいリアルなことであるかもしれない。そして、この困難な可能性に理論的形式を与えようとしたのが、一九九六年の『現代社会の理論』であった。

この著作で見田は、現代社会を「情報化／消費化社会」と定義した。情報化によって、いまや資本制システムは限りない欲望（需要）を自己創出し、欲望と消費の無限空間へと消費社会を解き放ち、「幸福」を環とするシステムへと、否、「幸福の環としてのシステム」へと自己形成した、と言うのである。そして見田は、この社会の固有の「楽しさ」と「魅力性」を「光の巨大」と言い、それが「われわれの社会の形式のリアリティの核」だとしたうえで、この無限化されたシステムがそれゆえに「外部」に立ち現れさせる二つの「限界問題」という「闇の巨大」を対照させている。それは、ほとんど臨界にまで達した今日の環境・資源問題の危機的現実であり、北の無限システムがその外部に構造的につくり出す南の圧倒的な飢餓と貧困の悲惨である。

この巨大な「光」と「闇」との矛盾を克服する論理と可能性を示すことが見田の課題だが、それは情報化／消費化社会の「幸福」を手放すことによってではなく、「消費」と「情報」のコンセプトをその原義に戻って再考し、情報化／消費化社会の「転回」の基軸を見いだすことで可能になるという。バタイユを引いて見田が述べるのは、原義としての〈消費 consumation〉はほんらい商品の消費とは異なり、〈生の直接的な充溢と歓喜〉の位相であり、また「情報」というコンセプトの徹底は、「マテリアルな消費に依存することのない知と感受性と魂の深度のごとき空間のひろがり」

に通じる、ということである。見田は、そうしたコンセプトの「転回」によって、「自然収奪的でなく、他者収奪的でもないような仕方の生存の美学の方向に、欲求と感受力を転回することもまた可能なはずである」として、自然と人間を収奪することのない社会の〈可能な未来〉への展望を説くのである（同書、一六五頁以下）。

見田自身も著作の終わりで述べているように、コンセプトの「転回」に依拠するこうした議論の組み立ては、いかに好意的に見ても、やはり一方では「理想的」にすぎるとして、他方では「現実肯定的」にすぎるとして、批判を免れないであろう。もし情報化／消費化社会が「幸福の環としてのシステム」であるなら、現に「幸福」を享受する人びとにとって、「転回」は美しすぎる「理想論」として願い下げであろうし、「革命的」な立場からすれば、それは結局、「現状肯定」に終わる空しいユートピア論として拒否されるにちがいない。だが、ここで私がわざわざ見田の理論を引いたのは、見田社会学に敬意を払うためでも、それを「観念の中の論理」として一蹴するためでもない。すでに『セカチュウ』の例を引いたが、コンサマトリー化した若者にとって、すでに「転回」は半ばリアルな現実となっているのではないか、と思えるからである。もっとも、それは見田の言うような〈単純な至福〉などではけっしてなく、本書でずっと見てきたように、「生きづらさ」を抱えた若者の困難な現実として、である。

「幸福の環」としての生活世界

さしあたり確実なことは、この間、時代の変化は著名な社会学者の理論的構想力よりもはるかに速かった、ということであろう。見田が「光の巨大」に喩えた、情報化／消費化社会という「幸福の環としてのシステム」がどれほど深い「闇」を内部に持ち、実は「底抜け」の環にすぎなかったかを、ここ一〇数年間の日本社会はきわめて深刻なかたちで経験してきた。その点で見田の『現代社会の理論』はすでに前提からして失効したように思われる。ところが一方で、本章の始めに見たように、若者の「幸福感」は減退するどころか、この間、はっきりと増加傾向を示してきたのである。その場合の「幸福」は、もはや商品の消費による幸福感ではなく、コンサマトリー（consummatory）化の概念のもとで「現在の欲求」と「自分の希望」にこだわる若者像を見たように、見田の言う「コンサメイション（consumation）」に通じる幸福感、〈生の直接的な充溢と歓喜〉を想起させるものでもある。見田が「消費」のコンセプトの転回から導いた未然の可能性を、いまや若者たちは価値観の「転回」として、すでに生きはじめているかのようである。

同じことは「情報」についても言える。見田は、未来の可能性を開く情報のコンセプトには、「効用としての情報の彼方の様相、美としての情報、直接にそれ自体としての喜びであるような非物質的なものの様相を含むコンセプト」が前提されていると言う。そして、このコンセプトにまで突き抜けることで、情報化社会は物質主義的で外部収奪的な価値観と幸福のイメージを脱することができるとしていた。やはりここで押さえておきたいのは、このどこか神秘的な概念操作によって見田が導き出した情報コンセプトは、すでに若者たちによって自明な日常のリアリティとして生きられているのではないか、ということである。本書第2章で見たように、一九九〇年代後半の携帯電話・インターネットの爆発的な普及によって若者の情報環境は一変したが、その結果、若者にとって「情報」はもはや「効用」ではなく、「それ自体として喜びであるような」位相に変化している。

このように見てくると、見田が〈可能な未来〉と書いた、情報化／消費化社会の転回の基軸となる欲望と感受の能力の「転回」へと、コンサマトリー化した「多幸な」若者たちはすでに一歩踏み出している、と言うことができよう。見田の言葉で言えば、「あらゆる効用と手段主義的な志向の彼方にあるものに向かって」、そして「あらゆる種類の物質主義的な幸福の彼方にあるものに向かって」（同書、一七〇頁）となるが、もとよりそのような観念的な言葉は、若者たちの現実とはまったく不釣り合いのものである。若者のコンサマトリー化は、「光」と「闇」の矛盾を克服する奇跡のような価値の「転回」などではない。若者は、虚構の「光」ゆえにそれぞれの内面深くに「心の闇」を抱えつつ、虚構が不平等社会の現実を露呈させてゆくなかで、現実に自己を折り合わせて生き抜いてきたのであり、そうした若者たちの「適合的変容」の結果がコンサマトリー化であった。だが、それでもなおそこに、見田の期待とおおむね方向を一にする変化を垣間見させてくれるような、「社会的想像力の羽ばたき」を読み取ることができるのである。

先のNHKの調査から、この二〇年間の中高生の生活と意識でもっとも大きく変化したことを一つ取り出すなら（通塾率を除いて）、それは「人をなぐりたいと思ったことはない」とする回答である。一九八二年の時点で中学生は三五・五％、高校生は二五・三％であったが、二〇〇二年には中学生五五・二％、高校生は五三・九％へと大幅に増加した。実際に「人になぐられたことはない」という回答の方も、同じく中学生二四・三％、高校生七・九％から、中学生四五・一％、高校生四九・六％へと大幅に増加した。もう一方の内閣府の調査で見ると、もっとも大きく変わったのは性別役割意識であり、第二位が友人への満足度である。「男は外で働き、女は家庭を守るべきだ」に「反対する」と答えた若者は、一九八三年の時点で三五・五％であったが、二〇〇三年には六八・五％へと大きく増加した。「あなたは友人（恋人を含む）との関係に満足していますか、それとも不満ですか」という質問に「満足」と回答した若者も、一九八三年の五四・〇％から二〇〇三年の七二・〇％へと増加した。

この二〇年間、ロスジェネ世代を中心に若者の幸福感が緩やかに増え続けたことを最初に述べたが、その変化のなかで、もっとも大きく変化したのが以上の項目への回答であった。「多幸な」若者たちが増え続けた主な理由として、男女関係の平等化も含めて、暴力的ではなくなった友人関係への満足度が高まったことが窺われる。それは、リースマンが他人指向型社会への転換の意義を、「見えざる手」（「仕事熱心 job-minded」）から「よろこびの手」（「人間熱心 people-minded」）へと述べたこととも符合する。見田の場合には、現代社会はもっぱら「自立システム」と把握され、生活世界の概念は見あたらないが、それに対して言えば、ここでの若者の変化は、「幸福の環としてのシステム」から「幸福の環としての生活世界」へという、幸福感の転換を意味するものなのである。ロスジェネ世代の若者たちは、見田の言う「幸福の環としてのシステム」が実際には底抜けの環にすぎないことが無惨にも露呈するなかで、傷ついた生活世界において「幸福の環」を再発見し、修復し、それぞれの「生きづらさ」を生き抜いてきたと言ってよい。

幸福感と社会への不満・無力感

見田の議論では、情報化／消費化社会のコンサマトリー化した「幸福」は、根源的には搾取のない社会の〈至福〉という〈可能な未来〉に通じていると読めるが、そうではありえないことを、「生きづらさ」に苦しむ「多幸な」若者世代とともに、ここで確認しておこう。〈可能な未来〉のためには、アーレント流に言えば、「労働」から「活動」へという、近代社会の原理の根源的な転換が必要であり、ハーバーマス流に言えば、「自立システム」による「植民地化」に抗して生活世界からの抵抗を立ち上げ、ラディカル・デモクラシーを発展させることが不可欠だからである。そして、外からは気楽そうに見える若者たちの「生きづらさ」を抱えた精神の激しいせめぎあいにこそ、その可能性の根があることを、見田は見ていない。

産業社会にせよ、情報化／消費化社会にせよ、こうした若者のコンサマトリー化は、村上が危惧したように、産業社会システムをその内部から崩壊させかねない危険を蓄えている。実際に、「光の巨大」であるかのような情報化／消費化社会の虚構性がすっかり露呈した今、たとえば少子化問題一つをとってみても、コンサマトリー化した若者たちは、大人たちから「パラサイト」だの「ニート」だのとヒステリックな批判が浴びせられるほどに、旧来のシステムをその内部から危機に追い込んでいる。友人（恋人）関係に充足し、性別役割に反対し、人をなぐりたいと思ったことのない若者にとって、旧来のシステムを稼働させてきた家族・結婚の制度的選択はいかにも魅力にとぼしく、そのハードルは高くなるばかりである。若者たちはそれらの制度化された親密圏を「欠如」として、むしろ「生きづらさ」の源泉として体験してきたのである。

日本中のすべての小中学生に配布された『心のノート』が、このような若者のコンサマトリー化に向けて書かれたことは間違いないと思われる。四冊の『心のノート』の最初の言葉は、「きょうを　たのしい　日に　しよう」（小学1・2年生用）であり、最後の言葉は、「この星の一員として世界に貢献できることを考えている」（中学生用）、その前には「この国を愛することが、世界を愛することにつながってゆく」とある。一年生に呼びかけられる「たのしさ」は、「国を愛することと」「世界に貢献できること」へと教育されるのであり、ここでは「のんびりと自分の人生を楽しむ」ことは「道徳的」ではない。全編にわたって「幸福」という言葉は不思議なほど出てこないが、わずかに出てきても、それは「すべての人の幸福のために」といった文脈であり、全体を「自分さがしの旅」に見立てたこの『ノート』には、残念ながら「私の幸福」の居場所は見あたらない。パーソンズが理想のアメリカ社会に見立てた産業社会の価値システム、つまり道具的活動主義を内化して、「国」や「世界」の道具となることが、そこでは生徒たちに求められているのである。

「心の時代」が「心の教育」を前面に押し出している今、コンサマトリー化した生徒たちは、「私の幸福」の追求と国や世界のための「道具」であることとの間で、野田が若者の精神の「解離」を懸念したほどに、深刻な分裂の危険に投げ込まれている。この『心のノート』を手にする若者たちの心のなかには、「すべての人の幸福のために」と迫る国家（システム）と、「私の幸福」の環として求められる親密圏（生活世界）との間で、せめぎあう精神の葛藤が現れ出ることになろう。実際、もう一度NHK調査に戻って言うと、この二〇年間に中高生の友人関係への満足度が一貫して増加したのとは対照的に、後半の一〇年間（一九九二〜二〇〇二年）に、「今の日本はよい社会だ」という質問に「そう思わない」とする否定的回答が、中学生で四七・三％から七四・六％へ、高校生で五三・六％から七四・四％へと、大きく増加している。

同様の調査結果は、一九八六年から二〇〇三年まで五回にわたって実施された、海野道郎らによる「仙台高校生調査」からも確認することができる。同調査によれば、仙台圏の高校生たちの「日本の社会に対する満足感」（社会満足感）は、一九八六年には半数近かったが、その後減少を続け、二〇〇三年には二割ほどにまで減少した（八割が不満）。一方、「自分自身の生活全体に対する満足感」（生活満足感）は、若干の上下はあるものの、六割程度をずっと持続してきた。一九八六年にともに五割程度で差のなかった生活満足感と社会満足感との差はその後、拡大を続け、一九八六年に一九％にすぎなかった「生活満足」で「社会不満」というアンビヴァレントな高校生の割合は、二〇〇三年には四七％に達している（海野他『〈失われた時代〉の高校生の意識』一七〇〜一七一頁）。

もとより、これらの結果は二〇〇二年に配布された『心のノート』とは無関係だが、ロスジェネ世代の幸福感の増加が、社会（システム）への不満感の増加とずっと併行していたことは注目に値する。幸福感をめぐる生活世界とシステムとの乖離と葛藤は、八〇年代から若者たちの間で進行しはじめていたのであり、若者のコンサマトリー化には旧来の社会システムとの葛藤や抵抗の増大がずっと隠されてきたことがわかる。だからこそ、価値システムの側から旧来の社会システムを保守しようとする論者たちは、コンサマトリー化する若者の「私の幸福」をシステムに折り合わせようと、この三〇年間、くり返し「まじめの崩壊」を嘆き、さらに近年では若者のノン・モラルを批判して、「心の教育」にまで立ち入ってきたのである。実際に、この間ずっと語られる「自己責任」のストーリー（反転された道具的活動主義）のなかで、多くの若者は社会システムとの葛藤や抵抗を結局、自分の心のなかに折り返し、「生きづらさ」として生きてきたことを本書では見てきた。そして、第1章で若者のイノセンスについて述べたように、そこで主観的な幸福感と社会への不満感とともに蓄積されてきたのは、自他への暴力として爆発しかねない拠り所のない無力感の増大だったのである。

［引用・参考文献］

海野道郎・片瀬一男編『〈失われた時代〉の高校生の意識』有斐閣、二〇〇八年
NHK放送文化研究所『中学生・高校生の生活と意識調査』NHK出版、二〇〇三年
小沢牧子『「心の専門家」はいらない』洋泉社、二〇〇二年
佐藤俊樹『不平等社会日本』中公新書、二〇〇〇年
千石保『「まじめ」の崩壊』サイマル出版会、一九九一年
千石保『「モラル」の復権』サイマル出版会、一九九七年
袖川芳之・田邊健「幸福度に関する研究」、ESRI Discussion Paper Series No. 182, 内閣府経済社会総合研究所、二〇〇七年
高橋哲哉『「心」と戦争』晶文社、二〇〇三年
轟亮「職業観と学校生活感——若者の『まじめ』は崩壊したか——」、尾嶋史章編『現代高校生の計量

社会学』ミネルヴァ書房、二〇〇一年
内閣府政策統括官『世界青年意識調査』二〇〇四年
中西新太郎編『一九九五年』大月書店、二〇〇八年
野田正彰「「心の教育」が学校を押しつぶす」、『世界』一〇月号、二〇〇二年一〇月
T・パーソンズ『社会構造とパーソナリティ』武田良三監訳、新泉社、一九七三年
広田照幸「〈青少年の凶悪化〉言説の再検討」、『教育学年報8 子ども問題』世織書房、二〇〇一年
藤田英典「戦後日本における青少年問題・教育問題」、同上書
R・N・ベラー『心の習慣』島薗進・中村圭志訳、みすず書房、一九九一年
見田宗介『現代日本の感覚と思想』講談社、一九九五年
宮本みち子『若者が《社会的弱者》に転落する』洋泉社、二〇〇二年
村岡清子『僕たちは絶望の中にいる』講談社、二〇〇三年
村上泰亮『産業社会の病理』中央公論社、一九七五年
安田雪『働きたいのに……高校生就職難の社会構造』勁草書房、二〇〇三年
和田秀樹『まじめの崩壊』ちくま新書、二〇〇九年

第4章

若者のトランジッション——ニート言説を超えて

1　「ニート」という言説

ニートの「発見」

〈一八歳でロック歌手になりたい。売れたら三五歳で引退して、あとは寝て暮らす。売れなかったらスーパーで働く。〉（小六男子）

二〇〇九年の正月、『朝日新聞』で「子どもの声、聞こえてる？　未来へ」という連載が組まれ、「働くの何のため？」というテーマの第三回、この小学生の「声」が冒頭に掲げられ、キャリア教育の重要性が指摘された。記事の終わりの部分には、「〇四年ごろから、どんな仕事に向いているのか、何のために働くのかなどを考える『キャリア教育』が広まっている。きっかけは、仕事も通学もしていない一五〜三四歳までの『ニート』やフリーターの社会問題化だ。ニートは〇七年に六二万人、フリーターは一六一万人。一五〜一九歳までの非正規雇用者は七一・八％で、九二年から倍増している」とある（『朝日新聞』二〇〇九年一月五日）。冒頭の小学生の働き方のイメージや人生観の先に、ニート・フリーターの存在が引き合いに出され、そうならないためにと、キャリア教育の必要性が説かれている。ニートやフリーターという言葉が用いられるもっとも一般的な文脈は、今でもおおむねこうしたものであろう。

フリーターという造語が登場したのは二〇年以上も前のことである。その後しだいに日常語になったのだが、ニートの方はごく最近に登場し、またたく間にフリーターと並ぶ言葉になった。試みに『朝日新聞』の「聞蔵」で「ニート」をキーワードにして検索すると、二〇〇四年の前半期（一～六月）に五二件がヒットするが、それはすべて「ニート彗星」の記事であった。ところが、後半（七～一二月）になると七三件がヒットし、ほとんどがここで言うニート関連の記事となる。まるで彗星のように、この年、ニートは「発見された」のである。その後のヒット件数はほぼすべてがニート関連となり、二〇〇五年（一～一二月）には五四七件、二〇〇六年には五九〇件と急増し、その後、二〇〇七年が三四一件、二〇〇八年が二三四件と減少傾向になった。二〇〇五～〇六年におびただしい数のニート関連の報道が集中し、一気にニートが時代の言葉になったことがわかる。ニートを表題に掲げた出版も、ブームのように続いた。いまや閉塞感の広がる日本を象徴する若者像と言えば、まずは「ニート・フリーター」ということになったのである。

この一連のニート言説が今の日本の社会認識、人びとの社会意識に与えている影響はきわめて大きいように思われる。つぶさに見ればニートの語られ方は一様ではないが、圧倒的にそれは、「働く意欲のない若者」という問題を抱えた若者の呼称であり、暗黙の蔑称である。小沢民主党代表（当時）が「ニートの親は動物以下」と述べたような、あからさまな侮蔑は少なくなったが、「わが子をニートにさせないために」という副題の本（井上敏『明朝が来ない子どもたち』）が親たちに語りかけるように、ニートは「格差」の拡大するこの社会のなかで、家族と個人の「弱さ」の象徴であり、自分たちと無縁なところに遠ざけたい「負け組」の象徴なのである。上記のキャリア教育の勧めも、同じ文脈にある。ニートを嫌悪し忌避する気分は、社会的格差を弱さの結果として受容する意識と不可分である。ニート言説の氾濫は、急速に格差と貧困を露呈させた日本社会への忍従を余儀なくさせる呪文のようでさえある。

二〇〇四年にニートは「発見された」、と述べた。直接のきっかけは、玄田有史・曲沼美恵の『ニート』が刊行されたことである。一九九九年のイギリス内閣府の調査報告に由来するというこの耳慣れない言葉は、一部の労働政策の専門家を別とすれば、二〇〇四年七月のこの本の出版によって、はじめて一般に知られることになった。そして同年秋、厚生労働省『平成16年版 労働経済白書』が集計した若年無業者数が「ニート、五二万人」と報じられて、一躍マスコミの注目の的になり、同年末には、この年の流行語大賞にノミネートされるほどであった。「ニートって？」。「Not in Education, Employment or Training, 要するに働く意欲のない若者のこと」。各所でこんな会話が聞かれた。書店には多くのフリーター本と並んで、この言葉をデビューさせた玄田有史の著書が山積みされ、その後、関連するニート本が続々と刊行された。たしかに若者の就労をめぐる状況はこの時期、最悪の水準を記録していた。同白書が分析した二〇〇三年の統計を見ると、若年失業率（一五〜二四歳）は過去最高の一〇・一％を記録し、同白書の定義するフリーター（一五〜三四歳）は二一七万人にのぼっていた。そして、労働力人口に関するそれらの数値に加えて、同白書ははじめて非労働力人口（無業者）を取り上げ、一五〜三四歳の若年無業者を集計し、「ニート、五二万人」を「発見した」のである。

ニートとは誰のことなのか?

だが、いったいニートとは誰のことなのか。実はニートとは、誰のことでもない。それは、「企業社会」という日本の労働中心社会の労働統計からひねり出された「その他」の部分の集計なのである。どういうことかと言えば、厚生労働省が発表した五二万人という数は、総務省「労働力調査」のデータを基に、職を探していない（したがって労働力人口に含まれる「失業者」ではない）一五歳から三四歳の「非労働力人口」のうち、通学も家事もしていない「その他」で、卒業者・未婚者を集計した数値なのである。つまり学校を卒業後、進学も就職もせず、家事も職探しもしない、すべての未婚の「若年無業者」が「ニート」として集計され、その数が五二万人だったのである。ただし正確に言えば、『平成16年版 労働経済白書』では若年層の「無業者」への注意が喚起されただけで、まだ「ニート」という言葉は用いられていない（そのように報道されたが）。平成17年度版になって、「若年無業者」が「いわゆる『ニート』に近い概念」と位置づけられ、なぜか卒業者・未婚者という条件も外れ、「一五~三四歳、非労働力人口のうち家事も通学もしていない『その他』の者」（平成18年度版の表現）と再定義され、人数もかさ上げされたのである。

簡潔で明快な定義のように見えるが、統計上の「無業者」が「ニート」と名づけられたとたんに大きな錯覚が生まれた。今、ニートとはどのような若者かと問われれば、多くの人は、卒業後に引きこもる若者やゲームセンターで無為に一日を過ごす若者を思い浮かべるであろう。ところが、厚生労働省の定義によれば、たまたま調査期間中（月末一週間）に職探しをしなかった失業中の若者も、ボランティアとして活躍する若者も、あるいは自宅で進学準備をする若者や病気で療養中の若者も、通学も家事もしていない「その他」であり、すべてニートに算入されるのである。だから、「〝ニートなる若者〟が一時の『状態』としてではなく、継続的な『実在』として存在するかのように」表象してはならない（児美川孝一郎「フリーター・ニートとは誰か」）。ところが、二〇〇四年秋の厚生労働省の発表以降、ニートをめぐる言説は、これまで会社員（労働）と主婦（家事）と子ども（通学）で構成されてきた（そう観念されてきた）日本の企業社会（労働中心社会）の「外部」に、数十万人もの「働く意欲のない」、問題を抱えた「ニートなる若者」が存在し、急増しているかのような錯覚を生み出したのである。

ニートのそうしたイメージがいかに誤っているかについては、早い時期に本田由紀らが批判している（本田他『「ニート」って言うな！』）。本田が内閣府の『青少年の就労に関する研究調査』（二〇〇五年）を引いて明らかにしたように、ニートに当たる若者は、就職を希望しない「非希望型」と、就職の希望はありながらも具体的な求職行動をとっていない「非求職型」とにほぼ二分される。それらの若者が「具体的に今、何をしているか」と言えば、両方を合わせて「特に何もしていない」という回答は三分の一程度で、それ以外は多い順に「進学、留学準備」「資格取得準備」「家事手伝い」「療養」等となっている（同書、一二三頁以下）。ニートとして線引きされた若者の少なからぬ部分が「今働いていない」としても、ある時期には求職中の身（失業者）であり、あるいはやがて働くことを念頭に試験等の準備中や療養中であり、いずれも厳しい雇用情勢のなかで一人ひとり多様に生きていることがわかる。そのなかの一部に、引きこもる若者のようなケースもある。漠然としたイメージのまま「働く意欲のない若者」という「外部」をつくり出すニート概念が、困難な環境のなかで具体的かつ多様に生きる若者の現実をどれほど見えにくくするものであるかを、ここではまず確認しておかねばならない。

ニートが急増しているというイメージは、データの点からも疑念がある。『平成17年版 労働経済白書』では、若年無業者の定義が変更されたと述べたが、その結果、平成16年度版の五二万人（二〇〇三年）という数値は、その前年の四八万人という数値とともに訂正され、平成17年度版からはともに六四万人へと、大幅に上方修正された。この上方修正された六四万人が、一九九三年から二〇〇一年まで微増傾向を示す四〇万人台の数値と並べてグラフ化され、二〇〇一年の四九万人から二〇〇二年の六四万人へと、ニート数は一気に一五万人も急増した格好になっている。ところがそれ以降、ニート数は六四万人のままほとんど変わらずに推移しており（二〇〇八年も六四万人）、この一年間だけの突出したニートの「急増」はいかにも不自然である。実は、二〇〇二年からデータの基になった「労働力調査」の調査方法が変更されており、それ以前のデータとは調査時期も調査世帯数も異なっている。二〇〇一年と二〇〇二年のデータを単純に比較して「ニートが急増している」と判断するとすれば、そこには根本的な疑義があると言わざるをえない。

一方、本田が分析した上記の内閣府の研究調査では、毎月の「労働力調査」ではなく、五年ごとに大規模に実施される「就業構造基本調査」が利用されている（サンプル数は約一〇倍）。本田が指摘しているように、こちらのデータでは、ニートに当たる若者の数（「非求職型」＋「非希望型」）は一九九二年から二〇〇二年の一〇年間で、六七万人から八五万人へと一八万人増え、二七％の増加であった。内訳を見ると、増えたのは就職希望を持つ「非求職型」の方で（一七万人増）、就職を希望しない「非希望型」の方はほとんど変化がなかった（二万人増）。全体の増加率も、この間に二倍以上に急増した失業者やフリーターの増加に比べて、ずっと低かったことがわかる（同書、二九頁）。

「働く意欲のない」ニートが急増しているというイメージが、この間の若者の現実とは大きく異なることが理解できよう。反対に、むしろここで注目すべきことは、一九九〇年代後半における急激な雇用環境の悪化にもかかわらず、ニートとして算出される若者の数、とりわけ「働く意欲のない」というイメージに近い「非希望型」の増加は驚くほど小さかった、ということではないか。若年失業率はこの期間に過去最高を更新し続け、フリーターなどの非正規雇用が激増したが、新たに「非希望型」に流れ込む若者はきわめて少なかった。つまり、かつてない雇用環境の悪化にもかかわらず、多くの若者は求職活動を続け（「求職型」）、あるいは就職をめざして進学や資格取得の準備に努め（「非求職型」の一部）、就業への希望を断念する若者（「非希望型」）はほとんど増えなかったのである。もう一度、二〇〇二年に高校生の就職状況を調査した安田雪の言葉を想起したい。多くのニート言説とは異なり、厳しい境遇にあっても「不公平感を抱かず、労働と自立を誇りとする、輝くばかりの感性をもつ若者」は、たしかに少なくなかったのである。

ニート言説と若年雇用政策

ニートの「発見」が若者の現実に対する錯覚をもたらしたと述べたが、それはたんなる事実の誤認ではすまなかった。二〇〇四年を起点とし、二〇〇五～〇六年に爆発的な勢いで繰り広げられたニート言説は、この間、若者に対する政府の雇用政策に大きな影響を与え、一言で言えば、若者の雇用問題の「自己責任」化を強力に後押ししたのである。

すでに述べたように、ニートが「発見された」二〇〇四年は、若年失業率（一五～二四歳）が過去最高を記録し、ロスジェネ世代の中核が大量に送り出された年であった。本田らも指摘しているように、本来であれば、若年失業率のかつてない増大に対して求められるのは、まず第一に雇用の保障であろう。失業者とは、言うまでもなく「働く意欲がない」のではなく、厳しい雇用環境のなかでも働く意欲を持って求職活動を続けている者のことであり、そうした若者に対して雇用を確保することが第一義的な課題となるのは当然のことであろう。ところが、失業者ではなく、就職を希望しない、あるいは求職活動をしていない非労働力人口が「ニート」として大きく取り上げられたことで、若者の雇用問題全体の核心が、あたかも若者の「働く意欲」であるかのような錯覚が生じたのである。その錯覚は、「フリーター・ニート」として一括されることで、一九九〇年代に急増したフリーター問題の核心をも不可視なものとした。フリーターになるのは「働く意欲」が足りないからだ、というわけである。しかもそのうえで、「フリーターは働いているから、まだいい」（玄田）と、不安定雇用の問題点が不問に付されたまま、フリーターは雇用側に都合のよい「柔軟な」労働力として「内部化」されたのである。

もとより問題の核心は「働く意欲」ではない。若者の失業率の上昇やフリーターの増加がバブル崩壊後の景気後退にともなう日本社会の「構造改革」、そして従来の日本型雇用の解体・再編に起因することは、本書でも何度かふれてきたとおりである。ここであらためて熊沢誠の引くデータによって（熊沢『若者が働くとき』一五頁以下）、この時期の若者の雇用環境の激変を再確認しておこう。

一九九〇年に六・六％だった一五〜一九歳の若者の失業率は、九五年には八・二％、二〇〇〇年には一二・一％、ピークの〇二年には一二・八％にまで上昇した。同様に二〇〜二四歳の若者の失業率も一九九〇年の三・七％から、九五年の五・七％、二〇〇〇年の八・六％、ピークの〇三年には九・八％へと上昇している。もとより失業率のこうした急上昇を、若者の「働く意欲」の問題に結びつけるわけにはゆかない。たとえば一九九〇年に一三四・三万人あった新規高卒者の求人数は、実に二〇〇〇年には二七・二万人にまで激減しており、一五〜一九歳の若者の失業率の上昇は当然とも言える。くり返すなら、それでも若者たちは「働く意欲」を失わず、求職活動を続けたのであり、そのことの証拠が失業率の上昇なのである。一方、この時期、日本企業は景気後退期の厳しい経営環境を、正社員の新規採用を著しく抑制し、非正規社員の雇用を増加させることでしのいだ。おのずと正規採用がままならない若者は「アルバイト・パート」として非正規で働く道を選ぶことになり、フリーターの若者（一五〜三四歳）は急増することになった。『平成17年版 労働経済白書』の集計では、一九八二年に五〇万人と集計されたフリーターの人数は九二年に一〇一万人となり、さらにその後の一〇年で一〇〇万人増加し、二〇〇二年には二〇九万人に達した。これに派遣労働等を加えると、同年齢層の非正規雇用者はすでに四〇〇万人を超えていたのである。

フリーターの急増は、このような若者の雇用環境の激変、雇用の不安定化をはっきりと示している。ところが、平成17年度版の同白書は、なぜかフリーターの問題を「就業をめぐる若年者の意識」の面からクローズアップし、その文脈のなかで、上述のように「ニート」の存在をいわば認定し、定義しているのである。同白書の「就業をめぐる若年者の意識」という節は、次のように始まる。

「これまでみてきたように若年者の就職環境は厳しい状況であり、非労働力化している傾向もみられる。その一方で、若年期は就学期間を終え、積極的に社会に参加することが求められる時期であり、取り巻く就職環境が厳しい状況であるとはいえ、積極的な就業意欲を持つことが期待されている。以下ではこういった観点から若年者の就業に関する意識についてみる。」(同白書、一五二頁)

若年者の厳しい就職環境を指摘しつつも、非労働力化(ニート化)の「傾向」に焦点をずらし、大切なことは「積極的な就業意欲を持つこと」だと、問題を「働く意欲」の課題に収斂させていることがわかる。このような白書の論じ方に照らして、ニートという新たな概念に込められた政策的意図を読み解くことができるであろう。実際に厚生労働省は、二〇〇三年のピークの後、全般に失業率がいったん改善に向かったにもかかわらず、若者の失業率が高い水準に止まっていたことについて、「失業だけでなく、労働意欲のないニートなど、若い人が働こうとしなくなっていることも影響している」とコメントしている(『朝日新聞』東京夕刊、二〇〇五年一月二八日)。述べてきたように、これはまったく道理に合わないコメントなのだが、それでもニートへの言及によって、若者の高失業率が「働く意欲」の問題であるかのような印象が強く残される。この頃には、上記の熊沢の著作など、若者の高失業率やフリーター化の問題が労働意欲の問題ではなく、社会構造上の問題であることを指摘する議論がしだいに増えはじめていた。ところが、二〇〇四年のニートの「発見」とニート言説への関心の高まりのなかで、政府による若者の雇用政策は、一九九〇年代以降の構造変動に対応する若年雇用の安定化という課題ではなく、「働く意欲」という若者の「自己責任」を焦点として、「若者の人間力の強化」という課題に向けて推進されることになったのである。

このことは『厚生労働白書』の記述の変化からもはっきりと読み取ることができる。平成16年度版では、「労働者の職業の安定」という章の一節として、「若者自立・挑戦プランの推進」が提起され、若者の高失業率に対して「雇用失業情勢の更なる改善を図るべく」、プランは位置づけられていた（「若年無業者」への言及はない）。ところが平成17年度版では、若者の雇用問題への取り組みとして「若者を中心とした人間力の強化」という一章が設けられ、その冒頭で、「若者については、近年、フリーターや、働いておらず、教育も訓練も受けていないニートと呼ばれる若年無業者が増加している」という認識が掲げられたのである。そして、上記のプランの実施に向けて定められたという「若者自立・挑戦プランのためのアクションプラン」（二〇〇四年一二月）に従って、「関係者が一体となって、若者の働く意欲や能力を高めるための総合的な対策等に取り組む」とされた。さらに平成18年度版では、当該の章は「フリーター・ニート等若者の人間力の強化と職業能力開発の推進」という章に改められ、若者の失業対策ではなく、フリーター・ニートを名指しして、「若者の人間力の強化」の方針がいっそう強く打ち出されたのである。

2　学校から仕事への移行——若者のトランジッションという課題

NEETと社会的排除

当初から指摘されたことだが、日本の厚労省によるニートの定義は、その基になったイギリス内閣府の調査報告書（一九九九年）におけるNEETの定義とは異なる。イギリスのNEETはたしかに教育、雇用、職業訓練のいずれにも属さない若者のことだが、年齢幅は日本のニートよりもずっと狭く一六〜一八歳で、しかも失業者を含む概念である。その違いはたんなる統計操作上の違いではなく、定義しようとする若者の現実に注がれる問題関心の違いでもある。「ニート」ではなく、「NEET」概念を生んだ問題関心とは、若者のどのような現実に向けられた問題関心だったのであろうか。

前節では、日本のニート概念が企業社会から「その他」として排除される若者を線引きする概念であり、一連の言説が、若者の雇用問題を自己責任化しようとする政策的文脈のなかで展開されたことを見てきた。一方、イギリスのNEET概念は、まったく異なる政策的文脈のなかで生まれた。イギリス内閣府の調査報告書のタイトルを直訳すると、『格差を克服する（Bridging the Gap）：

教育、雇用、職業訓練のいずれにも属さない一六～一八歳の若者のための新たな機会』となる。報告書を出したのは、労働党ブレア政権の発足後に内閣府に設けられた「社会的排除対策室」という部署であった。当時のイギリスでは、サッチャー以後の保守党政権による社会保障の削減のために、義務教育終了後に困難な境遇のなかで社会的排除の危険にさらされる一〇代の若者が急増していた。報告書は、それらの「教育、雇用、職業訓練のいずれにも属さない一六～一八歳の若者」、つまりNEETの若者に「新たな機会」を創出し、「格差を克服すること」を課題としたのである。問題は、社会的排除の危機にある一〇代の若者をどのようにして社会的に包摂することができるか、であった。ブレアの寄せた序言には、「報告書は、私たちが一〇代の若者たち、とりわけもっとも不利な境遇にある若者たちをどのように支えるかについて、大胆かつ根本的な現代化の道を指し示している」とある（Social Exclusion Unit, 1999, p. 6）。

ここで言う「社会的排除」という概念は、一九七〇年代後半以降の西欧経済の低迷と福祉国家の危機のなかで新たに拡大した貧困と格差に対して、近年、欧州で広く用いられるようになった概念である。一九九二年の欧州委員会では、『連帯の欧州に向かって：社会的排除に対する闘いを強化し、統合を促進する』と題する文書が公表され、EU（欧州連合）の創設とともに、「社会的排除との闘い」は、EUレベルでの社会政策のキーワードとなった。同文書によれば、「社会的排除の概念は、もっぱら所得に関わるものと理解される貧困の概念よりも明確に、個人や集団が社会的交流から排除され、社会的統合とアイデンティティを構成する実践や権利から排除される多元的なメカニズムの特性を表明したものである」という（European Commission, 1992, p. 8）。そして二〇〇〇年の欧州理事会において、「社会的排除との闘い」は二〇一〇年までのEUの経済・社会政策の戦略目標の一つに掲げられ、加盟各国に対して「社会的包摂の促進」が求められた。ブレア政権は、EU諸国のそうした動きのなかで、いち早く対策室を設置して社会的包摂を政策課題の中核に据え、「社会的排除との闘い」の旗手となったのである。そして、その闘いの焦点となったのが、青年期から成人期への移行（トランジッション）の危機にさらされた一〇代の若者（NEET）を、どのようにして社会的に包摂することができるか、という課題だったのである。

一般に西欧社会では、一九七〇年後半以降の経済危機のなかで進展した政治・経済の全般的な新自由主義化によって、人びとの生活や意識の「個人化」が進み、それとともに社会は、諸々の障害や困難が個人的な危険（リスク）として人びとを襲う「リスク社会」（U・ベック）の様相を呈することになった。その変化のなかで、とりわけ成人期への行程を手探りで進む若者のトランジッションは、かつてのような成人期への段階的な移行のイメージとは異なり、多くの個人化されたリスクにさらされる脆弱で不安定な過程となった。失業という産業社会の構造的問題は、いまや個人的リスクとなって、学校から仕事への移行をめざす若年層にまっ先に襲いかかり、その結果、一九八〇年代以降、西欧社会では若者の大量失業が深刻な社会問題となって噴出したのである。たとえばイギリスの場合、一九八三年の若年層（一五～二四歳）の失業率は一九・七％で、成人層（二五～五四歳）の失業率九・五％の二倍に達しており、一九九五年でも若年層は一五・三％、成人層は七・四％と、事態の改善は進まなかった。このような状況が一〇年間以上も続くなか、トランジッションの危機に脅かされる若者の深刻な社会的排除が懸念されるに及んで、ブレア政権は上記の報告書を発表したのである。

あたかも無業の若者を「排除」する概念のように観念される日本のニート概念とは異なり、イギリスにおけるNEET概念が、社会的排除と闘い、「包摂」をめざす政策的意図のなかで成立したことを、まずは確認しておこう。そして「包摂」のターゲットとされたのが、義務教育の修了後に「教育、雇用、職業訓練のいずれにも属さない一六～一八歳の若者」、つまりNEETだったのである。

では、なぜ、一六～一八歳が対象とされたのか。周知のように、ブレア政権は一九九八年から「ニューディール」と呼ばれる若年雇用政策を実施して注目されたが、その対象は六カ月以上の失業手当を受給した一八～二四歳の若年失業者であり、受給資格のない一八歳未満の若者や受給が六カ月に満たない若者は対象外であった。ニューディールの対象となった若者には、失業手当を受給する代わりに、就業体験や職業訓練などに参加することが厳格に義務づけられ、就労の促進が図られた。ところが、対象とならないより若い失業者や無業の若者は、家族の適切な援助がないかぎり、長期の失業や無業の状態に放置され、安定した職業と自立した大人への道を閉ざされ、生涯にわたって社会的に排除される危険にさらされていたのである。それらの若者は、「労働者」となる機会を与えられず、労働市場から排除された新たな下層（「アンダークラス」）に固定化される可能性が大きい（伊藤「イギリスにおける『アンダークラス』の形成」）。上記の調査報告書は、「一六万一〇〇〇人、同年齢の九％が一六歳で学校を離れた後、長期にわたって、教育、職業訓練、就業に属していない」と、まっ先にそうした若者の状況の深刻さを指摘していた。そして同報告後、ブレア政権は一八歳以上の失業者に特化したニューディールの不十分さを踏まえて、学校教育と就業・社会参加との接続性（コネクション）を重視し、二〇〇一年から一三～一九歳のすべての若者を対象に、学校から仕事への若者の「トランジッション」（移行）を多面的、総合的に支援する「コネクションズ」と呼ばれる事業を大規模に推進したのである。

トランジッションの危機

コネクションズは、ブレア政権の若者政策を総括する戦略の名称であるとともに、同時にパーソナル・アドバイザー制度による個々人への支援という、戦略の中核となる新たな支援事業（狭義のコネクションズ）の名称でもある。ブレアは、『コネクションズ：すべての若者にとっての人生の最良の出発』という政策文書に、「若者支援事業は、政府による最前線の若者政策である」という標題の序言を寄せて、「すべての若者に対して、最高水準の教育・訓練へのアクセスを可能とし、思春期から成人期へのトランジッションにおける最善の支援を与える」と宣言した。そのための戦略として具体的に掲げられたのが、①資格取得につながる職業関連教育の充実など、一四歳以降の教育カリキュラムの柔軟な編成、②職業実習に基づいた教育（アプレンティスシップ）など、義務教育終了後の教育の高度化、③一六歳以上の学習を継続する者への財政的支援、④狭義のコネクションズ事業など、若者への助言、支援とガイダンス、という四つの主要なテーマであった（DfEE, 2000）。それらのテーマからおのずと見えてくるのは、コネクションズの戦略的な焦点が、すべての若者のなかでも、とりわけ一六歳で学校を離れ、社会的排除の危険（リスク）にさらされる若者に向けられていたことである。コネクションズの事業がめざしたのは、そうした若者が直面する義務教育から仕事へのトランジッションの危険に対して、教育の未達成と不利な境遇とのサイクルを断ち切り、「社会的排除から抜け出るはしごを用意すること」（同文書）だったのである。

実際にコネクションズが不利な境遇にある若者のトランジッションにとって、はたしてどれほど有効であったかについては追って検討するが、ここで重要なことは、「社会的排除との闘い」のなかで、NEETという若者の存在が、旧来のトランジッションの仕組みを総体的に見直す戦略的な焦点になったということである。その点でNEET（一六〜一八歳）とは、学校（義務教育）と仕事との間でトランジッションにつまずき、居場所をなくし、危機に陥った若者たちのことである。したがってNEET概念が固有に映し出す問題領域は、若者の「働く意欲」の問題などではなく、失業や不安定就労も含めた、現代の若者における学校（思春期）と仕事（成人期）との間のトランジッションの困難さと危機なのである。その点にこそ、現代における新たな社会的排除の起点がある、というのがブレア政権の認識であった。ところが日本では、ニート概念は一五〜三四歳の「若年無業者」の問題として、つまりもっぱら非労働力人口を構成する「働く意欲のない」若者の問題として「発見され」、ほんらい問われるべき若者のトランジッションの危機が焦点となることはなかった。それどころか、失業や不安定就労がニート概念から切断されたことで、「フリーター は働いているから、まだいい」と、失業や非正規雇用の急増として顕在化しつつあったトランジッションの危機が、逆に黙認され、放置される結果になったのである。

イギリスでNEET概念とともに一〇代の若者のトランジッションが課題の焦点となり、コネクションズ政策が推進された頃、実際に日本の一〇代の若者もまた、すでに深刻なトランジションの危機の渦中にあった。三四歳までを含むニートやフリーターのデータからは直接に見えてこないが、不安定な就業構造にまっ先に取り込まれたのは、より若い一〇代の若者であった。一五〜一九歳の若者の失業率が一九九〇年代に突出して高くなったことはすでに述べたが、同じ若者たちの非正規雇用の比率（正規の職員・従業員以外の雇用者の比率）の推移を見ると、さらに劇的な変化が見られる。平成20年度版の『青少年白書』には、七二％にまで急上昇した一〇代の非正規雇用率を示すグラフが掲載され、関心を集めた（本章冒頭の新聞記事では七一・八％）。五年ごとの総務省の就業構造基本調査によれば、一九八二年の段階で非正規雇用の比率は各年齢層とも一〇〜二〇％程度であり、二〇％を超えるのは五〇代後半だけであった。ところが次の一〇年間で一〇代の非正規雇用率の

図表5　正規の職員・従業員を除いた雇用者の比率の推移

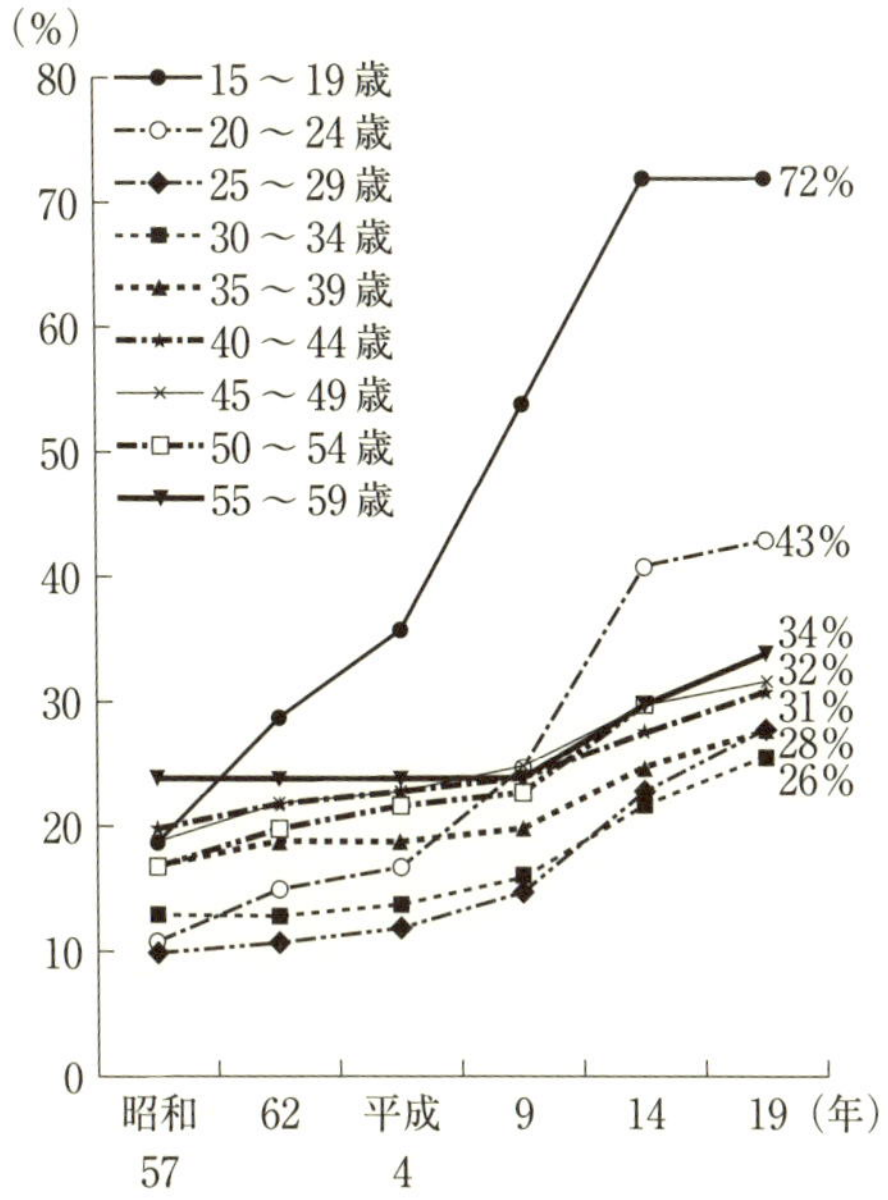

出所：内閣府『平成20年版 青少年白書』

みが他の年齢層に抜きん出て高くなり、一九九二年には三六％となり、さらに次の一〇年間で倍増し、二〇〇二年には七二％に達していたのである（図表5）。

この七二％という数字には、通学しながらアルバイト等で働く若者が含まれるので注意を要するが、二〇〇〇年代の一〇代の若者にとって、一〇年前にはまだ少数派だった非正規雇用がごく普通の働き方となっていたことは間違いない。二〇〇二年を過ぎて雇用情勢はいったん改善に向かい、若者の失業率は減少傾向となったが、非正規雇用率の方は五年後の二〇〇七年調査でも七二％であり、一〇代の非正規雇用はすでに日本の労働力市場に構造化されていると見てよい。一〇代の若者の非正規雇用とトランジッションの実態をより正確に知るには、この七二％から「通学が主な者」（アルバイト学生など）などを除く必要がある。ここでは女性で「家事が主な者」も除き（「結婚・家事」が今も女性の「安定」であると、あえて仮定してのことだが）、二〇〇七年の就業構造基本調査から算出すると、一〇代で学校を離れて雇用される若者の三七％が非正規雇用となる。加えて、さらに困難な状態にあるのは失業者とニート層である。同調査の無業者（ここでは失業者を含む概念）から「通学している者」と「家事をしている者」（女性）を差し引いた数（失業者＋ニート層に相当）と非正規雇用者の数とを合計して、同年齢層に占める比率を算出すると、五一％となる。要するに、今の日本では、一〇代で学校を離れた若者が労働市場に参入し、相対的に安定した正規雇用の仕事に就ける可能性は五〇％にも満たない、ということである。

その後の各年齢層について見ても、低学歴であるほど正規雇用の比率は低く、この一〇代の若者が、その後の二〇代、三〇代においても、安定した仕事の世界へのトランジッションを果たせず、不安定な就業状態にとどまる可能性は高い。イギリスのNEET概念が発見した一〇代の若者のトランジッションの危機は、一九九〇年代の日本においても急速に現実化し、深刻化していたのである。日本では高度成長期以降、新規学卒一括採用の慣行が広くゆきわたり、学校から仕事への間断のないトランジッションを多くの若者に保障してきたが、この時期、その慣行は一〇代の若者においてまっ先に崩壊し、過半の若者が学校と仕事との間の危険な谷間に投げ出されたのである。ところが、若者を襲ったこの激変が「若者の危機」として発見され、それに対して対策がとられることはなかった。そしてロスジェネの時代が到来した、というわけである。ふり返って言うならば、その結果が、本書第1章で見たように、「若者を見殺しにする国」に生きる若者たちの「生きづらさ」であり、戦争さえも希望するという、社会的排除の危機にさらされた若者たちの絶望なのである。

「人間力」と「生きる力」

「若者の危機」は、なぜ日本では発見されなかったのか。若者のトランジッションが急速に困難の様相を深めるなかで、日本でも二〇〇〇年を過ぎると、宮本みち子の『若者が《社会的弱者》に転落する』（二〇〇二年）のように、若者の危機を社会構造上の問題としてとらえ、若者観の転換を求める議論が登場していた。ところが、見てきたように、二〇〇四年のニートの「発見」によって、若者の危機はふたたび社会構造上の問題ではなく、「働く意欲」の問題へと焦点化され、「人間力」を欠く若者の自己責任へと変換されたのである。その後は「若者の人間力の強化」を図るという、空疎なキャンペーンのような「人間力」施策のオン・パレードとなった。言葉だけを拾ってみよう。二〇〇五年から「若者の人間力を高めるための国民運動」の展開が謳われ、そのための「国民会議」が開催され、「若者の人間力を高めるための国民宣言」（平成一七年九月五日）が採択された。そして、意欲のない若者の「人間力」を高めるためとして、「若者自立塾」などの事業が推進されたのである。

では、「人間力」とは何なのか。上記の「国民宣言」では、「社会の中で人と交流、協力し、自立した一人の人間として力強く生きるための総合的な力である」として、次の四項目にわたる「国民運動」の推進が掲げられた（「若者の人間力を高めるための国民運動」ホームページ）。

「1 子どもの頃から人生を考える力やコミュニケーション能力を身につけさせ、働くことの理解を深めさせるなど、社会に出る前の若者が生きる自信と力をつけることができるようにします。2 社会にはばたく若者に広くチャンスを与え、仕事に挑戦し、活躍できるようにします。3 若者が働きながら学ぶことのできる様々な仕組みを用意し、自らを高め続けることができるようにします。4 働くことに不安や迷いを持つ若者が臆することなくやり直し、再挑戦できるようにします。」

「国民運動」なるものの奇っ怪さはともかく、一つひとつの項目を見れば、一般論としてそれぞれに大切なことにはちがいない。また、個々の支援策についても、若者を対象として就職支援を進める「ジョブカフェ」の設置、「日本版デュアルシステム」による職業訓練、合宿による「若者自立塾」の試みなど、断片的ながら行政による若者の就職支援が行われることとは有益なことと評価できよう。だが、ここで注意しなければならないのは、問題の根幹が「働く意欲」や「人間力」と押さえられているかぎり、それらは今日における若者のトランジッションの課題に正面から取り組むものとはならない、ということである。むしろ逆向きに作用する、と言ってもよい。運動では、「若者の人間力の強化」を若者の危機に対する処方箋として、「国民が一体となって」若者を支援するというのだが、そこで前提となるのは、危機を抱えた若者には「自立した一人の人間として力強く生きるための総合的な力」が欠けている、という認識なのである。

「社会的包摂の促進」というEU諸国で立ち上げられた課題は、この運動にあっては定義不能な「人間力」という、若者一人ひとりの能力の問題に還元され、その能力の獲得について社会は支援するというのである。本書では、一九九〇年代の社会変動と企業社会の「構造改革」が若者の危機を生み出したことを見てきたが、その点にはまったく触れることなく、危機に見舞われた不遇な若者たちに追い打ちをかけるように、「若者の人間力の強化」が謳われている。もっとも困難な境遇にあってニートと目された若者は、ここでは「働く意欲がない」どころか、「人間力」を欠く存在として、あるいはその強化を怠った者として、あらためてこの社会から排除されかねないのである。実際に、現在の質量ともに貧弱な就職支援の下では、「ジョブカフェ」であれ「若者自立塾」であれ、みずから扉をたたいて雇用への意欲を示し、あるいは「自立」のための自己負担（「若者自立塾」では三カ月で三〇万円ほど）に耐えられる者だけが対象者となる。さまざまな困難を抱えて扉の前に立つこともできない、あるいは家族の経済的支えが期待できないもっとも無力な若者たちは、たんに制度の支援が受けられないというだけでなく、逆に「自立の意欲」に欠ける「人間力」の劣る存在として、二重に排除されかねないのである。

「人間力」を持ち出す「国民運動」が、若者の危機をもたらした社会構造を問い直すことなく、むしろその構造を追認し、さらに国民を巻き込んで、これを強化しようとするものであることを見てきた。実際、「国民会議」の議長として「国民運動」の先頭に立つのが、偽装請負で批判されたキヤノンの会長、御手洗冨士夫経団連会長であることは、この運動の立脚点がどこにあるかを如実に物語っているように思われる。「自立した一人の人間として力強く生きるための総合的な力」とは、実際には、一九九〇年代の「構造改革」によってもたらされた競争と市場原理の社会を「力強く生きるための総合的な力」であり、この社会に不可避なトランジッションの危険（リスク）を、「自己責任」として引き受けることを若者に要求するものである。そして、さらに留意すべきことは、この運動が、いまや若者の就業支援に関わるキャンペーンにとどまらず、新たな「生きる力」の理念として、学校教育の現場にも浸透しはじめていることである。

二〇〇八年に公示された新学習指導要領は、四〇年ぶりに授業時間数を増やし、「ゆとり教育」の転換として注目されたが、文科省は、ひき続き「生きる力」の理念に変更がないことをさかんに力説した。だが、今回の改訂は、二〇〇五年二月に中山文部科学大臣（当時）が『人間力』向上のための教育内容の改善充実」を筆頭に掲げて、教育課程全般の見直しを求めたことに始まった。中央教育審議会教育課程部会での改訂作業は、前学習指導要領の「生きる力」を「人間力」に折り合わせ、具体化するところから進められたのである（教育課程部会審議経過報告、二〇〇六年）。その結果、前指導要領が「生きる力」を育むために「一人一人の個性を生かすための教育の改善」をめざすとしたのとはうって変わり、今回の改訂で「生きる力」は、競争が加速する「知識基盤社会」において、「自己責任を果たし、他者と切磋琢磨しつつ一定の役割を果たすために」必要な力へと変わった。そのような力が、「将来の職業や生活を見通して、社会において自立的に生きるための力」だというのである（中央教育審議会答申、二〇〇八年一月）。今回の「生きる力」が、「国民運動」の提唱する「人間力」に合致するものであることは明白であろう。

もともと「生きる力」という言葉は、それが個人の能力として字義どおりに解釈されるなら、適者生存を意味する社会ダーウィニズムに通じる響きを持つが、今回の改訂ではその傾向がはっきりと表明されている。「一人一人の個性を生かす」ことよりも、「競争」、「自己責任」、「他者との切磋琢磨」が強調され、そのために「知識・技能」は絶えず更新されなければならないという（同答申）。要するに、「生きる力」を欠いては「生きられない社会」が半ば前提のように想定されており、それゆえに「生きる力」が、生き残るための「主要能力（キーコンピテンシー）」として謳われたのである。そこでは、「学習意欲の低下」も、「フリーター・ニート」の問題も、自立して「一定の役割を果たす」ことのできない子ども・若者自身の問題となり、すべては「生きる力」の問題（その不足）ということになりかねない。とくに今回の改訂では、「生きる力」のそうした理解について、「教育関係者や保護者、社会」による「理念の共有」が求められており、「人間力」運動と同様に、「国民運動」の色彩はここにも広がっている（豊泉「『生きる力』の再定義をめぐって」）。

もとより実際の教育現場で「生きる力」の理念がどのように読み解かれ、教育実践に生かされてゆくかは、また別の問題であろう。地道な教育実践によって、「一人一人の個性を生かすための教育」がさらに発展させられる余地もあるように思われる。ただし、教育目標としての「生きる力」が上記のような理解にとどまるなら、現代の若者の学校から仕事へのトランジッションという焦眉の問題は、結局、「生きる力」の習得という一人ひとりの能力（「人間力」）と「自己責任」の問題に収斂するほかはないであろう。

3　ワーク・フェアを超えて

コネクションズの成果

ニートの「発見」によって、日本における若者のトランジッションの危機が看過され、逆に危機を不可避とする社会構造が追認され、いまや「人間力」や「生きる力」の合唱のなかで、さらにその構造が国民的に強化される危険性について論じてきた。すでに全国の教育現場に広がっている「学力向上」のかけ声も、二〇〇七年度から始まった「全国学力・学習状況調査」の結果公表をめぐるかまびすしい議論も、この動きのなかで起こったと言ってよいであろう。昨今、ロスジェネ世代の苦境が報じられることは少なくないが、危機にさらされた若者のトランジッションをどのように社会的に保障するのかという議論は、依然としてきわめて成り立ちにくい状況がある。

ニートという日本語が、一〇代の無業の若者（NEET）に照準を合わせたブレア政権の「社会的排除との闘い」に由来することを思えば、現在のニート言説と若者政策の迷走に対して、日本でも若者の「社会的包摂の促進」に向けた議論を原点から再検討する必要がある。すでに述べたように、イギリスでは『格差を克服する』という調査報告書を機に、一三〜一九歳の「すべての若者にとっての人生の最良の出発」をと、義務教育から就業までのトランジッションを包括的に支援するコネクションズ事業が推進されている。義務教育に接続する教育カリキュラムの見直しまでも含む事業の中核となるのが、すべての若者にパーソナル・アドバイザーを配置して、一対一の信頼関係のもとで、若者の直面するあらゆる問題に対して広範な支援を一貫して提供しようとするコネクションズ・サービスである。つまり、コネクションズ事業とは、パーソナル・アドバイザーを中心として、国から地方までの各組織が緊密な連携（コネクション）のもとに、若者一人ひとりの境遇とニーズに応じて、一〇代のすべての若者のトランジッションをトータルに支援しようという政策なのである。そのなかでも、もっとも困難な境遇を抱えたNEET層の若者への支援に焦点が当てられた。少数の若者を募集して「働く意欲」を高めるという日本の「人間力」施策に比べて、イギリスでの事業は、理念においても、組織や財政面においても、まったく次元の異なる総合的な若者政策だと言ってよい。

こうした大規模な若者政策の推進は、イギリスにおける問題の深刻さを物語るものでもあるが、もとよりそのことは、コネクションズによってイギリスにおけるNEET層の若者の社会的包摂が達成されたことを意味するわけではない。結論から言えば、そうとは言えない現状がある。OEC

Dの国際指標に、「学生は教育から仕事への移動をいかに首尾よく行えるか」というトランジッションに関する一連の指標があり、そのなかにNEETに相当する「教育にも雇用にも属さない若者」の比率（以下、「NEET率」とする）を加盟国間で比較したデータがある（OECD, 2008）。それを見ると、コネクションズの開始前（二〇〇〇年）のイギリスのNEET率は一五～一九歳で八・〇％、二〇～二四歳で一五・四％であったが、その後、増加傾向を続けて二〇〇六年にはそれぞれ一〇・九％、一八・二％に上昇している（後掲の図表6を参照）。ブレア政権の思いとは異なって、NEETの増加傾向は変わらなかったのである。しかも、指標を分析したOECDの指摘によれば、「教育達成のレベルの違いによる雇用機会の格差は、この一〇年間で拡大している」という。

日本から見れば、いかにも先進的に見えるコネクションズだが、これらの指標から見るかぎり、それは「格差を克服する」という当初の課題を達成しているとは言いがたい。ニートの「発見」とともにはじめて緒についた日本の若者政策にとって、イギリスの政策は、次に述べる「雇用適格性」の考え方をはじめとして、一つの先行モデルとして参照されてきたが、これらの事実からすれば、イギリス・モデルはむしろ失敗のモデルとして学ばれるべき政策であるかもしれないのである。

排除としてのワーク・フェア？

イギリス・モデルの基本性格を確認する点で、『格差を克服する』に寄せた序言の冒頭において、ブレアが、「社会的排除に対する最良の防衛は仕事をもつことであり、仕事を得る最良の方法は、適切な訓練と経験をともなうよい教育を受けることである」、と述べたことに注目したい。ブレアによれば、社会的排除に対する「社会的包摂」とは「仕事をもつこと」であり、そのための「最良の方法」は教育と職業訓練だというのである。若者のトランジッションが教育から仕事への移行であれば、それはいかにも当然のことのように思えるが、そこには、教育と職業訓練のつまずきによる社会的排除を正当化しかねない矛盾が内在することを見落としてはならない。「包摂」という概念は容易に「排除」に反転しうる概念であり、端的に言えば、ある者を包摂する要件は、別の者にとっては排除の要件ともなりうるのである。

　周知のように、ブレア以降のイギリス労働党（ニュー・レイバー）の基本政策は、従来の福祉（ウェル・フェア）を「就労のための福祉」へと転換する「ワーク・フェア」を大胆に推進するものであった。一八〜二五歳の失業者を対象とした「若者のためのニューディール」がその先鞭をつけたことはよく知られているが、より若い世代のトランジッションに照準を合わせたコネクションズもまた、ニューディールとともに「労働のための福祉」の中核的政策であったことを見ておく必要がある。それらの政策をとおして一貫して追求されたのは、若者の「雇用適格性（エンプロイアビリティ）を高めること」であり、雇用という社会的包摂に向けて、とりわけ排除の危険にさらされた若者を教育と職業訓練へと動機づけ、さらには強制的に誘導することであった。ブレアの後、二〇〇七年にニュー・レイバーを引き継いだブラウンは、「かつての時代において失業こそが問題であったとすれば、新しい世界において問題は雇用適格性である」と述べて、かつてのケインズ主義に対置して、ニューディールの一〇年を称えた（Brown, 2007）。だが、実際にその一〇年間に、若者の失業率やNEET率が悪化はしても、改善することがなかったことはすでに述べたとおりである。

ブラウンは上の言葉に続けて、さらに次のように述べた。「私たちは、かつての時代において、一〇代の若者が資格なしに教育を離れるなら、それらの若者は非熟練労働に就くことになると想定することができた。一方、新しい世界において、資格と技能を欠く一〇代の若者は、今後は、雇用されることが容易になるように技能を身につけねばならないであろう」。ブラウンのこの言葉は、「雇用適格性」という包摂の要件がたちまち排除の要件に変わることを、そしてまた「社会的排除との闘い」として出発したはずのニュー・レイバーの若者政策が一〇年を経てどこに向かっているのかを、あまりにも率直に表明しているように思える。この政策の下、一〇代の若者たち一人ひとりにパーソナル・アドバイザーが配置され、若者たちはその境遇に応じて一対一の援助を受け、「人生の最良の出発」のために雇用適格性の増進を図らなければならない。それは一人ひとりの権利であるとともに責任でもあるという。だが、それでも教育と職業訓練につまずく若者が後を絶つわけではない。それらの若者にとって、かつてのような非熟練労働の道が残されていないとすれば、どのような将来があるというのであろうか。要するに、ブラウンの言う「新しい世界」とは、資格と技能を身につけられない雇用可能性の低い若者は容易に雇用されず、社会的な排除の危険に脅かされる世界なのであり、それもまた一人ひとりの責任の結果なのである。

ワーク・フェアを基調としたニュー・レイバーの若者政策は、結局のところ若者のトランジッションを保障するものではなく、最終的にその危険を「個人的リスク」として若者個人に転嫁していることがわかる。近年では、EUの「社会的包摂」構想を主導したはずのブレア以降のニュー・レイバーの政策に対して、むしろそれは「体系的排除としてのワーク・フェアではないのか?」という厳しい批判が投げかけられている。すでに述べたように、現代における若者のトランジションの危険は、一九七〇年代後半以降の福祉国家の危機と新自由主義政策の浸透、それにともなう社会変動と個人化の結果なのだが、パーソナル・アドバイザーのような個人に照準を合わせた支援策は、そのような社会変動と個人化を追認するものでしかないからである。要するに、もっとも不利な境遇に置かれてきた若者たちは、もっぱら「雇用適格性」が求められ、教育・職業訓練へと追い立てられる「新しい世界」のなかで、あらためて失敗を重ねて責任を問われるか、あるいは「責任」を恐れて静かに社会から撤退するか、そのいずれかになりかねないのである(平塚眞樹「おとなへの〝わたり〟の個人化」を参照)。

こうした点から見れば、この一〇年間におけるイギリスの失業率の相対的な減少傾向にもかかわらず、若者の失業率とNEET率の上昇が続いたことは、けっして不思議なことではなかった。それは、「社会的包摂」の課題と「雇用適格性」の要求との矛盾が露わになった一〇年であったと言ってもよいであろう。ところが日本では、この間、そのイギリスに遠く及ばない、はるかに政策的な実体のとぼしい水準のまま、「人間力」という「雇用適格性」(?)の要求が「国民運動」として推進されてきたのである。二〇〇九年秋の政権交代以降、「国民運動」の行方は定かではないが、従来の方向が転換されないかぎり、恵まれない境遇の若者が「雇用適格性」を欠く者として二重に排除される危険性は、日本でははるかに高いと言わざるをえない。

図表6　イギリス・デンマークのNEET率と失業率

	イギリス				デンマーク			
		1993年	2000年	2006年		1993年	2000年	2006年
NEET率	15−19歳	—	8.0%	10.9%	15−19歳	—	2.7%	4.4%
	20−24歳	—	15.4%	18.2%	20−24歳	—	6.6%	5.9%
失業率	15−24歳	17.3%	11.7%	13.9%	15−24歳	14.6%	6.7%	7.6%
	15−64歳	10.4%	5.5%	5.4%	15−64齢	10.9%	4.5%	4.0%

出所：OECD, Education at a Glance 2008 : OECD Indicatorsより作成

デンマークにおける「包摂の再発明」

困難な境遇にある若者の社会的包摂の促進という、現代のEU諸国に共通する課題にとって、当初から注目を集めたイギリス・モデルが実際には排除の方向へと反転する傾向を強めているとすれば、他にどのようなモデルがありうるのであろうか。日本ではあまり知られていないが、一九九〇年代末から欧州においてイギリス・モデルと並んで、あるいはイギリス・モデルに対して、とりわけ注目を集めてきたのはデンマーク・モデルである。一九九〇年代に若者の失業問題を克服したそのめざましい成果は、「デンマークの奇跡」と呼ばれることもある。若者のトランジションの危機が激しく進行する現代の日本にとって、そこにはイギリス・モデルとは異なるもう一つの手がかりが見いだされるであろう。まずは、OECDのデータによって、イギリスとデンマークのNEET率と失業率を比較しておこう（図表6）。

全年齢層（一五〜六四歳）で見ると、イギリスとデンマークの失業率に大きな差はないが、若年層に限って見れば、イギリスのNEET率、失業率はデンマークより相当に高く、とくにNEE

T率の格差が大きい。コネクションズで主たる対象とされたのは一〇代後半の失業中ないし無業の若者だったが、この間、全年齢層の失業率に変化がないにもかかわらず、若年層の状況はむしろ悪化傾向にあり、イギリスでは依然として若年層の包摂が進んでいないことがわかる。データの国際比較には一定の留保が必要だが、二〇〇六年で見ると、デンマークの一五~二四歳のNEET率はOECD加盟国中では最低であり、失業率はルクセンブルグに次いで二番目に低い。数字の上では現在、デンマークはもっともNEETの少ない国、若者の社会的包摂の進んだ国と言うことができる。

表にあるように、一九九三年にデンマークの同年齢層の失業率は一四・六%に達し、ここ二〇年間のピークを記録していた(NEET率は不明)。同年のイギリスでは、同年齢層の失業率は一七・三%であった。コネクションズとニューディールを推進するイギリスにおいて若年層の失業率が依然として高いのに対して、デンマークにおいては、一九九〇年代に若年層の失業率が大きく減少し、学校から仕事へのトランジッションの困難が小さい、若者の社会的排除の危険の少ない社会が成立したことになる。近年、そうしたデンマークの「奇跡」は、流動性の高い労働力市場の特徴と合わせて、「フレックシキュリティ」のモデルとして言及されることが多くなった。ここでは、ニューディールを「体系的排除としてのワーク・フェアではないのか?」と批判した、先の論文を参照して、デンマーク・モデルとイギリス・モデルとの違いを見ておくことにしよう。

論文の著者は、デンマークとイギリスの二人の研究者、J・アナーセンとD・イーサリントンである。二人は、ともに若年失業者の「活性化 activation」(アクティベーション)をめざした一九九〇年代のイギリスとデンマークの雇用政策を比較して、活性化政策の両義性を検討しつつ、イギリス・モデルについては「体系的排除」ではないかと批判する一方、デンマーク・モデルについては「包摂の再発明」であると評価したのである。二人によれば、両モデルの相違は以下の三点である（Andersen & Etherington, 2005, pp. 19ff.）。

第一は、高水準の福祉が維持されるかどうかである。ニューディールのように雇用と雇用適格性に偏った活性化政策では、福祉は残余的なものとして抑制ないし削減の対象となり、その結果、失業者の生活基盤が脅かされ、社会的排除が固定化されることになるという。これに対し、イギリスよりも先に労働市場の活性化政策を進めたデンマークでは、活性化政策にあたって、一九六〇年代以来の福祉の普遍主義的性格が揺らぐことはなかった。一般にデンマーク人は、相対的に雇用保護の弱い労働市場で、解雇・失業を含めて仕事を頻繁に移動しながら働き（フレックシブル）、一方、この失業や移動にともなう危険やコストは福祉国家の手厚い社会保障によって負担され（セキュリティ）、人びとの失業や移動への不安は少ない。そのような「フレックシキュリティ」は、福祉国家に護られたデンマークの流動性の高い労働市場の特徴であり、「社会的パートナー」と呼ばれる労働と資本および政府による三者協議（tripartism）の伝統に基づく仕組みであるという。そこでは、福祉国家の役割とともに労働市場に対する労働組合の規制力が前提とされており、そうした規制力が今も持続している点に、ニューディールとは異なるデンマーク・モデルの第二の相違点があるとされる。

こうしてデンマークにおける活性化政策は、一九六〇年代の福祉国家形成の延長上にあり、教育と職業訓練による包摂の推進も、地方自治体を担い手とした一九七〇年代の社会保障改革においてすでに重要課題になっていったという。それゆえに二人は、社会民主党政権による一九九〇年代の活性化政策は、七〇年代後半以降の高失業率の時代と中道右派政権の時期（八二〜九三年）とを経て、六〇年代の「包摂」へと立ち返り、より強制力のある政策としてこれを「再発明」したものだ、とするのである。実際、九〇年代の政策によって、失業手当の受給期間に制限が設けられ（それまでは事実上無制限であった）、その期間も当初の最大七年間から現在の四年間にまで短縮され、受給者には教育・職業訓練への参加が義務づけられた。一般には、それらの「強制」の側面について、デンマーク・モデルのワーク・フェア型政策との共通性が指摘され、福祉の後退が批判されることが多い。それに対して、デンマーク・モデルを擁護する側は、就労の強制ではなく、教育・訓練の権利保障と人的資本の活性化こそがデンマーク・モデルの核心であると反論してきた。ところが、ここでの二人の主張の要点はその点ではない。二人が「新しさ」として強調するのは、失業者に課された義務の方ではなく、「包摂的労働市場」を創出して社会的排除と闘う「共同的な社会的責任」が社会的パートナーたち（労働と資本、自治体の三者）に課せられた、ということなのである。なかでも地方自治体には、社会的扶助（公的扶助）下にある弱い立場の失業者に教育・訓練を提供する責任とともに、社会的な包摂的労働市場の創出を牽引することが求められた。つまり、社会的パートナーとしての地方自治体に委ねられたその新しい役割こそが、個人の雇用適格性に帰着するニューディールとは異なる第三の相違点なのである。

この点から見ると、デンマークにおける活性化政策は、労働力の供給側における「依存の文化、意欲の欠如、人的資本の欠如」という問題ばかりではなく、「労働市場の外部ないし周縁の市民たちに向けて『ドアを開く』ための需要側の能力（ケイパビリティ）」（ibid., p.30）という問題に、照準を合わせていることがわかる。実際に、一九九九年の積極的社会政策法では、労働市場でもっとも弱い立場にある社会的扶助受給者に対する地方自治体の責任が強化され、それらの人びとに対する特別な職業訓練の提供に加えて、「フレックス・ジョブ」と呼ばれる新たな雇用の形態が創出された。疾病などによる社会的扶助の受給者で、通常の雇用が無理でも一定の就労が可能な人びとには、その能力に合わせた雇用の場が提供され、それらの人びとは政府から賃金補助を受けて、労働市場に参加できるようになったのである（ibid., p. 28）。

ここでは、イギリス・モデル（ワーク・フェア）とデンマーク・モデル（フレックシキュリティ）との違いとして、とくにこの第三の点を強調しておきたい。個人の能力（アビリティ）としての「雇用適格性」が包摂の目標を排除の原理へと反転させるものであったのに対し、ここでは市場の側の包摂の能力（ケイパビリティ）、包摂的労働市場の創出が、地方自治体を中核とする「共同的な社会的責任」として、追求されているのである。そこには「ワーク・フェアを超える」という課題にとって、一つの「新しい」方向性が見いだされるように思われる。

4　デンマーク生産学校の挑戦

生産学校とは

デンマークにおける活性化政策と「包摂」の概念が、イギリスのニューディール政策およびワーク・フェアとは異なる性格を有することを見てきた。デンマークでは、失業率がピークを記録した一九九三年に政権に復帰した社会民主党によって、このような活性化政策が推進され、表に示したように、その後、失業率は大きく減少し、「奇跡」と呼ばれるほどの成果をあげた。実際のところ、失業率の低下がただちに活性化政策の効果と言えるかどうかについては議論もあるが、顕著な成果の見られないイギリスのニューディールと比べて、デンマークの成功が具体的にどのような仕組みと考え方に基づいているのか、検討に値するであろう。職業教育の長い伝統を持つデンマークの学校から仕事へのトランジッションの仕組みについて、また一九九〇年代におけるその改革について、全般的に検討する用意はないが、ここでは、その仕組みの一つとして、「生産学校 production school」というデンマーク独特の学校について言及しておきたい。若者のトランジッションを保障しようとするデンマークの教育制度は多様かつ柔軟な制度だが、なかでも生産学校はとりわけ明確に、雇用適格性に帰着するワーク・フェアとは異質な理念を追求していると思われるからである。

いったい、デンマーク生産学校とはどのような学校なのか。現在、デンマークには約一〇〇校の生産学校があり、在籍者が約六〇〇〇人、短期の参加を加えるとその倍の一万二〇〇〇人ほどの参加者がある（二〇〇五年のデータ）。通常の在籍期間は三カ月以上一年間までで、入学資格を持つのは、生産学校法（第一条第一項）によれば、「二五歳未満の若者で、普通ないし職業系後期中等教育をまだ修了していない者、または後期中等教育を開始するために必要な資格をもたない者、あるいは後期中等教育を修了前に退学した者」である（Association of Production Schools, 2007, p. 16）。要するに、後期中等教育修了以前に学校教育からドロップアウトし、社会的排除の危険にさらされる可能性のもっとも高い若者たちである。日本で言えば、中学校卒業後または高校を中退して社会に出て、厳しい雇用環境と社会的偏見によってニートとなる危険の高い若者たちである。二〇〇五年の数値で見ると、デンマークで義務教育終了後に後期中等教育（青年期教育と総称される）に進学した割合は九五％で、この年の青年期教育在籍者の総数は約二三万六〇〇〇人である。青年期教育を修了しない若者は同世代の約二〇％とされるので、およそ五万人ほど、同一年齢層では一万数千人ほどが入学資格者ということになる。これらの人数から見れば、現在の生産学校の在籍者数はかなりの割合となり、まずは在籍者数の面から、生産学校がデンマークの教育システムのなかで果たしている重要な役割を確認できよう。

生産学校の目的は、同法によると、「学生の人格的発展を励まし、教育システムにおける、また通常の労働市場における、学生たちの可能性を改善すること」であり、とくに「学生が、職業資格の獲得につながる資質・技能 qualifications を習得できるように」設計されなければならないとされる（同法第一条第二項、第三項）。生産学校の歴史は、一九七八年に始まる。生産学校協会の説明によれば、かつて労働市場への参加を準備させることで若年失業率の引き下げに努めた時代とは異なって、いまや「生産学校の最大の挑戦は、『非‐学問的』な学生たちを通常の学校システムへと動機づけ、その準備をさせることである」という。そして、最近の法改正ではさらに職業教育が焦点となり、「現在、生産学校のもっとも重要な役割は、学問的であるとともに実践的な価値のある資質・技能の向上によって、職業教育・訓練への橋渡しをすることである」という（ibid., p. 5）。

このような目的が、前節で述べた一九九〇年代の活性化政策とフレックシキュリティの意図に対応するものであることは言うまでもないだろう。一九九六年の労働市場改革によって、二五歳未満の青年期教育未修了の若者は、失業後六カ月で教育・職業訓練を義務づけられたが（一九九九年以降はすべての若者に拡大）、そのなかでも生産学校は、既存の教育制度になじめなかった若者にとって重要な選択肢となった。その選択が手厚い社会保障（セキュリティ）の下にあることは、学費が無償であり、さらにワークショップへの参加に対して週一七〇ユーロ（一八歳未満は七〇ユーロ／二〇〇六年）の手当が支給される事実から、端的に見てとれる。学校の設置者は地方自治体であり、政府の補助金を受けて運営される。理事会には自治体と他の学校制度の代表、および社会的パートナー（労使双方の組織）の代表を含み、地域社会との密接な協力関係のもとで運営されるという。そこには、前節でふれたように、トランジッションの危機に直面した若者を社会に包摂しようとする「共同的な社会的責任」の実例を見ることができるように思われる。

実際、一九九八年に若者のトランジッションの実態を調査するためにデンマークを訪れたＯＥＣ

Dの調査チームは、一九九〇年代の青年期教育の改革を驚きの言葉で評価していた。「デンマーク人は、確実に誰もが教育からドロップアウトしないように、たいへんな努力を行ってきた。もし若者がドロップアウトするなら、デンマーク人は裂け目から落ちた人びとを精力的に捜し求め、できるだけ早くふたたび学習に復帰させようとする」。そして調査チームは、「他の多くの国々ならすっかり視界から消え失せ、結局、福祉や警察の記録にだけ再登場することになるような若者たちのために、デンマーク人がどれほど努力してきたか」を、広く訴えようとしたのである。その彼らが「もっとも興奮させられた制度」として特筆したのが、生産学校であった（OECD, 1999, p. 36f.）。

社会的実践としての学習

なぜ、「生産」学校なのかと言えば、「生産学校は、実践的仕事と生産を基礎としたコースを提供する」（同法第一条第一項）からであり、「実践的仕事と生産」をとおして、上記の目的の実現が図られるからである。具体的に言えば、学生は生産学校に入学すると（入学は随時可能）、調理、織物、金属加工、木工、マルチメディア等といったワークショップ（作業場）のいずれかに加わり、教員一人あたり平均八人から一〇人のグループで商品やサービスの生産に取り組み、その実践的な仕事をとおして学習すべてを進める。「言い換えれば生産学校は、学習は社会的実践と見なされなければならないという原理に基づいている」。ワークショップでの実践的仕事が、共有された体験と認識とを与え、共通の目標に向かう努力のなかで人を結びつけ、人格的な地位とアイデンティティを定義し、積極的な参加を要求し、個々人に時間の枠組みを与えるという（Association of

Production Schools, 2007, p. 10)。

生産学校で生産されるものは、技術を習得するための模造品や試作品ではなく、実際に商品として市場で販売され、あるいは地域や自分の学校で使用される質の高い生産品である。そして、そのことが決定的な意義を持つという。ＯＥＣＤの調査チームは、訪問先のコースア生産学校でそれら高水準の生産品を目の当たりにして、「若者たちは自分たちが成し遂げていること、自分たちが習得した技術、自分たちが地域と学校に果たした貢献に誇りを持っていた」と報告している。「ここに来るまで、ほとんどの学生はそれぞれの理由で自分を諦めていた」。しかし、ここに来て「ほとんどの者が、自分は容易ではないことを、そして他人の尊敬と自尊に値することを成し遂げられることを発見したのである。学生たちは、自分が自分として本当に評価される場を見つけたのである」(OECD, 1999, p. 40)。

調査チームの興奮気味の言葉から、デンマークの生産学校が、学校教育からドロップアウトした若者をもう一度すくいあげ、活性化するという目的を実現しているらしいことがわかる。実際、二〇〇四年に生産学校を終えた若者の進路は、教育三七・四％、雇用二二・九％、その他（兵役、出産、海外滞在など）八・八％で、合わせて「活動の継続」が六九・一％であり、残りの三〇・九％が失業ないし無業という結果であった。一概には言えないが、多くの若者がいったん学校を離れ、失業ないし無業の状態にあったことを考えるなら、やはり特筆に値する数字であろう。したがって、ここで注目すべきことは、「若者たちの多くがいつも周縁に取り残され、価値ある能力や技術を持っていないと実際に言われ続けてきたとすれば、若者たちはどのようにして変わることができたのか。生産学校はどのようにして変化の過程を促進することができたのか」、という問題であろう。生産学校の側から言えば、「社会参加に失敗した、あるいは社会の周縁に取り残されてきた若者が、教育と（または）仕事の継続によって社会的機会と未来を創造する自分の能力に確信を持つ若者へと、みずから変わること」、そのための仕組みを生産学校は創出してきたというのである（Association of Production Schools, 2007, p. 15）。

このような生産学校の存在は、デンマークにおける活性化政策とフレックシキュリティが、もっぱら雇用への転換を強制するワーク・フェアとは根本的に異なる精神に基づいていることを示しているように思われる。今日、もっとも深刻なかたちで「学校から仕事へ」というトランジッションの危機にさらされた若者たちに対して、生産学校は、従来の学校（教育）と仕事（市場）のあり方を根本的に見直すことによって、地域社会における若者の包摂の課題を追求しているのである。もともとデンマークでは、学校と現場実習とを往復するデュアルシステムの職業教育制度が発達しているが、生産学校の在籍者の多くが職業教育の中退者であり（コースア生産学校の場合、二〇〇六年の入学者の五一%）、彼／彼女らにはデュアルシステムもまた有効な学習には結びつかなかった。それに対して生産学校では、学校と現場実習との往復だけではなく、仕事のコミュニティ（社会）に参加することによる学びの経験が重視される。そこではテストも試験も定められた資格もなく、一人ひとりの技能の進歩を、教師と学生が一緒になって記録するのである。「生産学校に在籍する大多数の若者は、ワークショップの実践的コミュニティに参加することで、自分が本当に何かを学ぶことができるということを、はじめて体験するのである」（ibid., p. 11）。そして、仕事のコミュニティは生産品の販売や利用をとおして地域社会と結びつき、地域社会に根を張って活動し、地域社会によって支えられている。若者の「学ぶ能力（アビリティ）」が、実は若者の参加する社会的コミュニティの持つ包摂の能力（ケイパビリティ）と表裏の関係にあることを、ここではっきりと理解することができる。

正統的周辺参加とトランジッション

このように見てくると、デンマークの生産学校は学校と仕事との境界を、仕事のコミュニティへの参加をとおして、学生の内部から移行的・過渡的な関係に組み替え、若者たちの行きづまったトランジッションの課題を切り開いていることがわかる。そこには、従来の学校と教育の概念にまっ向から挑戦するような「学校ならざる学校」の企てを見ることができる。カルンボー生産学校に滞在したジーン・レイヴが驚きをもって証言したように、それは優れた「正統的周辺参加」の実例でもある。

正統的周辺参加というのは、学習を認知過程としてではなく社会的実践として見るとき、学習の本質は「実践の共同体」への正統的で周辺的な参加だとするレイヴらの理論である。そこでの学習は、個人の「頭の中」に生まれる抽象的な認識過程ではなく、実践によって社会的世界を生きる行為者の「状況に埋め込まれた学習」となる。「正統的」というのは、実践の共同体への「正統な」参加者としてメンバーシップ（成員性）が与えられることであり、「周辺的」というのは周縁的（マージナル）とは異なり、十全な参加に向けて変化を続ける参加者の位置と視界のことを意味する。そのような変化こそが、学習であり、アイデンティティの発達だというのである（レイヴ、ウェンガー『状況に埋め込まれた学習』）。このような学習観からすれば、生産学校のワークショップでの出来事、つまり新しい参加者が仕事のコミュニティに参加し、古参のメンバーとの協働のなかで周辺的な仕事から熟練を要する仕事へと技能を向上させる経験は、レイヴらの言う正統的周辺参加としての学習にみごとに当てはまる。レイヴはそこに若者の「訓練」ではなく、「変形」を見る。生産学校の営みは、「若者の他者との関係を、未来の労働する生活との関係を、そしてデンマークのさまざまな形式の学校教育との関係を、変形させること」（J. Lave, 2002, p. 16）、そうした学習の営みだと言うのである。

正統的周辺参加の教育論においては、若者の立場がそうであるように、社会のなかで周辺的であることこそが学習とアイデンティティ形成の条件であり、またそのことが、新しい人びとを迎え入れ、新しい参加者の実践によって成り立つ社会の条件でもある。このような考え方によるなら、ここまで見てきたような包摂と排除との裏腹な関係はもはや成立しないことになろう。カルンボー生産学校で学生が「生徒」ではなく、「参加者」と呼ばれるように、若者は常に社会の新参者として、周辺性から十全性へと向かう正統な参加者なのである。その点からすれば、教育によって若者を周縁化（マージナル化）し、ドロップアウトさせ、トランジッションの危険に苦しめる今日の学校教育は、根源的な問いにさらされることになる。すでにニューディールについて見てきたように、教育の概念が変わらないかぎり、周縁化した若者を強制的に教育と職業訓練へと誘導しても、それは二重の排除となる危険性が高い。ところが生産学校では、通常の学校教育のなかで周縁化され、ドロップアウトした若者たちが、少なくない割合で、はじめて学習する経験と出会い、トランジッションの可能性の扉を開いていた。正統的周辺参加の教育論と重ねて見るとき、そこでは伝統的な学校教育とは異なる教育（学習）とトランジッションの可能性が試されていると言ってよいであろう。

以上、デンマーク生産学校について、そのオルタナティヴな理念に注目して見てきた。個々の学校の実態はもとよりさまざまだが、このような学校が三〇年前に誕生し、活性化政策の進むデンマーク社会にしだいに根づいてきたことは事実である。私にとって、デンマークの社会や教育制度についての本格的な研究は今後の課題であり、ここでは瞥見した範囲での報告にとどまる。それでも、本章で見たようなニート言説が政策的にも影響力を持つ日本の現状にとって、これまで参照点と目されてきたイギリスと対置されるデンマークの青年期政策は、もう一つの参照点として、なるほど「奇跡」と思わせるほどに刺激的である。もとより、生産学校を中心として見てきたのはデンマークの青年期政策の「理念」であり、実際には若者ホームレスの増加が指摘されるなど、デンマークにも問題がないわけではない。また政策的な理念についても、二〇〇一年から中道右派の政権が続くなかで、しだいにワーク・フェア的な色彩を強めているとの指摘もある。だが、ここで押さえておきたいのは、日本の「若者の現在」をイノセンスと無力感へと追いつめる圧倒的な「自己責任」のストーリーに対して、若者のトランジッションをめぐる別のストーリーが現代の社会にとって、また若者自身にとっても可能であるという一つの実例である。

さらに付言すれば、レイヴが徒弟制の事例研究から正統的周辺参加の概念を見いだしたように、その生きた実例とされたデンマーク生産学校の光景は、実際に訪ねてみると「奇跡」というよりも、かつて日本でも町工場のような地域の労働現場で普通に見られた大人と若者とが協働する光景であった。包摂的労働市場のなかで若者のトランジッションを支える仕組みは、そのかぎりで言えば、いずれの社会においても常に、すでにあったとも言える。ニート言説を超えるための参照点は、私たちの社会の内部にもまた可能性として見いだしうるのである。

〔引用・参考文献〕

伊藤大一「イギリスにおける『アンダークラス』の形成」、『立命館経済学』第五二巻第二号、二〇〇三年
井上敏明『朝が来ない子どもたち』第三文明社、二〇〇六年
熊沢誠『若者が働くとき』ミネルヴァ書房、二〇〇六年
玄田有史・曲沼美恵『ニート』幻冬舎、二〇〇四年
厚生労働省『平成17年版 労働経済白書』二〇〇五年
児美川孝一郎「フリーター・ニートとは誰か」、佐藤洋作・平塚眞樹『ニート・フリーターと学力』明石書店、二〇〇五年
豊泉周治「『生きる力』の再定義をめぐって」、『教育と人間』第五九号、二〇〇八年
平塚眞樹「おとなへの〝わたり〟の個人化」、豊泉周治他編『生きる意味と生活を問い直す』青木書店、

二〇〇九年
本田由紀・内藤朝雄・後藤和智『「ニート」って言うな！』光文社、二〇〇六年
J・レイヴ、E・ウェンガー『状況に埋め込まれた学習』佐伯胖訳、産業図書、一九九三年
Andersen, J. & Etherington, D., Flexicurity, workfare or inclusion?, CARMA Working Paper 8, Aalborg University 2005
Association of Production Schools, The Danish Production Schools–an introduction, Association of Production Schools, 2007
Brown, G., Speech to the CBI（26 November 2007）, The office site of the Prime Minister's Office 〈http://www.number10.gov.uk/Page13851〉
Department for Education and Employment（DfEE）, Connexions. The best start in life for every young person, 2000
European Commission, Towards a Europe of Solidarity : Intensifying the fight against social exclusion, fostering integration, com（92）542 final, Brussels 1992
Lave,J.,Learning in practice ; Kalunborgegnens Productionsskole,From Education to Situated Learning, 2002
OECD, Education at a Glance 2008 : OECD Indicators 〈http://www.oecd.org/document/9/0,3343,en_2649_39263238_41266761_1_1_1_1,00.html〉
OECD,Thematic Review of the Transition from Initial Education to Working Life,Country Note :

Denmark,1999

Social Exclusion Unit, Bridging the Gap : New Opportunities for 16–18 Year Olds not in Education, Employment or Training, The Stationery Office 1999

第5章

社会学とナラティヴ・プラクティス――「希望」の足場づくり

1　希望のない社会？

「自分はダメな人間だと思う」

二〇〇九年二月に発表された日本青少年研究所の調査報告書（『中学生・高校生の生活と意識』）のある調査項目が、マスコミから注目された。日本・米国・中国・韓国の中高生の意識を比較した同調査（二〇〇八年実施）において、「自分はダメな人間だと思う」かという質問に対して、「とてもそう思う」「まあそう思う」と答えた日本の中高生の割合が目立って高かったからである。高校生について見ると、合わせて六五・八％の日本の高校生が「そう思う」と答えたのに対して、米国では二一・六％、中国では一二・七％、韓国では四五・三％であった（図表7）。他国の場合とは著しく異なり、三分の二もの若者が「自分はダメな人間だ」と思っているとすれば、マスコミならずとも日本の将来はどうなるのかと、憂慮しないわけにはゆかないだろう。本書でずっと見てきたように、たしかに厳しい閉塞状況のなかで若者の無力感は深まるばかりである。この調査結果から見ると、若者の、そして私たちの社会の希望は、いよいよ枯渇しつつあるかのようにさえ思われる。

本書で最初にふれた「希望は、戦争」という希望の反転もまた、その一つの帰結であったのであろうか。

図表7　自分はダメな人間だと思う（高校生）

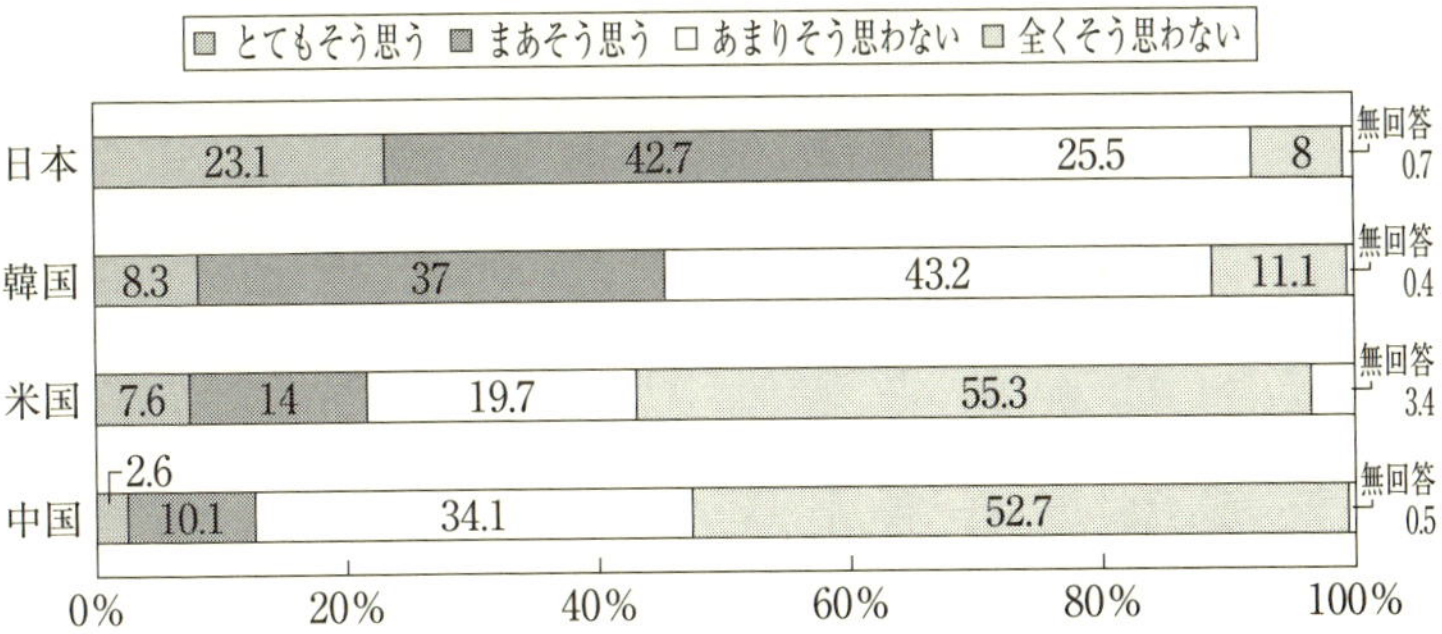

出所：日本青少年研究所『中学生・高校生の生活と意識　調査報告書』

村上龍が『希望の国のエクソダス』で、主人公の少年に「この国には何でもある。本当にいろいろなものがあります。だが、希望だけがない」と語らせたのは、二〇〇〇年のことであった。閉塞的な社会状況が強く意識されるようになったその頃から、「希望」は各分野でテーマとなり、最近では、ニート言説をリードした玄田有史らによって「希望学」が提唱され、関心を集めている。「希望学は、希望と社会との関係を切り開く、新しい挑戦である」という（玄田・宇野『希望を語る』）。希望学の今後の可能性には大いに期待したいが、ニートを「働く希望を失った若者」と定義した玄田が、ここで「希望を持つことに意味がある」と若者に語りかける構図には、やはりニート言説の上塗りではないかとの疑念がある。希望は心の問題であるだけでなく、社会の問題でもある、というのが希望学のスタンスだが、挫折のなかで希望を語ることの重要さを熱っぽく語る玄田の論じ方は、依然として心の問題への傾斜を抜け出ていないように思えるからだ。

本書では、社会の問題であるはずの若者の雇用問題がニート言説によって、どのようにして「働く意欲」という心の問題に置き換えられてきたかを見てきた。最近の「希望」言説が同じ轍を踏むことにならないか、注意を要するであろう。実際、若者の現実はけっして「希望だけがない」というわけではない。若者のノン・モラルを糾弾するモラリストの議論に対して、本書で見てきたのは、ノン・モラルではなく、自分の存在のイノセンスをかけた若者の抵抗であり、あるいはまた「生きづらさ」のなかにあっても、現在主義的な幸福を追求するコンサマトリーな行動であった。そして、併せて見てきたのは、いまや解離の危険さえもはらむ、そうした若者のアンビヴァレントな精神は、かつてないトランジッションの危険を課する現代社会との葛藤をみずからの内部に押し返した若者の適応と抵抗の結果であった、ということである。

「自分はダメ」と言う若者に向かって「希望を持つことの意味」を説く玄田の希望学は、なるほど若者のノン・モラルを糾弾するものではないが、若者に共感的なモラリストの立場にとどまり、そこにある精神の葛藤とそれを強いる社会の問題にはふれていないように思われる。ここで重要なことは、「自分はダメな人間だと思う」という若者の意識に沿って、そのアンビヴァレントな精神と社会との葛藤を読み解くことであろう。

マスコミで注目されたのは、諸外国に比して日本の若者の「そう思う」割合が突出して高かったことだが、以前から日本の若者はずっとそうだったのであろうか。ここで注目したいのは、過去の調査との比較である。同じ日本青少年研究所で実施された過去の高校生意識調査に、「自分はダメな人間だと思うことがある」（質問の違いに注意）について「当てはまる」かどうかを質問した項目がある（図表8）。日本の高校生の場合、「よく当てはまる」と「まあ当てはまる」を合わせて、

図表8　自分はダメな人間だと思うことがある（高校生、日米）

（%）

日本				米国			
	1980	1992	2002		1980	1992	2002
よく当てはまる	12.9	13.1	30.4	よく当てはまる	5.9	5.7	11.9
まあ当てはまる	45.6	49.1	42.6	まあ当てはまる	37.0	34.7	36.4
あまり当てはまらない	16.5	15.5	19.4	あまり当てはまらない	32.4	32.6	26.9
全然当てはまらない	8.0	7.3	7.4	全然当てはまらない	14.5	16.2	23.7
なんとも言えない	16.7	14.8	—	なんとも言えない	6.0	6.1	—
無回答	0.3	0.2	0.3	無回答	4.1	4.7	1.2

出所：日本青少年研究所『徳性に関する調査』、『高校生の未来意識に関する調査』より作成

一九八〇年／五八・五％、一九九二年／六二・二％、二〇〇二年／七三・〇％であった。そのなかでも「よく当てはまる」は、一二・九％、一三・一％、三〇・四％と、二〇〇二年に大きく増加した。二〇〇二年から「なんとも言えない」という回答の選択肢が消えたことを考慮しなければならないが、その点を踏まえても、全体として一九九二年を過ぎて、「当てはまる」方向に大きく変化したことがわかる。そして今回の二〇〇八年には、「自分はダメな人間だと思う」という（「思うことがある」ではなく）、より断定的な質問に対しても、「とてもそう思う」二三・一%、「まあそう思う」四二・七％と、合わせて六五・八％が「そう思う」と回答したのである。米

国の場合には、この質問の変更によって、二〇〇八年の「そう思う」は、二〇〇二年の「当てはまる」の半分以下に減少した。ところが、日本ではほとんど減少しなかったのである。言葉や文化の違いがあり、「ダメな人間」というような主観的な自己評価の国際比較は簡単ではないが、少なくとも日本の若者について言えば、一九九〇年代の半ばから二〇〇二年以降、そして今日まで、より多くの高校生たちが「自分はダメな人間だ」という思いをいっそう強く抱えるようになったと考えられる。

「失敗者」の感覚

「ダメな人間」という言葉を、どのように解釈すべきであろうか。二〇〇八年調査の英語の質問票を見ると、「ダメな人間」に当たるのは「失敗者」という英語（failure）である。もし日本の高校生に「自分は失敗者だと思う」かと質問すれば、上記の回答結果にも多少の違いが出るかもしれないが、ここではむしろ「失敗者」という言葉で、「ダメな人間」という漠然とした言葉の核心を受け止めておきたい。一九九二年を過ぎて以降、日本の若者に、「自分は失敗者だ」という感覚がますます重くのしかかっているように思われるからだ。

すでに第1章で、日本の若者の無力感について述べたが、その感覚は今日、ますます多くの若者に広く、深く及んでいるのではないか。同じく日本青少年研究所の調査には、「私には人並みの能力がある」について、「当てはまる」（二〇〇八年調査では「そう思う」）かどうかを尋ねた項目があり、前項と同様に、一九八〇年からの変化を見ることができる。図表9のように、一九八〇年と

図表9　私には人並みの能力がある

（%）

	1980	1992	2002	2008
よく当てはまる（とてもそう思う）	10.1	10.1	14.2	8.4
まあ当てはまる（まあそう思う）	54.9	56.3	43.8	44.1
あまり当てはまらない（あまりそう思わない）	9.4	8.8	31.7	37.7
全然当てはまらない（全くそう思わない）	3.8	3.3	10.2	9.0
なんとも言えない	21.6	21.2	—	—
無回答	0.2	0.3	0.2	0.8

出所：日本青少年研究所『徳性に関する調査』、『高校生の未来意識に関する調査』、『中学生・高校生の生活と意識　調査報告書』より作成

一九九二年ではほとんど変化がないが、それ以降、二〇〇二年から二〇〇八年へと、「あまりそう思わない」「全くそう思わない」が大きく増えた。ここでも「なんとも言えない」という選択肢が二〇〇二年から削除されたことに注意が必要だが、その分の増加を考慮しても、「あまりそう思わない」「全くそう思わない」という回答の増加ぶりは著しい。一九九二年以降の時期に、回答が全体として「そう思わない」方向に大きく変化し、「私には人並みの能力がない」という、「失敗者」の感覚を抱えた高校生が急増したと見てよいであろう。

では、一九九二年を過ぎて、日本の高校生にいったい何が起きたのか。言うまでもなく、まさにそれが「ロスジェネの時代」の到来である。第3章で述べたように、「氷河期」と呼ばれた一九九三年以降の就職難の時期に、かつてないトランジッションの危機に投げ出された若者たちが後に「ロストジェネレーション」と呼ばれることになったが、この意識調査に回答して「失敗者」の感覚を急増させた高校生たちこそ、その世代の中核だったのである。ただ

し第3章で注目したのは、それらの若者たちの「不幸」ではなく、ロスジェネ世代の若者の奇妙にも「多幸な」意識の方であった。その際に、コンサマトリー化した若者の「私の幸福」に隠された社会への不満と無力感についても指摘したが、いまや明らかになったのは、その時代の「私の幸福」の増幅が「自分は失敗者だ」という感覚の増幅と軌を一にしていたということである。

希望の有無ではとうていつかみきれない、こうした若者のアンビヴァレントな精神の葛藤が、現実や社会に対する若者の無力感の増幅と併行していたことは、さらに別の調査項目からも読み取れる。同じく日本青少年研究所の調査に、「現状を変えようとするよりも、そのまま受け入れる方が幸せに暮らせる」という考えについて尋ねた項目がある（二〇〇八年は「現状を変えようとするよりも、そのまま受け入れる方がよい」）。一九八〇年からの変化を見ると、「当てはまる」（二〇〇八年は「そう思う」）の合計は、一九八〇年／二四・七%、一九九二年／二三・五%、二〇〇二年／四二・一%、二〇〇八年／五五・二%と変化している（図表10）。ここでも二〇〇二年以降、「なんとも言えない」という選択肢が消えたことに留意する必要があるが、それでも「当てはまる」は実に倍増したのである。前述の「失敗者」の感覚の増幅とぴったり符合するようにして、一九九二年を過ぎてから、多くの高校生の考えが、「現状」を「変えようとする」方向から「そのまま受け入れる」方向へと、大きく変化したことがわかる。

第3章では、別の調査から、この時期に「多幸な」若者の「日本の社会」への不満感が増大したことを見たが、にもかかわらず、「そのまま受け入れる方が幸せに暮らせる」というこの回答の増加に、今の日本の若者が抱える無力感の深さを看て取ることができる。二〇〇八年調査では、新規

図表10　現状を変えようとするよりも、そのまま受け入れる方が幸せに暮らせる（現状を変えようとするよりも、そのまま受け入れる方がよい）

（%）

	1980	1992	2002	2008
よく当てはまる（とてもそう思う）	4.6	4.3	11.9	14.1
まあ当てはまる（まあそう思う）	20.1	19.2	30.2	41.1
あまり当てはまらない（あまりそう思わない）	29.6	31.2	39.6	35.4
全然当てはまらない（全くそう思わない）	16.1	16.6	17.6	8.7
なんとも言えない	29.4	28.6	—	—
無回答	0.2	0.1	0.6	0.8

出所：日本青少年研究所、同前

に、「私の参加により、変えてほしい社会現象が少し変えられるかもしれない」という考えについて、「そう思う」かどうかを尋ねた項目が加わった。米国の高校生の二六・三％、中国三六・七％、韓国三一・〇％に対して、実に日本では六八・三％の高校生が「あまりそう思わない」「全くそう思わない」と回答している。第1章ではイノセンスの概念を手がかりにして、「希望は、戦争」という世間を驚かせた主張について、そこに介在する無力性の問題を指摘したが、それは一人の特別な若者の問題ではなく、ここ一〇数年の間に広く若者たちに浸透した意識の問題だったのである。

希望を掘りあてる考古学——ナラティヴ・セラピー

玄田らの希望学によれば、「現代の社会には希望の喪失という闇が深く潜んでいて、それこそが閉塞感の根源にある」という。だが、玄田らが二〇〇六年に実施したアンケート調査の結果では、「現在、あなたは将来に対する『希望』(将来実現してほしいこと・実現させたいこと)がありますか」という質問に対して、七八・三%が「希望がある」と答えている(回答は二〇歳以上、五九歳以下の男女二〇一〇名、玄田・宇野、前掲書)。「希望」をどのように定義するかによって、おそらく回答には大きな違いが出てくるが、ひとまず希望は「ある」。しかも二〇代、三〇代の若い世代ほど、その率は高かったという。希望学からすれば拍子抜けするようなアンケート結果だが、だからといって、その結果から、若者の閉塞感の深まりを否定することはできないであろう。本書の議論からすれば、若者の閉塞感の深まりの根源にあるのは、「希望の喪失」ではなく、「自分はダメな人間だ」「人並みの能力がない」という「失敗者」の感覚であり、「現状をそのまま受け入れる方がよい」という無力感の増幅なのである。問題は、そのような感覚がどのように産出され、増幅されてきたのか、そして、どのようにしてその無力感に対処することができるのか、である。

希望学のように、「自分はダメな人間だ」という「失敗者」の感覚を抱えた多数派の若者たちに向かって、「希望を持つことの意味」を説いても、その言葉が若者の心に響くことはほとんどないと思われる。多くの若者にとって、希望は「ある」。にもかかわらず、あるいはだからこそ、「自分はダメな人間だと思う」というのが、現代における若者の精神の苦悩だからである。では、他にどのような語り方がありうるのであろうか。

ここで注目したいのは、ここ一〇数年の間、そのような現代的苦悩を抱えた人びとの増加とずっと向き合ってきた臨床世界における「語り直し」の実践である。なかでもマイケル・ホワイトらを中心とする一部の臨床家たちは、「失敗者」の苦悩を大量に生み出す現代の社会と権力システムに注目し、人生とアイデンティティの「語り直し」によってこれに対処する治療実践を、ナラティヴ・セラピーの名で発展させてきた。その理論と実践が今日、心理療法の領域を超えて広く注目され、「ナラティヴ・プラクティス」と呼ばれている（豊泉「生活世界の袋小路を抜けるために」）。心理療法の分野では「書きかえ療法」と呼ばれることも多いが、ここでは、ホワイトらによるナラティヴ・プラクティスの文化的・政治的な実践の含意に注目して、「語り直し」という言葉でその内実をすくいあげたいと思う。本章で「失敗者」という言葉をとりわけ強調してきたのも、現代の若者の問題についての本書の分析を、ある種のナラティヴ・プラクティス、つまり若者の問題の「語り直し」の実践に関わるものと考えているからである。

詳しくは次節で述べるが、さしあたりここでは、ある臨床家たちが、ナラティヴ・セラピーを「希望を掘りあてる考古学」に見立てたことにふれておこう。その言葉でイメージされているのは、地表の土をていねいに払い除けて一片の遺物を探り出し、その作業を続けることによって、バラバラな断片を識別し、それらの断片を組み立てて、たんに地形の起伏としか見えなかったものから「特定の文化に根ざした物語」を再構築する考古学者の営みである。ナラティヴ・セラピーの実践家も、同様に細心の注意を払ってカウンセリングに臨み、「失敗」や「問題」ですっかり覆われた人びとの人生の物語から価値あるものの断片を拾い集め、相談に訪れた人びとと協力して、本人の人生の物語を「語り直す」。その新しい物語が、希望の源泉になるのだという。そこで提起されるのは、「人々の生活のなかでの希望を生み出す可能性を入念に探究する方法」なのである（G・モンク他編『ナラティヴ・アプローチの理論から実践まで』）。

希望学とはまったく異なる希望へのスタンスが述べられていることがわかる。玄田らの調査では、「将来実現してほしいこと・実現させたいこと」として希望の有無が調査されたように、そこでは「将来の夢」と言い換えても差し支えないような未来についての表象、現在から未来に向けられた願望が希望として主題化されている。ところが、ナラティヴ・セラピストは、「失敗者」という現在に囚われて相談に訪れた人びとと対面して、現在から過去へとまなざしを向け、対話のなかで人びとの過去を共に語り直し、再構成することを通じて、「生活のなかでの希望を生み出す可能性」を手繰り出そうとするのである。ここでの希望は、来るべき未来の表象ではなく、「失敗」や「問題」ですっかり覆われた現在に隠された、掘りあてられるべき「希望の可能性」なのである。

私は、現代の若者に関する本書の社会学的分析もまた、ナラティヴ・プラクティスに通じる意図を持つものと考えている。「希望は、戦争」と訴えるまでに無力感に囚われた「若者の現在」に対して、ここ一〇数年来の若者に関する言説と若者自身の経験とをていねいに選り分けて、支配的な若者論（ドミナント・ストーリー）で覆い隠された若者の現在のなかから、希望の可能性を若者と共に語り直すこと。ここまでの分析がそのような意図をどれほど実現できたかは、はなはだ心もとないが、次節ではナラティヴ・プラクティスの「政治学」に照らして、本書全体の「政治的」な意図を明らかにしておきたい。

2　ナラティヴ・プラクティス——「語り直し」の政治学

「個人的失敗」と近代的権力

前節では、「自分はダメな人間だ」「人並みの能力がない」という「失敗者」の感覚が、一九九二年を過ぎた頃から日本の若者の間で拡大し続けていることを、日本青少年研究所の意識調査によって見てきた。その背景には、ロスジェネ世代を襲ったトランジッションの危機があり、その困難のなかで若者をイノセンスと無力感へと追いつめる自己責任イデオロギーが作用していたことも述べた。だが、なぜこれほどまでに「失敗者」の感覚が増大したのか、確かな議論がなされてきたわけではない。

ナラティヴ・セラピーの指導的理論家の一人、マイケル・ホワイトもまた、「個人的な失敗という現象は、近年、指数関数的に増大している」と述べて、この問題にセラピストとして多くの関心を注いできた。それは、臨床の場で長期にわたって人びとの精神的苦悩に接してきたホワイトの確信でもある。「人々が、今ほど、適切な人物になり損ねたという感覚を持ちやすかったことはないし、今ほど、それが日常的にいとわず分配されたこともない」というのである（ホワイト『ナラティヴ・プラクティスとエキゾチックな人生』一五四頁）。たしかに「指数関数的」という表現がけっして大げさでないことは、日本の場合でも、精神障害者数の激増ぶりを見れば想像がつく。厚生労働省の『障害者白書』によれば、一九九三年に一五七万人であった精神障害者数（患者数）は九年後の二〇〇二年には二五八万人に、さらに三年後の二〇〇五年には三〇三万人に達し、一〇年余りで倍増した。その数は、すでに身体障害児・者の三五二万人に匹敵し、この一〇数年間が日本人にとって、どれほど精神的負荷の大きい時代であったかを暗示するものであろう。もとよりここでの問題は、医療機関を受診した患者か否かにかかわらず、「人として失敗した」という感覚に苦しめられる現代人の増加であり、なぜ、近年そうした人びとが急増したのか、である。

ホワイトによれば、それこそが「際立って近代的な権力の隆盛」に関わる問題なのである。「近代的な権力」とは、伝統的権力とは異なり、制度化された「権力の中心」にではなく、「個人の人生」にスポットライトを移し、権力を匿名化しつつ、「人々の人生が常に一般的調査や公共的評価の対象となりうるという感覚を彼らに植え込み、従属化される人々の人生を目に見えるものにする」ものだという（同書、一七〇頁）。人びとは、そうした「調査と評価」による権力テクノロジーの下で、みずから進んで「規格化する判断」（社会的な「規格」に従って自他の人生を判断すること）に参加することになる。その結果、人びとは模範的な「個人性の理想」と自分とのギャップを絶えず意識させられ、その克服に駆り立てられ、わずかな「過失」や「手抜かり」でさえ、「本物の人」になり損ねたという「個人的失敗」の経験を募らせたというのである。私たちはそのような近代的権力の時代を、絶えず「失敗者」となる危険に脅えながら、「本物の人」になろうとますます「主体的に」生きるようになったのである。

「規格化する判断」への参加と言うとわかりにくいが、「理想の体型」をめざしてダイエットやフィットネスに専念する多数の現代人のことを考えれば、すぐに理解できるであろう。同じことは、「生きる力」や「人間力」を目標に掲げて推進されたこの間の日本の教育政策、社会施策についても当てはまるであろう。一九九二年を過ぎて、日本の高校生の「失敗者」の感覚がなぜ急増したのかについても、このホワイトの議論から推察できる点がある。いったい日本の高校生にとって、この時期はどのような転機であったのか。

第3章では、バブル経済の崩壊とともに、時代は「虚構の時代」から「心の時代」へと転換したと述べた。この時期に高校進学を迎えた若者にとって、一九九三年が「脱偏差値元年」と呼ばれたように、その転換は、業者テスト・偏差値の利用を禁止した高校入試改革の始まりであり、その理念として打ち出された「個性重視」を謳う「個性化」教育への転換であった。以降、高校入試制度の多元化・多様化が図られ、選抜にあたって「偏差値」ではなく調査書が重視され、それに基づいた推薦入学制が拡大された。そして同じ頃、小・中学校の教育現場では「主体的な学習の仕方」が強調されるようになり、調査書の原簿に当たる指導要録の改訂にともなって、「関心・意欲・態度」を格別に重視する「新しい学力観」が唱えられた。生徒の評価に際して、「知識・理解」よりもむしろ「関心・意欲・態度」という、一人ひとりの「個性」に関わる人格的な評価（ABCの三段階評価）が先に立つかたちになったのである。そうした学力観の転換を受けて、さらに「生きる力」や「人間力」がその後の新たな教育目標に掲げられたことは、すでに論じたとおりである。

この時期以降、日本の若者が「個性化」教育や「主体的な学習」の名の下で、実際にどのような経験を重ねてきたのか、ホワイトの議論と重ねて思い当たる点は多い。高校入試改革の当時、「授業態度が急によくなった」、「生徒会役員への立候補が急に増えた」、「ボランティア活動の希望者が殺到した」……と、中学生たちの「変身」がしばしば伝えられた。学校で絶えず「調査と評価」（権力テクノロジー）にさらされる生徒たちは、「個性化」や「主体的な学習」を目標とする「規格化する判断」にみずから進んで同調し、「失敗者」となる不安のなかで、権力に従属化される自分を経験することになったのである。「内申があるから先生にこびを売り、好きでもないボランティアや部活をがんばっている。学校では本当の自分を見せられない」（中三女子）、「サーカスの動物かロボットのようにふるまうしかありません」（中三女子）と、内申書の重圧感が吐露された（『朝日新聞』一九九七年八月一日）。こうした経験のなかで、「自分はダメな人間だ」「人並みの能力がない」と言う高校生が増加しても、不思議なことではなかろう。

「個性化」という新たに学校に持ち込まれた評価の基準は、おのずと若者の相互関係をも巻き込んで作用することになろう。本書の第2章では、現代の若者の独特な「生きづらさ」について、親密性の構造転換と「傷ついた生活世界」の観点から論じたが、その議論をここでさらに補足することができる。なぜ、生活世界が傷ついたのか。一般にそれは、システムによる「生活世界の植民地化」（ハーバーマス）と呼ばれる問題であり、芹沢はその点を、学校的価値に支配された戦後の「教育家族」の問題として論じた。加えてこの時期、教育改革という名の下で、その支配（「調査と評価」）は、いまや生徒一人ひとりの「個性」や心の内面にまで及ぶものとなったのである。絶えず評価のまなざしを意識する学校空間において、評価する権力から「見られているかもしれない」

（あるいは「見られていないかもしれない」）という不安は、「本当の自分を見せられない」と語る生徒の「居場所のなさ」の感覚と表裏一体のものであろう。それは、若者の相互関係に新たな緊張を生み、「みんなぼっち」の孤独感をさらに増幅させることになったにちがいない。現代における若者の親密圏の変容とその独特の傷つきやすさは、この時期の「教育改革」を画期として、「調査と評価」の権力テクノロジーが学校空間に露骨に侵入したことと、けっして無関係ではなかったであろう。

否定的アイデンティティを語り直す

述べてきたような「失敗者」の感覚のことを、ホワイトは「否定的なアイデンティティ結論」と呼ぶ。「アイデンティティ結論」というのはいささか奇妙な表現だが、それは、アイデンティティの自然主義的ないし本質主義的な理解に対して、社会構成主義の観点からアイデンティティを理解し、説明する立場を表明している。その場合の自然主義（本質主義）とは、アイデンティティは個人的属性として自己の「真実」であり、その人の人間性の「本質」であるとする考え方である。「自分を見つけみがきをかけよう」、「自分さがしの旅に出よう」という言い方（『心のノート』）には、どこかに「本当の自分」が隠れているという、自然主義の一般的な表現を見ることができる。一方、社会構成主義によれば、アイデンティティは社会生活のなかで人びととの関わりをとおして構成されるものであり、「失敗者」というのは、そうして構成されたアイデンティティの「否定的な結論」なのである。たしかに「自分はダメな人間だ」という若者の自己認識は、一人ひとりの若者の属性や「本質」などではなく、近代的権力の浸透した家族や学校のなかで構成された自己についての一つの結論にすぎない。それゆえに人は、否定的アイデンティティについて語り直し、これを脱構築することができるのである。ホワイトは、アイデンティティの否定的結論を「アンパックする（解明する／荷を解く）」という言い方をする。

ホワイトらが開拓したナラティヴ・プラクティスとは、「ナラティヴ（語り）」を治療上の基本概念として、また基本的な手段として使用するセラピーの実践のことである。なぜ、ナラティヴなのかと言えば、文化的な知識や実践を通じてアイデンティティが社会的に構成される際に、「文化の媒体」となるのが人びとの「語り」だからである。ホワイトは、「ナラティヴに刻み込まれているのは、特定の生き方を保証する人生の知識と、特定の関係実践と自己形成のテクニックに関する人生知識である」（ホワイト、前掲書、一〇九頁）と言う。難解な言い方だが、たとえば「ニート」という言葉（これも一つの「人生知識」である）を例にとってみよう。今日、その言葉の含意は、「わが子をニートにさせないために」といった支配的な語りから、「希望のニート」（二神能基）という対抗的な語りまで、語られ方（ナラティヴ）によって異なる。だが、第3章で述べたように、日本では二〇〇四〜〇六年の頃、前者に属する語りが「ニート」言説として系統的に展開されて、「ニートという働く意欲のない若者が急増している」という圧倒的なドミナント・ストーリーができあがった。そのようなストーリーが蔓延するなかで、学校から社会へのトランジションの危険にさらされた若者たちは、「ニート」という否定的アイデンティティに脅え、これに囚われ、わずかなつまずきでさえ、「失敗者」として自己を語るきっかけとなったのである。

一般に、アイデンティティは本人が語る「人生のストーリー」だと言われるが、そのストーリーの構成にあたって、諸々のナラティヴ（人びとの「語り」）が解釈の枠組みを提供する。人は、自分の経験をその時代のナラティヴに照らして解釈し、なじみのある人生のストーリーによって自分のアイデンティティを語り（「自己ナラティヴ」）、社会的な関係のなかでこれを確認し、結論づけるのである。「自分はダメな人間だ」という、自己の「真実」のように語られる否定的アイデンティティもまた、そのようにして社会的に構成された「結論」である。それゆえに、ホワイトによれば、セラピーにおけるナラティヴ（語り）の実践は、そのような否定的結論を語り直す実践なのである。

では、具体的にそれはどのような実践なのであろうか。ここでは、ホワイトのもとを訪れたある相談者の事例を引いて、ナラティヴ・プラクティスによる語り直しが実際にどのように行われるのか、その一端を見ておこう。カウンセリング機関に勤務を始めて一一カ月になるマックスの事例である（同書、一五八頁以下）。

上司に紹介されてホワイトのもとを訪れたマックスは、カウンセリングの仕事にすっかり自信を喪失し、「自分がまったく不適格だと感じ、それに関して個人的にも専門職としても失敗したという感覚を強く抱いていた」。面接に際してホワイトは、マックスに対して、「あなたは個人的に不適格だという結論に達し、失敗者だと感じているわけですね。どのように考えると、あなたが不適格だということになるのでしょう？　ご自分が何らかの達成に失敗したことについて、どんな気持ちですか？」という質問で、会話を始めている。この質問は「外在化する会話」と呼ばれるナラティヴ・セラピーの代表的な会話の一つで、「問題」（ここでは「不適格だという結論」）を相談者の人格（アイデンティティ）から切り離し、「問題」と相談者自身との関係を再定義する道筋を開こうとするものである。それに対してマックスが語ったのは、「基準に達していない」という上司の意見に異論はなく、そのために自分は適格さを追求してハードな時間を過ごしてきた、ということであった。「奮起しようと努力しました。毎週月曜日の朝、自分にハッパをかけるんです。自分自身についてどう考えるかということや、自分がなりたい人間のイメージを魔術的に思い描くことに絶えず取り組むのです。次のインタビューやスタッフ会議で事態は変わる、と自分に言い聞かせています」と。

基準達成をめざしたマックスの努力は結局、実を結ばなかったわけだが、ホワイトとの会話のなかでマックスが導かれたのは、「失敗した」という結論の方ではなく、それでも努力を止めなかったのはなぜか、という疑問の方であった。「適格さの追求や、基準達成のための重労働を小休止させる何かを、もしかしてあなたは発見しているのではないか」と、ホワイトは問いかけている。「心に浮かんでくるのは『誠実』ということだけです」と自信なさげにマックスが答え、二人の会話の転機が訪れたという。その後の会話のなかで見いだされたのは、職場での「基準達成」よりも「誠実さ」を大切にしているマックスの態度であり、その基にある権力の不平等や人びとの周縁化に対して敏感な価値観であった。

「失敗者」というドミナント・ストーリーの内部から発見されたこのような結果を、ナラティヴ・セラピストは「ユニークな結果」と呼ぶ。否定的アイデンティティで覆い隠され、見えなくなっていた「ユニークな結果」の発見を手がかりとして、人生のストーリーが語り直され、オルタナティヴなアイデンティティの再生が追求されるのである。マックスの例では、誠実さを大切にする価値観の形成に関連して、母子家庭の長男として育ったマックスの人生が、周縁化されても自分の価値観をけっして手放さなかった母親の姿勢とともに語り直されている。さらに二人の会話は、彼の誠実さや価値観が職場において存在感を高めるために、同僚とのどのような関係づくりが必要かについて、続けられた。

近代的権力の「壊れやすさ」

「失敗者」というマックスの否定的アイデンティティ(その結論)は、このようにして「解明(アンパック)され」、「荷を解かれ」たことになる。首尾よく事が運んだ臨床例のこのような短すぎる要約は、どのみち出来すぎたオメデタイ話にしか聞こえないものだが、ここでナラティヴ・プラクティスの「語り直し」を参照したのは、多くが「自分はダメな人間だ」と思う日本の「若者の現在」に対して、その際立ったイノセンス(擬似イノセンス)をどのように解除しうるかを考えるためである。ホワイトによれば、その核心となるのは、「近代的権力操作に対する異議申し立て」であるという。今の日本では途方もない課題のように感じられるが、それは伝統的権力に立ち向かう組織や個人の英雄的闘いをイメージするからであり、ここでの近代的権力に対する異議申し立ての実例は、たとえばマックスの場合だったのである。マックスは、適格さを要求し、基準の達成を求める近代的権力の操作に対して、ホワイトとの会話を通じて「誠実さ」という人生の価値を掘り起こし、アイデンティティを語り直すことによって、この権力操作を覆したのである。

注目したいのは、「近代的権力操作が、その装置としての人びとの積極的参与に依存しているのであれば、近代的権力は広範にいきわたっていて効果的であるにもかかわらず、伝統的権力とは違った意味で、壊れやすいということとなる」(同書、一五六頁)というホワイトの主張である。国家を「権力の中心」とする伝統的権力が今も強大であることは確かだが、そのような制度化された権力でさえ、多くはかつてのような懲罰や監視による直接的な権力行使ではなく、「調査や評価」を介した人びとのアイデンティティ形成に依存するものになっている。すでに述べたように日本の学校制度による社会統合が、かつて批判された「管理教育」から「個性化」教育へと舵を切ったのも、基本的にはこの流れに沿うものである。アイデンティティや「個性」までも権力テクノロジーに招き入れる近代的権力操作のとらえ方は、フーコーの議論がそう理解されてきたように、一般には「絶望の原因」だと考えられるが、ナラティヴ・セラピストはそこに「希望の理由」を見いだす。「もしも近代的権力がどこでも認められるものであり、私たちの積極的な参加に依存しているのならば、その操作に反対することがどこでもできるということになり、私たちへの要請を拒否する新たな機会は、いつでもあるということになるのだから」(同書、二〇九頁)、というわけである。

ホワイトらのナラティヴ・プラクティスが「政治的」であるのは、このような近代的権力への異議申し立てという明確なスタンスによる。その「語り直し」の実践は、「失敗者」のアイデンティティを解明する臨床の場面において、近代的権力の「壊れやすさ」を可視化し、失敗の経験に埋もれていたオルタナティヴな生活と思考の様式、オルタナティヴなアイデンティティの様式を掘り起こす実践だからである。ホワイトによれば、そのための「新たな機会は、いつでもある」。とりわけ「失敗」の経験は、その機会となる重要な断片であり、「個人的失敗の経験は、特定の権力システムの部分的失敗の反映と考えられ得る」、あるいは「個人的失敗の感覚を、近代的権力の求めるものに対する拒否とも読める」(同書、一七二頁以下)、というのである。

近代的権力を受容する側からすれば、これらの言葉はたんなる詭弁や負け惜しみのようにしか聞こえないであろうが、すでに本書でも、日本の若者の幸福感に内在する、そのようなアンビヴァレントな可能性についてふれてきた。第3章で見たように、「自分はダメな人間だ」という日本の若者は、他方ではコンサマトリー化した「幸福」や「満足」の度合いを高めており、そのことについて保守派の論者たちは、産業社会の価値基盤を掘り崩しかねないとして、苛立ちと危機意識を募らせてきたのである。さらにホワイトの言う「拒否」を、「自分には責任がない」というイノセンスに通底するものと見るなら、第1章で述べたように、「失敗者」の感覚が他国にも増して強い日本の若者にとって、日本の現実を無意識に拒絶するイノセンスの姿勢は、すでに広範に浸透しているとみることもできる。

社会構成主義の視点からナラティヴ・セラピーに注目する心理学者のガーゲンらは、「見えないということがわかるまでわれわれは盲目である」という印象的な言葉を引いて、ナラティヴ・プラクティスによる「語り直し」の意義を要約している。「見えないことに気づくように他者を援助することは、支配的信念の権威による専制から他者を解放することを意味する」(ガーゲン、ケイ「ナラティヴ・モデルを越えて」)。ホワイト自身も、「慣れ親しんだものを見知らぬ異国のものにする」

という社会学者ブルデューの思想を引いて、「日常生活における多様性の掘り起こし」というナラティヴ・プラクティスの主題を確認している。「語り直し」の実践によって、見えないことに気づき、見えてくるものは何か。くり返すなら、それが近代的権力の「壊れやすさ」であり、その「壊れやすさ」が見えるようになったとき、「失敗者」のアイデンティティという「個人的なこと」は、かつて現代フェミニズムが宣言したように、「政治的なこと」になるのである。

3 「若者の問題」を理解する

心の理解／問題の理解

中学校版『心のノート』のなかでおそらくもっとも印象的なのは、「心で見なければ　本当のことは　見えないんだよ」と、冒頭近くに見開きで大きく掲げられた『星の王子さま』（サン・テグジュペリ）の有名な一節であろう。誰もが惹かれる一節だが、原作とはおよそかけ離れた文脈のなかで引用されていることに注意しなければならない。原作では、「本当のことは、目には見えない」ことを大人が忘れているとして、人間世界の大人たちの盲目さを批判し、「見えないことに気づく」ことの大切さを述べているのだが、このノートでは、「本当のこと」を「心で見よ」と、あるべき「心の姿勢」が「本当のこと」に先立つものとして要求されているのである。ノートの中頃の見開きでは、「心の姿勢」という言葉が大きく掲げられ、自信のない、悩みを抱えた前向きでない「自分」を見直すように諭す言葉に続けて、「夢と希望、そして勇気が湧いてくるような――」と朱書きされている。前向きでない「自分」の「心の姿勢」について反省せよ、というわけである。このノートにおいて、若者の問題がどのように理解されているのか、これらの言葉が象徴的に示しているように思われる。問題なのは、本当のことが見えない若者の「心」であり、夢と希望、勇気のない若者の「心の姿勢」なのである。

「心の教育」の時代背景や問題性については、すでに第3章で述べた。本書をとおして述べてきたのは、「ノン・モラル」であれ、「動物化」であれ、あるいは「働く意欲」の不足であれ、今日、若者の問題が一貫して「心の問題」として理解され、そのことがどれほど若者自身の現実から乖離し、若者の苦悩を増幅させてきたかということであった。

「心の問題」こそが若者の問題の中核であり、「心の理解」が大切だというのは、この間、久しくドミナント・ストーリーであったと言ってよい。そして、ここで注意を喚起したいのは、若者の問題について心理学者や精神科医らの多くの専門家が現に語ってきたことは、実は若者の「心の理解」ではなく、若者の「理解できない心」の方だったという点である。まだ記憶に新しいが、若者の凶悪犯罪が発生するたびに、マスコミはこぞって若者の「心の闇」を書き立て、その解明を託された心の専門家たちは、加害者の若者に対して、人格障害のような「心の障害」か、アスペルガー症候群のような「脳の障害」かの診断を下してきた。いずれも若者の「理解できない心」を診断した結果であり、人びとはその診断によって、不可解と思われた事件を加害者一人ひとりの「心の問題」として解釈してきたのである。そのような構図は、特異な少年事件の解釈にとどまらない。おしなべて子ども・若者の問題を、大人にとって理解しがたい「心の問題」であるとし、その原因を「壊れた心」か「壊れた脳」であるかのように論じる、おびただしい数の子ども・若者論が語られてきた。そして、学校には、「心の専門家」（スクール・カウンセラー）が配置された。「心で見よ」、「心の姿勢」を正せ、という「心の教育」もまた、そうした若者の「心の問題」に対応する「教育的」スタンスであり、国家的ストーリーであった。

それらの議論に対してここで述べたいのは、若者の問題がもっぱら「心の問題」とされることによって、理解されるべき「若者の問題」が問われないまま見過ごされてしまうという危険である。たとえば、第4章で指摘したように、ニート問題が「働く意欲」という「心の問題」と理解されたとたんに、学校から仕事へのトランジッションの危機という「若者の問題」は、みごとに不可視化された。ニート問題として本当に理解されなければならなかったのは、若者の「意欲のない心」などではなく、近年におけるトランジッションの危機の深刻化であり、それぞれの若者たちが危機をどのように生きているのか、という問題だったのである。「問題の外在化」というナラティヴ・プラクティスの考え方にならって言えば、ニート問題がしみ込んだ若者の「心」という観念から「問題」を外在化して、トランジッションの危機という「問題」と若者との関係を主題化し、語り直すことによって、はじめて「ニート」という「若者の問題」を理解することができるのである。それは、私なりに本書で試みてきた「若者の問題」の理解の仕方でもある。各章で追究してきたのは、いくつかの角度から「若者の現在」とその「生きづらさ」を、「心の問題」ではなく、若者が直面する「問題」として取り上げ、若者自身が「問題」とどのように関わり、どのように「問題」を生きてきたのかを語り直すことによって、「若者の問題」を理解することであった。

このような「理解」に関連して、マックス・ウェーバーの理解社会学を引き合いに出せば、いっけん不可解な行為も含めて、社会的行為を「理解する」ということは、行為者の「主観的に考えられた意味」を「客観的な意味連関」に組み入れて解釈し、その行為の意味を説明することなのである。ウェーバーが好んで引く言葉をなぞるなら、「シーザーを理解するために、シーザーである必要はない」。つまり、若者を理解するために、若者である必要はない。もしも若者を理解することが「若者になる」ことであり、「その行為を『心的な』事態から演繹する」ことであるとするなら、「若者になる」ことの不可能性とともに見えてくるのは、若者の「理解できない心」であり、不可解な「心の闇」ばかりであろう。だが、ウェーバーによれば、社会学的な「理解」は、「明らかにまったく逆のこと」なのである（『理解社会学のカテゴリー』）。本章の議論に即して言えば、人びとの「主観的に考えられた意味」（「心」と言い換えよう）に枠組みを与えるのは、世界のナラティヴ構造（客観的意味連関）なのであり、行為者の主観的意味もまた、人びとの「語り」を媒体とする「文化的で歴史的な知識と実践」あるいは「生活と思考の文化的様式」のなかで構成されるのである。それゆえに、不可解に見える若者の行為もまた、その枠組みに照らして解釈することができ、社会学的に「理解できる」のである。

パーソナル・エージェンシー（私的活動力）

およそ一〇〇年前、ウェーバーは資本主義の精神を「問題」とし、その担い手であったプロテスタント諸派の人びとの宗教的禁欲（「主観的に考えられた意味」）から、職業労働に専心する合理的な生活態度の形成を説明し、さらに禁欲的基礎を失った資本主義が「鉄の檻」と化する危険を指摘していた。一方、一〇〇年後の今日、ホワイトは「檻」のなかで「失敗者」の感覚に苦しむ人びとに対して、「語り直し」の実践によって、人びとの積極的参加を要求する現代の「檻」の、「心の檻」のような「壊れやすさ」を解明し、近代的権力を脱構築する可能性を指摘していた。一〇〇年を隔てたこの二人の議論を対照するとき、今の日本において「失敗者」の感覚に囚われた若者の問題を理解することは、近代資本主義の「生活と思考の文化的様式」の根本的な転換を視野に入れるものでなければならないことがわかる。ホワイトによれば、「失敗者」の感覚で覆われた世界において、見えないことに気づくことによって見えてくるのは、近代的権力の「壊れやすさ」であり、「失敗者」のアイデンティティには、「積極的な参与」を要求する近代的権力への拒否が潜在しているからである。

近代的権力に参与する「主体性」に対して、ホワイトは、そのようなオルタナティヴな可能性の核心に「パーソナル・エージェンシー」という概念を呼び出している。日本語になじみにくい概念だが、ここでは最近よく使われる「私的行為体」ではなく、アーレントの「活動」の概念との類推も含めて、「私的活動力」という訳語を充てておく。ホワイトの説明によれば、それは「人が自分自身の人生を調節できる感覚のこと」であり、「当人の意図に沿って人生の流れを変えるよう人生に介入することとか、自分の人生知識や生活技術によって形作られた方法でそれを行うこと」であるという。「人々は、私的活動力（邦訳では私的行為体）のおかげで、人生の問題や窮状に関して『責任ある』行為と見なされるものに携われるようになる」のである（ホワイト『子どもたちとのナラティヴ・セラピー』六四頁）。

先のマックスの事例に即して述べよう。マックスは、専門職としての「基準達成」に向けて「自分がなりたい人間のイメージ」を思い描いて、必死の努力を重ねた（「規格化する判断」への参加）。それこそがマックスの「主体性」であったが、その結果、マックスは基準に達しない「失敗者」だという感覚に苦しめられた。しかしマックスは、ホワイトとの「語り直し」の実践を通じて、「基準達成」よりも人に対する「誠実さ」を大切にしてきた自分の生き方を再発見して、みずからの「私的活動力」に気づき、職場での新たな関係形成という「責任ある行為」に取り組むことができたのである。

一般には、「自分自身の人生を調節できる感覚」こそが「主体性」だと考えられがちだが、まったく逆であることは、資本主義の精神に関するウェーバーの研究以来、よく知られてきたことでもある。ウェーバーによれば、禁欲的プロテスタンティズムの信仰において、人間は「神の栄光を増すための「道具」にすぎず、神による救済の決定をけっして知ることはできないという内面的孤立と不安のなかで、人びとはいっそう徹底して生活の合理化に駆り立てられ、職業労働に専念したのである。端的に言うなら、近代の主体性の根源に絶対的な無力さの感覚があったことが、ウェーバーの主張の要点であった。本書で引証した他の理論家たちもまた、メイが「イノセンス」を論じ、アーレントが「無世界性」を論じたように、合理化された資本主義の「鉄の檻」と化した近代世界において、人びとの無力さの感覚がどのように強化され、精神の危機がもたらされたかを語った。ところが今日、「失敗者」の感覚がかつてなく拡大するなかで、もっとも深く無力感に囚われた人びとに対するナラティヴ・プラクティスの臨床場面において、あたかも袋小路を掘り起こすようにして、近代の主体性へのオルタナティヴとして、「私的活動力」の概念が再発見されているのである（豊泉「生活世界の袋小路を抜けるために」）。

そのようなオルタナティヴの兆しは、本書ですでに見てきたことでもある。日本の若者は、なるほど「個性化」や「生きる力」、「人間力」といった一人ひとりの主体性を要求する目標が掲げられるなかで、「自分はダメな人間だ」という無力さの感覚をますます募らせてきた。だが、他方では第2章で検討したように、それと併行して、少なからず大人たちを苛立たせてきた若者たちの変化の内には、「道具的な価値」から「コンサマトリーな価値」へという、ウェーバーが近代の根源に見いだした合理化と職業労働の価値からの転換を、もとより矛盾に満ちたかたちながら、読み取ることができた。同じことは、「幸福の環」をシステムではなく、生活世界の側に求め、傷ついた生活世界の「生きづらさ」のなかにあっても「居場所」を探り当て、世界を獲得しようとする若者の姿についても当てはまる。あらためて確認しておくなら、「コンサマトリー」とは、プロテスタンティズムのような超越的な目標（神の意志）を実現するための「道具」としてではなく、「それ自体が目標」であるような「他人指向型」の関係を指向する価値であり、「幸福の環」を超越的なシステムにではなく、みずからの生活世界に求める価値観なのである。

このように見るなら、私的活動力の感覚を再生させることは、ナラティヴ・セラピーの臨床場面にとどまらず、現代の「生きづらさ」に向き合う日本の若者たちの価値転換においても、無力さの感覚の深まりとともに差し迫った課題になっていることがわかる。ここでも、「私的」活動力という訳語がなお誤解を招きやすいが、すでにアイデンティティの構成について述べてきたように、「パーソナル」（私的、個人的）であるということは、主体性（近代的自我）の場合のような孤立した個人のことを指すのではなく、社会的に構成される個人のあり方を意味する。ホワイトによれば、「パーソナル」な活動力の感覚は「社会的共同作業の結果」であり、「エージェンシー」（活動力）は他者との関係性に依拠する力なのである。言い換えれば、ナラティヴ・プラクティスの「要」は、「人びとをこうした関係性や、文化やコミュニティの伝統に再び結びつけること」であり、「こうした結びつきに息を吹き込み、再び活性化すること」なのである（『子どもたちとのナラティヴ・セラピー』一四四頁）。

第1章では、「労働」に支配された近代の危機（全体主義）に対して、アーレントが「活動」の概念を対置して、近代への根源的な批判を企てたことを述べた。アーレントによれば、「人びとは活動と言論において、自分が誰であるかを示し、そのユニークな人格的アイデンティティを積極的に明らかにし、こうして人間世界にその姿を現す」（『人間の条件』二九一頁）。人間は、人びとの共生（多数性）を存在の条件とし、他者を必要としない「労働」ではなく、人と人との間で営まれる「活動」において、はじめて「ユニークな存在」としてアイデンティティを現すことができる、というのである。そしてアーレントもまた、そのようにして活動する者を「エージェント」（邦訳では「行為者」）と呼んだ。「パーソナル・エージェンシー」に「私的活動力」という訳語を充てた意図も、こうして了解されるであろう。第1章の末尾で、アーレントの「活動」概念に託して「イノセンスを超える」という本書の課題を設定したが、その課題は今日、「生きづらさ」と無力さに覆われた日常生活に隠された私的活動力への希望として、現代を生きる人びと、なかんずく「失敗者」の感覚に苦悩する若者たち自身の課題なのである。

「希望」の足場づくり

以上の議論をまとめるなら、現在の日本において「若者の問題」を理解することは、若者の「心の理解」ではなく、ナラティヴの構造を介して若者に迫ってくる権力を帯びた世界に対して、若者がどのように対処しているのか、その意味を、見えにくい私的活動力との関連から解明することだと言えるであろう。ここではそうした理解の企てを、「『希望』の足場づくり」と呼んでみよう。それは、「希望は、戦争」という究極の無力さ（イノセンス）に閉じこもることではなく、また「夢と希望、そして勇気」が湧いてくるような「心の姿勢」を説くことでもなく、「失敗者」の絶望に囚われた日常のなかで、見えにくい権力と私的活動力とのせめぎあう関係を可視化することである。その足場から、「希望の可能性」も生まれてくる。要するに、「慣れ親しんだものを見知らぬ異国のものにする」という社会学的理解の企ては、そうした希望の「足場づくり」に貢献しうるのである。

「足場づくり」（「足場かけ」とも言う）という概念は、ヴィゴツキーの「発達の最近接領域」の理論に学んでJ・S・ブルーナーが定式化したものだが、ホワイトもナラティヴ・プラクティスの意義を、「発達の最近接領域」を超える足場づくりに喩えている。ヴィゴツキーは、学習を「社会的共同作業による達成」であるととらえ、一人では超えられない既知の世界から、他者との共同作業によってはじめて到達できる領域へと、「発達の最近接領域」を超えてゆく活動に、学習の本質を見いだした。他者たちは、この領域を超えるための「足場づくり」に貢献する存在であり、ホワイトによれば、ナラティヴ・セラピストもまた、他者たちとともにそうした足場づくりに貢献する。そこでの「語り直し」の実践は、オルタナティヴなアイデンティティに向けて、人びとが既知の世界を超えるための足場をかける営みであり、そのための「社会的共同作業」なのである（ホワイト『子どもたちとのナラティヴ・セラピー』）。

社会学はもとよりセラピーのような臨床的実践ではない。だが、社会学の営みも常に時代の文化や精神に関する臨床的診断の営みであったと言うなら、それはけっして間違いではない。その診断が、それぞれの時代に内属するナラティヴの実践であることもまた確かであろう。「失敗者」の感覚に苦しむ一人の相談者に対する臨床的実践と、時代の苦しみのように広がる「失敗者」の激増に対して新たな「生活と思考の文化的様式」への転換を図ることは、学習による個人的発達と社会的発達とが不可分であるように、切り離すことはできない。近年の学習理論を牽引する一人、ユーリア・エンゲストロームは、その点を踏まえてヴィゴツキーの理論を再定式化して、「最近接発達領域とは、個人の現在の日常的行為と、社会的活動の歴史的に新しい形態——それは日常的行為のなかに潜在的に埋め込まれているダブルバインドの解決として集団的に生成されうる――とのあいだの距離である」と述べた（エンゲストローム『拡張による学習』二一一頁）。この再定式化に従うなら、「日常的行為に潜在するダブルバインド」を解こうとするナラティヴ・プラクティス（「語り直し」の実践）は、個々の臨床の場から「社会的活動の歴史的に新しい形態」に向けて、この距離を超えようとする共同的営み（足場づくり）だと見ることができる。一方、社会学は、社会的に遍在する「日常的行為に潜在するダブルバインド」の意味を、苦悩する人びとの側に立って理解し、人びとの私的活動力と権力とのせめぎあいを可視化し、集団的に生成される「社会的活動の歴史的に新しい形態」との関連を説明することで、移行の足場づくりに貢献する。臨床の場での個人的な生成は、集団的な社会的生成と切り離すことはできないが、もとよりそれを集団的な社会的生成に替えることはできない。

現在の日本に戻って言えば、「希望は、戦争」という本書の起点となった赤木の訴えは、「なぜ人を殺してはいけないのか」という問いとともに、現代の日本社会に遍在する、「日常的行為に潜在するダブルバインド」の究極的な表現の一つと言ってよいであろう。戦争という絶望を希望とする矛盾。人を殺す戦争に託される社会的包摂への希望。そこで見えてきたのは、若者のノン・モラルではなく、社会的排除に反転する論理をもって社会的包摂を唱える現代社会の根源的な矛盾であり、その矛盾にさらされる若者のトランジッションの危機であり、そこからイノセンスに待避しようとする若者の姿勢であった。エンゲストロームと同様に、そのようなダブルバインドが「社会的活動の歴史的に新しい形態」において解かれうることは、赤木自身もヴォガネットのエピソードに寄せて、「思いやりのある社会」への素朴な「希望」として語っていた。
本書では、そのような社会の集団的な生成のためには、イノセンスを超えてゆく一人ひとりの私的活動力の発見と形成が必要であり、またそのことを可能とする新たな「生活と思考の文化的様式」への転換が必要であることを見てきた。逆に言えば、その発見と転換のための根が、現在の日本社会における日常的行為のダブルバインドに遍在しているということでもある。瞥見したデンマークの包摂型社会と生産学校の実例は、一人ひとりの私的活動力の発見と形成が、先進的な福祉国家による「社会的活動の歴史的に新しい形態」の集団的な生成と不可分であることを示している。詳しくは今後の研究課題となるが、デンマーク社会の挑戦は、私たちが日本の現実という「慣れ親しんだもの」を「見知らぬ異国のもの」とし、見えないものを見るための鏡のような役割を果たしている。

［引用・参考文献］

M・ウェーバー『理解社会学のカテゴリー』林道義訳、岩波書店、一九六八年
Y・エンゲストローム『拡張による学習』山住勝広他訳、新曜社、一九九九年
K・J・ガーゲン、J・ケイ「ナラティヴ・モデルを越えて」、S・マクナミー、K・J・ガーゲン『ナラティヴ・セラピー』野口裕二・野村直樹訳、金剛出版、一九九七年
玄田有史・宇野重規編『希望を語る』東京大学出版会、二〇〇九年
厚生労働省『障害者白書』平成七年、一六年、一九年版、内閣府

日本青少年研究所『徳性に関する調査』㈶日本青少年研究所、一九九二年
日本青少年研究所『高校生の未来意識に関する調査』㈶日本青少年研究所、二〇〇二年
日本青少年研究所『中学生・高校生の生活と意識　調査報告書』㈶日本青少年研究所、二〇〇九年
二神能基『希望のニート』東洋経済新報社、二〇〇五年
M・ホワイト『ナラティヴ・プラクティスとエキゾチックな人生』小森康永監訳、金剛出版、二〇〇七年
M・ホワイト『子どもたちとのナラティヴ・セラピー』小森康永・奥野光訳、金剛出版、二〇〇七年
G・モンク他編『ナラティヴ・アプローチの理論から実践まで』国重浩一・バーナード紫訳、北大路書房、二〇〇八年
文部科学省『心のノート　中学校』暁教育図書、二〇〇二年

あとがき

私が『アイデンティティの社会理論』という若者論を出したのは、すでに一一年あまりも前の一九九八年秋のことである。その本の副題には、「転形期日本の若者たち」とある。一九九五年に阪神淡路大震災とオウム真理教事件が起き、戦後の日本社会が足下から崩れ落ちるような不安が国民の間に広がり、さらに一九九七年には神戸連続児童殺傷事件が人びとを震撼させ、同年末には日本経済の安定のシンボルであった金融機関の破綻が続いた。二〇世紀の終わりに向けて「終末」という言葉がある種のリアリティを持って語られた時代である。そうした時代状況を、私は理論社会学を専門とする立場から、終末期ではなく、一つの時代が次の時代へと深部から急速に変わりゆく転形期ととらえ、そのなかで、次の時代へと自己形成しなければならない若者たちのアイデンティティの危機を見つめ、転形期の現実と次の時代の可能性をとらえようとした。

だが、その時点では、当時の若者のアイデンティティ危機を、個人の心の問題ではなく、時代の転形にともなう生活世界の危機として論じることができただけで、それがいかなる時代への転形期であったのか、その萌芽をつかむことさえできなかった。二〇〇〇年代に入っても、私の研究は、転形期を生きる若者の問題をずっと視野の中心に置いて続けられたが、若者の現実は困難さと危機を増すばかりであり、困難な状況を生き抜く若者に共感しつつも、次の時代への視界が開けることはなかった。
ハーバーマスやアーレントという哲学系の理論を主な研究対象としてきた私にとって、理論社会学の課題は、現代という時代と社会を、「過去と未来の間」の裂け目（アーレント）に立って追究し、そうすることによって未来への足場をかけることである（と、今は言うことができる）。だからこそ、過去と未来との間でアイデンティティの危機にさらされ、その危機を乗り越えなければならない若者という存在は、私の理解によれば、理論社会学にとって、もっとも中核的な問題なのである。そして、なによりも大学という場でいつも新しい若者と出会う私にとって、社会学という学問がどんなにささやかであっても、学生にとって未来への足場をかけるような学びの機会であってほしい、そうした強い個人的な思いがある。本書のタイトル『若者のための社会学――希望の足場をかける』には、そんな思いを込めた。

本書のきっかけは、五年近く前、はるか書房の小倉さんが「多幸な」若者たちを論じた『社会文化研究』第七号の拙論を読んで、それを基にして一書をまとめてはどうかと、声をかけてくれたのが始まりである。安請け合いしたものの、実際には執筆に取りかかることさえできなかった。転形期の変化は、驚くべき速さで若者を取り巻く環境と問題を変化させ、二～三年前の論考のテーマでさえ、すっかり時代の核心を外しているように思えたからだ。当時、「ニート」言説が注目を集めていた時期であり、研究者の側では若者の学校から仕事への移行（トランジッション）の危機が関心の的になりはじめていた。そうした状況を追うようにして、私もデンマークにおける青年期教育とトランジッションについての研究を進めることになり、併行して、「臨床」を冠した社会学の新しい潮流に関心を持ち、ナラティヴ・プラクティス（語り直し）の概念に出会った。

結果的に、その二つの回り道が、ここ一〇年間の私の若者研究をいったん解体し、一つのストーリーとして編み直す原動力となった。かつて私が見つめた若者のアイデンティティの危機的様相は、新自由主義政策によるトランジッションの危機の深まり、そして傷ついた生活世界における「生きづらさ」の深まりの様相とともに語り直され、その語り直しが、次の時代への希望の足場づくりとして意義を持つように思われた。本書に関連のあるこの一〇年間の論考を以下に示したが、それらは断片的なプロットでしかない。それらの論考からいくつかの重要な論点を選び出し、再構成し、補加筆し、結局ほとんどの部分を一から書き直して、本書ができあがった。

本書の読者が、「希望の足場」をかすかにでも感じ取ることができたなら、私は一〇年以上も前に自分に残された宿題に対して、いくぶんかの責任を果たせたことになるだろう。

〈本書に関連する過去の論考〉

「イノセンスとノン・モラル——転形期日本の子ども・若者たち——」、『群馬大学教育学部紀要 人文・社会科学編』第四九巻、二〇〇〇年三月

「みんなぼっちの世界の新自由主義」、『教育』第六五二号、国土社、二〇〇〇年五月

「心の理解と社会学」、『群馬大学教育学部紀要 人文・社会科学編』第五二巻、二〇〇三年三月

「『こころの時代』と『多幸な』若者たち」、『社会文化研究』第七号、二〇〇四年九月

「若者の居場所と親密圏、生活世界――『動物化』をめぐって」、『唯物論研究年誌』第九号、青木書店、二〇〇四年一〇月
「ナラティヴ・プラクティスの政治学」、『唯物論研究年誌』第一一号、青木書店、二〇〇六年一〇月
「ニートとNEET、ニートのいない国――日本・デンマーク比較研究（1）」、『群馬大学教育学部紀要 人文・社会科学編』第五六巻、二〇〇七年三月
「社会的包摂、フレックシキュリティ、デンマーク生産学校――日本・デンマーク比較研究（2）」、『群馬大学教育学部紀要 人文・社会科学編』第五七巻、二〇〇八年三月
「『生きる力』の再定義をめぐって」、『人間と教育』第五九号、二〇〇八年九月
「生活世界の袋小路を抜けるために」、豊泉周治他編『生きる意味と生活を問い直す』青木書店、二〇〇九年七月

私事となるが、私が以前の若者論を書いたとき、長女は中学三年生、長男が中学一年生、次男は小学三年生だった。すでに長女と長男は家を出て自活しており、次男は大学生になった。この一〇年あまりは、実はわが家にとっても、三人の若者のトランジッションの時期であった。正直に言えば、三人が子どもだった頃のような楽しい思い出はあまりない。親子双方にとって容易ではない、危なっかしい綱渡りのような日々であった。本書にある若者のアイデンティティの危機やトランジッションの危機、あるいはアンビヴァレントな存在としての若者の姿は、けっして他人事ではなく、私たち家族がいつも直面していた問題でもある。「希望の足場をかける」ことは、今も危なっ

かしい綱渡りを続けているわが家の若者たちに向けた願いでもある。

最後になるが、はるか書房の小倉さんにはずいぶんと辛抱強く待っていただいた。もう諦めたのかと思う頃、きまって「原稿の進捗状況はいかがですか」とメールが届き、なかなか執筆に入れない私をねばり強く励ましていただいた。今は、一書として上梓できたことにホッとするとともに、小倉さんに心から感謝の気持ちを伝えたい。

二〇一〇年三月三〇日

豊泉周治

付記　本書のなかで取り上げられた研究の一部は、平成一七〜一九年度文部科学省科学研究費補助金（萌芽研究）、平成二一年度日本学術振興会科学研究費補助金（基盤研究C）の助成を受けて行われた。

著者紹介

豊泉周治（とよいずみ しゅうじ）

1955年生まれ。一橋大学社会学部卒業、同大学院博士課程単位取得。富山大学教養部助教授を経て、現在、群馬大学教育学部教授。社会学・社会哲学専攻。

著書 『日常世界を支配するもの』（共著、大月書店、1995年）、『ハーバマスを読む』（共著、大月書店、1995年）、『アイデンティティの社会理論』（青木書店、1998年）、『ハーバーマスの社会理論』（世界思想社、2000年）、『アーレントとマルクス』（共著、大月書店、2003年）、『生きる意味と生活を問い直す』（編著、青木書店、2009年）、他

若者のための社会学——希望の足場をかける

二〇一〇年五月二五日 第一版第一刷発行

著　者　豊泉周治

発行人　小倉　修

発行元　はるか書房

東京都千代田区三崎町二—一九—八　杉山ビル

TEL〇三—三二六四—六八九八

FAX〇三—三二六四—六九九二

発売元　星雲社

東京都文京区大塚三—二一—一〇

TEL〇三—三九四七—一〇二一

装幀者　丸小野共生

製　作　シナノ

定価はカバーに表示してあります

落丁・乱丁本はお取り替えいたします

ISBN978-4-434-14477-6　C0036

浅野富美枝・池谷壽夫・細谷実・八幡悦子編
大人になる前のジェンダー論
●大人になるために身につけるべき知識と作法とは
一五七五円

細谷　実著
〈男〉の未来に希望はあるか
●男と女の新しい出会いのために
一七八五円

佐藤和夫著
男と女の友人主義宣言
●恋愛・家族至上主義を超えて
一六八〇円

清　眞人著

創造の生へ

●小さいけれど別な空間を創る

二三一〇円

清　眞人著

いのちを生きる　いのちと遊ぶ

●絶望と希望の狭間に生きる壮絶な生を描く

一八九〇円

古茂田　宏著

醒める夢　冷めない夢

●哲学の不思議ワールドへの誘惑

一九九五円

中原中也の時代

長沼光彦

笠間書院

中原中也の時代

『中原中也の時代』　目次

序

月は空にメダルのやうに、
街角《まちかど》に建物はオルガンのやうに、
遊び疲れた男どち唱ひながらに帰つてゆく。
——イカムネ・カラアがまがつてゐる——

その脣は胠《ひら》ききつて
その心は何か悲しい。
頭が暗い土塊になつて、
ただもうラアラア唱つてゆくのだ。

商用のことや祖先のことや
忘れてゐるといふではないが、
都会の夏の夜《よる》の更《ふけ》——

死んだ火薬と深くして

眼に外燈の滲みいれば
ただもうラアラア唱つてゆくのだ。

「都会の夏の夜」（推定一九二六）

中原中也の詩は、親しみやすさを抱かせながら、どこか読む者を突き放すところがある。それは、中原の詠う情調が普遍性を持つと同時に、中原固有のものでもあるからだろう。酔った勤め人が声を上げ歌いながら帰宅する場面は、今でも眼にすることがある。ただし、この詩の「男どち」は決して楽しくて唱っているわけではない。気分転換のはずの遊びに疲れ「頭が暗い土塊に」なり、理由も分からぬ悲しみすら感じている。中原の詩は、このような空虚をたびたびモチーフにする。遊び疲れる気持ちに共感できたとしても、日常を生きる我々は空虚を突き詰めることはない。たとえ思い至ったとしても、明日また働くとなれば忘れてしまうのが常だ。その空虚を見逃せば、この詩は働き疲れた男たちの不満の声を表したものにしか見えないだろう。日常に囚われると、中原の真意を見過ごしてしまうことになる。

また中原の詩の表現は、読む者をはぐらかす。この詩のモチーフは悲しさと空しさだが、涙や溜息といった感傷的なイメージを喚起する言葉は出てこない。メダルのような月やオルガンのような建物には玩具のような軽さがあり、カラーが曲がってだらしのない姿や「ラアラア」という奇妙な歌声には滑稽味がある。このような表現により、悲しさや空しさは深刻なものだと思いこむ、我々の真面目さは弄ばれはぐらかされる。そのはぐらかしが詩を読む魅力であるとはいえ、中原の真意を測りかねるようにも思われる。

この切実な感情と不真面目さの同居が中原の詩の独自性なのだが、この詩風がどのような背景から生み出されたものか突き止めるのは難しい。従来は、一九二四年から熱中したダダと、一九二五年に知った象徴詩とが、中原の中で接合した結果生まれたものだと言われてきた。諧謔の表現とソネット形式の均整とが両立する「都会の夏の夜」は、その典型的な例と言えるかもしれない。それにしても、たまたま出会った二つの詩風を中原は気紛れに接合したのだろうか。そもそも全く異なる詩風を容易に結びつけことなどできるのだろうか。

我々には、猥雑なダダ詩と典雅な象徴詩は全く異なるもののように思える。だが中原は、ダダ詩と象徴詩に、詩語の創造という点で共通する態度を見出していた。日常的な言語表現は、事物を分類し概念として固定しようとする。悲しさと言えば涙というような連想も、その一例である。概念化はわかりやすさを生み出すわけだが、一方で概念の範疇に当てはまらない事象を捨象することになる。心の中に悲しさがあっても表情は無反応な場合もあれば、思わず笑ってしまう場合さえあるだろう。常識という概念化は、そのような具体的な事象を見えなくしてしまう。

中原はこのような固定化した概念を厭い、それ以前の流動的な心の状態を「認識以前」と呼び、詩の生まれる源泉と考えた。ダダは破壊というスタイルで既成概念を揺るがし、象徴詩はイメージの複合により概念の固定化を避けようとする。中原は両者の方法に、固定化した概念から人間の生を解放する、共通の詩精神を見出した。「都会の夏の夜」のスタイルは、ダダと象徴との無作為のコラージュではなく、中原の詩的理念に基づく必然の出会いから生まれた表現なのである。

また西欧のダダイストたちは、象徴詩人とされるランボーをダダの先駆と見なしていた。その意味では、中原のダダと象徴の接合は謂われのないものではなく、当時の文脈に戻せば本来接点を持っていたことが分かる。中原がその事実を承知していたかどうかは定かではないが、ダダと象徴詩の組み合わせは思うほど意外なものではないのである。中原の詩作の意義を追究するには、中原の残した詩や文章を検討すると共に、同時代の文脈を探る必要がある。本書では、中原が生きた時代の詩的理念や社会的文脈を掘り起こしながら、中原の詩精神の中味を探っていきたい。

詩人中原中也は、一九〇七年（明治四〇）四月二九日に生まれ、一九三七年（昭和一二）一〇月二二日に没した。本書が主として取り扱うのは、中原が詩人として出発した一九二四年（大正一三）から、第一詩集『山羊の歌』の編集を始める以前の一九三〇年（昭和五）までである。その間の詩的表現、詩論、詩精神の展開を、直接交流のあった富永太郎や小林秀雄を含め、同時代の言説と照らし合わせながら明らかにする。この時期に中原は、独自の詩のスタイルを模索し形にした。言わば、中原の詩人としての原点を探るのが本書の目指す所である。第一章ではダダ詩、第二章では象徴詩を取り上げ、第三章では、中原が同時代の思潮と対話する際に用いたキーワード「生活」について検討する。

生活は時に芸術に対して実用を重んじる打算の場を表す語として用いられ、一方で芸術の源である根源的な生を表す語として用いられることもあった。それは中原自身の人生に対する態度の揺らぎを反映したためである。中原は、抒情を阻害するものとして世間的な慣習を批判しながら、自らの生と関わる不可避の存在として生活の場を認めていた。したがって、高踏派の芸術家のように超越的な立場から詩を作ろうとするわけではない。功利的な世間知とは距離を置きながら、しかも人生と関わりその実感を表すのが中原の詩の特徴である。

この中原の姿勢は「都会の夏の夜」の働く男達に対する視線にも表れている。目的を見失い何をすべきかもわからず、ただラアラアと歌う男達は、メダルの月に照らされた玩具の世界の道化のように見える。ただし中原は、遊び疲れた男達を一方的に嘲弄するわけではない。目的を喪失し足掻く心の有様を「悲しい」と表現し、むしろ共感を示している。商用のことなど社会の慣習から切り離された不安は、むしろ本来的な生に目覚めるための契機である。安定した日常の中に隠されていた、人間の生きる悲しみに気づき、生の不安定な姿を認識するのである。中原はその宙吊りの不安定な立場を積極的に求め、詩のモチーフとし「倦怠」という言葉で表した。

このような中原の詩精神を顕著に表したのが、一九二四年から一九三〇年にかけて制作された詩である。これらの詩は『山羊の歌』「初期詩篇」「少年時」の章に収録され、第一詩集の抒情を特徴づける詩群となった。これらの詩を取り上げる本書は、詩集『山羊の歌』を通底する詩心を論ずるものでもある。やがて『山羊の歌』の編集を始める一九三二年(昭和七)前後を境に、生活と芸術の間に揺蕩う詩情は、いくぶん趣を変えることになる。第二詩集『在りし日の歌』に収録された詩群に見られるように、過ぎ去りし日への愛惜と何ものかの到来を待つ姿勢が詩の主調となる。この詩心の変容を視野に入れながら、一九二四年から一九三〇年の中原の詩精神を追っていくことにしよう。

＊本書で頻出する参考文献は、以下のように略した表記を用いる。

『六巻本全集』＝『中原中也全集』（角川書店、一九六七・一〇〜一九七一・五）

『新編全集』＝『新編中原中也全集』（角川書店、二〇〇〇・三〜二〇〇四・一一）

大岡『朝の歌』＝大岡昇平『朝の歌』（『大岡昇平全集18　評論Ⅴ』筑摩書房、一九九五・一）

大岡「全集解説　詩Ⅰ」＝大岡昇平「『中原中也全集』解説　詩Ⅰ」（『大岡昇平全集18　評論Ⅴ』筑摩書房、一九九五・一）

大岡『富永太郎』＝大岡昇平『富永太郎——書簡を通して見た生涯と作品』（『大岡昇平全集17　評論Ⅳ』筑摩書房、一九九五・五）

吉田「草稿細目」＝吉田凞生「草稿細目」（『中原中也全集　別巻』角川書店、一九七一・五）

佐々木『中原中也』＝佐々木幹郎『近代日本詩人選16　中原中也』（筑摩書房、一九八八・四）

＊中原が一九二七年に記録した日記は、『新編全集』で「新文芸日記（精神哲学の巻）」と称されているが、本書では書かれた年を基に「一九二七年日記」と呼ぶ。

＊中原中也の詩と文章の引用は、『六巻本全集』『新編全集』により、適宜初出誌などを参照した。

第一章　ダダ

Ⅰ　ダダイストという呼び名

1

名詞の扱ひに
ロヂックを忘れた象徴さ
俺の詩は

宣言と作品との関係は
有機的抽象と無機的具象との関係だ
物質名詞と印象との関係だ。

ダダ、つてんだよ
木馬、つてんだ
原始人のドモリ、でも好い

歴史は材料にはなるさ
だが問題にはならぬさ
此のダダイストには

古い作品の紹介者は
古代の棺はかういふ風だつた、なんて断り書きをする
棺の形が如何に変らうと
ダダイストが「棺」といへば
何時の時代でも「棺」として通る所に
ダダの永遠性がある
だがダダイストは、永遠性を望むが故にダダ詩を書きはせぬ

「名詞の扱ひに」[*1]

一九二四年、一七歳の中原中也は、自らダダイストを名のっていた。その頃の友人、正岡忠三郎、富永太郎らにも、「ダダさん」と呼ばれている。[*2] 中原のダダぶりは、周囲も認めるものだったようだ。「名詞の扱ひに」は、この頃書かれた詩のひとつである。「ダダ、つてんだよ／木馬、つてんだ」あるいは、こんな調子で吹聴してまわったのかもしれない。

ダダは、一九一六年、スイスのチューリッヒではじまった芸術運動である。第一次世界大戦の混乱を背景に、旧来の社会秩序や芸術表現を批判し、解体することを目指した。ダダという名称自体が無意味を目指したもので、辞書から偶然に引き当てたものだという。[*3]

＊1 「名詞の扱ひに」は、「ノート1924」に書かれた。草稿に題名はなく、詩の一行目が仮の題とされた。「ノート1924」については、本文および注10を参照。

＊2 正岡忠三郎と富永太郎は、一九一九年九月第二高等学校（現東北大学教養部）に入学した同級生だった。正岡は、一九二四年四月京都帝国大学に入学。富永は一九二三年三月に落第した後上海に赴き翌年帰国、詩作や絵の道を模索しながら、時に京都を訪れた。

スラブ語のイエスの意味でもあり、フランスの幼児言葉の木馬の意味でもありうるとダダイストは言う。「名詞の扱ひに」の「ダダ、つてんだよ／木馬、つてんだ」は、この事を言うのである。

また、ダダイストは、直接社会に動揺をもたらすため、奇妙な宣言やパフォーマンスをたびたび行う。中原の言動も、これに近いものだったようだ。富永は、「ダダイストを訪ねてやり込められた」[*4]と友人にもらし、「ダヾイストとの dégoût（嫌悪）に満ちた amitié（友情）に淫して四十日を徒費した」[*5]という言葉も残している。中原には、友人に論争をいどむ癖があり、時にからむような調子にもなった。[*6]その振る舞いが、世間の挑発を旨とするダダイストのイメージに合うものだったのだろう。中原はダダの名で親しみを持って呼ばれ、時には敬遠されもしたのである。[*7]

また一方、富永は一九二四年一〇月の書簡で、中原の呼び名について、「ダダイスト（かれはずつと以前からさうではないのだが、今ではアダナのやうにさう呼んでゐる）」[*8]とも言っている。ダダの呼び名は、仲間うちの古い習わしで、現在の中原の主義を表すものではないと言うのである。一九二四年の秋頃には、中原のダダに対する熱中は冷め、呼び名もその名残をのこすだけだったのだろうか。

2

中原のダダへの傾倒は、一九二三年秋、高橋新吉『ダダイスト新吉の詩』（中央美術社、一九二三・二）との出会いから始まった。中原の自筆年譜「詩的履歴書」[*9]には、次のよう

一方中原中也は山口県立中学第三学年を落第したため、一九二三年四月京都の立命館中学に転校し、国語を教えていた冨倉徳次郎と知遇を得る。京都帝国大学国文科に在学していた冨倉は、二高で正岡と富永の二級上の先輩だった。この経緯で一九二四年の春から夏にかけて、正岡と富永は中原と知ることになる。大岡『朝の歌』六七～六八頁参照。

＊3　ダダ運動の主導者トリスタン・ツァラは後に、この命名が「歴史」とも「伝説」とも見なされるものだという曖昧な発言をしている。（「回想のダダ　チュリッヒの時代」濱田明訳『トリスタン・ツァラの仕事　I批評』思潮社、一九八八・一）

＊4　大正一三年（一九二四）七月七日付村井康男宛富永太郎書簡。テキストは、大岡『富永太郎』を用いた。以降の富永書簡の引用はすべて同書による。

＊5　大正一三年（一九二四）一一月一四日付村井康男宛富永太郎書簡。

＊6　正岡忠三郎が京都で暮らした間に書き残した日記があり、大正一四年

に記されている。

大正十二年春、文学に耽りて落第す。京都立命館中学に転校す。生れて始めて両親を離れ、飛び立つ思ひなり。その秋の暮、寒い夜に丸太町橋際の古本屋で「ダダイスト新吉」を読む。中の数篇に感激。

一九二三年四月、中原は故郷の山口中学を落第し、立命館中学に転校するため京都に移った。ここでは、この時の気持ちを「飛び立つ思い」だったと回想している。中原は進学を望む親の期待を煩わしく思っていた（第一章Ⅲ「ダダイストとセンチメンタリズム」の2参照）。落第はかえって、故郷のしがらみから逃れるよいきっかけだったと言うのである。新しい土地での交友や、最新の文学と出会う期待が、中原を昂揚させたことだろう。

『ダダイスト新吉の詩』は、この期待に応じるように中原の前に現れる。ダダの破壊のスタイルは、過去の生活を捨てようとする中原の気分に合うものだったようだ。「ダダイスト」という通り名も、故郷とつながる「中原」という名を忘れ、新しい自分を装うにふさわしい。ダダは、中原の新しい行き方を示すものとなったのである。『ダダイスト新吉の詩』に啓示を得た中原は、ダダ詩を盛んに制作し、友人に見せてまわる。現存するのは、通称「ノート1924」とされる詩帳だけだが、ダダ詩を書き留めたノートは他にも複数あったようだ。*10「ノート1924」に残されたダダ詩だけでも、四十六篇になる。*11一九二三年暮れから翌年にわたる半年ほどの間に、多数の詩作がなされたのである。中原のダダに対する傾倒は一方ならぬものがあった。

（一九二五）一一月八日の記事には、「彼奴は人が右へ行かうといへば、必ず左にしようといふ奴だ」と、中原に憤慨する富永の様子が記されていると いう。大岡『朝の歌』八一頁。『新編全集　別巻（下）』収録の「正岡忠三郎日記」に同箇所は掲載されていない。

＊7　大岡『朝の歌』七〇頁。

＊8　大正一三年（一九二四）一〇月二日付村井康男宛富永太郎書簡。

＊9　「詩的履歴書」は、草稿「我が詩観」（一九三六・八）の末尾に付された年譜である。

＊10　現存するダダの詩帳は、表紙に「1924」と書かれた一冊の大学ノート、通称「ノート1924」だけだ。他に、河上徹太郎が預かっていた通称

この熱意にかかわらず中原は、ダダの詩作から離れることになったと言われる。一九二四年夏に、富永太郎と知り合ったのを機に、フランスの象徴詩人に共感するようになったというのである。「詩的履歴書」には、次のように記されている。

　大正十三年夏富永太郎京都に来て、彼より仏蘭西詩人等の存在を学ぶ。大正十四年の十一月に死んだ。懐かしく思ふ。

大岡「全集解説　詩Ⅰ」は、これをふまえながら次のように述べる。*12

　中原にとって、富永からボードレール、ランボーなどフランス象徴派の詩人を知ったことは、結局彼にダダイスムを棄てさせることになる。「ノート１９２４」の終りに近く上田敏訳「酔《ママ》どれ船」の十一聯が筆写されているが、そのあとには富永らとの交友録と見られる断片「独断」が書かれ、詩篇としては「人々は空を仰いだ」「冬と孤独と」の二篇しかない。

　多くのダダ詩が書かれた「ノート１９２４」だが、最後の頁までダダ詩だけで埋められることはなかった。ノートの中途に、上田敏訳のランボオ「酔ひどれ船」が書き写されると、数篇の詩が書かれた後は空白が続く。*13「酔ひどれ船」筆写の後、中原のダダ詩制作の意欲は弱まったように見えるのである。これ以降中原の詩作は、「ダダから象徴詩への移行」の軌跡を辿ると、大岡「全集解説　詩Ⅰ」は言う。また、富永の一九二四年一〇月の

「ダダの手帳」があったが、太平洋戦争の戦災で焼けてしまったという。この手帳に書かれていた「タバコとマントの恋」「ダダ音楽の歌詞」だけが、河上の「中原中也の手紙」（『文学界』一九三八・一〇）に引用されたため、現在も読むことができる。

　中原は一九二七年に書かれた日記（「新文芸日記（精神哲学の巻）」）の裏表紙見返しに、「ダダ手帖二、／日記五冊目（中、二冊紛失）／手帖二、（布表紙。APRIORI。）／詩帳一、（かきなぐり）（内一冊破棄。）／詩記帖一、プロット帖三」という覚え書きを残している。この時、少なくとも二冊のダダ詩帳が残されていたらしい。大岡「全集解説　詩Ⅰ」は、このうちの一冊が「ダダの手帳」だと推測し、他にも何冊かあったことを示唆している（三四五頁）。また吉田「草稿細目」は、「詩帳一」が「ノート１９２４」であると推測する。

＊11　ここにいうダダ詩は、「ノート１９２４」の前半に書かれた「春の日の怒」から「冬と孤独と」までの詩をいう。『新編全集第四巻』に収録された「断片」および、ノート後半に一九二四年以降書かれたと推定される「無題（緋の色は心になごみ）」から「浮

書簡中の「ダダイスト（かれはずつと以前からさうではないのだが、今ではアダナのやうにさう呼んでゐる）」という言葉も、この中原の転身を証拠づけるものだと、大岡『富永太郎』は見ている。*14

だが、別の場面で中原は、象徴詩との出会いの後もダダイストを名のっている。例えば、正岡宛一九二五年二月二三日の書簡には、ダダイスト中也の署名のあるダダ詩が書かれた。*15 また、同じく正岡宛一九二五年四月下旬（推定）の書簡では、「ダダイズムを、生活上の人間に対する嘲弄の形容詞として以外に、知ることのない君よ」と口吻を洩らしている。君は私に対するからかい文句としてしか使わないが、ダダにはもっと深淵な意味があると、ダダイストとしての自負を窺わせるのである。富永にとってはあだ名にすぎない「ダダイスト」も、一九二五年の中原には、いまだアイデンティティの証となる名前だった。

3

ただし、一九二四年の秋に何も転機が訪れなかったわけではない。「詩的履歴書」には、先に引用した一九二四年夏の富永と出会った記述の後に、次のような記事が書かれている。

　仝年秋詩の宣言を書く。「人間が不幸になつたのは、最初の反省が不可なかつたのだ。その最初の反省が人間を政治的動物にした。然し、不可なかつたにしろ、政治的動物になるにはなつちまつたんだ。私とは、つまり、そのなるにはなつちまつたことを、決し

浪歌」までは含まない。

*12 同書三四二頁。

*13 ノート後半の空白に改めて書かれた詩もあるが、一九二七年頃に清書されたものと推定される。一九二四年頃のダダ詩とは別の時期のものである。吉田「草稿細目」、および「ノート1924」解題」（『新編全集第二巻　解題篇』七～一〇頁）参照。

*14 同書二〇一頁。

*15 正岡宛書簡中の詩の題は、「退屈の中の肉親的恐怖」である（第二章Ⅱ「富永太郎」の1参照）。

て咎めはしない悲嘆者なんだ。」といふのがその書き出しである。

一九二四年秋に、「詩の宣言」を書くような、自己の詩心を見直す機会があったことは確かだろう。だが、この「詩の宣言」に、象徴詩との出会いの影響が顕著に見られるわけではない。むしろその内容はダダの精神に近い。一九二四年のダダ詩の中でも、「反省」など人間の意識の働きが、不幸や不誠実を生み出すという考えを示していた。中原は、ダダ詩人の目指す境地を「認識以前」という言葉で表す。

頁　頁　頁
歴史と習慣と社界意識
名誉欲をくさして
名誉を得た男もありました

認識以前の徹底

土台は何時も性慾みたいなもの
上に築れたもの、価値
十九世期は土台だけをみて物言ひました

○×××　○××××　○×××

飴に皮がありますかい
女よ
ダダイストを愛せよ

「頁　頁　頁」[*16]

書物をめくると、歴史や習慣や社会意識といった、人間の意識の生みだしたものが様々に書かれている。だが、ダダイストは意識の働きを棄てて、認識以前の世界を探求する態度を徹底すべきだ。中原はダダ詩に、このようなメッセージをこめている。

ダダイスト中原にとって、人間の意識は「名誉欲をくさして／名誉を得」るような姑息なものでもあった。人は、名誉欲を批判しながら、その言説を流布させることでかえって名誉を得ようとする。社会意識のめばえた人間は、本当の意味での批判をなすことができず、世間に媚びてしまうのである。中原は、このような世間知を嫌った（第一章Ⅳ「ダダイストの恋」の6、Ⅴ「ダダの理論」の4参照）。

「詩の宣言」に言う「反省」と「政治」の関係も、これに類したことを言うのだろう。世間知に照らして、自己の行動を意識する「反省」の態度が、他に媚び他を支配しようとする「政治」的な態度を生んだ。他を基準とするため、人は本来的な自己を見失ってしまう。これを人間の不幸というのである。中原は、外界の条件に囚われず、虚心に物事を見ることのできる態度を「原始人の礼儀」とも述べた。[*17] 社会意識に囚われる以前の態度に戻ろうというのだ。

*16 「頁　頁　頁」は」、「ノート1924」に書かれた。草稿に題名はなく、詩の一行目が仮の題とされた。「認識以前」という語は、「ノート1924」に書かれた「古代土器の印象」にも表れる。

*17 「ノート1924」に書かれた「迷つてゐます」などに、原始人の態

一九二四年秋のエポックである「詩の宣言」でも、ダダの精神は中核にある。象徴詩との出会いは、ダダと決定的に離別することにつながらなかったようだ。少なくとも、一九二四年秋の転機は、ダダと象徴詩を共にふまえながら迎えられたものだろう。富永も、中原が象徴詩人になったと言ったわけではない。「ダダイスト（かれはずつと以前からさうではないのだが、今ではアダナのやうにさう呼んでゐる）」というのは、中原の興味が、ダダ以外にも広がったことを述べたのだろう。

4

大岡「全集解説　詩Ⅰ」は、中原の正岡宛書簡の「ダダイスト中也」の署名をふまえ、この他に「道化の臨終」（一九三四年六月二日制作、『日本歌人』一九三七年九月号発表）に「Etude Dadaistique」という副題のあることを指摘したうえで、「ダダ的発想は間歇的にその生涯の終りまで認められる。ダダが彼の性向の深い所に根ざした発想であったことは確かである」とする。しかし、「ランボーの、内にダダ的なものを持ちながら、表現は古典的均整を保っている詩句（特に上田敏訳では）を知った以上、ダダの散漫な形式に止ることは出来なかったのである」と結論する。

つまり、ダダ流の発想を根底に持ち続けたとしても、中原が象徴詩の影響により決定的な転機を迎えたことに変わりはないというのである。ただし、大岡「全集解説　詩Ⅰ」自身が述べるように、一九二五年以降の中原の詩的変遷を跡づけるのは容易ではない。「ダダから象徴詩への移行の経過における試作品」とされる、ダダと象徴詩の中間の形態の作

度が表されている（第一章Ⅴ「ダダの理論」の5参照）。

品が、一九二五年から一九二七年の間には数多く存在するのである。*18

例えば、第一詩集『山羊の歌』にも収録された、一九二七年制作と推定される「サーカス」は、整序された詩的構成と、ダダ風の飄逸を兼ね備えている。*19

幾時代かがありまして
　茶色い戦争ありました

幾時代かがありまして
　冬は疾風吹きました

幾時代かがありまして
　今夜此処での一《ひ》と殷《さか》盛り
　　今夜此処での一と殷盛り

サーカス小屋は高い梁
　そこに一つのブランコだ
見えるともないブランコだ

頭倒さに手を垂れて
　汚れ木綿の屋蓋《やね》のもと

*18　同書三四二頁。

*19　大岡「全集解説　詩Ⅰ」は、中原の第一詩集『山羊の歌』「初期詩篇」に収録されている詩のうち、『生活者』一九二九年一〇月号に発表された、「サーカス」「春の夜」「朝の歌」「港市の秋」「春の思ひ出」「秋の夜空」の一連の作品群はすべて、「詩的履歴書」に記される「朝の歌」の制作時期一九二六年制作のものと見なすことができるとする。三四三〜三四四頁。

ゆあーん　ゆよーん　ゆやゆよん

それの近くの白い灯が
　安値《やす》いリボンと息を吐き

観客様はみな鰯
　咽喉《のんど》がなります牡蠣殻と
ゆあーん　ゆよーん　ゆやゆよん

　屋外《やぐわい》は真ツ闇《くら》　闇《くら》の闇《くら》
　夜は劫々と更けまする
　落下傘《らくかがさめ》奴のノスタルヂアと
　ゆあーん　ゆよーん　ゆやゆよん

「サーカス」

冒頭より「幾時代かがありまして」の句が繰り返されるリズムを伴いながら、外界からサーカス小屋の内部へと視点が移される。さらに、中ほどで空中ブランコに焦点が合わせられた後は、「ゆあーん　ゆよーん　ゆあゆよん」の繰り返しと共に、再び外へと視点は移され、屋外の闇の描写で幕が閉じられる。詩は、外、内、外と視点が移動する組み立てと、前半と後半に異なるリフレインが置かれる対の構成を持っている。このような場面構成や、始めと終わりの整合する組み立てに着目すれば、象徴詩との出会いの後に、中原の創作意識に何らかの変化があったようにも思われる。

だが同時に詩の中には、「観客様はみな鰯／咽喉《のんど》がなります牡蠣殻と」というやや突飛な比喩や、「ゆあーん　ゆよーん　ゆあゆよん」という滑稽な擬態語が用いられている。[*20]これらは中原のダダ詩でも用いられた手法である。「空想は植物性です」(「不可入性」)、「万年筆の徒歩旅行」(「自滅」)、「ダック　ドック　ダクン」(「ダック　ドック　ダクン」)などの詩句が「ノート1924」に残されている。また、「幾時代かがありまして」など、話し言葉らしい敬体表現が用いられ、全体におどけた調子をもたらすのも、ダダ詩以来のスタイルだ。少なくとも「サーカス」の書かれた一九二七年頃まで、ダダ的な手法は中原の中で間歇的なものではなく、持続的に生き続けたと言った方がいいだろう。

「サーカス」ではまさに、ダダの精神が生き続け美的構成との合一がなされている。それは、大岡「全集解説　詩Ⅰ」の指摘するように、「ランボーの、内にダダ的なものを持ちながら、表現は古典的均整を保っている詩句(特に上田敏訳では)」を手本にしたからなのだろうか。中原の書き写した「酔ひどれ舟」は次のような翻訳詩だった。[*21]

われ非情の大河を下り行くほどに
曳舟の綱手のさそひいつか無し。
喊き罵る赤人等、水夫を裸に的にして
色鮮やかにゑどりたる杙に結びつけ射止めたり。

*20　北川透「オノマトペアと〈繰り返し〉の主題」(『中原中也論集成』思潮社、二〇〇七・一〇)は、「サーカス」の詩的オノマトペアと〈繰り返し〉の主題の淵源はダダ詩にあるとする。

*21　「ノート1924」に筆写されたのは、『上田敏詩集』(玄文社、一九二三・一)所収のランボー「酔ひどれ舟」である。本文に引用したのは、全二十五聯のうち冒頭からの八聯のみ。旧字は適宜、新字に改めた。なお、中原が筆写したのは、第一聯から十一聯までである。『新編全集別巻(下)』の「富永太郎関連資料」解題は、富永太郎の詩帖に「酔ひどれ舟」の第一聯か

われいかでかかる船員に心残あらむ、
ゆけ、フラマンの小麦船、イギリスの綿船よ、
かの乗組の去りしより騒擾はたと止みければ、
大河はわれを思ひのままに下り行かしむ。

荒潮の哮《たけ》りどよめく波にゆられて、
冬さながらの吾心、幼児の脛よりなほ鈍く、
水のまにまに漾へば、陸を離れし半島も
かかる劇しき混沌に擾れしことや無かりけむ。

颶風はここにわが漂浪の目醒に祝別す、
身はコルクの栓よりも軽く波に跳りて、
永久にその牲《にへ》を転ばすといふ海の上に
うきねの十日、燈台の空《うつ》けたる眼は顧みず。

酸き林檎の果を小児等の吸ふよりも柔かく、
さみどりの水はわが松板の船に浸み透りて、
青みたる葡萄酒のしみを、吐瀉物のいろいろを
わが身より洗ひ、舵もうせぬ、錨もうせぬ。

ら十二聯までが筆写されていることを取り上げ、中原が富永から「酔ひどれ舟」を紹介された痕跡を示すものとする（一五四頁）。

これよりぞわれは星をちりばめ乳色にひたる
おほわたつみのうたに浴しつつ、
緑のそらいろを貪りゆけば、其吃水《みづぎは》蒼ぐもる
物思はしげなる水死者の愁然として下り行く。

また忽然として青海の色をかき乱し、
日のきらめきの其下に、もの狂ほしくはたゆるく、
つよき酒精にいやまさり、大きさ琴に歌ひえぬ
愛執のいと苦き朱《あか》みぞわきいづる。

われは知る、霹靂に砕くる天を、龍巻を、
寄波《よせなみ》を、潮ざゐを、また夕ぐれを知るなり、
白鳩のむれ立つ如き曙の色も知るなり、
人のえ知らぬ不思議をも偶《たま》には見たり。

これらの詩句を眺めると「冬さながらの吾心、幼児の腟よりなほ鈍く、／水のまにまに漾へば」、「酸き林檎の果を小児等の吸ふよりも柔かく、／さみどりの水は」など、幾分変わった比喩が現れる。鈍い自分の心を幼児の腟に喩え、水が船に浸み入る状況を子供が林檎の汁を吸う様子に見立てる。自分の心と幼児の腟という共通性で結びつけにくい組み合わせは、サーカスの「観客様はみな鰯」の表現と似ているだろう。また、「ノート192

4」のダダ詩の「空想は植物性です」（「不可入性」）という奇矯な言葉の組み合わせを思い起こさせるかもしれない。このような連想が、大岡「全集解説　詩Ⅰ」の「内にダダ的なものを持ちながら」という評価を導き出したのだろう。*22

あるいは、イマジネーションの奔流に、ダダとの共通性を見いだせるかもしれない。「これよりぞわれは星をちりばめ乳色にひたる／おほわたつみのうたに浴しつつ」、つまり、「フラマンの小麦船、イギリスの綿船」である私は、星を散りばめた大海原の詩の世界に入り込んでいく。そこに見出すものは、「物思はしげなる水死者」「愛執のいと苦き朱《あか》み」「白鳩のむれ立つ如き曙の色」など美醜とりまぜ、現実と幻想の混交した多様な物象である。この自由な想像力と語彙の豊富さが「酔ひどれ舟」の特徴であり、中原の見出したダダとの接点だったのかもしれない。*23

とはいえ「サーカス」の表現は、先にも述べたように、「酔ひどれ舟」のような「古典的均整」とは異なるものである。「幾時代かがありまして」という敬体表現は、「空想は植物性です」のようにダダ時代に用いられ、「鋭敏な犬でない私に／未来の匂ひを／嗅ぐ事は出来ません」のように中原が手本とした『ダダイスト新吉の詩』の中に現われる表現だ。*24「ゆあーん　ゆよーん　ゆあゆよん」という滑稽な擬態語も、ダダ詩の表現に近く、『ダダイスト新吉の詩』にも「ポコポコポコ／コポコポコポ／洗面器と薬瓶の階調」のような例がある。*25 また字下げを用いて見た目にもリズムを感じさせるレイアウトは、ダダを始めとするモダニズム詩の特徴である。*26 上田敏訳「酔ひどれ舟」の表現が、「サーカス」に直結するとは言い難い。

また、一九二五年から一九二七年の中原の詩は、同じような形式や内容を持つわけでは

*22　上田敏訳「酔ひどれ舟」の「冬さながらの吾心、幼児の脛よりなほ鈍く」は比喩と言える範囲の表現だが、中原のダダ詩の「空想は植物性です」は比喩とは言い難い。比喩は共通項を介して二つの異なる要素を結びつけるものである。例えば「薔薇のような女性」という比喩は、「美しい」という共通項を媒介として、人間である女性と植物である薔薇を似たものとして結びつける。これをふまえれば、「吾心」と「幼児の脛」は「鈍さ」という共通項によって媒介される比喩と言える。これに対し「空想は植物性です」は共通項を見出しにくい表現だ。むしろ異質な要素を結びつけることにより、新たな共通項を生み出すようにしむける表現である。心の働きである空想と、植物に何か共通点はないかと想像させるのである。この場合は続く行に「女は空想なんです／女の一生は空想と現実との間隙の弁解で一杯です／取れといふ時は植物的な萎縮をし」とあることから、行動的になろうとしない女性の性質を「植物的な空想」と言っていることがわかる。この詩の中でのみ用いられる独特の共通項だ。この点に

ない。フランス象徴詩で用いられたソネット形式を模し、「秒刻《とき》は銀波を砂漠に流し／老《らう》男《なん》の耳朶は蛍光をともす。」のように「酔ひどれ舟」に似た漢語を多用した比喩表現が用いられる「月」（推定一九二五、六）がある。一方で、ソネット形式とは異なる行分けの構成を持つ、「燻銀《いぶしぎん》なる窓枠の中になごやかに／一枝の花、桃色の花。」とはじまり二行七聯三行一聯から成る「春の夜」（推定一九二五、六）、「踏み溜めしれんげの華を／夕餉に帰る時刻となれば／立迷ふ春の暮靄《ぼあい》の／土の上《へ》に叩きつけ」とはじまり四行四聯の構成を持つ「春の思ひ出」（推定一九二五、六）があり、「冬の暗い夜をこめて／どしやぶりの雨が降つてゐた。」とはじまる「冬の雨の夜」（推定一九二六、七）のような行分けのない詩もある。また、「神もなくしるべもなくて／窓近く婦《をみな》の逝きぬ」のように和文脈の古語を用いる「臨終」（一九二六）があれば、「なんだか父親の映像が気になりだすと一歩二歩歩みだすばかりです」のような口語表現を用いる「黄昏」（推定一九二六）もある。さらには「倦んじてし　人のこころを／諫めする　なにものもなし。」と世紀末芸術風の倦怠を漂わせる「朝の歌」（一九二六）があれば、「黒き浜辺にマルガレエテが歩み寄する／ヴェールを風に千々にされながら。」と高踏派風な詩句を連ねる「深夜の思ひ」（推定一九二五、六）、「これはまあ、おにぎはしい、／みんなてんでなことをいふ」と道化調の「秋の夜空」（推定一九二五、六）もある。[*27] これらを一概に、「ダダから象徴詩への移行」の流れに整理することはできないだろう（第二章Ⅳ「象徴とフォルム」2参照）。

　むしろ見直すべきは、中原独自のダダや象徴詩に対する理解の中味である。通常の理解では、ダダの奔放と象徴詩の均整は相容れないもののように思われる。だが、中原の詩的な論理の中では接点を持ちうるものだった。もとより中原のダダ詩は、海外のダダ詩や日

「酔ひどれ舟」の「象徴的表現」と、「不可入性」の「ダダの奔放」の違いを見ることができるかもしれない。もちろん「酔ひどれ舟」の喩も、幼児の脛がなぜ鈍いのか分からないという意味では共通項の見出しにくい表現である。その点では中原のダダ詩に近いと言えるが、「鈍さ」という共通項を明示する明喩的表現は中原のダダ詩とは異なるものである。

*23　宇佐美斉訳『ランボー全詩集』（ちくま文庫、一九九六・三）は、「酔っぱらった船」の脚注で、「この作品を書いた時、ランボーはまったく海を見たことがなかった。繰り広げられる視象《ヴィジョン》は想像力の産物であり、その想像力に刺激を与えたのは種々の絵入り雑誌やジュール・ヴェルヌの『海底二万里』であり、さらにはユゴーの『海に働く人々』その他諸々の作品であった。（中略）ランボーの独創は、ダイナミックな「船＝話者＝見者」の案出であった」と述べる。

　またチューリッヒのダダイスト達は、ランボーを前衛詩人として取り上げ、会合で詩を朗読し、その想像力を讃えるなどした。ダダ運動の創立者の一人フーゴ・バルは、チューリッヒ・ダダ時代の日記一九一六年六月二〇日に

本のダダイスト高橋新吉の詩とは異なり、独自の詩的リズムや構成を伴っていた。それは、一九二五年以降の詩の美的な構成の源泉となり、ダダと象徴を接続するものともなったのである。

「われわれの星に、アルチュール・ランボーの名が欠けることがあってはならない。われわれは、知らずして、欲せずして、ランボー主義者だ。」と記している（土肥美夫・近藤公一訳、フーゴ・バル『時代からの逃走』みすず書房、一九七五・一二）。ダダイストにとってランボーは、精神的な先駆者だった。

*24 「1911年詩集」の「16」の一節。

*25 「1911年詩集」の「47」の一節。

*26 第一章Ⅳ「ダダイストの恋」の3に引いた高橋新吉「倦怠」を参照。タイポグラフィーの顕著な例として、萩原恭次郎『死刑宣告』（長隆舎書店、一九二五・一〇）がある。

*27 それぞれの詩の年代推定は『新編全集第一巻　解題篇』による。ここで取り上げた詩は『山羊の歌』の「初期詩篇」に収録されたものである。

Ⅱ　ダダ詩の構成

1

ダダイスムの詩は、意味のつながりをくずし定形を壊したものだという理解が一般的である。中原中也のダダ詩は、そのダダ本来の在り方に比べると、破壊の程度が徹底したものではないと言われる。[*1] また、その不徹底なところは、必ずしも否定的な評価を受けるべきものではなく、中原独自のダダ受容の結果として見直すべきだともされる。

中原のダダ詩の独自性を評価する場合には、連想によるイメージの連続性、[*2] 別世界の構築[*3]といった、意味上の解釈可能な側面が主に取り上げられるようだ。中原のダダ詩は、既存の意味のつながりを壊しながらも、同時に固有の意味の結びつきを作り上げている。このために、破壊も不徹底なものに見えてしまうが、その意味の創造こそが中原のダダ詩の独自性だというのである。

とはいえ、不徹底に見えるにしろ、中原のダダ詩に、意味のつながりをくずす要素があることも確かだ。意味に還元できないダダらしい要素は、中原の詩の中ではどのような役割を果たしているのだろうか。

＊1　佐々木幹郎は「対談　中原中也の魅力」（『国文学　解釈と鑑賞』一九八九・九）で、「中原中也のダダイズムの詩は、本家のジュネーブで始まったダダイズムの詩と比べるとやはり破壊の要素は少なすぎる、可愛らしすぎるという感じがします。日本のダダイストの本家と言われている高橋新吉に比べてもそうです」と述べる。

＊2　松下博文「京都時代のダダイズム」（『九州大学　語文研究』第五七号、一九八四・六）は、中原のダダ詩の幾つかの「発想の軸が《連想》にあること」を指摘する。

ここでは、意味の連続性をはぐらかすダダの働きが、整序された構成と相俟って詩全体を組み立てる例を見てみたい。

2

「ダダ音楽の歌詞」[*4]は、四聯から成っており、その構成は複合的な対の組み合わせによっている。

ウハキはハミガキ
ウハバミはウロコ
太陽が落ちて
太陽の世界が始つた

テッポーは戸袋
ヒヨータンはキンチヤク
太陽が上つて
夜の世界が始つた

オハグロは妖怪
下痢はトブクロ

＊3　平居謙「中原中也におけるダダイズムの問題」（『関西学院大学　日本文藝研究』第四四号、一九九二・一〇）は、「中也ダダの狙いは、幻視者としての中也の眼前に広がる、混沌とした世界の描出と、新たなる世界創造にあった」と述べる。

＊4　「ダダ音楽の歌詞」は、「ダダの手帳」に書かれた。第一章Ⅰ「ダダイストという呼び名」の注10参照。

レイメイと日暮が直径を描いて
ダダの世界が始つた
（それを釈迦が眺めて
それをキリストが感心する）

第一聯の初めの二行「ウハキはハミガキ」と「ウハバミはウロコ」とが、対になっていることは明らかだろう。どちらの行も、「浮気（?）」「歯磨き」「うわばみ（蟒蛇）」「鱗」といった名詞がそれぞれ片仮名表記され、「は」をはさんで二語が並ぶ組み立てにより、対称をなしている。

また、この二行それぞれの言葉の、音が類似する連想上の関係も、対を構成する要件となっている。それぞれの行に、「ウハキ」から「ハミガキ」への「ハ―キ」音の連続、「ウハバミ」から「ウロコ」への「ウ」音の連続があり、二行は同じ組み立ての文として対称をなす。同時に、それぞれの行の冒頭に「ウ―ハ」音が置かれ、この二行同士も音による連想的関係を持ち、対をなすのである。

このような一対の構成は、中原自身の詩「名詞の扱ひに」[*5]の中の、「名詞の扱ひに／ロヂックを忘れた象徴さ／俺の詩は」という、ダダのマニフェストの言葉を想起させる。「ダダ音楽の歌詞」は、名詞を片仮名表記にすることで、漢字表記の場合とは異なり、判然とした意味が思い浮かばないようにしている。さらに、音の連想による連続を付加し、意味による結びつきを回避している。これは、意味のつながりという、言葉の論理的な接

＊5 「名詞の扱ひに」の全体は第一章Ⅰ「ダダイストという呼び名」の1を参照。

続を「忘れた」かのような、言葉の「扱い」方である。ここでは、意味を剥奪し、音の連想を重視するという、ダダらしい方法が実行されているように見える。*6

ところが、このような名詞の意味の剥奪は、この一対において、徹底されているわけではない。「ウハキ」と「ハミガキ」の連続に意味はないとしても、「ウハバミ」と「ウロコ」とは明らかに、意味上の連想による関係を持っている。この一対が音声上の連想を持つ完全な対称の対になるには、一方の行の意味上の連想的関係は、不徹底な要素と思われる。この一対は、言葉の音の性質を強調する法則により、対として統一されているように見えながら、これを裏切る要素を中に含んでいるのである。

このような、法則の統一をずらす要素が、対の中に含まれる傾向は、以下の聯でも続いていく。いわばこの詩のダダ流の破壊は、言葉から意味を剥奪することに作用するだけではなく、剥奪する手法それ自体をはぐらかす方向にも働くのである。結論を急いだが、このことを論じるには、まず「ダダ音楽の歌詞」全体の構成を見ておく必要がある。この詩の対の組み立てに話を戻そう。

*6 佐々木『中原中也』は、高橋新吉のダダ詩の特徴は字音の響きが作り出す新たな意味の世界を提示するところにあり、中原もこの方法に共感したとする（一〇一～一〇八頁）。一方、吉田凞生『評伝中原中也』（講談社文芸文庫、一九九六・一〇）は、「「ウハキ」も「ハミガキ」もある文脈の中において〈意味〉を持つのであるから、文脈の時間的秩序を破壊するなら、それらは〈意味〉というより〈イメージ〉として現われざるを得ない。極端な場合、詩はイメージとしての単語の羅列となる。」（六五頁）とする。

3

第一聯の初めの二行が対になるのとは別の結びつきで、続く二行も対になっている。「太陽が落ちて」―「太陽の世界が始つた」という、太陽の運動にまつわる原因と結果の対で、しかも因果関係から見れば逆転したつながりになっている。太陽が沈み姿を消したはずなのに、その世界が始まるというのである。

この一対と第一聯の初めの一対との関係は見出しにくい。初めの一対は名詞を並列しただけだが、続く一対は、太陽の動きの時間的変化に伴う出来事の発生、いわば短い物語を含む表現だ。言葉の組み合わせ方が、互いに異なるのである。だが「ダダ音楽の歌詞」では、このような一見無関係な二対の組み合わせが、続く第二聯、第三聯でも同様に繰り返される。

第二聯の最初の二行は、第一聯と同じように、ふたつの名詞が「は」で結ばれる対になっており、続く二行も第一聯の後半の二行と同様に、「太陽が上つて」―「夜の世界が始まつた」というように、太陽の動きに基づく原因と結果を表す言葉の組み合わせからなっている。第三聯もまた、初めの二行は「は」で結ばれた名詞の対からなり、続く二行も再び太陽の運動について述べた表現になっている。

ただし、このように第一聯から第三聯にわたって同様の二対の組み合わせが反復されていても、その中味は全く同じものではない。特に前半の対に関しては、先に第一聯の場合で見たように、形の上では似ていながら、一定の法則を見出すことはできない。まず前半の対の関係について見てみることにしよう。

第二聯の初めの一対の、冒頭の二つの名詞「テッポー」と「ヒヨータン」は伸ばす音が共通しており、音の連想により結びつく、第一聯と同じ手法が踏襲されている。また、第一聯の二行目「ウハバミはウロコ」に見られた意味の連想による連続性も、一対の中の「戸袋」と「キンチヤク（巾着）」の連関に引き受けられている。どちらも袋という意味で関連する。

だが、同じような連想的関係でも、言葉の組み立ての上では異なっている。第一聯では、意味の連想「ウハバミはウロコ」は一行の中のみの関係だったが、第二聯では意味のつながりを連想させる「戸袋」と「キンチヤク」は、二行にまたがり、これらを対として成り立たせる要素となっている。第一聯では片側の行にのみあったため、一対を非対称とさせていた言葉の結びつきが、ここではむしろ二行を対として組み立てる要件となっている。つまり、第一聯では法則を裏切る例外的な要素であったものが、第二聯では法則となるという転倒が起きているのである。

しかも、この「戸袋」と「キンチヤク」との意味的連関もまた、第一聯の一対の中では、第一聯の場合とは別の意味で非対称になっている。第一聯の「ウハバミ」と「ウロコ」はどちらも片仮名であるために、意味の連関は淡いものであったが、第二聯では「戸袋」は漢字で表され、意味的な連想をむしろ誘うようになっている。（このことにおいても、第一聯の意味的連関が、第二聯にそのまま踏襲されていないことが分かる。）しかし、これに対応する「キンチヤク」は片仮名で表記されており、「戸袋」の表記に対応していない。表記上は非対称であり、第二聯も完全な対になることが避けられているのである。

また、第三聯の初めの一対でも、第一聯や第二聯の法則からはずらされており、一見した組み立ては似ていても、細かい点では異なっている。まずこの二行の中に、「オハグロ」と「トブクロ」の「ク―ロ」音という、片仮名表記の名詞同士の音的連鎖を見出すのは容易であろう。この点では、第一聯や第二聯の手法を受け継いでいると言える。

ただし、第一聯と第二聯では、対の冒頭のそれぞれの語に音的連関があったのに対し、第三聯では、対の一行目の冒頭の語「オハグロ」と二行目の末尾の語「トブクロ」との連関になっている。また、それと対応するように、一行目の末尾の語「妖怪」と二行目冒頭の語「下痢」とがそれぞれ漢字表記になっている。つまり、一行目と二行目の言葉がそれぞれ交差するように連関しており、対応する言葉の位置関係が第一聯や第二聯のものとは異なっているのである。

さらには、第二聯の対で例外的だった漢字表記が、第三聯では一対を構成する要件へと変わっている。第一聯の例外的手法が、第二聯では対の必要条件に転換されていたのと同様に、第三聯でも手法の転倒が行われているのである。

さらにつけ加えれば、第二聯から引き継がれた漢字表記の手法による語「妖怪」と「下痢」も、ここでは第二聯のような意味的連関を持たず、ただ表記が同じであるゆえに見た目の対称を成すだけである。また、第三聯の「トブクロ」は、第二聯の「戸袋」を片仮名表記にしたものであるが、先に述べたように、第二聯のような意味上の連想的関係を持たない。同じ言葉を別の聯から引き継ぎながら、その見た目の形も役割も変えるのである。このような詩語同士の関係の転換は、言葉を関連づける法則を正しく継続しようとしない、「ダダ音楽の歌詞」のはぐらかす詩法の現れである。

ここでもう一度、中原の詩「名詞の扱ひに」の中の、「名詞の扱ひに／ロヂックを忘れた象徴さ／俺の詩は」という言葉を思い起こしておこう。この言葉をあらためて、「ダダ音楽の歌詞」の右のような詩語の連関にあてはめるならば、名詞の扱いにおいて忘れられたロジック（論理）は、意味の連続ばかりではない。意味の連続を崩すように見えた音の連想をも含む、名詞を並べる法則そのもの、ということになるだろう。ある一定のきまりで名詞を並べても、次のまとまりでは、そのきまりは忘れられ（忘れられたように扱われ）、微妙にずらされていくのである。

4

以上のように、第一聯から第三聯までの、聯の前半の一対は、形の上で似ているようでも、その対を成り立たせる法則は、少しずつずれている。これに対し、それぞれの聯の後半の一対は、前半の対の展開とは異なり、第一聯から第三聯に進むにしたがって、発展的な連続を成している。

第一聯では、「太陽が落ちて」―「太陽の世界が始つた」と逆転した因果関係が語られ、第二聯では、「太陽が上つて」―「夜の世界が始つた」と、第一聯とほぼ対照的な内容が示される。つまり、第一聯と第二聯の後半の一対同士もまた、対の関係になっているのである。またその対は、第一聯と第二聯の前半の対同士の関係とは異なり、法則の上でほとんどずれのないものだ。この点では、単純な構成となっている。

第三聯の後半の対は、この二つの対で述べられた太陽の運動を受けてまとめ、さらにそこから展開する新たな出来事を提示する。「太陽が上つて」（あるいは「太陽の世界が始つた」）を受けて、「レイメイ（黎明）」という言葉が現れ、「太陽が落ちて」（あるいは、「夜の世界が始つた」）は、「日暮」に置き換えられる。この二つの太陽の動きが「直径を描」くところに、「ダダの世界」が始まるというのである。

これをマニフェストの一種として読めば[*7]、第一聯と第二聯で示されたような、因果関係の逆転する法則が支配する世界の広がりが、「ダダの世界」ということになるだろう。ダダは、既成概念の因果関係を逆転させるものであり、「名詞の扱ひに」の言葉を借りれば、

＊7　クロマニフェストは、ダダイズムの表現スタイルのひとつである。トリスタン・ツァラ「ダダ宣言1918年」（一九一八、小海永二・鈴村和成

概念の「扱ひ」に「ロヂック」を持たないものだ。そのようなダダの世界の誕生の物語を、第三聯で提示してみせるのである。

このような、ダダにまつわる出来事が連続する物語的な展開を、第一聯から第三聯までの後半の一対の連なりは有している。この意味で、第三聯には、第一聯と第二聯の発展的展開があると述べたわけだが、この関係は単に聯の後半における対同士の関係にとどまらない。

先に述べたように、聯の前半の対が、「名詞の扱ひにロヂックを忘れた」ようなダダ論理の実践であるからには、第三聯の「ダダの世界」という言葉は、この前半の対の展開も受けているだろう。前半の対は、ダダの「ロヂック」のない振る舞いそのものを体現し、後半の対は、ダダの「ロヂック」のない世界の誕生神話を語る。そのふたつの表現が相俟って、「ダダの世界」の在り方を詩に表象するのである。

また、そのような前半の対と後半の対の相互連関は、第三聯の物語（あるいはマニフェスト）のレベルで行われるばかりではなく、表現のレベルでも行われている。先に述べたように、名詞の表記が漢字から片仮名に転換される手法は、第三聯前半の「トブクロ」の表記に受け継がれていたが、第三聯後半の「レイメイ」の表記にも投影されている。

第一聯と第二聯までは、前半と後半とが別種の組み立てと表記を保ったまま並べられていたが、第三聯では、前半の対にのみ用いられた手法が、後半の対の表現にも浸透する。二部構成にも見えた前半と後半の対の分裂は取り払われ、後半の対の物語表現も、「ダダの世界」にふさわしい言葉のずれを示すようになるのである。

訳『ダダ宣言』竹内書店、一九七〇・四所収）、高橋信吉「断言はダダイスト」（一九二二、『ダダイスト新吉の詩』中央美術社、一九二三・二所収）参照。

5

　このように始めの三つの聯では、言葉遊びのような語の連続と、物語的な表現とが相俟って、「ダダの世界」が両面から表現される。そして第四聯は、第一聯から第三聯にわたる語の連続が集約された「ダダの世界」という語を、さらに空間的なイメージへと展開させていく。「ダダの世界」の有り様を釈迦が眺め、さらにキリストがそれを見るという重層した立体的な広がりを示すのである。

　この第四聯では、第一聯から第三聯までの言葉の連続的構成が打ち切られ、かつ集約される。まず形の上から言えば、第一聯から第三聯までの二つの対の組み合わせによる聯の構成は、第四聯では継承されない。第四聯は二行のみからなり、しかも括弧でくくられることで、これまでの言葉の連なりとは明らかに異なる性質であることが、特徴づけられている。ただし、第四聯の二行はともに、「それを……が……する」という文の組み立てで、対であることも明らかである。この点では、第一聯から第三聯までの、対の連続という言葉の連なりは継承されている。

　さらに第四聯の中味を見れば、第一聯から第三聯までが「ダダの世界」の表現であったのに対し、第四聯はその外側の立場から見た表現になっていることが分かる。第一聯から第三聯までが「ダダの世界」の誕生の物語であり、第四聯の「それ」は、この内容を指すものだろう。したがって、釈迦もキリストも「ダダの世界」の誕生神話を、世界の超越的観察者の立場から眺めていることになる。

　第一聯から第三聯までは、ダダの振る舞いに即した言葉の組み立てであったものが、第四聯では立場を変え、その振る舞いを眺める場所に立つのである。これを、括弧を付した特殊な表現と合わせて見れば、第四聯は、第一聯から第三聯までの詩の構成を総合し、異なる立場から意味づける位置にあることになる。

これを「ダダの世界」誕生のマニフェストと見なすことはできるだろう。ダダイストを、神にも等しい新世界の創造者だとし、さらにそのダダの振る舞いを、他の超越的観察者の立場から感心させて（評価させて）いるからである。しかし、このような立場には、ダダを相対化する視点も含まれている。

ダダイスト（作者）が感心される側にではなく、釈迦やキリストと同じく、ダダを評価する側に身を置いてみる時、ダダの行い自体が相対化されて見えてくる。あるいは、「ダダの世界」の手法もまた平板に見えるかもしれない。前の言葉を転倒させ、言葉を追う読者の予測を裏切るダダの行為は、意想外のようでいて、案外に直線的な運動で平板なものとも見える。前の言葉を後の言葉が裏切るきまりが繰り返されるだけなら、総体から見れば、むしろ詩としての統一はなされているように見える。直線的に、単調な語義をひっくり返す関係が連続していくだけである。

この意味では、超越した立場から眺めることは、ダダの手法それ自体を相対化してみせる、さらに上をいくダダの手法ということもできるだろう。マニフェストとしての意味合いは消えないにしても、これまで言葉をつないできた立場から飛躍してみせることで、その行い自体を眺めるユーモアも表そうとしているのではないだろうか。このような自己相対化は、この後の中原の、「サーカス」[*8]に表された道化の感性や、「骨」[*9]などに見られる自己の身体から遊離する感覚につながるものと思われる。

*8　「サーカス」の全体は第一章Ⅰ「ダダイストという呼び名」の4を参照。

6

そこで語られる内容をどのように評価するかをひとまず擱けば、第四聯が、全体の構成の流れの転換を行い、かつ総合する役割を担っていることは確かである。これをふまえながら改めて、「ダダ音楽の歌詞」全体の構成を見直しておこう。

初めに述べたように、「ダダ音楽の歌詞」は、複合的な対の組み合わせからなっている。まず最小の単位として、詩の中の二行それぞれが対をなしていることは、これまで述べたとおりである。対の中味については、音の連想的関係や、原因と結果との物語的関係など、それぞれ組み立てが異なるものの、一行だけ独立した詩句は「ダダ音楽の歌詞」の中にない。さらに第一聯から第三聯までは、それら組み立ての異なる二つの対（「ウハキはハミガキ／ウハバミはウロコ」の系統の対と「太陽が落ちて／太陽の世界が始つた」の系統の対）が組み合わさって、一つの聯を構成していた。

第一聯から第三聯までは、異なる二対が合わせられたものとはいえ、聯全体としては同じ組み立てであるため、一見単純な繰り返しのように思われる。しかし、その聯同士の関係は単純なものではなかった。対の組み立ては、それぞれの聯で少しずつずらされていたのである。また、第一聯と第二聯同士が対をなし（太陽の二種の動きをそれぞれ表し）、第三聯がその対を受け総合する（「ダダの世界」の誕生を表す）ような構成も仕組まれていた。つまり、対を反復する構成と同時に、対の関係が少しずつ変化する要素、あるいは対が発展的に関わる要素が埋め込まれていたのである。

＊9　「骨」は、『紀元』一九三四年六月号に掲載（一九三四年四月二八日の制作日付）、後『在りし日の歌』に収録された。第三章Ⅱ「読書と生活」の8参照。

このような複合的な対の組み合わせは、言葉の連関を破壊するダダの要素と、対が相互に連関する構成的要素との組み合わせと言い換えることもできる。このうちダダ的な要素には、これまで述べてきたように、言葉の意味の連関をくずす働きと、その働き自体が法則となってしまうことを避ける働きがあった。改めて見れば、このダダ的手法は、むしろ明確な対の構成があるからこそ成立するものであることが分かる。

これまで「ずれ」という言葉で説明してきたように、「ダダ音楽の歌詞」の中のダダ的手法は、脈絡のない破壊ではなく、前の対で提示したものを少しずつ変えてみせるようなものである。このような手法は、むしろ整った構成によって、そのずれを相互に比較させ変化を明らかにするものだ。あるいは整った構成がなくては成立しえない手法と言った方が正しいだろう。このように見れば、「ダダ音楽の歌詞」には、本質的な破壊の要素はないとも言える。従来言われてきた「不徹底なダダ」という評価もあてはまるかもしれない。

しかし、この「不徹底なダダ」は、破壊的なダダとは別の効果を詩にもたらしている。それは、ダダとは不釣り合いな整った構成と、その構成を変化させるダダ的手法の競合から生み出される詩語の展開である。先に述べたように、第一聯から第三聯までは、見た目は同じ組み立ての聯の反復になっている。それは読み手にとっては、単調な詩の展開と感じられるものだろう。

ただし、その中味においては、ダダ的な手法による言葉のずれが、対の組み立ての変化や、物語的展開といった動きを詩の中に生み出していた。それは反復的な構成とあいまって、読み進む読者に、詩語の変容、運動を感じさせるものとなるだろう。それは言わば、音韻とも音数律とも異なる、構成自体によりもたらされる詩のリズム（ダダ音楽）である。

ここで「不徹底なダダ」は、詩に律動をもたらす働きをするのである。

7

このような中原のダダ的な手法は、本来のダダイスムの破壊と比すれば、評価しえないものかもしれない。しかし、ダダの表現を詩の独自の構成の中で変容させ、別な役割を与えたという意味では、ダダの表現自体の創造的転換と見なすこともできる。

もちろん、中原のダダの全てが、このような整った構成とずれていく詩語の連関との組み合わせからなっているわけではないが、構成やリズムを伴った詩は、他にもいくつか例をあげることができる。例えば、「倦怠者の持つ意志」を見てみよう。[*10]

タタミの目
時計の音
一切が地に落ちた
だが圧力はありません

舌がアレました
ヘソを凝視めます
一切がニガミを帯びました
だが反作用はありません

*10 「倦怠者の持つ意志」は、「ノート1924」に書かれた。

此の時
夏の日の海が現はれる！
思想と体が一緒に前進する
努力した意志ではないからです

全体は三聯からなり、それぞれ四行からなる同じ形のものである。第一聯と第二聯は、ほぼ同じ組み立てをとっている。初めの二行は、第一聯が「タタミ」と「時計」、第二聯が「舌」と「ヘソ」というように、物と人事との違いはあるが、何らかの出来事について述べた対である。続く二行はどちらの聯も、「一切が……た」「だが……ありません」という同じ構文の対になっている。はじめの二聯は、「ダダ音楽の歌詞」と同様に、二つの対の組み合わせを持ち、似たような内容を繰り返す。

最後の第三聯は、一、二聯を受けて「此の時」と言い、「夏の日の海が現れる！」と新たな事態が起こることを示す。そして、「思想と体が一緒に前進する／努力した意志ではないからです」と、詩のすべての内容を総括し、ダダのマニフェストで締めくくる。はじめの二聯が繰り返しで、最後の三聯でまとめられる順序は、起承―結の展開をなしている。また、四行からなる三聯の規則的な繰り返しにも、明らかな構成意識を窺うことができる。

また、次の「倦怠に握られた男」は、三つの対の組み合わせにより詩語を展開させる。*11

俺は、俺の脚だけはなして

＊11　「倦怠に握られた男」は、「ノート1924」に書かれた。

脚だけ歩くのをみてゐよう――
灰色の、セメント菓子を噛みながら
風呂屋の多いみちをさまよへ――
流しの上で、茶碗と皿は喜ぶに
俺はかうまで三和土《タタキ》の土だ――

はじめの二行は、「俺は、俺の脚だけはなして／脚だけ歩くのをみてゐよう――」と、風変わりな決意が語られ、次の二行は、これを受け自分の足の歩く様子が語られる。最後の二行は、歩く様子を受けたうえで、本体の自分が「三和土《タタキ》の土だ」と、実際は塗り固められた土のように、自由な歩行から遠い存在であることを示す。「倦怠者の持つ意志」と同様に、最後の二行でまとめられる、起承―結の構成を持つのである。また、それぞれ二行の末尾に「――」（ダッシュ）が付されていることからも、二行の繰り返しの構成により内容を展開させる意図は明らかである。

また、「一度」の四聯構成も、四行、二行、四行、二行の規則的な繰り返しの中に、詩語が展開されている。*12

結果から結果を作る
翻訳の悲哀――
尊崇はたゞ
道中にありました

*12 「一度」は、「ノート1924」に書かれた。

再び巡る道は
「過去」と「現在」との沈黙の対座です

一度別れた恋人と
またあたらしく恋を始めたが
思ひ出と未来での思ひ出が
ヲリと享楽との乱舞となりました

一度といふことの
嬉しさよ

第一聯では、「結果から結果を作る／翻訳の悲哀」という物事の結果ばかりを追い求める虚しさに対し、大切なことは「道中にありました」と過程を重んじるべきことが述べられる。第二聯ではこれを受け、たとえ過程を重んじたとしても単純に過去を反復しようとする場合は、「再び巡る道は／「過去」と「現在」との沈黙の対座です」と過去と現在の経験が拮抗するだけで、何も生み出さないという見解が示される。

続く第三聯は、一、二聯の内容を受けながら、本来「「過去」と「現在」との沈黙の対座」になるはずのものが、二度目の恋の場合には、「思ひ出と未来での思ひ出が／ヲリと享楽との乱舞となりました」と、過去と未来が混乱する別の事態が起きたことが述べられる。そして、第四聯では、「一度といふことの／嬉しさよ」と、過去が反復される二種の事例をふまえながら一度だけの経験を重んじる結論を示す。

　四行からなる一、三聯で過去の反復に関わる二つの出来事が示され、続く二行からなる二、四聯でそれぞれ、出来事に対する意見が述べられる組み立てである。また、全体から見れば、一、二聯と三、四聯では対照的な事例が語られており、前後で大きく二つに分けることができる。また、一、二聯で共通の事態を語り、三聯で異なる事例を提示して、最後の四聯でまとめていると見れば、起承転結の構成を持つものと見なすこともできる。

　また第一詩集『山羊の歌』に唯一収録された「ノート1924」のダダ詩「春の日の夕暮」についても同様のことが言える。この詩は、『山羊の歌』収録時には、四行からなる四聯の整った構成に改変されているが、「ノート1924」では、二行、二行、四行、四（五）行、四行の、やや変則的な五聯構成だった。（第四聯は、五行のうち一行が推稿過程で削除された。）[*13]

　この改変を、象徴詩の影響により構成意識が高まったものと見ることもできよう。だが、元の詩に四聯に区切ることのできる組み立てが備わっていなければ、改変も適わなかったはずだ。

トタンがセンベイ食べて
春の日の夕暮は穏かです
アンダースローされた灰が蒼ざめて
春の日の夕暮は静かです

＊13　吉田「草稿細目」、および『新編全集第一巻　解題篇』「春の日の夕暮」二四～二九頁参照。「ノート1924」に書かれたときの題名は「春の夕暮」。引用は、『山羊の歌』収録時の形態。「自ら」は「みずから」と読むが、『山羊の歌』では、「自《み》ら」と振り仮名が付された。

吁！　案山子はないか――あるまい
馬嘶《いなな》くか――嘶きもしまい
ただただ月の光のヌメランとするまゝに
従順なのは　春の日の夕暮か

ポトホトと野の中に伽藍は紅く
荷馬車の車輪　油を失ひ
私が歴史的現在に物を云へば
嘲る嘲る　空と山とが

瓦が一枚　はぐれました
これから春の日の夕暮は
無言ながら　前進します
自《み》らの　静脈管の中へです

「春の日の夕暮」

第一聯では、「春の日の夕暮は穏かです」「春の日の夕暮は静かです」、第二聯では、「従順なのは　春の日の夕暮か」と、それぞれ「春の日の夕暮」の穏やかな様子について語られる。だが第三聯では、「荷馬車の車輪　油を失ひ」「嘲る嘲る　空と山とが」と静かで穏やかな態度だけでは、周囲の評価に対して無力であることが語られる。そして第四聯で、

「これから春の日の夕暮は／無言ながら　前進します」と態度を改める決意が示される。この詩にも、起承転結の構成が備わっているのである。

これらの例をふまえれば、中原の初期のダダ詩と呼ばれる作品群の中では、詩語の破壊や放恣な連想の行使ばかりでなく、詩語の構成（またはリズム）を創造するための試行も繰り返されてきたことが分かる。中原の詩的構成の意識は、後の象徴詩との出会いにより突然にもたらされたものではない。

Ⅲ　ダダイストとセンチメンタリズム

1

サンチマンタリズムに迎合しなきや
趣味の本質に叛くかしらつてのが
まあまあ俺の問題といへば問題さ

「仮定はないぞよ」[*1]

中原のダダ詩の中には、こんな一節が現れることがある。破壊の精神を旨とするダダに、センチメタルという言葉はいかにも似つかわしくない。だが一九二四年、ダダを名のった頃の中原にとって、詩作と感傷の関係は頭から離れない問題だった。

同じ頃に書かれた習作「その頃の生活」[*2]にも、感傷に悩む心境が語られている。この小説は一九二三年三月、中原が故郷の中学を落第し、京都に移る前後の出来事を描いたものだ。主人公は、中原自身をモデルとしている。

＊1　「仮定はないぞよ」は、「ノート1924」に書かれた。草稿に題はなく、詩の一行目が仮の題名とされた。引用は部分である。

＊2　年代推定は、吉田「草稿細目」、および『新編全集第四巻　解題篇』「その頃の生活」二二五～二四六頁参照。

2

「その頃の生活」の主人公は、年来の両親の干渉を煩わしく思っていた。父親には、中学生になった今も、外出を制限されている。「此の近所に一軒だつて上品な家はない。みんな下層民の寄り集りぢやあないか」「私《ワタシ》は学校以外には一切出すまいかとさへ思つてゐる」というのが父親の言だ。また母親にも、近所で喧嘩があっただけで、その騒ぎに巻き込まれないように諭される。*3

主人公には、両親の心配が障碍としか感じられない。行動を束縛されるうちに、貴重な時間が失われるように思うのである。それは両親の懸念が、長男の出世に対する期待と裏腹のもので、主人公の望みと噛み合わないものだったからだ。文学に熱を入れる主人公は、成績が落ちるのを顧みないが、大学進学を望む親は、その将来に不安を抱かずにいられない。外出を許さないのは、思いのままにならない息子を、目の届くところに置こうとする両親の意志の現われだった。この閉塞した状況から逃れるため、主人公は自立と自負を求めようとする。

> 何気なしに今度××歌劇に投書しようと思つて書いた原稿を出して中程から読み始めた。初めて自分の物を好いと思つた。
> 「これが当選すれば一寸金が這入る。俺の頭を学校の成績で見首つてゐる親も少しは目が開く。開けさせたくはないが開けて貰へば少しでも五月蝿さが減るだらう。（中略）」
> 私は何時の間にやらロマンチックな浮々しさになつてゐた。——ポイと机の端の鏡に

*3　吉田凞生『評伝中原中也』（講談社文芸文庫、一九九六・五）は、実際の中原の故郷湯田の生活について、「謙助が中也を外に遊びに出さないのは広島のときと同じであった。湯田は温泉町であり、風紀はあまりよくない。」（三一頁）と伝える。また、中原が中学時代に「小説家になろうかと言ったこともあったが、フクは文学者はだめ、大学を出てどこかに勤めるように答えるのを常とした。父の謙助も特に中原を医者にすることを望んではいなかった。他に男の子が四人もいたからであろう。」（三九〜四〇頁）という。

　顔が映ると漸く我に帰つた。そこには私の、子供の顔が映つた。私は自分が玩具[*4]のやうに思へ出して来た。
　随分自分といふ人間もセンチメンタルでありロマンチックである安つぽさのたつぷりな人間だと思つた。

主人公は、自身の詩才が状況を変えてくれることを期待する。文学者として認知されれば、両親の見る目も変わり、自分を悩ます問題がきれいに解決するように思えるのである。しかし、それはロマンチックな空想だと気づかざるをえない。主人公は、いまだ誰に認められることもなく、親の前で天才気取る子供にすぎないからだ。また、たとえ著名な詩人になったとしても、進学を望む親がよろこぶはずもない。詩才という自負は、現状を打開する術になりそうもなかった。

　主人公は、親の干渉よりも、自身の空想癖の方が自立の障碍になっていると気づく。妄想にふけるばかりの自分は、成し遂げてもいない栄達に満足し現状に甘んじている。両親との諍いさえも、すでに解決したような浮薄な気分にひたっていた。ロマンチックな空想こそが、主人公を家に縛りつける枷だったのである。また、その空想の底にある、家族に対する感傷が問題だった。

　大したことでもないけれど、家庭的な悲劇といふものを何時も目の前にしてゐなければならない私は、そしてその悲劇なるものが常に我々のセンチメントのために悲劇であると観た私は、自分が人一倍感傷家であるといふことが歯痒ゆかつた。

＊4　ここで用いられる玩具は、子供っぽく安っぽいものという意味だが、後の中原は、「昇平に」という献辞が付された「玩具の賦」（一九三四・二）で、自らに欠かせないものという意味合いで用いられている。献辞の「昇平」は、大岡昇平のことである。『新編全集第二巻　解題篇』は、辻潤の評論「惰眠洞妄語（一）（二）」（『読売新聞』一九二四・七・二二、二三）の「おもちゃ」との関連を示唆し、「玩具の賦」の「玩具」は「詩」のことだとする。三一五～三二二頁。

家族のいざこざから生み出される主人公の苦痛は、感傷により誇張されているという。ここで主人公のいうセンチメントは、家族を右顧左眄する心理のことだ。他の兄弟にあれこれ言われないように嘘をつける知恵があると自慢する弟の態度を、主人公は「弟もやっぱり小心な、そして俗人式でセンチメンタルな奴なんだな。内の家庭ではやつぱり苦心しなけりやあならない性分に生まれたんだな……」と評する。主人公は、家族の目を気にする弟の素振りを、自身の感傷的な振る舞いと同様のものと見るのである。[*5]

主人公もまた、詩人になりたければ自分の思うとおりにすればいいはずだ。だが心の内には、自分の詩才で親に見直されたいという気持ちがある。その心情こそが、無意識の内にも自身を家に縛り付け、逃れ得ない深刻な境遇にあるかのように思いこませる要因だった。主人公は、この家に対する気遣いや帰属意識が、自身の感傷から生まれることに気づいたのである。

3

そこで主人公は、自身を阻害する感傷を、意識の上で克服しようと試みる。

「精神的な悲劇。そんなものがあるものか！　それは下らねい感傷の所産に過ぎない。本当の、本当の悲劇は物質を基調として初めて存在する。」――何時かもこんなことを日記に書いた。それは慥か既に亡くなつた（義理の）祖父から父に引き渡つた裁判が、

＊5　吉田凞生『評伝中原中也』（東京書籍、一九七八・五）は、「中原はこの作品で、〈私〉のセンチメンタリズムを視点として、暗鬱な一家の雰囲気を描き出している。ここで彼が本当に見つつあったのは、家庭を通じての、人間の社会における位置と役割というものであったように思われる。〈それは「その頃の生活」を離れてから六ヶ月振りの事だ〉という結びが事実とすれば、この作品は大正十二年の九月頃に書かれたことになり、『ダダイスト新吉の詩』を読んだ時とほぼ重なる。中原の〈ダダイズム〉はこういう長男の〈センチメンタリズム〉からの脱却を意味していたわけである。」（九二頁）と述べる。

不利となつた日のゴタ〱の後書いたのだつた。

かう書き、又さう思ふとも強めたもの丶、私のセンチメンタリストであることは依然として変りなかつた。


感傷癖を逃れようと考えをめぐらせても、結論を得ることはできなかった。自分は精神的悲劇というものが存在しているように思っているが、それこそが感傷的な思い込みだ。本当の悲劇は、金銭など物質的条件から生じる。そんな風に思考を働かせ、人間に対する感情の影響など些細なものだと思ってみても、落ち着くことはできない。むしろ反省を繰り返すほど、自己の発想に根づくセンチメンタリズムに気づかざるを得なくなる。うわべだけの思考で納得しようとしても、消え去りはしないのである。逆に、感傷を肯定すべきではないかと思い直してみる。


私は再びセンチメントを否定したかつた。無益だとしたかつた。だが、我々の感ずる美なるものが、全て感傷だとか性慾だとかいふ本能的なものを基調として生れてゐると思ふと、私は私の涙を無下に排セキする気になれなかつた。

「全て本能乃至本能的なるものは、否定すべきものではない。だがそれが有害となる場合は必ずそれ自身が有害なるに非ずして、感傷が感傷に楯つき、性慾が性慾に楯つくからだ。（中略）」

ポイとそんなことを考へ付きながら紙に書いた。（中略）――「彼はオスカアワイルド＊6の如き軽薄子にして、詭弁を弄するのみ……」――私は私の書いたことに或批評家が

＊6　オスカー・ワイルド（一八五四

そんな冷い言葉を掛けさうな気がした。まるでもう批評家が大向ふとして相手取る大家になつたやうな気持で。

何にしろ自分の考へたことは本当だと、悦びに吊られて思ひ込んだ。——けれどもその考へもセンチメントの私の考へに過ぎないとまた反対にも取つた。

感傷は、人間の本質に関わるものであり、美もまたそこから生まれる。むしろ、その自然な働きに抗おうとするため、有害なものと化してしまうのではないか。こんなことを考える。しかし、思考は再び上滑りし、自分の論が批評家に取り上げられる妄想へといつのまにか変わる。自分が有名な文学者となる先の空想と同じく、ロマンチックな気分に戻ってしまうのだ。あげくには、そのうわついた感傷的空想自体を反省せざるをえない。

このような煩悶を繰り返しながら、ついに主人公は、故郷でセンチメンタリズムから逃れることができなかった。ところが、落第して京都に移ると、あれほど悩まされたはずの感傷的な傾向が消えてしまう。

> 今態々落第して、それをキッカケに京都の某中学に転校してゐて、「その頃の生活」の環境といふものと離れてゐる。そして私はもう今では感傷といふものが反撥的にか、殆どなくなつて居る。その頃のやうな詠嘆的な詩は作らうつたつて作れなくなつてゐる。
>
> 親は唯金を送つて呉れるにのみ必要な物だと思つてゐる。学校は下宿にばかりゐては胃が悪くなるから散歩の終点だと思つて通《カヨ》つてゐる。（中略）
>
> 大変呑気である。こだはらなくなってゐる。

〜一九〇〇）は、イギリスの詩人、小説家、劇作家である。この頃、矢口達編『ワイルド全集』全五巻（天佑社、一九二〇・四〜九）が発行され、第五巻『論文集』には、島村民蔵訳「芸術家としての批評家」、本間久雄訳「社会主義と人間の霊魂」などが収録されている。例えば「社会主義と人間の霊魂」には、次のような一節がある。「いふまでもなく、私有財産制度の下に生れた個人主義は、常に、否一般的に云つて、美はしい、嘆賞すべき型ではないといふこと、及び、貧乏人は、たとへ教養と魅力とを持たないにしても、尚、多くの徳を持つてゐるといふことは、云はれてもよいことである。」（四二四頁）

主人公から感傷癖は失せ、障碍とばかり思えた親や学校も気にすることはなくなった。また、それ以上に変わったのは、他者に対する振る舞いだという。主人公は、中学生扱いして自分の話を取り合わない、大学生の友人と絶交する。


「馬鹿、貴様とはもう何も言はん！」

私は急に怒つた。

「何を言ふかあ。」

彼（大学生の友人　＊筆者注）は私の怒を怒と信じなかつた。

「本気だよ。馬鹿！」

また私は真赤になつて言つてやつた。彼の顔色が急に変るかと思ふと彼は自分のマントと帽子を左手に持つて、右手で私の頬をポカッと擲りつけた。そして物も言はずに出て行つた。

私は腹も立たなかつた。そして、「その頃の生活」に妥協性の多かつた私が、そんな友人との絶交の仕方が出来るやうになつてゐた私の変り方の著しさをしみじみ気付いて自分で驚いた。

それは「その頃の生活」を離れてから六ケ月振りの事だ。


小説は、このような主人公の自己発見で結ばれている。主人公は、絶交すらできるようになった自己の変化を好ましく思っている。感傷癖の失せた自分は、親や学校など周囲の環境を気にかけることがなくなった。そればかりか、我を通した主張をすることさえできるようになる。感傷的な妄想に耽っていた頃に比べれば、人が変ったような積極性を得たというのだろう。京都での新しい生活は主人公に、故郷の生活から訣別する機会を与えた。故郷で過ごした時間は、「その頃」というように、過去のものとなったのである。

4

「その頃の生活」の主人公にとって故郷との訣別は、過去の詩風との別れも意味していた。「その頃のやうな詠嘆的な詩は作らうつたつて作れなくなつてゐる。」小説の終わりで主人公は、このように語っている。現実の中原も、故郷を離れ京都に移った一九二三年に『ダダイスト新吉の詩』に出会い、ダダに傾倒していく。センチメンタリズムを払拭し、秩序の破壊者ダダイストとなる。詩風の変遷としては、わかりやすい順序だ。

しかし実際は、ダダイスト中原の心中から、センチメンタリズムが消え去ったわけではなかった。冒頭に引用した「仮定はないぞよ」にあったように、感傷はむしろダダ時代に強く意識されていたのである。一九二四年に書かれたダダ詩の中には、「その頃の生活」で語られた、感傷的心理と同様のものが表されている。

例えば、初めに引いた「仮定はないぞよ」には、「サンチマンタリズムに迎合しなきや／趣味の本質に叛くかしらつてのが／まあまあ俺の問題といへば問題さ」とあった。この「問題」と同様のことは、感傷と美の本性との関係において、「その頃の生活」の主人公に考察されている。主人公は、感傷は克服すべきものだが、そこから美が生まれてくるならば、無下に排することはできないと思い直していた。

「自分の感情に自分で作用される奴は／なんとまあ　伽藍なんだ」（「不可入性」）[*7]という、自己の感傷癖に悩む主人公の姿を映したような詩句が現れることもある。また次の詩では、意識的に感傷の克服に努めた、主人公の姿に通じる心境が語られている。

古る摺れた
外国の絵端書――
唾液が余りに中性だ

雨あがりの街道を
歩いたが歩いたが
飴屋がめつからない

唯のセンチメントと思ひますか？
――額をみ給へ――
一度は神も客観してやりました
――不合理にも存在価値はありませうよ
だが不合理は僕につらい――
こんなに先端に速度のある
自棄　々々　々々

*7「不可入性」は、「ノート1924」に書かれた。

下駄の歯は
僕の重力を何といつて土に訴へます
「空は興味だが役に立たないことが淋しい
――精神の除外例にも物理現象に変化ない」
ガラスを舐めて
蠅を気にかけぬ

「古る摺れた」*8

ここでは、自身の感傷的な傾向を認めながらも、その裏に「神も客観してやりました」と、客観的事実への志向があり、また「不合理は僕にはつらい」と、不合理と対決する姿勢のあることを訴えている。「その頃の生活」の主人公もまた、感傷癖に流されながらも、論理的な思考を保とうとしていた。末尾で語られる「精神の除外例にも物理現象に変化はない」つまり、この世から精神の働きを排除したとしても、物理現象に変化はないという言葉も、「精神的な悲劇など存在しない、真の悲劇は物質を基調として生まれる」という主人公の考察に通じる。

どうやら、中原が「その頃の生活」の結びに描いた自己像は、半ば事実で半ばは示威的なものだったようだ。当時親交のあった富永太郎が「ダダイストを訪ねてやり込められ」*9たと言ったように、中原はダダイストのあだ名で呼ばれ、時に敬遠されるような振る舞いもしていた。小説の終りに描かれた、友人との絶交に類した出来事も、実際にあったに違いない。また、「その頃の生活」の主人公の、「大変呑気である」という気持ちも、実際の

*8 「古摺れた」は、「ノート1924」に書かれた。草稿に題はなく、詩の一行目が仮の題名とされた。

*9 大正一三年（一九二四）七月七日付村井康男宛富永太郎書簡。

中原のものだっただろう。中原は「詩的履歴書」（一九三六）でも、故郷を離れた時の気持ちを、「生れて始めて両親を離れ、飛び立つ思ひなり」[*10]と表現している。両親の束縛から解き放たれた喜びは、京都に移った中原の偽りのない心境だった。

ただし実際の中原は、「その頃の生活」の主人公とは異なり、センチメンタリズムから逃れることはできなかった。ダダ詩に痕跡が残されたように、感傷との葛藤は続いていた。小説でセンチメンタリズムの源泉とされた、家族や故郷との関係も、中原の胸中から消え去ったわけではない。一九二四年には、次のような詩も書かれている。

何故親の消息がないんだ？
何故●が笑はないんだ？
何故原稿が売れないんだ？

何と俺のことを故郷の新聞は書いたんだ？
何と恋人は独語ちたがるんだ？

「何故親の消息がないんだ」[*11]

親の消息がないことへの不満、故郷の新聞に載るべき自分の評判に対する懸念が、率直に述べられている。「その頃の生活」の主人公も、出世して親を見返すことを考えていた。中原はいまだ、その主人公と同じく、家族や故郷の反応を気にかける感傷を持ち続けていたのである。この詩は、ノートに書き留められたものの、後で抹消された。中原自身、認

*10　第一章I「ダダイストという呼び名」の2参照。

*11　「何故親の消息がないんだ」は、「ノート1924」に書かれた。草稿に題はなく、詩の一行目が仮の題名とされた。この詩の抹消箇所は、『六巻本全集』で判読されたが、●は不明部分である。大岡「全集解説　詩I」は、「なにか個人的な事情があったらしく、かなり入念に消されている」と述べる（三三八頁）。『新編全集』は、全編が

めがたい内容だったようだ。

「その頃の生活」で語られた感傷は、過去のものではなく、ダダ時代の現在も、中原の心中に残るものだった。小説に描かれた、過去を払拭した自己は、中原の求めるべき姿なのだろう。自分は、ダダイストになる以前から、似つかわしくない感傷を忘れさっていた。ダダは、その新しい自分にふさわしい表現として、自ら選んだものである。——中原は、そう言いたいのだろう。中原は、「後年ダダイズムの原理は、新吉の詩を読む前から、独力で発見していたので、名前を借りただけだと豪語していた」という。[*12]

だが実際にダダの破壊は、捨てきれない感傷を振り切るための行動原理として、中原に見出されたものだった。ダダを名のるかぎりは、小説の最後に書かれたように、対人関係を損なってでも妥協のない自己主張をすることができる。中原が、「中原」と呼ばれるよりも「ダダイスト」という呼び名を好むのは、そのような自分を装うことができるからだろう。

5

センチメンタリズムは現在でも、肯定的な意味に用いられることは少ない。感情に身を任せ理性に欠ける態度を言い、内面にこもり現実を見ようとしない姿勢を批判する時に用いられる。しかし、常に批判の対象となってきたわけではない。本来は、理性や秩序を重んじる潮流に対する反動として現われた主張だった。一八世紀のヨーロッパでは、啓蒙主義、新古典主義などの主知的傾向に対し、人間の感情を重んじる態度を示すものでもあっ

中原の手により抹消されていることを理由に、本文編に収録していない。

*12 大岡『朝の歌』七〇頁。

た。[13]このセンチメンタリズムは、後のロマン主義への懸け橋となるものである。

また日本では、萩原朔太郎が次のような言葉を残している。

私は感傷といふ言葉をよく主張しますが、実際、宗教でも詩でもその核心の生命は必・意感傷にすぎないと思ひます、センチメンタルほど貴重なものは此の世界にない筈だとさへ思つて居ります

(推定一九一六年六月初　高橋元吉宛萩原朔太郎書簡)

ここでは、創造の源泉として、感傷が位置づけられている。一九一四年に萩原朔太郎は、室生犀星や山村暮鳥と共に、同人組織「人魚詩社」を結成した。その詩的実践の場で、萩原が詩作のキーワードとしたのが、センチメンタリズムだった。当時にあってもセンチメンタリズムは、肯定的な意味で用いられる言葉ではなかったが、萩原はあえて詩心の中核に据えようとしたのである。[14]

一九一〇年前後の自然主義の台頭や社会主義思潮の広まりは、人間の精神を支配する外的条件や、人間をとりまく社会問題の認識を重んじる傾向を生んだ。その結果、眼前の現実に目を向けず、個人の感傷に耽る者には、批判の目が向けられるようになったのである。

詩人も、この時代潮流と無縁ではない。新しい現実を描くには口語自由詩が必要だと主張する、自然主義派の詩人が現れる。その先駆とされる川路柳虹の「塵塚《はきだめ》」(『詩人』一九〇七・九)が描いたものは、美的な風景や情緒ではなく、ごみためという醜悪なものだった。また石川啄木は、大逆事件後「時代閉塞の現状」を執筆し、社会主義思想に共鳴した詩を書いている。これらの傾向は、その後の民衆詩派の運動にひきつがれた。

＊13　一八世紀のルソー、一九世紀のドイツ・ロマン主義が、代表的なものである。特に、一八世紀のイギリスの作家、ロレンス・スターンの「センチメンタル・ジャーニー」により、センチメンタルという言葉が広く用いられるようになった。阿部知二『世界文学の歴史』(河出書房新社、一九七一・四)は、「センチメンタル」という言葉が「センチメンタル・ジャニー」が現われるまでは「感情的」という意味を表わすものだったが、以後「感傷的」というニュアンスを表わすようになったという。(新装版、河出書房新社、一九八九・一二、一二八頁)

＊14　萩原朔太郎の人魚詩社をめぐる活動とセンチメンタリズムの関係については、北川透『萩原朔太郎〈言語革命〉論』(筑摩書房、一九九五・三)を参照。六二〜七三頁。

また高村光太郎は端的に、真実を見る眼を曇らせるものとしてセンチメンタリズムを批判し、次のような発言をしている。

この頃、種々な作物を見たり評論を読んだりして気のつく度に興味をもつて考へるのは、人間が持つて居るセンチメンタリズムに対する弱点である。人間と言ふものはそれは可也大きな範囲に広がつて持つて居るもので、立派な人だとか思想の高い人だとか、さう言ふ本当に芸術的気分に充ちてゐる人でも、此弱点がある為めに普通世間一般の人間に立戻る事があると思ふ。バナールに落ちて了ふのである。かう言ふ事が芸術上においてのセンチメンタリズムの大きい原因になつて居る。（中略）

人と言ふものは何うかすると、そのセンチメンタルな事を本当であると思ふ。さう言ふ作物を見ると、何となく哀れつぽい感情になつたり、センチメンタルな気分に誘はれるものである。訳もなく動かされて、その人の真の情に接したやうな気がするものである。

けれど考へて見て、その人の書いた全部から見ると、さう言ふ事は虚偽である。センチメンタルな事がセンチメンタルな言葉や感情で描いてある所などを実際に味はつて見ると、空虚な事が多い。何時でもエキスクラメーシヨンマークのやうなものである。

（「センチメンタリズムの魔力」『文章世界』一九一二年六月）

もちろん、自然主義や社会主義思潮の提示する現実が、唯一の現実ではない。しかし、これらの示す物の見方が、それ以前の文学表現に収まらない事象に気づかせる契機となったのも確かなことだ。これを黙殺することは、やはり現実の一断面を拒否することに他ならない。留学帰りの高村には特に、日本の社会全体が古い慣習に囚われているように見えた。*15 文学もまた、旧態依然の文学趣味に浸り、そこから一歩も出ようとしないものが多く眼についたのだろう。それが右のような、現実から退行するセンチメンタリズムを批判する文章となった。萩原朔太郎もこの風潮の中、センチメンタルだとの批判を受ける。

私の詩は白秋氏から推賞され居《ママ》ます、けれどもあまりに一本調子であまりにセンチメンタルだといふやうな非難をも受けました、自分でもそんなに思ふことは思ふのですがセンチメンタルと真情詠嘆は自分の生命なのですから如何とも仕方がありません

（一九一四年二月九日付中澤豐三郎宛萩原朔太郎書簡）

ただし一九一〇年代は、武者小路実篤らの白樺派、谷崎潤一郎ら耽美派と呼ばれた人々も現れ、いわゆる反自然主義の思潮が並存した時期だ。その意味で萩原は、同時代の思潮の中で孤立していたわけではない。書簡にあるように、北原白秋からは推賞を受け、室生らの同伴者もいた。萩原は共感者を得ながら、同時代の思潮に拮抗しうるセンチメンタリズムの理論を構築することができたのである。

だが一九二〇年代になると、これら一九一〇年代の文芸思潮を、自然主義を含めて、総括しようとする思潮が現れる。唯物史観を根拠としたプロレタリア文学である。

最後に文学芸術の方面から唯物史観に対してあげられる反対の叫びの中には唯物史観

＊15 高村光太郎は、一九〇六年にニューヨークに渡航して美術を学び、翌年からはロンドン、パリで西欧の伝統に触れた。日本に戻ったのは、一九一〇年六月である。また高村は「未来派の絶叫」（『読売新聞』一九一二年二月）で、未来派の運動を紹介し、「彼等は斯くて、追慕の詩人、過去に対する熱情家、豊麗なセンチメンタリストであるダヌンチヨに反抗する。月夜情調の詩人、象徴派詩人とも手を切るに至る。」と述べる。

は文学的気分乃至は情操にぴつたりあはないといふ理由からこれを排斥しようとするのがある。こんな乱暴な言ひ分がとほるなら、数学は芸術を否定せねばなるまい。文学は物理学を否定せねばなるまい。併し事実吾々は二二が四といふ数学の原理を信じつゝ熱烈に愛しあふことが出来ると同じやうに、唯物史観を信じつつ芸術を創作し鑑賞することが出来るのである。たゞ凡俗なセンチメンタリズムが文学の名に於て歴史の事実を朦朧化し、二十世紀の現代に眼を閉ぢさして民衆を昔し〱のお伽噺につれてゆかうとする時、唯物史観は厳然たる事実を示す必要があるのである。

（平林初之輔「唯物史観と文学」『新潮』一九二一年一二月）

一九二一年に『種蒔く人』が創刊されて以来、プロレタリア文学は、運動として勢いを増していった。そこで俎上に載せられたのが、既存の文学の在り方である。プロレタリア文学は唯物史観により、旧来の文学趣味を批判し、新たな現実の見方を提示しようとする。

　唯物史観は、人間社会の基本的条件として、衣食住などの物質の生産があるとし、この展開を分析して歴史を考察しようとするものである。[*16] 特に近代を資本主義に基づくブルジョア社会と見て、資本家に不当に搾取される労働者の問題を取り上げる。また唯物史観は、物質的条件を根源的なものと見なすため、人間の意識が社会を動かすとは考えない。むしろ、物質的条件が、芸術・宗教などの精神の産物の方向を決定づけるとする。

　平林の言も、おおよそこの論旨の上に立っている。唯物史観を支持する者は、現代の物質的条件を変革することで、よりよい精神文化を生み出そうとしている。これに反発する者は、資本主義社会の生み出した文化を永遠のものと考えているにすぎない。また、特に

＊16　平林初之輔「唯物史観と文学」（『新潮』一九二一・一二）は、「マルクスは「経済学批評」の序文で言ふ「人類の生活を決定するものは意識ではない、その反対に人類の社会的生活が彼等の意識を決定するのだ」と。彼に従へば人類の意識或は思想及びこれに基く所謂上層建築（文化）が人類の物質生活を決定するのではなくて、人類生活の物質的条件、生産力がそれ等

文学者は、唯物史観の提示する現実を見ようせず、旧態依然の文学的情緒を反芻するばかりだ。これを、凡俗なセンチメンタリズムに浸るものとして批判するのである。
また日本の一九二〇年代は、未来派、立体派、ダダ、シュルレアリスムなどのアヴァンギャルド芸術が現れる時期でもある。既存の芸術の解体を目指す彼等もまた、過去の文学趣味を批判する。一九二九年には、この立場から春山行夫が詩史の構築を試み、その中でセンチメンタリズム批判を行っている。

かように、自然主義文学が、甚だ非文学的であり、従来の文学精神とは遙かに隔つた文学精神を持つたものであつたため、自然主義文学時代における感傷主義は、その根拠として、唯一の文学的内容をそのうちに感じてゐたといふことができる。文学即ちポエジイといふ立場に反対に出発した自然主義文学は、明確に文学であつて、ポエジイを持たなかつた。従つて、本来文学として発展すべきポエジイは消極的反動的に韻文精神に避難し、更に、韻文精神そのものの中にあつても、最も文学に縁遠い感傷主義に避難したからである。
従つて、明治末期に完成されようとした韻文詩、即ち文学的発展を多分に持つた象徴主義詩は、一たまりもなく蹂躙されてしまつたのである。さうして感傷主義を一歩も出ることの許されないポエジイ、感傷主義といふ理論だけでしかポエジイとして許されぬ文学の精神が存在したのであつた。室生犀星氏、生田春月氏、萩原朔太郎氏らのポエジイがその抒情的、星菫的、少年的な理由でしか存在しないように。さうして、そのため、日本では、単にこれらの形式によるものが感傷主義の名を専有してしまつた。

を決定する故に人間の歴史の基礎は物質的であるといふのである。」と紹介する。

（「無詩学時代の批評的決算　―高速度詩論その二―」『詩と詩論』一九二九年三月）

春山は、一九一〇年代を自然主義文学が覇権を持った時期とし、「無詩学時代」と呼ぶ。自然主義文学時代のポエジーは、ポエジーの本質を疎外するものでしかありえなかったとする。自然主義詩人の無文学性は言うまでもないが、これに拮抗する理論を持てない詩人も、反動的にデカダン、感傷主義などに退行したというのである。春山はこれらに批判を加えながら、あらためてポエジーを構築すべき必要を論じる。感傷主義の信奉者である萩原は、もちろん批判の対象にしかならなかった。センチメンタリズムは新たな文学思潮が現れるたびに、非難の対象を表わす言葉となってきたのである。

6

中原がダダに熱中した一九二四年は、まさにプロレタリア文学、アヴァンギャルド文学が隆盛した時期だ。中原はそれらの感傷主義に対する批判的言説を率直に受け止めている。例えば「その頃の生活」の主人公は、「精神的悲劇は、感傷の所産に過ぎない。真の悲劇は、物質を基調として起こる」という考えを、自己のセンチメンタリズムを剔抉するために持ち出していた。これは先に紹介した唯物論の、文化の精神的所産は物質的条件により決定される、という見方を引用し言い換えたものだろう。

物質を基調とした悲劇とは、具体的には主人公の父親が裁判で不利になったことを指す。敗訴すれば、経済的な負担を負わなければならないものだ。近代の契約社会、資本主義社会の中で生まれる不幸なのである。これに比すれば、自分と家族との諍いは、些末な問題だと主人公は考えようとしたのだろう。

ダダイストを名のる中原が、プロレタリア文学派の議論と無縁でないのは、ダダの精神が、既存の文化の破壊という理念により、同時代の社会主義思想やアナーキズム思想と連動するものだったからである。

ダダイストと日本で巷間云はれた所の、辻潤、岡本潤、小野十三郎、高橋新吉、それから僕等々はすくなくも、その思想的に最もアナキスチツクであった事だ。(中略)日本におけるダダイズム運動にせよ、チユーリヒから疾風の如く欧州の空に波ランを起し、東海の君子国まで、その思潮感電せしめたダダにせよ、ダダはもともと資本主義の末梢的神経の存在でもなく、確然たる社会主義的思想を抱いてゐたのである。西洋ではコミユニズム。東洋ではアナキスチツクに、半無政府主義(レーニンの言葉)的思想とした。(中略)

ダダの本流を云へば、ブルジヨアとインテリゲンチイアのプロレタリア解放だ!

(萩原恭次郎「詩壇プロレ派第一警鐘」『詩神』一九二七年三月)

萩原恭次郎が言うように、一九二〇年代前半は、ダダ、アナーキズム、社会主義などの理念が混在し、参加者はその時々に揺れ動いていた。その振幅が、ナップの結成などにより統一されていくのが、一九二〇年代後半のことである。中原のダダ時代はいまだ、アヴァンギャルド・プロレタリア文学運動の多様な言説が、相互に入り交じる状況の中にあった。

運動に参加しないとしても、その議論に感心を寄せるのは、自然なことであったろう。「その頃の生活」の主人公が感傷の克服に努めるのも、このような同時期の議論との関わりゆえだ。旧来の感傷を剔抉し、新たな時代の詩の創造を要請する機運を受け止めたのである。

しかし、その一方で中原は、感傷主義にも強く惹かれた。「その頃の生活」の主人公は「美は、感傷や性欲を基調とする」と考えていた。この主人公の発想は、萩原朔太郎の「宗教でも詩でもその核心の生命は必意感傷にすぎない」という、抒情を重んじるセンチメンタリズムの系譜につながるものだろう。直接的にではないにしろ中原も、日本の感傷主義の影響の及ぶ圏内にいたのである。*17

中原が、この感傷主義とこれを批判する言説との、どちらか一方に与することのできなかったことは、先に述べたとおりである。いわば中原は、一九二〇年代の思潮が切り捨てた矛盾を真摯に生きようとしたのだとも言える。そのため、中原の詩は、ダダのスタイルを採りながら、センチメンタリズムに対するとまどいがそのままに現れることになった。そして、この抒情の問題を解決するには、しばらく時期を待たなければならなかった。

*17 「正岡忠三郎日記」（『新編全集別巻（下）』収録）の一九二四年一〇月一日には、「今年はきれいなことをそして一寸ばかり sentimental なこととをしやうといふ気持とが違ふだけだ」という一文がある。中原の交友範囲で「センチメンタリズム」は共有された語彙だったのだろう。正岡は当時、京都帝国大学経済学部に在籍していた。

7

その後一九二七年の中原は、「その頃の生活」の結末とは逆に、抒情を重んじる立場へと転じた。一月二八日の日記には、「吾には甚だしき殉情、神聖なる怠惰がある」という言葉が残されている。「殉情」は、佐藤春夫の詩集『殉情詩集』（一九二一・七）に用いられた言葉である。後には、センチメンタリズムと区別され、肯定的な抒情を意味する言葉にも用いられた。*18 中原は、この言葉により、自己の抒情精神を表明しようとする。

抒情を肯定するには、かつてこれを否定する根拠となった唯物論の発想を、自己の内で清算する必要があった。富永太郎を次のように批判するのも、その意志の現われである。

　彼（富永太郎　＊筆者注）は帰納的であつた。けれども演繹的な芸当がやつてみたくなつてゐた。私に会つて二ヶ月もするとその徴候は実に見えすいてゐた。彼は芸術家ではなかつた。彼は器物に対する好趣を持つてたまでだ。（一九二七年日記三月二三日）*19

ここで中原は、富永の「器物への好趣」を批判する一方で、自分の態度を演繹的という言葉で表す。「私、私は太陽神話を完全に倫理的展開に於て符号《ママ》せしめ得、／私、私は私の倫理的宇宙演繹法による夢に呪ひ出されて、新しき太陽神話を齎す者だ。」（一九二七年日記三月一七日）という一節にあるように、中原の言う演繹法は、世界を何らかの価値意識や倫理的判断において見ようとする態度である。物事の背後にある法則や機構を知り、それを表現しようというのだ。この演繹的態度に対し、「その頃の生活」の「真の悲劇は物質を基調として生まれる」といった物質を重んじる見方は、「帰納的」な富永に帰され、自身からは切り離される（第二章Ⅱ「富永太郎」の5、Ⅲ「小林秀雄」の5、および第三章Ⅱ「読書と生活」の2参照）。

その一方で、表現としての抒情の意義を説明する時には、唯物論の発想を取り入れ、積極的な読み替えを行おうともしている。

*18　日夏耿之介『改訂増補明治大正詩史巻ノ下』（新潮社、一九四九・一二）は、「佐藤は「殉情詩集」この方、よき感覚と殉情とあること犀星と等しくして、而も犀星よりも杳かに教養があり、之れが物言ふと世間では見てゐた」と述べている（一七九頁）。また中原中也も読んだ百田宗治『詩の本』（金星堂、一九二七・二）は「第十四　現代日本詩壇の鳥瞰」で、現代の詩人を表現の特徴から大まかに二つに分類している。「象徴詩またはその傾向を幾分でも作詩に加へてゐる人々」を「詩術派」、「直接人生に近い呼びかけをしてゐる人々、即ちどちらかと云へば無技巧に近い文字通りの自由詩的発生をそのはじめに持つ詩人達」を「人生派」とする。佐藤春夫は「縦横な擬古的手法」が例にあげられ「詩術派」に加えられている。

*19　実物の日記では、三月二三日から二五日の頁にかけて記されている。一九二七年日記の記事のいくつかは、同様に複数の頁にわたって記載されているが、本書では始めの日付のみ表記する。

心意といふものは、理智によつて存在する。感情的なものではない。而して発現されたる心意はやがて群衆にとつての可見的彩画様のものとなる。これが社会の変遷を齎らす。性格《イリュジョン》だ。（そこで芸術家が自分の仕事を感情的なものだと普通に考へてる一応の理はあるが、心意といふものが分らないでは、オリジナルな力といふものはその作品に生れない。）

（一九二七年日記一月三一日）

唯物史観の示す物質的条件が、社会を動かす唯一の要因ではない。心の現実もまた、社会を変遷させるものである。ただし、心もまた形なくしては、影響を及ぼすことはない。不特定の人々に「可見的」になることで、文学的な抒情は成立する。この表現としての心を個人的な感情と区別するところに、かつてのプロレタリア陣営のセンチメンタリズム批判を受け止め、答を出そうとする意思を伺うことができる。文学と社会との関わりをふまえ、形式化の理論を取り入れることで、抒情の在り方を意義づけようとするのである。

一九二四年のダダ詩を盛んに書いた時期から数年を経てようやく中原は、抒情を肯定する理論を得ることができた。やがてダダ詩の可能性もまた、この抒情を重んじる立場から逆に読み替えられる。

これから春の日の夕暮は
無言ながら　前進します
自《み》らの　静脈管の中へです

このダダ詩「春の日の夕暮」の最終連（第一章Ⅱ「ダダ詩の構成」の7参照）を言い換えた言葉を、中原は一九二七年の日記に残している。「この詩人（リルケ　＊筆者注）は慥かに心臓から出発して機制の全面に這入つた。しかしまだ心臓に回帰してゐない。擾乱が足りないからだ個性が足りないからだ。信仰がまだ理窟だからだ。」（一九二七年日記四月一九日）[*20]

中原はここで、「春の日の夕暮」の静脈管から心臓への経路を、詩心のたどるべき道筋として提示している。ダダの詩句を、抒情精神のマニフェストとしてあらためて読み替えるのである。こうしてダダ詩を詠じた一九二四年は、破壊精神の横溢した過去ではなく、抒情精神の揺籃期として中原自身に再発見される。「春の日の夕暮」が『山羊の歌』に唯一収められたダダ詩であるのも、この新たな意義を代表する詩だからだろう。

残る問題は、その抒情をいかに表現すべきか、ということである。この問題意識は、ダダと象徴詩を架橋するものともなるが、ダダ詩の中ですでに明瞭な形を取っていたものでもある。次に、この抒情の表現を明確に意識する契機となった中原の恋愛のモチーフについて考えてみたい。

＊20　実物の日記では、四月一九日から二〇日の頁にかけて記されている。

Ⅳ　ダダイストの恋

1

幼き恋は
寸燐の軸木
燃えてしまへば
あるまいものを

寐覚めの囁きは
燃えた燐だつた
また燃える時が
ありませうか

アルコールのやうな夕暮に
二人は再び会ひました――

圧搾酸素でもてゝゐる
恋とはどんなものですか
その実今は平凡ですが
たつたこなひだ燃えた日の
印象が二人を一緒に引きずつてます
何の方へです――
ソーセーヂが
紫色に腐れました――
多分「話の種」の方へでせう

この「幼き恋の回顧」は、中原のダダの詩帳「ノート1924」に書かれていた詩である。[*1] 最初の二聯を読むだけなら、破壊を旨とするダダの詩とは思えないだろう。幼い恋を燐寸《マッチ》の軸木にたとえる比喩は、そのままに理解できる。まだ幼かったために、二人の関係は長く続かなかった。マッチの軸のように、あっという間に燃え尽き、後に残るものもなかったのである。しかし、共に目覚めた朝のささめきごとには、燐のように燃える感情があった。この恋が再び熱することはないのだろうか。――概ねこのような内容だろう。

続く聯は多少難解だが、全く意味が通らないわけでもない。また火の点もる予感のする、アルコールのような夕暮れに、二人は再会した。二人の恋はもはや、圧搾酸素でも無ければ、燃えることもできないようなものだろう。そんな思いもあるものの、平凡な毎日を送る二人には、以前の鮮やかな恋の印象が甦る。しかし、二人の関係は腐ったソーセージの

＊1　引用した「幼き恋の回顧」の第一聯二行目「寸燐」は表記のままである。

ように、元に戻ることはなかった。ただ、対話を続けようと努めるだけだった。

比喩というには奇矯な表現もあるものの、この詩の中に、ダダらしい嘲弄や道化の趣は少ない。むしろ、失われた恋の諦念を詠うリリシズムを見出す方が容易だろう。中原のダダ詩には、恋愛を素材としたものが意外に多く、同様の情緒を漂わせている。

神様がそれを見て
全く相対界のノーマル事件だといつて
天国でビラマイタ
二人がそれをみて
お互の幸福であつたことを知つた時
恋は永久に破れてしまつた。

「タバコとマントの恋」

あゝ恋が形とならない前
その時失恋をしとけばよかつたのです

恋はその実音楽なんです
けれども時間を着けた音楽でした
これでも意志を叫ぶ奴がありますか！

「恋の後悔」

だつて君そこに浮気があります
浮気は悲しい音楽をヒヨッと
忘れさせること度々です

「不可入性」[*2]

いずれも恋のはかなさを詠っており、その抒情的な要素は、本来のダダの精神から微妙にずれているようだ。中には「タバコとマントの恋」のように、「全く相対界のノーマル事件だといつて／天国でビラマイタ」など、道化た詩句が主となるものもある。それでも終わりには、「二人がそれをみて／お互の幸福であつたことを知つた時／恋は永久に破れてしまつた」と、率直な言葉で結ばれるのである。

中原のダダ詩の中の恋には、そのはなかなさを惜しむような、どこかセンチメンタルな香りがある。では、他のダダイストは、恋愛をどのように描いてきたのだろうか。

2

一般にヨーロッパのダダは、破壊の精神が特徴としてあげられ、その背景には第一次世界大戦の未曾有の破滅的な体験があるといわれる。この破滅的な体験は、単に精神的なものにとどまらず、身体にも及んだ。香川檀『ダダの性と身体』[*3]は、第一次大戦後のワイマール・ドイツに新たに起きた即物主義を取り上げて次のように述べている。

*2 「タバコとマントの恋」は、「ダダの手帳」に書かれていた（第一章Ⅰ「ダダイストという呼び名」の注10参照）。また「恋の後悔」、「不可入性」は、「ノート1924」に書かれた詩である。それぞれの引用は部分である。また、「不可入性」の引用部分は、『六巻本全集』で「恋の世界で人間は」という題名で掲載されていた。『新編全集』では「不可入性」と「恋の世界で人間は」はひとつづきの詩と判断された。

*3 ブリュッケ、一九九八・一二。以下の引用は、三八頁。

即物主義とは、すべてをありのまま客観的に眺めようとする合理的態度であるが、ワイマール・ドイツの新即物主義はそれに輪をかけて、幻滅の後遺症ともいうべき醒めてしらけたシニシズムを宿していた。瞳に映じるものすべて、自分を取り巻く世界も、他の人間たちも、そして肉体さえもが、よそよそしいものとして現れる。意識とか感情とかいったものと身体との疎遠な構図においては、他者と結び合おうとするエロスの本能は出口をふさがれて不毛な自閉症に陥る。

とはいえ、もとをただせば身体への即物主義をもたらしたのは、ほかならぬ第一次大戦であった。E・M・レマルクが一九二九年に出版してベストセラーになった小説『西部戦線異状なし』には、大戦中の野戦病院の光景が描写されているが、それは機械文明の猛威にさらされた人間の身体が、主体の精神を宿す小宇宙ではもはやありえず、分解可能な〈身体部位〉の集合体にすぎないことを物語っている。

この第一次大戦による精神的外傷は、戦地に赴いた男性と、銃後で社会と家庭を支えた女性との間に溝を作り出す。男性が戦場で、精神と身体に大きな傷を負ったのに対し、むしろ女性は、戦中の労働者の不足から社会進出をはたし、終戦を古い慣習のくびきから逃れる契機と捉えた。この両性のギャップから男性は、女性に対するルサンチマンを抱き、性的関係への不安を感じるようになる。

この不安はダダの表現にも投影され、女性の身体を解体するモチーフや、女性殺しのテーマが作品を彩るようになった。かつてのロマン主義的な女性賛美の夢は破れ、自身をも皮肉る道化の表現の中に、女性的なものへの不安を表象するようになったのである。*4

*4　注3に同じ、三五―五〇頁他。

また同書では、女性の身体を解体するテーマを持つ作品として、マックス・エルンストのコラージュ「花嫁としての解剖体」（一九二一）、女性殺しのモチーフを持つ作品として、ジョージ・グロスのペン画「アッカー街の快楽殺人」（一九一六〜一九一七）などがあげられている。

3

一方の日本のダダは、ベルリン・ダダのような身体の解体を直接経験することはなかった。確かに日本にも、一九二三年九月の関東大震災という悲劇があった。被災者の遺体が放置され、朝鮮人が虐殺される事件が起きるなど、人間性の崩壊する様を目の当たりにしたのである。この体験は、日本の近代文明を問い直す、アヴァンギャルド芸術運動の展開を促す契機となる。

だが日本のダダは、それ以前に文壇に登場していた。その精神的出発は、震災と直接の機縁を持たないのである。一九二二年には、高橋新吉の「倦怠」（『シームーン』一九二二・四）、「断言はダダイスト」（『週間日本』一九二二・七）が発表され、辻潤の『浮浪漫語』（下出出版、一九二二・六）が出版されている。また日本のダダの先駆とされる高橋新吉は、新聞の紹介記事によりダダを知ったという。*5 当初は、ヨーロッパの人々の置かれた精神的状況を詳しく知るよしもなかったのである。高橋は、日本の文脈の中で、ヨーロッパ・ダダの崩壊の感覚を読み替えることになった。その高橋新吉の詩は、次のようなものだ。

皿皿皿皿皿皿皿皿皿皿皿皿皿皿皿皿皿皿皿皿
　　倦怠
　額に蚯蚓が這ふ情熱
白米色のエプロンで

*5　高橋新吉が読んだのは、一九二〇年（大正九）八月一五日発行の『万朝報』に掲載された、若月紫蘭「享楽主義の最新芸術」である。高橋新吉『ダガバジジンキヂ物語』（思潮社、一九六五・七）九二〜九四頁、神谷忠孝『日本のダダ』（響文社、一九八七・九）二二一〜二二三頁参照。

皿を拭くな
鼻の巣の黒い女
其処にも諧謔が燻すぶつてゐる
人生を水に溶かせ
冷めたシチユーの鍋に
退屈が浮く
皿を割れ
皿を割れば
倦怠の響が出る

「倦怠」＊6

ここで詠われるのは、人間性の解体というよりも、緩慢な分散である。この詩は、レストランの洗い場での体験を素材に作られたという。その体験を表現する言葉にはまとまりがなく、拡散しているように見える。「額に蚯蚓が這ふ情熱」、「白米色のエプロンで／皿を拭くな」という声、「鼻の巣の黒い女」、これらは洗い場に散見される光景に違いないが、どのような脈絡で現れたものかはわからない。それぞれを意味づけてまとめる明確な主体を、この詩の表現に見出すことができないのである。

だが詩の言葉は完全に切り離されているわけではない。それぞれのイメージは「人生を水に溶かせ／冷めたシチユーの鍋に／退屈が浮く」という句に結びつき、洗い場の生活に「倦怠」という気分が遊泳する状況を示唆している。「額に蚯蚓が這ふ情熱」も、「鼻の巣

＊6　『ダダイスト新吉の詩』（中央美術社、一九二三・二）より引用。同書収録時は無題で、「一九一一年詩集」に収録され「49」の番号が付されている。

の黒い女」も、洗い場の倦怠を醸し出す物事であることは想像できる。詩に提示された各要素はゆるやかに結びつけられており、詩の構造も印象ほど分裂していない。少なくとも解体といえるほど、主体も詩語も切り離されていないのである。ベルリン・ダダの対象を破壊するやり方とは趣が異なるようだ。

4

高橋新吉のダダや、アヴァンギャルド芸術が登場する一九二〇年代は、大正教養主義と称される精神的傾向が動揺し、統一した人格への信仰といった理想が失われつつあった。教養主義は実体のある文学運動ではないが、大正期の一定の層に共有された意識を指す言葉である。近代社会に批判的な姿勢を示し、読書などにより豊富な知識を蓄積しながら、自己の内面を充実し、人格の陶冶を目指すことを特徴とする。漱石門下の一団や白樺派の一部が、その代表者とされた。阿部次郎の『三太郎の日記』（東雲堂、一九一四・四）、倉田百三の『愛と認識との出発』（岩波書店、一九二一・三）などがその典型と言われる。*7

教養主義のもたらした理念は、直接その一派に連ならない者にも広く影響を及ぼした。例えば、大正期を代表する作家、芥川龍之介の発言にも、その影を投げかけている。晩年の芥川は、「文芸的な余りに文芸的な」（『改造』一九二七・四〜八）で、志賀直哉の強靭な自我に敬意を表し、その「道徳」的な生き方に文学的達成を見出した。芥川は、生活と芸術を矛盾なく統一させる志賀の態度を、芸術家の理想像のひとつと捉えたのである。また同時に、小説「蜃気楼」（『婦人公論』一九二七・三）や「歯車」（『大調和』一九二七・六）に、

*7　大正教養主義を文学史に位置づけたのは、唐木順三『現代史への試み』（筑摩書房、一九四九・三）である。「教養派の主傾向は豊富な読書、文学と人生論についての古今東西に渉つての読書と、個性の問題であつた。一方に於て広く人生論についての書物に目をさらすとともに、他方に於て内面的な、狭い個性の奥底へ入りこまうとする」傾向があるとする（新版、筑摩書房、一九六三・一〇、二三頁）。

自己の精神が分裂する不安を描いている。*8 志賀の人格的統一を理想とする時、自己の精神の分裂は、アイデンティティの解体する状況として描くしかなかったのである。

芥川にとって自己は、自意識により統御されるべきものだった。ダダイストのように狂気と戯れる余裕はなく、*9 シュルレアリスムが創造の源泉とした深層意識も、芥川にとっては、何が現れるか分からない暗黒のようなものとしか映らなかった。教養主義の理念の圏内にあって、芥川は、自意識の檻から逃れる術を見出せなかったのである。

高橋新吉のダダ詩は、このような教養主義の人格とは無縁である。「倦怠」の自己は、洗い場の日々の反復作業の中に流され、主体というべきものを見失っている。それでいて、これに抵抗しようという意志を見せることもない。周囲にも自分にも、ただ倦怠を抱くだけである。詩の言葉も、この気分を反映し、散漫なものとなっていた。

このような主体に対する幻想の崩壊や、一貫した表現の解体は、一九二〇年代に興った文学に顕著な特徴である。プロレタリア文学は、内面よりも経済原理に支配され人間性の解体した社会の現実を見ることを要求し、ダダらアヴァンギャルド芸術は、自意識や現実感覚の揺らぎそのものを表現した。

第一次大戦後の戦争景気から恐慌へと変わるめまぐるしい社会変動や、内面的な価値の追求を許した文化的な環境の飽和が、新しい現実の見方を要求したのであろう。佐々木『中原中也』は、「関東大震災を前後する時期の青年達の多くが、難波大助にせよ、中原中也にせよ、同じような前世代への反抗という精神の波長を持っていたことを思いだす」とする。*10 高橋のダダは、大正教養主義的な理想と訣別し、新しい世代の表現の先駆けとなったと言えよう。

*8 長沼光彦「芥川の「話」と谷崎の「構造」——その方法意識と作品——」(『新潟大学国語国文学会誌』三三号、一九九〇・三、後『日本文学研究論文集成33 芥川龍之介』若草書房、一九九九・一〇に収録)および「「蜃気楼」の空間」(『新潟大学国語国文学会誌』三七号、一九九五・三、後『芥川龍之介作品論集成⑥ 河童・歯車』翰林書房、一九九九・一二に収録)を参照。「蜃気楼」の主人公は、本来自分と関わりのないものに不吉な予兆を見る自己の連想に悩まされた。この制御できない無意識の働きを、何が現れるか分からない暗闇のようなものとして描いたのである。また「歯車」には、自己の分身、ドッペルゲンガーの現れる恐怖を描いている。

*9 一九二二年一二月、高橋新吉の「発狂」が風評されると、辻潤は「自殺か? 狂気か?——彼のやうな人間のとるべき道はその二つより他にはなかったのである。酸性過多な天才はなまぬるい妥協には遂に我慢しきれなくなるのだ」(「ぷろむなあど・さんちまんたる」『東京朝日新聞』一九二二・一二・二一〜二三)と評し、吉行エイスケは、「高橋新吉が低能になつた結構な事だ(中略)思想のひもとかれ

だが、一九二〇年代の文学が、一九一〇年代の教養主義などを土台として生まれてきたのも事実である。旧世代に批判の目を向けながらも、その思想や方法を継承するものも多かった。初期のプロレタリア文学は大正期の人道主義を受け継ぎ、アヴァンギャルド芸術も一九一〇年代の表現実験をふまえている。

それゆえに、旧世代の遺したものを徹底して解体するには、むしろ自らの内部に批判の目を向けなければならなかった。プロレタリア文学運動では、芸術大衆化論争で、大衆を教化するという人道主義の理念が問い直され、ブルジョア的だとの理由から、一九一〇年代に喧伝された芸術的価値が批判の的となった。*11 またアヴァンギャルド文学でも、自らの理論を純化するために、既存の文学理念を自らの内よりこそぎ落とす試みが行われた。*12 新しい世代の反抗は、真摯に己の根拠を省みれば、むしろ批判を自らに向けざるを得ない脆さも内包していたのである。

その後の関東大震災の壊滅的体験が、アヴァンギャルド・プロレタリア文学運動に、前世代からの解放感と勢いを与えたのは確かであろう。だがあらためて独自のものを生み出そうとする時に、自己が前世代の遺産の上にあることに気づかざるをえない。中原が、自身の郷里に対する反抗を反省する時に、郷里に依存する自己を見出さずにはいられなかったのも（第一章Ⅲ「ダダイストとセンチメンタリズム」の2参照）、同じ世代が抱える事情を共有するためだろう。現状から容易に逃げ出すことなどできないことに気づく時、反抗のエネルギーは、消極的なものとならざるをえない。高橋のダダが、倦怠を詠うのも、そのような事情によるのではないだろうか。

実際、高橋の詩は、同じアヴァンギャルド芸術の中でも、物事を打ち壊すような趣は少

ない過激分子だつた　彼の転換が来たのだ　すると彼は気狂ひだそうだ　馬鹿馬鹿しい世の中だ」と述べた（「雑記」『ダダイズム』第二輯、一九二三・二）。社会を相対化する態度として、「狂気」を肯定的な意味に解しているのである。この背景には、辻潤訳ロンブロゾオ『天才論』（植竹書店、一九一四・一二）の、天才と狂気を結びつけた評論などがあった。（神谷忠考『日本のダダ』響文社、一九八七・九参照）

また、シュルレアリスムの指導者であるブルトンは、フロイトの精神分析の理論を取り入れ、無意識からイメージを探り出す自動手記などの方法論を採った。

*10　同書九六頁。

*11　この「芸術大衆化論争」は、中野重治「いはゆる芸術の大衆化論の誤りについて」（『戦旗』一九二八・六）に始まる一連の論争をいう。平野謙・小田切秀雄・山本健吉編『現代日本文学論争史』上巻（未来社、一九五六・七）参照。

*12　第一章Ⅲ「ダダイストとセンチメンタリズム」の5にあげた春山行夫のセンチメンタリズム批判を参照。

ない。例えば、ダダイストでありアナーキストでもある萩原恭次郎の詩のような、破壊的なエネルギーはないのである。*13 高橋の詩は、現状の破壊を詠うわけではなく、状況に流される自己をそのまま提示するだけだ。高橋が後にダダは禅であると言うように、*14 そのダダ詩には、諦念と達観が底流している。

あるいは「倦怠」に、資本主義経済の中で酷使され、自我を解体される労働者の姿を描くモチーフを読みとることもできるかもしれない。実際、高橋のダダ詩、「断言はダダイスト」には、「或ダダイストは夫を飲めば半千年の間、少しも食物を攝らないで、息災に働く事の出来る薬を発明した。／彼は階級戦がたけなはになつたら一服宛プロレタリアに分配しようと待ち構へてゐる。」という詩句を見ることができる。高橋のダダは、社会主義運動と無関係ではない。

だが「倦怠」に詠われた労働は、後のプロレタリア文学に描かれるものほど過酷ではない。葉山嘉樹「セメント樽の中の手紙」（『文芸戦線』一九二六・一）の労働者の肉体が破壊されるモチーフや、小林多喜二「蟹工船」（『戦旗』一九二九・五、六）の酷使される労働者の姿とは異なるものだ。*15「倦怠」でも、自意識は日々の労働の中に緩やかに拡散している。だが、肉体や精神にまで致命的な打撃を受けるわけではない。近代の経済活動における人間の姿を描いているのは確かだが、解体と言うには及ばないのである。

どうやら高橋新吉の詩は、ヨーロッパのダダとは異なり、破壊や解体という言葉が似つかわしくないようだ。ヨーロッパのダダ・シュルレアリスムは、ロートレアモン『マルドロールの歌』の「解剖台の上でのミシンとこうもり傘との偶然の出会い」（第六の歌）に触発されたというように、「解剖台」の上での切断と再構成を特徴としている。コラージュ

*13　萩原恭次郎『死刑宣告』（長隆舎出版、一九二五・一〇）「序」には次のようにある。

●私の詩への警告●●

私の詩をデカタンの如く思ふ者、それ自身が一つの嘲笑はるべき近視眼だ！

私は私の詩集に「野獣性なる人間的なる愛の詩集」と名づけたく思ふ程の、いはゆるデカタンを擯斥する者である。必然にデカタンに追ひ込まんとする近代文明的所設の諸手段に、私は貫通する意志を持つ　私が解体する如く見える日の自分を、意地の悪い憤怒と嘲笑とをかくしまぢえた日の、われ〳〵自身の「ブルジョア的（労働者に対する資本家の意味に非ず）サチイズム」に警戒せよ！

*14　高橋新吉『ダダと禅』（宝文館出版、一九七一・四）

*15　葉山嘉樹「セメント樽の中の手紙」の肉体破砕の表現については、平岡敏夫「葉山嘉樹――肉体破砕のイメージ」（『日本近代文学史研究』有精堂、一九六九・六）を参照。

の手法などは、その代表的なものだ。一方高橋のダダは、個物を切断するのではなく、中心のない広がりのなかに溶解させる。高橋は、ヨーロッパ・ダダの始祖トリスタン・ツァラが仏教に共感したことをあげ、むしろ放下の精神がダダに近いとするのである。*16

5

その高橋の、性をモチーフとした詩にも、破壊の趣は少ない。『ダダイスト新吉の詩』には「「性」ダ、詩三ツ」の標題のもとに、三作が収録されている。

陰萎

スイトンの鍋に入れておくれ
私は自分さへ好けりや好い男なんだから貝杓子でスクウておくれ
私は自分さへワケスの解らない男なんだから
今まで醤油色の恋ばかりしてきた
自分が私なんだろうか

舌を出して御覧なさい
糖分が欲しいのでせう

汁粉を啜ると云ふ事は愛すると言ふ事だろうか

*16 高橋新吉は『ダダと禅』(注14参照)で、次のように述べる(四四〜四五頁)。引用中の「ダダ宣言」は、小海永二・鈴村和成訳 トリスタン・ツアラ『ダダ宣言』(竹内書店、一九七〇・四)のことである。「ワイマールの講演は、「ダダについての講演」の題名で収録されている。
「ツアラは、一九二二年九月二十三日と二十五日に、ドイツのワイマールとイエナで講演している。前記の「ダダ宣言」で知ったのだが、ツアラは、次のように言っている。「ダダはいささかも現代的ではない。むしろ、ほとんど仏教的な無関心の宗教への回帰である」これで見ると、ダダは仏教的なにおいを、発散していたことが、明白である。」

あなたは今食欲なんです

自分が箸ではさめるものは何でも私なんだろうか
何でもあなたのものです

私が情欲を匂はすとき情欲が自分なんだろうか
あなたの舌をあた、めたく思つてゐます

自分が鼻ではないんだろうか
あなたをくすぐりはしません
私が老人になつたら西洋手拭で独りで濕布をするだろうか
死ツ来い

自　慰

殺戮者は例もあとでは疲労を覚える
二億の精虫と一匹の仔馬
嬰児が抱きしめられて
うるほい深い乳房のへんに
窒息したのは

馬の〇尾の工合か
あまりに馬らしいのを見て
亢奪した母親の罪だろうか

膣の粘膜はアルカリ性らしいけれど
直ぐ酸性に変化するらしい

人々よ
多くの人々の言つたのを思ひ出す
精虫よ
だがまだきかない
快い疲労
萎えた両脚に感ぜられるとき
多くの男は
なぜ精虫よと呼びかけないのか
女は罪深し
おしやかさまは間違えてゐた

卵は月に一つしか
分泌されないらしい

と思はれると言ふではないか
罪に両性がなければ
豫め後悔しない豫定でなされる
自慰と殺人とは
おんなじ疲労を伴ふものだと
思はなければならないと
私は思ふ

遺精

母さんの子が
赤い御飯の夢を見た
父さんの孫が
青い御酒の小便した
息子と孫娘と別々になつて
夢と小便とまざらなかつた

詩の題材は、表題にあるとおり、「陰萎」、「自慰」、「遺精」だ。異性間の性交渉を中心とすれば、いずれも周辺的な性の現象ということになる。しかも、強烈な欲望とは無縁であり、当人を惑わせることなどないものばかりだ。

「陰萎」では、「今まで醤油色の恋ばかりしてきた／自分が私なんだろうか」「私が情欲を匂はすとき情欲が自分なんだろうか」と、恋心を抱く自分、性欲を抱く自分と、性を意識する自分とが乖離している。性欲は、自分の意識や身体の実感から遠いところにあるのだ。また、性欲と食欲が混交し、鼻という感覚器官が自己の中心であるかのような転倒も起きたりする。先に見た「倦怠」と同じく、自己は緩やかに拡散し、まとまりを持たない。

また「自慰」で思いが寄せられるのは、女性ではなく、自身の精子である。生命の源である精子が、自慰により無駄にされることを、殺人に喩え罪だという。[*17] これは高橋の道化た意見であり、真面目な感想でもあるのだろう。ダダを禅だという高橋の生命観が現れている。この詩でもまた男のエロスは、女と接することはない。

「遺精」にも、エロスを見出すことはむずかしい。「母さんの子」の「赤い御飯の夢」とは赤飯のことで、初潮あるいは月経のことを暗示するのだろう。また、「父さんの孫」の「青い御酒の小便」とは、「遺精」の題名から、夢精のことと思われる。どちらも、子供が大人になった徴である。または、「母さん」も「父さん」も既に大人の夫婦であるとすれば、共に身体に妊娠すべき予兆がありながら、「夢と小便とまざらなかつた」と、交わらなかったことになる。ここでも、男と女が接しない様子が戯画的に詠われている。

これらの詩では、男女の性の乖離が暗示されている。しかしそれは、ベルリン・ダダの場合のように、戦争など極度の体験による精神的外傷が原因となったわけではない。むしろ高橋のダダの世界では、日常的な性交は行われているように見える。ただ、その反復に、男も女も倦怠しているのである。時に自慰により精子は無駄にされ、夫婦は床を共にする機会を減らす。この男女の性の乖離は、自分自身が自己のセクシュアリティと乖離してい

＊17　明治、大正期に自慰は、精神的な悪徳であるだけでなく、意識を朦朧とさせるなど生理的な悪影響を及ぼすものとされた。川村邦光『セクシュアリティの近代』（講談社、一九九六・九）参照。一一一～一一五頁。ただし高橋の言う「罪」は、このような倫理をずらしはぐらかしたものだ。

ることが原因である。自分の性欲を自身から出たものと確信できない心理状態が、自己から性の実感を遠ざけるのである。

かつて田山花袋の「蒲団」（『新小説』一九〇七・九）では、性欲を抑制することが、小説の題材となりえた。そして、「蒲団」を代表とした「自然主義」という言葉は、性犯罪者のあだ名「出歯亀」と野合し、日本の近代社会に「抑制すべき性」という概念を流布させることにもなった。*18 しかし、高橋のダダの世界には、抑圧すべき性欲は存在しない。抑圧するほどの強度を実感させるべきものが、性欲から失われているのである。

この性欲と自己との乖離をモチーフとした高橋の詩は、抑圧すべき性を描いてきた文学に対する反措定となるだろう。この点で、明治・大正期の性意識との落差が、高橋のダダ詩には窺われる。ただし性の欲求は、ベルリン・ダダのように解体してしまったわけではない。日常的な出会いはあるものの、情熱や嫌悪といった強い感情に集中することなく拡散するだけだ。高橋のダダの倦怠の気分は、性愛の場面にも敷衍されている。

6

ここで、本節の冒頭にあげた中原の詩「幼き恋の回顧」にもどることにしよう。中原のダダ詩でも、男と女はその接点を見失っていた。二人はかつての関係を取り戻そうと試みるが、腐ったソーセージのような感覚しか残らなかったのである。この腐ったソーセージの感覚は、高橋の倦怠の気分に近いものであろう。二人の構えは整いながら交わることのない、弛緩した雰囲気が「幼き恋の回顧」にはあった。

*18 川村邦光『セクシュアリティの近代』（講談社、一九九六・九）参照。一〇三～一〇六頁。同書は、内田魯庵の「自然主義を以て猥褻《わいせつ》のシノニムとし、出歯亀《でばがめ》を以て自然主義の体現とする如きは社会の無学無識を証明しておる」（「近時の小説に就いて」『イカモノ』一九〇九・五、初出『太陽』一九〇七・一一）という発言を紹介している。世間では「自然主義」は「猥褻」の代名詞として用いられたというのである。また、「出歯亀」は、一九〇八年、婦女暴行致死犯として逮捕された、池田亀太郎の綽名で、自然主義の象徴的存在として取り上げられるようになったという。

ただし、中原のダダ詩で恋愛は、諦念されるわけではない。「頁　頁　頁」では「女よ／ダダイストを愛せよ」と、率直な求愛の言葉が綴られる（第一章I「ダダイストという呼び名」の3を参照）。高橋のダダ詩では、倦怠をもたらす日常の一部にすぎない女性も、中原のダダ詩では求愛の対象である。高橋の詩に啓示を受けてダダ詩を書き始めた中原だが、恋愛においては別種の価値観を持っていたようだ。特に「頁　頁　頁」は中原独自の発想に裏打ちされており、恋愛が認識以前という言葉と結びつけられている。

書物の頁をめくると、そこには様々な歴史や習慣、社会意識について書かれている。しかし、自分はそれらの知識をふまえながらも、認識以前の物事について強く意識したい。知識は思索の土台となるものだが、それだけでは十九世紀的な方法を出ることはない。我々二十世紀に生きる人間は、その上に築かれる認識以前の世界に赴かなければならない。

社会意識と認識以前との関係は、性欲に対する恋愛の関係に似ている。我々は社会現象という表層に囚われ、本質を見失いがちだ。男と女の間柄も、性欲という現象面で理解しようとしてしまう。だが飴に皮などないように、性欲という現象に囚われずに見れば、そこには愛という本質が見えてくる。我々は、認識という色眼鏡をはずし、物事を見るべきなのである。女よ、このように認識以前に生きようとするダダイストをこそ愛せ。――このように中原は訴える。

「認識以前」は、中原がダダ時代に培った問題意識であり、以後の詩生活の中でも持ち続けられたものである。先に述べたように、中原のダダは故郷への反抗の形を取ることもあったが、高橋新吉に倣い、既成概念に対して嘲弄の眼を向けることもあった（第一章III「ダダイストとセンチメンタリズム」の4参照）。その際に、世間の習俗から解放された自己の態度を示すキーワードとして、この「認識以前」や、「原始人」という言葉が用いられた。[*19]

これらの言葉は、ダダ詩の中に散見される。近代的な思考を批判する姿勢は、アヴァンギャルド芸術とも共通するものだ。

なぜダダイストは、女性に愛を訴えるのに、この認識以前の世界を持ち出さなければならないのだろうか。中原は、この時期の恋愛との葛藤を、実際の生活を素材に「分らないもの」という小説に書き残している。これを参照してみよう。

7

「分らないもの」は、先に紹介した「その頃の生活」と同じ頃に書かれた草稿である。[*20] ここには二つの恋愛の困難が描かれている。家の束縛から派生するものと、相手の女性が原因となる困難である。

主人公は、福岡の親類の奥さんに引け目を感じている。それは、彼が奥さんの姪と恋仲であることを、奥さんに知られているからだった。その引け目ゆえに、自身の境遇と奥さんの家格とを引き比べてしまう。自分の家は暮らすにぎりぎりの生活で、奥さんのようなブルジョアではない。おまけに自分は、地元の学校を落第し、他所へ転校しなければならなかった身の上でもある。

これらのいちいちが、奥さんに対して圧迫を感じる要素となる。ひいては、自分の母親と奥さんの容貌の差までが気にかかるようになってしまう。そこで主人公は、自作の「夏の昼」という詩を思い浮かべ、「こんな好い詩を書く俺を落第生だとたゞ思つてやがる」

＊19　佐々木『中原中也』は、「原始人」を中原のダダ時代の中核となるキーワードとしてあげている（一〇八～一〇九頁）。「近代人という装いの下にある自ら壊れた人間の姿を直感的につかんだものであり、「一人称」に対する「非人称」というような、近代的二項対立の枠組みにはまるものではなくて（他のダダイスト達は、「非人称的世界」を走ったのだが）、その枠組みをはずれる状態を示す言葉でもある」という。

＊20　「分らないもの」は、「その頃の生活」と同じ原稿用紙に書かれている。このことから同時期に書かれたと推定される。吉田「草稿細目」、および『新編全集第四巻　解題篇』「分らないもの」二四六～二五六頁参照。

と息巻こうとするが、奥さんの家の「養子つて奴あ恩賜を貰つたんだつた」と思い出し、かえって劣等感を深めることになる。

結局主人公は自信の価値を、家を離れて決めることができない。詩人としての自負を持つならば、家格も学校の成績という世間の評価も、無視していいようにも思える。だが恋愛は主人公に、自身の社会的な位置を再認識させずにはいられなかった。婚姻が家同士の結びつきを意味した当時にあっては、当然の反応とも言えるだろう。

だが主人公は、自分の家に対するこの帰属意識を「甘い」ものと考えてもいる。主人公は自身の心の奥に、故郷を立とうとする自分を母親が引き留めるだろうという期待があることに気づく。また、学校に戻った自分にホームシックがわき起こることを感ずる。自分は家に縛られているのではなく、自分の方から望んで家に属しているのである。家を嫌悪しながら、離れることを寂しく思う。そんな不徹底な自分を、「甘い」と主人公は考えた。この家に対する矛盾した心境は、「その頃の生活」に描かれていたセンチメンタリズムと同様のものだ（第一章Ⅲ「ダダイストとセンチメンタリズム」の2参照）。

家への帰属意識は、恋愛の場合にも障碍となる。社会の評判や家格を気にかける主人公は、奥さんの姪を取り巻く環境に臆し、恋を実らせることはできなかった。「俺には女は当分当底得られないものだ……」と思わずにはいられない。奥さんに対する劣等意識も、「福岡の小母さん（奥さんのこと　＊筆者注）は別嬪だけれど、足の指が、右だか左だか一本ないさうな……」という父のうわさ話に安心したような気になりごまかしてしまった。

その後主人公は、別の女性S子に恋をする。S子との恋は故郷での恋と異なり、主人公の家格がその成就に影響することはない。また、周囲の反応が気になることもない。むしろ、「恋なら恋のやうに神剣にな、君はダラダラしてゐる……」とS子の従兄に人道主義者らしくたしなめられても、「僕には神剣《ママ》なんかつて分かり兼ねますのでね」と皮肉でかえす余裕さえある。「その頃の生活」と同様に、この主人公の姿には、京都時代のダダイスト中原のあるべき姿が投影されているのだろう。主人公は故郷のしがらみを逃れ、道化を気取った振る舞いをするのである。新しい恋は、ダダイストとしての恋愛だった。

だがダダの奔放も、S子の態度の前には勢いを失う。S子は、その従兄に言わせれば、「デカタンのやうでピューリタニックなところを持つた女」である。主人公はそんなS子の心中を理解することができない。ある時には、度のすぎた悪ふざけをする主人公を従兄が注意すると、「此の人は行き方がちがふんぢやないの」と肩を持つようなことを言う。

それで「女としては物分りの好い方だ」と思うと、「あたし急に変なことを言ふんだけれど、恋なんて周囲が大抵恋にさせてしまふんだわ……。あたしは宗教もないつていへばないんだけれど、……自分の……まあ宗教みたいなもので、いままではやつて来たのですの……」と言われ、返す言葉を失ってしまうことがある。また時には、映画館で騒いでいた女達に主人公が「オイ、やかましいぞッ」と怒鳴ると、「ぢや若し、隣の人達が女だから好いけれど、荒くれ男共だつたら如何するの」と問い質される。

S子は、主人公の意思に調和しようとはしない。独自の言葉を持つ他者として、主人公の前に立ち現れるのである。故郷での恋の困難は、周囲の環境がもたらしたものだが、S子との恋愛では、当の女自身の言葉が障碍となる。ダダイストの態度が通用しないため、「分らないもの」の主人公は、「その頃の生活」の内面的な苦悩以上の困難と対面することになる。

8

この男女の言葉が拮抗する様は、中原がダダの恋愛詩に繰り返し取り上げたモチーフでもある。

正直過ぎては不可ません
親切すぎては不可ません
女を御覧なさい
正直過ぎ親切過ぎて
男を何時も苦しめます

「恋の後悔」

「兎に角俺には何にも分らないよ——
もつと盲目になつて呉れ……」
「盲目《メクラ》になつて如何するの」
「お前は立場の立場を気付き過ぎる」
「あゝでもあなたこそ理窟をやめて、盲目におなんなさい」
「俺等の話は毎日同しことだ」
「もう変りますまいよ」

「そして出来あがつた話が何時までも消えずに、今後の生活を束縛するだらうよ。殊に女には今日の表現が明日の存在になるんだ。そしてヒステリーは現実よりも表現を名称を吟味したがるんだ。兎に角おまへを反省させた俺が悪かつた」

「だつてあなたにはあたしが反省するやうな話をしかけずにはゐられなかつたんです」

「黙つてればよかつた」

「やつぱり何時かは別れることを日に日により意識しながら、もうそのあとは時間に頼むばかりです」

「不可入性」[*21]

中原のダダ詩の中に現れる女は、男に同調しようとはしない。「だつてあなたにはあたしが反省するやうな話をしかけずにはゐられなかつたんです」と、男の態度の矛盾を指摘し、「正直過ぎ親切過ぎ」るほどに率直な意見を述べ、「男を何時も苦しめ」ることになる。女は男の理想にしたがうように振る舞うことなどなく、男の慰めになろうとはしない。

調和的な恋愛の幻想にとどまろうとしない女性に対し、不安を抱く男は、どこかで両者の絆を求めずにはいられない。「分らないもの」の主人公は、現実では結びつかない言葉の絆を、夢想の中で実現しようとする。

酒に酔った主人公は、「電車の救助網にでもかゝつて、今怪我をして病院にゆくとすれば、S子が見舞に来るんだ……」という夢想に駆られ、電車の前に飛び出してしまう。幸いにも主人公は、手の指を一本骨折してだけですんだ。「恋がなけりやあ、指も折れないし、シャツもズボンもこの世になかつたらう……」というのが主人公の感想である。

＊21 「恋の後悔」、「不可入性」は、「ノート1924」に書かれた。それぞれの引用は部分である。

主人公が電車の前に飛び出したのは、いつかS子に言われた「御大事になさい……」という言葉を病床で繰り返してもらうためだ。そうなれば主人公は、S子の言葉を実現させたことになる。日常では成立しがたい、二人の調和を獲得できるように思われたのだ。このため主人公は、指の怪我が、S子と自身を結びつける手だてとなるよう期待し続ける。

此の頃彼は、町を歩いてる時など電車が通り過ぎるたびに、自分の指の血がついてるのをみようつてな気を出すのだ。
もう「御大事になさい……」といふ挨拶をされた晩から、三週間ばかりも経つてゐるが、そして指のキズは従兄のためにはもはやトツクに癒つて好い頃だが、いまだにS子の所に行く時、彼は綳帯をして行く……。

「御大事になさい……」というS子の言葉と、自己の体験が奇跡的に結びついた証拠が、指の怪我である。主人公にとっては、現実が言葉を裏づけた唯一の機会と思われるのだ。しかし実際には、S子が見舞いに来ることはない。言葉が現実と結びつくことはないのである。世の中の出来事は主人公にとって、言葉の指し示す意味と結びつくことなどない、「分らないもの」のように感じられる。

9

先の「頁　頁　頁」で、恋愛が「認識以前」と結びつけられるのは、このような男女の関係からである。女は言葉により、男と拮抗しようとする。しかし恋愛は、理屈や知識に裏づけられた言葉で表現できないものではないか。科学的な知識だけで説明すれば、性欲の作用に帰結してしまうだろう。だから女性よ、理屈を擱いて、認識以前の世界へ目を向けてみよう。そこに恋愛の本体があるのだ。中原はこのように訴えるのだろう。

他のダダ詩でも、恋愛と理知的な言葉とは排斥し合うものとされる。「恋の後悔」では、恋に落ちた者は、「思想と行為が弾劾し合ひ／知情意の三分法がウソになり／カンテラの灯と酒宴との間に／人の心がさ迷ひます」ということになる。思想と行為が一致せず、知性と感情と意志という便宜的な心の三分法も曖昧になり混乱するのが恋愛だというのだ。また「不可入性」では、「恋はその実音楽なんです」と、恋を言葉で表現できないものとし、「これでも意志を叫ぶ奴がありますか！」と恋から理知を排除するように言う。さらに「概念が明白となれば」では、「観念の恋愛とは／焼砂ですか／紙で包んで／棄てませう」と観念を棄て去ろうとする。*22

つまり中原は、調和的な対話の成立しない女性という他者と出会い、言語の不完全なことを実感したのだろう。もちろん、完全な意思の疎通など幼児的な願望にすぎず、中原はごく当たり前の事実に直面したにすぎないとも言える。佐々木『中原中也』は、「ノート1924」のダダ詩「女」の「自分に理窟をつけずに／只管英雄崇拝／女は男より偉いのです」という句をあげ、中原は「女の内部の苦しみや葛藤について、実に簡単に切り捨てている」という。*23

この時の中原は「女」に対してからかっており、たかを括っているのが見える。中

*22 「概念が明白となれば」は、「ノート1924」に書かれた。いずれも草稿に題名がなく、詩の一行目が仮の題とされた。

*23 同書一二三〜一二四頁。佐々木『中原中也』は、「自分との観念の同質性を求めるような扱いで女を描かなかった」ダダイストとして、高橋新吉や吉行エイスケをあげる。ただし高橋新吉

原がこういうところで言っているのは、「女よ／ダダイストを愛せよ」（「頁　頁　頁」）、「ノート1924」）というような自己主張だけである。ダダイスト達の多くは、中原中也に限らず女に向かって語りかける調子の作品を多く作っている。しかし中原のように、自分との観念の同質性を、求めるような扱いで女を描かなかった。（中略）
　中原にはそれがない。つまり異質な他者としての女が登場してくることへのおびえがあって、それゆえに男の側の観念の説明や心理描写が、段平をふりかざすような「ダダイスト」という言葉の響きの中に込められた。

　一九二三年に中原が出会った女性は、長谷川泰子である。長谷川泰子は当時、広島から女優を志して上京したものの、関東大震災に遭い、京都に逃れてきていた。自分の詩を理解できる女性と見込んだ中原は、やがて同棲することになる。その後一九二五年、東京に移転した時にも、長谷川泰子を伴い、彼女をモデルとした詩も多く残している。中原の詩生活の中で、長谷川泰子は重要な役割を果たしたと言われる。ダダ時代の恋愛詩にも、長谷川泰子との体験が投影されているものと思われる。「分らないもの」のS子も、長谷川泰子がモデルだとされる。*24


　確かに、自己の情調に多く囚われている点で、中原は、長谷川泰子の内面に届く目を持たないと言えるかもしれない。だが中原は、相手の心理を知り得たことにおいてではなく、自己が相手の内面に届きえないことにおいて、他者の存在というものを実感したのである。中原にとって女性は、時に自分の言葉を了解しない壁のごとき存在として現れた。

　しかも、その女性の存在は、「ダダイストの段平」に切り刻まれることのない、確かな

の性の表現が倦怠に彩られていることは、本文に述べたとおりである。

　次に吉行ケイスケの詩をあげる。

「二つの動物の能動的キッスを変態に曲げて共同能動にさすのはダダイストだった／肉体をななめに倒しながら碌《ろく》でなしの舌をじろじろ廻転さしてへばり付くのは男女だった／死んだら赤文字で石碑を掘れと云ったのはドクトルだった／ヘビおどりで狂死した女の肉を食べた彼はダダイストだった／今宵罪を肉に遊ばせながらローソクをかんでる女があった／ロジ街は千束町の銘酒屋の女だった／歯をやすりでできしと研《と》く青白く浮き出た女が彼女だった／彼女の情夫《じょうふ》の手は爪キズで満たされた／女は情夫の手を爪で引《ひっ》かいてその肉をお味《い》しそうにたべた／きっと真赤な血がにじみ出た／すると彼女は鉛色の舌でぎしぎしとほじくり廻わした／女の赤い目が突出すると涙がはらはら流れた／彼女の情夫はダダイストだった」（「変態肉食」）

　吉行淳之介『詩とダダと私と』（作品社、一九七九・六）、吉行和子『吉行ケイスケ　作品と世界』（国書刊行会、一九九七・六）参照。

*24　『新編全集第四巻　解題篇』「分らないもの」二四六～二四八頁参照。

存在であった。男は女を自分の言葉で領略しようとするが、女はその言葉を受け入れることはない。女は女の言葉を話し、両者の対話は平行線をたどるばかりである。むしろ「女よ／ダダイストを愛せよ」という言葉は、受け容れられない自己を救おうとする、飾らない叫びであろう。小説や詩に、了解しえない女の心理を繰り返し描いた中原は、他者としての女の存在を無視できたわけではない。また、ダダイストが女性に対して万能でないことは、中原自身が詩に表現している。

ダダイストが大砲だのに
女が電柱にもたれて泣いてゐました

リゾール石鹸を用意なさい
それでも遂に私は愛されません

女はダダイストを
普通の形式で愛し得ません
私は如何せ恋なんかの上では
概念の愛で結構だと思つてゐますに

白状します——
だけど余りに多面体のダダイストは

言葉が一面的なのでだから女に警戒されます

理解は悲哀です

概念形式を齎しません

「ダダイストが大砲だのに」[*25]

ダダイストが「大砲」のように昂揚した気分であるのに、女は泣いている。女はダダイストを愛そうとしないのである。それはダダイストが、女を普通の形で愛することができないからだ。恋愛なんかは、概念の上のものだけで充分だとも思っている。しかし白状すれば、実はそれは全て粋がったダダ流の言葉である。本当は多面的であるのに、ダダイストは一面的にしか言葉を発することができない。愛は概念的だというのも、ダダイストの愛の見方の一面にしかすぎないのだ。互いを理解するには、悲哀の感情があれば充分だ。概念形式などもたらすことはないのである。それが本当に言いたいことだ（多面体については、第二章Ⅳ「象徴とフォルム」の5参照）。

別のダダ詩「名詞の扱ひに」では、「ダダイストが「棺」といへば／何時の時代でも「棺」として通る所に／ダダの永遠性がある」と豪語する中原だが、ここではダダイストの言葉でさえ不完全であることを告白する。中原にとって、恋愛の体験は、ダダの矜持を揺るがすものとなった。故郷に依存するセンチメンタルな自己を発見したように、対話におけるダダイストの無能を認めざるをえなかったのである。中原は、言葉の不完全なことを、自らの問題として省みることになる。

＊25 「ダダイストが大砲だのに」は、「ノート1924」に書かれた。草稿に題名はなく、詩の一行目が仮の題とされた。

10

中原の詩の理論は、このような生活の素朴な実感から出発するものだった。故郷に対する反抗をダダの道化へと変換したように、恋愛の経験から、観念的な言葉を超える認識以前の態度を求めるのである。この意味で中原の認識以前は、形而上の概念ではない。言葉で愛を交わすことが困難な人間の不幸をふまえながら、実践されるべき倫理である。実際には言葉が調和しえないことを、中原は充分に理解している。それゆえに中原のダダ詩に、失われた恋愛のモチーフが多く現れる。この言葉に関わる現実を認めたうえで、恋愛や人生に何を求めるべきかということが中原のモチーフとなる。

我々は言語を、社会で共有する一定の概念を伝えるものだと考えている。ゆえに、その概念以上の内容を言葉に盛るなど不可能なことのように思える。認識以前といった、言葉の約束事を超えた内容は表現しえないというのが我々の通念だ。しかし中原の言う認識以前とは、社会の規範や慣習を超えた、言語の個別的な行為の側面を指すものである（第一章Ⅴ「ダダの理論」の4、5参照）。実際言語を用いる我々は、社会的な文脈をふまえたうえで、そこに収まらない個別の体験を表現したいと欲求する。また、そこから基本的な規則を逸脱した表現を求めることもある。ダダとは、まさにそのような表現行為に適した実践だったはずだ。中原はダダの理論を、実生活における言語の伝達の不確実性と対比させ、これを超える方法として位置づけようとしたのである。

この生の倫理としての言葉の実践は、必然的に流動的な生の表現を求める姿勢につながった。中原は次のような詩を表す。

過程に興味が存するばかりです
それで不可ないと言ひますか
生活の中の恋が
原稿紙の中の芸術です

有限の中の無限は
最も有限なそれでした

君の頭髪を一本一本数へて
それから人にお告げなさい

テーマが先に立つといふ逆論は
アルファベットの芸術です

集積よりも流動が
魂は集積ではありません

「過程に興味が存するばかりです」[*26]

＊26　「過程に興味が存するばかりです」は、「ノート1924」に書かれた。草稿に題名はなく、詩の一行目が

私は今、物事の結果よりも、過程にしか興味が持てない。原稿用紙や、生活といった限界のある範囲で、我々の芸術や愛は実践される。だがそこに表現された結果がすべてではない。そこに至る過程の中にこそ、自分の本当に訴えたいものがある。結論を急がすに、頭髪を一本一本数えるように、物事をゆっくり眺めてみよう。テーマを先に決めようとするのは転倒した考えだ。我々の魂は過去の集積ではなく、流動しているものなのだ。

この流動的な生の発見は、高橋新吉のダダ詩が提示する、散漫な自意識の拡散に通じるところがあるかもしれない。高橋は自己を自意識という唯一のものに限定せず、多様な現れ方をするものとした。中原も、日常的な言葉に収まらない自己を流動的なものとする。ベルクソンなど大正期の生命論の流行ともつながる傾向だろう。[*27]

だが中原のダダは、高橋の詩のように、倫理が解体した社会の現状を写すものではない。「テーマが先に立つといふ逆論は／アルファベットの芸術です」というように、むしろ生の本質を覆い隠す近代的な理知を批判するものである。高橋の用いた倦怠という言葉も、中原は生の倫理として読み替えている。例えば「倦怠者の持つ意志」を見てみよう（第一章Ⅱ「ダダ詩の構成」の7を参照）。

「一切が地に落ちた」そんな物理現象が起きても、「圧力はありません」。また、「一切がニガミを帯びました／だが反作用はありません」、そのような無反応な状態が私の現状だ。だがこんな時にこそ、「思想と体が一緒に前進する」ことができる。なぜなら「努力した意志ではないから」である。意識が支配しないからこそ、思想と体が矛盾することがないというのだ。その意識の支配を放棄する態度が、「倦怠者の持つ意志」なのである。

つまり倦怠者だけが、結果ばかりを求める意識を超えて、思想と身体が矛盾することの

仮の題とされた。

＊27　鈴木貞美編『大正生命主義と現代』（河出書房新社、一九九五・三）参照。

ない「原始人」のような認識以前の態度に赴くことができるのである。中原はこのように、恋愛というモチーフを通して、ダダを生の倫理として発見し直していく。

11

ダダの恋愛詩の抒情性も、この過程を重んじる生の倫理から生まれるが、それもまた中原独自のものとなった。

結果から結果を作る
翻訳の悲哀――
尊崇はたゞ
道中にありました

再び巡る道は
「過去」と「現在」との沈黙の対座です

一度別れた恋人と
またあたらしく恋を始めたが
思ひ出と未来での思ひ出が
ヲリと享楽との乱舞となりました

一度といふことの
嬉しさよ
「一度」[*28]

結果から結果を作り出す翻訳のようなやり方は、悲哀しか生まない。大切なことは、物事の流れの道中、過程にあるのだ。すでに終わったことをただ繰り返すだけでは、「過去」と「現在」が膠着したまま向き合うようなもので、何の変化も示さない。だがかつて別れた恋人と再びつき合い始めた時は、過去の思い出と、未来に対する予感で、混乱と享楽が入り乱れた。結果から結果を作り出すような予測可能な繰り返しにはならなかったのである。そんな思いをするのは辛くもあり、喜びでもある。一度ということは、何と気楽なものだろう。

恋愛の過程が大切だということは、「過程に興味が存するばかりである」と同じだが、ここでは過去の恋愛を反復するという、いささか特別な事情について語られている。初めての恋と異なり、二度目の恋は、過去の苦渋と未来への希望とが交錯する。あるいは逆に、未来に苦痛が待ち、むしろ過去が望ましいものだったようにも思われる。過去の経験は役に立たず、未来を予測することもできない。過去という結果は、現在体験する混乱の中で、同じ結果を生み出すことはできないのである。

本節の冒頭に引いた「幼き恋の回顧」では、男女は過去の思い出に惹かれながら、感情を燃え上がらせることができなかった。それは過去が過去という結果のまま、現在に繰り

*28 「一度」は、「ノート1924」に書かれた。第一章Ⅱ「ダダ詩の構成」の7参照。

返されただけだからである。「一度」の男女は、過去と未来を混同しながら、現在を生きる。現在の経験の中で、過去の思い出は未来の予感と入り交じり、揺らぎ続ける。すでに分った結果として固定されず変化を強いられるのである。このように、「幼き恋の回顧」の本来再燃しないはずの恋愛を、「一度」のような動揺の過程の中で現在に蘇らせるのが中原の抒情精神となる。

先にも触れたように、一九二七年の日記で中原はリルケに託し、心臓から出発しまた心臓に回帰する循環性の抒情について述べていた（第一章Ⅲ「ダダイストとセンチメンタリズム」の7参照）。それは、ダダ詩「春の日の夕暮」の中にも詠われていたものであった。「一度」も、同様のことを述べていると思われる。中原は、過程としての人生を、表現者である詩人が原稿用紙に写す行為の意味を問い直す。過程としての人生を原稿用紙に写すことは、「過程に興味が存するばかりです」で述べていたように、分かり切った結果を記すことでしかないように思われる。しかし詩人は、詩を書かずにはいられない。なぜなら詩人にとって詩作は、既知の結論を語ることではないからだ。それは、不可解な人生を再び生きようとすることである。過去を現在として再び生き直し、未来もまた現在の私の延長として捉えるのである。

それはいわば、一度心から出たものを、再び心の中に取り戻す流動の過程である。この時、過去の思い出は、他人事のように傍観できるものとはならない。現在のこととして生き直すゆえに、再び混乱し心をかき乱されずにはいられなくなる。リルケを批判しながら中原が述べようとする循環も、おそらくこのような流動の過程を指すのである。やがて循環する抒情意識は、一九二五年以降の中原の詩に頻出するリフレインの手法に結実することなる。

暗き空へと消え行きぬ
　わが若き日を燃えし希望は。
夏の夜の星の如くは今はなほ
　遐きみ空に見え隠る、今もなほ。
暗き空へと消えゆきぬ
　わが若き日の夢は希望は。
今はた此処に打伏して
　獣の如くは、暗き思ひす。
そが暗き思ひいつの日
　晴れんとの知るよしなくて、
溺れたる夜《よる》の海より
　空の月、望むが如し。

その浪はあまりに深く
　その月はあまりに清く、

あはれわが若き日を燃えし希望の
　今ははや暗き空へと消え行きぬ。

「失せし希望」[*29]

例えばこの詩では、「暗き空へと消え行きぬ／わが若き日を燃えし希望は。」という詩句で始まり、その後に少しずつ語句や語順を変えた同様の詩句が繰り返されている。このリフレインにより詩にリズムがもたらされているのは確かだが、一定の周期で繰り返されているわけではない。一定のテンポを持つ反復のリズムではないのである。むしろ、この詩のリズムを形づくるのは、詩句が含むニュアンスの変化である。

この詩で「暗き空へと消え行きぬ／わが若き日を燃えし希望は。」のバリアントは、繰り返されるたびに、見た目の表現だけでなくその含み持つ意味合いを微妙に変えていく。初めは「夏の夜の星の如くは今はなほ／遐きみ空に見え隠る、今もなほ。」というように、若き日の希望は、遠く過ぎ去った思い出にすぎないように見える。だが、「今はた此処に打ち伏して／獣の如くは、暗き思ひす。」というように、今も心に重く蘇るものであり、「そが暗き思ひいつの日／晴れんとの知るよしなくて、」というように、現在に悔いを残すものでもある。過去の思いではあるものの、現在の感情と同様に自己の心を騒がすものであることが分かる。

＊29　「失せし希望」は、中原の詩帳「ノート小年時」に書かれ、後『白痴群』第六号（一九三〇・四）に発表された。また、内海誓一郎により曲が付され、『スルヤ』第四揖（一九三〇・五）に掲載された。もともと音楽を付しやすいリズムをもった詩なのである。

とはいえ、若い日の希望は、現在の思いに関わらず、やはり「空の月、望むが如」く、手の届かない所にある。「あまりに清く」あきらめがたい希望だが取り返しはつかない。このような自己の過去に対する思いの重層を確認するがゆえに、最後のリフレインには「あはれ」という感嘆の言葉が付せられるのだろう。詩句が重ねられるたびに、過去と現在の入り交じる思いの深さが明らかになる。それと共に「暗き空へと消え行きぬ」の詩句が含意する感情も重ねられ、その深まりが詩の展開するリズムを作り出すのである。

この反復される過去への思いは、まさにリルケを反面教師とした循環性の抒情である。私の過去への思いは、私の心の中で反復されるたびに、現在の感情として蘇っていく。心臓から出発し、身体をへめぐりながら自己を「擾乱」し、再び「心臓に回帰する」のである。リフレインは、単なる反復のリズムではなく、自分の情調を何度もかみしめ深めていく過程だ。

中原のダダ恋愛詩は、一九二五年以降詩に具現化される、この循環のリズムを準備する揺籃となった。そのリズムは、ヨーロッパのダダや高橋新吉のダダに比すれば、もっともダダ流の精神から遠い情緒から出発するものである。しかし中原には、それこそが近代精神を批判する、生の倫理、生の持続性の理論から生まれるリズムであり、ダダらしい精神を実現したものと思われたのだろう。

V　ダダの理論

1

風船玉の衝突
立て膝
　立て膝
スナアソビ
心よ！
幼き日を忘れよ！

煉瓦塀に春を発見した
福助人形の影法師
孤児の下駄が置き忘れてありました
公園の入り口
ペンキのはげた立札

心よ！
詩人は着物のスソを
狂犬病にクヒチギられたが……！

「風船玉の衝突」*1

*1 「風船玉の衝突」は、「ノート1924」に書かれた。草稿に題名はなく、詩の一行目が仮の題とされた。

中原中也のダダは、このような地点から出発した。両親の拘束から解放された喜びと、故郷を回顧する思いとの、両極から引かれながら詩を綴ったのである。先に述べたように、中原は、故郷への思いをセンチメンタリズムと名づけ、自己の内から剔抉しようとする（第一章Ⅲ「ダダイストとセンチメンタリズム」の3参照）。しかし、それは適わぬことだった。「幼き日を忘れ」ようとしても、眼前の公園の風景にすら、その影を見出してしまう。「詩人は着物のスソを／狂犬病にクヒチギられ」たとしても、心が自ずと「幼き日」に向かってしまうのである。

汽車が聞える
蓮華の上を渡つてだらうか

内的な刺戟で筆を取るダダイストは
勿論サンチマンタルですよ。

「汽車が聞える」*2

*2 「汽車が聞える」は、「ノート1

ダダイスト中原は、自己の内のセンチメンタリズムを認めざるをえない。だが、小説「その頃の生活」に書かれたように、抒情の元となるセンチメンタリズムは詩的創造の源泉でもあった（第一章Ⅲ「ダダイストとセンチメンタリズム」の3参照）。故郷への背反する思いも含め、自己の抒情精神を形にすることが、むしろ中原の課題となっていく。例えば、「汽車が聞える」に表された、「汽車」に象徴される「サンチマンタル」は、やがて次のように表現される。

汽車の笛聞こえもくれば
旅おもひ、幼き日をばおもふなり
いなよいなよ、幼き日をも旅をも思はず
旅とみえ、幼き日とみゆものをのみ……

思ひなき、おもひを思ふわが胸は
閉ざされて、醞生《かびは》ゆる手匣にこそはさも似たれ
しらけたる脣《くち》、乾きし頬
酷薄の、これな寂莫《しじま》にほとぶなり……

「羊の歌*3 Ⅲ」

上手に子供を育てゆく、

924」に書かれた。草稿に題名はなく、詩の一行目が仮の題とされた。

*3 「羊の歌」は『山羊の歌』に収録された。安原喜弘の証言により（『中原中也の手紙』書肆ユリイカ、一九五〇・一二）、一九三一年制作と推

母親に似て汽車の汽笛は鳴る。
　山の近くを走る時。

山の近くを走りながら、
母親に似て汽車の汽笛は鳴る。
　夏の真昼の暑い時。

「夏の日の歌」*4

幼き日を思い起こさせる汽車の音は、センチメンタリズムとして剔抉されるどころか、むしろ一篇の詩を成り立たせる主調音となっている。ダダ詩の中のセンチメンタリズムをめぐる葛藤は、一九二五年以降の抒情詩を生み出す母胎となったのである。この意味では、ダダ詩と一九二五年以降の詩との間に断絶があると見ることはできない（第一章Ⅰ「ダダイストという呼び名」の2参照）。

2

センチメンタリズムを厭う中原が、当初その批判の根拠としようとしたのが、唯物史観だった（第一章Ⅲ「ダダイストとセンチメンタリズム」の6参照）。当時、唯物史観を旗頭としたマルクス主義文学の陣営は、文学的情調に耽溺する態度を批判し、物質的条件を中心に社会を見直すことを主張した。中原が共鳴するダダは本来、社会主義思潮と接点を持つも

定される。全体は四節からなる。引用は部分である。

*4　「夏の日の歌」は『紀元』一九三三年一〇月号に掲載、後『山羊の歌』に収録された。引用は部分である。

のである。ダダイストを称する中原が、唯物史観をセンチメンタリズム克服の根拠と見なしたとしても不自然な動きではない。だが抒情精神を棄てられない中原は、むしろ唯物論とは別の方向へむかうことになる。

夕刊売
来てみれば此処も人の世
散水車があるから
汽車の煙が麦食べた
実用を忘れて
歯ブラッシを買つてみた
青い紙ばかり欲しくて
それなのに唯物史観だつた

砂袋
スソがマクレます
パラソルを倒に持つものがありますか
浮袋が湿りました

「旅」*5

唯物史観は物質的条件を、政治や思想を生み出す下部構造として位置づけ、歴史分析の

*5 「旅」は、「ノート1924」に書かれた。

要件として重んじる。だが、そこで言う物質は、ありのままの物そのものではなく、唯物史観という思想により意味づけられた思考の要素である。人々や社会を動かす条件として想定する、分析的な概念だ。

唯物史観は、曖昧な心の動きとしてセンチメンタリズムを排しながらも、一方では、歴史分析の因子としての物質という、観念的な基盤の上に成り立っているのである。唯物論と称しながら、全ての観念を排斥するわけではなく、むしろ歴史分析という観念の働きを中心に据えるのだ。

中原は、これを「実用」的な意識だと評する。唯物史観は、物事を己れの価値意識に供するように取り扱う。その意識は、歯を磨くために歯ブラシを買わないダダイストの無目的な行動に比すれば、物事を役立てようとする「実用」的なものに他ならない。*6

中原は、物質的条件に執着する態度が、むしろ観念的な思考を呼び寄せると考える。唯物史観は、物質的条件という価値意識を基準に、世界を固定した観点から見ているとするのである。したがって、「歯ブラッシを買つて」も「青い紙ばかり欲しくて」も、全ての行動が唯物史観に結びつけられる。中原はむしろ、心と物質の対立において見るのではなく、すべての物事は観念的であるという立場に立つのであろう。*7 そして、物質的条件に執着するあまりに膠着した観念的姿勢、あるいは、既成の価値意識に拘泥し自己自身の論理を持たない態度を厭うのである。

この意識により中原は、名詞で世界を表現しようとする態度や、結果のみを見ようとする態度に批判を向けることになる。

*6　後に中原は「芸術論覚え書」（未発表、推定一九三四・一二〜一九三五・三）で、実用を重んじる世間の意識に反して「名辞以前」を芸術の目指すべきものとする。この「名辞以前」は、ダダ詩の「認識以前」につながる理念だろう。第二章Ⅳ「象徴とフォルム」の2、および、付「「芸術論覚え書」について」を参照。

*7　ここで中原は、後の小林秀雄「様々なる意匠」（『改造』一九二九・九）と同様の認識に至っている。小林は、マルクス主義も様々な文学的意匠＝観念のひとつにすぎないと論じた。また中原自身、一九三〇年の「詩に関する話」で、唯物を主張する者が実は唯

田の中にテニスコートがありますかい？
春風です
よろこびやがれ凡俗！
名詞の換言で日が暮れよう

「春の日の怒」*8

結果から結果を作る
翻訳の悲哀——
尊崇はたゞ
道中にありました

「一度」

物事を表現することは名詞に置き換えることだと考える凡俗や、結果にのみ注目し既存の表現に置き換えるだけの「翻訳」者は、ありのままの現象を見ようとしていない。我々が生きるということは変化であり、その過程そのものである。その動的なものを名詞で固定化するようなやり方は、我々の生命を殺すようなものだ。中原が考えることは、このようなことだと思われる。

その信条は、「過程に興味が存するばかりです」で端的に表されていた（第一章Ⅳ「ダダイストの恋」の10参照）。中原はそこで、過程にこそ興味があり、「集積よりも流動が／魂は集積ではありません」と述べる。この意識が、物質偏重の価値観を棄てさせ、心の表現へ

心的であると述べている。第三章Ⅱ「読書と生活」の5参照。

*8 「春の日の怒」は、「ノート1924」に書かれた。次の「一度」と共に、引用は部分である。

と向かわせる契機となったのである。この契機を導き出したのは、「過程に興味が存するばかりです」で「生活の中の恋が／原稿紙の中の芸術です」と語られたように、中原の恋愛体験であった。

3

中原は恋愛体験の中で、自分の言葉の届かない他者としての女性を発見し、結論など出ることのない男女の流動的な関係を見出した。恋愛は、小説「分らないもの」の題名に端的に表されるように、その時々で変わる相手の態度に惑わされ、容易に理解することなどできないものだった（第一章Ⅳ「ダダイストの恋」の8参照）。

この恋愛における知的認識の無用や言葉の無力は、「ダダイストが大砲だのに」などに表現される（第一章Ⅳ「ダダイストの恋」の9参照）。「私は如何せ恋なんかの上では／概念の愛で結構だと思つてゐますに」というダダイストだが、現実の男女の関係は、概念に置き換えられるほど単純なものではなかった。本来「多面体のダダイスト」も、女に対する時は、「言葉が一面的」になり表現を満足に行うことができないからだ。だが、真に相手を理解しようとするならば、「悲哀」といった感情しか生まれないはずだ。したがって、概念という形式に収まることもない。中原は、このように述べる。

言葉の無力、概念形式の無用を実感することから、中原は、悲哀という感情の表現を目指す。そして、愛の中にこそ生きた感情があると考え、その流露を妨げ現象を固定しようとするような観念的な操作を退けようとする。この態度が中原の抒情精神の出発点となり、真のダダの理論の発見ともなった。また、この中原の思いは、「名詞の扱ひに」に表された、マニフェストともぼやきともつかないような表現ともなった（第一章Ⅰ「ダダイストという呼び名」の1参照）。

自分は名詞を論理的に扱わないダダイストである。なぜなら、宣言のような論理的な文章は、たとえダダイストのものでも、言葉を名詞的な表現にのみ置き換えて固定してしまうからだ。むしろ、論理を放棄した詩作品に、自己の心象を表現することが自分の望みとなる。ただしそれは、言葉を知らない原始人のように、たどたどしいものとならざるを得ない。明快な名詞的表現を避ける以上、仕方のないことだろう。それでも、ダダイストの表現は永遠のものとなる。現象の本質を捉えるからである。

4

また、現象や心の流動性を重んじる意識は、次の「自滅」[*9]や「倦怠に握られた男」（第一章Ⅱ「ダダ詩の構成」の7参照）に表された、人間の歩みを生の表象ととらえる言葉になった。

親の手紙が泡吹いた
恋は空みた肩揺つた
俺は灰色のステッキを呑んだ

＊9　「自滅」は、「ノート1924」に書かれた。

足　足
　足　足
　　足　足
　　　　足

万年筆の徒歩旅行
電信棒よ御辞儀しろ
お腹《ナカ》の皮がカシヤカシヤする
胯の上から右手みた

一切合切みんな下駄
フイゴよフイゴよ口をきけ
土橋の上で胸打つた
ヒネモノだからおまけ致します

「自滅」

「自滅」で足は、泡を吹いた親の手紙や、恋に落ちた自分を置いて歩き出す。足だけが自分の意志から離れて歩き出す、不随意筋の運動のようなものだ。「電信棒よ御辞儀しろ」「お腹の皮がカシヤカシヤする」「膝の上から右手みた」と、気ままな動作が特徴である。

ただ、この運動は、束縛から解放された動きであると同時に、自己確認の道程でもある。「倦怠に握られた男」でさまようように歩いていた自分は、いつしか「三和土の土」のように、地面にはいつくばる者であることに思い至る。自身は完全に自由ではなく、親の束縛や恋の困難も、自己の内から決して消えてしまうわけではない。[*10] むしろ解放されるのは、故郷を束縛だと考えたり恋に悩む、自分の観念や意識からである。先入観を抱かずに生の過程に身を投げ出すことが、足の不随意筋の運動なのである。

この気ままな足の運動は、結論に一足飛びに向かうことはない。「風呂屋の多いみちをさまよへ」とあるように、流動的な現象に身を任せ、あちこちと寄り道をしていく。その気ままな態度は、「倦怠に握られた男」だからこそ可能な行為だ。倦怠を抱いた男は目的に縛られることがない。どこへでも気ままに放浪することができる。時には、世の中の秩序や規範から解放されることもあるかもしれない。中原にとって倦怠とは、単に無気力な状態を意味するのではない。積極的な意志を持たないがゆえに、観念や意識に囚われない態度を言うのである。この倦怠の自由は端的に、「倦怠者の持つ意志」に表された（第一章Ⅱ「ダダ詩の構成」の7参照）。

題名の「倦怠者の持つ意志」は、矛盾した言葉である。詩の中で「努力した意志」ではないと言うように、倦怠者は本来、意志らしい意志を持たないはずだからだ。だが倦怠者はこの意志なき意志ゆえに、「圧力」や「反作用」という世間一般の法則から逃れ、「思想と体が一緒に前進する」ような行動を起こすことができる。本節の「2」に引いた「春の日の怒」に登場する、概念や結果に縛られ名詞の換言に明け暮れる凡人とは異なり、「夏の日の海が現はれる！」ような、本質的な生命の輝きを見出すのである。

中原は、既成概念や世間の因習に囚われないその態度を、「認識以前」という言葉で表わした（第一章Ⅳ「ダダイストの恋」の6参照）。これを知るダダイストは、概念や法則に囚

＊10　佐々木『中原中也』は、脚の独り歩きを、郷里からの解放感をあらわすものだとする（一〇三～一〇五頁）。「だが、ダダイズムの中での彼はそうではない。中原は明瞭に意識している。かつて「父のゐない部屋」を歩いたその「脚」が、「感傷」や「詠嘆」を抜きにして、何の束縛もなく動き出すものであることを。自分の身体から「脚」だけを離して、それが歩くのを見てみようというのは、中原の郷里からの解放感をあらわしているのだ。」本書では、「その頃の生活」などに書かれた、郷里に対する愛着と反発が同居する矛盾した心理をふまえ、ダダ詩に取り上げられた足の運動も、解放感ばかりではないものと見なした。第一章Ⅲ「ダダイストとセンチメンタリズム」の2参照。

われた世間の人々を嘲弄せずにはいられない。

「(題を附けるのが無理です)」

法則とともに歩く男
君のステッキは
何といふ緊張しすぎた物笑ひです

「仮定はないぞよ!」

仮定はないぞよ!
先天的観念もないぞよ!
何にもない所から組み立てゝ行つて
先天的観念にも合致したがね

酒は誰でも酔はす
だがどんな傑れた詩も
字の読めない人は酔はさない
——だからといつて
酒が詩の上だなんて考へる奴あ
「生活第一芸術第二」なんて言つてろい

自然が美しいといふことは
自然がカンヴァスの上でも美しいといふことかい——
そりや経験を否定したら
インタレスチングな詩は出来まいがね
——だが
「それを以てそれを現すべからず」つて言葉を覚えとけえ

科学が個々ばかりを考へて
文学が関係ばかりを考へ過ぎる
文士よ
せち辛い世の中をみるが好いが
その中に這入つちや不可ない

「酒は誰でも酔はす」[*11]

「(題を附けるのが無理です)」では、法則に囚われて緊張しすぎた男をからかい、「仮定はないぞよ！」では、仮定という概念操作や先天的観念に囚われないように忠告する。また「酒は誰でも酔はす」では、人を酔わせる実質的な効果にばかり目が向き、芸術よりも酒を重んじる者を厭い、「生活第一芸術第二」という生活派の発言に反発するのである(第三章Ⅱ「読書と生活」の5参照)。[*12]

しかし、ダダイストはここで、ジレンマに突き当たらざるをえない。自分は、概念に囚

＊11 「(題を附けるのが無理です)」、「仮定はないぞよ！」、「酒は誰でも酔はす」は、「ノート1924」に書かれた。「仮定はないぞよ！」、「酒は誰でも酔はす」の草稿に題名はなく、詩の一行目が仮の題とされた。「(題を附けるのが無理です)」、「仮定はないぞよ！」の引用は部分である。

＊12 「社会主義文芸運動」(『文芸戦線』一九二七・二)は、「美と芸術とは社会的関心、社会的闘争の上に超然

われずに、真実をつかむこともできる。だがそれを表現する時に、自分はそれを十全に表現できるだろうか。「自然の美しさ」と、絵画として表現された「カンバスの上の美」は異なるのである。認識以前を感得した自己の感覚を、何らかの表現に置き換えることが可能なのだろうか。

5

筆が折れる
それ程足りた心があるか
だつて折れない筆がありますか?

聖書の綱が
性慾のコマを廻す

原始人の礼儀は
外界物に目も呉れないで
目前のものだけを見ることでした

だがだが
現代文明が筆を生みました

たり得るものと妄信する」者を「芸術至上主義」、「超階級的な抽象的な『人間性』に基礎を置く『人生』なるものを幻想し、美と芸術はこの人生の目的のために役立つ時に於てのみ有用」とする「芸術実用主義」があるとする。一方、社会主義者は「芸術は、それ自体として、感情、意志、観念を社会化する力を所有してゐる」と考え、「社会主義文学と芸術価値とは両立する」と結論するという。

筆は外界物です
現代人は目前のものに対するに
その筆を用ひました
発明して出来たものが不可なかつたのです
だが好いとも言へますから――
僕は筆を折りませうか？
その儘にしときませうか？

「迷つてゐます」[*13]

この詩で中原は、外界物に目をくれない原始人と、外界物としての筆を対比させている。原始人は認識以前の世界に生き、知識や習慣に囚われ自己を見失う現代人の不幸を知らない。一方現代人は、自分の心の内から出るものよりも外界物である筆＝言語表現に執し、眼前の物事さえありのままに見ることはできない。媒介物である言語に眩惑され、現象それ自体に目が行かないのである。この意味で原始人は、認識以前を知る理想の存在だ。

だが原始人はともかく、詩人としての自分はどうするべきだろうか。詩人は、現象に対する感動を言語で表現する以外に手段を持たない。とはいえ、表現に執着するほど、現象から説く離れていく。言葉で表現した時に、本来の感動はどこかに逃げてしまう。

認識以前に書かれた詩――
沙漠のたゞ中で

＊13 「迷つてゐます」は、「ノート1924」に書かれた。

私は土人に訊ねました
「クリストの降誕した前日までに
カラカネの
歌を歌つて旅人が
何人こゝを通りましたか」
土人は何にも答へないで
遠い沙丘の上の
足跡を見てゐました

泣くも笑ふも此の時ぞ
此の時ぞ
泣くも笑ふも

「古代土器の印象」*14

これは、「認識以前に書かれた詩」であると同時に、認識以前について書かれた詩でもある。私は、歌をうたう旅人を追っている。だが、旅人は砂漠の果てにすでに去ってしまった。言葉を発しない土人(この場合、原始人と同じ意味であろう)だけが、旅人の姿を見ることができたようだ。この過ぎ去った旅人に追いつけないのが、現代の詩人の姿である。詩人は、旅人=認識以前の世界を知り、これに憧れるものの、それ自体を捉えることはできない。その痕跡を、言葉で表現するより他ないのである(第二章Ⅲ「小林秀雄」の2参照)。

*14 「古代土器の印象」は、「ノート1924」に書かれた。

また詩人は、現世に生きるからには、生活の条件にも縛られることになる。

何と物酷いのです
此の夜の海は
——天才の眉毛——
いくら原稿が売れなくとも
燈台番にはなり給ふな

あの白ッ、黒い空の空——
卓の上がせめてもです
読書くらゐ障げられても好いが
書くだけは許して下さい

実質ばかりの世の中は淋しからうが
あまりにプロパガンダプロパガンダ……
だから御覧なさい
あんなに空は白黒くとも
あんなに海は黒くとも
そして——岩、岩、岩
だが中間が空虚です

「何と物酷いのです」[*15]

詩人もまた生計を営む必要があるので、時に燈台番にでもなって働こうと空想することもある。おまけに世間も、生活の実質のみ重んじる発言が横行している。世間の人々は実質に囚われ、出来事の一面にしか目が行かないのである。こんな世の中は息苦しくて、黒い空に覆われているように、詩人には思える。この忙しい世の中で、読書の時間が失われたとしても、詩を書く余裕だけはほしい。それが、世間の慣習にもまれながら生きる、詩人の願いである。

中原は、自分が原始人だと言うのではない。[*16] 認識以前の世界を知る点では、原始人と感性を共有している。だが生活に追われる自分は、世間知に縛られている。また詩人が表現に用いる言語は、世の人々も用いるものであるため、日常的な価値観にまみれたものだ。これを用いる以上、認識以前の世界をそのままに表現することはできない。現代に生きる詩人は、生活と妥協し、言葉とどこかで折り合いをあわせなければならない。

ダダは本来、慣習からの逸脱を教える思想だった。だが中原はその実践の中で、むしろ自己を世間に惹き付けようとする逆向きの力を強く意識した。それは、見捨てたはずの生活を愛惜する自身の感傷であり、生きるうえで人と関わらざるを得ない自己の身体という限界である。郷里から離れた喜びは、郷里を懐かしむ自己自身をむしろ確認させる契機となった（第一章Ⅲ「ダダイストとセンチメンタリズム」の4参照）。逸脱と回帰の双方向の力に引かれるダダイストの詩は、破壊に満ちたものにはならない。むしろ中原のダダ詩の実践は、価値の両極で揺れる自己の生の発見を導くものだった。この後中原は「生活」という

＊15　「何と物酷いのです」は、「ノート1924」に書かれた。草稿に題名はなく、詩の一行目が仮の題とされた。

＊16　中原は、一九二七年日記の三月一六日に、「私は自信に於て／原始人だ。」と記している。自分が信じる限りでは、原始人だと言うのだろう。

語を軸に、揺れる生のモチーフを追究していく（第三章Ⅰ「一九三〇年頃の中原中也と「生活」」の4参照）。

このようにしてダダは中原の揺らぐ生を見出す機会とはなったが、詩的表現としては充分なものでなかったようだ。認識以前という精神は、ダダの実践の中で発見された。また、ダダ詩の中で、独自の動的なリズムの実験も行われている（第一章Ⅱ「ダダ詩の構成」の7参照）。だが、認識以前という精神を、詩的な表現と合致させた実践は行われなかったのである。その後、ダダ時代に醞醸された詩心は、「ノート1924」に綴られたダダ詩とはまた異なる表現をとることになる。象徴詩との出会いの後、一九二六年以降に様々な表現が試みられ、やがて抒情が回帰するリフレインの表現となった（第一章Ⅳ「ダダイストの恋」の11参照）。

とはいえ、ダダがその後も中原の中に生き続けた詩精神であるのは確かなことだ。一九二七年五月一四日の日記には、「ダダイズムとは、／全部意識したとしてなほ不純でなく生きる理論を求めた人から生れた」という言葉が残されている。一九二七年にも、ダダは理知を超える生の理論と見なされていた。また、大岡「全集解説　詩Ⅰ」が中原のダダ離れの証拠としてあげる[*17]、一九二七年九月六日の日記の「ダダは「概念をチラス」」という発言も、中原にとっては肯定の意味だった。それは次のような文章である。

ダダは一番肯定した。
そしてダダはしまひに放棄した。つまりそれは遊離状態だ。
死ぬまで肯定する時、ダダは「概念をチラス」ことになる。何故といつて、放棄は

＊17　同書三四二頁。一九二七年日記でダダや高橋新吉は肯定的に扱われている。「見渡すかぎり高橋新吉の他、／人間はをらぬか。」（九月一八日）。

思索（夢）が方法的帰結を齎らさないからのことであり、方法的帰結の出ないことを感じさせられる時が人間に於て概念の散る直ぐ前の瞬間だから。

即ち私に於て概念とはアプリオリが空間に一個形として在ることを意味する。（正しい活動だけが概念でない。）

ここで語られる「概念をチラス」ことも、つまりは認識以前の態度である。概念は、アプリオリ（先天的）なものであり、現象世界に個体として存在するものである。中原のダダの求める、流動する生命観とは対蹠的なものだ。ゆえに「正しい活動だけが概念ではない」ということになる。本節の「4」に引用した「仮定はないぞよ」でも述べられたように、先天的観念は放棄されなければならない。その向こうに生の理論としての、認識以前の世界が見えてくるのである。

京都時代以降中原は、認識以前の世界、詩人の生、日常的な生活の三者を調和させる理論を模索する。これらは全て、ダダの詩作の中で発見された詩精神である。これらの詩精神が実作と結びつく展開については、次章で象徴詩との関係をふまえながら見ていくことにしよう。

第二章　象徴詩

I　象徴詩との出会い

1

われ星に甘え、われ太陽に傲岸ならん時、人々自らを死物と観念してあらんことを！
われは御身等を呪ふ。
心は腐れ、器物は穢れぬ。「夕暮」なき競争、油と蟲となる理想！ ――言葉は既に無益なるのみ。われは世界の壊滅を願ふ！

「地極の天使」*1

先にも述べたように、中原中也が象徴詩と出会うのは一九二四年夏以降、富永太郎との交友を介してである。象徴詩への興味は、ダダの詩帳「ノート1924」に上田敏訳ランボー「酔ひどれ舟」が書き写されたことからも分かる（第一章I「ダダイストという呼び名」の4参照）。

ここでもう一度確認しておきたいことは、中原の接したランボーの詩が、上田敏によって翻訳された本文だということである。ランボーの精神や象徴詩の世界観は、まず上田敏

*1 「地極の天使」の草稿は現存しない。『新編全集』に収録された本文は、河上徹太郎「中原中也の手紙」（『文学界』一九三八・一〇）の引用による。大岡「全集解説 詩I」は、一九二六年末～一九二七年初頭の作品と推定している（三四七～三四八頁）。『新編全集第二巻 解題篇』は、中原がこの詩以外に翻訳詩などで「地獄」を「地極」と誤記する例をあげている（九四～九六頁）。

の訳語を通して、中原に受容された。「酔ひどれ舟」の収録された『上田敏詩集』（玄文社、一九二四・一）を、おそらく中原は読んでおり、[*2]ここで用いられた詩語の影響を受けている。例えば、「酔ひどれ舟」の第一六聯一行「時としては地極と地帯の旅にあきたる殉教者」の「地極」という言葉は、「地の果て」という意味だが、これを中原は「地極の天使」の題名に用いている。また、第二三聯三行「そもこの良夜《あたらよ》の間に爾はねむり、遠のくか」の「良夜《あたらよ》」は、「初夏の夜」[*3]などの詩の中に見ることができる。

もちろん、中学時代に短歌を作り続けた中原が、雅語を用いることに不思議はない。とはいえ、一九一〇年代の高村光太郎『道程』（一九一四）や萩原朔太郎『月に吠える』（一九一七）などの口語自由詩を経て、プロレタリア詩やモダニズム詩の運動がはじまった一九二〇年代の詩と比較してみると、上田敏の詩語は時代の趨勢に合わない感もある。にもかかわらず中原は、先の「地極」の他、上田敏訳ジュール・ラフォルグ「お月様のなげきぶし」で用いられた「舎密《せいみ》」を「夜更の雨」に引くなど、[*4]特徴のある漢語を多く自らの詩に引用しており、上田敏からの影響を明らかに見せている。また、「時こそ今は……」では、上田敏訳のボオドレエル「薄暮《くれがた》の曲《きょく》」を再構成しエピグラフとして引用している。[*5]

「酔ひどれ舟」における上田敏の訳語は、モダニズム運動を経た目から見ると、当人の意図にかかわらず、ダダ的な雰囲気を持っていた。例えば「酔ひどれ舟」第二〇聯の「エレキの光る星をあび、黒き海馬の護衛にて」という詩句に、特に「エレキ」という外来語を用いる必然はない。後の小林秀雄訳のように「閃電《ひばな》を散らす衛星《ほし》に染み、黒き海馬《かいば》の供《とも》廻《まは》り」と、主に漢語を用いることもできる。あるいは、金子光晴訳のように「火花と閃《ひら》く衛星どもを伴い、黒々とした海馬に護《まも》られて」[*6]と、口語の文体に統一する方法もありうる。

＊2　大岡「全集解説　翻訳」四一四頁。

＊3　「初夏の夜」は、『文学界』一九三五年八月号（一九三五年六月六日の制作日付）に掲載、後『在りし日の歌』に収録された。『新編全集第一巻　解題篇』は、上田敏訳ラフォルグ「月光」に「良夜《あたらよ》」が用いられていることを指摘している（二八二～二八四頁）。

＊4　「夜更の雨」は、『四季』一九三六年八月号に掲載、後『在りし日の歌』に収録された。「――ヹルレーヌの面影――」の副題がある。「舎密」の用例は、『新編全集第一巻　解題篇』で指摘されている（二一二～二一七頁）。

＊5　「時こそ今は……」は、『白痴群』第六号（一九三〇・四）に掲載され、後『山羊の歌』に収録された。「薄暮の曲」の引用については、『新編全集第一巻　解題篇』で指摘されている（一六六～一六八頁）。

だが上田敏訳では、「エレキ」の他にも、先にあげたように、「良夜《あたらよ》」という伝統的な和語の他、「地極」などの漢語も織り交ぜられている。語彙の統一はあえてなされていない。この語彙の混交は、従来の伝統的な詩歌のイメージに回収されずに、ランボーの奔放な想像の世界を再現するための、上田敏の苦心の結果なのであろう。他の上田敏の訳詩では必ずしも、複数の語彙が入り交じっているわけではない。

上田敏訳「酔ひどれ舟」の語彙の混交とイメージの奔流は、中原にとって、ダダの語彙の混交や言葉の自在な組み合わせに似たものと思われたかもしれない。高橋新吉の詩を手本とした中原のダダ詩は、敬体と常体が交じり、擬態語や擬声語が用いられ、口語表現の中に「認識以前」という概念を表す言葉や「臘涙」といった漢語が現れる。*7 この語彙の混交に注目すれば、上田敏訳「酔ひどれ舟」を、中原のダダから象徴詩への展開を架橋するものと見ることもできるだろう。大岡「全集解説　詩Ⅰ」は、中原の詩風の変遷を、ダダから「朝の歌」への移行という枠組で整理していた。そして、上田敏から影響を受けた後の作品の幾つかを、ダダから象徴詩への移行形であるとした（第一章Ⅰ「ダダイストという呼び名」の2参照）。

> 「都会の夏の夜」は後期の「正午」と同じく、彼の東京と東京人に対する上京者の反応を示したもので、「秋の愁嘆」と同じ嘲笑的気分を持っているが、「月」「逝く夏の歌」などは、ダダから象徴詩への移行の経過における試作品と見ることが出来よう。*8

あるいは、「月」の「秒刻《とき》は銀波を砂漠に流し／老男《らうなん》の耳朶は蛍光をともす。*9」や、「逝

*6　最初の引用が小林秀雄訳「酩酊船」（一九三一）、次が金子光晴訳「酔っぱらいの舟」（一九五一）である。

*7　「認識以前」は「古代土器の印象」、「臘涙」は「春の夕暮」で用いられた言葉。それぞれ「ノート1924」に書かれた詩である。

*8　同書三四二～三四三頁。

*9　「月」は、『生活者』一九二九年

く夏の歌」の「山の端は、澄んで澄んで、／金魚や娘の口の中を清くする。／飛んで来るあの飛行機には、／昨日私が昆蟲の涙を塗つておいた。[*10]」などの詩句が一見奇矯な比喩を含むため、ダダ風だと見なすのかもしれない。

　だがそれらの語法は、中原のダダ詩よりも、上田敏の翻訳詩のスタイルそのものに近い。上田敏訳「酔ひどれ舟」には、「荒潮の哮《たけ》りどよめく波にゆられて、／冬さながらの吾心、幼児の脛よりなほ鈍く、」（第三聯）や、「幾月もいくつきもヒステリの牛小舎に似たる／怒濤が暗礁に突撃するを見たり、／おろかや波はマリヤのまばゆきみあしの／いきだはしき大洋の口を篏し得ると知らずや。」（第十一聯）などの、比喩を用いた飛躍的なイマジネーションの表現と語彙の組み合わせがある。奇矯な言葉の組み合わせではあるが、全体としてまとまったイメージを提示し、前者は波に揺られる船員の寒々とした心の喩の表現であり、後者は波の激しさと波が静まることを願う気持ちが表されている。[*11]

　一方中原のダダ詩で比喩は多く用いられず、「ウハキはハミガキ」（「ダダ音楽の歌詞」）、「空想は植物性です」（「不可入性」）のように、断定的に二つの名詞をつなげていく表現が多い。また全体としてひとつのテーマを表現しながらも、「酔ひどれ舟」のような現実の情景を表象しない。時には飛躍的な連想によってモチーフが展開し、時には音や表記の類似性で言葉が接続していく（第一章Ⅱ「ダダ詩の構成」の2、3参照）。中原のダダ詩の方が言葉のつながりの自由度が高く、「酔ひどれ舟」のようにまとまったイメージを提示しようとはしないのである。

　「月」の奇矯に見える喩は、ダダの奔放な連想よりも、「酔ひどれ舟」のイメージの統一に近い。「秒刻《とき》」も「銀波」（月の光の映った水面の浪）も共に流れるものであり、「銀波」

九月号に掲載、後『山羊の歌』に収録された。

*10　「逝く夏の歌」は『生活者』一九二九年九月号に掲載、後『山羊の歌』に収録された。

*11　第一章Ⅰ「ダダイストという呼び名」の注22を参照。

は「老男の耳朶」に蛍のような光を投げかけるものだろう。詩にイメージを解体する働きはなく、むしろ詩語が緊密に結びつき情景を作りあげている。また、「逝く夏の歌」の「山の端」の「澄ん」だイメージと「金魚や娘の口」の「清」いイメージは近い連想関係にあり、「飛行機」と「昆蟲」も飛ぶイメージで共通している。

このイメージの統一性を重んじれば、「月」や「逝く夏の歌」は「ダダから象徴詩への移行の経過における詩作品」と言うよりも、上田敏訳「酔ひどれ舟」の語法を端的に手本にした作品と言うべきだろう。*12

「月」や「逝く夏の歌」は、現存する草稿がなく年代の推定も困難だが、初めて掲載された『生活者』一九二九年九月号に、「これらは四年程前同君の十九頃の詩です」と「いう高田博厚附記」のあることから、一九二五年の制作と推定されている。*13 仮に「月」や「逝く夏の歌」を、上田敏の訳詩から影響を受けた「高踏的」*14 な詩風と見るとしても、同じ『生活者』発表の作品群には、「サーカス」、「朝の歌」、「都会の夏の夜」もあり、同時期に様々な詩風が同居していることになる。これらすべての作品を「ダダから象徴詩への移行の経過」という一方向の流れの中に位置づけるのは難しい（第一章I「ダダイストという呼び名」の4参照）。

また、和語で統一される「朝の歌」を中原の象徴詩の到達点とするならば、語彙の混交する「酔ひどれ舟」を象徴詩へと架橋するものと見なすこともできない。中原が『上田敏詩集』を象徴詩の手本としたのならば、むしろ語法の上では様々なヴァリエーションがあり得る。語彙の混交するランボー「酔ひどれ舟」、七五調の「薄暮《くれがた》の曲《きよく》」、民謡調のラフォルグ「お月様のなげきぶし」など様々だ。これら全てを象徴詩という一語で括るのは正確

*12　高橋順子「死んだ明治も甦れ」（『中原中也研究』四号、一九九九・八）は、「春の夜」に上田敏『海潮音』など明治期の象徴詩の影響を見て、「月光うけて失神し／庭《には》の土面《つちも》は附黒子《つけぼくろ》」などダダ風とされる詩句も、メタファの一種として解釈できるとする。また、『新編全集第一巻　解題篇』は、「月」とオスカー・ワイルドの戯曲『サロメ』の類似を指摘している（二九～三三頁）。中原が参照したと思われるそれら先行文献を検討すれば、詩全体のイメージは散漫なものとは言えないだろう。

*13　『新編全集第一巻　解題篇』「月」二九～三三頁参照。

*14　同右。

ではない。[*15]

そもそも中原の理解する象徴詩とはどのようなものだったのだろうか。中原自身の言葉により、その詩精神との関わりを確かめるべきだろう。以降本章では、中原が象徴という語に託した意味を考えてみたい。

2

中原は、象徴詩を自己の詩精神の中で位置づける際に、主に二人の人物の助けを借り時には競った。その二人とは、富永太郎と小林秀雄である。富永は、中原の象徴詩との出会いで大きな役割を果たした。中原自身が「詩的履歴書」で、「大正十三年夏富永太郎京都に来て、彼より仏国詩人等の存在を学ぶ」と述べているとおりである。ただ、この中原と富永の交際は、世間に見られる円満な友情とは趣の異なるものだった。

元よりダダに惹かれるところのあった富永は、[*16]ダダイストを名のる中原に、自分には無い資質を見出していたのかもしれない。フランス文学を愛好する先輩として、中原を温かく見守ることもあっただろう。だが一九二四年秋には「ダヾイストとの dégoût（嫌悪）に満ちた amitié（友情）に淫して四十日を徒費した。手が凍える頃になつてやつと絵が描け出す。散文も書け出す（だろうと思ふ）。[*17]」と、中原との交際に疲労を感じている。つき合うとなると相手の許に入り浸り、時にからむような調子にもなった中原に、嫌悪を抱くこともあったようだ。

だが、この富永の嫌悪は、中原に伝わらなかったようだ。「なにが気に入らないんだか、

*15 「薄暮《くれがた》の曲《きよく》」の冒頭は「時こそ今は水枝《みづへ》さす、こぬれに花《はな》の顫ふこころ。／花は薫じて追風に、不断の香の爐に似たり。」「お月様のなげきぶし」の冒頭は「星の聲がする。／膝の上、／天道様《てんたうさま》の膝の上、／踊るは、をどるは、／膝の上、／天道様《てんたうさま》の膝の上、星の踊のひとをどり。」

*16 富永は大正一二年（一九二三）二月九日付正岡忠三郎宛書簡で、「きのふ中村のところにあつた中央美術でみた高橋新吉の詩を、中村に対する御座なりから、つまらないものだねといつてしまつたことが、気になつてしやうがない。俺にもあれと同じものが表現をせまつてゐるんぢやないか」と述べている。大岡『富永太郎』一一八〜一一九頁。

*17 大正一三年（一九二四）一一月

いってくれないんだからな。あの固い殻にはかなわない」と言ったという。[*18] 一九二六年秋、結核の重くなった富永はこの行き違いを強く意識し、中原を遠ざけるようになる。臨終の際にも、面会が許されたことを中原に告げないよう、共通の友人である正岡忠三郎に頼んだ。[*19]

富永の真意は分からないが、二人の関係は単に反発に終始したわけではないだろう。そこには、「dégoût（嫌悪）」とともに「amitié（友情）」もあったはずだ。中原もまた、二人の関係を微妙な言葉で表現している。

　彼をただ友人とのみ考へるなら、余りに肉親的な彼の温柔性に辟易しなければならない破目になるだらう。さしづめ、彼は教養ある「姉さん」なのだが、しかしそれにしては、ほんの少しながら物質的観味の混つた、自我がのぞくのが邪魔になる。[*20]

ここで中原は、富永と自己の立場を明らかに区別している。それは、人としての性質の違いばかりでなく、詩人としての態度の違いでもあった。中原は富永を評することで、詩人としてのアイデンティティを明確にしようとしたのである（第二章Ⅱ「富永太郎」の5参照）。とはいえ、自己の態度を確立するために、友人を評した言葉としては鋭すぎる棘が含まれている。

中原が手本とした富永の象徴詩やフランス語の知識は、独学によるものだった。一九二一年には、フランス語の学習を始め、ボードレールに傾倒し翻訳を試みるが、初めはスターム英訳『シャルル・ボードレール詩選』によったという。その後、フランス語の個人教授

一四日付村井康男宛書簡。
*18　大岡『富永太郎』二〇八頁。
*19　大岡『富永太郎』二五六〜二六〇頁。
*20　「夭折した富永」『山繭』第二巻第三号、富永太郎追悼号（一九二六・一一）。

を受けたこともあるが、海外の文学の読解は、独力で果たしたものだ。[*21]

　中原を含め、友人の正岡忠三郎、冨倉徳次郎、吉田鉄治らとの対話の場は、富永にとって、独学のフランス文学や象徴詩の理解の妥当性を確認する場でもあった。[*22] ただし、同じ立場の友人同士を調停する師のような第三者が存在しないため、対立の行方が見えない場合もあっただろう。中原は「ノート1924」に、次のような場面を書き残している。[*23]

独断

「そんな筈はないが」と忠三郎は言つた。

「それやあ君が間違つてるよ。——まあ間違ひをするのは頭の好いことなんだらうけれど」太郎が言つた。それは太郎の大発見でもある。

　次郎がそりかへつて「子供等のセンサクが」といふ顎でヘラヘラ笑つた。恐らく、忠三郎と太郎の二人だけの会話であつたゝめに。

「何を、つまんない」鉄治が繊細な皮膚をしかめた。

「おほきな赤ちやん等」中也が一度さう思つてまた思ひ返した。


　ここで彼らは、前に発言した者の言葉を、自分の見識の方がが上だと言わんばかりに、次々と批判していく。むしろ競い合い、相手を子供のように見なし優位に立とうとすることが、彼らの友情のスタイルだったのだろう。象徴詩について学んだ相手でも、遠慮などしない姿勢が、中原の富永に対する「amitié（友情）」だったのである。

＊21　大岡『富永太郎』五〇頁。
＊22　富永は友人らと交わした手紙の中でたびたび意見を交換している。大岡『富永太郎』一九六〜一九九頁。
＊23　「独断」は詩ではないと判断され、「断片」として『新編全集第四巻』に収録されている。

また、富永が中原の「dégoût に満ちた amitié」を厭うように、中原も富永の「肉親的な彼の温柔性」を嫌った。中原にとって、富永の寛容な態度は、相手に本質的な興味を示さない肥大した自意識から来るものと見え、むしろ壁となって感じられたのである（第一章Ⅱ「富永太郎」の1参照）。中原は富永と逆に、外の世界を求めようとする。やがて、小林秀雄との交流をとおして、その外界は明瞭な形をとることになった。

3

中原と小林秀雄の交流は、一九二五年三月の東京移転の後、富永の紹介により始まった。同年四月、小林は東京帝国大学仏文科に入学している。この仏文科独特の雰囲気は、中原にも間接的に影響した。小林の同級には、中島健蔵、三好達治、今日出海らがおり、当時の仏文科助教授の辰野隆は、詩や小説や批評の創作に理解があったという。

御大《おんたい》の辰野隆は、そういう〝文学の実践〟に寛容だった。その種の実践家たちと同じリズムで呼吸していたといってもいい。ただし勉強しない奴はだめ。フランス語を修得しようとせず、仏文科に籍だけ置いて〝実践〟にのめりこむ不届き者は許さない。それが辰野式だ。*24

三好達治や今日出海も、卒業後フランスの文献の翻訳に携わった。創作と学問を両立し、調和させる気運が帝大仏文科にはあったのである。

*24 出口裕宏『辰野隆 日仏の円形広場』（新潮社、一九九九・九）一一八頁。

その気運は、今日出海と中島健蔵の同人雑誌『仏蘭西文学研究』発行の計画につながる。『仏蘭西文学研究』は、「まだ日本にフランス文学の専門的な学会さえなかったのに、学会誌のようなものが先に出現した」ものだった。辰野隆、鈴木信太郎の両教師が編集の責任者となり、発起人の今日出海や中島健蔵にとっても、「意想外な大きさ」になったこの雑誌は、「今見れば、執筆者の顔ぶれも、主題も、相当なもの」だった。[*25]

中味も、現代の眼で見れば、研究論文らしいものから、評論に近いものまで多彩だった。現在は評論として読まれる小林秀雄の「人生斫断家アルチュル・ランボオ」（全集では「ランボオI」）も、一九二六年一〇月発行の『仏蘭西文学研究』第一号に掲載されたのである。研究と評論との明確なジャンル分けがなされていなかったにしろ、文学の実践と研究を両立させる帝大仏文科の気運を投影したものと言えよう。「辰野隆も本当のところフランス文学者と呼ばれるべき人物ではなかったのかもしれない」と、出口裕弘『辰野隆　日仏の円形広場』は言う。

中島健蔵のいう〝文学の実践〟は辰野仏文の二つ目の顔である。かつて作家・高見順は、描写のうしろに寝ていられないといったが、研究のうしろに寝ていられない人間が辰野仏文へつぎつぎに入ってきた。その学科を経由した小説家、詩人、評論家は相当なものである。さしあたってひとりだけ名前を挙げれば、さきごろ長逝した中村真一郎は典型的な辰野仏文出身の作家である。[*26]

その中島健造によれば、辰野隆の周辺には、サロンのような雰囲気があったと言う。

＊25　中島健蔵『回想の文学①昭和初年—八年　疾風怒濤の巻』（平凡社、一九七七・五）一二二～一二八頁。

＊26　注24に同じ。一三七～一三八頁。

辰野邸は駒場にあった。建築家の父君の遺産で、やや古めかしいが、堂々たる邸宅だった。われわれは、そこをクラブのように心得て、遠慮なく押しかけては夜おそくまで勝手な議論を交わしていた。その後、昭和三年（一九二八年）に、西巣鴨の鈴木邸内にコンクリートの書庫兼書斎ができてからは、そこもまたクラブ化してしまった。両先生とも、よくがまんしてくれたと思う。学生の数が少なく、先輩にはちがいないが、それほど年齢がとびはなれているわけでもなかったので、あんなわがままもできたのであろう。*27

このフランクな雰囲気もあってか、中原はたびたび仏文科の講義を訪れたようだ。また、辰野隆との個人的なつき合いも続いた。*28 中原は、小林を介して、東京での対人関係を広げていった。京都でも交友を求めて中原は歩き回ったが、東京での対人関係の向こうには、文壇、詩壇への広がりがあった。一九二三年に山口中学を落第した時も、東京へ出て最新の文学思潮に触れることが希望だった。ようやく当初の望みをかなえたのである。

この対人関係の広がりは、中原の言葉づかいを個人的なものから、より多くの人間との対話関係を意識したものへと変える。東京に移った一九二五年以降、「地上組織」（推定一九二五）、「小詩論　小林秀雄に」（推定一九二七）、「小林秀雄小論」（推定一九二七）など評論の文体を採ったものが増えるのである。*29 この初期の評論にその名が現れることから分かるように、中原の評論のスタイルに影響を与えたのは、小林秀雄だ。

小林の評論との対話により、中原の象徴観も変わることになる。象徴は単なる主義ではなく、詩人の存在論となるのである（第二章Ⅲ「小林秀雄」の2参照）。自分の心を既存の詩

*27　注25に同じ。一二二～一二八頁。

*28　昭和七年（一九三二）二月五日消印の安原喜弘宛の葉書には、「今夜は高森と一緒に辰野さんの所へ出掛ける約束です。」とあり、一九三六年七月一二日の日記には、「朝十時頃辰野先生を訪ねたがゴルフに行つてゐて留守。」とある。高森は、高森文夫。一九三一年から中原と交流があった。

*29　年代推定は、吉田「草稿細目」による。『新編全集第四巻　解題篇』八七～一〇四頁参照。

のスタイルに投影するのではなく、投影すべき心の仕組みそのものを探求することに興味が向けられた。こうして中原の外界は広がっていく。

Ⅱ　富永太郎

1

中原中也は、『山繭』富永太郎追悼号（一九二六・一一）に、追悼文「夭折した富永」を寄せている。哀惜と訣別との相反する思いが入り交る、複雑な感情を表す文章だ。

そして今彼に対面する者は、彼をただ友人とのみ考へるなら、余りに肉親的な彼の温柔性に辟易しなければならない破目になるだらう。さしづめ、彼は教養ある「姉さん」なのだが、しかしそれにしては、ほんの少しながら物質的観味の混つた、自我がのぞくのが邪魔になる。

友人の目にも、俗人の目にも、ともに大人しい人といふ印象を与へて、富永は逝つた。そしてそれが、全てを語るやうだ。

中原は、富永の温厚な性質を「肉親的な温柔性」と表現する。この「肉親」という言葉は、中原にとってアンビバレントな意味合いを持つものだ。先に述べたように、京都時代の中原は、故郷に惹かれる自己の甘さをセンチメンタリズムと名づけ、唾棄しようとしていた（第一章Ⅲ「ダダイストとセンチメンタリズム」の3参照）。例えば、中原の正岡忠三郎宛一九二五年二月二三日付の書簡に付された詩「退屈の中の肉親的恐怖」にも、肉親に対する相反した二種の感情が詠われる。*1

退屈の中の肉親的恐怖

ダダイスト中也

世間と風の中から来た退屈と肉親的恐怖——女
此の日白と黒との独楽廻り廻る
炭倉の地ベタの隅に詰め込まれろ！
多産婦よ

制約に未だ顔向けざる頃の我
人に倣ひて賽銭投げる筒ッポオ
——とまれ！　——（幻灯会夜……）
茶色の上に乳色の一閑張は地平をすべり
彼方遠き空にて止る
その上より西に東に——南に北に、ホロッホロッ
落ち、舞ひ戻り畳の上に坐り

＊1　『新編全集第二巻』に収録。『六巻本全集』では、独立した詩作品として扱われていなかった。

「彼女《アイツ》の祖母さんとカキモチ焼いてらあ」

「それから彼女《アイツ》はコーラスか」

「あら？　彼女《アイツ》は彼女《アイツ》のお父さんから望遠鏡手渡しされてる」

恋人の我より離れ
彼女等が肉親と語りゐたれば我が心――

ケチの焦げるにほひ……

此の日白と黒の独楽廻り廻る

この詩は「肉親的恐怖」という語により、肉親との血縁を嫌悪する心理を表している。自分はかつて、肉親からの制約に気づくことなどなかった。筒袖を来た頃の自分は、親に倣い賽銭を投げる、あどけない子供だった。だが今は、世の肉親との関係というものすべてが邪魔者としか思えない。恋人が自分よりも、両親との語らいを選んだ時も、焦げ付くような嫌な感じが沸き起った。世間の親子の関係は、今の自分にとって、女のいない手持ち無沙汰（退屈）と、女を奪われる怖れ（恐怖）しか生み出さない。だから自分は、世代を越えていつまでも、親子の関係を生み出していく多産婦に好意を持つことができない。自分の中では、かつての肉親に対するあどけない思い出と、世の親子関係に対する嫌悪とが、回るコマの模様のように交錯している。

　恋人とのエピソードが、実際の中原の体験をモデルとしたものかどうかは分からない。この詩で肉親というもの一般は、恋人への思いを妨げるものとして示されている。また、その経験により肉親的なものに対する嫌悪を抱くようになり、かつて子供の頃の両親に庇護された幸福を味わうこともできないともいう。あるいは、恋人を得たことを機に、両親から訣別し一人の男として生きようとする少年の意思を、この詩から読みとることもできるだろう。幼時を懐かしむ気持ちと、現在の独立心との葛藤が、肉親的なものに対するアンビバレンツな感情を生み出している。

中原の詩に詠われる肉親に対する思いは、このように背反する二種の感情を含むものである。これをふまえれば、富永の態度を「肉親的な温柔性」に喩えるのは、中原の批判でもあり、はにかんだ好意の表れでもあると言えよう。富永は、時にフランスの詩を学んできた先輩として、時には奔放な中原と周囲の人間との仲介役として、寛容な大人の態度を見せてきたという。[*2] 他を包容するその態度は、中原にとって、安心が得られるものであると同時に、反抗すべきものでもあった。

庇護される現状に甘んじることは、親の言いなりになる子供と同じことだ。たとえ友人との間柄でも、現状に甘んじれば、親元で意思を抑えてきたかつての自分と変わりない。友人との間でいざこざを起こす中原には、そんな思いがあったのではないだろうか。先にとりあげた小説「その頃の生活」にも、友人と口論できる自身の変化を好ましく思う心理が語られていた（第一章Ⅲ「ダダイストとセンチメンタリズム」の3参照）。富永とのもめ事は、「肉親的な温柔性」に対する中原のあがきでもあったのだろう。

詩を学んだ富永を愛すると共に、そのスタイルからは距離を置くことを願う。その背反した心理が、教養ある姉さんの肉親的温柔性に辟易する、という表現になった。その影響の及ぼす力が大きかったからこそ、富永から自立しようとする意識は、はたから見れば過酷な表現ともなったのである。[*3]

＊2　大岡『富永太郎』は、「中原の破壊力に対して、「大学生達」を守る役目を、富永は引き受けさせられる。これはさらに中原の嫉妬をかり立て、彼をますますやり切れない奴に仕立てて行く。中原が一生「対人圏」において負わされた重荷だが、原因は中原自身の内部にあったとしなければならない。」と述べる。二〇九頁。

＊3　大岡『富永太郎』は、「夭折し

2

中原が富永の欠点としてあげるのは、「物質的観味の混つた自我」である。この「物質的観味」とは、例えば、富永の詩「秋の悲嘆」や「鳥獣剝製所」*4の、具象物を並べ立てていくスタイルを指すのだろう。

　私は透明な秋の薄暮の中に墜ちる。戦慄は去つた。道路のあらゆる直線が甦る。あれらのこんもりとした貪婪な樹々さへも闇を招いてはゐない。
　私はただ微かに煙を挙げる私のパイプによつてのみ生きる。あのほつそりとした白陶土製のかの女の頸に、私は千の静かな接吻をも惜しみはしない。今はあの銅色《あかがねいろ》の空を蓋ふ公孫樹の葉の、光沢のない非道な存在をも赦さう。オールドローズのおかつぱさんは埃も立てずに土塀に沿つて行くのだが、もうそんな後姿も要りはしない。風よ、街上に光るあの白痰を掻き乱してくれるな。

「秋の悲嘆」

　私はその建物を、圧しつけるやうな午後の雪空の下にしか見たことがない。また、私がそれに近づくのは、あらゆる追憶が、それの齎す嫌悪を以て、私の肉体を飽和してしまつたときに限つてゐた。私は褐色の唾液を満載して自分の部屋を見棄てる、どこへ行くのかをも知らずに……

た富永」の中原の過酷な表現は、富永が臨終の床に呼ばなかった事への怨恨に端を発しているという。二〇九頁。

*4　「秋の悲嘆」は、『山繭』創刊号（一九二四・一二）に掲載、大正一三年（一九二四）一〇月二三日付小林秀雄宛富永太郎書簡に同封されていた。「鳥獣剝製所」は、『山繭』第三号（一九二五・二）に掲載。引用は、どちらも詩の一部である。

煤けた板壁に、痴呆のやうな口を開いた硝子窓。空のどこから落ちて来るのか知ることの出来ぬ光が、安硝子の雲形の歪《ゆが》みの上にたゆたひ、半ばは窓の内側に滲《にじ》み入る。人間の脚の載つてゐない、露き出しの床板。古びた樫の木の大卓子。動物の体腔から抽き出された、軽石のやうな古綿。うち慄ふ薄暮の歌を歌ふ桔梗色の薬品瓶。ピンセツトは、ときをり、片隅から、疲れた鈍重な眼《まなこ》を光らせる。

私はその部屋の中で蛇を見た。鷲と、猿と、鳩とを見た。それから日本の動物分布図に載つてゐる、さまざまな両生類と、爬虫類と、鳥類と、哺乳類とを見た。

かれらはみんな剝製されてゐた。

去勢された悪意に、鈍く輝く硝子の眼球。虹彩の表面に塗つてあるのは、褐色の彩料である――無感覚によつて人を噛む傷心の酵母。これら、動物の物狂ほしい固定表情、怨恨に満ちた無能の表白。白い塵は、ベスビオの灰のやうに、毛皮の上に、羽毛の上に、鱗の上に積もつてゐた。

私は、この建物に近づかうか、近づくまいかといふ逡巡に、私自身の手で賽を投げなかつたことを心から悔いた。が、すべては遅かつた。怖ろしい牽引であつた。私を牽くのは、過ぎ去つた動物らの霊だと知つた。牽かれるのは、過ぎ去つた私の霊だと知つた。私はあらゆる世紀の堆積が私に教へた感情を憎悪した。が、すべては遅かつた。

私は動物らの霊と共にする薔薇色の堕獄を知つてゐた。私は未来を恐怖した。

「鳥獣剥製所」

中原がこれらを「物質的観味」の覗く詩と批判したとしても、富永独自の魅力のあることは否定できない。大岡『富永太郎』は、「当時「秋の悲嘆」のような緊張とリズムを持った散文詩はどこにもなかった」と言い、[*5]河上徹太郎「富永太郎の詩」は、「当時私がものを見る眼は、専ら「富永太郎詩集」一巻によつて教へられてゐた。（中略）私は直ちに、かういふ実感を実習すべく、街中をぶらつき歩いた」と述べている。[*6]実は中原自身にも、この富永の詩風を模倣した詩がある。一九二五年頃の制作と推定される「或る心の一季節」である。[*7]

最早、あらゆるものが目を覚ました、黎明は来た。私の心の中に住む幾多のフヱアリー達は、朝露の傍では草の葉つぱのすがすがしい線を描いた。

私は過去の夢を訝しげな眼で見返る……何故《ナニユヱ》に夢であつたかはまだ知らない。其所に安坐した大饒舌で漸く癒る程暑苦しい口腔を、又整頓を知らぬ口角を、樺色の勝負部屋を、私は懐しみを以て心より胸にと汲み出だす。だが次の瞬間に、私の心ははや、懐しみを棄てゝ慈しみに変つてゐる。これは如何したことだ？……けれども、私の心に今は残像に過ぎない、大饒舌で漸く癒る程暑苦しい口腔、整頓を知らぬ口角、

＊5　同書二一六頁。

＊6　『新潮』一九五三年一月号。

＊7　年代推定は、吉田「草稿細目」による。『新編全集第二巻　解題篇』「或る心の一季節」七〇～八二頁参照。

樺色の勝負部屋………それ等の上にも、幸ひあれ！幸ひあれ！
　併し此の願ひは、卑屈な生活の中では、「あゝ、昇天は私に涙である」といふ、計らない、素気なき呟きとなつて出て来るのみだ。それは何故か？

中原の眼にも、富永の詩は完成度の高い作品として映っていたのだろう。ただし、詩作の発想の鍵を富永との交際から得ながら、その圏内から脱することを中原は常に意識していた。富永を「肉親的な温柔性」という語で評するのも、その意識の現れだっただろう。「或る心の一季節」は、富永の詩的センスへの敬意の表れであると同時に、「鳥獣剝製所」の詩精神に対する批判を意図した作品である。

　佐々木『中原中也』は、ダダイズムとの訣別の後、中原は「或る心の一季節」で、富永太郎との対決を試みているとする。富永は剝製の詩学により、人や対象物を「物質的《オブジェ》」と化し、自分を世界と同じ平面に置かない。これに対し中原は、客観《オブジェクティブ》的な位置に身を置こうとせずに、群衆の中で「あやされる自分を発見しようとした」という。*8　一方、北川透「悪魔の伯父さんが来る所―中原中也〈ダダ音楽の歌詞〉の行方―」*9は、「みずからも「或る心の一季節―散文詩」という《ランボオばり》の試みをすることで、この〈世界〉との落差を計測しながら、中也は「秋の愁嘆」を、何よりも富永太郎の「秋の悲嘆」のパロディーとして成立させている」とする。そのパロディーの根底にあるのが、オノマトペアを用いるダダの道化の精神だと言うのだ。

　中原の富永批判は、ダダと訣別した詩精神によってなされたのではない。むしろ、ダダの中で培った過程や流動を重んじる精神が、対象を剝製と化すような富永の詩心に対する

*8　同書一五一〜一五二頁。

*9　梅光女学院大学日本文学会『日本文学研究』一九九七・一。中原には、富永の「秋の悲嘆」（一九二四・一〇）と似た題名の詩稿「秋の愁嘆」（一九二五・一〇・七制作）がある。

反抗の根拠となったのである。
また富永の詩心は、自己を対象から引き離す意味での「客観的《オブジェクティブ》」なものではない。むしろ死物となった対象を心の中に蘇らせ、自分に慕わしいものとする想像《イマジネーション》力の働きを持つものである。中原は、その一見創造的な心の働きをむしろ「物質的観味」と呼び、「或る心の一季節」に対置させたのである。この中原の意図を知るためには、まず富永の詩精神を検討しなければならない。

3

富永が「鳥獣剝製所」のような作品を作る背景には、次のような心理があった。

近頃の僕は何かゞ遠くに見えだしただけ、それだけみじめだ。まことに五里霧中だ。ヨーロッパがわからない。日本がわからない。色彩がわからない。面がわからない。絵と詩の境界さへわからないんだ。そんなばかばかしいことがあるものか。そんなみじめな俺を実に冷酷に mater tenebrarum（暗き御母）が駆り立てる。遁逃《ママ》が何より必要だ。
（一九二四年五月三日付正岡忠三郎宛書簡）

近頃は物質の本性に追跡されてゐる追躡狂のやうな自分を感じる。遁走しなくてはとてもたまらない。恐怖と焦燥とが一所にやつて来ると実際病気のやうになつてしまふ。頭から布団をかぶつてゐるとちつとはいゝやうだ。遁走したつてどうにもなりさうもないが、頓服ぐらゐの効果があると思ふ。

（一九二四年六月一二日付正岡忠三郎宛書簡）

これらの書簡で富永は、物質と関わる不安を訴えている。通常我々にとって物質は、日常生活の中の約束事の中で、安定した意味や役割を持つものだ。だが富永は、そのような物質との安定した関わりを持つことができない。物質の隠された本性が表れ、自分だけに何事か訴えかけるような感覚があり、不安を抱かずにはいられないのである。

この富永の感性は、サルトルが『嘔吐』に描く、日常に対する違和感にどこか似ている。物質は安定した意味を持つことをやめ、認識者の意識自体が確実なものかどうかを疑わせるのである。やがて、富永の意識の中で、明確に分けることのできた領域も、不確定なものになっていく。日本の文化とはどのような特徴を表すものか。あるいは、西洋とはどのように異なるものなのか。

また、その不安自体を表現し客観視しようとしても、自分の表現手法に自信が持てない。さらに、絵画と詩両方の表現者である富永は、それぞれの手法に通じているだけに、それらの区別すら曖昧なものと思えてくる。物事や意味の境界が曖昧になってくるのである。

高橋英夫「富永太郎の明晰」[*10]は、この異常感覚の恐怖から詩的呪法によって逃れようとしたのが、「鳥獣剝製所」だという。富永は自然界からの視線を意識し怖れを感じていた。だが、それらに剝製のような人工的な手法を加えることで、向き合い続けようと努めた。それが、富永の象徴詩だというのである。また、大岡『富永太郎』も「鳥獣剝製所」に、「物質の本性」を定着させようとする試みを見出している。

＊10　『ユリイカ』一九七一年三月号。

剝製された動物の群は、「原始林の縁辺に於ける探険者」の「エネルギーの無言の大饗宴」が形を替えて現れたものである。「原始林」の失敗に懲りて、剝製に凍結させることにより、定着を試みているのである。（中略）

剝製された動物を前にしてはその危惧はない。現在と過去との二重性において、「物質の本性」に迫ろうとする作業は、一種の自由を獲得したといえる。（中略）

「物の奥に突き入ること」が、絵においても、詩歌においても、彼の真剣な追求の対象であって、それは「鳥獣剝製所」の二重性において、平衡を得た。過去は剝製された動物として喚起される。*11

富永は物質に対峙する不安を、剝製という動かぬものに定着させることで解消したというのだ。物質の裡に隠された意味が奔流するのをとどめ、それらをあらためて安定した意味に固定することを、大岡『富永太郎』は剝製の手法と言うのであろう。剝製という手法は、「物の奥に突き入ること」を追求する富永の詩精神のエポックであり、物象を取り上げて緊密な言葉の構成により表現する富永の方法も、剝製の手法を敷衍したものということになるようだ。

しかし、安定した詩の表現にかかわらず、詩の中に登場する私は、物象に対する不安を訴え続けているように見える。緊密な表現を成した富永と、詩の中の私とは、ひとまず区別した方がいいのではないだろうか。富永と物象との関わりについては、もう少し丁寧に検討してみる必要がある。詩の中の私に即して、もう一度「鳥獣剝製所」を見直してみよう。

*11　同書二二八～二三一頁。「原始林の縁辺に於ける探検者」は、一九二四年制作と推定される富永の詩（未定稿）である。

4

第一聯に、「私は褐色の唾液を満載して自分の部屋を見棄てる、どこへ行くのかも知らずに……」とあるように、「鳥獣剝製所」の私は彷徨する。富永も、「近頃物質の本性に追跡されてゐる追躡狂のやうな自分を感じる。遁走しなくてはとてもたまらない恐怖と焦燥とが一所にやつて来ると実際病気のやうになつてしまふ」と述べていた。物質の本性に追われるような感覚があり、実生活でも一定の場所に落ち着くことができなかったのである。富永は放浪と散策を好んだ。

ただし、「鳥獣剝製所」の私が逃れようとするのは、「物質の本性」からではなく、「私の肉体を飽和」した追憶からだという。物ではなく、自分の心から逃げ出そうとするのである。また私は、当てもなくさまよっているわけではない。剝製所の建物に心惹かれ、足を向けるのは間々あることだったと示唆されている。むしろ私が知らないのは、鳥獣剝製所に向かおうとする自身の真意である。

私が剝製所に惹かれるのは、そこに追憶の本当の姿があるからだった。実は、私にとって追憶は、嫌悪の対象であるばかりではない。むしろ、強い牽引力を持つものでもあった。「怖ろしい牽引であつた。私を牽くのは、過ぎ去つた動物らの霊だと知つた。牽かれるのは、過ぎ去つた私の霊だと知つた。私はあらゆる世紀の堆積が私に教へた感情を憎悪した。が、すべては遅かつた。」追憶を嫌悪するのは、その魅力により、過去という牢獄に囚われ、自ら現在に生きることを止めるのではないかと怖れたからである。

剝製所はいわば、過去のトポスである。剝製にされた動物たちは、「去勢された悪意」や「物苦ほしい固定表情」、「怨恨に満ちた無能の表白」を示す。いずれも強い感情を顕わにするが、死物であるゆえに動くことはない。私は、感情を固定された、過去の堆積としての剝製所に魅了されるのである。

これら「過ぎ去つた動物らの霊」に惹かれるのは、「過ぎ去つた私の霊」だ。私の追憶という心の動きもまた、時間の流れにあらがい、過去に対する私の感情を固定させる。剝製所の、変化する現在の流れを凝固させる働きと同質のものであり、それゆえに共鳴しあうのである。私が剝製所に向かうのは、自分の心と親近性があるからだ。だが、この追憶の魅了に身を任せれば、現在という時間の流れから身を引くことになる。本節「2」の引用の後には次のような詩句が続く。[*12]

さはれ去年《こぞ》の雪いづくにありや、
さはれ去年の雪いづくにありや、
さはれ去年の雪いづくにありや、

……………………意味のない畳句《リフレイン》が、ひるがへり、巻かへつた。美しい花々が、光のない空間を横ぎつて没落した。そして、下に、遙か下に、褪紅色の日が地平の上にさし上つた。私の肉体は、この二重の方向の交錯の中に、ぎしぎしと軋んだ。このとき、私は不幸であつた、限りなく不幸であつた。

＊12　引用冒頭の「さはれ去年の雪いづくにありや」は、フランスの詩人フランソワ・ヴィヨンの「曩昔《そのかみ》の美姫《やしよめ》の賦」の一節である。中原もこの詩の翻訳を試みており（「去《い》にし代《よ》の婦人《きみ》等の唄」一九三三推定）、自作の詩「こその雪今いづこ」（一九三七推定）では、題名に用いている。『新編全集第三巻　解題篇』二六一〜二六九頁参照。

過去に囚われる幸福と苦悩を共に知る私は、過去の牽引力に抗おうとする。そして、過去と現在と二つの方向に、引き裂かれるような力を感じている。自身の意志によらず、過去のトポスである剝製所に来てしまったのが、私の不幸だった。さらに続く聯には、過去＝剝製と出会う喜びが語られる。

一つの闇が来た、それから、一つの明るみが来た。動物らは、潤つたおのおのの涙腺を持つて再生した。かれらは近寄つて来た。歩み、這ひ、飛び、跳り、巻き付き、呻き、叫び、歌つた。すべての動物が、かれらの野生的の書割《デコール》を携へて復活した。出血する叢や、黄金の草いきれが、かれらの皮膚を浸《ひた》した。これは、すさまじい伝説的性格の饗宴であつた。私はわれからとそれに参加した。そして旧約人のやうにかれらを熱愛した。平生から私に近しかつた蛇が、やはり一ばん私に親密であつた。かれは、その角膜の上に、瑪瑙の嬌飾に満ちた悪意を含めて、近々と私の眼をさし覗いた。鷲は……ああ、長々しい、諸君が動物園に行かれんことを！　とにかく、私は慰められてゐた……

このとき、私は、下の方に、浚渫船の機関の騒音のやうな、また、幾分、夏の午後の遠雷に似た響を聞いた——私のために涙を流した女らの追憶が、私の魂の最低音部を乱打した。私は、私が、鮮かな、または、朧ろな光と影との沸騰の中を潜つて、私の歳月を航海して来た間、つねに、かの女らが私の燈台であつたことを思ひ出した。私は、かの女らが、或るものは濃緑色の霧に脳漿のあひまあひまを冒されて死んでしまつたり、或るものは手術台から手術台へと移つた後に、爆竹が夜の虹のやうに栄える都会の中で、青い静脈の見える腕を舗石の上に延ばして斃死したり、または、かの女らが一人一人発見した、暗い、跡づけがたい道を通つて、大都会や小都会の波の中へ没してしまつたことを思ひ出した。殊に、私が弱くされた肉体を曳いて、この世界の縁辺を歩んでゐるやうに感じ出してこのかた、かの女らは、私の載つてゐるのとはちがつた平面の上に在つて（それが私の上にあるのか、下にあるのか、私は知ることが出来ない）、つねにその不動の眼《まなこ》を私の方へ送つてゐたことを思ひ出した。私は、退屈な夜々に、かの女らの一生を、更に涙多きものとするために、私のために流された涙の、一滴一滴を思つて泣いた。が、かの女らの眼は冷く、美しく、剝製された動物らのそれと、その無感覚を全く等しくしてゐた。私は心臓が搾木《しめぎ》にかけられたやうに感じた。

私には、剝製にされた動物たちが甦ってくるように感じられる。私の意識は、眼前の剝製から、それらが生きていた時のイマージュ（幻像）を抽き出し、不可思議な世界を繰り広げる。それればかりか、私の意識は、剝製に過去の女のイマージュを重ね合わせようとする。女達は、私の人生を支えてきた、かけがえのない存在である。だが、彼女らはすでにこの世を去るか、都会の喧騒の中に消えるかしてしまった。私にとっては、剝製と同じ過去の死物なのである。その彼女らもまた、眼前の剝製に触発されながら私の心に甦り、思い出の涙を誘う。

このような過去を再生する魅力に、抗うことはむずかしい。私も一度はこの過去へ回帰しようとする自己を嫌悪し、「日本の首府の暗い郊外にある、或るうらぶれた鳥獣剝製所の一室にあることを思ひ返」し、その「みすぼらしさの中に、魔法の解除を求めようと」する。だが、そのみすぼらしい「物象は、みすぼらしさのまま、動物らの喚び出した燦燦とした書割《デコール》の中に溶け込んで」しまう。「なんといふすばらしい変位《トランスポジション》だらう！」こんな感想をもらさずにはいられない。

私は物象を見たままに受け止めることができない。その奥に隠されたイマージュを抽き出し、物象の存在を「変位」させるのである。「鳥獣剝製所」の私にとって物象は単なる物質ではなく、心象との複合物だった。富永の言葉を用いれば、私の意識の働きは、「物質の本性」を物象から導き出すのである。

いわば、この詩の示す「物質の本性」は、認識者が物質に触れて想起する、追憶のイマージュの堆積である。それは一応、詩人の想像力《イマジネーション》の豊かな働きが生みだしたものと見ることもできる。だが私にとってこのイマージュの喚起は、死物として固定した過去に自身を縛り付けるものでもあった。

佐々木『中原中也』は、この「鳥獣剝製所」の私の態度を、女性たちの「不動の眼《まなこ》」を「物質的なもの《オブジェ》」とし、それらから逃れようとするものだという。*13 だが、女たちの「不動の眼《まなこ》」は、「私の載つてゐるのとはちがつた平面の上」という過去の世界にあり、「退屈な夜々に、かの女らの一生を、更に涙多きものとするために、私のために流された涙」を含むものだ。私にとってはむしろ慕わしく、母のごとき庇護を感じるものでさえある。「鳥獣剝製所」の私は、この「不動の眼《まなこ》」が、「かの女らの眼は冷く、美しく、剝製された動物らのそれと、その無感覚を全く等しくしてゐた」ことに愕然とするのである。私

*13　同書一五一～一五二頁。佐々木『中原中也』は、「私」が意図的に「かの女ら」を別の平面に追い立てているとする。しかし、「かの女ら」は過去の思い出であるがゆえに、現在の「私」が望んだとしてもつながりを持つことができないものだ。「鳥獣剝製所」は、その近づけないはずの過去が、「変位」という「魔法」により奇跡的に蘇るかのように思われる場所である。「私」

は、追憶の中に蘇るように思われた彼女らが、実際は過去の中に消え去ったものであることを再認識し、「私のために流された涙」もすでに死物と化したことを悲しむことになる。

　だが同時にその死物となった眼は、絢爛としたイマージュをもたらす剝製所の動物と同様に「美し」いものでもある。私は女たちのイマージュが生命を失ったものと知りながら、魅了されてもいるのだ。死という美に淫する罪を犯しているのである。そのため、「心臓が搾木《しめぎ》にかけられた」ような罪悪感を感じなければならない。詩の第七聯にあったように、「私は動物らの霊と共にする薔薇色の堕獄」に落ちるしかない。過去のイマージュに淫する幸福に浸るとともに、堕落する「未来を恐怖」することになる。

　現在を生きようとするならば、この過去のイマージュの魅惑を振り捨てなければならない。過去のイマージュの「熱の無い炎のやうなかの女らの眼《まなこ》。時間によつて剝製され、神秘な香料によつて保存されたかの女らの眼《まなこ》」が、「動物らの霊とちがつた世界から出て来たものでないことを悟」り、「苦痛に満ちた魅惑《まどはし》の力を永久に私の上から去らないであらうと悟つた」私は、これに抗おうとする。

　「鳥獣剝製所」の私が富永自身をモデルとするなら、富永の放浪もこのような地点から始まるのだろう。「物の奥に突き入ること」を徹底した富永は、物象の背後にイマージュの輻輳する様を見出す。だがイマージュの過剰は、むしろ自己と現実の関わりを阻害する。しかも、自身の想像力により生み出されるものであるため、逃れることもならず、どこまでも追跡してくるように思われるのだ。このイマージュの牢獄から脱することが、富永の遁走の理由であったろう。むしろ、清潔な物質だけの世界があれば、望んでそこに赴いたに違いない。だが心象の排除された世界などありえないだろう。


の意図の介在する余地があるように、詩には書かれていない。樋口覚『富永太郎』（砂小屋書房、一九八六・一二）は、「人は意志を選ぶことはできない。「私」の遅疑逡巡も世界からの内的強制力の強さの前には歯が立たない。違う時間を生きてはいるといっても、「私」と「動物」の霊は別ではない。」と述べる（三七三頁）。

富永は「鳥獣剝製所」で、物象を剝製のように固定させて安心しているわけではない。むしろ、その剝製の背後に奔逸するイマージュに翻弄される自らの姿を描いたのである。詩の中の私は、過去の霊の「苦痛に満ちた魅惑《まどはし》の力」に翻弄されており、「物質の本性」を支配することなどできはしなかった。「鳥獣剝製所」の私は結局、イマージュの魅惑に対して抵抗することを諦める。

かう考へたとき、私は腹立たしく、狂暴になつて、かの女らの眼に一つ一つ唾を吐きかけた。さうして、新しく泣いた。なにもかも消えた――或は、闇が来たのだつたかも知れない。燥宴はすべての光と熱と音を失つた。が、あれらのすさまじい揺蕩の一々は、空気分子の動揺として、私の皮膚に、そのありのまゝなる消息伝へた。私は、温泉場の浴場の周囲を流れるやうな、生暖い、硫黄の臭気を持つた液体が、この私の居る建物の周囲を流れるやうに感じた。また、それは、私の皮膚のまはりを流れてゐるやうでもあつた。私はそれを弁別しようと努力したがどうしてもわからなかつた。私は黒い眩暈の中に、更に一つの薔薇色の眩暈を認めた……

……流水よ、おんみの悲哀は祝福されてあれ！　倦怠に悩む夕陽の中を散りゆくもみぢ葉よ、おんみの熱を病む諦念は祝福されてあれ！　あらゆる古日本の詞華集よ、おんみの上に、明障子《あかり》に囲はれたる平和あれ！……新らしい眩暈に屈服するためにか、或は、さうでなくてか、私はこの時宜に適はぬ訣別の辞を、何とも知れぬものの上に投げかけた。動物らの魅惑《まどはし》は、また下の方から上つて来るであらう。炎上する花よ、灼鉄の草よ、毛皮よ、鱗よ、羽毛よ、音よ、祭日よ、物々の焦げる臭ひよ。
さはれ去年の雪いづくにありや、
さはれ去年の雪……いづくに……
さはれ去年……Hannii―hannii―hannii―i―i―i―i………
bidn！ bidn！ bidn！

私は手を挙げて眼の前で揺り動かした。そして、生きることと、黄色寝椅子《ディヴァン》の上に休息することが一致してゐるどこか別の邦へ行つて住まうと決心した。

私は、「かの女らの眼」、過去からの眼差しを唾棄しようとする。だが物象からふたたびイマージュがあふれ出し、嫌悪と魅惑を共に漂わせながら「私の皮膚のまはりを流れてゐるやう」に私にまとわりつくと、物象と自己の区別さえつかなくなる。物象は自分の意識の世界に取り込まれ、逆に自分自身もまた、物象のもたらすイマージュの世界に引きずり込まれ溶け込んでしまう。外界と内界という区別さえなくなるのである。

あげくに私は、過去の幻想から逃れることを諦める。現在に生きることをやめ、「生きること」と、「休息すること」が同じ意味を持つ、この世とは異なった世界を求めることになる。イマージュから遁走もままならぬ私は、むしろ現実の法則を否定するのである。

この私の態度は、目的を持ち未来に進もうとする西洋＝近代的な時間意識に対する反抗の表現とも言える。富永太郎も中原同様に、近代を嫌悪する一九二〇年代のアヴァンギャルド芸術の精神や倦怠という気分を共有していた（第一章Ⅳ「ダダイストの恋」の3、4参照）。[*14]

*14 大正一二年（一九二三）二月九

だが過去に耽溺することは、現在という生の時間と離別することでもある。逆に私は、過去の女達の待つ、死の世界に馴染むことになるだろう。富永の語る「悲哀」「倦怠」「諦念」は、そのような生からの退行だった。

5

詩もまた、過去を追憶し凝結させることにおいては、剥製の機能を持っていると言えよう。大岡『富永太郎』や、高橋「富永太郎の明晰」は、剥製を詩の喩と見て、「物質の本性」に対する不安から逃れる方法と見なした。

だが富永は、イマージュを定着させる詩の方法に魅了されながらも、これに満足しているわけではない。富永は正岡忠三郎宛の書簡で自ら「鳥獣剥製所」を評し、「あれはいつまでたつても平べつたく紙面にくつついてゐるだらう」と述べている。[*15] イマージュを凝結する剥製の手法には、詩語を生き生きとさせる力に欠けるというのである。

「鳥獣剥製所」は、イマージュに眩惑される魅力と同時に、これに淫する堕落も表していた。「鳥獣剥製所」の私は、物象を剥製と化すことにより、不安を解消しているわけではない。剥製と化した物象から喚起されるイマージュの働きに翻弄され、これに抗おうと努めていたのである。むしろ意思に関わらず剥製の眩惑に妥協せざるを得なかったのであり、その際には生の世界と訣別する痛みを伴わなければならなかった。「鳥獣剥製所」に表された内面が富永のものであるなら、このイマージュの魅了に対する抵抗と堕落もまた、富永の内で繰り返されたと見るべきだろう。

日付正岡忠三郎宛書簡で富永は、アヴァンギャルド芸術への興味を語っている。ゲオルグ・カイゼル原作の日本の初期前衛劇「朝から夜中まで」や、高橋新吉の詩についての言及がある。大岡『富永太郎』一一八～一一九頁参照。

*15　大正一四年（一九二五）二月二八日付正岡忠三郎宛書簡。

「鳥獣剝製所」の私が最終的に至ったのは、剝製という手法を得た喜びではなく、「おんみの悲哀は祝福されてあれ！」「おんみの熱を病む諦念は祝福されてあれ！」という、悲哀や諦念を祝福する背反した心理である。またこれら祝福の言葉は、「新しい眩惑に屈服」するために述べられた「訣別の辞」でもあった。剝製の手法に淫することは、現在に生きるそれら感情の喪失を意味していたのである。これが富永の詩に対する心境の投影であるなら、富永は詩という「剝製」の手法に魅了されると同時に、呪っていることにもなる。「鳥獣剝製所」は、詩のイマージュに淫する詩人自身を断罪しようとする、詩の詩による批評を綴ったメタテクストと言えよう。

中原が「夭折した富永」で富永の性質としてあげる「物質的観味の混つた自我」とは、過去のイマージュを凝結させる、この剝製の手法に淫する心を指すのだろう。大岡『富永太郎』は富永を、物質に拘泥しながらも、その背後の本質に目を向けた詩人だとし、中原の批判は不当であるという。[*16] だが中原は、「鳥獣剝製所」で語られた、物象に対する魅惑と反発とが入り交じった、詩人の背反する心理をむしろ正しく読みとっていたと思われる。

先に述べたように、京都時代の中原は、奔放なダダを気取ることで、過去の生活から逃れようとしていた（第一章Ⅲ「ダダイストとセンチメンタリズム」の4参照）。それは、むしろ故郷の過去の生活を懐かしく思い、自ら囚われる側面があったからだった。中原にとって、過去に耽溺する富永の心理は決して他人事ではない。中原の富永に対する批判は自己に向けられるべきものでもあったはずだ。

京都時代の中原は、過去から逃れようとする意志と、過去に回帰する願望との両極に揺れる自己に、進むべき道を示すことはできなかった。だが、「夭折した富永」を書いた一

*16 同書二〇九頁、二三一頁。

九二六年の中原は、富永に託して、京都時代の迷いにひとつの回答を与えようとしている。

人が、真率にして齢を重ねる時、「習慣」の存在に対して次第に寛容になることは、自然なことである。そしてそれは、それまではよろしい。けれどもやがて彼がその寛容を手段の如く把持するに至つて、彼は堕落である。だが、寛容であることは自説的であるよりも遥かに易しい、良心は遅かれ早かれ、磨滅する性質のものだ。それから、人々によつて真面目な手記と見做されてゐるものはすべて、これら寛容な人達、殊には老人の手によつて遺された。

真率にして富永は齢を重ねていつた。寛容を識つた。ところで代は甚だしいチャナリズムでいつぱいだつた。彼は、自我崇拝主義者（となつた）であつた。智的享受性に乏しくされた。ユーモアを虐待することと人格者であるといふこと、平和と苟安とは同義で通用する日本の、その帝都は彼の育つた雰囲気であつた。かかる時自我崇拝者は微笑んだ――。

ボオドレエルは「自我崇拝閣下」と綽名された。けれども一方、会衆の前に飄然として出て来て、「君、赤ン坊の脳髄を食つたことがありますか」などといつてゐる。そしてかうした例は彼について多い。然らばボオドレエルは――ボオドレエルのは、彼が彼自身の部屋に於ける、天才的狂瀾の、それが対他するに際して、即ち狂瀾が諦念の形式にまで置換されるに際して、その瞬間線上に於ける「自我崇拝閣下《ブリュメル》」であつたのだと、君が若しボオドレエルを好きなら考へなければなるまい。さうしてサムボリストなる名称のきまるまで、その一派は「デカタン派」を以て自称してゐることを思ひ合せて貰はう。

富永は、彼が希望したやうに、サムボリストとしての詩を書いて死んだ。

彼に就いて語りたい、実に沢山なことをさし措いて、私はもう筆を擱くのだが、大変贅沢をいつて好いなら、富永にはもつと、想像を促す良心、実生活への愛があつてもよかつたと思ふ。だが、そんなことは余計なことであらう。彼の詩が、智恵といふ倦鳥を慰めて呉れるにはあまりにいみじいものがある。

「夭折した富永」

「鳥獣剝製所」の内的葛藤をふまえれば、富永の性質を、「寛容」という言葉だけで表わすのは適切ではないだろう。「自我崇拝主義者」という語も、すぎた批判のように思われる。だが中原には、そのように評すべき根拠があった。

「夭折した富永」でいう「寛容」はいわば、周囲と妥協する態度である。平和と苟安を同義と見なして、概念を混乱させる日本で生きていくために、知的関心を麻痺させた態度だ。苟安は一時しのぎの安らぎでしかないが、それを平和と混同して顧みないほど、日本の習慣に妥協的であるがゆえに、良心が摩滅していると言うのだ。また、周囲と対決する姿勢に欠けることを、老人の行き方に喩えるのである。

もちろん、この衰弱した知性の有様が、富永にそのまま当てはまるわけではない。本節の「3」で引用した大岡『富永太郎』の言うように、絵においても詩歌においても、「物の奥に突き入ること」が、富永の真剣に希求する態度だった。だが、「鳥獣剝製所」の私は、凝結した過去のイマージュに淫し現在に生きることをやめ、休息することと生きることとが同じ世界を求めていた。「物の奥に突き入ること」を目指し、対象と格闘するよりも、物の奥に自ずと見えてしまう心象に酔うことを選んでいたのである。

積極的に生きることを諦念する私は、いたずらに「齢を重ねて」いくことになる。また、過去に退行し、現在と関わることをやめた私は、知的関心を摩滅させ、周囲と妥協的にもなる。中原は「夭折した富永」で、「鳥獣剝製所」に語られた、この富永の自己像を批判的に語ったのである。「寛容」は、現在に立ち向かう生命力の衰えた姿を皮肉った言葉だろう。

「自我崇拝主義者」もまた同じく、「鳥獣剝製所」の私の態度を批判する言葉だろう。過去という自分の作り上げたイメージの世界に引きこもり、外界を見ようとしない態度を言うのである。さらに、この「自我崇拝主義者」批判は、「サムボリスト」(象徴主義者)としての富永批判にもつながっている。

この批判は、同じく「自我崇拝閣下」と綽名されたボードレールとの比較から始まる。ボードレールは、「自我崇拝」という呼び名に関わらず、世間に出て人前で虚言を弄した。富永が周囲との対決を避け、「寛容」という表情の中に退隠するのとは、ちょうど逆の態度だ。「自分の部屋に於ける、天才的狂瀾」という言葉で表されるように、ボードレールもまた、自意識の中のイマージュの世界で、自己の天才を謳歌している。だが温柔な富永とは異なり、「対他するに際して、即ち狂瀾が諦念の形式にまで置換される際」、言い換えれば、自身の天才を人前で開陳し、それが受け容れられないことを知り諦念するところまで、自分を追いやるのである。

この点で、ボードレールの「自我崇拝」は、富永の「自我崇拝」とは異なるものである。その態度は、「サムボリスト」と言うよりも、「デカタン派」の呼び名がふさわしい、と中原は言う。ここで中原のいう「サムボリスト」は、イマージュの世界で天才を発揮する自我崇拝者であり、「デカタン派」は、天才を拒否され諦念する詩人である。富永は、この諦念に至ることすらなく、「サムボリストとしての詩を書いて死んだ」というのだ。

この諦念が、「鳥獣剝製所」の最後で語られた倦怠とは別物であることは明らかだろう。「鳥獣剝製所」の私は、自意識の生み出すイマージュの世界から逃れることを諦念したのであり、ボードレールは、自意識の世界から出たうえで、外界に受け容れられることを諦めたのである。この差異ゆえに中原は、富永に「想像を促す良心」、「実生活への愛」が欠けているという。イマージュの世界を愛した富永には、外界に思いを寄せ、自己を表出しようとする態度がなかったというのだ。

また、ここで示されるボードレール像は、中原自身のことを語っているように見える。人前で奇矯な発言を行い煙に巻くその態度は、からみ癖のあったという中原の姿の写し絵だろう。[*17] 中原は「夭折した富永」で、ボードレールに託し、自己自身と富永とを対照しているのである。中原は、富永の内向する態度に比して、ボードレールの外界との接触を評価する。それは、周囲と調和的な富永の態度よりも、友人と諍いを起こす自己の振る舞いの方が、実人生に対する愛を示すものだと言うためなのだ。

それは、自己の行いを弁護する詭弁のようにも思える。だが中原には、友人との諍いを、実生活の愛と言う必然があった。「その頃の生活」で語られたように、故郷に対する反発と愛着の背反する心理を抱えていた中原は、自身の周囲に配慮する態度をその原因と考え、

*17 大岡『朝の歌』八一頁。

センチメンタリズムと名づけていた（第一章Ⅲ「ダダイストとセンチメンタリズム」の2、3参照）。センチメンタリズムに陥る自己は、故郷での安逸、あるいは自己満足という檻に自ら入り、外界を見ることがない。中原にとって、友人と争うことのできる自己は、そのセンチメンタリズムから逃れ、外界に飛び出すことのできる積極的な自画像だった。逆に、富永の温柔な態度は、故郷に囚われた中原自身に近いと言えよう。

ただし中原は単純に、周囲に対する奇矯な態度を良しとするわけではない。ボードレールは、外界に自己をさらしても理解されることはない。結局は外界との接触を、諦念することになる。中原もまた、恋愛を通して、自己の言葉が相手に届かぬ体験を実感していた（第一章Ⅳ「ダダイストの恋」の8、9参照）。外界は、血縁のある身内の世界とは異なり、自己を優しく包むことなどない。外界は時に詩人にとって、生計を営むことを迫る、せちがらい現実でもあった（第一章Ⅴ「ダダの理論」の5参照）。

「夭折した富永」で語られる富永の像は、かつての自己自身に重なるものであり、ボードレールもまた、現実の中原の似姿であった。富永に対する批判は、結局は自己に向けられたものでもある。中原は己の過去と現在の二つの姿を見据え、外界に身を投げ出す過酷を知りながら、「実生活への愛」を持つべきだと結論する。内界にあると信じる自己の天才を、外界にさらす惨めさを生きろというのである。

京都時代の中原の詩や文章には、内界と外界に引き裂かれる苦痛の他は描かれることがなかったが、富永の死に直面して、中原はひとつの回答を得た。内界か外界かいずれかを選択するのではなく、内界と外界に引き裂かれたままに生きる、在りのままの姿を良しとしたのだ。それがデカダン派としてのボードレールである。

内界で生み出されるイマージュの美的世界が、現実同様のリアリティを持つことは確かなことだ。詩人である以上、これを否定することはできない。だが、そのイマージュが、現実で認められないことがあるのもまた事実だ。そのような外界に身を晒した結果残される、他者に受け容れられぬ諦念を、むしろ生きた証とするのである。実生活自体を諦めるのではなく、実生活を生きながら、人々に受け容れられないことを諦念する。これは一九二六年以降も続く中原の詩のモチーフである。

これが私の故里《ふるさと》だ
さやかに風も吹いてゐる
　　心置なく泣かれよと
　　年増婦《としま》の低い声もする

あゝ　おまへはなにをして来たのだと……
吹き来る風が私に云ふ

「帰郷」＊18

血を吐くやうな、倦《もの》うさ、たゆけさ
今日の日も畑は陽に照り、麦に陽は照り
睡るがやうな悲しさに、み空をとほく
血を吐くやうな倦うさ、たゆけさ

＊18　「帰郷」は、『スルヤ』第四揖（一九三〇・五）に掲載、後に『山羊の歌』に収録された。引用は部分である。

空は燃え、畑はつづき
雲浮び、眩しく光り
今日の日も陽は炎ゆる、地は睡る
血を吐くやうなせつなさに。

嵐のやうな心の歴史は
終《を》焉《は》つてしまつたもののやうに
そこから繰《たぐ》れる一つの 緒《いとぐち》 もないもののやうに
燃ゆる日の彼方に睡る。

私は残る、亡骸《なきがら》として——
血を吐くやうなせつなさかなしさ。

「夏」*19

「帰郷」では、故郷に受け容れられない自己を語り、「夏」では、自分の過去の葛藤は、「そこから繰《たぐ》れる一つの 緒《いとぐち》 もないもののやうに／燃ゆる日の彼方に睡る」ような遠い場所にあり、自ら近づくことはできない。「鳥獣剥製所」のように、過去のイマージュの中に淫することは許されないのである。また、ボードレールの諦念同様に、「夏」の「倦うさ、たゆけさ」は、「血を吐くやうな」痛苦を伴っている。「鳥獣剥製所」のような、「生

*19 「夏」は、『白痴群』第三号（一九二九・一）に掲載、後に『山羊の歌』に収録された。

きることと、黄色寝椅子《ディヴァン》の上に休息することが一致してゐる」安逸の中にはないのである。

またここで、中原が「サムボリスト」を否定的な意味で用いていることは注意しておいていいだろう。ダダから象徴詩へと転じたと言われる中原だが、一九二六年には、「サンボリスト」としての富永の態度を、実生活への愛がないものとして退けているのである。それは、富永の「鳥獣剝製所」の心象に対する態度が、死物への愛だったからだ。

では中原にとって、内界に留まることのない詩心は、どのように表現されるべきなのだろうか。「夭折した富永」から少し時期を戻し、一九二五年の制作と推定される「或る心の一季節」をあらためて見ることにしよう。ここでは、「夭折した富永」で示した回答が、詩の形で表現されている。

6

中原は「或る心の一季節」で、「鳥獣剝製所」の私が愛着する過去に対し、忘却という回答を示す。


最早、あらゆるものが目を覚ました、黎明は来た。私の心の中に住む幾多のフェアリー達は、朝露の傍では草の葉つぱのすがすがしい線を描いた。

私は過去の夢を訝しげな眼で見返る……何故《ナニユヱ》に夢であつたかはまだ知らない。其所に安坐した大饒舌で漸く癒る程暑苦しい口腔を、又整頓を知らぬ口角を、樺色の勝負部屋を、私は懐しみを以て心より胸にと汲み出だす。だが次の瞬間に、私の心はははや、懐しみを棄て丶慈しみに変つてゐる。これは如何したことだ？………けれども、私の心に今は残像に過ぎない、大饒舌で漸く癒る程暑苦しい口腔、整頓を知らぬ口角、樺色の勝負部屋………それ等の上にも、幸ひあれ！幸ひあれ！
併し此の願ひは、卑屈な生活の中では、「あ丶昇天は私に涙である」といふ、計らない、素気なき呟きとなつて出て来るのみだ。それは何故か？

「或る心の一季節」の私は、明け方に目覚め、過去の夢に訝しい視線を送る。「鳥獣剝製所」の私とは異なり、過去のイマージュに淫することはないのである。「鳥獣剝製所」の私が、剝製所の魅惑に囚われていたのに対し、「或る心の一季節」の私にとって、夢から醒めた樺色の勝負部屋は、心の残像としてしか残らない。

また、その残像となった過去に対する私の心境は、「懐しみ」から「慈しみ」に変わったという。過去を回顧し、その世界に没入するのではなく、自らが慈母のように、過去を包容するというのである。それは、過去と切実な感情によって関わるのではなく、むしろ一定の距離を置きながら許容する態度だ。[*20]

私の過去の環境が、私に強請した誤れる持物は、釈放さるべきアルコールの朝《アシタ》の海を昨日得てゐる。だが、それを得たる者の胸に訪れる筈の天使はまだ私の黄色の糜爛の病床に来ては呉れない。――（私は風車の上の空を見上げる）――私の唸きは今や美はしく強き血漿であるに、その最も親はしき友にも了解されずにゐる。………

私はそれが苦しい。――「私は過去の夢を訝しげな眼で見返る………何故《ナニユヱ》に夢であ

*20　佐々木『中原中也』は、「懐しみ」から「慈しみ」への変化が、富永と異なる、「中原を中原たらしむる詩的言語の基盤」だとする。中原は群衆と関わろうとする「慈しみ」の心が育つ場所を求めたというのだ（一四九～一五二頁）。しかし「或る心の一季節」の中では、「懐しみ」も「慈しみ」も共に、「過去の夢」に対する感情であり、人間に対するものではない。むし

つたかはまだ知らない。其所に安坐した大饒舌で漸く癒る程暑苦しい口腔を、又整頓を知らぬ口角を、樺色の勝負部屋を、私は懐しみを以て心より胸にと汲み出だす」——さればこそ私は恥辱を忘れることによつての自由を求めた。

友よ、それを徒らな天真爛漫と見過るな。

「或る心の一季節」の私は、アルコールにより、切実な過去とのつながりを忘れようとする。しかし、完全なる忘却がもたらす天使のような幸福は、いまだ私の元に訪れることがない。私はゆるやかに、過去のもたらす夢に病み続けている。

この点は、「鳥獣剝製所」の私と同じだ。ただ、「鳥獣剝製所」の私が、過去を懐かしむのとは逆に、「或る心の一季節」の私は、忘却を求めようとするのである。だが私の過去に対する苦悩は、友に理解されない。忘却をアルコールに頼るため、時には天真爛漫な態度とも見誤られてしまう。「或る心の一季節」の私には、その誤解がもっとも苦しい。

だが、その自由の不快を、私は私の唯一つの仕事である散歩を、終日した後、やがてのこと己が机の前に帰つて来、夜の一点を囲ふ生暖き部屋に、投げ出された自分の手足を見懸ける時に、泌々知る。掛け置いた私の置時計の一秒々々の音に、茫然耳をかしながら私は私の過去の要求の買ひ集めた書物の重なりに目を呉れる、又私の燈に向つて瞼を見据える。

間もなく、疲労が軽く意識され始めるや、私は今日一日の巫戯けた自分の行蹟の数々が、赤面と後悔を伴つて私の心に蘇るのを感ずる。——まあ其処にある俺は、哄笑と

ろ、「アルコールの朝の海」のような二日酔いに身をまかせ、過去の夢に執着心を持たない態度にこそ、「鳥獣剝製所」との違いが現れている。

落胆との取留なき混交の放射体ではなかつたか！――だが併し、私のした私らしくない事も如何にか私の意図したことになつてるのは不思議なことだ……「私の過去の環境が、私に強請した誤れる持物は、釈放されべきアルコールの朝の海を昨日得てゐる。だが、それを得たる者の胸に訪れる筈の天使はまだ私の黄色の糜爛の病床に来ては呉れない。――（私は風車の上の空を見上げる）――私の唸きは今や美はしく強き血漿であるに、その最も親はしき友にも了解されずにゐる」……さうだ、焦点の明確でないこと以外に、私は私に欠点を見出すことはもう出来ない。

あらためて出かけた私は、再び誤解を受ける。私は、人前で奇矯な行動を取り、哄笑を受ける。私自身も、思い出して赤面し後悔せざるを得ないような振る舞いだった。しかし、自分の似つかわしくない行為までが、自分の意図した行いと理解されるのは本意ではない。他人の目に映る自分は、自分自身と思えないことがある。自意識は拡散し、自我という中心が存在しないかのようにも感じられる。過去の要求から求めた本が積まれたままで、自分の興味を惹かないのも、過去と現在の自己が分裂しているせいだろうか。

この分裂する自己像は、かつて「ノート1924」のダダ詩に語られた自身の姿と同じものだ。例えば、「だけど余りに多面体のダダイストは／言葉が一面的なのでだから女に警戒されます」（「ダダイストが大砲だのに」）と、己が分裂しているがゆえに、意思の疎通しないことを嘆き、「俺は、俺の脚だけはなして／脚だけを歩くのをみてゐよう」（「倦怠に握られた男」）と、自分の意志と行動の分裂を認めた。

そして、「過程に興味が存するばかりです」「集積よりも流動が／魂は集積ではありません」（「過程に興味が存するばかりです」）と、自分という存在を、過去からの集積ではなく、現在という流動性に生きるものとして示した（第一章Ⅳ「ダダイストの恋」の10参照）。自己は、過去の経験の蓄積による統合された人格ではなく、時に人に誤解されるほどに、変容し続ける存在だという。「或る心の一季節」は、一九二四年のダダ詩のモチーフを受け継いでいるのである。周囲との齟齬に倦んだ「或る心の一季節」の私は、「倦怠に握られた男」と同様に、彷徨することを選ぶ。

私は友を訪れることを避けた。そして砂埃の立ち上がり巻き返る広場の縁《フチ》をすぐつて歩いた。

今日もそれをした。そして今もう夜中が来てゐる。終列車を当てに停車場の待合室にチヨコンと坐つてゐる自分自身である。此所から二里近く離れた私の住居である一室は、夜空の下に細い赤い口をして待つてゐるやうに思へる——

私は夜、眠いリノリュームの、停車場の待合室では、沸き返る一抱きの蒸気釜を要求した。

彷徨は富永の習慣でもあったが、中原にとっては別の意味を持っていた。富永の詩心は、「物質の本性」から逃れるため遁走し続けるものだった。そして「鳥獣剝製所」では、過去のイマージュに馴染み、生きる現在から退く姿が描かれた。中原の立場からすると、「実生活への愛」に欠ける態度であった。それどころか「生きることと、黄色寝椅子《ディヴァン》の上に休息することが一致してゐるどこか別の邦へ行つて住まうと決心した」、「鳥獣剥製所」の私は、過去のイマージュに淫することに妥協し、彷徨することに疲れ、隠遁の地を求めようとしていた。

だが、「或る心の一季節」の私の彷徨に、居場所が見つかることはない。友人の理解という安心を得ることもなく、一貫した態度を持つ安定した自意識を保てることもない。自分の家でさえ、「夜空の下に赤い口をして待つてゐるやうに思」え、落ち着ける場所ではなかった。中原は、むしろ、この不安定な生を選び、居場所のないバガボンド（放浪者）の境遇を求める。この彷徨の意識が、「夭折した富永」では、「デカタン派」としてのボードレールの肯定につながり、「サムボリスト」批判を導き出したのである。

佐々木『中原中也』はすでに「或る心の一季節」に、「最も親はしき友にも了解されずにゐる」という、生きることの煩悶に賭ける中原の姿が表されていることを指摘している。この態度を先にも引用したように、群衆の中で「あやされる」という言葉で表すのである。そして、富永がボードレールの、群衆を求めながら群衆から孤立する近代詩人特有の精神のスタイル、「此の世の外」の場所（「ANYWHERE OUT OF THE WORLD」）を求める態度を表現しようとしたのに対し、中原はその場所から本能的に身を引き離そうとしたとする。[*21]

だが、中原はボードレールを否定してはいなかった。むしろ「デカタン派」としてのボードレエルは、「実生活への愛」を詠う自らに近いものであった。[*22] 実際中原は、一九三二年頃の制作と推定される「頭を、ボーズにしてやらう」で、ボードレールの「Anywhere out of the world」を引用し、「群衆を求めながら群衆から孤立する」こととは別の意味で用

＊21　同書一四四〜一五六頁。「鳥獣剥製所」にも「或る心の一季節」にも元より群衆は登場しない。「鳥獣剥製所」の私が対するのは過去の夢であり、外界すら存在しないのである。「或る心の一季節」と共通するモチーフは、むしろ過去の夢である。

いている。

頭を、ボーズにしてやらう
囚人刈りにしてやらう

ハモニカを吹かう
殖民地向きの、気軽さになつてやらう

荷物を忘れて、
引き越しをしてやらう

Anywhere out of the world
池の中に跳び込んでやらう

車夫にならう
債券が当つた車夫のやうに走らう

貯金帳を振り廻して、
永遠に走らう

＊22 「頭をボーズにしてやらう」は、中原の詩帳「早大ノート」に書かれていた。中原直筆の草稿に題名はない。詩の一行目が仮の題とされた。年代推定は、吉田「草稿細目」による。『新編全集第二巻　解題篇』一九九〜二〇二頁参照。

奥さん達が笑ふだらう
歯が抜ける程笑ふだらう
Anywhere out of the world
真面目臭つてゐられるかい。

詩の中に「囚人刈りにしてやらう」、「殖民地向きの、気軽さになつてやらう」という言葉があることから、世間という娑婆の世界、あるいは日本という国を出て、別世界に向かうことを言っているように思える。だが、この詩でいう「Anywhere out of the world」は、最後に「真面目臭つてゐられるかい」という詩句があるように、世間の道理や常識の外へ出ることである。

勤め人のような整った頭にするくらいなら、囚人のような坊主頭にしよう。自国ではできない横暴な振る舞いを殖民地でするような人間になってみよう。荷物を忘れて引っ越しをするような、無目的な行動をとってみよう。急に金持ちになった車夫のように、金銭にしばられる世間の道理を捨ててしまおう。このように中原は言うのである。それは人前で奇矯な行動をとる「デカタン派」としてのボードレールの写し絵だ。

この「デカタン派」に共感し、「サムボリスト」を排する中原の態度は、生きること＝生活の中へ身を投げ出す姿勢とともに、富永の象徴とは異なる表現の理論を生み出すことになる。中原は対象を、富永のようにイマージュの凝結したものとしてではなく、変容し流動するものとして語ろうとしたのである。「或る心の一季節」の彷徨は、その表現の端緒であった。

7

「或る心の一季節」には、「鳥獣剝製所」のような言葉の緊密なつながりはない。むしろ、弛緩した構成が、詩としての完成度を落としているとも言える。だが、中原が自己の詩精神を確認するには、必要な試作のひとつであった。[*23]

中原は、富永の詩のスタイルを真似ながら、富永が「鳥獣剝製所」で放棄した、不安な心の様相をそのままに生きる態度について語ろうとした。固体のような安定した概念の堆積に身をゆだねるよりも、流動に身をまかすことが生の本体と信じた。またその確信は、中原自身が、ダダの葛藤の中で得たものだった（第一章V「ダダの理論」の2参照）。決して借り物の思想ではないのである。富永より「仏国詩人の存在を学」んだ（詩的履歴書）中原だったが、自らの詩心を確かめる際には、自らの詩の論理により、富永の詩をむしろ俎上に載せた。「或る心の一季節」のパロディとしての表現は、そのような詩精神の表れだった。

この「或る心の一季節」のモチーフが、「夭折した富永」の哀悼と惜別の辞を生むことになる。そして「夭折した富永」が書かれた一九二六年は、詩的履歴書に「方針が立つ」たという「朝の歌」が書かれた年でもある。佐々木『中原中也』が指摘するように、このエポックとなった詩の制作にも、富永をめぐる思索の影を見ることができる。[*24]

＊23　佐々木『中原中也』は、「この作品は饒舌で、意図的な言葉の繰り返しが多い。完成した作品ではなく、草稿段階のものとみなしていい。」と述べる。一四七頁

＊24　同書一五四～一五五頁。「或る心の一季節」の「最も親はしき友にも了解されずにゐる」、生きることの煩

天井に　朱《あか》きいろいで
　戸の隙を　洩れ入る光、
鄙びたる　軍楽の憶ひ
　手にてなす　なにごともなし。

小鳥らの　うたはきこえず
　空は今日　はなだ色らし、
倦んじてし　人のこころを
　諫めする　なにものもなし。

樹脂《じゅし》の香に　朝は悩まし
　うしなひし　さまざまのゆめ、
森竝は　風に鳴るかな

ひろごりて　たひらかの空、
　土手づたひ　きえてゆくかな
うつくしき　さまざまの夢。

「朝の歌」

「朝の歌」が描くのは、夢と目覚めの間の流動的な中間の世界である。[＊25] 私の意識は、見

悶がほどけるようにして成立したのが「朝の歌」だったとする。また、「或る心の一季節」には、「朝の歌」の「過去の夢」に対する喪失感がないという。しかし、本文に述べるように、二つの詩は、過去の夢の忘却という共通のモチーフを持っている。

＊25　吉田凞生『鑑賞日本現代文学20

上げた天井に映る陽の光、戸外の軍楽の音、屋内の樹脂の香と、視覚、聴覚、嗅覚への刺戟をかわるがわる受けるともなく受けている。それらはひとつの意識や心象に集約されることはない。あえて言えば、倦んだ自らの心を確認する材料とされるだけだ。

　これは目覚めあるいは、眠りに向かう私の意識の、曖昧な状態がもたらす感覚であろう。私は外界の刺戟を感ずることができるものの、意識が朦朧としているため、これらを整理したり意味づけたりすることができないのである。この朦朧とした意識は、私に物事に対する執着をもたらさない。よって、私の過去の夢が自分から去り、戸外へと消えてゆくように思われても、とどめようとすることもない。

　「朝の歌」で私の夢は、「鳥獣剝製所」のように、剝製のごとき死物として固着されることはない。また、その夢が心象として蘇り、自分を魅了することもない。富永の詩心とは異なる地点から、「朝の歌」は出発している。「朝の歌」の私の感覚は、「夭折した富永」で示した、イマージュを固定する「物質的観味の混つた」富永批判の延長にあるのだ。

　また「朝の歌」のモチーフは、「或る心の一季節」の彷徨の変奏でもある。「或る心の一季節」は、「朝の歌」同様に、朝目覚めた私が、過去の夢を忘却するところから始まっていた。「朝の歌」の朦朧とした私の意識が、夢を心の内にとどまらせることがないように、「或る心の一季節」の私も自らさまよい、過去の夢や自分の居場所に拘泥することがなかった。また「朝の歌」の倦怠は、「鳥獣剝製所」の死に馴染む倦怠ではなく、「或る心の一季節」のような行き場のない倦怠である。

　さらには、この夢を固定させることのない私の曖昧な意識は、「ノート1924」のダダ詩で語られた認識以前の態度の変奏でもある。ダダ詩で中原は、先天的観念といった膠

中原中也』（角川書店、一九八一・四）は、「「朝の歌」の主題はしばしば「倦怠《けんたい》」であると言われている。しかし、右のように考えるなら、それは目覚めの倦怠ではなく、入眠の放心と考える方が適切であるように思われる」と述べている。六〇頁。

着した概念の中に生命はないと考えていた。そして、死物としての概念を生み出す認識を拒否し、生きた情調の世界を求めようとしたのである（第一章Ⅴ「ダダの理論」の2参照）。「朝の歌」の私もまた、目覚めと眠りのはざまで、この認識以前の世界に立ち入っている。

いわば「朝の歌」は、富永への訣別の意志を契機に、「ノート1924」以来あたためてきた自己の詩心を表現した詩なのである。「或る心の一季節」では、「鳥獣剥製所」の富永のスタイルを批評し再構築する表現となったが、「朝の歌」では、自身のスタイルで自身の詩心を表現し得たのだ。

「夭折した富永」で、あえて辛辣な表現がなされたのは、「或る心の一季節」に残った富永の影響から、完全に逃れる必要を感じたからだろう。「或る心の一季節」は、批評的な試みだとはいえ、その表現は富永の象徴の方法論の延長上にある。富永の影響を意志の上で断ち切った時にはじめて、富永のなした象徴詩とは異なるスタイルを獲得できたのである。

Ⅲ　小林秀雄

1

中原は一九二七年三月二三日の日記で、あらためて富永太郎について触れている。

人は死の来る時に人間は醜いと思ふ、そしてそれを生の、若い生の上で悲しむ。そしてさうした悲しみを持つことは屢々情操の十分訓練されたる、抽象や単なる楽天観を超達したる人に於てこそみらるゝ美点かの如く考へられてゐる。何といふ滑稽だ！

あゝ、私は、嘗て一度も懐疑派流に惑はされはしない！　私の精神過程は常に空間的な世界中皆の人とは倒しまに働いた。

たゞ一度、エピキュリアンよろしくの富永が私の前に現はれた時（一九二四）、私は彼のしとやかさに、心理学圏的に魅せられた。けれどもその魅惑の中にあつても私は、富永の自ら誇つてゐる血色は椿花のそれのやうであり、それには地球最後の慈愛、かの肯定的な、或はコスミックなミスチック信念な、善良な鬱悒がないことを知つてゐた。そして彼が或は見下げた私の血こそ、レウマチか壊血病にかゝりさうな、それでゐて明るい血のヂャンルの中で最上壇にあるものと信じてゐた。私が富永に会つた頃は猶可なり私の易者の真似をしてゐる時分でもあつたが、私はそれを富永にもやつてやつた。「君の親類にお琴の先生があるね？――ともあれ君の家《ウチ》には春先の日曜の日の客間の互棚《チガヒダナ》の下なんかの、菖蒲の花みたいな空気が一杯なんだ。」

彼は帰納的であつた。けれども演繹的な芸当がやつてみたくなつてゐた。私に会つて二ヶ月もするとその徴候は見えすいてゐた。彼は芸術家ではなかつた。彼は器物に対する好趣を持つてたまでだ。けれども、かの外観しとやかにみえてゐて、性的快味の存分に味収出来る人の、帰納的な、利己的な熱心があった。彼の遺した十篇余りの詩は、その熱心をもつて生きてる人の眼に映じた人生であつた。それは芸術の影であつた！

ここでも、「夭折した富永」と同様のことが語られている。富永に「コスミックなミスチック信念な、善良な鬱悒がない」というのは、「夭折した富永」で「想像を促す良心、実生活への愛」が欠ける、とする評と同義だろう。ここでも中原は富永に、外界に身を投げ出す、徹底した態度が不足していることを言い、自身については、「私の精神過程は常に空間的な世界中皆の人とは倒しまに働いた」と、周囲との不和を訴えている。

ここで中原は、「器物に対する好趣」を持つ富永を「帰納的」という言葉で代表し、「世界中皆の人とは倒しまに働」く精神の持ち主である自身を「演繹的」という言葉で表す。帰納を、「個々の特殊な事実や命題の集まりからそこに共通で一般的な命題や法則を導き出すこと」、演繹を、「ある命題から論理の規則にしたがって結論を導くこと」*1という意味で捉えると、中原の真意を理解することはむずかしい。この帰納的、演繹的という語は、

*1 『大辞林』（三省堂、一九八八・一一）

小林秀雄のランボオ論から引いたものと思われる。これら中原の用いた言葉の意味を知るために、まずは中原の小林秀雄観を見てみることにしたい。

2

「小林秀雄に」という副題のついた、一九二七年頃の制作と推定される文章、「小詩論」がある。[*2]

此処に家がある。人が若し此の家を見て何等かの驚きをなしたとして、そこで此の家の出来具合を描写するとなら、その描写が如何に微細洩さず行はれてをれ、それは読人を退屈させるに違ひない。——人が驚けば、その驚きはひきつゞき何かを想はす筈だが、そして描写の労を採らせるに然るべき動機はそのひきつゞいた想ひであるべきなのだが。（断るが、茲でいふ想ひとは思惟的なのでもイメッヂでのでも宜しい。）

中原はここで、物事に感動した時に、何を書き留めるべきか、と問いかける。描写（ここでは対象の外形を詳説すること）は退屈である。それよりも、描写のきっかけとなった、感動それ自体を伝えるべきではないのか。「夭折した富永」で富永を語る際にも中原は、「物質的観味の混つた、自我がのぞくのが邪魔になる」と述べていた。富永の物象の外形に対する興味が、自分とは相容れないものだというのだ。中原は、物象を構成する富永の詩心に対し、「或る心の一季節」で、移ろいゆく心の様子を語る詩を示した（第二章Ⅱ「富

*2　年代推定は、吉田「草稿細目」による。『新編全集第四巻　解題篇』「小詩論」九一～一〇〇頁参照。

永太郎」の6参照)。「小詩論」でも、描写=物と、驚き=心を対置し、富永論と同じモチーフを展開しようとするのである。

絵画を制作する富永は、確かに物象の外形を描写することに意を注いだ。しかし「鳥獣剝製所」に見られたように、富永が詩や絵画に描こうとする物象は、単なる物体ではなく、心象が結晶したものだった。富永の絵画が、カメラで撮影したような写実的なものではなく、立体派、未来派の絵画に近いことをふまえれば、富永が追求した物象の性質を想像することはできる。*3 中原もまた、富永が心象を描いていないとは言わないだろう。その心象が対象に固定され、流動性を失うことを批判していたのである。「小詩論」でも中原は、心象をイメージの結晶としてではなく、流動的なものとして捉えようとしている。

> 生きることは老の皺を呼ぶことになると同一の理で想ふことは想ふことゝしての皺を作す。
> 想ふことを想ふことは出来ないが想つたので出来た皺に就いては想ふことが出来る。
> 私は詩《うた》はこの皺に因るものと思つてゐる。
> 古来写実的筆致を用ひた詩人の、その骨折に比して効果少なかつた理由は、想ふことを想はうとする風があつたからだと私は言ふ。或は、真底想はなかつたから、判然皺が現れなかつたのだ。
> 然るに此の皺は決して意識的に招かるべきものではない。よりよく生きようといふ心懸けだけが我等人間の願ひとして容れられる。

＊3　大岡『富永太郎』二四〜二八頁の口絵を参照。また、大岡昇平「富永太郎の絵」同「富永太郎の詩と絵」（『大岡昇平全集17　評論Ⅳ』筑摩書房、一九九五・五）参照。

中原はここで、短い言葉ではあるが、慎重に語ろうとしている。人は自分の思った事そのものを、後から再び思うことはできない。だが、人間が生きていくと老いて皺が増えるように、思った事の痕跡が残ることはある。詩は、この思った事の痕跡から作られるという。心は流動的に変化するがゆえに、それ自体を捉えることは難しい。ゆえに人は自分の思索をそのままに再現し定着することはできない。中原はまず、このように規定する。

一九二七年二月二七日の日記に中原は、「私が私一人、空前絶後に分つたと思つてゐるのは、ベルグソンの「時間」といふものに当つてゐるらしい」と書いている。おそらく、「小詩論」で「想ふことを想ふことは出来ない」というのも、ベルクソンの純粋持続の論考をふまえてのことだろう。ベルクソンは『時間と自由』（一八八九）で、我々の意識が直接受容するものは、総体が連続し流動している過程だと述べる。その過程は、我々が通常連想する、時計の文字盤に置き換えられるような、分割可能な等質空間のごとき時間とは異なる。実際の持続する時間は、直接その中に身を置き直感により捉えるしかないものである。この直接経験される流動的過程を、純粋持続というのである。

佐々木『中原中也』は、「純粋持続」という言葉を中原が用いるのは一九二七年以降で、「泰子との離別体験によって、いったんは「自己をなくし」、「統覚作用の一摧片《ひとかけら》をも持たぬ」人となった彼が、少なくともその二年後には、かつての「自己統一」の世界とは別の、自分自身の世界を見つけ出した」という。*4 一九二五年三月、長谷川泰子は、京都から中原と共に上京し同居していた。しかし同年一一月富永太郎が病没してまもなく、小林秀雄の元に去ってしまう。佐々木『中原中也』は、この離別の体験により中原が自己を中心とした宇宙観を喪失し、その後新たに発見したのが「純粋持続」という立場だとする。

*4 同書一八二頁。

ただし、「純粋持続」という明確な概念ではないが、流動的過程を重んじる姿勢は、すでに一九二四年のダダ詩の中に見ることができた（第一章Ⅳ「ダダイストの恋」の10参照）。日記で「私が私一人、空前絶後に分つたと思つてゐるのは、ベルグソンの「時間」といふものに当つてゐるらしい」と言うように、中原自らすでに発見していたものだった。

「小詩論」は、このダダ以来の理念を、表現の理論として明示しようとするものである。中原はおそらく、次のように言おうとするのだろう。流動的な現実の過程において、自分の意識もまた常に変化している。この流動的過程を、そのまま正確に捉えることはできない。捉えることができると考えれば、むしろ欺瞞に陥る。したがって、流動そのものではなく、その流動が残す痕跡を捉え、表現することを心がけようというのである。中原は一九二七年三月一日の日記で次のようにも言う。

私は孤独の中では全過程である。（全純粋持続といつてもい丶のかしら？）
私は歌ふ時、（哲学は分るが哲学書は皆目六ヶ敷い。）
純粋持続の齎らす終結の数々を掠めて過ぎる。
——百万年あとの常識。

自分は、周囲に惑わされずに一人である時は、純粋持続を生きる過程としての存在である。だが歌を作る時には、純粋持続の過ぎ去った後に残されたものを見るだけだ。私は、純粋持続そのものを振り返ることはできないのである。ここでも「小詩論」とほぼ同じ内容が語られている。中原にとって純粋持続は、「歌ふ時」、つまり詩を制作する理論に直結するものである。

さらに中原は、この純粋持続を、単に認識の問題ではなく、倫理的な態度に関わるものとして語る。人間の思いの痕跡は意識的に捉えることはできない。「よりよく生きようといふ心懸け」だけが、それを可能にするという。直接認識できないものである以上、ベルクソンの言うように、自らその流動的過程の中に入るしかないということだ。

ここにもまた、「夭折した富永」のモチーフが受け継がれている。中原は、「富永にはもつと、想像を促す良心、実生活への愛があつてもよかつたと思ふ」と述べていた。富永に、自意識の檻を出て外界と関わり、自らを変容させよと言うのだ。「小詩論」ではあらためて、その外界と詩人の意識の関わり方が考察されている。いわば「小詩論」は、富永に向けた批判を、自己の肯定的理論へと展開させた文章なのである。

3

「想ふことゝしての皺」と詩作の関係について、中原は具体的な詩人の例をあげながら論を続ける。ランボーとヴェルレーヌである。

ラムボオは或一物に驚ろくとすると、彼は急ぎ過ぎたので、そして知能が十分だつたので、その驚きをソフィズム流に片附けた。即ちラムボオの皺はソフィズム色を多いか少いかしてゐたのだ。けれども何れにしろ、皺の出来るより前に彼は筆を取つてはゐない。

実際、人は驚けばその驚きが何であるか知りたいのは当然すぎる程のことで、だからといつてその驚きはその時努力して何だと分る筈のものではない。けれども努力して凡そ何だとくらゐ分らないものでもない。それで大抵の人がその凡そ何かを探すのだ。そしてその凡そで以て何やかや書き出すやうになる。その凡そだ、詩《うた》を退屈にするのは。その凡そを持たないためには一心不乱に生きるばかりの人である必要がある。――ヴェルレエヌには自分のことが何にも分からなかつた。彼には生きることだけが、即ち見ることだけがあつた。それが皺となつたその皺は彼の詩の通りに無理のないものだつた。――人類が驚きにひきつゞいた想ひを書かずに驚きの対象を記録した方が手つとり早いと考へたことには微笑すべき道理がある。けれども詩人の仕事を困難にしたの一番主なものはこの道理だ。

ラムボオはこの道理の犠牲の最後の人として、金色の落日の光りを見せて死んで行つたのだ!

ここでは、ランボーとヴェルレーヌが対比されている。ランボーは理知的で、ヴェルレーヌは直感的だというのである。中原は一九二七年日記でもほぼ同じ見解を繰り返す。

ラムボオ　印象的情感+自己批評
ヴェルレエヌ　情感的印象+生きることについての心懸

（七月一九日）

ラムボオは自分のクリティクに魅領された。それが不可なかつた。　（一一月四日）

ランボーは、理知的であり批評的である。ただ、思いの皺を捉える際にも、その理知が勝ちすぎることがある。一方のヴェルレーヌは、自分のことすら理解できなかったので、ただ見るままに思いの皺を捉えることができた。ランボーが、その理知ゆえに世間の道理に引きずられたのに対し、ヴェルレーヌはその無理のない生き方をまっとうしたのである。日記に書かれたランボオとヴェルレーヌの対比も、理知と情感の占める度合いや、人生に対する態度が直接的か客観的かという違いについて述べようとするものだろう。

ランボーもヴェルレーヌも共に、中原が認める詩人である。一九二七年四月二三日の日記には、ラフォルグとともに、世界にはこの三人の詩人しかいないと述べている。*5 その数少ない詩人の中でも、思いの皺の表現の仕方は異なるというのだ。また詩人らには、思いそのものを描くよりも対象を描く方が容易だとする、世間の道理が影響するという。

＊5　四月二三日の日記には「世界には詩人はまだ三人しかをらぬ。／ヴェルレエヌ／ラムボオ／ラフォルグ／ほんとだ！　三人きり。」とある。

今言つた道理が、世界の中にどんな具合に駐屯してゐるかといふと、元来思想なるものは物を見て驚き、その驚きが自然に齎らした想ひの統整されたものである筈なのだが、さうして出来た思想は形而上的な言葉にしかならないので、人間といふ社交動物はその形而上的な言葉の内容が、品性の上に現じた場合の言葉にまで置換へたので、そして社交動物らしいそのことが言葉を個人主義であらしめなくしたので、世界はアナクロニズムに溢《みなぎ》つたのだ。それで例へば欧羅巴の如きレリジョンの確立してゐる所では、批評家は個人的に言葉を使用しないで社交的圏を相手に話すので、言葉は専ら比較によつて成立つ品性についての言葉が人の頭に滲みきつて、そのため驚きはその滲みきつた言葉で片附けられ勝になるといふことは想像出来るでせう。——ヴェルレエヌも随分いまいふ言葉に禍ひされてるといはれる所もあることを私は思ふ。

人間の思想は本来、物を見た驚きを無理なく整えればよいものだ。ただし、この思想は必然的に形而上の言葉となるため、他には理解しがたいものとなる。そこでこれを分かりやすい言葉に置き換えようとすると、世間の社交上の約束事に縛られて個性を失い、他との比較に終始することになる。この社交圏の言葉を中原は「対人圏の言葉」と言い、それが詩人達に禍するという。

「夭折した富永」でも、富永の「習慣」への寛容、その社交性に対する批判が語られていた（第二章Ⅱ「富永太郎」の5参照）。その裏には、この対人圏の拘束に対する嫌悪の意識がある。「実生活への愛」を持てと言った中原だが、それは世間の道理に妥協することではない。生活の中にあって、世間の道理に対することが、中原のいう「実生活への愛」だった。しかし、本節の冒頭に引いた一九二七年三月二三日の日記で「世界中皆の人とは倒しまに働いた」と言っていたように、「世間の道理」と調和できるわけでもない。

そして僕の血脈を暗くしたものは、
「対人圏の言葉」なのです。

この「小詩論」の言葉は、中原のダダ以来の思想を敷衍したものだろう。「迷つてゐます」に、中原は「原始人の礼儀は／外界物に目も呉れないで／目前のものだけを見ることでした」と書いていた（第一章Ｖ「ダダの理論」の5参照）。すでにダダ時代に、習慣に囚われず物事を見る態度を詩人の本旨としていたのである。「小詩論」の中の次のような言葉も、ダダ時代の理念を敷衍したものであろう。

私には過去と未来が分らなくなつた。
それで私には統覚作用がない。
私は現在を呼吸するばかりだ。
肉弾で歌ふより仕方がないのだ。

中原は「一度」で、「再び巡る道は／「過去」と「現在」との沈黙の対座です」「一度といふことの／嬉しさよ」と述べていた（第一章Ⅳ「ダダイストの恋」の11参照）。過去や現在という概念で区切られた時間の中で自分の生を考えるよりも、ただ一度の出会いを大切にしたいというのだ。過去と現在という時間の区切りは、流動としての純粋持続を分断するものである。この概念としての時間の拒否は、「理窟が面倒になつたさ」（「仮定はないぞよ！」）「名詞の扱ひに／ロヂックを忘れた象徴さ／俺の詩は」（「名詞の扱ひに」）など論理的な思考の放棄、「認識以前」（「古代土器の印象」）という態度にもつながるものだ（第一章Ｖ「ダダの理論」の4、5参照）。

これらダダ詩で散発的に語られた内容を、「小詩論」では、「老の皺」と「対人圏」という言葉を用いて、より具体的に語ろうとしているのである。そして、その例として引用されるランボーとヴェルレーヌについては、小林の論「人生斫断家アルチュル・ランボオ」を参照したと思われる。「小詩論」の副題「小林秀雄に」も、これに由来するのだろう。

4

「人生斫断家アルチュル・ランボオ」は、東京帝国大学仏文学研究室編揖『仏蘭西文学研究』第一号（白水社、一九二六・一〇）に掲載された。中原は、一九二六年一二月までに、これを読んでいる。[*6] 題名の「人生斫断」は、次のような意味だという。

人生斫断は人生厭嫌の謂ではない。多く人生厭嫌の形式をとるといふに過ぎぬ。ボードレールの双眸が如何に人生厭嫌に満ちてゐようとも、彼は決して人生を斫断しないのである。彼は、一眦をもつて全人生を眺める。"Résigune-toi, mon coeur ; dors ton sommeil de brute." 彼の心臓は、人生の流れと共に流れて行く。

"Sommeil de brute!" これこそランボオにとつて最も了解し難い聲であつたのだ。斫断とは人生から帰納することだ。芸術家にあつて理智が情緒に先行する時、彼は人生を斫断する。こゝに犬儒主義《シニスム》が生れる。（勿論、最も広い意味に於てだ。）

僕は、ランボオを人生斫断家と呼ぶ。然るに、彼には帰納なるものは存在しないのである。彼位犬儒主義から遠ざかつた作家はないのである。犬儒主義とは彼にとつて概念家の悲鳴に過ぎないのだ。理由は簡単だ。ランボオの斫断とは彼の発情そのものであつ

＊6　以下の引用は、掲載時のものである。旧字は新字に改めた。小林秀雄全集には、「ランボオⅠ」の題で収録されている。中原が読んだ事は、大正一五年（一九二六）一二月七日付小林秀雄宛書簡中に書かれている。「「人生斫断家アルチュル・ランボオ」面白く読んだ。ランボオは僕を教へるよりも何よりも、「大乗」病を湧きたたす。」

たからだ。換言すれば、彼は最も兇暴な犬儒派だつたのだ、そしてその兇暴の故に全く犬儒主義から遠ざかつて了つたのだ。彼は、あらゆる変貌をもつて文明に挑戦した。然し、彼の文明に対する呪逐と、自然に対する讃歌とは、二つの異つた斫断面に過ぎないのである。彼にとつて自然すらはや独立の表象ではなかつた。或る時は狂信者に、或る時は虚無家に、或る時は諷刺家に、然しその終局の願望は常に、異れる瞬時に於ける全宇宙の獲得にあつた、定著にあつた。*7

「人生斫断」とは、情緒よりも理知を重んじ、人生から帰納することだという。ここでの帰納は、人生を分析し何らかの法則や真理を抽き出そうとすることだろう。「人生斫断」をする者は、人生に対し冷笑的な態度をとる犬儒学派（キニク学派）のような姿勢を見せることにもなる。*8 ただしランボーの「人生斫断」は、犬儒派のような概念家とは異なり、激情によって文明や自然に向き合うものだ。そして、様々に変貌する態度で関わり、現実の一断面にとどまらず宇宙全体を獲得することすら望むのである。ここで小林は、犬儒派と比較しながら、ランボーの、通常の意味での知を超えた知性について語ろうとしている。

この小林の意図を知るには、「芥川龍之介の美神と宿命」（『大調和』一九二七・九）を参照するといいだろう。小林は、芥川を「逆説的測鉛」により現実を捉えようとする芸術家だという。芥川の逆説は、現実を固形化し、生命を凝結させようとする。しかし現実は、捉えたと思った先から逃げてしまう。捉えたと思った現実と、実際の現実との間には、「算術的差」が残るのだ。この差を埋めようとするのが、真の逆説家であるが、芥川はその差を埋める苦しみを味わうことはなかった。芥川の逆説は、現実に対し安心を得るため

*7　引用文中、“Résigune-toi, mon coeur; dors ton sommeil de brute.” は、改稿した「ランボオⅠ」では、「俺の心よ、出しゃばるな、獣物《けだもの》の蟄《ねむり》を眠っていろ」と訳されている。

*8　キニク学派は、アンティスネスを祖とする古代ギリシア哲学の一派。犬儒学派の訳は、キニク（kynikoi）が「犬のような生活」(kyunikos bios) の意味に由来する説からきたもの。禁欲的生活、嘲笑、諷刺、反社会的態度がこの派の本領だった。

の「衛生学」にすぎなかったからだ。いわば芥川の行き方は、「理智の情熱」ではなく、「神経の飛躍」であったというのである。小林は次のように述べる。

人間は現実を創ることは出来ない、唯見るだけだ、夜夢を見る様に。人間は生命を創る事は出来ない、唯見るだけだ。錯覚をもつて。僕は信ずるのだが、あらゆる芸術は「見る」といふ一語に尽きるのだ。

芸術家にとつて最も驚くべきは在るが儘の世界を見るといふ事である。勿論或る者は可見世界を幻想とするだらう、或る者は幻想を可見世界とするだらう、見るものは常に一つではない、それがこの世のものであらうがこの世のものでなからうが関する処ではない。あるが儘に見るとは芸術家は最後には対象を望ましい忘我の謙譲をもつて見るといふ事に他ならない。作品の有する現実性とはかかる瞬間に於ける情熱の移調されたものである。

ここで小林は、虚心坦懐に物事を見ることが、芸術家にとって最も望ましい態度だとする。だが、それはもっとも困難なことでもある。芥川の例で述べたように、人間は自分の意識を介さずに物事を見ることができないからだ。むしろ、自分の捉えた現実とありのままの現実との差異（算術的差）をどのように埋め合わせるかが課題となる。作家の理知は本来、その食い違いを埋めようと「螺旋的上昇」を描くはずだと、小林は述べる。

「人生斫断家アルチュル・ランボオ」で語る、犬儒主義者とランボーとの差異もここにある。犬儒主義者の知は、小林の言う芥川の逆説的測鉛と同様のものだ。人生を理知により分析しようとするが、距離をおいて眺めるため、人生の一断面しか見ることはない。だがランボーは、同じように理知的な態度でありながら、狂暴な情熱により自分の概念の埒内に収まることはない。全宇宙を獲得しようという欲望により、ある時は狂信者、またある時は虚無家として、多角的に人生と関わる。「螺旋的上昇」が、現実を獲得する努力を時間的推移の上で語ったものだとすると、ランボーの「全宇宙の獲得」は立体的、空間的な獲得の試みを語ったものである。

小林の考える知を超えた知性とは、このような現実と肉薄する精神を言う。ただし小林は、知性の小賢しい努力を放棄して、見たままの現実を捉えろと言うのではない。むしろ、虚心坦懐に現実を見ることが困難なことをふまえたうえで、知的な努力をすべきだと言うのだ。人間は様々な先験的な観念により、物事を見ている。[*9] いたずらに知的であろうとするほど、この観念に囚われる。だがひとつの知的な立場を放棄したとしても、別の観念に取り込まれるだけだ。小林は、このアポリアを乗り越え、知的な態度を保ちながら、現実を捉える方法を、ランボーに託して示そうとするのである。さらに小林は、ランボオとヴェルレーヌを比較して、次のように述べる。[*10]

ヴェルレーヌは恐ろしく無意識な生活者であつた。ランボオは恐ろしく意識的な生活者であつた。ヴェルレーヌが涸渇しなかつた所以は、彼が生活から何物も学ばなかつたからだ。彼は最初から生活より飛翔してゐたのである。自身の魂が生活と交錯して流血する事が問題であつた。そこには永遠の歌があつた。ランボオは最初から生活に膠着してゐた。追ふものは生活であり追はれるものも生活であつた。彼の歌は生活の数学的飛

*9　このモチーフは、「様々なる意匠」（『改造』一九二九・九）につながるものだ。

*10　引用中の小林の言葉同様に、中原も詩を「歌」と称することがある。両者の影響関係を示す証だろう。

躍そのものの律格である。
彼は生活を理論をもつて規矩しようとした。然るに彼の理論は断《ママ》じて一教理ではなかつたのだ、盲動する生活であつた。生活が生活を咬んだ、この撞著の極処に於て常に彼の歌が生れるのである。不可思議な対比である。生活を規定せんとする何者ももたないヴェルレーヌと生活を規定せんとするより他何物ももたぬランボオと、遂に外観上の対蹠にすぎないのだ。

小林は、ランボーとヴェルレーヌとでは生活に対する意識の在り方が異なるという。*11 ランボーが意識的に生活を理論づけようとするのに対し、ヴェルレーヌは生活を意識して見ることすらしない。だが、生活と自己とが交錯した場所から歌を生み出すという点で、両者の究極するところは同じだとも言う。理知的なランボーの態度と、無意識のヴェルレーヌの態度との違いは、表面上の対立に過ぎないというのである。

理知的な態度を主とする者からみればヴェルレーヌは、不可解な存在である。知的な探求心の助けを得ることなく、ただその自然の振る舞いにより、生活から詩的真実を抽き出す。小林もまた、ヴェルレーヌのような存在を認めながらも、その内面は自分から遠いものと考えていただろう。むしろ芥川のような、知性に行動原理をおく人物の方が近い存在であったはずだ。小林のモチーフは、芥川のような知的人物を取り上げ、知性の達しうる領域と、その限界を究めようとすることにある。知性の働きにより人生をいかに解釈すべきかと探求するよりも、知性の働きそのものについて考察しようとしたのである。

ランボーは知的な態度でありながら、知の限界を超え、人生から概念以上の何物かを抽

*11　生活と芸術の関係について、中原は「夭折した富永」で、富永に「実生活に対する愛が欠けることを指摘し（第二章Ⅱ「富永太郎の5参照）、「生と歌」では、芸術に「叫び」としての「生活」が必要だとしている（第二章Ⅳ「象徴とフォルム」の2参照）。小林と問題意識を共有しているのである。

き出した希有な存在として取り上げられる。意識家でありながら、自然人ヴェルレーヌと同じ領域に達したのである。いわば小林は、自然人と意識家の幸運な一致の瞬間をランボーの中に見出したのである。自然人は、小林にとって畏敬の対象であった。その人物像の探求は、後の「志賀直哉」（『思想』一九二九・一二）などにも引き継がれるモチーフである。[*12]

一九二六年頃の小林は、フランス象徴詩人をモデルに、このような知の問題を探求した。中原もまた、この小林のランボーとヴェルレーヌの対比を元に、考察を進めようとしている。だが中原は小林のように、ランボーとヴェルレーヌの幸福な合致を見出そうとはしない。両者の知と無意識を対置させたまま、むしろその差異に、自己の存在意義を見出そうとしている。

*12　小林秀雄「志賀直哉」では次のように述べる。「然《しか》るに、志賀直哉氏の問題は、言わば一種のウルトラ・エゴイストの問題なのであり、この作家の魔力は、最も個体的な自意識の最も個体的な行動にあるのだ。氏に重要なのは世界観の獲得ではない、行為の獲得だ。」

5

中原は「小詩論」で、ランボーの知性が囚われる危険は、ソフィズムにあり、世間の道理にあるという。通例ソフィストは詭弁家という意味で用いられるが、ここのソフィズム流は、理屈に陥りやすいという程度の意味だろう。

ランボーは、物に対する感動を急いで書き留めようとするため、感動の本来の姿よりも理知を優先させることがあるという。また人は、感動そのものを語ることは困難だが、その概略くらいは描くことができるだろうと考える。そのような世間的道理もまた、人のソフィズム流の振る舞いに拍車をかけ、かえって自己の詩心を縛りつけることになる。

これに対しヴェルレーヌは、自分のことすら分からないので、ただ物事を見ることしかできなかった。そこに介入させるべき知性を全く持たなかったのである。それゆえに、かえってランボーのような危険に陥ることはなかった。ヴェルレーヌは、世間的な道理に囚われることが少なかったというのだ。

中原の考えるランボーとヴェルレーヌの差異は、世間的な道理である「対人圏の言葉」に囚われやすいか否かにある。そして、その囚われやすさは、理知的態度の多寡によって決まる。小林の見解とは異なり中原は、物を見た驚きを表現するにあたり、知性は障碍となるだけだと言う。ランボーとヴェルレーヌは、この点において決して交わることはない。

この両者の差異は中原にとって、富永と自身との差異でもある。中原は、本節の冒頭にあげた一九二七年三月二三日の日記で、富永は帰納的で自分は演繹的だと述べていた。この帰納的という言葉は、「人生斫断家アルチュル・ランボオ」中の犬儒主義者の帰納的態度をふまえたものだろう。人生を斫断＝分析し、そこに法則や理論を見出すのが、犬儒派の帰納的態度である。犬儒派は人生を実験場のように眺め、そこに参加することを避けシニカルな姿勢を見せる。

中原は同じ日の日記で富永を「エピキュリアン」（快楽主義者）とも言う。シニカルな犬儒主義者とは思想が異なるのだが、人生の一面しか眺めない態度においては似通っている。中原は富永に「地球最後の慈愛、かの肯定的な、或はコスミックなミスチックな信念な、善良な鬱悒」が欠けるとする。小林の言う犬儒主義者が概念家であるように、富永も「性的快味の存分に味収出来る」側面しか見ることのない自意識家だということだ。

では逆に演繹的とは、どのような態度を言うのだろうか。中原は一九二七年三月一七日の日記で次のように述べる。

私、私は太陽神話を完全に倫理的展開に於て符号せしめ得、
私、私は私の倫理的宇宙演繹法による夢に呪ひ出されて、新しき太陽神話を齎す者だ。

中原の言う演繹は、あらかじめ宇宙の総体を捉え表現すること、といった意味のようだ。私は「倫理的展開」という生きることそのものにおいて、「太陽神話」という宇宙の真実と合致している。そして、その合致した真実を演繹して、新たな「太陽神話」という表現をなすと言うのだ。中原の言う演繹する者は、小林の言う人生斫断といった知的努力をすることもなく、すでに生きるだけで宇宙全体を表現する力を持っているのである。また中原は一九二七年四月二六日の日記で次のように述べる。

生活の中では、つまり様々な対人関係に於ては、豹変しない奴は馬鹿だ。豹変するでこそその人は魂があることとなのだ。が、それは絶対に大脳的計図的になされてはならない。それは本能的に魂さへあれば出来ることとなのだ。

ここで中原が提唱する対人関係の中の振る舞いは、小林が言うランボーとヴェルレーヌの態度を合わせ持つものだ。ランボーのように様々な態度に豹変しながら、ヴェルレーヌのように「大脳」を使わず生活に対して無意識的である。ここでは、小林が求める理知としての「大脳」は不要だとされる。＊13 宇宙全体を獲得するためには、ランボーのような世界との多面的関わりは必要だが、「本能的に魂」さえあれば可能だと言う。さらに中原は一

＊13 「脳」は、小林が小説「一ツの脳髄」（『青銅時代』一九二四・七）、「人生斫断家アルチュル・ランボオ」

九二七年四月二七日の日記で次のようにも言う。

●宇宙の機構悉皆了知。
●一生存人としての正義満潮。
●美しき限りの鬱憂の情。
　以上三項の化合物として、
中原中也は生存します。

宇宙の理解、正義の態度、憂鬱という感情、この三つが複合したものが自分だと言う。もちろん、ここにも「大脳的」な理知の要素はない。ランボーは、犬儒派の帰納的態度に収まることなく、人生の多様性を意識的に生きようとしたと小林は言った。だが中原は「小詩論」で言うように、意識を徹底して否定する。「大脳」を働かせ意識的態度を保つ限りは、帰納的な生き方に陥る可能性があると考えるのである。

意識を働かせる詩人は、周囲に合わせようと努めて、世間の道理に引きずられ、自分の言葉を失っていく。「対人圏の言葉」に馴染み、自己を主張することをやめてしまうと、中原は「小詩論」で言っていた。ヴェルレーヌは「自分のことが何にも分らなかつた」ため、世間の道理に陥らなかったが、ランボーは「知能が十分だつた」ため、世間の道理の犠牲者となる。

中原がランボーとヴェルレーヌの到達点を同一視しないのは、宇宙の総体を獲得する方途は、純粋持続の中に生きること以外にないと考えるからである。人生の流動性を、生半

などで表わすモチーフでもある。「一ツの脳髄」には、「丁度自分の脳髄をガラス張りの飾り箱に入れて、毀《こわ》れるか毀れるかと思い乍ら捧げて行く様な気持ちだつた。然しいつの間にか、それは毀れていた。」という一節がある。「人生斫断家アルチュル・ランボオ」には、「宿命といふものは、石ころのやうに往来にころがつてゐるものではない。人間がそれに対して支配権を持つものではない。吾々の灰白色の脳細胞が壊滅し再生すると共に吾々の脳髄中に壊滅し再生するあるものだ。」とある。脳を知性が生まれる場所として重んじるわけではなく、物質として扱い、破壊すら望むような表現である。この意味で小林は、単純に知性を肯定するものではない。粟津則雄『小林秀雄論』（中央公論社、一九八一・九）は、「一ツの脳髄」が「脳髄偏執の物語であると同時に、脳髄偏執の挫折の物語でもある」とする（一八頁）。

可な知識や「対人圏の言葉」に囚われることなく表現することが中原の望みだった。周囲と調和的な「肉親的な温柔性」を示す富永をあえて批判するのも、「世界中皆の人とは倒しまに働」く詩人としての自恃を明らかにするためだろう。

そして、人生の流動性を重んじ既成概念に囚われない姿勢を表すために、「小詩論」では「想ふこと、しての皺」という言葉を用いたのである。思いそのものは流動的なものであるゆえに捉えることはできない。だが詩人は何らかの形でそれを表現し、人々に伝えようとする。このジレンマを十分に了解するがゆえに、思いの流動性そのものを表現するのではなく、思いの皺を表現するという慎重な言葉遣いとなったようだ。

だがこの皺ですら、実際には眼に見える形となりうるものだろうか。中原は、物を見た驚きというものは、「老い」という時間の経過の後に、事後的にはじめて分かるものだと する。この時間的な落差を超えて、本来の驚きと自分の表現した驚きが同一のものと確認するのは難しい。あるいは、純粋持続という本来形を取り得ない現実を、言葉に置き換えることはできるのか。また、詩人の言葉と「対人圏の言葉」を分ける境界はどこにあるのだろうか。具体的に考えると、中原の言葉は形而上の存在を目指すものに思え、空論というべきではないかとも思える。

とはいえ中原自身が、「元来思想なるものは物を見て驚き、その驚きが自然に齎した想ひの統整されたものである筈なのだが、さうして出来た思想は形而上的な言葉にしかならない」と言うのだから、もう少し中原の立場に即して考えてみる必要もあるかもしれない。引き続き小林の言葉を頼りに、中原の意図を推し量ってみよう。

6

小林も中原も、ランボオとヴェルレーヌという二人のフランス象徴詩人に託して、己の詩精神を語った。では、象徴という表現の理論そのものに対しては、どのような見解を持つのだろうか。小林は、「「悪の華」一面」(『仏蘭西文学研究』第三揖、一九二七・一一)でボードレールを取り上げ、象徴詩について考察している。*14

十九世紀に於ける最も深刻なる人間の情熱は恐らく自意識の化学といふ事であらう。シャル、・ボオドレエルはこれに依て実現し、これに依て斃死した。(中略)

如何なる人間も多少の自意識を必要とする。つまり生きるといふ事が自意識を強請するからだ。だが多くの人々にとつて結局自意識といふものは生活防衛の一手段として最も消極的な形式の裡に止つてゐる。河の流れが石に衝突して分岐する様に、彼等は外象に触れて解析する。かゝる人々にとつて自意識する主体に触れんとする事は流れを遡行する事で生きる事ではない。彼等は唯流れる。人生の劇に於て同時に俳優たり観客たることはボオドレエルにとつてかゝるオオトマティスムの最も精妙な形式に過ぎなかつた。そこで彼は自意識を自意識した。人々の生きる事が彼には死ぬ事であつた所以である。

小林は、どんな人間も自意識を持つが、多くの場合時間の流れに任せて生き、己の意識を顧みることはないと言う。ボードレールはこの自動的な意識の流れに満足せず、自意識を意識しようとした。他の人々の意識の自動運動は、ボードレールには死んでいる事と同

*14 以下の引用は、掲載時のものである。旧字は新字に改めている。

じように思われたのである。この自意識の解析が、ボードレールの「自意識の化学」だ。ただし、外界を感得する自意識の性質そのものについては、ボードレエルと他の人々との間に差異はないと小林は言う。その自意識の働き自体に、意識的か無意識的かということだけが、両者の意識の在り方を分ける境なのである。これを敷衍し、象徴という感性も芸術家の専有物ではなく、誰しもが有しているものだと小林は述べる。

こゝに如何にも意味あり気なる粉装を凝して、あらゆる近代詩歌に君臨する一つの貧弱な言葉がある。――象徴《サンボル》、と。

La Nature est un temple où de vivants piliers
Laissent parfois sortir de cinfuses paroles;
L'homme y passe à travers des forêts de symboles
Qui l'observent avec des regards familiers.
(Correspondances)*15

これは多くのボオドレエル研究者が好んで引用する有名な、然し「悪の華」中最も凡庸なるものに属する詩句である。（中略）

象徴といふ高等言語は勿論様々な翳影を含んでゐるであらうが、諸君がこれを如何様に解しようとも畢に最上なる記号といふ圏内を一歩も出る事は出来ない。最上な記号を劣等な記号から区別する為には、記号が内的必然性を持つてゐるか持つてゐないか生きた記号であるか死んだ記号であるか、といふ事より説明仕様があるまい。例へば、芸術家が山を見る時、彼は山の存在と意味とを合一して山といふ死んだ記号を生きた象徴と

*15　次にあげるのは、鈴木信太郎訳の「Correspondances」（「交感」）である。『近代仏蘭西象徴詩抄』（春陽堂、一九二四・九）所収。
『自然《しぜん》』は神《かみ》の宮《みや》にして、生《せい》ある柱《はしら》／時《とき》をりに　捉《とら》へがたなき言葉《ことば》を洩《も》らす。／人《ひと》、象　徴《しやうちよう》の森《もり》を経《へ》て　此処《ここ》を過《す》ぎ行《ゆ》き、／森《もり》、なつかしき眼差《まなざし》に人《ひと》を眺《なが》む。
長《なが》き反響《こだま》の、遙《はる》かなる遠《をち》、奥深《おくふか》き／暗《くら》き統一《ひとつ》の　夜《よる》のごと光《くわう》　明《みやう》のごと／広　大《くわうだい》の無辺《むへん》の　中《なか》に、混《まじ》らふに似《に》て、

する、と言ふ。だが、かかる論議はすべて同一性の迷宮の裡に湮滅すべきだ。存在と意味とが分離する以前の小児原始人の心に死んだ記号などといふものは有り得ないものだ。象徴は彼等の心中に生々たる内的確実性をもつて存してゐる。彼等は常に「象徴の森」を横切るのである。象徴が人間の心の始原状態に於て一情熱として存する以上、覚醒せる俗人等も又死んだ記号の海に游弋する事は許されない。小児の昏迷状態から覚醒した彼等の眼に海や山が如何に蒼めて見えようとも、神とか死とか宿命とかいふ諸記号が如何に愚劣な意味を持たうとも、彼等にとつての内的必然性は毫末も衰弱したものではない。如何に厳正な体系的思索家も、彼が弱小なる人間である以上、思索の緊迫が破れる瞬間には彼の全体系は一塊の雲の如く現実の上を浮動するのを感ずる筈だ。かゝる時も彼も又「象徴の森」に在るのである。

　象徴とは畢に芸術の独占する宝玉ではない。たとへ芸術家とは最も透明なる状態に於て、最も熾烈に象徴といふものを意識するものであるとしても彼の最も深刻な苦悩は、かゝる安易なる境域に、求むべくもない。

「万物照応（Correspondances）」は、ボードレールの象徴の理論を説明する時に、たびたび引き合いに出される詩である。芸術家が行う象徴の神秘を表現したとされるものである。しかし小林は、象徴が通常の記号（言語表現）と変わるところはないと言う。

　象徴とは、存在と意味を結びつける認識作用である。芸術家はこれにより、対象を生き生きとした表現に蘇らせるという。だが、いかなる人間も、対象を眺める時には、同様の象徴作用を無意識にも行っている。芸術家はこれを意識的に行おうとするが、むしろ、己

／馨《かをり》と　色《いろ》と　物《もの》の音《ね》と　かたみに答《こた》ふ。
　幼児《おさなご》の膚《はだ》のごと涼《すず》しく、笛《ふえ》の音《ね》のごと／おだやかに、草原《くさはら》のごと緑《みどり》なる、薫《かをり》あり。／あるは、腐《くさ》れし、豊《ゆたか》なる
　また　ほこりかの、無限《はてなし》のものの　姿《すがた》にひろがりて、／龍涎《りゆうぜん》、麝香《じやかう》、安息香《あんそくかう》、焼香《せんかう》のごと、／精神《こころ》と官覚《にく》の法悦《ほふえつ》を歌《うた》へる、薫《かをり》。」

の象徴作用を意識しない小児や原始人のごとき凡人の方が、生き生きとした外界と意識の関わりを体験していることもあるだろう。
象徴が、芸術家の専有物ではなく、日常的な感性の作用である以上、芸術家の苦悩は別のところにあるはずだと小林は述べる。芸術家は、誰もが認識可能な感覚的な意味を捉えるよりも、自分だけが表現し得る美的な形態を発見しようとする。そして、「強烈な自意識は美神を捕へて自身の心臓に幽閉せんとする」という。自意識の中で、美を表現に置き換える操作をしようとするのだ。無意識の小児と芸術家を分けるのは、そのような自意識による表現の情熱の有無である。
その結果芸術家は、必然的に自己の自意識を検討する「自意識の化学」に向かうことになるという。しかし詩人にとって、この認識の問題は、悲劇に他ならないと小林は述べる。

由来考へるといふ事は生命への反逆であるが、この事実が思索家の無意識の裡にあつて彼の思索に初動を与えて了ふ。彼はXを敢然と死物となし生命を求めて上昇するが自然は復讐として或は恩恵として最後の獲得である実在といふ死を与へる。詩人にあつては美神の裡に住んだ彼の追憶がXを死物とする事を許さない。彼は考へる事で生命を殺しつゝ、死を求めて沈下するが自然は復讐として或は恩恵として最後の獲得である虚無という生を与へる。

思索という行為は、目の前にある対象を固定した死物だと見なし、隠された真の生命を捉えようと格闘することだ。だが結局は、実在という固定した意味に置き換えて、対象を捉えることしかできない。一方詩人は逆に、自己の切実な芸術的情熱により、対象を死物とすることを許さない。だが、対象を思索によって捉えようとするかぎり、死物とする他はない。対象を生かそうとする意志と、対象を死物とする行為との間で葛藤を繰り広げていくうちに、詩人は虚無に到達せずにはいられない。

この虚無とはつまり、自分の捉え表現したものが、次々と死物と化す空しさである。生命をそのままに捉えようと努めながら、捉えた時には、すべてを死物と化す自己の意識の無力を感ずることだ*16。だが、この時詩人は初めて、詩人独自の象徴の世界に至るという。

> 詩人が認識の悲劇を演ずる時彼ははじめて「象徴の森」を彷徨するのである。この時仮面を着てゐないものは唯彷徨といふ事実のみしかない。彼の素朴なる実在論的夢が破れた時彼の魂の空洞はあらゆる存在の形骸で満されるのだ。彼には図式を辿つて考へる事は了解出来ない。対象を定めて考へる事は了解出来ない。何故なら彼の魂は最初に於て充満してゐるからだ。彼にとつて考へるといふ事は全意識の自らなる発展である。この意識の夢ではあらゆる因果反応は消失して全反応の恐ろしく神速な交代が殆んど不動と見える流れを作る。眼前に現はれたXといふ自然はそのまゝ忽ち魂の体系中に移入される。彼は彼の魂が持つだけの大きさの自然といふ象徴をもつ。現実とは此等無数の象徴の要約として辛くも了解出来るものとなる。あらゆる存在が象徴となつた時、自然といふ事実は消失するから唯一であつた甲といふ存在も無数となる事が出来るし、甲といふ存在を乙といふ存在に合する事を出来る。魚から海を引く事も可能であらう。ダイヤモンドで犬を微分する事も可能であらう。ランボオがイリュミナシオン（Les Illuminations）

＊16　清水孝純『小林秀雄とフランス象徴主義』（審美社、一九八〇・六）は、小林によるボードレールの「自意識の化学」は、虚無から想像への道のりをたどると述べ、その発見には、ヴァレリーの影響があるという（三三頁）。また、先田進「小林秀雄の初期小説とボオドレエル」（『深井一郎教授退官記念論文集』深井一郎教授定年退官記念事業会、一九九〇・三）は、小林の小説「蛸の自殺」（『跫音』一九二二・一一）と比較しながら、「小林には、ボオドレエルが発見したように、自意識を自意識する自意識を除いてこの世の一切は虚無にすぎず、その「精緻な体系」である『悪の華』に増してリアルな世界は存在しなかった」とし、小林は、その「精緻な体系」から脱出することは困難であったとする。本論では、以下に述べるように、小林の語る自意識の化学は虚無に対峙した後、現実に

に於て定著したものはかくの如き無機的蕩酔である。この純粋な数の世界に住んで詩人は彼の魂を完全に計量し得べきものと感じないか！彼はこの計量の欺瞞的遊戯を繰り返しつゝ、この欺瞞的遊戯の為に刻々と剝奪されて行く彼自身の姿を最後の具体的確実として追跡する。この絶望的追跡は「悪の華」の中で無類の美しさを以て歌はれた。

詩人は、対象である自然をそのままに捉え得ないことに気づいた時はじめて、自分自身の象徴作用に対して意識的になることができる。捉えることのできる自然は、自分の意識の広がりに比例する範囲にしかない。自己の認識しうる現実は、意識における象徴の要約でしかないと了解される。

この時詩人はむしろ、無限の可能性を持つ自然を忘れ、自意識の中で象徴と化した存在を自由に扱う可能性に思い至る。具体的な自然の姿を捨象した、いわば無機的蕩酔にふけるのである。象徴詩の、ダイヤモンドと犬を結びつけるような奇矯な比喩も、このような発想に基づいている。[*17]

この意識の中の遊戯にふける詩人はやがて、象徴作用を司る自己の意識を分析することで、世界をすべて知りうると錯覚する。自己の知りうる世界が全て意識の中にあるなら、自己の意識を分析すれば世界をすべて知ることができると思われたのである。この自己の意識を分析する試みが、「自意識の化学」だ。

しかし詩人は、己の姿を捉えることすらできないはずだ。なぜなら「自意識の化学」は、自己の意識すら象徴という自意識の構築物と化してしまうからである。この無力を自覚した詩人は、忘我という虚無に至る他はないと小林は言う。自意識を自意識することを忘れ、

謙譲の態度をもって対する、自意識の生の哲学に変わるものと見なす。

＊17　この象徴の方法は、ダダの方法に近いものだ。小林の言葉は、中原がダダと象徴を結びつける契機となった可能性もある。ただし、小林の言う象徴は、中原の考えるような生の倫理ではない。自意識による表現の飽和と限界を示すものである。

「現実という永遠の現前」の前に立つことを求めるというのである。

極度の忘我とは極度の期待に他ならない。これが生を享けて止まる事を知らない魂の定命だ。ボオドレエルの天才が獲得した倦怠とはこの極度の期待に他ならぬ。彼は倦怠の裡に、遠い昔、時間の流れの如何なる場所如何なる日にか魂と肉体とが離別した事を追懐する。一人は開眼を求めて生き、一人は睡眠を求めて死んだ。彼は自分の分身を眺めてこれを思慕する。

詩人の忘我は、自意識が固形と化し死物と化した象徴を忘れ、現実の生きた姿を捉えたいと願う気持ちの表れである。詩人は、そのために、かつて分離した自己の魂と肉体を回顧する。世界を探求する理知の情熱に駆られ、詩人は現実につながる自己の肉体を眠らせていた。詩人の忘我とは、独我の世界に陥った意識に対する意識を逆に眠らせ、現実への回路である肉体を回復させる試みである。ボードレールの天才は、そのような忘我の境地である退屈《アンニュイ》=倦怠を見出した。

ボオドレエルの摑んだ退屈《アンニュイ》とは決して単調《モノトニイ》ではない。それは極度の緊張である。魂が現実といふ現前の死物への托身である。人間情熱の最も謙譲なる形式である。魂は心臓の鼓動と同じ速力をもつて夢みる。吾々はかゝる状態をもはや魂の一状態と呼ぶ事は出来ない。僕の眼に浮ぶものは唯黙々と巴里の舗石を踏んで行く彼の姿体《すがた》である。此処に仮に退屈と名付けた一状態はあらゆる創造の萌芽を含むであらうが、創造を意味してはゐない。退屈は一絶対物には相違ないが、又、人間にとつて一絶対物とは単にあらゆる行為を否定する一寂滅に他ならない。創造とは行為である、あくまでも人間的な遊戯である。キリストにとつて見神は一絶対物であつた。然し創造ではなかつた。彼は見神を抱いて歩かねばならない。一絶対物を血肉の行為としなければならない。蓋し創造とは真理の為にでもない、美の為にでもない、一至上命令の為にでもない、樹から林檎が落ちるが如き一つの必然に過ぎぬ。

ボードレールの退屈《アンニュイ》＝倦怠は、かつて分離したはずの魂と肉体が共に手を携えて、現実に身を投げ出そうとする緊張を伴うものだ。自意識により現実を解析しようとする欲望を棄て、現実に謙譲の態度をもって対するのである。したがってこの倦怠は、象徴のような芸術的創造とは異なる。現実の中にただ身を投げ出し、黙々と彷徨うことでしかない。創造が行われるとすれば、真理を求めようとする意識の葛藤からではなく、彷徨の結果自ずと生まれる必然からだと小林は言う。

退屈《アンニュイ》が「自意識の化学」を忘却させると、詩人は「一つの創造といふ行為の磁場と化」し、その「魂には表現を要求する何物も堆積してゐない」状態になる。詩人には、「星の如く消えんとする自我の生の姿」と、「改変し難き現実の死の姿」が残される。*18 そのため、それら「生と死の間に美しき縄戯を演ず」る詩学しか生きる手立てはないという。キリストのようにただ神を見る態度を徹底できない詩人は、「自意識の化学」を忘却しても、結局は「死物に新たな死物を加へる」創造行為に及ばずにはいられないというのだ。

小林はここで再び、「人生斫断家アルチュル・ランボオ」同様に、意識と無意識の接点

*18 ここでの小林の用語は理解しづらいが、詩人が捉えた現実は固定されたものであるため「死」と言い、詩人の自我は現在思考を進め変化しつつあるものであるため「生」と言うのである。

を見出そうとしている。「縄戯」という皮肉を含んだ言い方ではあるが、意識が朧げになりながら僅かに残る地点に、芸術創造の可能性があるという。意識が「自意識の化学」を忘れ、その働きが弱まったところに、かろうじてキリストのような無意識の「見神」者との接点が生まれるのである。

ここで言うキリストの見神は、本節の「4」に引いた、「芥川龍之介の美神と宿命」で言う「忘我の謙譲をもって見る」ことと同様の態度を指すのだろう。現実は創造できないゆえに、芸術家は「在るが儘の世界を見る」ように努めるしかない。ゆえに「自意識の化学」を忘れ、自然に倣おうとする。形にする以上、固定した死物にならざるを得ないが、「自意識の化学」とは異なる、忘我や退屈という自我の態度により、自然に接近する芸術創造の可能性を探ろうとするのである。小林にとって芸術創造はやはり、無意識と接点を持ちながらも、意識が成すものでなければならない。

とはいえ、現実を見る点において、詩人のような意識者は、キリストの「見神」に及ばない。詩作を「縄戯」にすぎないと諦念するゆえんである。生きるというありのままの世界は、自ら行動し経験するしかない。「人生斫断家アルチュル・ランボオ」で示されたように、ヴェルレーヌのような無意識の生活者になれないのならば、意識者が現実に肉薄するには、ランボーのような「斫断」を行うしかない。小林は、詩人の象徴という芸術創造を自意識の中に閉ざされた欺瞞にすぎないものとし、むしろ、そこから意識自体によって脱する術を探るのである。

おそらく、「「悪の華」一面」で述べられる、対象を死物と化し多彩な心象を引き出す象徴詩人の行いは、富永太郎の「鳥獣剝製所」を参照したものだろう（第二章Ⅱ「富永太郎」

の4参照）。中原がそうであったように、小林もまた富永の詩心の遍歴を、自己の思索の糧としたのである。そして、中原同様に、富永とは別の方向を目指そうとする。

富永が「鳥獣剝製所」に示した詩人の肖像は、自己の死物としてのイマージュに耽溺し、「生きることと、黄色寝椅子《ディヴァン》の上に休息することが一致してゐるどこか別の邦へ行つて住まうと決心」するものだった。この詩人の態度を小林は「自意識の化学」による「無機的蕩酔」と見なし、逆に、意識の外部の生きた自然を感得する可能性を示そうとした。富永の「休息」の向こう側に出る契機を求めたのである。小林の求めた可能性は、自意識を眠らせる退屈《アンニュイ》により、現実という肉体を復活させ意識と調和させることにあった。

また、小林の「「悪の華」一面」の、象徴が対象を死物と化すという一節と、意識を超えた倦怠を現実に肉薄する方法と見なす件は、中原の「夭折した富永」の、サンボリストよりもデカダン派としてのボードレールを評価する議論に通じる所がある（第二章Ⅱ「富永太郎」の5参照）。小林と中原のどちらがオリジナルの言説かは分からない。中原、富永、小林の三者は相互に詩的論議を交わらせていたという。[*19] 三者の詩論の交錯の痕が、両者の論の類似として残ったと考えるべきだろう。

富永の詩心を越えようとする点で、中原と小林の態度は共通している。ただし、小林の興味は、意識の可能性にある。意識を持ちながら生きた現実に肉薄する方法を考えたのである。それが、自意識の忘我としての退屈《アンニュイ》だった。

*19　小林と富永は互いにフランス文学の知識をやり取りする間柄であった（吉田凞生『評伝中原中也』講談社文芸文庫、一九九六・五、八三頁）参照。また大岡『富永太郎』は、三者が共通して、岩野泡鳴訳アーサー・シモンズ『表象派の文学運動』（一九一三・一〇）に影響を受けていることを述べる（一七八頁）。また長谷川泰子述・村上護編『ゆきてかへらぬ』（講談社、一九七四・一〇）は、「談論風発みたいなものではなくて、静かに話して」いる

中原と富永の姿を伝えている（四六頁）。

7

中原は逆に、忘我の向こう側を語ろうとした。小林は小児や原始人を、自分とは異なる自意識を持たぬものと見なしていた。ボードレールは、無意識の生活者の自動的な認識を厭うと小林は述べる。だが中原は自己の詩心を、その自意識を持たない原始人の立場から始めようとしている。「私は自信に於て／原始人だ」中原は、一九二七年三月一六日の日記にこう書いている。また三月一五日には、「私の観念の中には、／常に人称がない、／絶対にない！」と記している。自意識家が、生きた現実に接するために忘却を必要とするのとは異なり、原始人の自動的な意識「純粋持続」は、忘却という操作を必要としない。それが中原の主張しようとするものである。[＊20]

また小林は、象徴を現実に接近した表現に変える可能性を持つのは、芸術家の忘我だという。だが、忘我はどのように表現を変えるのか。「蓋し創造とは真理の為にでもない、樹から林檎が落ちるが如き一つの必然に過ぎぬ。」このような自然の成り行きには、詩人の表現する具体的な過程が抜け落ちている。小林は、詩人という表現者の秘密を探ろうとしながらも、それを自身の主体的な行為として語ることができなかった。小林の詩論は、傍から見た鑑賞者の理論と言った方がいいかもしれない。だが中原は、表現の理論そのものを必要とした。それが「小詩論」の「想ふことゝしての皺」の理論である。

古来写実的筆致を用ひた詩人の、その骨折に比して効果少なかつた理由は、想ふことを想はうとする風があつたからだと私は言ふ。或は、真底想はなかつたから、判然皺が

＊20　第二章Ⅱ「富永太郎」の6に述べた、中原の「或る心の一季節」の忘却は、小林の忘我とは異なる。小林の言う忘我は、現実を捉えるために、自意識の働きを意識することを忘れることだが、「或る心の一季節」の忘却は、過去に対する執着を始めから欠いた態度である。

現れなかつたのだ。
　然るに此の皺は決して意識的に招かるべきものではない。よりよく生きようといふ心懸けだけが我等人間の願ひとして容れられる。

終わりの二行は、小林の「「悪の華」一面」の「キリストにとつて見神は一絶対物であつた。然し創造ではなかつた。彼は見神を抱いて歩かねばならない。一絶対物を血肉の行為としなければならない。」と同様のことを述べているように見える。どちらも意識を働かせるよりも生きることが必要だというのである。
　ただし小林の言う無意識家が、ありのままの世界を捉えるのに対し、中原の言う詩人が捉えようとするのは、思惟の痕跡である「想ふこと丶しての皺」だ。意識を介入させずに捉えようとする対象が異なるのである。そもそも中原は、小林の言う、自意識を自意識する「自意識の化学」を認めないだろう。意識は流動的で常に変化するため、「想ふことを想ふことは出来ない」。自意識を捉えようとしても、それはすでに過ぎ去っている。もし捉えようとするならば、生きた感情が意識に残す痕跡としての「想ふこと丶しての皺」が自ずと浮かぶのを待つしかないと言うのである。小林の自意識家が意識的な操作から忘我の創造へと飛躍を遂げるのに対し、中原は、現在を生きる自己と、その生きた感情を捉える際の自己との時差《タイムラグ》を明確に意識している。

　生きることは老の皺を呼ぶことになると同一の理で想ふことは想ふこと丶しての皺を作す。／想ふことを想ふことは出来ないが想つたので出来た皺に就いては想ふことが出来る。

この時《タイムラグ》差を語ろうとする慎重さこそが、中原の創作の過程を探ろうとする態度の現れであり、その詩心の在処を示すものである。中原は、思うことを思うことは不可能だと言う。小林の言う意識の遊戯に陥る自意識家とは異なり、中原は始めから自意識の中に世界があるとは考えていない。また、世界を対象として描こうともしていない。中原が描こうとするのは、世界を見たときの感動である。

だが、思うことには始めから形などない。それを描くため意識しようとした瞬間に、それはどこかへ逃げてしまう。あるいは、世間の道理に取り込まれて、本来のものとは別の形になってしまう。それゆえに、「想ふことを想ふこと」と、「想つたので出来た皺に就いて想ふこと」を区別しなければならない。思うことを思うことが可能だと規定してしまうと、本来の思いが逃げ去った時《タイムラグ》差を忘れ、ランボーのように知性を主体として「ソフィズム流に片付け」てしまうだろう。

詩人はむしろ、この時《タイムラグ》差を意識するからこそ、「想ふことゝしての皺」の向こう側にある、本来の感情に思いを馳せることができる。中原にとっての創作とはつまり、世間の道理に囚われて急ぎすぎることなく、感情の熟する時を、時《タイムラグ》差を意識しながら待つことである。そこにはキリストの「見神」のような奇跡はない。自分の本来的な感情すら取り戻すことのできない無力な詩人の姿があるのみである。[*21]

ここで「ノート1924」に書かれたダダ詩「古代土器の印象」を思い起こしておこう（第一章V「ダダの理論」の5参照）。「古代土器の印象」の私は、過ぎ去った旅人に追いつけ

＊21　小林が「『悪の華』一面」に言う詩人も、キリストに比すれば無力である。それは、自意識の外側に出ることができないからである。捉えた現実は、

ない。言葉を発しない土人だけが、旅人を捉えることができた。「古代土器の印象」でも、自分が本来捉えたいものを逃してしまう時差《タイムラグ》に対する嘆きが語られていたのである。中原の詩心は、この何かから取り残され、遅れてしまった地点から立ち上がるものだった。このダダ以来の詩心を、詩論に転じたものが「小詩論」なのである。

中原は、「想ふことゝしての皺」という言葉により、本来の感情とそれを捉えようとする意識の働きの間の時差《タイムラグ》を明示した。それは、忘却という方法により、意識を世界に近づけられると考えた意識家小林秀雄に対する回答でもあった。「小詩論」に「小林秀雄に」の副題が付されたゆえんである。一九二七年制作と推定される「小林秀雄小論」[*22]で、中原は次のように言う。

> この男は意識的なのです。そして意識はどつちみち人を悲しませるものです。然るにその悲しみ方に色々ある。そしてこの男について言つてみれば、この男はその悲しむ段となつてはまるで無意識家と同しなのです。それは私にこの男の意志が間断しないことを知らせます。
>
> けれども、悲しむ段となつてだけ無意識なんてことがありませうか？　それは考へられません。それで私が今始めに此の男を意識的だといつたのをなんとか改訂しなければなりません。然り、この男は無意識家なのです。然るに用心深すぎるのです。卑怯なのです。然るにこの男が此の頃の大変卑怯ではない人の分る事が分るのはどうしたことでせう？――この男は嘗て心的活動の出発点に際し、純粋に自己自身の即ち魂の興味よりもヴァニティの方を一歩先に出したのです。そして此の頃大変魂の大事なことが分ると

すべて自意識の中で死物と化すからである。中原の示す詩人は、自意識の外側にある「思い」が存在しているのは確かだと考える。その点ではむしろ、小林の「自意識の化学」の理論からすれば、安易なものであるかもしれない。小林は自意識の外へ出ることを容易なことは考えていない。しかし中原は、自意識の外側に至るための、意識に可能な手立てとして、「思ふことゝしての皺」を想定する。本来形にならないものを表現するためには、仲介するものが必要だということだろう。通常その媒体は「言語」だと考えられるが、中原は「名辞以前」という言葉を用い、言語の働きの不備を論じる。付「「芸術論覚え書」について」の3、4参照。

＊22　年代推定は、吉田「草稿細目」による。『新編全集第四巻　解題篇』「小林秀雄小論」一〇〇〜一〇四頁参照。

いふのには、彼の自己自身の興味に沈溺する善良性は小さくなかつたのです。然るにヴァニティは一歩先に出たのだから、つまりどつちも大きいがヴァニティの方が一歩より大きいのです。――といふのがこの男に先験されたるもの、即ち素質です。（中略）

偖、機敏な男とは生活の処理のよくつく男といふこと丶いつて差支へありません。この男はヴァニティ、即ち自己自身の魂のことを後にしたので生活の処理がつき易かつたのです。

実際がどのような性格であるにしろ、中原は人物像を描く時には、その人物の芸術論や創作がそのまま人となりに現れているかのように語った。富永太郎を語った「夭折した富永」がそうであり、「小林秀雄小論」も同様だ。*23

中原は小林は、意識家でありながら、自己の感情、魂の問題に対しては無感覚だと言う。それは、「生活の処理のよくつく」機敏な男だったからである。つまり、「小詩論」にいうランボーのように「急ぎ過ぎ」、感情を「ソフィズム流に片付けた」。しかもランボーのような魂の問題は欠けていたというのだ。

中原は器用に生きようとする意識が、魂の問題を忘れさせるというのである。「樹から林檎が落ちる」ような飛躍に憧れることは、機敏に生きようとすることに他ならない。林檎が落ちる以前の果実の熟する過程、「自己自身の興味に沈溺する善良性」をこそ生きろというのだ。その過程の顕示こそが、中原の表現の理論であり、その過程に立ち入らず「見神」へと飛躍しようとする、小林の論理に対する回答でもあった。しかし、ここに疑問は残る。はたして「想ふこと丶しての皺」はどのように表現されるのだろうか。

＊23　大岡『朝の歌』は、「小林秀雄小論」には、普段の対人関係での中原の「意地悪」な面が出ているという。「ここには人間味がないばかりか、真実も一つもないのである。」一六〇頁。

Ⅳ　象徴とフォルム

1

中原は、一九二八年に発表した「生と歌」で次のように述べる。[*1]

古へにあつて、人が先づ最初に表現したかつたものは自分自身の叫びであつたに相違ない。その叫びの動機が野山から来ようと隣人から来ようと、その他意識されないものから来ようと、一たびそれが自分自身の中で起つた時に、切実であつたに違ひない。蓋し、その時に人は、「あゝ！」と叫ぶにとどまつたことであらう。

然るに「あゝ！」と表現するかはりに「あゝ！」と呼ばしめた当の対象を記録しようとしたと想はれる。恐らく、これが叙事芸術の抒情芸術に先立つて発達した所以である。仮りに抒情芸術が先立つたといふ歴史上の論証があがつたとしても、近代に至るまで、抒情芸術と称ばれてゐるものゝすべては叙事による抒情、つまり抒情慾が比較的叙事慾よりも強かつたといふに過ぎない。

然るにかゝる態度によつて表現がなさるゝ場合、表現物はそれの作される過程の中に、

＊1　『スルヤ』第三揖（一九二八・一〇）。『新編全集第四巻　解題篇』「生と歌」九～一七頁参照。

根本的に無理を持つと考へられる。何となれば、「あゝ!」なる叫びと、さう叫ばしめた当の対象とは、直ちに一致してゐると甚だ言ひ難いからである。「見ることを見ること」が不可能な限り、自己の叫びの当の対象を、これと指示することは出来ない。たゞそれが可能に見えるのは、かの記憶、或は経験によつてゞある。

ここでは、先に取り上げた「小詩論」(推定一九二七年)の「想ふことゝしての皺」をめぐる議論とほぼ同じ内容が語られている(第二章Ⅲ「小林秀雄」の2参照)。人が本来表現したかったものは、対象を見た時の驚き(「あゝ!」という叫び)だったはずだ。だが人は驚きそのものよりも、その対象の方を描こうとした。ただ、この表現法には根本的な無理がある。驚きはそれを感じた瞬間ごとに消えてしまうため、驚きとその対象を事後に、完全に一致させることは不可能だからだ。この過ぎ去る時間を埋めようとするならば、記憶や経験に拠るしかないと中原は述べる。

「小詩論」と異なるのは、感動そのものを得た時と感動を表現する時の時差《タイムラグ》について、より明確に語る点だ。そして両者を結びつける手段は記憶しかないと、「見ることを見ること」が不可能な人間の意識に限界があることを認め、むしろ芸術表現の問題を具体的に展開しようとしている。

かくて、表現は、経験によつて、叫びの当の対象と見ゆるものを、より叫びに似るやうに描いたのである。かゝる時生活は表現(芸術)と別れ勝ちになるのだつた。言換れば叫びは無論生活で、その生活に近似せしめる習練——技《わざ》の修得が芸術となるのだつた。

そして芸術史上の折々に於て、殆んど技巧ばかりが芸術の全部かの如き有様を呈した。その間にあつて、たゞ叫びの強烈な人、かの誠実に充ちた人だけが生命を喜ばす芸術を遺したのである。音楽に於けるその著しい例がベートーベンである。正にドビュッシィが言ふやうに、ベートーベンはデスクリプションした。然るに彼の叫びの強烈さがデスクリプションを表現的にしたのだ。

「見ることを見ること」が不可能な限り、自分の叫びの当の対象をこれだと指示することが出来ない時、さしあたつて表現を可能にするものが、かの夢想的過程にあると見られる。トンポエムが作られた所以である。

然るに夢想的過程なるものは、表出されたとして人生的位置を、即ち meaning を持たない、つまりソナタにならないのだ。トンポエムは必竟表象の羅列である。その羅列が如何に万全を期してゐる際になほ、心的快楽を喚起するまでゞある。尤も、純粋にエステティクに言つて、デスクリプションよりも進んだものとは言へる。

然るに、事実歌ふ場合に、人は全然トンポエムにもなれない、又全然デスクリプションにもなれない。この時イージーゴーイングな方面で一番好都合なのは、言つてみればその歌の動機を説明しては、トンポエムすることなのである。かゝる時テーマ楽曲が存在した。

此処に芸術は一頓挫した。やがて近代の諸主義が生れるのであるが、要するにそれ等の数々は、要するに根底に於て一括されるかと思ふ。即ち、それは叫びとそれの当の対象との関係を認識しようとしたことであつた。そこで近代の作品は、私には歌はうとしてはゐないで、寧ろ歌ふには如何すべきかを言つてゐるやうに見える。歌ではなくて歌の原理だ。かくて近代の作品は外的である。叫びとそれの当の対象との関係がより細かに知られるに従つて益々外的となる。叫び（生活）そのものは遮断されたまゝになつて、叫びの表現方法が向上して行くのであるから、外的になる筈である。まるで科学の役目を芸術が引受けたかのやうだ。

「生と歌」が掲載されたのは、中原と交流のあった音楽家、諸井三郎らの主催する音楽雑誌『スルヤ』である。ここで中原は、その音楽を例に表現の技術について語ろうとしている。

芸術は「見ることを見ること」が不可能なことをふまえ、感動の対象を感動そのものに近づけるための技術を磨いてきた。しかし多くの芸術作品は、方法であるはずの技巧にばかり囚われたため、芸術史は、技巧が芸術の全てであるかのような状況を呈した。ベートーベンも、感動そのものではなく、感動の対象を描くような「デスクリプション（描写）」を行った。だがベートーベンは、強烈な感動の投影により、「デスクリプション」を、生命感のある表現とすることができた。自分の感動に誠実なものだけが、表現を生きたものとしたというのである。

一方、表現を感動そのものに近づけるための別の試みもなされた。「夢想的過程」を表象する、トンポエムである。トンポエムは、詩的幻想を喚起するような管弦楽曲である交響詩の一種で自由な形式を持つものだ。「見ることを見ること」が不可能ならば、感動の対象を限定することもできない。ならば、描写しようとする意図、および形式自体を棄てようというのがトンポエムの試みである。

「夢想的過程」とは、実人生における意味づけを持たない、「夢」のような表現である。ソナタのように大規模な形式を持たないトンポエムは、構成（形式）によって楽曲の意味を説明するようなことをせず、この「夢想的過程」の表現を目指す。表象を羅列し、その付置の妙により美的快感を生み出そうとするだけだ。外から与えられた形式に従わないため、「デスクリプション」よりも、自己自身の感動に近づくことができると言うのだろう。

しかし、人が実際に歌う場合、夢を示すトンポエムも、ベートーベンのような感動のデスクリプションも困難だという。そこで、もっとも安易なやり方として、トンポエムのような方法をとりながら、自分の歌の動機を示そうとするものが現れた。テーマ楽曲（標題音楽）と呼ばれるものが、これに当たる。

結局、近代の諸主義は、感動を描くよりも、感動と対象の関係を説明しようとしたと中原は言う。科学のように感動の仕組みを分析することに囚われ、感動そのものを忘れたというのだ。感動（叫び＝生活）はむしろ内奥に閉じこめられ、感動の表現方法だけが向上する。外的なものにのみ囚われるのが、近代の人間の姿なのである。当然のことながら、感動を得た時と、感動を表現する時の時差《タイムラグ》は忘却されたままとなる。

2

ここで中原は音楽に託して、詩を含めた近代の芸術表現全般について語ろうとしている。例えば、自由な形式で表象を羅列するトンポエムはダダの謂いであり、感動を科学的に解析する近代の諸思潮は、マルクス主義文芸やアヴァンギャルド芸術以降の新興芸術のことを言うのだろう。

ダダには一定の形式がなく、緊密な言葉のつながりを持たない。特に、認識以前の世界に近づき原始人の感性を求める中原のダダは、実人生における意義、対人圏の言葉を厭うものだった（第一章Ⅴ「ダダの理論」の4、5参照）。「夢想的過程」を表象するトンポエムは、形式の解体を目指し人生の概念化を回避する点で、中原の目指したダダの精神に近いものと言えよう。また「生と歌」は、芸術の科学的な探求について次のように述べる。


つまり近代は、表現方法の考究を生命自体だと何時の間にか思込んだことである。

（近代は生活を失つた！　偶然にも貧民階級の上にだけ生活があつた！

批評が盛んになる時に、作品は衰へる、とは嘗つてゲエテの言つたことだつけ。げにほんとであることよ！——尤も批評は盛んになるがよい、而して生活はなほ盛んになれば好いのだが、とかく批評の盛んな時に生活は衰え勝ちなことではある。（中略）

力なきものは自ら萎む。漸くにして彼等も倦怠を覚えてゐる。——然らば如何にすべきか？——彼等は迷つてゐる。そして世界中が迷つてゐる。やがてその中から低い声が一つした。観念論に行けと。——その声にともかくも好感を懐いた人達の或者は、感傷的な道徳家となり、他の或者は批評主義派になつてしまつた。

それ等さへまた倦怠に入りつゝある昨今、芸術界が経済学だの歴史だのといふことを気にしはじめてゐることは随分ありさうなことで、そして同情さるべき事情である。


「近代は生活を失つた！　偶然にも貧民階級の上にだけ生活があつた！」「芸術界が経

済学だの歴史だのといふことを気にしはじめてゐる」という言葉は、資本家に搾取される労働者階級の問題をとりあげたプロレタリア芸術や、唯物史観に基づき現状を分析するマルクス主義が隆盛した、一九二〇年代の芸術界の置かれた状況をふまえている。

また、批評が盛んな現状とは、友人の小林秀雄に対する皮肉であると同時に、一九一〇年代以来の、民衆詩派に名をつらねた白鳥省吾や百田宗治の詩的啓蒙活動、あるいは、厨川白村など大正期を特徴づける教養主義者の批評活動を指すのであろう。大正期には、詩や小説などの実作に並び、文学的知識を概説する入門書の類が多く出版された。中原は一九二七年に、これらの書物を多く手にしている。*2 また、中原の「生と歌」の発表された前月には、ヨーロッパの前衛詩論を積極的に紹介した『詩と詩論』（一九二八・九〜一九三一・一二）が創刊されている。一九二〇年の後半は、ふたたび批評の季節が始まろうとしていた。

このような現状をふまえ中原は、技術論議ばかりが横行しているというのだろう。先に見たように、小林もまた中原の眼から見れば、感情そのものを表現しようとせず、分析的な知と生命との奇跡的な一致を望む批評家らしい心理の持ち主だった（第二章Ⅲ「小林秀雄」の6参照）。

ここで注意すべきは、中原が批評あるいは科学的態度を、「観念論」として退けていることである。大岡「全集解説　詩Ⅰ」は、「富永はまた Everything is a symbol, and a symbol of what, of mind という句を引く中原を伝えている。これはアミエルの句で、石丸重治が『青銅時代』第七号（大正十三年九月）に書いたエマーソン論に引用したものである。「万物は心の象徴である」とはボードレールの詩人的発想を、スイス風に観念論化

*2　一九二七年の日記に読書記録が残されている。第三章Ⅱ「生活と読書」の2参照。

した理論だが、それは中原のモラリスト的な詩論と一致した」[*3]と述べている。ここでは中原が観念論を肯定しているかのように言われているが、中原は科学や知恵こそが「観念論」であると批判し、自身はもっと実感に即したものを表現したいと述べているのである。「生と歌」では、その実感を「叫び」または「生活」という言葉で表わす。これは「夭折した富永」の中の言葉、「実生活に対する愛」と同じ文脈で用いるのだろう（第二章Ⅱ「富永太郎」の5参照）。観念論に偏った現状に対してなすべきことは行為であり、流動的な世界をそのままに生きることであると中原は言う。

直覚と、行為とが世界を新しくする。そしてそれは、希望と嘆息の間を上下する魂の或る能力、その能力にのみ関つてゐる。

認識ではない、認識し得る能力が問題なんだ。その能力を拡充するものは希望なんだ。（中略）

行へよ！　その中に全てがある。その中に芸術上の諸形式を超えて、生命の叫びを歌ふ能力がある。

多分、バッハの頃から段々人類は大脳ばかりをでかくしだしたのだ。その偏奇は、今や極点に達してゐる。それを心臓の方に導かうとする、つまりより流動的にしようとして、十九世紀末葉は「暗示」といふ言葉を新しく発見したのだつたが、それはやがて皮膚感覚ばかりの、現に見る文明と堕してしまつた。（中略）

或る一つの内容を盛るに最も適はしい唯一形式は、探し得られる。けれども、内容といふものは絶えず流動してゐる。そこで形式論はすべて無益となる。――余りに実利的

*3　同書三四二頁。

な一般人が、形式論（原理）と実地とを直接連つたものと考へたがる。それが不可ない、たゞ実地に対する賢い良心は「形式論」の闡明を希ふものであるから形式論は、考へられなければならない。

中原は、バッハの頃から芸術が知的分析に偏ったという。先に示した一九二七年四月二六日の日記で述べられた、「大脳」批判と同様の論がここで繰り返されている（第二章Ⅲ「小林秀雄」の5参照）。バッハに代表されるバロック期の音楽は、劇的な表現力を求める様々な試みから生まれた。その意味では豊かな感情表現を目指したものだが、同時にソナタ形式など様式化も進められた。中原は、その普遍的な形式を構築しようとする側面のみが、時代を経るにつれ肥大化してきたと言うのだろう。ある内容にふさわしい形式を発見することはできる。だが表現したい内容は常に流動しているので、普遍的な形式論に当てはめることはできない、と中原は述べるのだ。

だが中原は形式自体を否定するわけではない。ひとつの形式でどのようなものでも表現できると考える、概念化＝一般化の発想を批判しているのである。詩の内容にふさわしい形式を、そのたびごとに見出すべきだと言うのだ。形式の概念化は無益だが、形式の実践は必要とされるのである。

先に見たように、一九二七年一月三一日の日記で中原は、感情は理知を通過した「心意」となって初めて芸術表現になりうると述べていた（第一章Ⅲ「ダダイストとセンチメンタリズム」の7）。中原は、単に表現する以前の超越的世界を求めるわけではなく、情調を「可見的」にし、社会に芸術表現として提示することを望んだのである。芸術表現が、何らかの形をとることで、社会に流通し影響を及ぼすと考える点では、むしろ形式主義《フォルマリスム》やマルクス主義の主張に近いと言える。概念化された形式を拒否するだけで、表現自体が無益だと言うわけではないのである。

表現に際して概念化された形式を拒否する点で、トンポエムあるいはダダの表現の試みは、「生と歌」で述べる中原の詩心に近いものと言える。だが多くの場合、表象を羅列する方法に徹することができず、その歌の動機を説明するような標題を付してしまう。これもまた、概念化に他ならない。他の近代の芸術を見渡しても、「あゝ！」という最初の感動を表現する決定的な方法を欠いているように見える。むしろ、様々な表現の試みは概ね分析的思考に囚われ、感動から遠いものを表現してしまうことになるようだ。

感動の流動性に表現を近づけることに徹することができず、「テーマ楽曲」のように、対象に説明を加え名づけてしまうことを、後に中原は「芸術論覚え書」（推定一九三四、五年）で「名辞」と呼び、芸術は「名辞以前の世界の作業」だと述べた。

> 「これが手だ」と、「手」といふ名辞を口にする前に感じてゐる手、その手が深く感じられてゐればよい。
>
> 芸術といふのは名辞以前の世界の作業で、生活とは諸名辞間の交渉である。そこで生活で敏活な人が芸術で敏活とはいかないし、芸術で敏活な人が生活では頓馬であることもあり得る。謂はば芸術とは「樵夫山を見ず」のその樵夫にして、而も山のことを語れば何かと面白く語れることにて、「あれが『山（名辞）』であの山はこの山よりどうだ」

なぞいふことが謂はば生活である。

客観的な立場から名辞することを避け、体験そのものの中にある際の、流動的な事象の状態に表現を近づけることが、中原の目指すところになる。（ここでいう「生活」は、「生と歌」で言う人間の根源的な叫びを生む「生活」とは異なり、むしろ本来の感情を忘れさせる「対人圏」を指している。）[*4]

佐々木『中原中也』は、この「名辞以前の世界」を、「小さな閉じられた場所（共同体）」、「例えば「あゝ！」という声が聞こえる範囲の、それくらいの広さの文化圏が成立している場所」だとしている。[*5] だが中原は、概念化し通俗化した表現を批判するだけで、自分の表現の伝わる範囲まで限定しようとしているわけではない。むしろ、先に述べたように、社会に「可見的」なものとすることを求めたのである。また佐々木『中原中也』は、名辞を言葉に等しいものと見なすが、[*6] 中原の言う「名辞以前」は、言葉の意味を超えたものと言うことではない。引用した「芸術論覚え書」の一節にあるように、生活の中の「諸名辞間の交渉」、つまり日常的な慣習の中の用語に囚われずに表現することを目指す、実践的な意味合いを持った言葉である。

おそらく「名辞以前」の発想は、小林秀雄の「「悪の華」一面」をふまえており、「生と歌」や「芸術論覚え書」で提示した問題を、象徴という表現方法と結びつける契機となったのである。

＊4　「芸術論覚え書」は、一九三四〜一九三五年制作と推定される未発表の草稿。吉田「草稿細目」、および『新編全集第四巻　解題篇』一三四〜一五六頁参照。中原の用いる「生活」の意味はテキストにより異なる。第一章Ｖ「ダダの理論」の4に引用した「酒は誰でも酔はす」のように、「生活第一芸術第二」という当時のプロレタリア文学運動の文脈をそのまま引用している場合もある。第三章Ⅱ「読書と生活」の3参照。

＊5　同書一九〇頁。

＊6　同書一八九―一九七頁。付「芸術論覚え書について」の3参照。

3

小林秀雄は「『悪の華』一面」（一九二七・一一）の、象徴が日常的な言語と変わりないことを述べた箇所で、中原の「芸術論覚え書」と同じく、山という言葉を例に上げていた（第二章Ⅲ「小林秀雄」の6参照）。（順序は小林の方が先で、中原が後に引用したということになる。）小林は、芸術家だけが特権的に存在と意味を合一させ、生きた象徴表現をしうるという発想を否定する。芸術家のように特殊な能力を発揮しなくとも、小児や原始人は、存在と意味が分離する以前の生きた表現を用いる。象徴は、誰もが用いることのできる（あるいはかつて持っていた）能力であり、芸術家が独占するものではないというのだ。

中原はダダ時代から、世間の道理に縛られない感性を「原始人」という言葉で表した。それが「認識以前」や「名辞以前」といった中原の詩精神につながることは、これまでに述べたとおりだ（第一章Ⅳ「ダダイストの恋」の6参照）。小林は、「小児原始人の心に死んだ記号などといふものはあり得ない」と述べる。小林が「『悪の華』一面」に言う小児原始人の「象徴」は、中原の詩精神に近いものに見える。ただし、小林にとって原始人は、芸術家に劣る、自意識の働きに無自覚な俗人と同じ存在である。*7

むしろ中原は「芸術論覚え書」で、この小児原始人的な感性の成立する要件を徹底して追求した。小林は俗人でも存在と意味を合致させると言うが、中原はその合一が容易ではないとする。俗人こそ、世間の常識に囚われ、自分の感覚で対象を受け入れようとしないからだ。当初の感動を忘れ、世間知に合わせて対象を説明しようとするのである。中原はこの世間知を退け、山ならば山という経験の中に直接入り、それを「面白く」語ることの

＊7　小林が中原のダダ詩を読んでいたとすれば、「原始人」は中原を意識した用語かもしれない。芸術家にとって重要な問題は、回復が不可能な原始人の感性を目指すことではなく、自意識の限界を理解することだと言うのだろう。小林は、「象徴の森」という自意識の外部に出て、原初の感性を回復することは困難だと考えている。小児

できる樵夫のような態度こそが芸術家のなすべきことだと述べる。*8

本来誰もが持つ小児原始人的な感性は、世間の道理によって内奥に封じ込められてしまう。芸術家は、その感性の回復を目指すべきだと中原は言う。小林は象徴作用を芸術家の特権ではないとしたが、中原は世間的な常識に囚われない芸術家こそが原初の感動を回復できるものとする。中原の言説は小林とは逆に、象徴の働きを取り戻す芸術家の能力を復権させようとするものである。

一九二七年の「「悪の華」一面」で小林は、象徴を俗人も持つ感性だと貶め、芸術家の象徴も「自意識の化学」としての限界があることを示した。逆に中原は、一九二七年より象徴を自らの詩心に近い言葉として用いるようになる。一九二六年一一月の「夭折した富永」では、「デカダン派」に対し「サムボリスト」という語を批判的に用い、「実生活への愛」に欠ける富永像を表わしていた。だが一九二七年日記では、対象と分離する以前の原初的な感性に近づくために、詩人のたどるべき階梯として取り上げる。

佐藤春夫の詩が象徴とならないのは彼の孤独が淡泊だからだ。純粋性がまだ足りないからだ。情熱の争闘から生れる詩だ。理性とやらが、含まれてることになる。理性とは私にとつて悉皆マンネリズムだ。けれどもなほ且彼の詩を私が手許へ置く所以は、東洋的緻密さと、たしかに濾されたものだからだ。美しい！

（四月一二日）

さあ、夢みようではないか、おまへの過ぎし日の思索、おまへの経験の整理が、おまへの情緒をお行儀よくしたたらうではないか。

も原始人も、それぞれの「象徴の森」の中に閉じこめられているのである。饗庭孝男『小林秀雄とその時代』（文芸春秋社、一九八六・五）は、「小林のボードレール体験とは、ボードレール固有との出会いではなく、むしろ自意識とは何か、創造とは何か、という原理的な問題をつきつめる一つの例であったにすぎない」という（新版、小沢コレクション50、小沢書店、一九九七・三、五二頁）。

*8 吉田凞生「中原中也の詩法と自己」（『四次元実験工房14』矢立出版、一九八七・九）は、中原の名辞以前を、時枝誠記の言語過程説を応用して説明する。中原は「詞」としての名辞の表現、客体化され概念化された表現をできるだけ剝ぎ取り、「辞」としての詩語、「こと」としての表現主体を目指そうとしていると言う。また、付「「芸術論覚え書」について」の4参照。

けれどもその思索期に於て、殆んど完全に生活人の義務を終へた人程象徴的な表現を持ち得よう。佐藤春夫なんて随分義務を終へたんだが尚足りないのでロマンチケルなんだ。近頃文明批評が必要だなんて言つてゐる。それがどんな意味で言はれてるにしたつて私からは見下げるべきものだ。

（六月一四日）

佐藤春夫は詩人であるにもかかわらず、理性に偏るために、象徴的感性を持てないという。*9 理性は自分の情調を「お行儀よく」整理するだけで、感情を直接発露することにはつながらないからだ。この理性を「生活人の義務」として終えなければ、象徴的な詩の表現を得ることはできないと中原は言う。ここでは世間知だけでなく、理性一般が象徴および抒情を阻害するものとされている（第三章Ⅱ「読書と生活」の3参照）。

小林は、俗人も有する象徴という認識の働きが芸術表現となるためには、「自意識の化学」が必要だと述べていた（第二章Ⅲ「小林秀雄」の6）。しかし中原はそのような意識による操作こそが、俗世に囚われ、詩的感性を損なう要因となると言うのだろう。小林の象徴観とは明らかに対立するのである。一九二七年頃書かれたと推定される「小詩論」や「小林秀雄小論」で、詩作としての抒情を理知と対比させるのも、小林を意識してのことと思われる。また、一九二七年日記には次のような記事もある。

羔の心は生存競争に負ける。
けれども羔の心が生存競争でも勝つたら、
彼こそはげに「象徴」の権化ではないか。

（九月三〇日）

*9 佐藤春夫（一八九二〜一九六四）は、詩人、小説家、評論家。その創作の幅は広いが、一九二七年頃は、第一詩集『殉情詩集』（新潮社、一九二一・九）、第一評論集『芸術家の喜び』（金星堂、一九二二・三）、随筆集『退屈読本』（新潮社、一九二六・一一）など多くの著作を出版している。

「羔」（こひつじ）については、別に次のようにも述べている。

佐藤春夫はかの羔型の性情を殆ど徹底させて、そこからエピクテータスに避難する。

…………………　（一〇月八日）

ここで再び、佐藤春夫が登場する。エピクテータスは、エピクロスのことであろう。エピクロスは、エピキュリアン（快楽主義者）の語を生んだ、古代ギリシャの哲学者である。[*10]「羔の心は生存競争に負ける」とあるように、「羔型の性情」とは、世間知に抑圧され理解されることのない、原始人のごとき芸術家の感性を言うのである。[*11]（第二章Ⅱ「富永太郎」の5にあげた、中原の言うデカダン派のボードレールを思い浮かべてもよい。）佐藤は、生活に対するこの犠牲精神を突き詰めながらも、最後は快楽主義に逃げ込むというのだ。

ここでは、一九二七年三月二三日の日記の富永に対する記述と同様の批判を行っている（第二章Ⅲ「小林秀雄」の1参照）。富永はエピキュリアンであり、世界を慈愛する、善良な憂鬱に欠けるとしていた。佐藤春夫もまた、生活との対決を徹底することができず、結局は快楽に陥るというのだ。佐藤は、中原からすれば、真の芸術家の一歩手前でとどまる詩人ということになる。「夭折した富永」では、「実生活への愛」欠ける富永を否定的にサンボリストと言ったが、ここでは逆に生存競争を続ける「羔型の性情」を肯定的な意味で象徴と言うのである。

このように象徴は、中原の求める原始人的感性を表す言葉となり、詩人の目指すべき境

*10　エピクテータスに近い語として、エピクテトスというローマ帝政時代のストア派の哲学者もいる。博愛主義、コスモポリタニズムを唱えたエピクテトスは、「避難」という語にふさわしくないだろう。

*11　第三章Ⅱ「読書と生活」の3、および注15参照。

地を示す用語ともなった。ただしそれは、「ダダから象徴詩への移行」*12の末に見出されたものではない。むしろ象徴に対する共感は、原始人という言葉で表されるダダ的感性が持続された先に見出されたものであった。

とはいえ、中原の表現のフォルムは、象徴詩との出会いの後、必然的に変わることになる。ダダ時代の原始人的感性や流動的な生の表現は、マニフェストやつぶやきに置き換えられ、トンポエムのような夢想的形式の中に散りばめられていた。だが一九二五年以降の中原の詩は、原始人的感性や流動性そのものを、詩的フォルムの上で表現することを目指したのだと思われる。おそらく「生と歌」で述べた近代芸術史のトンポエム以降の可能性を探ろうとしたのだろう。その時にヒントとなったのも、象徴という理念だった。

4

大岡『富永太郎』は、富永が「日本流行の「情調派」でない」象徴を目指したことをふまえ（大岡『富永太郎』は「情調派」を、三木露風の無気力な情調主義や、西条八十の地口など通俗化した象徴主義だとする）、象徴は隠喩の一種にすぎないと述べる。*13

> 象徴は結局陰喩の一種である。サンボリスムは万物は象徴であるという。一方、陰喩は実在とイマージュの間に、無政府主義的交換を許容するが、一つの言語が「象徴」する実在は、その言語の記号するものと考えられる時、一つの主義となる。象徴の作り出す言語空間は、外的、内的の区別なく、実在を包み込む全体性の感じを持つ必要があっ

*12 大岡「全集解説　詩I」三四三頁。第一章I「ダダイストという呼び名」の2参照。

*13 二三七頁。「情調派」は、大正一三年（一九二四）一〇月二三日付小林秀雄宛富永太郎書簡の中の言葉。「実在とイマージュの間に、無政府主義的交換を許容する」という一節は、小林秀雄「「悪の華」一面」の次のような部分を参照していると思われる。「あらゆる存在が象徴となった時、自然といふ事実は消失するから唯一であっ

た。

　観念的大正では、こういう全体性は、ユイスマンスに倣って宗教的感情に保証を求める傾向があった。三木露風はトラピストを語り、日夏耿之介は「黒衣聖母」の前に跪き、斉藤茂吉は日本的汎神論に帰依した。


た甲といふ存在も無数となることが出来るし、甲といふ存在を乙といふ存在に合する事を出来る。」（第二章Ⅲ「小林秀雄」の6参照）

大岡『富永太郎』は、大正期の象徴主義を神秘主義の一種と捉えている。象徴表現は、ただ単に対象を指し示すだけでなく、宇宙などの全体性に結びつけるものと考えられた。大正期の象徴主義者は特に、その対象と全体性との関係の保証を、宗教的な感情に求めたという。対象と意味との関係を突き詰めて考えるよりも、既存の形而上学の枠組みの中に収めてしまう。この振る舞いを、大岡『富永太郎』は「情調派」と呼ぶようだ。

　曖昧な判断停止に陥らないためには、象徴の理論に神秘主義的な情緒を持ち込まない方がいいだろう。あるいは大岡『富永太郎』のように、「象徴は結局隠喩の一種である」と、言葉の働きを単純化して考えることも必要かもしれない。例えば、ジョージ・レイコフ、マイク・ターナー『詩と認知』*14は、異なった対象を結びつける詩的表現は、隠喩の働きによって説明できるとする。ただし『詩と認知』は、大岡『富永太郎』のように、隠喩を「無政府主義的交換」とは考えない。隠喩は、むしろ日常的な思考を支えるものであり、人間の意識の中のネットワークに基づくものだとする。

　『詩と認知』が基づく認知科学は、人間の認識作用の複合的な組織（complexity　複雑系）を明らかにしようとするものである。言葉の働きは、対象と意味を一対一の関係において結びつけるだけのものと見なされず、様々な言語使用の場面で使われる際に付帯する意味

＊14　1989, The University of Chicago.　大堀俊夫訳、紀伊国屋書店、一九九四・一〇。

合いを潜在的に含むものとされる。例えば、「人生は旅である」という喩では、「人生」と「旅」という言葉が単に、意味的に近いものとして結びつけられているだけではない。「人生」と「旅」それぞれにまつわる概念、人生を歩む人間と旅人（行為者）、人生における出来事の連続と旅程（過程）なども相互に関連づけられている。また、「人生」と「旅」それぞれに近接する概念、「愛」、「一日」なども参照される。

これら言語の複合的連関の全てを「隠喩」と呼ぶことが妥当かどうかはさて措き、「隠喩」が、「無政府主義的交換」と呼ぶべき恣意的な言葉の結びつけでないことは確かであろう。全く恣意的な言葉の結びつきは、理解することなどできない。恣意的に思われるのは、言語の複合的連関をたどり、一見結びつかないような連続を詩が実現しているからだ。

象徴主義者もまた、おそらく、この言語の複合的連関をふまえている。そして、飛躍とも見える言葉の結びつきを目指すと共に、一対一の照応関係に限定されることを回避するような言語表現を形づくろうとしたのである。[15] 例えば、柳沢建は、そのような観点から、北原白秋と比較し、三木露風を評価する。

露風氏の詩句にいたると、文字は、二様の用途を有してゐることが判る。文字の表面の輝きと、その裏面の陰影とである。換言すれば、文字が、文字本来の責任以上の責任を背負うてゐて、文字が喋べつてゐる以外のものを、人に伝えやうとつとめてゐる。従つて白秋氏の詩句が、一読以て余蘊《ようん》なく、その言はんとする所のものを鑑賞し得るに反して、露風氏の詩句は、しかく軽便な取扱を以て、鑑賞し得ない。『空と地との、浪うてる二つの谺《こだま》』といふ一行の詩句に於てさへも、その言はんとする所の『容積』は恐

＊15　小林秀雄は「『悪の華』一面」で、芸術家は、自意識の中に満たされた形骸化したイメージをもて遊ぶゆえに、「甲といふ存在を乙に合することも出来る」と述べていた。小林は、使い古された言語の使用例が積み重ねられているからこそ、イメージの自由な結び付けが可能だと言うのだろう。第二章Ⅲ「小林秀雄」の6参照。

らく、白秋氏の用ゐた四行の詩句でもつても、言ひ得ないものがあるではなからうか。即ち、露風氏の詩は、解剖分析して、鑑賞すべき詩句からなつてゐる。白秋氏の詩は、解剖分析の結果が詩句となつてゐるのである。露風氏の詩句は、原因であり、創造物であり、暗示である。白秋氏の詩句は、結果であり、解剖後の生物であり、説明である。

（「輓近の詩壇を論ず」『文章世界』一九一五年七月）

柳沢建は、三木露風の詩句に、言葉の余情のあることを指摘する。*16 北原白秋の詩が、対象を言い尽くした表現であるのに対し、三木露風の詩には、表面上の意味の他に、隠された情緒が醸し出されていると言うのである。三木も北原も共に象徴主義者と評されるが、柳沢は、三木の暗示的表現の方を上質のものと見なした。ただし、その言語表現の飛躍がすぎると、曖昧な印象だけが残る。萩原朔太郎は、この観点から逆に、北原白秋を評価し三木露風を批判する。

三木氏等の詩に於て、しばしば「あるらしく」見える所の思想の正体を暴露すれば誠に気の毒千万なるものである。それは一言でいへば、一種のありきたりの型にはまつた所謂「詩人らしい神秘思想」といふべき類の者に外ならない。（中略）

元来、かうした象徴思想（?）とか神秘思想（?）とかいふ者は、単に古くさいとか類型的だとか言ふばかりでなく、その本質から言つても極めて朦朧たるもので、殆んど「思想」といふ名称をあたへることの出来ないほど心性のはつきりしないものである。

私はこの類の思想及びそれら古い詩を「ごまかし」だと断言する。何故かといふに、

*16　三木露風は、『三木露風詩集』（第一書房、一九二六・一一）の「詩集解題」で、出世作となった詩集『廃園』（光華書房、一九〇九・九）について、「『廃園』の自由詩は、内心・感情のリズムを、旨として、書かれた。（中略）『廃園』には、抒情詩が多い。又、其他に、象徴詩や、印象詩がある。」と述べている。自作の凡てを象徴詩と位置づけているわけではない。

此種の思想（?）は、それが極めて不鮮明で縹渺として居る所に一種の情調が存在するのであつて、若しそれを白昼日光の下に曝した日には、殆んど見るにたえないほど愚劣な物質と変化するものである。それ故、この派の詩人は強いて黄昏の薄暗い光線の中で物を見ようとする。そして勉めて物を正視することを避ける。

（「三木露風一派の詩を追放せよ」『文章世界』一九一七年五月）

萩原は、三木露風の詩が、古くさい思想をごまかすために、曖昧な表現を用いているとする。[*17] 満たすべき内容がないために、必然的に表現も「ごまかし」になるというのだ。しかし、三木露風の象徴詩だけが、曖昧な表現を弄したわけではない。例えば、西洋象徴詩紹介の嚆矢、上田敏は『海潮音』（本郷書院、一九〇五・一〇）の序で、次のように象徴詩を解説した。

象徴の用は、之が助を藉りて詩人の観想に類似したる一の心状を読者に与ふるに在て、必らずしも同一の概念を伝へむと勉むるにあらず。されば静に象徴詩を味ふ者は、自己の感興に応じて、詩人も未だ説き及ぼさゞる言語道断の妙趣を翫賞し得可し。故に一篇の詩に対する解釈は人各或は見を異にすべく、要は只類似の心情を喚起するに在りとす。

つまり、象徴詩は、ある一定の気分や情調を表すだけで、その情調の対象となるものを明確にこれと指摘することはむずかしいと言うのだ。この対象を限定しない漠然とした表現が、象徴詩の特質と考えられていたのである。柳沢建の三木露風評価は、日本の象徴詩

*17　萩原朔太郎の三木露風批判は、自然主義以降の議論をふまえている。例えば、島村抱月は「現代の詩」（『詩人』一九〇七・一二）で、次のように述べる。

「日本の新体詩では歌つてゐる感想は或る程度まで現代青年の所謂近代的憂愁、近代的省察の傾向を持てるものとは思つてゐる。然しそれが如何にも朧ろげで、廻りくどく、切実に出てゐないと感ずる。無論今日の詩が数年以前の詩より進歩してゐることは認めてゐる、数年前の詩には殆ど音楽的表象《ミュージカル・シンボリズム》がない、現今の詩人のある者には兎に角朧げながらもこれあるは進歩である、即ち読んで見ると、細かしき事柄は解らないが、全体の上に何だか一の調子が微かにある、エモーシヨンが全体の上にシムボライズされ

理解の歴史の中では、的はずれのものとは言えないものだ。むしろその理解は一般的なものだったろう。

また、宇佐美斉「象徴主義をどうとらえるか」は、「象徴派を論ずる際にかならず析出してくる基本的な用語、すなわち「神秘」「秘教性」「晦渋」などといった様態をあらわす形容語、そしてそれらに対応する「ほのめかし」「暗示」「喚起」などといった意思疎通への願いをこめた述語、こうしたいわば象徴主義の常数は、コミュニケーションの困難を自覚し、その自覚の上に立って全体性を回復しようとする芸術家たちの自我の訴えと無関係ではあり得ない。世紀末ヨーロッパの個人主義が陥った袋小路から抜け出すためには、改めて世界と人間との「函数関係」こそが問われなければならないのである。」と述べる。*18

「暗示」や「神秘主義」といった、一見曖昧な表現を目指すかのように思われる特徴は、ヨーロッパの象徴主義に共通するものであり、むしろ、作品の創作者と享受者の交感を目指したものだというのである。「暗示」や「神秘主義」を、日本の象徴主義独自の欠陥と見る必要はないようだ。

5

中原も「生と歌」では、「暗示」という一見曖昧な表現を、むしろ長所と捉えようとしていた。

多分、バッハ頃から段々人類は大脳ばかりをでかくしだしたのだ。その偏奇は、今

てゐる。（中略）兎に角日本の詩の進歩発達した所以ではあるが、其の情緒的表象も極めて薄いものだ。」

象徴的表現を認めるものの、もっと直接的な力強い表現を求めたいと言うのだ。萩原の議論も、この延長線上にあるだろう。

なお萩原は後に「詩壇の思ひ出」（『日本詩人』一九二五・四）で、三木露風批判を修正している。「今から考へると、露風氏などの詩風にも捨てがたい好い味があり、その格調の純理智的に整美されてゐる所など、クラシックの叙情詩として優に時代的価値を有する」とし、批判も誤っていたとするが、露風の追従者が詩壇にもたらした空気は不快だったと述べる。

*18　宇佐美斉編『象徴主義の光と影』（ミネルヴァ書房、一九九七・一〇）。

や極点に達してゐる。それを心臓の方に導かうとする、つまりより流動的にしようとして、十九世紀末葉は「暗示」といふ言葉を新しく発見したのだつたが、それはやがて皮膚感覚ばかりの、現に見る文明と堕してしまつた。

中原の言う「暗示」は、対象を世間知により安易に名辞せず、その流動性をよりよく表現するための方法である。[*19] 近代の分析的思考に囚われず、ダダ時代同様に心臓=情調に回帰することを目指すのである（第一章Ⅲ「ダダイストとセンチメンタリズム」の7、Ⅳ「ダダイストの恋」の11参照）。だが中原は、萩原朔太郎が批判した三木露風の詩のような、根拠のない曖昧さを支持するわけではないだろう。むしろ、萩原の言う「一種のありきたりの型にはまつた所謂「詩人らしい神秘思想」」は、世間知にしたがい名辞することに他ならない。中原の求めるのは、自分自身の心臓を通過した実感である。

今や世界は目的がない。そして目的がない時に来る当然のことゝとして、心そのものよりも、その心が如何見られるかといふことに念を置いて生きてる者等ばかりとなつた。人々は皆卑屈になつてもう卑屈が卑屈とみえないで、寧ろ思慮あることのやうに考へられるといふふうにまでなつてゐる。尤も現在の我が国では、その卑屈を思慮あることのやうに考へる人さへ、僅少なのであつて、他の人達は考へるといふことそのことをだにしないのである。それでゐてその人達が物を言ふ。何を言ふかといふと形容詞的な余りに形容詞的なことか、それとも学問的な余りに学問的なことなのである。而もそれらを極めて不誠実に、生活意義から全く離れて。又、偶々生活的意義といふ言葉を気付いた

*19　中原は後に、一九三七年に記された「千葉寺雑記」中の、一九三七年二月七日付中村古峡宛書簡下書で、「結局言葉では何事も云ひ現せるものではない、さればこそ従来とも暗示的な詩法を採ってゐるわけでございます」と述べている。一九三七年の中原も「暗示」を有効な詩の方法と考えていたのである。

人がゐると、その人は生活のことを生活的意義を離れて話してゐたりするのである。

心そのものの追求が必要であるにかかわらず、現代人は、心がいかに見られるかということにのみ汲々としていると中原は言う。そんな自己の態度を卑屈だと意識する者はまだましだが、日本にはその反省さえない。萩原の言うように、三木露風がありもしない思想をあるかのように見せかけているのなら、中原にとっても、思慮なき不誠実ということになるであろう。

中原の言う「暗示」は、「名辞以前」がそうだったように、言葉で表現すること自体を避けようとする態度を言うものではない。「形容詞的な余りに形容詞的なことか、それとも学問的な余りに学問的なこと」を表現すること、つまり、心の探究を見失い表現自体が目的となってしまうこと、これを回避し、自らの生に根拠を置きながら、世間知に囚われた語法に陥らないようにするための方法を言うのである。

実際、中原の詩において、何かを何かに置き換えて述べるような比喩の手法は用いられない（第二章Ⅰ「象徴詩との出会い」の1参照）。「朝の歌」を、例に見てみよう（第二章Ⅱ「富永太郎」の7参照）。あるいは、この詩の主題を、倦怠という気分に集約することができると見る立場もあるだろう。しかし、中原の言う「倦んじてし　人のこころ」の中味や対象は、詩の中で語られることはない。なぜ私は倦んだ気分なのか。何によって倦んだ気分となったのか。そのような子細は明らかにされないのである。朝目覚めた時に、すでに私は倦んだ気分だったのであり、夢は彼方へと去ってしまっていた。

このような、気づいた時にはすでにそのような存在になっていた私について、中原は後に、「詩人座談会」(『詩精神』一九三五・二)で同様のことを述べている。植村諦の「主観が厳密に客観の批判に堪へ得るところにレアルがある」という発言に対し、中原は「が、自分といふものは目がさめたらゐたんですからね」と応じていた。客観的、科学的な分析思考が正当だとの見解に対し、自己の意識は、一瞬ごとにしか対象を発見できない流動的なものだと言うのである(第三章I「一九三〇年頃の中原中也と「生活」」の5参照)。

また私は、目覚めと睡眠の中間の、流動的な状態に置かれている。起きるでなく、目覚めるでない私の意識は、消え去り行く夢を押しとどめようとはしない。明瞭な意識を持たないゆえに、それを漠然と眺めるだけで、夢の中味を回想することもない。中原は「朝の歌」において、情調の中味を述べるのではなく、その移りゆく様を詠ったのである。

この中原の詩の特徴は、例えば、萩原朔太郎の「地面の底の病気の顔」(一九一七)[*20]と比較しても明らかだろう。

地面の底に顔があらはれ、
さみしい病人の顔があらはれ。

地面の底のくらやみに、
うらうら草の茎が萌えそめ、
鼠の巣が萌えそめ、
巣にこんがらかつてゐる、
かずしれぬ髪の毛がふるえ出し、

＊20 「地面の底の病気の顔」は、詩集『月に吠える』(感情詩社・白日社、一九一七・二)の「竹とその哀傷」の章に収録された連作の一篇。

冬至のころの、
さびしい病気の地面から、
ほそい青竹の根が生えそめ、
生えそめ、
それがじつにあはれふかくみえ、
けぶれるごとくに視え、
じつに、じつに、あはれふかげに視え。

地面の底のくらやみに、
さみしい病人の顔があらはれ。

この詩では、竹の根の性質と、さみしい病人から伸びる神経の有り様とが一対一の比喩的な対応で表現される。竹の根がはびこるように、病人の神経は闇へとはりめぐらされ、怪しげな物事に出会わずにはいられない。病人の神経は、同じ性質に惹かれ、世の中の地下の世界に潜む病気を探り当て、さらに自己の病気を深めていく。さらに詩集『月に吠える』に掲載された「竹とその哀傷」の一連の詩群と照らし合わせれば、物語のように病気の原因と成り行きを読み取ることもできる。「地面の底の病気の顔」は、漠然とした気分を語るよりも、明瞭な世界観を提示しようとするのである。

萩原の詩は象徴詩に分類されることもあるが、その中味は中原の求めるものと全く異なるものだ。先の「三木露風一派の詩を追放せよ」で、三木の「不鮮明で縹渺とし」た情調を批判する萩原は、感情の中味が明瞭に伝わるような構成的な詩を求めたのである。北川透「中也における〈ダダ〉の視角」（『ユリイカ』一九七〇・九）は、「三木露風一派の神秘的な象徴主義が、いかにも深渕な哲理や思想を仮装しているようでありながら、実はそれを支えているものは《一種の月並な情調》に過ぎないことを突いた」萩原朔太郎が、「北原白秋への復帰ともみえる〈感情〉や〈官能〉に重きをおいた時、それはむろん、露風から白秋への回帰というものではなかった。すでに露風の〈象徴詩〉を否定的に媒介している朔太郎にとっては、白秋の趣味的、情緒的な〈粉飾体〉への単純な回帰はありえず、それとは異次元な直接的な喩（暗喩）の世界として〈感情〉や〈生理〉が展開されることになったのである」と述べる。*21

ただし萩原の喩は、何かを何かで置き換えて説明しようとする意味での隠喩とは異なる。「地面の底の病気の顔」は、さみしい病人の神経を、竹の性質に喩えることで明らかにしようとするわけではない。むしろ、病人の神経のイメージは拡大され変容されている。病者の神経はあたかも当人の身体を抜け出て、社会の暗部へと根を張っていくものであるかのように語られている。通常は、病人の過敏な神経と一言で片付けられてしまいそうなものを、細部を描きイメージを膨らませることで、世間的な理解の範疇を超え、神経症に対する凡庸な常識をも解体してしまう。中原の方法とは異なるものの、世間知を拒否する点では、同じような効果を生んでいると言える。

だが中原の求める流動や暗示は、対象の細部を描き構成されたイメージの中に収めることをしない。二つの物象のイメージを重ね合わせながら対象を描く萩原の手法とは、その点で異なっている。中原は一九二七年日記で次のように言う。

*21　また、北川透「中也における〈ダダ〉の視角」は、「むろん、朔太郎がここで排した《無理に語法を転動したり、わざと内容を不鮮明にしたり、感情を正直に宣叙することを避けたりして、極めて曖昧不得要領に中途半端な物の言ひ方をする工夫》の意義を見失うことはできないだろう」とも述べている。

あらゆる事物が多面体だ。

が「理解」のダイメンションではそれは一面づゝでなければ扱はれない。即ち時間の中では事物は多面体なのだ。そして幾多のその面が同時に理解されない故一元論の趣旨は正しい。

（五月九日）

中原の求める流動という純粋持続を、そのままに表現することはむずかしい。意識はその一瞬ごとにしか、対象を捉えることができないからだ。したがって、誠実に物事を見ようとする時に、意識の上で対象は、一瞬々々の現れの積み重ねとなる。それらを同時に表現しようとすれば、多面体になるだろう。

中原の言う象徴は、この多面体の表現を目指したものと思われる。例えば、フランス象徴詩にならったソネット形式などを採用し、行分けにより構成された一九二五年以降の詩は、複数の視角から表現された各聯が合わさって、ひとつの情調を多元的に表現することを目指したものだろう。先にふれた「朝の歌」を再び見てみよう。ここで各聯の順序は、必ずしも時間にしたがった物語的展開や心情の変化を示しているわけではない。

第一聯では、曙光が部屋に射し込む時となっても、何もすべきことがない私の状態を示す。第二聯でも、朝の外界の物音にも心動かされることのない倦んだ心を示す。第三聯では、話頭は失われた夢へと移ったように思われるが、主題は変わったわけではない。時間的な経過も起きていない。「手にてなす　なにごともなし」「倦んじてし　人のこころを／諫めする　なにものもなし」と同様の情調を、別の面から述べたものである。第四聯も、また同様である。どの聯の内容も、いわば繰り返しなのだ。

また、読者は読み進めるごとに、「朝の歌」の私の感情の合理的な理解を深めるわけではない。先にも述べたように、なぜ私が倦んだ心を持て余しているか、原因が分からないからだ。あるいは、倦怠の原因は、夢が失われたことだと見なされるかもしれない。しかし、夢を失ったために倦怠を抱いたのではなく、倦んだ気持ちが夢を失わせたのかもしれない。その原因と結果の先後関係は、明らかではないのである。

むしろ、夢の失われる経過と、私の倦んだ心の移り変わりは、同時に起こっていると見た方がいいのではないだろうか。私の心は、外界の刺戟を何も受けつけることはなく、またその内に何ものも留めようとはしない。そんな空虚な状態を、多面的に述べたのが「朝の歌」なのである。

中原は一九二七年四月二三日の日記で、自分の認める詩人として、ヴェルレーヌ、ランボー、ラフォルグの三人をあげていた。また、特にヴェルレーヌについては「小詩論」で、「ヴェルレエヌには自分のことが何にも分からなかつた。彼には生きることだけが、即ち見ることだけがあつた。」と、事物の概念化を逃れた詩人として取り上げていた。そのヴェルレーヌの詩も、感情の多面体を詩に描いたものと見ることができる。

秋の日の
ギオロンの
ためいきの
身にしみて

ひたぶるに
うら悲し。

鐘のおとに
胸ふたぎ
色かへて
涙ぐむ
過ぎし日の
おもひでや。

げにわれは
うらぶれて
こゝかしこ
さだめなく
とび散らふ
落葉かな。

「落葉《らくえふ》」*22

題名からすると、私のうらぶれた心情は、「落ち葉」の喩に象徴されていると言えよう。だが、詩の中では、私の悲しみは「ギオロンの／ためいき」でもあり、「鐘のおと」のようでもある。私の感情は一対一の対応の中で説明されるものではなく、外界の多様な現象

*22 上田敏訳『海潮音』(本郷書院、一九〇五・一〇)所収。

の中に現れるものである。

　またこの詩でも、なぜ私の悲しみが起きたのか理由は明確に示されていない。「過ぎし日」に何事か起きたことは確かだが、その内容は示されないのである。私の感情の有り様に目が向けられるだけで、その感情の起こる原因が合理的に説明されることはない。*23

　中原がヴェルレーヌを高く評価するのは、このような暗示的な多面体の表現手法に、可能性を見出したからでもあろう。世間知に即した説明を排し、ただ感情を「見ることだけがあ」る詩、それが中原の目指す詩だった。

6

また、象徴について中原は、一九二七年日記で次のようにも述べている。


　神様があるとは神様があるといふことだ。

　神様がないとは神様があるなしの議論に関はらず——「私の心は……」といふことだ。

　　意味と存在の循環。

　これがナイーヴに循環してくれれば象徴主義者だ。ナイーヴに循環しないから「思想のない文芸はつまらない」などといふ、そうしてさういふ奴が何時でも好い方の奴だから堪らない。

　「苦しめ！」

（六月二一日）

*23　小山俊輔「ヴェルレーヌ、もの言う死児」（宇佐美斉編『象徴主義の光と影』ミネルヴァ書房、一九九七・一〇）は、ヴェルレーヌは美的なイメージを造型的に造り上げることが不得手であり、心象風景のような映像と、言葉の音楽性に本領があるという。その傾向はヴェルレーヌの叙情詩に、ジャン＝ピエール＝リシャール（Jean-Pierre Richard, Poésie et Profondeur, Seuil, 1955, p.165.）のいう「自我のエーテル化」をもたらし、倫理性やメッセージ性、比喩的なイメージが可能な限り除去されるという。

「神様」とは、原始人的な感性によって捉えられる宇宙の実相とも考えていいだろう。ここでもう一度、小林の象徴論に対する中原の回答を思い起こしておこう。中原には、「小林秀雄に」の副題のついた詩「我が祈り」（一九二九・一二・一二）がある。[*24]

神よ、私は俗人の奸策ともない奸策が
いかに細き糸目もて編みなされるかを知つてをります。
神よ、しかしそれがよく編みなされてゐればゐる程、
破れる時には却て速かに乱離することを知つてをります。

神よ、私は人の世の事象が
いかに微細に織られるかを心理的にも知つてをります。
しかし私はそれらのことを、
一も知らないかの如く生きてをります。

私は此所に立つてをります！……
私はもはや歌はうとも叫ばうとも、
描かうとも説明しようとも致しません！

しかし、噫！　やがてお恵みが下ります時には、
やさしくうつくしい夜の歌と

＊24　「我が祈り」は、『白痴群』第五号（一九三〇・一）に掲載された。

櫂歌とをうたはうと思つてをります…………

先に述べたように、小林が「『悪の華』一面」で語る、自意識家の忘我に創造の可能性を見出したのに対し、中原は「小論論」で、表現すべき感情の痕跡が自ずと浮かぶ時を待つ詩人の姿を語った（第二章Ⅲ「小林秀雄」の7参照）。

「我が祈り」でも、同様のことが詠われている。私は、世間の「奸策」や「人の世の事象」の「微細」な仕組みも知らないかのように生きている。また、自ら進んで歌うことも、説明することもしようとはしない。神の「恵み」が下されるのを、ただ待つだけである。

中原の詩の中の私は、キリストの「見神」の力を持っていない。それゆえに、ただ神の恩寵を待つのである。そして、神の許しを得て初めて、自ら歌うべきものが分かる。つまり、「奸策」というべき世間知を徒に働かせることなく、他律的に歌をなすのである。つまり、中原の祈りは、宗教的なものであると同時に、表現に対する願いでもあった。

先の一九二七年六月二一日の日記に述べる「神様」は、意識せずにありのままに感得されるべき存在である。「神様」をあるとかないとか忖度することは、人間の姑息な意識の働きでしかない。「神様があるとは神様があるといふことだ」とありのままに存在を受け入れるときに、心は意味を捉えることができる。ただし、存在の本来の姿に比すれば、心の捉えた意味は、「小詩論」で言う「想ふこゝとしての皺」のような痕跡でしかない。よって、その妥当性を確めるために、意味を存在の領域へと循環させなければならない。そして、その循環が可能であれば、象徴主義者となり得ると言うのである。

中原はここで、意味を捉える心という意識を排除しない。世間知は、感情の表現を膠着させる。だが感情を表現し誰かに伝えようとするのならば、意味以前の世界に留まることはできない。といって、一度表現した意味に満足すれば、いつしかそれも死んだ概念と化してしまうだろう。これを回避するには、捉えた意味を再び生き直すことだ。中原がここで意識を排しないのは、この表現を実現する過程を重んじ、表現者としての倫理を語ろうとするからだ。意味以前の世界と、表現する意識の世界とを循環でつなぐのである。この循環する表現者の倫理を中原は、象徴という語で表す。

六月二一日の日記で言う意味と存在の循環としての象徴は、一九二七年四月一九日の日記のリルケの記事と同様のことを述べるのであろう（第一章Ⅲ「ダダイストとセンチメンタリズム」の7、Ⅳ「ダダイストの恋」の11参照）。リルケには、心臓から出発して理想に達し、再び心臓に戻る道筋が欠けていると言っていた。それは、リルケの心に擾乱と信仰が不足しているからだという。中原は、この循環が必要なことをダダ詩以来訴え続けていた。六月二一日の記事でも、神の存在をそのままに受け容れる信仰と、「苦しむ」心の混乱に欠けるゆえに、意識と感性が循環しないと述べている。この意味で象徴という語は、ダダ以来続く中原の基本的な感性の在り方を指し示す語となった。

また、この象徴の存在と意味の循環は、「小詩論」で言う「想ふこと丶しての皺」が含む時差《タイムラグ》を可能なかぎり克服する手だてでもある（第二章Ⅲ「小林秀雄」の7参照）。「見ることを見ること」が不可能な人間は、自己の感情それ自体を捉えることはできない。しかし、その不可能を自覚すれば、自己の感情の起こった瞬間とその感情の痕跡としての対象物の差異＝時差《タイムラグ》を見誤ることはない。むしろ、その時差《タイムラグ》をふまえながら、自己の意識の中の経験が、感情の起こった瞬間の体験と同じものであるかどうか、確かめることを怠らないだろう。そして、それを意識の中にとどめず再び自己の感情の中に取り戻し、再び生き直そうとするだろう。この自分の生を確認する循環が繰り返されるごとに、喜びも悲しみも繰り返されることになるが、やがてそれは、当初の体験に限りなく近づくに違いない。つまり、中原の言う循環は、一巡りするごとに、時差《タイムラグ》を埋めようとする試みなのだ。

実は、これと似たことを、小林秀雄も述べていた。先に取り上げた「芥川龍之介の美神と宿命」（一九二七）である（第二章Ⅲ「小林秀雄」の4参照）。小林は、現象の裏側に隠された真実を暴く芥川龍之介の逆説を物足りないものとした。真の逆説、懐疑精神とは、幾度にもわたり現象の裏に隠された真実を明るみに出そうとするもので、懐疑精神が保ち続けられる限り、逆説家は螺旋状の軌跡を描きながら上昇していくと述べていた。つまり、自己の発見した事実に飽き足らなければ、同様の考察を繰り返しながらも、理知は真実に近づき続けることができると言うのだ。小林も、意識の捉える真実の限界を承知し、そのうえで認識者のとり得る最上の手段を、懐疑と認識との不断の螺旋的上昇という比喩で表したのである。

おそらく中原も、この小林の言説をふまえている。だが中原は、認識自体の限界を認識で超えようとするのではなく、初発の感情を生き直すという方法に置き換えたのである。対象から客観的に身を離すのではなく、再び感情の中へ身を投げ出すこと、それが中原の詩的倫理であった。

この循環の中で捉えられた感情の一面はそれぞれ、本節の「5」に述べた、感情の多面体の一つをなすものとなるだろう。この意味において、循環と多面体の詩学は表裏をなすものである。多面体の表現には「朝の歌」の例があったが、循環の性質が現れた例には

「失せし希望」のリフレインがある（第一章Ⅳ「ダダイストの恋」の11参照）。「失せし希望」では、「暗き空へと消え行きぬ／わが若き日を燃えし希望は。」の詩句が少しずつ語句や語順を変えながら繰り返され、そのニュアンスは同じ響きを持たない。語句が異なるだけではなく、前後の語句の言葉のつながりが、「消え行きぬ」や「若き日」の含む意味合いを少しずつ変えてゆく。繰り返されるたびに、ひとつの言葉の別の面を明らかにし深めていく詩の形式は、中原の言う「循環」に他ならない。

また、「サーカス」は、循環のリズムと多面体を同時に表現した詩と言えるだろう（第一章Ⅰ「ダダイストという呼び名」の4参照）。「幾時代かがありまして」の繰り返しから始まり、「茶色い戦争」や「冬」の「疾風」など、様々な出来事があったことが示される。そして、それら過去の出来事の流れの中で、「今夜此処での一と殷盛り」が行われることが告げられる。「幾時代かがありまして」のリフレインには、「茶色い戦争」という歴史的事件も、「冬」の「疾風」という移り行く季節の出来事も、その差異を融解させる効果がある。どのような特別な事件も、反復される時間の中では価値を位づけされることはない。たとえ深刻な出来事であっても、「幾時代か」過ぎた時の流れの中では「今夜此処での一と殷盛り」と変わることはないのである。

それら外界の過ぎゆく時間の流れとは別に、サーカス小屋の中では独自の時間が流れている。空中ブランコの「ゆあーん　ゆよーん」というリズムは、ブランコ乗りのものでありながら、夢中になった観客を「鰯」のような群に変え巻き込んでいく。外界の歴史的時間と異なる「ゆあーん　ゆよーん」の反復は、直線的に流れる時間を無化し、外界から来た客に忘我の時をもたらす。

やがてそのリズムは、外界と内界の区別をも消してしまう。「茶色い戦争」や「冬」の「疾風」にまみれた外界は、すでに闇の中に閉ざされている。「幾時代かがありまして」のリフレインの中で無化され、「ゆあーん　ゆよーん」の反復のリズムの中に溶け込んでいく。言わば、「サーカス」では、循環のリズムにより、世間の直線的な時間が消えて行く様が示されるのである。また、外界と内界、観客と主体という多面体が詩の中に表現され、されにそれらが、ひとつのリズム（歌）へと集約されていく過程を詠うのだ。

7

これまで見たように、一九二七年の中原の言説の中では、循環と多面体というスタイルが象徴という理念に集約され、詩精神とフォルムの両面から創作を支える根拠となっている。ただし、一九二五年から一九二七年の実作の形式は必ずしも、この理念に即したものばかりとは言えない。

例えば、「月」や「春の夜」のように、「高踏派風」と呼ばれるような、翻訳された象徴詩を模倣した外見を持つ詩があり（第二章Ⅰ「象徴詩との出会い」の1参照）、「都会の夏の夜」のように物語風の一場面を描く構成を持ったものもある（序参照）。また、循環のリズムではなく、感情の高ぶる様を劇的に詠う「悲しき朝」のような詩もある。*25 これらを同じひとつのリズムや構成意識で、括ってしまうことはできない。

むしろ、表現したい内容に合わせて、詩は形式をその都度変えるべきだという、中原の「生と歌」の議論を思い起こした方が良いかもしれない。中原は一九二五年から一九二七

＊25　「悲しき朝」は『生活者』一九二七年九月号に掲載、後『山羊の歌』に収録された。

年の詩で、内容にふさわしいフォルムや構成を付与することに腐心したのだろう。

だが、リズムや詩的構成は異なるとしても、それらの詩には、循環と多面体のフォルムを生み出す根拠となった、「名辞以前」、「暗示」としての象徴の精神が通底しているように思われる。ただひとつの言葉に要約されない情調、他の何かに置き換えて説明ことのできない抒情、また世間的に口当たりのよい理屈に囚われない感情を、中原は一九二五年から一九二七年にかけて制作した詩で表現しようとしたのである。

一九二四年のダダ詩が、「生と歌」に言うトンポエムのように形式を持たないことで、世間知に囚われない心象を描くことができたのだとすると、一九二五年から一九二七年にかけて象徴という理念を取り入れた詩は、世間知に囚われない心象をフォルムを通して、人々に「可見的」なものとして詠おうとする意志のもとに書かれていると言える（第一章Ⅲ「ダダイストとセンチメンタリズム」の7参照）。

一九二六年の「夭折した富永」では、必ずしも肯定的な用語として使われていなかった象徴という言葉は、一九二六年末の小林の評論との対話を通し、一九二七年の日記では、中原の詩心を表すものともなった。「詩的履歴書」で、一九二六年の「朝の歌」を小林に見せたことがエポックとされるのは、その小林との濃密な対話関係をふまえるからだろう。中原は、自身の詩的表現の実践を、小林の象徴論に対する回答としたのである。

また、中原の象徴詩理解の根底に、ダダ詩の中で培われた詩精神のあることは、これまで述べたとおりである。象徴詩を自己の詩心に近いものと見なした一九二七年の日記でも、「ダダは概念をチラス」と、ダダを再考する記事も見られた（第一章Ⅴ「ダダの理論」の5参照）。一九二四年のダダとそれ以降の詩を区別するならば、ダダ詩の中で理念的に述べられていたものを、一九二五年以降の詩は、象徴詩の理論をヒントに、詩のフォルムの上に具現化しようとした点にある。一九二七年日記に書き残されたダダや象徴に関する言説は、その新たな試みと自己の詩心の在処との関係を確認した足跡だった。

一九二七年以降にもうひとつのキーワードとなるのが、「生活」である。この言葉は、一九二八年頃の「生と歌」では、根源的な生の在り方（叫び、感動）を示すものとして用いられ、中原のダダの精神が求め、象徴というフォルムにより表現されるべきものでもあった。一方、一九三四年頃の「芸術論覚え書」では、むしろ芸術に対立する概念として用いられている。この「生活」の語彙の変化は、直接には一九三〇年頃の中原の置かれた状況に由来すると思われるが、同時に一九二七年頃から中原の中に胚胎していた問題意識が顕在化したためでもある。詩人と実生活の関わりという、中原の立てた難問《アポリア》を含め、中原と「生活」という語の関わりを追っていこう。

第三章　生活

Ⅰ　一九三〇年頃の中原中也と「生活」

1

「生活が終る所に、芸術があります。」（一九二七年日記二月二二日）こう書き記した中原中也は、決して金のために働かず、終生親からの仕送りによって生計を支えた。その詩人が、労働者の生活に向き合うプロレタリア文学運動と、関わりを持つ場面を思い浮かべることはむずかしい。

むしろ、疎ましく思っていたことを示す材料を探した方が早いかもしれない。例えば、長谷川泰子の回想（『ゆきてかへらぬ』講談社、一九七四・一〇）は、中村光夫が「レアリズムについて」（『文学界』一九三五・一二）を発表した時に、酒の席で「こいつめ、左翼のようなことを書いて……」と中原に首をしめられたという逸話を伝えている。*1 また、中原自身が一九三七年、「千葉寺雑記」に次のようなことを書き残している。*2

何はあれ好きな道で早く格構をつければ親も安心しようものと、勉強に勉強を致し、漸く昭和三年の春、今では有名な連中の出す雑誌創刊に招かれ、やれやれと思ひました

*1　同書一六七頁。

*2　昭和一二年（一九三七）二月七日付中村古峡宛書簡下書き。『新編全集』では「中村古峡宛書簡下書稿3」の題名で収録されている。

もの会ってみると聊か赤い気持を持つてゐる様思はれましたので、少しぐづりましたら相手も怒りましたので、いいことにして其処を去り、翌年「白痴群」なる雑誌を出しましたが、何分当時の文壇は大方赤く、〔「白痴群」一派の白系は相手にもされず、そのうち同人の一人にカウモリみたいなのがゐましたのでそいつを怒りましたら、そのことから〕雑誌が漸くだれてゐました所へ同人の一人と争ひといふやうなわけでその雑誌はやめになりました。（※〔　〕内は抹消部分）

昭和三年（一九二八）頃は「赤い」文学の一派が強かったが、その系統の雑誌に参加することに気乗りがしなかった。そこで自ら雑誌「白痴群」を始めたが、時代の趨勢から「白」系として相手にされなかった。いわば、「赤」系のおかげで、「白」系の自分が迷惑を被ったという逸話を述べるのである。昭和初年代にはこのような状況も実際にあったようだ。

近頃贈らるる同人雑誌に如何にプロレタリア派雑誌の多き事よ。みな鋭くけはしき名なり。その中に「山繭」を見出さざる事久しきは寂し。或る日「白痴群」と呼ぶいと貧しき雑誌を我は拾へり。その貧しき事、プロレタリア派同人雑誌が表紙に金かけてゐるより、むしろ哀れにもプロレタリアにてみる影もなき門札なり。然れども内容は面白し。芸術を尊ぶ事その最初の一頁にも知悉すならん。

（『文芸春秋』一九二九年八月「目耳口」欄）[*3]

＊3　二木晴美『『白痴群』とその周辺に就いて」（『日本文学研究資料新集28　中原中也　魂とリズム』有精堂、

この頃はプロレタリア系の同人誌の活動が目立つ。そのような状況の中で久しぶりに、『山繭』[*4]系の芸術尊重派に連なる『白痴群』を見つけ好感を抱いたというのだ。中原が「赤」と「白」の確執を述べていたように、この記事もプロレタリア派と芸術派とを対置させている。両者とも『白痴群』をめぐる文学状況について、同じような見方を示すのである。

確かに一九二八年には、プロレタリア派が旧芸術派を圧迫するような時代状況があった。一九二八年三月に、「一、プロレタリア芸術の組織的生産並びに統一的発表、一、一切のブルジョア芸術の現実的克服、一、芸術に加はる専制的暴圧反対」を綱領に掲げたナップ（日本無産者芸術連盟）が結成されると、一九二八年から一九三〇年にかけて、プロレタリア派の側からブルジョア芸術を駆逐する声があがったばかりでなく、すすんで左翼文学に転向する者が増えたのである。平野謙『昭和文学史』は、「明日にも日本にプロレタリア革命が勃発しても不思議ではないような気さえしてくる」状況だったと述べる。[*5]

しかし、昭和初年代に文学と関わった人々の具体的な動きは、単純な二極対立の構図に当てはめられない。社会変革を目指すプロレタリア文学は本来、ダダ等のアヴァンギャルド芸術と根を同じくしていた（第一章Ⅲ「ダダイストとセンチメンタリズム」の6参照）[*6]。いずれも関東大震災以後の反秩序的な時代の空気を反映した、新しい文学表現だったのである。現実を変革する意識は、表現を革新する実践と一体であり、両者が政治目的により弁別されることはなかった。アナーキスティックな意識は既成の観念や表現を破壊し、反権力的な政治性を持つ文学を生むと同時に、新感覚派やダダの表現を生み出したのである。また、プロレタリア思想は、震災後に突然現れたわけではなく、有島武郎ら大正期の人道主義の

一九九二・二）に紹介されている。

＊4 『山繭』は、一九二四年一二月から一九二九年二月まで、大岡山書店より発行された文芸同人雑誌。編集発行人は、石丸重治。富永太郎、小林秀雄らが参加している。

＊5 筑摩書房、一九六三・一二。六四〜六五頁。

＊6 鈴木貞美『モダン都市の表現』（白地社、一九九二・七）は、一九二八年のナップ結成により共産党の政治闘争優先の路線が主流となり、プロレタリア芸術運動対新興芸術派という図式が導き出されたことを指摘する。この見解は後まで踏襲されたが、実態を見ると、一九二〇年代の日本の政治と芸術の前衛は一体となって展開してい

思想を引き継いできたものでもある。これら同時代への広がりと過去からの継承によって、初期のプロレタリア思想に関わる動きは様々な方向性を持っていた。

　このような状況の中、中原自身も当時、唯物史観の発想を参照することもあった（第一章Ⅲ「ダダイストとセンチメンタリズム」の6参照）。また、中原の行動範囲も、純粋な芸術派の周辺にとどまらない。この頃交流のあった高田博厚のもとでは、左翼運動家と行き違っている。また、高田の紹介で作品を発表した『生活者』は、立場は異なるものの、プロレタリア運動と問題を共有しようとしていた雑誌だった。本人の望むと望まないとに関わらず、時代環境によって、プロレタリア派に関わるものと接触を持つことになったのである。

　しかもこの出会いは、中原にとって一過性のものとはならなかった。中原は後に、この高田との交友時期をモチーフに小説を書き、*7 当時の自身の立場を確認する作業を行っている。また「生活」という言葉を媒介として、この時代の思想と向き合い、その経過を日記などに書き残している。

　初めに引用した文章も、その一例である。これには、続く一文がある。「生活を、しなければなりません、芸術家諸子よ。」中原は、芸術と対立するものだから、生活を捨ててしまえと言うのではない。生活にまみれた発想から一時逃れても、生活それ自体は消え去るわけではなく、その後も続いていく。ゆえに、芸術に比して生活を軽んじることなく、生活の存在を認めたうえで芸術を始めよ、というのであろう。

　とはいえ、芸術を想像的なものとし、生活の物質的条件にのみ価値を置くような発想に賛同しているわけでもない。おそらく中原は、唯物論的な視点とは異なる所から、生活や芸術を捉えている。このような独自の立場に思いをめぐらす中原の姿が、一九三〇年頃の

たという。

＊7　『新編全集第四巻』には、「（無題）（の上の、画家の）」の題名で収録される。一九三二年制作と推定される。『新編全集第四巻　解題篇』三六四～三七六頁参照。

自身の生活を描く小説に現れるのである。

2

小説は原稿用紙二〇枚にわたるが、一枚目が失われている。現存する原稿は、中原とおぼしき主人公が画家や彫刻家の共同生活する家に向かう場面から始まる。


の上の、画家の住居の方に向くのであつた。

軈て坂を下つて、神田上水源の流れに架つた古電柱の丸木橋を渡り、一寸また坂を登ると、麦畑のつづいた広い場所に出た。高圧線が通つてゐて、大きい碍子が、よく見ると気味のわるい程大きかつた。

林にとりつくと、間もなく画家の家の赤く塗つた下見張が、樹間にチラチラと見える。

ここに住むのは、画家のOさん（大宮昇）、Tさん（未詳）、彫刻家のMさん（松田利勝）で、家主が彫刻家Hさん（高田博厚）である。

家主《やぬし》の親爺とは、此処の此の紅殻《べんがら》を塗つた家の持ち主たる、彫刻家なのである。もともと此の家といふのは、その彫刻家Hさんの夢想によつて建てられたのだが、今ではその夢想が立ち消えとなつて、MさんやOさんに無料で貸してある。といふよりは放つたらかしてあるその家にMさんやOさんは住まして貰つてゐる。

この小説の出来事は、一九二九年か三〇年のことと推定される。中原は一九二九年七月に、高田博厚を保証人として、そのアトリエの近く中高井戸三七に移っている。*8 高田のアトリエには、長谷川泰子や古谷綱武が出入りをしており、その縁で交流が始まったのである。この紅殻色の家はアトリエとは別に、ある「夢想」を抱いた高田が仲間らと、三鷹の牟礼*9に建てたもので、通称「赤い家」と呼ばれた。この「彫刻家Hさんの夢想」については、高田自身が追想記を書いている。*10

> 貧乏な者が独りでいては倒れてしまう。小さな群でも好い、共同して食える方法はないか？　武者小路の「新しい村」はすでにあったが、それのように世間に呼びかけて広く同志を求める、いわゆる教団的な方法は私には考えられなかった。武者だからできたので、集る人々には半宗教的な理想主義がある。（中略）第一次世界大戦に直接捲き込まれなかった日本は、戦後ヨーロッパで再生した理想主義《イデアリスム》の余波だけを蒙った。「宗教的」であることと、「社会主義的」であることと、「民主的」であることと「自由」であること。そのいずれもが日本人の知性や観念の中では、漠然とした関連があり、どの一つにも突きとめた「位置」がなかった。（中略）
> 　そういう経験とは別個に、私は「小さな仲間」の生活の道を考えていた。いずれにせよ、「持たぬ者」の計画だから、それが夢想だけだったら美しく楽しいお伽話になるはずだったが、実際に踏みだしてしまった。その頃私たちは、フランスのデュアメルやヴィルドラック、アルコスたちのパリ東郊外クレティユでの「僧院派《アベイイスト》」の共同生活のことを

*8　この日付と住所は、中原直筆の住所録（一九三七年のもの、『国文学』一九七八年三月号（学燈社）で吉田凞生が紹介）による。

*9　この牟礼の「赤い家」は共同生活二度目の場所で、初めは「京王線下高井戸駅の二、三キロ北の荒野」に設けられた。「赤い家」のあった神田上水近くの現地の考証について、吉田凞生が「山本有三生誕一一〇年記念講演シリーズ『文人』としての作家」（一九九七・七・一九　於三鷹市山本有三記念館）の場で発表している。

*10　『分水嶺』（岩波書店、一九七五・一二）引用は「I　郷土を去る」六〜一五頁。

きいていた。これに影響されたわけでもなく、また彼らのは共同生活の「共同」の方が主であるらしく、私たちのは「生活の道」の方が大事である。

ここで高田はまず当時の時代状況を顧みている。第一次大戦後の日本は、宗教的態度、社会主義、民主主義、自由の観念が入り混じっていたという。初めに述べたように、震災前後の左翼運動が様々な要素を含み持っていたのも、このような大正期の思想的混乱を受け継いだためである。高田はまた次のように、時代の精神と自分の立場を位置づけている。

大正末期から昭和初期は第一次世界大戦の現象として、日本にも社会主義運動が起りだしたが、それはまず吉野作造の主唱する「民本主義」いわゆるデモクラシーから始まった。けれども、それすらも当局から弾圧された。そして社会主義にもマルキシズムとアナーキズムの明確な区別はなかった。それで「個人的」にはアナーキストで、「社会的」にはマルキストの者が多かった。こういう問題を私はよく高村光太郎と語り合ったが、二人とも性格としてはアナーキスト的である。しかしマルクス主義はあくまで社会課題であり、私は思想的にはアナーキストだが、社会問題としてマルキシズムの必然性を理解しだしていた。しかしこれは自分が「社会運動」に参劃することではなかった。もちろん自分の思想経路の中では彷徨も動揺もあったが「芸術」に賭《か》けている限り、いわゆる「象牙の塔にこもる」という幼稚な批判を私は嘲っていた。

社会主義と民主主義が混交するような時代状況の中、高田はアナーキズムにも、マルキシズムにも共感を抱いている。しかし、芸術表現をブルジョア的余技と位置づけるプロレタリア派の見方に対し動揺はしない。むしろ、自己の芸術に明確な存在意義を抱いている。この高田の姿勢は、単なる芸術至上主義ではない。むしろ芸術と社会の関係をふまえた、現実的な姿勢といえる。芸術それ自体価値を持ちうるものだとしても、それを担う芸術家には、生活の糧が必要である。高田自身が生活苦から、芸術だけでは食えないことを身に染みて感じていた。それゆえ社会変革の必要性も認めるし、芸術活動を続けることのできる物質的条件を整えようと考える。

その切迫した「生活の道」を何とかしようと、貧しい芸術家を集めて作った共同生活の場が「赤い家」である。高田は、高村光太郎、高橋元吉、長尾宏也らと、「互いに自分の仕事をし、なるべく少なく働いて食える」事業を探し、貧しい仲間たちを集めて共同生活を始めることを思い描いていた。長尾の発案により、梅の植樹と山羊の搾乳を始めることになり、人を集めた。高田、高村、高橋は共同生活をしない参加者で、長尾の他、中原の小説に登場する松田利勝、大宮昇や、大野金二ら芸術家の卵が主たる共同生活者だった。中原はよく遊びに来た一人で、「大宮のギターで歌をうた」ったという。しかし訪れたのは、芸術家ばかりではない。

この「共産村」は評判になった。いろんな人間が入団するというよりも、転げこんで来、地下運動をやっていた共産主義者たちが時々隠れに来た。渡辺政之輔も一時ころげこんできたらしい。私はその名を知らなかったが、後でもう一人の大物が私のところへ御礼に来た。吉祥寺界隈で「赤い家」と言えば知れていたが、これは家のしたみが紅殻色だからである。

「赤い家」というのは家の色から来た呼び名で、思想的に「赤い」というわけではない。「共産村」というのも、生活を助け合うという程度の意味である。ただそこには、後に共産党書記長となった渡辺政之輔のような活動家も時折やってきたというのである。高田らの社会主義への共感と、「赤い家」の自由《リベラル》な雰囲気が人を呼び寄せたのであろう。そのような高田との関わりで、中原が左翼運動と関わる偶然も生まれた。

ある日東京に出て戻ってくると、妻が玄関に飛んできて、「無産者新聞の人達が、発行所を急襲されて、逃げてきた。いまアトリエで新聞の秘密発送をやっている」と言う。アトリエには四、五人私の知らない若者が新聞を小包のように荷造りしている。普通小包のように見せかけて、方々《ほうぼう》の郵便局から地方の秘密支部へ送るのだという。（中略）翌日も誰も来なかった。その翌日一人が訪ねて来て、「皆捕まりました。しかしあなたに御迷惑はかけません。一昨日《おととい》、お許しも得ないで、皆が押しかけてきたのは、踏みこまれる寸前、高田のおやじさんのところなら大丈夫だ……と逃げ出してきてしまったのです……」彼が一人でまた小包作業をやるのを、私も手伝った。そしてこの男も次の日には来なかった。いずれ私のところも踏みこまれるだろう。残された新聞はまだ多量にある。私はひとりで丹念に小包にし、人が来ると手伝わせた。中原中也も藤原定も来た。そして手分けして郵便局に持って行き、送り先の名簿は破れた唐紙の穴の中に隠した。

当人にはいい迷惑だろうが、高田の自宅で左翼系の新聞を配る手伝いをさせられたというのである。切迫した事態の前に社会主義も芸術派もない。このような党派性にこだわらない高田と「赤い家」の中間的な立場を、左翼運動家も認め、むしろ頼ることとなった。しかしこの共同生活も、高田が渡仏する一九三一年以前に、自然消滅のような形になる。まさに「夢想」になってしまったわけである。高田はこう述懐する。

この「夢」から教わったもの？　このような「集団共同生活」と社会主義、あるいは共産主義社会が作り上げる「政治力、社会力」とはなんの関連もないということだった。理想主義の形は残るけれども、精神圏に於てであって、社会・政治の領域ではなく、それで「社会」が変革はしない。私は「社会」と「政治」の意味をこの経験で理解したように思った。

結局小さな共同生活は、持続するには危うい夢で、社会の変革には何の力も持ちえない。だがその限界ゆえに、リベラルな精神を保ち得たというのであろう。とはいえ、政治の領域に片足を踏み込んでいたそのリベラリズムは、他でも事件を引き起こそうとした。

そのうちに、北海道で共産党の地下運動をやっていた闘士三田村四郎と細君の久津見房子が捕まって投獄された。（中略）彼らは私を地下運動に引ぱりこもうとは絶対にせず、ただ精神上の友として信頼していたようだった。

房子は三田村といっしょになる以前、「自由半宗教家」の一人高田集蔵との間に二人

の娘を生んでいた。姉が一燈子《ひとこ》、妹が慈雨子《じゅうこ》。（中略）

その一燈子が札幌で母親と共に警察に引っぱられ、拷問された話を細かに話したので、私はそのまま文章にして、倉田百三が出していた雑誌『生活者』に「由子《よしこ》」と題して載せた。そのために倉田は警保局に呼び出されて、訊問された。しかし私自身は呼び出されず、また雑誌も発禁にならなかった。

この号の『生活者』には、中原も初めて作品を載せており、高田の左翼がらみの事件で再び迷惑を蒙ることになりかねなかったのである。ただし『生活者』は、本来官憲に睨まれるような左翼系の雑誌ではない。たまたま高田の取り上げた材料に目を付けられたということだろう。*11 だがこの雑誌は、プロレタリア思想と無関係というわけでもない。「生活」という言葉を媒介にして、この思想とも積極的に向き合おうとしていた。高田のように、この時代特有のリベラルな精神を共有していたのである。

3

『生活者』は、倉田百三が編集発行人となって、一九二六年五月に岩波書店より発行された雑誌である。党派をつくって内輪褒めに終始する文壇に対し、新人を発掘し「真面目な生々とした気風」を社会に送ることを目的とした。商業雑誌や同人誌とは異なる独自の立場を目指したのである。中原もこのような雑誌の方針から、高田の紹介によりまとまった数の作品を公にすることができる。*12 またこの雑誌は独特の立場を掲げていて、創刊号

*11　高田の文章の実際の題名は「工房にて」で、その八章と九章が該当する。高田の周辺の出来事を綴る随筆の連載の一部である。掲載されたのは、一九二九年九月号。

*12　「詩七篇」（一九二九・九）と

「詩六篇」（一九二九・一〇）の二度。

の「発刊の言葉」では、次のようなことを述べている。

我々は享けた生命を愛する。否愛すると言ふだけでは足りない。我々は生命を礼《らい》する。我々は其処から出発したい。（中略）我々には端的に生命が尊いのである。生きる事に真面目に、熱心に、また注意深くならないわけにゆかないのである。我々はさういふ人と共に生きゆく「道」を研究したい。（中略）その為には我々は生命に対して敬虔なる人々の様々なる歩み、種々な境遇から生ずる体験からの聲、色々な立場と視点からの考察の結果等をもつと知らねばならぬ。雑誌「生活者」はこれ等の目的の為めに生れたものである。我々は予め一つの定まつた主義を宣伝するのが目的ではない。唯然し生命に対する敬虔な態度を鼓吹する事は我々の出発点から生ずるおのづからなる結果である。我々はだらけた態度を排する。切実な、緊張した生命感、鋭い疑ひ、或は慎み深い知恵、真に生命に対する愛と誠と礼から生ずる一切の「生活的なるもの」を重んじたい。

（中略）

宗教と芸術とは我々の生活の内面的体験に直接に根を持ち、これを取扱ふものである故に、雑誌「生活者」は自ら宗教的芸術的傾向を帯びるであらう。学術と経済問題、文献と教養の方面に遠ざかるのは、これらを重じないからではなく、目的を別にするからである。我々はパンの問題、認識の問題、教養の問題等には生活者としての我々の根本態度に於て接触する。パンの権利の真実の根拠、認識の最深の依拠、教養の最後の基礎等はもとより「生活者」の取扱はずにはゐられない重要な問題である。

生命に対する「真面目」さが、この雑誌の基調である。雑誌の名『生活者』には、一般に生活する人という意味と同時に、生命の謎という根源的な問題を追求する者、という意味合いが含まれている。この真摯な態度は、同時代に隆盛だったプロレタリア思想の問題も積極的に取り込んでいく。政治的な論議には立ち入らないことを明言しながらも、「パンの権利の真実の根拠」という観点から、不遇な生活者であるプロレタリア層の生き方を取り上げようとするのである。また、左翼運動そのものに対しても、場合によっては好意的な姿勢を示した。

私は近頃、「文芸戦線」を毎号愛読してゐる。それは私自身が、今迄経済的に甘かつた事を近頃ひしく〳〵と痛感し、此の人達から強く鞭うつて貰ひ度いからの為でもあるが、然しそれよりも、この人達の真剣さ熱烈さが、私を引きつけて読ませるといふのが最大の理由であると思ふ。

今の文壇の状態が、私に不満に思へるのは、あながち私が一面的な人間であるからではない積りだ。あの誠実のなさ、真剣味の足りなさ、趣味の低さは、客観的に見て嫌悪さるべきものだと思ふ。そこに行くと、真剣で熱烈なのは、この社会主義文学者の人達だ。少なくともその点だけは、所謂「文壇者流」の作品よりも気持ちがいゝ。敬意が持てる。

たゞ然し、この人達の芸術観とは、私は不幸にして根底から異見を持つ。私には、この人達には真の芸術の認識がないと思へる。（中略）然しこの人達は、主義の為、信念の為に、恐らくこれから色々の真剣な苦悩を味はねばならぬだらう。その真剣な苦みが、或ひはこの人達の中の数人を、彼等の否認する、（軽蔑を以て否定する）、非科学的な世界、形而上学的な世界、神秘な謎の世界へ導くかも知れないと思ふ。

（光瀬俊明「一月号創作月評・文芸戦線」一九二七年二月）

光瀬俊明は、倉田百三が不眠症で入院した一九二六年一二月号から一九二七年六月号まで編集を担当した、創刊号からの編輯同人の一人である。光瀬は、既存の文壇の作品よりは「真剣」だという点で、社会主義文学を評価している。「発刊の言葉」にあったように、真に生命を愛する「生活的なもの」の要素があれば、何者も積極的に評価するのである。この点は倉田百三も同じで、「橋本正一君は中国山脈の山の奥で炭を焼いてゐた青年である。今も皿洗ひをしつゝ、雲雀のやうに唱つてゐる。本当のプロレタリヤらしい、純なところのある詩人である。これから屹度いゝ詩を見せてくれると期待して居る。」（「輯集後記」一九二八・八）と感想を述べ、「生活者」的な意味合いでの、生活に真摯な「プロレタリヤ」を評価する。

しかし、光瀬の「創作月評」にも「たゞ然し、この人達の芸術観とは、私は不幸にして根底から異見を持つ」とあるように、『生活者』はプロレタリア文学の芸術観やイデオロギー自体には賛意を示さない。

五月一日、午後、自分は芝公園の横の十字路に立つてメーデーの行列を見送つた。（中略）生命を其まゝ絶対視する今の自分にはパンの一片は、すなはち欲望の一片、生命の一片である故に、利害、権利はそのまゝ神聖なものなのである。故に自分はそのための闘争を厳粛に感じた。併しながら、自分は次の三つの事をどうしても感じずにはゐられなかつた。一は、これ等のプロレタリアも亦他の生命を搾取して生きてゐるのだといふこと。若し彼等の被搾取者が見たならば、同情出来ないで、皮肉に感ずるであらう。二には若しこの列中の一人がブルジョアに生まれたならば、今のブルジョアの通りにするに相違ないといふ事。其処に在る単なる偶然性は正義感を去勢する。人間の不確かさと強い自然の必然性とが感じられるからである。三にはその必然性がブルジョアを駆つてゐるのだと思ふ時、プロレタリアに対する同情とは独立にブルジョアの心理を肯定せざるを得なくなる。一般に強者は弱者を搾取せざるを得ないのである。（中略）ブルジョアとしてはプロレタリアと闘はずにはゐられないのは、プロレタリヤが動物と闘はずに居られないのと同じ心理に拠るのである。

（倉田百三「輯後後記」一九二九年六月）

ここでは、人間もまた生命の一つの現れにすぎないという超越した立場から、プロレタリア派の主張を相対化しようとしている。生きる者は必然的に何者かから搾取せざるをえない。プロレタリア層も他の生物を虐げて生きているのであり、その点を忘れて自らの正義ばかりふりまわすのはどうか、というのである。

人間社会の問題を、生物一般の生態の次元に還元するこの態度は、いささか乱暴と言わざるをえない。人間社会の階級問題は、同じ種族である人の間に搾取―被搾取の関係が存在するゆえに派生するものである。その人間同士の確執を、草食動物と肉食動物の関係のように見なしては、両者を異種の生物のように扱うことになる。無意識に差別的な発言をしていると言わざるを得ない。ただし、この感想は、自身が安易にプロレタリアに同化できないという実感から来ているものである。この点では、観念的に社会主義運動に走った人々の、地に足のつかない側面に目を向けさせる言葉でもある。

プロレタリヤが闘ふ事がうそでないやうにうそでなく行為しやうとする時、ブルジョアは自己の特権を放棄出来ない。愛も、あはれみも、教養も、自己が残酷であるとの自覚もありながら、やつぱり自己の特権を保ちつつで無くては愛することが出来ない。労働運動をやつてるインテリゲンチヤでも同じ事をやつてゐる。

（倉田百三「編輯後記」一九二九年八月）

同情はできても、自身の既得権を放棄することまではできないことを率直に述べている。むしろ、知識人が労働者と共闘できるかのように振る舞うことは、虚偽にすぎないというのである。運動を指導する知識人と当の労働者との乖離は、プロレタリア運動の内部でも議論となっていた。[*13] 無理解な面を持ちながらもこの点では、プロレタリア運動にとって切実な課題となり得る疑義を提出しているといっていい。

雑誌『生活者』は、批判的な立場も示しながらも、生活する者の課題としてプロレタリア運動を、廃刊となる一九二九年一二月号まで取り上げ続けていく。このプロレタリア思想への共感と批判を両立させる立場により、倉田は「中間思想」とレッテルを貼られることもあった。

或る人が自分を中間思想だと云つた。プロレタリア意識に終始しないといふ事が中間

＊13　芸術大衆化論争のことである。中野重治の「いはゆる芸術大衆化論の誤りについて」（『戦旗』一九二八・六）などにより、問題が明確にされた。

ならばもとより自分は中間的立場にならう。だが中間の観念は視点を右若しくは左に置くから初めて生じるのであつて、絶対意識そのものには中間などゝいふ立場はない。

（倉田百三「編輯後記」一九二九年一一月）

自分は超越的な生命の観点から考えているのであり、「中間」という立場は自身にとってはありえないことだと倉田は言う。確かに、労働者を生物の立場に置くなど、プロレタリア運動を人間社会の問題に限定して考える姿勢は倉田に欠けていた。この点では、生活苦を根に持つ高田博厚とも立場が異なっている。しかし、思想に縛られない自由な論議の場を保ちえた点においては、左にも右にも偏しない中間的な立場と言えるのであり、高田の「赤い家」のリベラルな精神につながるものでもある。高田がこの雑誌に関わるようになったのも、この共通性からだろう。*14 また、左翼運動を敬遠する中原が作品を発表できたのも、この雑誌の中間的な性格のおかげである。

とはいえ中原の資質が、『生活者』に合うものかどうかは別の問題である。『生活者』にも発表した「サーカス」（初出の題は「無題」　第一章Ⅰ「ダダイストという呼び名」の4参照）などに表れるダダ的・道化的傾向は、哀切な調べとともに、真面目とも不真面目ともつかない奇妙な情緒を詩にもたらす。「ゆあーん　ゆよーん」というオノマトペはその典型である。この空中ブランコのように宙吊りにされる感覚は、『生活者』の真摯さを重んじ「だらけた態度を排する」姿勢にはそぐわないものだろう。『生活者』の掲載時に「中原君は何時も何か捨身な本音で動いてゐるので私は非常に好きです。同君の詩も斯ういふ形でありながら、私は好きです。これらは四年程前同君の十九頃の詩です。この頃はもつとあ

＊14　高田は当時、高村光太郎らとの雑誌『東方』が廃刊になったため、一九二九年六月号から文章を寄せるようになる。先に『生活者』に加わっていた詩人高橋元吉の紹介によるものだろう。また、倉田百三と高田博厚同士も、ロマン・ロランを介した間接的な交流があったようだ。伊藤信吉『逆流の中の歌』（七曜社、一九六三・一二）および中西清三『倉田百三の生涯』（春秋社、一九七七・一二）参照。

たりまへな形になつて来たやうです。」という高田博厚の言葉が末尾に付されたのも、その不釣り合いを慮ってのことかもしれない。

ただし中原自身は、『生活者』のような「真面目」さに無関心だったわけではない。むしろ、高田の「赤い家」に好んで出入りした中原は、その精神圏の中で生活に向き合う真面目さに触れ、葛藤することもあったようだ。これを描いた中原の小説に、再び話を戻すことにしよう。

4

「赤い家」を訪れた中原とおぼしき主人公は、OさんやMさんらにビールを飲みに行こうと誘う。その後「赤い家」に泊めてもらうことになり、帰途につく。これが三章までの話である。やがて床についた主人公は、共同生活者のたちの暮らしのことを考える。

「此処ではみんな一ヶ月十円で暮らしてゐる……とランプを想ひ浮べながら私は考へた。『煙草の喫《の》めない日くらゐ珍らしくない。』と先達Mさんは人に語つてゐた。三人とも、毎春毎秋の展覧会では落選してゐる。郷里では親や兄弟が困つて暮らしてゐる。「どうなるのだらう?……どうなるかと考へてみたつてしやうがない。『仕方、ないですよ。仕方ないから、やつぱりかうして絵を画《か》いてゐるより仕方、ないですよ。』Oさんは何時だかさう云つてゐた。Oさんはさう云つた時、私を嘲哂ふやうな、同時に自身を憐むやうな眼付をしてゐた……

（中略）

私には先刻通つたN駅附近や、森の中や、気を付けて渡つた丸木橋や、書く筈だつた手紙や、ドブに落つこつたことや、それどころか母も弟も、亡くなつた父と同様にもはや此の世の上にはなかつたやうに思はれた。——仮りに、私が今、此の儘死んでしまつたとしても、あの貨物列車が走つてゐることに何の関係らう《ママ》？……期限の迫つてゐる翻訳の仕事も、それを依頼したあの痩せた編輯人も、此の二三日それを思い出すたびに憔々する此の私も、やがてはみんな無になつて、地球全体も早晩は月のやうになるのであらう……といふやうな気持になる。

十円で生活している相手と自分を比較するところなどは、プロレタリアを見つめるブルジョアの苦悩に似た心理が描かれている。中原もまた、現実社会の貧富の差を何らかの形で視野に入れずにはいられない、同時代の精神の在り方と無縁ではなかったのである。この意味では、社会主義者や雑誌『生活者』の「真面目さ」を共有しているといえる。

しかし中原は、そこから社会主義的な思考に進むわけではない。この小説の中ではまず、自分の父の死など家族に対する思いへと向かっている。個人の感情を綿々と連ねる私小説をブルジョア的と批判する、プロレタリア陣営とは異なる態度である。しかもここで連想は、家族の死から地球全体の滅亡にまで展開し、プロレタリア陣営のような現実主義は彼方に置いていかれてしまう。この発想自体も、宇宙的な想像の広がりや、死のイメージが現れる点で中原らしいものともいえる。だがこの小説での思考は、そこにとどまらない。

「馬鹿を云ふな！……仮りに地球が早晩月になるにしたつて、今は月ではないではないか。現在を見ろ、現在を見ろ！　どうせ明日になればおまへは此処から自分の家に帰るのだ。さうするとお前の机の上には、読みさしの本や、あの奇妙なインク壺や、消し跡だらけの翻訳の原稿が待つてゐるのだ。するとまたおまへは忽ちに馬車馬になつて、娑婆気たつぷりになつて、『これは普通郵便ぢや不可ない——速達でなくつちや』（中略）さう思ふんだらう……さうなんだよ（中略）今偶々お前が此処にゐてヘンに淋しくなつたつて、此処から三十分行けばおまへの家があることは確かなんだ。——だいたいおまへには、食辛棒なお嬢さんかなんかみたいな根性があるのだ！　それが、十円で暮してゐる人達を時に心配し出したり、不躾にも『今後どうする気です。』なんて、今にも訊きたさうになつたりするわけなんだよ。いいか、——おまへはさもしい奴なんだぞ

（後略）」

ここでは、地球の滅亡にまで至った連想を自身で批判している。色々考えたとしても自分は、明日になれば自分の家へ帰ってしまう。そして普段どおりの生活に戻っていく。今頭に浮かぶ不安な連想も、実は自分にとって深刻なものではない。「食辛棒なお嬢さん」という言葉で、何にでも首を突っ込んで行くような自分の軽薄さを顧みるのである。この反省は、先にあげた倉田百三の発想に近いところがある。倉田が知識人のプロレタリア運動への安易な参加を批判していたように、中原もまた、自身の軽薄な想像と他人事への興味を、地に足のつかないものとして反省している。しかし中原の思考はまだ、そこにも収まらない。

「然しさう考へることさへ、板にはついてゐないぢやないか……」益々私は私がイヤになる。「（中略）みんな結構な類推なのさ。さもなけや何《ど》ッ処《か》で覚えた口調なんだよ……」そして、私は私が才能も何もない、羽蟻かなんかのやうに思はれる。「これでな、偉くならうなんちつたつてそれあ無理だよ。（中略）」そして私は、私が本屋の店頭で、狂気のやうになつてカタログを調べながら、外国に本を註文したりしてゐる有様を思ひ浮べた。（中略）「といつて……明日からもはや何もしない、一冊だつて註文はしないといふわけにはどうしていかう？……行くものか、羽蟻だつてなんだつて、やつぱり働いてゐるよりは仕方がない。――さもなけあ自殺だ（中略）」
「ちヱッ。それにまたなんだつてこんなことを今晩に限つて考へなければあならないんだい？……要するに理窟ッぽい空想なのさ（中略）」

先の倉田百三のような自己反省もまた借り物だと、自分の軽薄さに対する糾弾の手を緩めない。あるいは、自分の欺瞞をひとまず暴けば、率直な態度を取ったような気になることもできよう。しかし中原は、その反省自体も「板につかない」どこかで読んだ知識の受け売りだと暴く。地に足のつかない自分を反省する、その自分の足下すらもさらにひっくり返してしまうのである。自分の立場がどこにあるのか不安になるようなところまで、自身を追いつめていくことになる。

その自分の地に足のつかない状態を、ここでは「羽蟻」といっている。羽蟻の空を漂い地に足がつかない様子を、自らの切実な立場から思考していない自分に当てはめているのである。また羽蟻は、働き蟻のように稼がないという点で、生活の上でも地に足がついていない。仕送りで暮らし「生活」という基盤を持たない軽薄な自身も念頭に置いた比喩なのであろう。

しかし、その反省から虚無的な考えに陥ってしまうわけではない。それでも明日から再び何かをしていく自分を予想し、自分の考えが案外深刻でないことに思い至る。自分のニヒリステックな考えもまた、持続性のないものだと気づくのである。ここに至り、自分の思考というものは凡て、地に足のつかない「空想」で、何ら役に立たないものだと位置づける。だが次には、もう一度自分の在り方を捉え返す。

> それから私はなほも人間は自分自身をどうすることも出来ないのだ。尠くとも、どうしようとかかうしようとか考へてみてゐるうちは馬鹿者なのだ。どうしやうもかうしやうもない自分自身に直面してゐる時だけ、人は何かであるのだ。その時だけ、彼は個人であると同時に社会人であり、その時だけ、彼にとつて世界は立体であつて平面ではないのだ、――などと考へつづけた。

ここで中原は、思考以前のところに人間の存在意義を見出している。思考はいずれにしろ元は借り物でしかなく、自身から発していない空疎なものである。だが人間は、思考することによってしか当面の問題に対処する方法を知らない。それ自体を否定することはむずかしい。そこで中原は、物事を思考で解決しようとすること自体がまちがいだと認識を逆転させてしまう。

解決は自分の気持ちを安心させようとする「馬鹿者」の仕業にすぎない。むしろ、問題を解決する方法を知らず、どうしようもなくもがいている自分こそが、思考のもたらす欺瞞に陥っていない。その意味で「何か」だと言い、そのあがきによって自分らしさを持つ「個人」となり、同時に社会と関わり続ける「社会人」ともなる可能性を見出しているのである。思考の上で解決できれば安心はもたらされるが、物事を一義的に解釈するために、世界は厚みのない平面に等しいものとなる。ひとつの思考に落ち着けないあがきは、様々な角度から世界に接触を試みようとし続けるために、世界と立体的に関わりうる。このようにして、思考から導き出される結論自体は安易な解決として排するものの、思考し続ける自分の持続的過程は肯定するのである。

ここに至って中原は、プロレタリア派の現実主義ばかりでなく、倉田百三の実感的な思想も置き去りにしてしまう。倉田は率直な感想により、プロレタリア運動に参加するインテリゲンチャの危うさを指摘してみせた。ただしその思考法は、生命という絶対的価値に基づいて導き出されたものである。中原からすれば、ただひとつの立場にとどまり、世界と一面的に接触しているとしか見えないだろう。プロレタリア文学とも真摯に向き合うような「中間」的立場ではあるものの、そこには中原のような不安な揺れはないのである。この意味で中原の立場は、倉田のような中間的なものではない。中間という位置すら持とうとしない、中原独自の「羽蟻」の生き方である。この空中に漂うような位置が、「サーカス」に現れる宙吊りの感覚につながるのである。

とはいえ、中原にとって倉田百三や高田博厚の「赤い家」の中間的な立場が全く意味のないものだった、ということではない。むしろ中原の宙吊りの感覚は、その中間的位置を徹底させたものといえる。同時代の思想的混乱の中、倉田や高田はひとつの政治的立場に偏しないリベラルな精神を保っていた。その自由を明確な立場のない不安と捉え、さらにその不安な立場をかえって自己の存在意義へと転換しようとしたのが中原である。中原と倉田らとの差異は、同じ思想的混乱の中で、最終的な根拠を持つか持たないかにある。倉田らの根拠は「生活」という語の持つ実在感にあった。

中原はこの拠り所がないために、倉田らの精神圏の中で思い悩むこととなった。この葛藤から、「生活が終る所に、芸術があります。生活を、しなければなりません、芸術家諸子よ。」（一九二七年日記三月二二日）という言葉が出てくる。倉田や高田にとって「生活」は容易に終わるものではない。

また小説にあったように、中原自身の生活も終わらない。いかに世界の滅亡に思いをめぐらせたとしても、次の日には元の生活に戻っていく。この終わらないものを前にして中原は、その持続する現在と徹底して向き合うことを選ぶ。「生活」の存在を認めたうえで、自分の思考に安易に決着をもたらさない道を選んだのである。この葛藤を導き出した意味で、倉田や高田の精神圏は、中原の独自の立場を導き出すための契機となった。

ただし、「生活」の存在感自体には拘泥せずに、「生活」から浮遊する自己を生きることを選択した時に、倉田らの精神圏とは袂を分かったことになる。この両者の態度のいずれかが優越しているということはないが、高田の一見現実的な試みが「夢想」に終わったことをふまえれば、すべての思考を無根拠とする中原の「羽蟻」の不安を生きる姿勢が一片の真実を孕んでいることも確かである。

5

対象を概念として固定化することを拒み、流動的な過程の中で世界と立体的に関わろうとする中原の態度は、一九二四年のダダ詩の中で芽生え（第一章Ⅴ「ダダの理論」の3、4参照）、一九二七年頃の象徴詩をめぐる考察の中で中原に明確に意識されていたものだった（第二章Ⅳ「象徴とフォルム」の5参照）。高田博厚や倉田百三の精神圏との出会いから、あらためて生まれたものではない。ただしこの頃を境に、中原が「生活」という語で表そうとする問題の焦点は変わったようだ。

先に見たように、一九二八年頃の「生と歌」などで中原の用いた「生活」は、人間の根源的な実感を表す言葉であった（第二章Ⅳ「象徴詩とフォルム」の2）。ところが、一九三四、五年頃制作と推定される「芸術論覚え書」では、生活＝名辞以後と芸術＝名辞以前とが対比的に論じられている。生活の中での約束事に甘んじることを名辞以後と呼び批判するのである。

名辞が早く脳裡に浮ぶといふことは尠くも芸術家にとつて不幸だ。名辞が早く浮ぶといふことは、やはり「かせがねばならぬ」といふ、人間の二次的意識に属する。「かせがねばならぬ」といふ意識は芸術と永遠に交らない。つまり互ひに弾き合ふ所のことだ。

名辞以後というのは、「かせがねばならぬ」意識だという。そんな意識は捨てて、「面白いから面白い」という意識に徹しろと中原は言う。先の小説の主人公も対峙した、金銭的な条件に思い悩むような「生活」は、芸術を生み出す余地のないものとして批判の対象となるのだ。

「生と歌」は原初的な生と表現との関係を論じようとするものだった。人間の原初的感動をどのような形式に置き換えるべきかという表現論が主題である。これに対し「芸術論覚え書」は、「かせがねばならぬ」という現実意識に芸術を対置させようとするものである。表現形式よりも、表現を阻害する条件に目が向けられているのだ。

この中原の用いる「生活」という語意の変化には、一九二八年から先鋭化したプロレタリア文学運動の影響があるのだろう。プロレタリア陣営は唯物史観をただ一つの現実と見なす。現実を固定した概念を通して見るその態度は、流動的な生を人間の本質と見なす中原には許容できないものだった（第三章Ⅱ「読書と生活」の5参照）。また、一九二九年に出会った倉田百三や高田博厚の精神圏は、先の小説でも見たように、「かせがねばならぬ」という意味での「生活」についてあらためて考える契機となった。本来多義的だった「生活」という語は、唯物論が主流の同時代の用法に圧倒され、芸術と対立する語意にならざるを得なかったのだろう。

「生活」という語は、特に芸術と対置させられている点では、「芸術論覚え書」では重要な位置を占める概念である。生活というものの持つ実在感、名辞することとの安心感、その誘惑の強さを知るからこそ、それらへの対処を知ることなく「芸術＝名辞以前」に赴くことはできないと強調する。同時代との対話の中で培われた、生活は容易に終わるものではないという認識が、その背後にはあるのだろう。

その後中原は一九三四年に再び、プロレタリアの思想と公的な場所で接触している。『一九三四年詩集』の出版記念会と、それをきっかけに行われた『詩精神』一九三四年一二月号誌上の「詩人座談会」である。*15 この席では「現実感」が話題になっている。遠地輝武が中原の詩に対し「問題はどれだけ現実にぶちあたつてゐるか」だと言うが、中原の反応はあっさりしている。「自分といふものは目がさめたらゐたんですからね」この感覚は遠地らには通じなかっただろう。

この言葉は、中原の根なし草的、「羽蟻」的感覚を徹底したものである。自分の考えというものは誰かからの借り物にすぎない。この時自分というものの存在を保証する明確な根拠はない。そのような自分とは、一瞬々の現在においてしか存在しない。その瞬間ごとに発見する自己を「目がさめたらゐた自分」というのである。このような感覚からすれば、プロレタリアの現実主義などは、ひとつの概念に安んじたものでしかない。一九三四年頃の中原には、すでに相手にするべきものではなかったのかもしれない。

次からは再び一九二七年に戻り、日記の中に現れた「生活」を見直し、右のような心境に至った中原の詩的展開を見てみたい。

*15 第二章Ⅳ「象徴とフォルム」の5参照。

Ⅱ　読書と生活

1

一九二七年二月二六日の日記で中原は、数え年の一七、八歳（一九二三、四年）を過ぎるまで読書をしたことがなかったと述べている。[*1]

私は十七・十八頃までには殆んど読書といつてはしてゐない。そしてそれまで私は「生活」についての思念で一杯だつた、一杯だつた。私は読書を早くからした真底素晴らしい芸術家つてのは考へられない。考へようとすると滑稽になる。――千年後の常識。

京都から東京に移り一九歳になる一九二五年以前には、読書をしたことがほとんどなかった。それまでの自分は「生活」に対する思いだけで満たされていたというのだ。ここで読書は生活と対比され、一九歳以前は生活、それ以降は読書という人生の節目を特徴づける要素となっている。ただし読書を早くしすぎた者は、素晴らしい芸術家になれないとも言

*1　数え年でいえば中原中也が一七、八歳だったのは一九二三、四年に当たる。『新編全集第四巻　解題編』二一頁参照。

う。読書をするとしても適切な時機が選ぶことが肝心だというのだ。一九二七年日記で読書は、必ずしも肯定的な意味に用いられていない。

私は私の身の周囲《まはり》の材料だけで私の無限をみた。

それで私が読書を始めた一昨年《おとゞし》の十二月から今日迄、ほんの読書は私にとつて擦過物に過ぎなかつた。（四月二四日）

読書がしつくり出来るなんてことがもう既に大雑ッパなことなんだ、ディレッタントなんだと、けふはじめて意識的に思つちやつた。………！
（読書とその個性にリアリティがあることゝは随分別らしい。）（五月二日）

ひそかに佐藤春夫に
文明批評が必要なのではない。近頃一派の文学青年が不快なのは、彼等の芸術心の始原が書物にあるからであるのではないか。（七月三一日）

普通に、リアリスチックな文学修業者は読書する。
私は、私がリアリスチックな状態にある時は却て読書しない。（八月一日）

本質的な意味で言えば、自分にとって読書は必要のないものである。なぜなら自分は身近にあるものだけで、無限の宇宙を感得できるからだ。そのため読書を始めた十九歳の一九二五年から、書物は自分を通り過ぎるだけで何も痕跡を残さなかった。そもそも読書は趣味本意のディレッタント（好事家）がなすものである。書物には知識があるだけで、リアリティがない。少なくとも、身近なものから無限の世界を感じる自分は、読書の中に現実感を見出さない。したがって芸術の精神を書物から導き出そうとする者は不快であり、そのような人間は優れた芸術家にはなり得ない。

一九二七年日記で中原は「宇宙の機構悉皆了知。」（四月二七日）、「私は十六才までに宇宙機制をみた」（一〇月三〇日）と、自分が一六歳の少年時までに宇宙の仕組みを全て知ったとしている。一歳から一六歳は中原が京都に移る以前に故郷山口で過ごした時間である。その少年期に自分の感性はすでに完全だったというのである。「私は私の身の周囲《まはり》の材料だけで私の無限をみた。」というのも、完全な感性だからこそ、自分の身の回りの材料で無限の可能性を広げることができるということだろう。

ところが多くの者は、「近頃一派の文学青年」のように読書に囚われ、自身の感性を重んじない。「みんなみんな、じぶんで感ずる何物も持たぬのだ。／かうも魂といふものはなみせられるものなのか／みんなが私には、池の金魚のやうに見えた。」（九月一二日）というように、自分の感性を忘れ大勢に流される者を、池の金魚だと嘲弄する。では、そのような危うさを冒して読書をする必要はどこにあるのだろうか。

私は全生活をしたので（一才より十六才に至る）私の考へたことはそれを表はす表現上の心理についてのみであつた、謂はば。（十七才より十九才に至る）そこで私は美学史の全段階を踏査した、実に。

かくて私は自らを全部解放されたやうな風になり行つた。私はじつに味のない、長々しい時間を過すやうになつた。けれども私は生を厭うやうな気持ちにはならなかつた。私は自由だつた、魂に対し疚ましいことはちつともなかつた。が、やがてその状態も続いてゐるうちにアンニュイとなつた、私は非常に牆壁を隔て、ではあるが死を見るやうになつた。かくてわたしは舌もつれしながらに抒情するのだ。――働きます。

（四月四日）

ここでも一六歳までに「全生活をした」と、少年期に生活の全てを経験したことが語られている。*2 郷里の山口から京都に移った一七歳以降は生活を表現する心理についてだけ考え、美学史のあらゆる段階を実際に検討したと言うのである。一九二七年日記で年齢を細かく記述する中原にとって、一七歳から一九歳の「美学史の全段階の踏査」と「一九歳以降の読書」は厳密に言えば異なるものであろう。ただしこの一節を参照すれば、一六歳までの完全な感性の外に出る必然は、その感性を表現しようとする動機にあることがわかる。

一七歳から一九歳は、京都でダダや象徴主義に出会った時期である。「美学史の全段階の踏査」とは、両者との出会いを契機に、過去から現在に至る美的表現の歴史を、実作を通じて確認する行為を指すのであろう。芸術家であり詩人であろうとすれば、自分の感得したものを表現しなければならない。その表現のモデルを探したのが、一七歳から一九歳だというのである。

心意といふものは、理智によつて存在する。感情的なものではない。而して発現され

*2　『新編全集第五巻　解題編』は、「生ひ立ちの歌」（推定一九三〇年）の「Ⅰ」で各聯に「幼年時」、「少年時」、「十七―十九」という表記のあることをふまえ、一九二七日記が年齢の年代記風に記述する仕方と関連があると見ている。三二頁。

たる心意はやがて群衆にとつての可見的彩画様のものとなる、これが社会の変遷を齎す。性格《イリユジヨン》だ。（そこで芸術家が自分の仕事を感情的なものだと普通に考へてる一応の理はあるが、心意といふものが分らないでは、オリジナルな力といふものはその作品に生れない。）

（一月三一日）

芸術家は自分の仕事を感情的なものだと考えているが、多くの人々に受容される形にするためには、芸術家の理知的な活動が必要となる。よって「現代は天才こそアカデミックな勉強を要す」（二月四日）ことになる。「可憐といふ感情は最も客観的な立場に生ずるものだ。／……だから、天才でも、無名時には自我披瀝といふものが許されてゐないといふのか、さうか。」（二月三日）感情の表現は客観的なものであり、天才でも表現方法を持つためには、多くの人々に共有されるアカデミックな勉強をしなければならない。*3 その方法のひとつが読書ということになる。

しかし一方で、「自分に、方法を与へようといふこと。これが不可ない。どんな場合にあるとも、この魂はこの魂だ。」（二月一九日）、「デザイン、デザインつて？／そんなものは犬にでも喰はせろ。／歌ふこと、歌ふことしかありはしないのだ。」（一月二〇日）という発言もある。形や方法に囚われすぎれば、自分が本来持つ魂を見失うことになる。芸術家と表現の関係には背反する要素が含まれるのである。

自分の独自の感性を保ちながら、多くの人に共有されるスタイルを探ることには矛盾がある。四月四日の記事でも、美学史の前段階を踏査した後は、解放された気持ちでありながら、味気ない長い時間を過ごすようになる。魂に対して疚しいところはないものの、ア

*3　一月一六日には「こんなにがちやがちやの時代に、専門的にばつかり勉強してる、好い芸術家つてものはゐない。」という発言もある。世の中に合わせれば、自分の専門ばかり勉強してはいられないということだろう。ただし、「アカデミックな勉強」も必ずしも肯定されるべきものではない。「ペエターなんてやはりつまらない、アカデミッシャンだ。問題的興味の芸術家としては素晴らしいのだ。／必竟演繹性が足りないのだ。」（四月一一日）、「東洋堅忍主義者等が高潔といひ持操といふ、それはよろしい。けれどもみんな頭が悪いから結局それ等の言葉を

ンニュイを感じ、死を見るようになったとさえ言う。相容れない矛盾をかかえたまま、舌がもつれるようにたどたどしく抒情するしかない。その意味で読書も、リアリティを見失いディレッタントになる危うさを孕んでいる。とはいえ読書は、単に大勢に合わせるだけのものではない。

　生命は書物ではない！
　しかし有意的に求めるとして、生命を練るものは書物ばかりだ。　（一二月一四日）

　書物は人間の本質的な生命そのものではない。だがそこに意義を見出すならば、生命を鍛える性質を書物は持っている。一九二七年日記の始めには否定的なニュアンスを含んでいた読書だが、日記の終わりには根源的な生命と関わるものと認められている。それは一九二七年の読書を通して生み出された認識だろう。

2

「私は十七・十八頃までには殆んど読書といってはしてゐない」と中原は言うが、実際に郷里で過ごした少年期や、京都で暮らした間に本を読まなかったわけではない。例えば、一九二〇年に山口中学校に入学した後学業を怠るようになり、読書に熱中した話が伝えられている[*4]。中原の自筆年譜「詩的履歴書」にも一九二〇年（大正九年）には「大正九年、露細亜詩人ベールィの作を雑誌で見かけて破格語法なぞと云ふことは、随分先から行はれ

狭めるために今では抱懐してゐる。そしてアカデミッシャン流がそれをもて天才への卑屈な罵言とする。」（四月二六日）。世間の論理に引きずられる点においてアカデミッシャンは唾棄すべきものとなる。

＊4　吉田凞生『評伝中原中也』（講談社文芸文庫、一九九六・五）四〇頁。

てゐることなんだなと安心す」という記事があり、一九二三年（大正一二年）には「大正十二年春、文学に耽りて落第す。京都立命館中学に転校す。生れて始めて両親を離れ、飛び立つ思ひなり、その秋の暮、寒い夜に丸太町橋際の古本屋で「ダダイスト新吉の詩」を読む。中の数篇に感激。」とある。一六歳以前も一七歳から一八歳の間にも、それぞれ転機となる書物との出会いがあった。

おそらく中原が一九二七年日記で言う読書は通常の意味のものとは異なるのだろう。それは先に引いたように、社会的な常識と対話する公的な性質を持つものであり、自己の詩心を確認するための批評的なものでもある。中原は日記で一九二七年の読書を次のような範囲に絞ると述べている。

聖書。スチルネル。地理書。
ヴェルレエヌ。ボオドレエル。ラムボオ。
ロダン。植物・礦物・動物。ゴリキイ。
余は当分の読書を、右の範囲に於てする。これは実に不思議なクリティク精神の顕現が与へた、論理的範囲なのである！
（二月二五日）

聖書、哲学者スチルネル（マックス・シュティルナー）、地理書、ヴェルレーヌ、ボードレール、ランボーら象徴詩人、彫刻家ロダン、植物鉱物動物に関する書物、作家ゴーリキー、これらの範囲で読書を行うことに決める。*5 その選択の基準となるのが批評精神だという。一九二七年日記には、クリティクおよび批評精神の次のような用例がある。

*5 『新編全集第五巻　解題編』は「歴史書」について、大正一五（一九

批評精神が本能的にない人の前にはなにものもない。強ひてあるものはといへば斑らな虚無である。

（五月四日）

結局、一切は先天性に俟つのだ。
カルチュアとはたゞその生硬さを除くものに過ぎない。

私にとつては印象批評は不正直なものでしやうがない。自分を語ること以外には、生命の充実感は決してないのだ。

（五月五日）

クリティクは彼のヒュマニテを完成させるであらう。
しかし創造性はその以前に決定されてゐる。
労働よ！

（五月二七日）

詩が生れるのは情愛からだが、情愛を持たうとして持てるものではない。
持たうとして持てるのは、やはり労働だ、——つまり批評精神の活動。
右を換言する——。
詩が生れる時は直覚活動だが、
生れるやうになるまでには判別《クリティク》だ。

（一一月一日）＊6

二六）年一二月七日付小林秀雄宛書簡に「地理の尨大な本を買つた。何でもある、ホテルの名前まである。」「僕には小説を読んだつて詩を読んだつて、また批評を読んだつて、勉強にはならないことを此の頃知つた。ロビンソンクルーソー流のもの、歴史、地理、経済史などが、一番僕の生地を踊らすのだ。」という発言があることを指摘している。二〇～二一頁。

＊6　引用した記事は、一一月一日から二日の頁にかけて記載されている。一九二七年日記の記事のいくつかは、

同様に複数の頁にわたって記載されているが、本書では始めの日付のみ表記する。

批評精神は人間が本来持つはずのもので、当人の人間性を完成させるものだ。ただし批評精神は詩を生み出すため前提でしかない。すでに詩を生み出す創造性は詩人の中に胚胎しており、批評はこれを意識的に導くだけのものである。詩の創造性の根拠となる情愛を意識して持つことはできないため、意図的に働かせることができる批評精神を媒介するしか表現の方法はないのである。（批評が現実世界で働くものであるため、中原は「労働」という言葉を与えている。*7）詩を生み出す準備をするため、詩人は批評活動に努めることになる。

これに対し、根拠を持たない印象批評は不誠実なものと中原には思われる。通常印象批評とは、客観的な根拠を持たず主観的に評価することを言うが、ここでは自己自身の生命という根拠に欠ける態度を言うのである。自己の生命とはつまり、詩を生み出す情愛だろう。批評精神は、詩を生み出す生命を捉える努力を意識の上で行うものである。

よって、批評精神により選ばれた先の書物は、自己の内的必然と密接に結びつくものということになる。実際一九二七年日記にはその読書範囲に対応する、「「私が人を愛するのはそれが私の自己の満足といふ利になるからだ」といふ意味をスチルネルがいふ。」（三月八日）という記述や、「（ランボオは愛がまだ責任のある時にカルカチュアをもつ努力が出来た、現金的大人気があつた、それであんなに早く歌が切れた。い、や、それはあとにヴェルレエヌがゐるからといふので安心したこともその理由ではある、それ位ランボオを純潔な人間と考へる位分る人には造作もないことだ！）」（三月三日）、「ロダンの制作動機は、／「懐しみ」だ！」（六月八日）というコメントなどが残されている。

しかし一九二七年の読書がこの範囲に限定されていたわけではない。一九二七年日記に

＊7　一月二八日では「吾には甚だしき殉情、神聖なる怠惰がある。／吾には甚だしき計画、神聖なる労働がある。」と、五月七日では「それは、その環境は、その人そのものだ。けれども／理想もまた、意義だ。／労働以外に人生はない。」と述べている。また一一月一三日には「詩人（魂の労働者）」という言葉もある。

は月毎に読書を記録する欄があり、中原の多様な読書の軌跡を窺うことができる。「一月の読書」には夏目漱石『文学評論』（春陽堂、一九〇九・三）や佐藤春夫『退屈読本』（新潮社、一九二六・一一）があり、「二月の読書」には大杉栄『正義を求める心』（アルス、一九二一・八）、厨川白村『近代文学十講』（大日本図書、一九一二・三）、大杉栄・伊藤野枝『二人の革命家』（アルス、一九二二・六）がある。有島武郎訳『ホヰットマン詩集』（叢文閣、一九二一・一一）、堀口大学訳詩集『空しき花束』（第一書房、一九二六・一一）など実作も手にしているが、文学の意義を説く多くの書籍に目を通しているのである。これらの読書は、中原の言う「アカデミックな勉強」の一環であり、中原の文学的教養を培う材料となったようだ。

例えば、一九二七年日記三月七日の「自然主義のあとが素晴らしいぞ！／そして各作家毎に、文学史をその心に経過しなければならぬ。／個体発生は系統発生を反復す。」という発言は、二月に読んだ厨川白村『近代文学十講』の内容をふまえている。[*8]『近代文学十講』では、第一講から第四講にかけて近代の生活や思潮について触れた後、第五講から第七講まで自然主義を扱い、第八講から第十講までは、近代の思潮の特質として、非物質主義の文芸を取りあげる。自然主義を中心に置き、その前後の文学思潮を解説する構成である。だが『近代文学十講』は、自然主義を称揚するわけではなく、むしろ過渡的なものと捉えている。

> 之を要するに自然主義の思想は、確に一時の文化破壊主義 Vandalism であつた。旧文芸旧思想を破壊し、革新の急先鋒として新しきを樹《た》つるの素地を作つたといふ点にこ

＊8　本書で参照したものは、『近代文学十講』一九二四年一一月発行の改訂五版である。引用は適宜、旧字を新字に改めた。

そ其功過はあれ、その破壊的なる点に於て到底永続的性質のものではなく、寧ろ過渡期の特殊現象に過ぎなかつた。自然主義は過去を破棄した儘で、新人生観新世界観を齎らさなかった。

（第八講の一「新しき努力の時代」）

科学合理主義に基づく自然主義は、それ以前の浪漫派の唯心論的傾向を破壊する役割を担ったが、新たな人生観や世界観など建設的なものを何ら残さなかった。だが「大なる破壊の後には大なる建設が伴ふので、それが本当に偉大なる思想や文芸の出る時代である」という。「物質的生活」を重んじる自然主義に代わり、「精神的生活」を救おうとする「非物質主義」が現れる。客観よりも主観、経験よりも直観を重んじる真の創造的な文芸が生まれるというのである。神秘的な傾向をもった新浪漫派や、安定した物質的世界観を否定し、動揺や流転を実在の本性とするベルクソンなどが、自然主義以降の「最近思潮」として現れる。*9

即ち吾々が実在といふものに与へ得る窮極の意味は、つまり動揺である、流転である。吾人の生活は畢竟これ創造的進化に他ならない。（中略）元来が自然科学は時間空間の範囲にある現象のほかには世界をみとめないのであるが、それでは単に実在の一方面を説明したに過ぎない。別に吾人の精神生活のうちには、自然の法則より以上の creative な作用《はたらき》がある事を知らねばならぬ。（中略）即ちベルグソンの此所説は、物質的経験の基礎に立ちながら他面に於てまた精神的生活とか直感とかいふ事を否定しないのみか、否な却つてその方に重きを置いてどこ迄も努力しやうといふ態度である。この流転動揺

*9 『近代文学十講』に、中原の用いる「ベルグソンの時間」や「純粋持続」といった語は見られない。一九二七年日記の中の「純粋持続」（三月一日）や「エラン・ヴィタール」（五月一六日）という語は、他の書物を参照したか、小林秀雄らから示唆を受けるかしたものだろう。

の世界に処して、吾々は飽くまで奮闘し猛進し、ゆめ〳〵退軍を叫び厭生の聲を洩らしてはならぬ。（第八講の二「輓近の思潮と哲学科学」）

この議論がこれまで見てきた中原の詩論と重なるものであることは明らかであろう。中原もまた、科学分析主義や物質偏重の傾向を批判し、流動し変化する生を重んじた（第一章Ⅴ「ダダの理論」の4、5　第二章Ⅳ「象徴とフォルム」の5参照）。同様の文学観を発見した共感から、「作家毎に、文学史をその心に経過しなければならぬ」（三月七日）と、『近代文学十講』が示す文学史を芸術家個人もたどるべきだとするのである。そして『近代文学十講』を読んだ二月以降には、「よくは分からないが、私が私一人、空前絶後に分つたと思つてゐるのは、ベルグソンの「時間」といふものに当つてゐるらしい。」（二月二七日）などベルクソンに関わる発言が綴られる。*10

また、三月二三日の日記には「彼は芸術家ではなかつた。彼は器物に対する好趣を持つてたまでだ。」という富永太郎評が記されている。富永の限界は、「演繹的な芸当」に憧れながら「帰納的」な態度にとどまったことにあると中原は述べた（第二章Ⅲ「小林秀雄」の1参照）。これら「演繹」「帰納」という言葉は、小林秀雄「人生砥断家アルチュル・ランボオ」の言葉をふまえると共に、『近代文学十講』第七講の一「科学的製作法」に引かれたハミルトン『小説の方法及び材料』の用語を参照したものと思われる。*11 ハミルトンは、浪漫派の作家は演繹的方法により、写実家は帰納的方法を採用するという。演繹法は「作家が自分の主張とか哲学とかを先づ土台において、それを以て特殊の事物に対する」方法であり、帰納法は「自然科学者のやり方と同様に、何等さういふ先入の見に煩はされずし

*10　二月二七日の記事に対し、佐藤信宏「〈黄昏〉の詩――中原中也論」（『文芸研究』一九八一・五）は、「現在の状態とそれに先行する諸状態の間に境界を設けることのない純粋持続の意識状態に真の自己を見出し、そこに人間の自由を見るベルグソンの立場は、（中略）時間の桎梏に嘖まれる中也により強い共感を齎すものであった」とする。また加藤典洋「モノの否定」（『早稲田文学』一九八一・一一）は、言語のモノ性（空間性）とコト性（時間性）のうち、意識に直接与えられる運動、直感としてのコト性を中原が重視し、それがベルグソンの哲学に合致

て、経験したる個々の事実その儘を取り扱つて、そこに人生の真を求めやうとする」態度である。「詳しく云へば浪漫派の方は普通的一般的の真理や法則に発足して、それから特殊の事象を観やうとし、写実家の方は特殊の経験と事実とを通ほして、それによつて一般的普遍的の真に達しやうとするのだ。」

　一九二七年三月一七日の日記で自己を「倫理的宇宙演繹法による夢に呪ひ出されて、新しき太陽神話を齎す者だ」とする中原は、「私は十六才までに宇宙機制を見た」（一〇月三〇日）とすでに宇宙のすべてを把握しているとする。宇宙という普遍性が既知の範囲にあるということだ。「私は私の身の周囲《まはり》の材料だけで私の無限をみた」（四月二四日）ゆえに、これを演繹的に表現に置き換えることが、芸術家としてすべきことになる。「唯物的自然派文学の全盛期は、既に文学史上過去の事実とな」り、「さきに人生の客観的描写にのみ努めた傾向は、今や再び主観的方面にのみ重きを置くの風潮に変じた」（『近代文学十講』第九講の一「新浪漫派」）。その後現れるのが「非物質主義の文芸」であり、具体的には、物質界の裏側の神秘を探求する「新浪漫主義《ネオロマンテイシズム》」や、物質界と霊界を仲介する仲介し神秘無限の世界を暗示する「象徴主義」がある。中原の言う「演繹」は旧浪漫派のものではなく、宇宙と連続する「非物質主義の文芸」の方法を言うのだろう。

　これに対し富永は「帰納的」であり「器物に対する好趣」を持つだけだったと中原は言う。『近代文学十講』の文脈に当てはめれば、帰納的な富永は自然主義時代の唯物的な発想にとどまり、近代思潮の主観的演繹的態度の意義を知らないと言うことになる。「彼は芸術家ではなかつた。」「それは芸術の影であつた。」という辛辣な評価は、物質の奥に宇宙を見ることができなかったため、芸術家としては認められないということだろう。この

することに気づいていたとする。また、樋口覚『中原中也　いのちの声』（講談社、一九九六・二）は、高橋新吉のダダ詩から「宇宙や世界という事柄について形而上学的に思考することを学んだ」中原は、時間の性質を探求する必要を感じ、やがてベルグソンの時間論につきあたったとする。

＊11　ハミルトン　Clayton Meeker Hamilton（一八八一～一九二七）は、アメリカの評論家。『小説の材料と方法』Materials and Methods of Fiction は、一九〇八年出版。

評価は「自然に帰るのぢやない、自然から出発して開化的人工的な方に行かねばならぬ。／立派な存在とは立派な開化だ、それに違ひない！」（五月三〇日）、「すべてラムボオ以前の所謂自然詩人とは風景の書割屋也。」（五月三一日）などの発言につながる。ランボーのような象徴詩人は、自然を表面的に見るわけではなく、その背後の本質を見抜こうとしている。ゆえに人工的主観的なものと見えるが、むしろ物質に囚われている詩人の方が書き割りのような風景しか描くことができない。

さらに、中原が一九二七年一一月に読んだ、百田宗治『詩の本』（一九二七・一、金星堂）には象徴主義の詩法が紹介されている。「内容であるところの観念が自《おのづか》ら具体化すのを俟つてそれを観念的な外形でなく、むしろ直覚的感覚的な形を用ひて表現したもの」で、「内容と外形とは全く内的に交つて不離の状態に置かれ、両者は事物の状態を示すばかりでなく、それを通じていろ〳〵の精神的な深いものにも触れることになる」。この方法は「交通とか、照応とか訳されてゐる Correspondences《コレノポンダンス》（ママ）と云ふ言葉の意味」で表され、「暗示によつて直接吾々の心内の喚起（Evocation《エボカシオン》）を惹きつけようとする」ものだという。*12「自《おのづ》から具体化するのを俟つ」という一節など、「小詩論」（推定一九二七年）の感動の痕跡を捉える皺の理論と共通するところもある（第二章Ⅲ「小林秀雄」の2参照）。『詩の本』は、中原の象徴詩論に示唆を与えた文献の一つとなったようだ。

また『詩の本』では詩集出版の意義が説かれている。百田宗治は、もとは民衆詩派の一員だったが、後にその詩風に別れをつげ、一九二六年に『椎の木』を創刊し新人の育成に勉めた詩人である。『詩の本』も、若い詩人のために書かれた本だ。百田は『詩の本』出版の理由を「序」で、「従来ともすれば誤られ勝ちであつた年少初学の人々の近代詩及び

*12 同書「第三 象徴詩の話」。引用は適宜、旧字を新字に改めた。

その各分派に対する基礎的概念に一の正しい典拠を与へようとするところにある」と言う。一九一〇、二〇年代（大正〜昭和初期）には、生田春月『新しき詩の作り方』（新潮社、一九一八・九）、室生犀星『新しい詩とその作り方』（文武堂、一九一九・四）、白鳥省吾『現代詩の研究』（新潮社、一九二四・九）など、詩の入門書が多く出版された。この動きは一九一七年の詩話会の結成など、大正詩壇の形成と機を一にしている。それら類書とは異なり、「一党一派に偏するやうな所論や説述を避け」、「殆ど近代詩の全部と云つてよい仏蘭西象徴詩派以後の世界詩に対する最も入り易い解説書」であろうとしたと言う。

また、その出版意図に基づき、詩の出版に関する具体的事例が紹介されている。「「詩集の話」以下の各項は、謂はゞ読者の趣味的要求の一面を充すための特殊の配慮を以て書かれたもので、詩雑誌の話、自費出版の話などは未だかつて類書の何者にも見出せなかつた興味ふかき読物であることを自負してゐる」という。中原も一九二七年から詩集発行の計画を始め、一九二九年には同人誌『白痴群』を発行する。一九二七年日記の三月九日の頁には、「題無き歌」「無軌」「乱航星」「生命の歌」など詩集の題名とおぼしきものが記されており、一九二七、八年頃制作と推定される「処女詩集序」という題の詩が残されていることから、一九二七年には詩集出版の計画があったことが分かる。[*13]

『詩の本』には、詩集の刊行が困難な現状が示され、その理由として「詩集があまり売れない」ことをあげている。「詩は他の芸術様式のものに比較して、かなり個人的なものである」ため、「その情操なり、その言葉なりが余程特異性を持ち、同時に他人の興味を惹くものでなければ容易に一般的なものとなることは出来ない」からだ。その一方で、「方今詩壇の大家と云はれてゐる人々のこれらの自費出版の詩集の殆んどすべてが、それ

＊13 『新編全集第一巻 解題篇』「山羊の歌 詩集解題」三三〜二四頁参照。

らの人々にとつての謂は〻「出世作」であつて、その作者の名と共におそらく永く後世に残るべきもの〻みであることが解る」と、第一詩集出版の意義を述べる。[*14]

このような記述は、詩集出版を計画する中原に刺激となっただろう。また『詩の本』には、印刷の体裁上注意すべきこと、費用などが細かく書かれており、具体的に参考となったに違いない。中原にとって読書は、詩壇で活動する際の作法を知る手がかりでもあった。一九二七年日記は、「精神哲学の巻」と中原によって名づけられるが、それは単に自己の精神の記録という意味だけでなく、読書など世間との対話を通して、自己の詩論を紡ぐ行為を実践する意味合いも込められていたのだろう。この頃書き留めた詩は、一九二九年に雑誌『生活者』や、『白痴群』に掲載されるまで陽の目を見ない。一九二七年は、中原にとって詩壇に出る以前の雌伏の期間だった。

3

このように見れば読書は、中原の詩論の形成に関わり、実践活動を導くものでもあった。その意味では「有意的に求めるとして、生命を練るものは書物ばかりだ」と認められるのである。ただし批評精神に基づく読書の知的側面が行き過ぎれば、世間に囚われ心のリアリティを見失って、ディレッタントに陥る危険を孕む。その場合は「生命は書物ではない」ことになる。本来人の内にある生命とそれを表現すべき知性は、芸術表現をなすためには共に欠かせないものだが、背反する関係にあるものである。

*14　同書「第十六　自費出版の話」。

理智は詩ではない、
けれども詩人は理智だ。
さうして彼の理智は一切の対立を放逐する。
（五月一八日）

詩は理智ではなく生命である。だがこれを表現する詩人は理智を持たなければならない。そして対立する矛盾を乗り越えるべきものであると中原は言う。しかし実際に対立を乗り越えることは困難だ。詩人と世間の人々は相容れないからである。「私は群衆に反抗する。／私は群衆を愛してるからだ。」（六月二三日）群衆を愛しないわけではないが、表面的には詩人は群衆に反抗する。なぜなら人々は、詩の本義である生命を見失っているからだ。「愛がないからだ、／本源を誤るのだ。／区々たるクリティクばかりして、彼等奴はもう麻痺してゐる。」（一〇月一六日）「文明人は常に生命の流れを遮断して生活してゐる。」（一二月一〇日）批評に囚われ、流動する生命の本質を失念しているのである。

これに対し詩人は、流動する生命の中に生きているという。「私は大概の時に純粋持続の上にをる。それで私の行為がお人好しな俗人と形式を同うする所以が分るだらう。たゞ俗人は情誼に従つて行為するに反し、私は小児の感動の立場で行為する。」（一二月九日）詩人が世の人々と異なるのは、俗世の習慣に染まらない子供の感性を保ち続けるからだと言う。ここで生命の流れを見失う世間の人々に対し、子供の感性が対比される。本節の「1」で紹介した一九二七年日記の「私は十六歳までに宇宙機制を見た」（四月二七日）という少年時の感性の肯定は、俗人否定と対になるのである。*15

ただし、一六歳までの少年時の生が無条件に肯定されるわけではない。「私は十七・十

＊15　一九二七年日記の中では、子供の感性と子羊が肯定的に取り上げられている。「子供は玩具屋でその眼はキ

八頃までには殆んど読書といつてはしてゐない。そしてそれまで私は「生活」についての思念で一杯だつた、一杯だつた。」（二月二六日）という「生活」は、一九二七年日記では「対人関係」を意味する言葉である。少年時は、宇宙を感得する感性を持ちながら、大人の世界と同様に対人関係に悩まされていたことになる。

生活の中では、つまり様々な対人関係に於ては、豹変しない奴は馬鹿だ。豹変するでこその人は魂があることなのだ。

（四月二六日）

日本では親の愛が多くては、
子供は勉強が出来ない。
詩人は尚さうだ。
放浪には、科学と愛と同時にある。

（一〇月二〇日）

私は生活（対人）の中では、常に考へてゐるのだ。
考へごとがその時は本位であるから、私は罪なき罪を犯す。（それが罪であるわけは普通誰でも生活の中では行為してゐるからだ。）（考へごとは道徳圏外だから）
そして私の行為は、唯に詩作だけなのだ。
多いか少ないか詩人（魂の労働者）はさうなのだが、私のはそれが文字通りで、滑稽に見える程だ。

（一一月一三日）

ヨロキヨロするが、彼は一番好きな一つは最初に知つてる。／さらば無邪気をして自由ならしめよ。」（九月二七日）、「羔の心は生存競争に負ける。／けれども羔の心が生存競争でも勝つたら、／彼こそはげに「象徴」の権化ではないか。」（九月三〇日）、「先生は子供を、子供だと想ひ過ぎる。／先生よ、おまへとおまへの教へる子供とは大方同し常識を持つてゐるんだぞ。」（一〇月二三日）など。

対人関係に悩む少年時は、小説「その頃の生活」にも描かれていた（第一章Ⅲ「ダダイストとセンチメンタリズム」の2、3参照）。少年時の対人関係とは家族である。小説には、長男として期待する両親の束縛に反発しながらも、家族に対する帰属意識を捨てきれない主人公の心情が描かれていた。出世という世間的な常識を求める親を嫌悪しながら、自分も内心で出世と親の承認を求めていた。だからこそ家族の影響する生活圏から逃れたい。「私は群衆に反抗する。／私は群衆を愛してるからだ。」（六月二三日）という言葉と、同様の背反する心理が少年時にはあった。また、「阿部六郎に」の副題がある「つみびとの歌」には、成長と抑圧の背反する要素が混在する、少年時の生活により惹き起こされた罪について詠われている。[*16]

わが生は、下手な植木師らに
あまりに夙く、手を入れられた悲しさよ！
由来わが血の大方は
頭にのぼり、煮え返り、滾《たぎ》り泡だつ。

おちつきがなく、あせり心地に、
つねに外界に索《もと》めんとする。
その行ひは愚かで、
その考へは分ち難い。

＊16　「つみびとの歌」は、『白痴群』六号（一九三〇・四）に掲載、後『山羊の歌』に収録された。引用は部分である。一九二九年四月、酔った中原は民家の軒灯のガラスを割り、渋谷警察署に連行された。阿部六郎は、現場に居合わせ、共に拘留された。この詩は、その事件をふまえて書かれたものだとされる。『新編全集第一巻　解題篇』一五〇～一五一頁参照。

望むと望まないとに関わらず子供は、家族や学校などの対人関係の中に取り込まれている。完全な感性を持つ子供であっても、「下手な植木師」のような大人に、その感性を阻害されざるを得ない。「夙く、手を入れられ」、望まない感化を受けたため、血が「頭にのぼり」、激情を抑制することができない「愚か」な大人になってしまった。よって、子供の感性を守るためには、世間に囚われない孤独が必要になる。*17


私は孤独の中では全過程である。（全純粋持続といつてもい丶のかしら？）

私は歌ふ時、（哲学は分るが哲学書は皆目六ヶ敷い。）

純粋持続の齎らす終結の数々を掠めて過ぎる。

——百万年あとの常識。（三月一日）

幼時より、私は色んなことを考へた。けれどもそれは私自身をだけ養つたことで、それが他人《ヒト》にとつては何にもならないことを今知つてる。

あ丶歌がある、歌がある！

進め。（マラルメは考へたことに拘泥した。）（四月二九日）

文明批評でもなんでもない、結局善良な精神の活動が芸術である。自分の好きなことが、心的孤独圏で泡を吹くことだ。（五月の読書欄）

孤独の中でこそ純粋持続としての自己を維持できる。幼時でも自分の考えたことは、自

*17　一月一七日には「孤独以外に、好い芸術を生む境遇はありはしない。／交際の上手な、この澱粉過剰な芸術家さん。」という発言がある。

分一人にしか意味がなかった。したがって、歌を詠い、芸術活動をしようとするならば孤独になるしかない。これは、少年時代にこそ原始的な感性があったとする、自己劇化には違いないだろう。同様の感性の有り様を中原は、「少年時」や「幼獣の歌」[*18]に詠っている。

夏の日の午過《ひるす》ぎ時刻
誰彼の午睡《ひるね》するとき、
私は野原を走つて行つた……

私は希望を唇に嚙みつぶして
私はギロギロする目で諦めてゐた……
噫、生きてゐた、私は生きてゐた！

「少年時」

黒い夜草深い野にあつて、
一匹の獣《けもの》が火消壺の中で
燧石を打つて、星を作つた。
冬を混ぜる、風が鳴つて。

獣はもはや、なんにも見なかつた。
カスタニェットと月光のほか

*18　「少年時」は、『山羊の歌』に収録された。初稿は不明、一九二七年制作と推定される。「幼獣の歌」は、『四季』一九三六年八月号に掲載、後『在りし日の歌』に収録された。初稿は不明。『新編全集第一巻　解題篇』一〇一～一〇三頁、および二四一～二四三頁参照。引用はいずれも部分である。

目覚ますことなき星を抱いて、
壷の中には冒瀆を迎へて。

「幼獣の歌」

「私は全生活をしたので（一才より十六才に至る）」（四月四日）と言っても、少年時に美しく楽しい思い出があるわけではない。むしろ、「希望を唇に噛みつぶ」すような思いに支配されていた。しかし、そのような少年時にこそ、「生きてゐた」という実感があった。なぜなら、「誰彼の午睡《ひるね》するとき」人々の気づかぬようなことを感得する感性があったからだ。「幼獣の歌」でも同様のことを詠っている。幼獣は「火消壺」の中で孤独だ。だが、孤独であるからこそ他に惑わされず「燧石を打つて、星を作」るという創造行為をなすことができた。幼い時にこそ、世間知に囚われず物事を感じることが可能だったというのである。

したがって、少年時を終えた今はなおのこと、対人関係である生活と距離を置き、孤独とならなければならない。「常に人は自らで耕さなければならない！／他人を意識することは、夢を即ち生命を壊す。／私は、人と人との習慣的同意を憎む！」（一一月二五日）他人を意識すれば、流動的な生命が失われ、詩を生み出すことができない。対人関係としての生活が及ばない領域で芸術活動をすべきだということになる。

生活が終る所に、
芸術があります。

生活を、しなければなりません、芸術家諸子よ。

（二月二二日）

慥かに、普通二十才位までに、所謂「如何に生きるか」を考へたことがないといふことは私にはつまらなく思へる。しかしその考へられたことは何にもならない。思へ、それは汝の愛情を練るだけで十分役目を果したではないか？――だつて「如何に生きるか」を考へるやうにさせたのは愛情だつた筈だから。つまりそれは真に夢見る者が生活人への申し開きだつたんだ。で、その時期に能く考へ得た人ほど生活人、即ち同胞への義務を終へたのではないか？――

（六月一四日）

生活が終わらなければ、芸術は始まらない。ここで言う「生活が終る」とは、「同胞である生活人への義務」を終えることである。*19 そして生活人への義務とは、「如何に生きるか」と考えることである。本来芸術家にとっては、ここで言う愛情のような根源的感情こそが表現すべきものである。生活に対する意識は、その感情を「如何に行きるか」という思考に置き換える。「私は十七・十八頃までには殆んど読書といつてはしてゐない。そしてそれまで私は「生活」についての思念で一杯だつた、一杯だつた。」（二月二六日）という思念は、このような「如何に生きるか」という思考であろう。そのような思考は、生活人へ説明するための義務でしかないため、芸術に取り組む前には終えるべきだと言うのである。

終えるべきだとは言っているが、逆に言えば、生活人への義務は必ず経験すべきもので

*19　川崎賢子「ゆめみるほかに」（『ユリイカ』二〇〇〇・六）は、「生活が終る所に、芸術があります」は、マルクス『経済学・哲学手稿』の「生活は、彼にとつては、この活動が終わったときに、食卓で、飲食店の腰掛けで、寝床で、はじまる」をふまえたものではないかと言う。

もある。二十歳まで「如何に生きるか」と考えたことのない者は、人間としてつまらない。「生活を、しなければなりません、芸術家諸子よ。」と言うように、生活人との関係を経験して初めて芸術に至ることができるのである。

先の六月一四日の日記の続きでは、生活人への義務が象徴詩と結びつけられている（第二章Ⅳ「象徴とフォルム」の3参照）。「その思索期に於て、殆んど完全に生活人への義務を終へた人程象徴的な表現を持ち得よう。佐藤春夫なんて随分義務を終へたんだが尚足りないのでロマンチケルなんだ」と述べていた。「生活人への義務」を終えなければ象徴には到達できないというのだ。ここで先の厨川白村『近代文学十講』の示す文学史を思い浮かべておこう。その文学史は、浪漫主義、自然主義、象徴主義と進展するものだった。

生活人への義務を終えない佐藤春夫が未だロマン主義的だと言うならば、生活とは唯物的思考の自然主義に当たるものだろう。*20 ロマン主義も自然主義も経過しなければ、現代の芸術である象徴主義には至らないのである。生活は新しい芸術と相容れないものだが、経験すべきものでもあり、詩人にとって背反した性質を持つことになる。

中原の自伝的記述に従えば、十六歳までの生活人への義務を終えると、十七から十九歳の美学史の探索より、十九歳からの読書へとつながることになる。読書もまた世間的な知とつながる意味では、生活と同じ性質を持ち、子供の感性や根源的な感情と対立するものである。しかし「理智は詩ではない。／けれど詩人は理智だ。／さうして彼の理智は一切の対立を放逐する。」（五月一八日）というように、理智と詩は一体となることが期待される。詩人は自分の情調を表現するためには、この背反を乗り越えなければならない。

＊20　三月二七日の日記では「私が悲しみの中にゐる時、私は「悲しみ」をしてるのではない。世界が名詞を要求する時に於て悲しみと銘打たれる所のそれのみだ。――――／私の詩は原稿紙の上に行つてから初めて生れる。」と言う。世間は流動的な過程ではなく、「名詞」という目に見えるわかりやすい言葉に置き換えることを求める。この発言は「芸術論覚え書」（推定一九三四、三五）の「名辞以前」という語につながるものだ。

神様がある

1. 神様がある
2. 神様がない（――第一期創造の時）
3. 神様がある
4. 神様がない（――象徴的創造の時）

神様がない

これから先は、批評は情緒と一緒になる。

（六月一九日）

理解しにくい図だが、ここでは批評としての知と情緒が一体になる機会が示されている。「神様がある」「神様がない」という認識は背反するものである。しかし両者が交互に反復されると、「第一期創造」の後に「象徴的創造」が訪れる。さらに六月二一日の記述を見てみよう。


神様があるとは神様があるといふことだ。

神様がないとは神様があるなしの議論に関はらず――「私の心は……」といふことだ。

　意味と存在との循環。

これがナイーヴに循環してれば象徴主義者だ。ナイーヴに循環しないから「思想のない文芸はつまらない」などといふ、そしてさういふ奴が何時でも好い方の奴だから堪らない。

「苦しめ！」

「神様がある」とは存在の受容であり、「神様がない」とは自分の心の判断であり意味の生成である。「神様がない」が創造に当たるのは、受容した存在を自己の表現へと置き換える段階だからである。この両者の繰り返しである、意味と存在の循環が芸術を生み出す。存在を受容できなければ、詩の根源である情緒は生まれない。「詩が生れるのは情愛からだが、情愛を持たうとして持てるものではない。持たうとして持てるのは、やはり労働だ、——つまり批評精神の活動。」（一一月一日）と述べていたように、情緒は意図して持つことができないため、詩を創るためには批評という知的活動が必要になる。理智も情調も共に芸術表現には欠かせないものであるが、これらが一体化するためには、いずれかに偏らない循環の過程が必要だということだ。しかも、この意味と存在の循環は繰り返されなければならない。一度だけでは通常の創造であり、二度目に至りはじめて、真の芸術である象徴的創造となり得る。このような循環の運動は、中原の象徴理論の中核となるものだった（第二章Ⅳ「象徴とフォルム」の6参照）。

「クリティクは彼のヒュマニテを完成させるであらう。／しかし創造性はその以前に決定されてゐる。」（五月二七日）と言うように、批評は創造の始原ではない。創造の源泉は情緒である。だが現実の生活において批評は、「ヒュマニテ」を完成させることにより芸術的創造の端緒となる。

結局、芸術をなす夢は、ヒュマニティである。

そしてヒュマニティとは現実即ち逃避せざる人の前に展開する日々の偶然——に対する、自我の活動である。

その活動は屢々あまりに現象的な言葉で表現するの他表現しやうがないので、かくの如く正義頽廃のわが時代では、芸術家がみんな好加減である。
希はくは覚え置けよ!
ヒュマニティの要求のほか、
美しきものを生じはしない。
お丶大部の文学青年！　なれ等は悪口を批評とする。

（一一月二六日）

「ヒュマニティ」とは、現実を前に逃避しない者が、日々発見する偶然を受容する際の自我の活動だという。世界は意図的に理解できるものではなく、たまたま経験されるものである。その経験を見逃さない知的活動が「ヒュマニティ」だ。芸術家の感性を理知的活動と連続させる「ヒュマニティ」の働きにより、詩人の夢は芸術として形をとることが可能になる。この自我の活動においてはじめて理智と詩は一体となることができるのだ。

このように見れば、十九歳以降の批評や読書など知的活動は、中原の詩精神の中で必ずしも否定すべきものではないことがわかる。むしろ、芸術が形を持つには、自我の働きが必要である。ただし、これが世間の唯物的あるいは現象的な傾向に流されれば「芸術家がみんな好加減」にならざるを得ない。芸術の根源である情緒を見失うことになるからだ。したがって「生命は書物ではない！／しかし有意的に求めるとして、生命を練るものは書物ばかりだ。」（一二月一四日）という矛盾を抱えた表現にならざるを得ない。

詩人が現象と関わり言葉で表現する以上、「生活」という語もまた、背反した意味を含むことになる。「生活が終る所に、／芸術があります。」本源的な情緒は、唯物的な人との関係を超えたところにある。「生活を、しなければなりません、芸術家諸子よ。」しかし現実の生活なくしては、芸術家は表現の源である「ヒュマニティ」を養うことはできない。この微妙な生活との距離感は、高田博厚の赤い家を描いた小説で述べられた、羽蟻の生の認識につながるものである（第三章Ⅰ「一九三〇年頃の中原中也と「生活」」の4参照）。この「生活」に対する背反する認識は、中原の詩風にも影響を及ぼしている。

4

秋山駿『知れざる炎』（河出書房新社、一九七七・一〇）は、中原は「生の位階と言っていい、生における人間的な意味の区別に、厳密であろうとした人」であり、「『山羊の歌』一巻は、そういう意味の、人生における大きな生の意味づけの区切りにおいて、それぞれの詩のグループが編集されているように見える」という。[*21] また吉田凞生「『山羊の歌』解題」は、これを受け、『山羊の歌』を構成する五章の流れを分析している。[*22]

「初期詩篇」の章は、一九二四年から一九二八年の作品を集めたもので、一九二七年頃計画されていた「処女詩集」の面影を伝え、「上京者にして帰郷者という二重に疎外された詩人の姿がうかがわれる」という。また、「少年時」の章は、詩人の自覚を強調する詩群と、絶望、喪失、悔恨を訴える詩群に分かれ、「みちこ」の章の恋愛詩群をはさんだ後、「秋」の章の、現実感を失いつつある詩人の姿、至福の幼年時へ回帰するイメージにつながる。そして最後の「羊の歌」の章では、「詩人としての自己を反省しつつ、（中略）詩人の使命と役割に対して一筋の意志を示そうとしている」というのである。

＊21　同書9章（講談社文芸文庫、一九九一・五、一四四頁）。

＊22　『中原中也必携』（『別冊国文学』一九七九夏季号、学燈社）。

詩人が現実感覚が喪失し、幼年期への回帰を望みようになり、倦怠の境を逃れられなくなっていくのが、『山羊の歌』全体の流れだということになるようだ。この『山羊の歌』全体の流れはここでは措く。まずは、一九二七年の処女詩集の計画がなされた時期が、『山羊の歌』の構成でも、ひとつの区切りになっていることに注目したい。先に一九二七年は、中原の雌伏の時期だと述べたが、中原自身も区切りの年と意識していたようだ。一九二七年以前の詩は、「初期」の作品群として、別の詩風のものと見なされたのである。

一九二八年の詩風の転換は、吉田『『山羊の歌』解題」の指摘するように、「喪失」の感情が表に現れる点にある。「小詩論」(推定一九二七)や「生と歌」(一九二八)などに語られた、感動を得た時と得た感動を表現する時との、時差《タイムラグ》の問題意識が明確になった時期である(第二章Ⅲ「小林秀雄」の7参照)。

「少年時」の章の詩群を見てみよう。例えば「少年時」では、最終行に「噫、生きてゐた、私は生きてゐた!」とあるように、原初的な生を感じていた少年期の自己と現在の自己との懸隔が嘆じられている。また「盲目の秋」では、愛する女はすでに去っており、「もう永遠に帰らないことを思つて/酷薄な嘆息するのも幾たびであらう……」という心境にある。「わが喫煙」でも、「そこで私は、時宜にも合はないおまへの陽気な顔を眺め、/かなしく煙草を吹かすのだ、」と、女との気持ちのずれを感じている。「妹よ」でもまた、「うつくしい魂」の持ち主の「かの女」と自分との懸隔を感じ、「祈るよりほか、わたくしに、すべはなかつた……」と呟く以外に術はない。

また「木蔭」の「後悔」も、自分が本来生きたはずの時間から取り残された時差《タイムラグ》の感覚の現れである。過去に私は何らかのすべきことがあった。だが、それは果たされず、

「後悔」だけが付きまとう。過去は「馬鹿々々しい破笑にみちた」ものと見え、「やがて涙つぽい晦暝となり／やがて根強い疲労となつた」。その時点に立ち戻ることができない以上、何かやり直したいと考えることのできるのは、事後の私のみだ。過去と現在の時差《タイムラグ》を埋めることができないため、無力を感じ「疲労」を残すしかない。

また「失せし希望」は、失った希望を反復のリズムの中で、幾度も噛みしめる詩である（第一章Ⅳ「ダダイストの恋」の11参照）。過去への思いは反復されるのみで、過去そのものが取り戻せるわけではない。「夏」の「倦《もの》うさ」もまた、時間を遡ることのできない無力から来ている。「嵐のやうな心の歴史は／終焉《をは》つてしまつたもののやうに／そこから繰《たぐ》れる一つの緒《いとぐち》もないもののやうに／燃ゆる日の彼方に睡る。」過去をたどるべき端緒もないのが、現状だというのである。「心象」もまた、「亡びたる過去のすべてに／涙湧く。」心境を語る。

「初期詩篇」の詩群を見ても、これほど明確に過去と現在を対比しその懸隔を嘆く詩は、「黄昏」以外にない。「黄昏」は、「失はれたものはかへつて来ない」ことを、「なにが悲しいつたつてこれほど悲しいことはない」とする。ただし、「少年時」の詩群が、何らなすべきことのない倦怠の中にあったのに対し、「黄昏」の私は、「竟に私は耕さうとは思はない！」という決意を示し、一方で「なんだか父親の映像が気になりだすと一歩二歩ふみだすばかりです」と行動に移るべきか迷いもする。「少年時」の詩群のような、過去と現在の懸隔に、自己の無為を感じることは未だないのである。

むしろ「初期詩篇」には、「悲しき朝」のように、自分の生きる現在を表現する詩が見られる。「雲母の口して歌つたよ、／背《う》ろに倒れ、歌つたよ、」と歌をうたいながら「巌《いわお》の上の、綱渡り。」を試みる。そして終には、「知れざる炎、空にゆき！」と、空にまで向から勢いを感じる。上昇の運動を、「悲しき朝」は詠うのである。

また「初期詩篇」には、吉田『山羊の歌』解題」が指摘するように、「肉親と郷里の像」、「上京者にして帰郷者という二重に疎外された自己」を表す「帰郷」のような詩もある。ひとつの聯が字下げのない二行と、四字下げの二行の組み合わせにより構成され、自己の分裂を表現している詩だ。*23 ただし、この分裂は、過去と現在とに切り離されたものではなく、現在の自己に内在する背反した分裂である。それは小説「その頃の生活」に表された、故郷を懐かしく思うセンチメンタリズムと、故郷から離別しようとする意志と同様の分裂だろう（第一章Ⅲ「ダダイストとセンチメンタリズム」の2、3参照）。故郷に属する安堵に惹かれながら、これにあえて抗しようとする自己の姿を、中原は小説「その頃の生活」に書いていた。先の「黄昏」も、「父親」のいる故郷に対する迷いと取れば、この故郷に対する背反した態度を表現したヴァリエーションと考えていいだろう。

また、この葛藤のうち、故郷への嫌悪の側面のみが表現されたわけではない。「夏の日の歌」では、故郷を懐かしく思う抒情の側面が表現されていた（第一章Ⅴ「ダダの理論」の1参照）。「初期詩篇」では必ずしも、故郷は帰ることができない場所とはされていない。帰ることができるからこそ、葛藤も生まれるのであろう。だが「少年時」の章以降、故郷のよき日は、少年期という過去に閉じこめられ、二度と戻ることのできない場所にあるものとされる。このように、「初期詩篇」と以降の章の差異は、過去と現在の時差《タイムラグ》を明確に捉え、詩のモチーフとしていることにある。

*23 『山羊の歌』に収録された「帰郷」は、四、四、四、二の四聯構成になっているが、初稿はすべて四行の四聯構成になっていた。『スルヤ』同人の内海誓一郎が作曲する際に、『山羊の歌』収録の形に変更された。初稿は明らかに、聯の前後で、異なる感情を表現する形式になっていた。『新編全集第一巻　解題篇』七一～七六頁参照。

5

この一九二七、八年頃の詩風の転換を導き出した過去と現在の時差《タイムラグ》の認識が、富永太郎や小林秀雄との対話関係から生まれたものであることは、第二章で述べたとおりである。

あるいは中原の時差《タイムラグ》の認識は、中原の実生活の「後悔」や「倦怠」から生まれた詩材だとする見方もあるかもしれない。吉田「『山羊の歌』解題」も、『山羊の歌』が中原の「詩的履歴書」であり、自叙伝だと述べている。だが自叙伝は、中原の自己の生活に対する解釈であり、実生活そのものではない。中原の実生活の出来事が、直接に中原の詩心の変遷を生み出したとは限らないだろう。

中原は確かに、実生活から詩的材料を引き出したかもしれない。ただしそれは、厨川白村『近代文学十講』の言う、自然主義のような写実的な方法とは異なるものである。本節の「2」でも述べたように中原は、自然主義以降の、流動的世界に法則を見出す一派に賛同を示していた。中原は、自己の生活を科学的、物質的な見地から捉えようとするのではなく、そこから詩的倫理を導き出そうとするのである。

例えば、「みちこ」の章の恋愛詩である。「無題」で、私の愛する女性は、「けがはらしい自分に対し、「美しい、そして賢い」魂を持っているとされる。「私はおまへのことを思つてゐるよ。／いとほしい、なごやかに澄んだ気持の中に、／昼も夜も浸つてゐるよ、まるで自分を罪人ででもあるやうに感じて。」という私の態度は、愛する女性を極度に理想化しすぎているように思える。

だが、この女性の汚れなき姿は、私の前に実際に現れることはない。[*24] 私は、遠くから思

*24 佐々木『中原中也』は、この女

う以外にないのである。その意味では、この女性は現実には存在しないのかもしれない。吉田「『山羊の歌』解題」は、「詩人の倫理的気質がそれ（「みちこ」に見ることができるような官能性　＊筆者注）を「無題」における「幸福」という思想的な主題に転調させてしまう」とするが、中原の生真面目さが恋愛を倫理に変えるのではないだろう。「無題」は始めから、恋愛を語ろうとしているのではない。現実には存在することがないかもしれない女性の汚れなさに対比して、自己の生き方の規範のない様を示し、間接的に詩的倫理を語ろうとするのである。

女性の不在と、「無題」に語られる倫理は切り離せないものである。その女性はけっして届かない場所にいるからこそ、倫理的な規範であり続けることができる。そして、女性の汚れなさに思いを馳せることにより、私は間接的に、自己の理想とする倫理について語ることができるのである。恋愛を性の表象として描き、男女の葛藤を語るところに、このような倫理は成立しない。＊25 男女を肉体として描くのは、厨川白村『近代文学十講』のいう自然主義流の現象主義、科学主義である。また、中原の言葉で言えば、「生活意志」ということになるだろう。

詩的倫理を成立させる時には必然的に、物質を偏重する意味での「生活」はこれと対立するものとなった。高田博厚の赤い家をモデルとした小説にあったように、明日の生計を第一に考える生活感情の中に、中原の倫理は成立しえない（第三章Ⅰ「一九三〇年頃の中原中也と「生活」」の4参照）。自己は、何にも拘束されない羽蟻の生にあるからこそ、物事を認識しうると中原は考えたのである。また一九二七年六月一四日の日記で、佐藤春夫に託して述べたように、「生活人への義務」は終えなければならない。

性の不在に、民話の「消え去る女性」のパターンを読みとり、中原はこのモチーフを強調することで「彼の喪失の感情の源郷を探り出そうとする姿勢」を見せているという（一九八〜二一〇頁）。一九二七年頃から中原は、昇曙夢訳編『ろしあ民謡集』（大倉書店、一九二〇・一）、『西条八十童謡全集』（新潮社、一九二四・五）などを読み、民謡、童話への興味を示している。佐々木『中原中也』の述べるように、古代からの物語形式に、自己の抒情を重ね合わせた可能性は否定できない。だが本書では、現存する中原の自身の言葉「生活」を中心に検討した。

＊25　中原は「ノート1924」に書かれた「頁　頁　頁」でも、恋愛を表層だけで見るべきではないと詠っていた。第一章Ⅳ「ダダイストの恋」の6参照。

この「生活意志」を厭う中原の意識が一九三〇年前後に徹底されたことは、先にも述べた（第三章Ⅰ「一九三〇年頃の中原中也と「生活」」の5参照）。特に中原は、プロレタリア文学の思想内容はともかく、唯一の現実しか選択を許さない偏向を許容することはできなかった。

近頃人々は、「唯物、々々」と云つてゐるが、彼等がさう云つてゐる時くらゐ唯心的なものはないやうである。

惟ふに、物と心とは同時に在る。今仮りに「太初に言葉ありき」といふことを考へてみるに、そは「太初に意ありき」といふことであると同時に「太初に意を聴かされしものありき」といふことである。

即ち実在は人間の思考作用に入り来るや空間化され、而してその空間化されし実在に於ては、主語と客語は常に転換され得る。

（「詩に関する話」『白痴群』第六号、一九三〇年四月）

人間は科学的仮説や推論など思考作用により、現象を解釈し世界観を造り上げる。その意味では唯物論も、絶対的な存在としての物質を取り扱っているわけではなく、唯物論という観点から見出された世界を語っているにすぎない。一九二九年の小林秀雄「様々なる意匠」と同様のことを、中原は述べている（第一章Ⅴ「ダダの理論」の2参照）。[*26]

一九二八年の「生と歌」ではいまだ、「近代は生活を失つた！ 偶然にも貧民階級の上にだけ生活があつた！」と、むしろ批評に囚われない可能性をプロレタリアの生活に見出

＊26 小林は「様々なる意匠」で、マルクス主義文学をはじめ、今日の文芸批評家が「あらゆる意匠を凝らして登場」すると言う。その意匠の根源には

していた。しかし、その「生活」という語は、一九三四、五年頃の「芸術論覚え書」では、実証主義、物質偏重主義を表し、芸術と対立する概念を持つ言葉として用いられる。

芸術といふのは名辞以前の世界の作業で、生活とは諸名辞間の交渉である。そこで生活は敏活な人が芸術で敏活とはいかないし、芸術で敏活な人が生活では頓馬であることもあり得る。謂はば芸術とは「樵夫山を見ず」のその樵夫にして、而も山のことを語れば何かと面白く語れることにて、「あれが『山（名辞）』であの山はこの山よりどうだ」なぞいふことが謂はば生活である。

流動的な現象を捉えようする「芸術」に対し、概念化し固定された物事しか取り扱わないのが「生活」だというのである（第二章Ⅳ「象徴とフォルム」の2参照）。「生活」は一九三五年の中原にとって、一九三〇年以前のような原初的な生に連続する可能性のある言葉ではなくなった。そして、この芸術と生活の二分化は、あり得べき生の時間を、はるか彼方の自ら近づくことのできぬ位置に追いやることになる。一九三一年以降は、第二詩集『在りし日の歌』の主調につながる詩風が展開される。

6

一九三一年から翌三二年は、中原の詩作がほとんどなされない時期とされる。*27 ただし、この時期には、一九三一年に「羊の歌」、一九三二年に「憔悴」が書かれている。いずれ

「観念学」があるが、これが現実性を持つためには「人間の生活の意力」が必要だとする。唯物論を掲げるマルクス主義者であっても、当人が真摯に思想を生きるのでなければ、現実性はないということだ。

＊27 「我が詩観」（一九三六・八）に付された「詩的履歴書」には、「昭和四年同人雑誌「白痴群」を出す。／昭

も『山羊の歌』の最終章「羊の歌」に収められた。これら詩作の少ない時期に書かれた二つの詩には、自己のそれまでの詩作をふりかえるモチーフが込められており、『山羊の歌』でも、終章で自己の詩業をしめくくる役割をなしている。

「羊の歌」では、既成概念や因習を厭い、認識以前を求める態度や（第一章Ⅴ「ダダの理論」の4、5参照）、本節で述べた生活意志を拒否するような態度を詠う。

思惑よ、汝　古く暗き気体よ、
わが裡より去れよかし！
われはや単純と静けき呟きと、
とまれ、清楚のほかを希はず。

交際よ、汝陰鬱なる汚濁の許容よ、
更めてわれを目覚ますことなかれ！
われはや、孤寂に耐えんとす、
わが腕は既に無用の有《もの》に似たり。

私は、対人関係の中で思いをめぐらせること、思惑が、自分の内側から無くなることを望む。そして、人々の因習に馴染むような人との交際を拒否する。この点は、ダダ詩以来の中原の詩心を受け継いでいる。しかし私は、孤独を感じてもいる。「陰鬱なる汚濁の許容」であるにしろ、「交際」は私の慰めであったらしい。交際を拒否する私は、「わが腕は

和五年八号が出た後廃刊となる。以後雌伏。」と記されている。吉田凞生『評伝中原中也』（講談社文芸文庫、一九九六・五）は、「不思議なのは、「以後雌伏」と書かれている通り、この廃刊を機に詩作が止まってしまうことである。以後、昭和五年の作品であることが確認できるのは、古谷綱武らが始めた「桐の花」に発表した「夏と私」「湖上」の二篇しかない。詩ができる時はできるが、できない時はできないという、集中と空白が周期的に現れるタイプに中原は属しているらしいのである。」とする。一七三〜一七四頁。

既に無用の有《もの》に似たり」という孤独に耐えなければならない。

かつて中原は、富永の寛容な交際態度を「肉親的な彼の温柔性」と言い、むしろ友人との間に諍いを起こす態度を自分のスタイルとしていた（第二章Ⅱ「富永太郎」の1）。だが、友人を求めていたのは、中原自身も同じであった。富永に託して語られた、対人圏を許容する態度も、実は中原自身のものでもあったことが反省される。富永を喪った今、自己の内側の問題として考え直さなければならない。

中原は、小林秀雄が長谷川泰子と別れた一九二八年から、交友を求め転居を続ける。（小林を知って、その近くに移ったことも含めれば、一九二五年からになる。）一九二八年九月には、関口隆克、石田五郎と共同生活。一九二九年一月には阿部六郎の近くに。七月には高田博厚の近くへ転居。そして、一九三二年八月には、高森文夫と同居している。中原は、交友が始まると徹底してつき合うことを求めた。その熱意はかつて富永に、「ダダイストとの dégoût（嫌悪）に満ちた amitié（友情）に淫して四十日を徒費した」と言わせるほどだった（第一章Ⅰ「ダダイストという呼び名」の1参照）。実生活の中原は、対人圏を厭うという詩的表現とは逆に、むしろ濃密な交友関係を求めたのである。

ただし、そのような交際が自己に、対人圏で用いられる言葉を植え付けるだけだとすれば、これを拒否しなければならない。先に述べた「羽蟻の生」を徹底させようとするのである（第三章Ⅰ「一九三〇年頃の中原中也と「生活」」の4参照）。だが徹底すれば、この世に自分の居場所はなくなってしまう。「Anyfere out of the world」を求めて、バガボンド（放浪者）の生を続けなければならない（第二章Ⅱ「富永太郎」の6参照）。

さらに「羊の歌」の詩心は、現在だけでなく、自分の生きてきた過去の時間の中にも、自分の居場所を求めない。「汽車の汽笛」をモチーフとした詩群を見てみよう（第一章Ｖ「ダダの理論」の1）。この「汽車の笛」は、「ノート1924」の「汽車が聞える」や、『山羊の歌』に収録された「夏の昼の歌」にも表された、幼き日への郷愁の思いである。故郷に対するセンチメンタリズムを抒情へと転じた表現だった。しかし「羊の歌」では、その思いが実在しないものだとされる。今まで幼い日への思いだと思っていたのは、自分がそう信じていただけだったと言うのだ。私の心は、「思ひなき、おもひを思ふわが胸」である。自分の心は、思うべき中味のない情調を思い浮かべるだけであり、「黴《かび》生《は》ゆる手匣」、閉じたまま黴の生えてしまった小箱のようなものだと言うのである。

「少年時」の章に詠ったような、幼時の在るべき日の思い出も、「羊の歌」の私からはすでに失われてしまった。自分の心が造り上げた虚構にすぎないと分かったのである。いずれにせよ、そこに戻ることなどできない以上、自分の居場所はそこにはない。中原は一九二七年の日記でリルケに託し、「この詩人（リルケ　＊筆者注）は慥かに心臓から出発して機制の全面に這入つた。しかしまだ心臓に回帰してゐない。擾乱が足りないからだ個性が足りないからだ。信仰がまだ理窟だからだ。」（四月一九日）と、心臓から出発し、また心臓に回帰する、循環性の抒情について述べていた（第一章Ⅳ「ダダイストの恋」の11参照）。「羊の歌」では、そのような回想自体が無為であることを述べるのである。

自分は過去に立ち戻れない以上、いくら想い起こそうとも、かつての本来の思いに近づくことはできない。小林秀雄は「芥川龍之介の美神と宿命」で、真の理知は螺旋的上昇を描くはずだと述べた。理知は、自分の抽象化した現実と、自然との間の差異を、懐疑により少しづつ埋めていくものだとしていた。中原の循環性の抒情も、これに近い精神だったはずだ（第二章Ⅳ「象徴とフォルム」の6参照）。だが「羊の歌」は、そのような螺旋的上昇を否定し、過去と現実との間の越えられぬ裂け目を強調する。少年期が黄金時代であったかも定かではない。それは、現在の自分が造り上げた幻想かもしれないのだ。

7

一九二七年日記などで中原は、人間の生の本質的な在り方は、純粋持続の流動的な時間の中にあるとした（第二章Ⅲ「小林秀雄」の2参照）。これを徹底すれば、過去に立ち戻ろうとすることは、欺瞞に過ぎないだろう。一九二七年頃は、この過去と現実の時差《タイムラグ》を埋めるべき思索が続けられたが、「羊の歌」の書かれた一九三一年には、この試みは放擲された。流れ去る現在の流動的時間を前に人間のできることは、後悔や悔恨だけである。ああもあったこうもあったと思い起こす以外にないのだ。「少年時」の章に、これに類したモチーフが多い所以である。

だが、その悔恨すら、過去を取り戻そうとする偽りの想いであるとすれば、現在の自己に表象すべき感情は残らないことになる。無為に対する倦怠だけが、自己に残る。「憔悴」で詠うのは、そのような自己の状態だ。

　昔　私は思つてゐたものだつた
　恋愛詩なぞ愚劣なものだと

けれどもいまでは恋愛を
ゆめみるほかに能がない

昔愚劣だと思った恋愛詩こそ甲斐あるものだと私は思う。私には現在抒情すべきものがないからだ。ただ、そのうちに何か得られるのではないかという漠然とした期待、「ゆめみる」ことだけが、私に残されている。

ひよつとしたなら昔から
おれの手に負へたのはこの怠惰だけだつたかもしれぬ

真面目な希望も　その怠惰の中から
憧憬したのにすぎなかつたかもしれぬ

あゝ　それにしてもそれにしても
ゆめみるだけの　男にならうとはおもはなかつた！

この現状をもたらしたのは、私の怠惰である。何かをなそうと思ったかつての希望も、怠惰の中から夢想されたものである以上、はじめから実現するはずもなかった。何もなさないことこそ、私の本質だったのである。これは先にも述べた、どこにも居場所のない「羽蟻」の立場を徹底したものであろう（第三章Ⅰ「一九三〇年頃の中原中也と「生活」」の4

参照）。「憔悴」は、自己の生の姿が見えない寂莫に耐えるというモチーフを展開する。

実際の中原の生活がどうであったかは、ここでは問わない。ただし、この『山羊の歌』最終章「羊の歌」で示されたモチーフは、中原独自の詩的表現であると共に、同時代の文学状況と無関係ではないものだろう。一九三〇年頃の時代認識を、中原は「我が詩観」（一九三六）で次のように述べている。

昭和五六年の頃より、つまり小林秀雄が文壇に現れて間もなくの頃より、文芸評論は頓に盛んになつて、現今猶益々盛んである。

然るにその多くは、文芸評論といふよりも、文芸と一般世間の常識との関係を論じたものといふか、文芸と社会を連関させて論じたものといふか、兎も角文芸自体のことよりも、それと他の物との関係を論じたものである。これは、河上も云ふ通り、現今の日本にだけ生じてゐる事で、蓋しは文芸の貧困を語るものであらう。

また「近頃芸術の不振を論ず」（一九三五）では、次のようにも言う。

今仮りに芸術不振の根本理由を規定してみるならば次の如きものである。即ち、人間直観層の希薄化。直観といふ精神の実質的動機とも云ふべきものが希薄となつては、作品も希薄であらうし又諸々の議論も稀薄にならざるを得まい。之を普通に云へば、感じてゐること浅くして何の言論ぞである。

中原は一九三〇年以降を、芸術を表現するために、わざわざ方法論を誂えようとする評論優位の時代だという。[*28] また、芸術表現それ自体のためではなく、何かのために芸術を奉仕させようとする理論が横行しているとも言う。自分自身で直接に物事を感じる直観の姿勢が稀薄になっているというのだ。これらは言わば、芸術を何かの役に立てなければならないと考える、「芸術論覚え書」（推定一九三四、五）に言うような、「かせがねばならぬ」という意識が横行しているためである。

　名辞が早く脳裡に浮ぶといふことは尠くも芸術家にとつては不幸だ。名辞が早く浮ぶといふことは、やはり「かせがねばならぬ」といふ、人間の二次的意識に属する。「かせがねばならぬ」といふ意識は芸術と永遠に交わらない、つまり互ひに弾き合ふ所のことだ。

　そんなわけから努力が直接詩人を豊富にするとは云へない。而も直接豊富にしないから詩人は努力すべきでないとも云へぬ。が、「かせがねばならぬ」といふ意識に初まる努力は寧ろ害であらう。

この意識を真っ向から批判しようとすれば、同じ「かせがねばならぬ」という評論意識に呑み込まれてしまう。むしろ、これに直感的な反発を示し、無為や怠惰を詠う方が、より有効な反逆の歌となるだろう。「憔悴」は、「努力」ばかりが重んじられる、評論意識の優勢な時代に対する陰画の表現であった。

＊28　一九二七年三月二八日の日記では、「私には、説明だとか理解だとかいふ言葉で言表はさるべきダイメンションのことはすべて済んでるのだ。あゝ我こそはすべて済ました！　けれどもこの頃私はダイメンションにあることを弁解げに書いてゐる。――（私は不純になつてるのですよ、ほんの少しね。）／生きる！」と書いている。批評活動のような説明はすでに体験し終えたことだ。最近説明じみた言葉を日記に書きとめている自分は不純であるというのだ。また一〇月一六日には「愛がないからだ、／本源を誤るのだ。／区々たるクリティクばかりして、彼等奴はもう麻痺してゐる。」と記している。

8

一九三〇年以降を批評の時代と捉える中原は、自己の詩心を無為、怠惰の中においた。その底にあるのは、時間は再び戻ることがないという、過去と現在の時差《タイムラグ》の認識である。過去の思い出に耽溺することもなく、「かせがねばならぬ」という目的を持って将来に備えるわけでもない。現在という流れゆく時間の中に投げ出された状況を、人間の現存在としたのである。『山羊の歌』の終章「羊の歌」は、このような詩心を詠うことにより、一九二四年から一九三〇年の中原の詩的表現を総合し、その抒情の世界を完結させる。故郷へのセンチメンタリズム、少年時のあるべき生、恋愛詩、これはすべて過去の時間の中に閉じられる。

しかし、過去に対する郷愁も、「生活意志」にまみれた現在も詠わないとすれば、『山羊の歌』以降の中原の詩心はどこへいくのだろうか。例えば「羊の歌」のⅢ章には、九歳の子供を眺める私の視線が詠われる。

九才の子供がありました
女の子供でありました
世界の空気が、彼女の有《いう》であるやうに
またそれは、凭つかかられるもののやうに
彼女は頸をかしげるのでした。

私と話してゐる時に。

（中略）

私を信頼しきつて、安心しきつて
かの女の心は蜜柑の色に
そのやさしさは氾濫するなく、かといつて
鹿のやうに縮かむこともありませんでした
私はすべての用件を忘れ
この時ばかりはゆるやかに時間を熟読翫味しました。

「羊の歌」の私の情調は、現在の時間の中に明確な輪郭を描かない。倦怠の中に語るべき感情すら持たない私は、子供という現在の生を見ることに慰安を感じている。いわば子供は、かつて自分にあったと思われた少年時を現実に生きている。その生を眺め共に感じることは、過去に立ち戻ることなく現在において、人間の本源的な生に触れることである。一九三一年から三二年かけて中原は、自己の詩心のたどった道のりを振り返りながら、このような詩的態度をあらためて発見した。

一九三三年以降の『在りし日の歌』に収められる詩は、自己と現在の葛藤を詠わない。後悔や失意すら詠うことはない。中原は、現在に自己の居場所のないことを詠い、流れゆく現在の時間を詠うのみである。

ホラホラ、これが僕の骨だ、
生きてゐた時の苦労にみちた
あのけがらはしい肉を破つて、
しらじらと雨に洗はれ、
ヌックと出た、骨の尖《さき》。

「骨」*29

思へば遠く来たもんだ
十二の冬のあの夕べ
港の空に鳴り響いた
汽笛の湯気《ゆげ》は今いづこ

雲の間に月はゐて
それな汽笛を耳にすると
竦然として身をすくめ
月はその時空にゐた

「頑是ない歌」*30

自己の生を洗いさった骨を詠うことで逆に自己の生を示し、「思へば遠くに来たもんだ」と流れゆく自己の時間を詠う。自己の生を他人事のように詠う詩心は、すでにダダの時代

*29 「骨」は、『紀元』一九三四年六月号に掲載、後『在りし日の歌』に収録された。引用は部分である。

*30 「頑是ない歌」は、『文芸汎論』一九三六年二月号に掲載、後『在りし日の歌』に収録された。引用は部分である。

から見ることができたが（第一章Ⅴ「ダダの理論」の4参照）、一九三〇年以降に生活と芸術が対立するものと中原に見なされた時に、その傾向はより明確になり、また徹底したものとなった。それはやはり「羽蟻の生」を敷衍したものでもある。

『在りし日の歌』とはいわば、この居場所のない生を詠った詩を集めたものである。『在りし日の歌』という題名にかかわらず、過去を思い起こすことに主眼はない。過去から取り残され、現在を生きる私の姿を詠うのである。

終章　規則正しい生活

1

一九三七年一月九日、中原中也は千葉市の中村古峡療養所に入院する。前年一一月一〇日に長男文也を喪った悲嘆が嵩じ、ノイローゼになったのである。入院中に記された「療養日誌」（一九三七年一月二五～三一日）には、一月二六日付の次のような一文がある。*1

　こまごまとした脅迫観念、たとへばなるべく廊下でも左側通行しなければなるまいなぞといふ気持ちも、刻々に消散しつゝあります。かうした具体的な形をとつて現れる脅迫観念は、易業道《タリキ》に依るのではなく、断然難業道《ジリキ》に拠つて、克服すべきものと存ぜられます。（中略）どうして幻聴があつたりする迄に錯乱しましたかと考へてみますに、子供が息切れました瞬間、今迄十数年勉強して来ました文学がすつかりイヤになり、――何故ならば、自我をふりかざす近代文学は、絶えず山登りでもしてゐるやうに熱つぽいものでございますので、それがイヤになり、『万事他力だ他力だ』と感じ入つたやうなわけでございまして、（中略）結局、此度の私の病気を自身省みてみますに、「慾呆け」

*1 『ユリイカ』二〇〇〇年六月号に翻刻され掲載。以下、中原が「自力」「他力」という語を用いた経緯については、同誌掲載の佐々木幹郎「療養日誌解題」を参照。また『新編全集第五巻　解題篇』一九六～二〇〇頁参照。

といふ言葉がございますけれど、私のは「悲しみ呆け」だと思ふのでございます。

長男の死に遭った後他力を望む気持ちが起こり、自我に重きを置く近代文学にも嫌気がさした。だが、他力への依存は自分の病気の原因だと知ったので、今後は自力により治療に勉めたい。中原がこのように述べるのは、療養所の治療方針に従う意思を示そうとしたためだ。

療養所の院長中村古峡（一八八一〜一九五二）は、森田療法で知られる森田正馬の理論を受け、作業療法を中心とした画期的な神経症治療を行った精神科医である。一九〇三年帝大英文科入学後に、夏目漱石の門下生となり、一九一二年には『東京朝日新聞』に小説「殻」を掲載した。この小説で弟の神経症を取り上げたことを機に、精神医学の研究に没頭し、一九一八年森田正馬らとともに日本精神医学会を創設。一九二八年東京医科専門学校を卒業後、一九二九年千葉市千葉寺町に神経症治療の病院を開設し、一九三三年に同町の通称「道修山《どうしゅうざん》」と呼ばれる岡地に「中村古峡療養所」を建てた。*2

中原の「療養日誌」は、この療養所の治療の一環として書かれたものだ。ノートに日々の記録をさせ、患者に自分自身の症状を見つめ直させるのが目的だった。また、患者に神経症治療の意義を説くため講義も行われ、神経症治療に関わる書物など広く読書を勧めた。中原が療養所の講義に参加した形跡は、やはり入院中に記された中原の私的覚書「千葉寺雑記」（推定一九三七年一月二〇日〜二月一〇日）*3に窺える。

また「療養日誌」には、中村古峡の著述『神経症はどうすれば全治できるか』（主婦の友社、一九三〇・一）の第八章を読んだことが記されている。『神経症はどうすれば全治で

*2 『中村古峡と黎明』（医療法人グリーンエミネンス中村古峡病院、一九九七・四）、佐々木「療養日誌解題」参照。森田正馬については、岩井寛『森田療法』（講談社、一九八六・八）、渡辺利夫『神経症の時代』（TBSブリタニカ、一九九六・四）、森田正馬『神経質及神経衰弱症の療法』（日本精神医学会、一九二一・六）参照。

*3 「千葉寺雑記」の使用時期については、「「千葉寺雑記」解題」（『新編

きるか』は、一般の読者に神経症治療の意義を知らせるために、雑誌『主婦の友』に連載した記事をまとめたものである。患者を指導するには適当な書物だったのだろう。

第八章には、三つの根本原則があげられている。薬剤に頼ってはいけないこと。奇跡に頼ろうとせず、時間をかけて対処する心構えを持つこと。病気は医者が治すと思ってはいけないこと。この原則に共通するのは、患者が他に依存せず、自分の内にある自己治癒力を働かせることが最良の方法だという考え方である。「所詮《しよせん》、神経質《しんけいしつ》を治癒《ちゆ》するには、どうしても、その自然癒能力《しぜんれうのうりよく》を自分自身《じぶんじしん》の心《こころ》に求《もと》めて、努力《どりよく》と精進《しやうじん》とによつて、これを征服《せいふく》する覚悟《かくご》がなくてはなりません。私達《わたくしたち》（医者　＊筆者注）は、たゞその道案内《みちあんない》の役《やく》目《め》を承《うけたまは》つてゐるに過《す》ぎないのであります。」と中村古峡は述べる。

この中村古峡の治療法は、当時としては画期的なものであった。西欧流の心理療法が、神経症者の心に抱える不安や葛藤を異物として排除しようとするのに対し、不安や葛藤は神経症者の日常的な心の在り方と連続するものだと見なし、患者の内側から回復させる方法を採ったのである。これは森田療法に共通する発想だが、中村古峡はさらに、病状に奇跡的な変化は起こらないものとし、患者自身の日常的な心構えこそが大切だとする。療養所で患者にノートを綴らせ講義を聴かせるのも、患者自身に神経症治療の意義を理解させ、自主的な治療の努力を促すためである。

中原が「療養日誌」に言う「難業道《ジリキ》」とは、この患者として「努力と精進」する自力である。だが数日後「千葉寺雑記」に書かれた「近代文学の衰弱の原因」では、自分にとっては「他力」の詩的意義の方が重要なものではないかと思い直している。

全集第五巻　解題篇』二一二〜二一三頁）参照。

いきなり赤ン坊扱ひにて療養所に入れられ、幸ひそこで身体の衰弱を直して貫へたり、精神の胆錬が出来たのでありがたいものの、（中略）せつかく近代文学の自力的傾向から他力的傾向に移れて涼しくなつてゐた所へ、恐ろしく自信を折られ、ために実行的即ち実務的人間としては聊か進歩したか知れぬが、詩人としては出鼻を挫かれたのではないか――（中略）昨年末より、一進境をみた私の詩（それらはまだ発表していない）が、当方へ参つてよりは、尠くも目下の所一向の詩作の気持が起らぬ所をみると、尠くも一時的な打撃ではなかつたかと、（中略）不安でならぬ。

「他力」の発見は自己の詩心の転機であり、むしろ療養所の暮らしで損なわれているのではないかと不安でならないと言う。「千葉寺雑記」に残る書簡下書きによると、この「近代文学の衰弱の原因」を書いた後にも、院長の中村古峡に、「今小生は十年に一度あるかないかの詩歌の転期に立つてをりますので、（中略）それを諦めて此方で作業をしてをりますことはたゞもうりきむことの練習のやうに存ぜられます」と不安を訴えたようだ。*4

入院前に執筆し退院後に『文芸通信』一九三七年二月号に発表された「詩壇への願ひ」（一九三六年一二月一一日の執筆日付）で「感動が、点睛の実現にまで到達する、つまりのどいりのする感動であるためには、私はどうしても宗教が必要だと思ふ。つまり超絶的対象といふものが必要だと思ふ。つまり他力本願が必要だと思ふのだ」と述べたことを見れば、入院前から「他力」の発見を重要な転機と考えていたことは確かなことだ。しかし入院中は、療養所の勧める「自力」に対する葛藤が続いたのである。

＊4　『新編全集第四巻』では、「（中村古峡宛書簡下書稿2）」の題名で収録されている。また「（中村古峡宛書簡下書稿1）」で「それも子供が亡くなり、ために一層柔軟となり、亡くなつたは辛いがせめて詩の方は進展すると分つてゐました矢先でございましたから堪りませんでございました。」と述べている。

2

中原にとって療養所の「自力」は、詩的創造とは逆の行為と思われたようだ。「千葉寺雑記」に残された中村古峡宛書簡で次のように言う。*5

まだ意志が足りないと申されますか、これ以上意志があつた日には、散文芸術にはなれ、韻文にはならないと存じます。それでなくとも散文氾濫の世の中に、たまには小鳥の歌もある方がよろしうございませう。

ここで中原は、治療のための努力としての「自力」は、度が過ぎれば散文芸術にしかならないと言う。それは芸術の世界での「自力」と、実行の世界での「自力」の意味が異なるからだ。中原は「千葉寺雑記」の「近代文学の衰弱の原因」で次のように述べる。

実行の世界に於て自力的であることは蓋し男々しいことであらう。然し、芸術の世界に於て、自力的であることは、強ち男々しいことではないばかりか、却て女々しいことでさへある場合がある。何故ならば芸術作品なるものは、元来生むよりも生れる時に於て一層期待さるべきものであるから、芸術に於て自力的であることは、兎角野望に因るものである場合が尠くないのである。

芸術作品は、自らの意志で生み出すものではなく、自ずと生まれるべきものである。な

*5 『新編全集第四巻』では、「(中村古峡宛書簡下書稿2)」の題名で収録されている。

ぜなら、芸術を地力で生もうとする時には、社会で認められようとする野望が強いからだ。そのような野望は芸術を歪めることになる。この議論については、入院前に『都新聞』一九三六年一二月二二日号に発表した「詩壇への抱負」でも同様のことを述べている。

今までの詩（新体詩）は熱つぽいと思ふ。それはつまり様々の技法論が盛んで、分析的な気持ちが強かつたからであると思ふ。私は今度はじめてさういふ気持を味はつた。つまり子供の時のやうな気持に帰つた。つまり水が低きにつく如く、花がひそやかであるが如き気持がなければ、詩は駄目だと思つた。さういふ気持になるには、己を空《むなし》うしなければならない。

芸術の世界での熱っぽい「自力」は技法や批評に流れやすい。そのような意識的な作業にばかり囚われると、物事を享受する感覚が鈍る。それよりも、何も知らない子どものように技法の議論に囚われず、水が低きに流れるように、自然と詩が生まれるのを待つべきだと言うのだ。批評や技法の偏重に対する批判は、一九二八年の「生と歌」以来中原が述べてきたことである（第二章Ⅳ「象徴とフォルム」の1、2参照）。その意味では「自力」への反発は、中原が培ってきた詩精神の延長上にあるものだ。「生と歌」と異なるのは、無為としての「他力」を進んで詩人の根拠とすることである。

この無為もまた、「手にてなす　なにごともなし」と「朝の歌」に詠われた、以前からの中原の詩的モチーフと連続するもののようにも思える（第二章Ⅱ「富永太郎」の7参照）。だが「十年に一度あるかないかの詩歌の転期」と言うように、中原にとっては根本的な変化だった。

「朝の歌」に詠われたような無為は、倦怠という情調の表現となって、意識の支配を逃れ認識以前の世界を求める態度ともなり（第一章Ⅳ「ダダイストの恋」の10参照）、さらには自己の立場を無根拠で不安定な「羽蟻の生」に喩えることにもつながった（第三章Ⅰ「一九三〇年頃の中原中也と「生活」」の4参照）。ただし、これらの無為は、「何かなさねばならぬ」という情調と対になるものだろう。「朝の歌」の倦怠も、「手にてなす　なにごと」かを求めながら得られぬゆえに生じる感情であり、「羽蟻の生」の裏にも、働く者に対する卑下の意識があった。それらは完全な無為ではないために、何事かを成し遂げられなかった悔恨という感情を残すことになる。

『山羊の歌』の最終章「羊の歌」では、この悔恨という感情すら偽りであることが詠われていた（第三章Ⅱ「読書と生活」の6参照）。悔恨は、戻せるはずのない過去を取り返そうとする無益な思いである。何も生み出さず、空虚と怠惰しか残さない。その結果、人生の外に身を置き傍観者のように眺める寂寞のみが残されるというのである。

この情調は、『在りし日の歌』に収められる一九三三年以降の中原の詩を特徴づけるものとなった。だが、長男文也を喪った体験は、この詩心までも揺るがすものとなったのだろう。中原はその時の自己の状態を、「療養日誌」に「悲しみ呆け」と言い表す。[*6]悲しさという感情に支配され圧倒されるような感覚を抱いたのである。自己は傍観者の位置を揺るがされ、ただ「悲しみ」を引き受けるしかない。

中原のいう「他力」とは、このような意志を超えた受動性を言うのだと思われる。それは、否応もなく状況に引き込まれていく人間の在り方である。「羊の歌」で得た、生の外

＊6　「悲しみ呆け」という言葉は、「かなしみ」（『四季』一九三七・二）の中にもある。佐々木「療養日誌解題」（注1に同じ）参照。

に身を置く傍観者の態度など容易に破壊されてしまうものだ。「自力」という意志を持つことなど到底許されない。芸術がこれを表現しようとするならば、「実行の世界」はもっとも遠いものとならざるを得ないだろう。

3

しかし中原は、「実行の世界」自体が不要だと言うのではない。「詩壇への抱負」では、「然し、今日私が、過去の錯乱を去つたのは、実に私が、謂はば、自力的に求めたればこそで、却《かへつ》て今日はじめて、花の美しさをも感じられるようになつた次第である。」とも述べる。自力がノイローゼから回復する契機となったことは否定すべくもないとも言うのだ。そのため、最も実行が重んじられる世界、生活に対する中原の態度も微妙なものとなった。

> 芸術と生活とは、仮りに窮極に於ては一致するとしても猶、普通には二元だと考へる方が間違いが少ない。（これは何もごまかしではない、窮極は善良だと分つても猶戒律を採るが如きものです。）何故ならば、芸術上の現実は、如何に現実でも自分さへ暖まればいい連中には、絵空事としかみえぬから、それならばいつそ最初から芸術は絵空事、生活は現実としておけば、赤面恐怖者が赤面恐怖を他に告白することによつて治癒する場合がある如く、とかくの誤解を惹起する憂へが少ない。
>
> 「千葉寺雑記」*7

「芸術論覚え書」で生活は芸術と対立させられていたが（第三章Ⅰ「一九三〇年頃の中原

*7 『新編全集第四巻』では、「(生活派が生活だけを)」の題名で収録されている。

中也と「生活」」の5参照)、ここでは「窮極に於ては一致する」べきものとされる。だが通常は便宜的に二元的な存在だと考えておいた方がいいとも言う。それは、芸術表現が現実とは認められず、絵空事として誤解されやすいからだ。それならばいっそのこと、芸術と現実とは異なるものだと位置づけておいた方が、大きな齟齬が生まれにくいと言うのだ。「千葉寺雑記」に記された、一月七日付中村古峡宛書簡下書には次のような言葉がある。*8

結局言葉では何事も云ひ現せるものではない、さればこそ従来とも暗示的な詩法を採つてゐるわけでございますが、然し、ひとたび芸術を解しない人が、例えば「これは何を歌つたものだ」と、暗示でしか現はせない情緒であるものを本来実用的である言葉に翻訳しろと云はれた場合には自分はまごつかなければならず、まごつけば、さういふ問ひをする程の非芸術人は、必ず小生を悪人視すであらうといふ杞憂が起り、(中略)そんなことからして此の度の神経衰弱は起つたのでございます。

暗示が一九二八年の「生と歌」以来、中原の意識的な詩法であることは先にのべたとおりである(第二章Ⅳ「象徴とフォルム」の5参照)。暗示は芸術としては意義ある詩法だが、実用的な言葉で明確に説明することのないその表現が、人との間に誤解を生み、芸術と生活との間の亀裂を深める。この行き違いが、中原の言う芸術と生活を便宜的に二元に分ける理由である。

では中原は、生活と縁を切ろうとするのか。だが、それは不可能だ。「生活派が生活だけをすることは出来る。しかし芸術派が芸術だけをすることはできない。即ち飯《めし》も食ねば

*8 『新編全集第四巻』では、「(中村古峡宛書簡下書稿3)」の題名で収録されている。

ならぬ。」（「千葉寺雑記」[*9]）詩人もまた生活をしながら、詩を作らなければならない。また、詩を享受するのはいずれにせよ、生活の中にある人々である。誤解されるにせよ、彼等に向かって詩人は詠うほかない。「千葉寺雑記」には次のようにある。[*10]

群衆に進歩がないといふことは蓋し真実《ほんたう》であらう。縁なき衆生は済度しがたいとは凡そ茲に発せられた言葉であらう。

而して、もし群衆が進歩するためには蓋しギセイ――つまり悔恨が必要なのだらう。茲にキリスト受難の意義があるのではあるまいか。（中略）

衆生は仮りに極楽を見せられても左程感動しはしない。衆生は、自分等の無智が過つて悪をなしたことを気付いた時にのみ、はじめて心を動かすのではあるまいか。（つまり詩人とは、衆生の代表たるべきであつて、特定の個人であつてはならないといふこと。）

キリストの磔刑には、自らの身を投げ出すことにより、人々の心を動かすという意味があった。詩人もまた同様に、生活する人々の代表となり、自らを犠牲をとしなければならない。ここで中原は、キリストの受難に詩人の生を重ね合わせながら、詩人が生活の中にある意味を見出そうとしている。また、次のようにも言う。[*11]

私にはろくに分らないけれど、仏教は理智的な宗教であるように思ふ。

理智は空間的なものであらう。そこで実生活には仏教で十分かも知れぬが、芸術には、基督教がよいと思ふ。手短に云へば芸術には観音様がボサツ中では最も大切か。何故な

＊9　『新編全集第四巻』では、「(生活派が生活だけを)」の題名で収録されている。

＊10　『新編全集第四巻』では、「(芸術とは生活とは)」の題名で収録されている。

＊11　『新編全集第四巻』では、「美と流動性」の題名で収録されている。

ら芸術はやさしさを最も必須条件とするものと考へられるからだ。
基督とは、結局正義の敗ボクであり、つまり人間は弱いのでやはり十誡を杖としなければならない、しかも最後的には善良を主眼とすべきだといふことが基督の一生の語る所だと思ふ。（中略）
別様に云つて、美《ヴィナス》は冷たいもの故、それを動かすには、正義にしてなほ受難があつたといふ基督教にしてはじめて、ヴィナスに奉仕する芸術家の心はホドけるのだと思ふ。

宇宙の仕組みを考え体系化する仏教は、空間的であり理知的だと言える。そのような仏教の客観的な理智と異なり、キリストの受難を核とするキリスト教は、正しい心を持ちながら苦難を受ける詩人の存在論に近いものを語るように思えたのだろう。キリストという手本を得て中原は、生活と芸術の一致する境界を見出したのである。「悲しみ呆け」という悲哀を抱きながら生きる自己の存在の意味も、その境界に浮かんでくるはずだ。

4

ただし実行の世界にある自己は、キリストの受難のような悲劇の中にあるばかりではない。むしろ、喜劇的な振る舞いを強いられる。中原は療養所の日々を、「日々訓練作業で心身の鍛練をしてをれど、／もともと実生活人のための訓練作業なれば、／まがりなりにも詩人である小生には、／えてしてひよつとこ踊りの材料となるばかり。」（「泣くな心」＊「千葉寺雑記」に書かれた詩）だと訴えた。

中村古峡療養所では、「最初の一週間は絶対安静期（臥褥《がじょく》療養）、次の一週間は準備作業期（軽い作業訓練）、第三週から第六週までは正規作業期（本格的な作業訓練）、最後の二週間は自治生活期（自由訓練）」（『中村古峡療養所案内』一九三九）という順序で治療が進められた。[*12] 外部からの刺激をできるだけ排除した環境で精神の働きを落ちつかせた後、「規則正しい生活習慣を励行させることと、作業療法を中心とし」た治療に入る。[*13]

この規則正しい生活の訓練が、中原には「ひよつとこ踊りの材料となるばかり」の、「たゞりきむことの練習のやうに」感じられる喜劇的な体験だった。中原にとって、実行の世界にある詩人の生は、悲しみと滑稽さをないまぜにしたものだったのである。

この規則正しき生の中にある滑稽と悲哀は、退院後に書かれた「春日狂騒」（『文学界』一九三七・五）の中にも表現されている。[*14]「愛するものが死んだ時には、／自殺しなけあなりません。」と始まるこの詩は、その悲しみにも関わらず生きなければならない時には、「奉仕の気持ちになることなんです」とする。だが、「奉仕の気持ちになりはなつたが、／さて格別の、ことも出来ない」私は、心構えだけでも変えてみようと考える。

「そこで以前《せん》より、本なら熟読。／そこで以前《せん》より、人には丁寧。」「テムポ正しき散歩をなして／麦稈真田《ばくかんさなだ》を敬虔に編み――」ということを心がける。この規則正しさは、中村古峡療養所での暮らしをふまえるものだろう。だが、この規則正しさは自分の本意ではない。「まるでこれでは、玩具《おもちゃ》の兵隊、／まるでこれでは、毎日、日曜。」自分の意志で生きているような感じがしないのである。

神社の境内を徘徊し、屋台を覗いたり、参詣人を眺めたりするが、私には何の感情も起こらない。「参詣人等もぞろぞろ歩き、／わたしは、なんにも腹が立たない。」「まぶしく、

*12　引用は、佐々木「療養日誌解題」（注1に同じ）による。

*13　同右参照。

*14　佐々木「療養日誌解題」（注1に同じ）は、「春日狂騒」が、「療養日誌」に書かれた民謡調の「丘の上サあがって」同様に、「詩の中に他者をそのままのかたちで導き入れようとした」ものだとする。「人生の戯画化を行いながら、なおかつここで中原は、人生に対して和解の手を差し伸べようとしている」という。

美《は》しく、はた俯《うつむ》いて、／話をさせたら、でもうんざりか？」私は、人生の中にあり生きている。だが私を、その中に引き込むものはないのだ。「それでも心をポーッとさせる、／まことに、人生、花嫁御寮。」花嫁のように華やかできらびやかなものではあるが、自分自身は眺めるばかりで参加するものとは思えない。そんな疎外感を抱くのである。

ではみなさん、
喜び過ぎず悲しみ過ぎず、
テムポ正しく、握手をしませう。

つまり、我等に欠けてるものは、
実直なんぞと、心得まして。

ハイ、ではみなさん、ハイ、御一緒に——
テムポ正しく、握手をしませう。

心の平衡が重んじられる生活の規矩の中にある私は、感情を昂らせることもできない。規則正しい行いの中で、人々と和解し生活の中に立ち戻ろうとするのみである。しかし、そのかけ声は空しく、人々の耳に届くかどうかも分からない。その響きは、滑稽で哀調さえ帯びる。だが、このような場所から歌うことが、中原があらためて得た詩心だった。「羊の歌」以来、中原の詩心は再び生活の中に戻ってきた。否応もなく、巻き込まれるように。中原はこの生の場所から新たな歌を詠おうとしただろう。一九三七年一〇月五日付安原喜弘宛書簡で中原は、「極めて現在的な持続としてのみ、生活をみるのでなければなるまい」と述べている。だが同日病を発症し翌日入院、一〇月二二日、中原は急逝する。この「エラン・ヴィタール（純粋持続）」としての生活を詠う詩が人々に示されることはなかった。

付　「芸術論覚え書」について

1

「これが手だ」と、「手」といふ名辞を口にする前に感じてゐる手、その手が深く感じられてゐればよい。

（「芸術論覚え書」）

中原中也は、その草稿「芸術論覚え書」（未発表・推定一九三四・一二―一九三五・三）[*1]で、「名辞を口にする前に感じてゐる」世界を「名辞以前」と呼び、芸術家が特に感性を向けるべきものとしている。そして、この「名辞以前」という語は、中原の詩観の中核をなすキーワードとして位置づけられてきた。名辞は言語を表す語と解され、人間社会で用いられる言語の世界に対し、言語が生まれる以前の混沌、原初的感覚、無意識の世界を重んじるのが、中原の詩的精神とされるのである。[*2]その一方で、「名辞以前」という用語から敷衍した理論には齟齬があるともいわれる。例えば、芸術家の志向すべき態度を述べた、次の中原の言葉が取り上げられる。

＊1　制作年代の推定は、『新編全集第四巻　解題篇』による（一三四～一四三頁）。

＊2　大岡昇平「神と表象としての世界」（『図書』一九八一・四）。参照した文献は『大岡昇平全集』第十八巻（筑摩書房、一九九五・一）。

名辞以前、つまりこれから名辞を造り出さねばならぬことは、既に在る名辞によつて生きることよりは、少くも二倍の苦しみを要するのである。

（「同前」）

中原は、芸術家ならば、すでに社会に存在する名辞によらず、あらためて名辞を造り出さなければならないという。これに対し、名辞が人間社会で共有される言語である以上、たとえ詩人といえども名辞を自在に生み出すことはできない、とする評がある。その不可能を芸術理論にすえたところに、表現者である中原の独創と矛盾があり、苦悩が生まれる原因があったというのだ。*3

確かに人は気儘に言葉を生み出すことはできない。「手」という言葉が意にそぐわないからといって、「パクパク」と名づけても、手を表すものだと誰も理解してくれないだろう。だが中原の言う「名辞」とは、このような事物の名前としての言語を指す用語なのだろうか。次の引用を見てみよう。

何故我が国に批評精神は発達しないか。——名辞以後の世界が名辞以前の世界より甚だしく多いからである。万葉以後、我が国は平面的である。名辞以後、名辞と名辞の交渉の範囲にだけ大部分の生活があり、名辞の内包、即ちやがて新しき名辞とならんものが著しく貧弱である。従つて実質よりも名儀が何時ものさばる。而して批評精神といふものは名儀に就いてではなく実質に就いて活動するものだから、批評精神といふものが発達しやうはない。

（「同前」）

*3 『新編全集第四巻　解題篇』は、「名辞を作り出すとは比喩であろうが、名辞は人間の意思伝達の道具であり、社会生活の必須の記号であるかぎり、これは比喩以上には理解できない」（一四二頁）とする。また樫原修「名辞以前の世界と名辞」（『国文学解釈と鑑賞』至文堂、一九八九・九）は、「現実的には全く新しいことばというものは存在するものではなく、ことばは既に存在していたもののはずなのである。詩人のことばといえども特権的な地位を主張できる点は何もない」という。

中原は、最古の歌集万葉集以降現在に至るまで、日本では名辞以後の世界が支配的だと言っている。（「万葉以後」は、日本に名辞が生まれ広まった後の社会という意味だろう。）だが、その名辞以後が支配的な社会でも、名辞には、新しい名辞となるべきものが含まれているというのである。また、新しい名辞になるべきものが不足すると、「実質」よりも「名儀」がのさばるというのだから、新しい名辞は「実質」に関わる性質のものだ。冒頭の引用で言えば、「実質」は名辞を口にする前に抱く深い実感に連なるものだろう。（一方の「名儀」は、実質に至らない表面上の形象と理解すればよいだろう。）

おそらく中原は「手」の代わりに「パクパク」という語を創るようなことを考えているわけではない。新しい名辞はすでに、従来の名辞の中に含まれている。無から言葉を創造しようとするわけではないのだ。むしろ、日常的な言語使用の中で忘却されている「手」の実感、これを蘇らせる表現を生み出すことを、「名辞を造り出す」と言うのだろう。中原は次のようなことも言っている。

芸術家にとって世界は、即ち彼の世界意識は、善いものでも悪いものでも、其の他如何なるモディフィケーションをも許容出来るものではない。彼にとって「手」とは「手」であり、「顔」とは「顔」であり、A＝Aであるだけの世界の中に彼の想像力は活動してゐるのである。（「同前」）

芸術家は新たな言葉や概念を生み出すわけではない。「手」を「手」以外のものに自在に置き換えたりはしないのである。（modification は、修正、変更の意。）[＊4] むしろ、手が手とし

＊4 小林秀雄「「悪の華」一面」に

てある、他には代えがたい本質だけを捉え、善悪などの余計な価値評価をそこに加えないことが、芸術家の世界を認識する方法だというのだ。

「芸術論覚え書」を参照すれば、中原は、怱卒に表現する前に、手という実質を深く理解すべきだと繰り返しているだけのように思える。これが矛盾と見えるのは、名辞を名前としての言語と解釈するからだろう。とはいえ、名辞という語が、事物の名前としての性質を含むように見えるのも確かなことだ。今一度「芸術論覚え書」を読み直しながら、名辞という語を用いて表される芸術理論の内容を検討してみよう。

2

おもへば今年の五月には
おまへを抱いて動物園
象を見せても猫《にやあ》といひ
鳥を見せても猫《にやあ》だつた

（「また来ん春……」『文学界』一九三七年二月）*5

先には、事物の名前としての言語という観点から見たが、ここでは記号としての言語という観点から「芸術論覚え書」の内容を見直してみる。記号としての言語という考え方はフェルディナン・ド・ソシュールに始まる。ソシュールは記号を、記号表現（シニフィアン・能記）、記号内容（シニフィエ・所記）と二つの性質に分けて考える。記号表現は、他の記号と互いに区別し合う文字や音声などの表象であり、記号内容は、記号表現によって

登場した、「ダイヤモンドで犬を微分する」ような欺瞞的遊戯に耽る詩人とは真逆の態度である（第二章Ⅲ「小林秀雄」の6参照）。

*5 「また来ん春」は、『在りし日の歌』に収録された。『新編全集第一巻解題篇』三二七～三三〇頁参照。

指示される意味や概念である。ただし両者は、意味と内容という別個の実体ではなく、あくまで記号の二面性を表す語であり、相互依存の関係にあると見なされる。[*6]

また記号は、差異化した体系をなしているとされる。例えば日本語には、兄と弟を区別する記号がある。だが英語には、brotherという記号があるだけで、年長、年少の区別はない。兄と弟を区別するのは、日本語の社会で、年長と年少の区別に価値が置かれるからだ。このような記号による事象の切り分けを差異化と呼び、同じ言語集団ごとに記号の差異は規定されている。この事象の切り分けは、言語集団によって異なる以上、本来恣意的なものである。その恣意性を必然にするのは、言語集団が共有する言語規則（コード）であり、言語集団が積み重ねてきた歴史である。そして、差異化した記号は互いに区別し合い、コードと歴史により規定されるため、動かしがたい体系をなしているとされる。[*7]

この意味で、記号は規範化しており、自在に生み出すことができるものではない、と言うことはできる。だが一方で、記号表現と記号内容の組み合わせが、規範的な使用とずれる場合もある。「象を見せても猫《にやあ》といひ」という、先に引用した子どもの喃語の例がそれだ。「にゃあ」は、言語規則にしたがう大人から見れば、猫という記号内容を表すはずだが、子どもにとっては、象や鳥など動物園にいる動物一般を指す記号表現になっている。

言語規則が習得される以前の幼児は、誰でもこのような逸脱をする。ただしそれは、言語習得には必要なプロセスでもある。しゃべり始めた子どもは「にゃあ」など無意味な喃語をよく口にするが、やがてその喃語は一定の対象を指し示す記号となる。初めはその適用範囲が動物一般を指すような広がりを見せ、やがて猫など特定の対象を指す語となり、さらに「猫」という社会的な慣習語へと変わっていく。気紛れな発語を特定の対象と結び

＊6　丸山圭三郎『ソシュールの思想』（岩波書店、一九八一・七）参照。一一六〜一五五頁他。

＊7　池上嘉彦『記号論への招待』（岩波書店、一九八四・三）参照。一三〜一七頁他。

つけることに始まり、大人との対話的関係を経て子どもは、事象を切り分け抽象化する記号作用を身につけていくのである。*8

言語規則に参加する以前の「にゃあ」は、社会通念に縛られない「名辞以前」の感覚を反映した用法とも言える。言語規則を習得していないがゆえに、子どもは実感に即して、「にゃあ」に当てはまる対象を選ぶのである。子どもは誰もが、カオスとしての世界から事物を切り分け対象化し、一定の発語と結びつけ象徴化する記号化能力を発揮する。この子どもの記号化能力が、記号としての言語を成り立たせる根源である。社会で共有されることを念頭におけば、動かしがたい規則性が言語の特徴としてまず思い浮かぶだろう。だが、その規則性を支えるのは、人間が本来持つ象徴化作用という創造的な能力なのである。

そもそも記号論の分野でも、規則性だけを言語の特徴と見ているわけではない。芸術的表現の美的機能が、実用的な既成の言語使用の枠を超え、新しい意味作用を生む過程も、記号の働きとされている。*9 例えば中原の次の詩は典型的なものだ。

ウハキはハミガキ
ウハバミはウロコ
太陽が落ちて
太陽の世界が始つた

（「ダダ音楽の歌詞」未発表・推定一九二四年）

この詩ではいくつかの名詞が片仮名表記にされ、意味内容を伝える実用的な機能を弱め、音を意識するように仕向けられている。本来「ウハキ（浮気）」と「ハミガキ（歯磨き）」

*8　岡本夏木『子どもとことば』（岩波書店、一九八二・一）参照。一二九～一四五頁他。

*9　注7に同じ。一八～二二頁、一九三～二一六頁他。

は、意味の上ではあまり関連のない言葉である。だが、「ハーキ」音でつながる両者を、「ウ」音でつながり意味の結びつきもある「ウハバミ（蟒蛇）」と「ウロコ（鱗）」と比較してみると、何らかの意味の関連もあるように思えてくる。そのうえ「ハミガキ」と「ウハバミ」は、「ハーミ」音でつながるので、二つの行の間にも連続性があるように見える。ここでは音の連関（中原の言う「ダダ音楽」）が、意味のつながりを生み出しているのである。音により意味の連想を促すこのような表現は、実用的な言語機能とは異なる言語の側面をあらためて認識させる。*10

さらに言えば日常的な言語使用の中でも、新しい意味作用の生成は行われている。例えば、異性を好きになり、この気持ちは何かと思ったとする。人に聞いたり本で知ったりした、恋、もしくは愛という言葉に当てはまるかと考えてみる。何となく愛の方が高尚のような気もするが、両者の意味の違いが今ひとつわからない。横からそれは性欲だという者もいる。そんな下品なものではないと反発する。自分の気持ちを確かめるために、文章にしてみようと思う。そこで書かれた文章は、自分の感覚を生かすため、従来の言語使用をふまえつつ、そこからずれた表現となるだろう。あるいは、その記号が本来含み持ちながら、日常は意識されていない意味（記号内容）を、呼び覚ますような表現と言うべきかもしれない。このような過程の中にも、社会的な文脈（コンテクスト）の参照と規則の確認、さらには規則と向き合いながらの創造的行為が含まれている。*11

3

*10　第一章Ⅱ「ダダ詩の構成」の2参照。

*11　疋田雅明『接続する中也』（笠間書院、二〇〇七・五）は、ソシュールの言語学をふまえれば詩的表現が新たな発見をもたらすことも理解でき、サピア＝ウォーフやフッサールを参照

記号の創造的作用は、子供の喃語の例や芸術表現も含め、記号表現と記号内容の組み合わせを従来の使用からずらし広げたり、普段は意識しない言語機能を露わにする働きを含むものだ。中原の言う名辞も、本節の「1」であげた「名辞に内包される新しい名辞」という発言をふまえれば、動かしがたい名前と意味の組み合わせではなく、記号の創造的作用のようなダイナミズムを可能性として含むものと思われる。

しかし「芸術論覚え書」では、創造性を促すものよりも阻むものに、多くの言葉が費やされている。（その偏りが、中原が不可能を論じていると評される所以でもあろう。）名辞以前をとらえようとする芸術家の邪魔をするのは生活世界の習わしだという。「芸術論覚え書」では、名辞に対する芸術と生活との態度の違いが、繰り返し強調される。*12

名辞が早く脳裡に浮ぶといふことは尠くも芸術家にとつては不幸だ。名辞が早く浮ぶといふことは、やはり「かせがねばならぬ」といふ、人間の二次的意識に属する。「かせがねばならぬ」といふ意識は芸術とは永遠に交らない、つまり互ひに弾き合ふ所のことだ。

（「芸術論覚え書」）

芸術家の不幸は、「かせがねばならぬ」意識により、名辞が早く頭に浮かぶことだという。この意識の淵源が生活なのだが、「かせぐ」という意味がわかりにくい。別のところでは次のように述べている。

比喩的に云へば、太初には「消費」と「供給」は同時的存在だつたが、人類は恐らく

すれば、名辞以前の世界も認められるとする。だが通常の言語活動の裡で思考する限りは名辞以前の世界はつかめないものであり、それゆえ中原は真理の追究をやめ、己の内面を表現することにしたとする。一四七頁。

*12　吉田凞生「芸術論覚え書　鑑賞」（『鑑賞日本現代文学20　中原中也』角川書店、一九八一・四）は「基本的な考え方として芸術と生活とを対比し、絶えず生活を意識し、これを批判しながら筆を進めているのも大きな特徴である」とする。二四一頁。

「食はねばならぬ」とか「身を防がねばならぬ」といふ消極方面のことに先づ走つたので「消費」の方は取り残された。由来人類史は「背に腹は換へられぬ」歴史で、取残された「消費」を回想《リメイン》させるのは芸術である。それで芸術と生活とは、絶対に互ひに平行的関係にあるもので、何かのための芸術といふやうなものはない。（「同前」）

つまり「かせぐ」は、食を維持し身を守るために、物を生産し役立てようとする生活側の「供給」の意識である。それは「消費」する芸術と相交わることはない。本来は人間の両面であったものが、「供給」する意識が主となり、わずかに芸術にのみ「消費」が残った。芸術と生活が対立する起源がそこにあるというのである。

注目すべきは、芸術を「消費」という言葉で表し、何か新しいものを創造するものだと言わないことだ。本節の「1」で引用した部分にあったように、芸術家は、様々な価値観を加えることなく、「A＝Aであるだけの世界」をとらえるのが本志だった。つまり中原の言う芸術は、神のような無からの創造ではなく、名辞以前の世界のミメーシス（模倣）なのである。また芸術表現も、「名辞に内包される新しい名辞」という、すでに存在するものを探り当てる行為だったのだから、創造ではなく「消費」という言葉がふさわしい。

むしろ何か生み出そうとすること、生産することは、生活世界の領域である。そこには目的意識だけでなく、早く役立てよう、早く形にしようという意識が働く。「かせぐ」は、物事を早く進めようとするために急ぐ意識でもある。

知れよ、面白いから笑ふので、笑ふので面白いのではない。面白い所では人は寧ろニガムシつぶしたやうな表情をする。やがてにつこりするのだが、ニガムシつぶしてゐる所が芸術世界で、笑ふ所はもう生活世界と云へる。
（同前）

人がもし無限に面白かつたら笑ふ暇はない。面白さが、一と先づ限界に達するので人は笑ふのだ。面白さが限界に達すること遅ければ遅いだけ芸術家は豊富である。笑ふといふ謂はば面白さの名辞に当る現象が早ければ早いだけ人は生活人側に属する。名辞の方が世間に通じよく、気が利いてみえればみえるだけ、芸術家は危期に在る。かくてどんな点でも間抜けと見えない芸術家があつたら断じて妙なことだ。
（同前）

ここでは「笑う」表情もまた、名辞に当たる表現とされている。（これをふまえれば、名辞は言語というよりも、やはり広義の記号に近いものである。）「笑う」表情が生じる前にも、表現以前の原初の感覚「面白い」があるという。それはときに、面白そうに見えない「ニガムシつぶした」表情にもなり得るものである。だが生活意識が強ければ、早く笑顔を作ろうとしてしまう。世間にとって分かりやすく、気が利いてみえるからである。その気持ちの早さが生活人の意識だというのである。[*13]

つまり生活意識は、本来自分の表現したかったものを忘れさせてしまうものだ。社会的文脈や習慣に囚われると、自分の「ニガムシつぶした」本来の顔は理解されないと恐れて、世間に妥協することになる。「芸術論覚え書」に示される表現の困難は、言語を一から生み出す不可能ではなく、わかりやすさが支配する世間で表現する難しさをいうのである。そのわかりやすさとは、「かせぐ」や「供給」という言葉で表されていたように、合理性

*13 また「芸術論覚え書」では、「芸術とは、物と物との比較以前の世界内のことだ。笑ひが生ずる以前の興味だ。笑ひは、興味の自然的作品だ。生活は、その作品を読むとか、読まぬとか、聞くとか聞かぬとかの世界だ。」と言う。

や合目的性を追求することだ。さらに合理性の追求は、比較の意識につながる。

芸術とは名辞以前の世界の作業で、生活とは諸名辞間の交渉である。そこで生活で敏活な人が芸術で敏活とはいかないし、芸術で敏活な人が生活では頓馬であることもあり得る。謂はば芸術とは「樵夫山を見ず」のその樵夫にして、而も山のことを語れば何かと面白く語れることにて、「あれが『山（名辞）』であの山はこの山よりどうだ」なぞいふことが謂はば生活である。ましては「この山は防風上はかの山より一層重大な役目をなす」なぞといふのはいよいよ以て生活である。（「同前」）

芸術家は、「樵夫山を見ず」の俚諺のごとく対象をそれと意識しないがそれでいて、そのものの面白みについて語ることができる。「面白さ」は先の引用にあったように、功利性を除外した名辞以前の感覚である。芸術家は、「A＝Aであるだけの世界」に目を向け、それ自体をとらえようとするため、他と比較したりはしない。しかもここでは、「山」という名辞すら意識しないことが強調されている。名辞に置き換えなくとも、語り表現することはできるというのだ。一方の生活世界は逆に、他のものと比較したり、それが何に役立つのかといった価値意識を加えてしまう。生活世界は、「名辞と名辞の交渉」とあるように、それ自体の代えがたい個別性を追求するよりも、比較に汲々とするのである。

ここで「芸術論覚え書」は、記号論とは異なる世界観を示す。言語など人間の表象を差異の体系と位置づける記号論に対し、存在の固有性を追求するのである。互いを比較し合い差異化する相対的な記号論の視点を、中原はむしろ物事の本質をとらえる際の障碍と見なすだろう。また記号論の、差異の体系としての言語という考え方を推し進めると、物事の認識は言語が作り出すという、言語に本質を見出す議論にもつながるが、[*14]「芸術論覚え書」では言葉や表情など記号的表象の向こう側にある本質が想定されている。あくまで名辞以前のミメーシスを目指すのであり、模倣すべき対象よりも、その対象を作り出す構造を解明しようとする近代の言語観とは異なる立場にある。その意味でも、言語表現自体の創造性を論じることに、あまり重きを置いていないように見える。

*14 「言語への転回」（言語論的転回）と呼ばれる、意識ではなく言語への注目を哲学の方法とする二〇世紀の潮流につながる考え方である。（野本和幸・山田知幸編『言語哲学を学ぶ人のために』世界思想社、二〇〇二・八　参照）

4

技巧論といふものは殆んど不可能である。何故なら技巧とは一々の場合に当つて作者自身の関心内にあることで、殊に芸術の場合には名辞以前の世界での作業であり、技巧論即ち論となるや名辞以後の世界に属する所から、技巧論といふものはせいぜい制作意向の抽象表情を捉へてそれの属性を述べること以上には本来出来ることが出来ない。つまり便宜的にしか述べることが出来ない。（「同前」）

ここでは技巧論すら、名辞以後になるという。論理もまた、人に理解させようとすると、生活世界の基準にあわせようとするからだろう。技巧は本来、作者個々の関心の中にあるため、わかりやすく平均的に語ることはできないものだ。示すとしても、抽象的にならざるを得ないというのである。（これをふまえれば、「芸術論覚え書」も「論」ではなく、せいぜい制作の意図を抽象的に語るだけのものなのかもしれない。）

名辞以前の世界にある技巧を論じることが不可能だとすれば、名辞以前に属するものの表現もやはり困難ではないかと思われる。ただし、技巧は芸術家個別の裡に存在するともいうのだ。禅問答のようだが、論じることはできなくとも、それ自体は存在するのである。つまり、名辞以後の行為の「論」とは異なる方法で、「A＝Aであるだけの世界」をありのままにとらえれば良いということになるようだ。中原は芸術の創造については楽天的とも思えるような見解を示している。

芸術といふものが、生れるものであつて、拵へようといふがものではないといふことは、如何にも芸術の説明にはなつてゐないやうであるけれど芸術家である人には、かう聞けば安心のつくことである点に留意されたい。（「同前」）

芸術は意図的に作り出すものではなく、自然と生まれてくるものだというのだ。だが一方で、意志の力で調整できないために、かえって苦痛にもなるという。

芸術といふものは、幾度もいふ通り名辞以前の現識領域の、豊富性に依拠する。乃ちそれは人為的に増減できるものではない。

かくて、芸術家は宿命的悲劇に晒されてゐる。彼は、面白くないことにはいくらせつせと働かうとも徒労である。これは辛いことと云へる。而も、この辛さの由来する所にこそ精神の客観性は依拠するのである。（「同前」）

芸術の誕生は意図できないものであるため、いくら働いても無駄にならざるをえない。芸術家にとっては苦痛であるが、意志の力が及ばないことは、精神の客観性の証明でもあるという（後述）。また、芸術家の意志が反映されないのは、名辞以前の現識領域の豊富性を人為的に増減できないからだともいう。ここでいう現識とは、名辞という表現の形をとる以前もので、人間の意識に浮かぶものである。しかもそれは、認識という意識の働きとは区別されるべきものとされる。

芸術家には、認識は不要だなぞとよく云はれる。然し認識しようと観察しようと結構だ。たゞ応用科学が、何らかの目的の下に認識したり観察したりする様に認識したり観察したりするのは無駄だ。認識が面白い限りに於て認識され、観察が面白い限りにおいて観察されるのは結構なことだ。（「同前」）

芸術は認識ではない。認識とは、元来、現識過剰に堪られなくなつて発生したとも考へられるもので、その認識を整理するのが、学問である。故に、芸術は、学問では猶更ない。（「同前」）

ここでいう認識は、人間がとらえた何ものかに意味や心象を与えることである。特に応用科学の世界では、目的を持って物事を観察しようとするが、それは芸術家にとっては無駄なことだという。芸術家は「面白い」という点においてのみ認識すればいいというのだ。ここでは、本節の「3」で取り上げた、芸術と「かせがねばならぬ」生活意識とを対比した議論と同様のことが述べられている。認識は名辞そのものではないが、名辞が生活世界の「かせぐ」意識に囚われるのと同様に、合目的の意識に支配されやすいものだということだ。したがって、名辞に対して名辞以前に目を向けるように、合目的化される以前の段階、認識以前に芸術家は意識を向けることになる。その認識に対する認識以前が「現識」という言葉で表される。*15

現識が過剰だというと悪い意味のようだが、それは認識にとってのことである。現識が多くなりすぎると、人は認識という形を与えたくなる。さらにその認識を整理するために、「あれが『山（名辞）』であの山はこの山よりどうだ」というような比較や価値を与えて、整理する学問のような方法も現れる。一方、芸術にとって現識は過剰ではなく、生命の豊富と受け止められる。

> 生命が豊富であるとは、物事の実限が豊富であるといふことと寧ろ反対であると解する方がよい。何故なら実限された事物はもはや物であつて生命ではない。生命の豊富とはこれから新規に実限する可能の豊富でありそれは謂はば現識の豊富のことである。現識の豊富といふことがとかく閑却され勝な所に日本の世間の稀薄性が存する。とまれ現識の豊富なことは世間では、殊に日本の世間では、鈍重とのみ見られ易い。（「同前」）

現識の豊富は、世間には鈍重と受け止められるという。これは、本節の「3」で引用した「面白さが限界に達すること遅ければ遅いだけ芸術家は豊富である」という「遅さ」と同じことを言うのだろう。事物は「実限」されると「物」になり、生命が失われる。「実

*15　吉竹博「中原中也の詩論―「名辞以前の世界」について―」（『国語と国文学』第七二巻、一九九五・一　『中原中也　生と身体の感覚』新曜社、一九九六・三　所収）は、速水晃『論理学』（岩波書店、一九一六・四）を参照し、中原の「宮沢賢治の詩」（一九三五）の「それには概念を出来るだけ遠ざけて、なるべく生の印象、新鮮な現識を、それが頭に浮かぶまゝを、――つまり書いてゐる時のその時の命の流れをも、むげに退けてはならないのでした」という一節から、多くの人に共有される範疇化した概念を名辞、個人の具体的なイメージを名辞以前あるいは現識であるとする。語源については指摘のとおりだと思われるが、本書では名辞と名辞以前、認識と現識は、それぞれ別の対立と見なす。

限」は、「物」と表現されるように、固定され何らかの形を与えられることだろう。形を与えれば、整理され認識できるものになるが、認識以前に可能性としてあった現識の多様性は失われる。むしろ芸術家は、急いで形にしようとしてはいけない。世間的には鈍重だと思われても、生命の豊富、現識の豊富をそのままにとらえなければならない。

逆に言えば、物として実限させなければ、現識の多様性は表現できるということでもある。また現識は誰かが作り出せるものではなく、「A＝Aであるだけの世界」をあるがままに感じた結果得られるものである。したがって、先の引用にあったように芸術は「生れるものであつて、拵へようといふがものではない」ということになる。また、この認識レベルの物と生命の対比は、受け止める側からすれば、物と精神の対比になるという。

幸福は事物の中にはない。事物を観たり扱つたりする人の精神の中にある。精神が尊長されないといふことは、やがて事物も尊長されないことになる。精神尊長をロマンチツクだとて嗤ふ心ほどロマンチツクなものもない。之を心理的に見ても、物だけで結構なぞといつてる時人は言葉に響きを持つてゐようことはない。それは自然法則と共に事実である。（「同前」）

目に見える事物の形の中ではなく、見る主体の精神の中に本質はあるという。物質に実体があるという常識からすれば奇矯な唯心論とも思えるが、中原が共感する西田幾多郎も同様の考え方を示している。[*16] 客観的な事物と思われるものも、観察する主体なくしては成立しえない。むしろ主体の精神の働きを分析してはじめて、事物の性質も明らかになると

＊16 「我が詩観」（未発表、一九三六・八）の中に「私は西田幾多郎著「自覚に於ける直観と反省」に共鳴するもの

いう思想だ。*17 中原の言葉は、むしろ同時代の思想と文脈を共有しているのである。そしてこの考え方が、本来主観的と思える精神を客観と位置づける根拠となる。

> 精神といふものは、その根拠を自然の暗黒心域の中に持つてゐる。
> 近代人の極くもう愚劣な、へ理屈屋共が全然人造的なものを作りたいと企図したりする。彼は彼を生んだのが自分でないことも忘れてゐるやうなものだ。
> ところで精神が客観性を有するわけは、精神がその根拠を自然の中に有するからのことだ。
> 而して思考上の粉糾といふものは精神自体の中にその原因を有するのではない。精神の表現過程の中に偶然的雑物が飛込むことにその原因はあるのだ。　（「同前」）

先の引用に、芸術家はいくら働いても徒労に終わり、かつその徒労は精神が客観的であるから生じるものだ、とあったのはこの所以である。精神は本来的に生命をありのままにとらえる客観性を有している。だがこれを意図的にとらえ表現しようとすると、目的をもった認識や、比較しようとする生活意識がまぎれこむ。したがって芸術家は、時間がかかろうともあわてずに、芸術が自然に出来上がるのを待つしかないということになる。芸術の誕生を信じる点では楽天的な態度であり、意志の力が及ばない無力を知る点では諦念の姿勢でもある。*18

これらの中原の言葉をふまえれば、人間は何ものかをとらえ表現しようとする際に、二度夾雑物を紛れ込ませる可能性がある。認識の段階と、名辞に置き換え表現しようとする

だ」とある。吉竹博「中原中也と西田幾多郎」（『高知大学人文学部人文学科・人文科学研究』第三号、一九九五・六『中原中也　生と身体の感覚』所収）参照。

*17　西田幾多郎『自覚に於ける直観と反省』（岩波書店、一九一七・一〇）冒頭には「直観といふのは、主客の未だ分れない、知るものと知られるものと一つである、現実その儘な、不断進行の意識である。反省といふのは、この進行の外に立つて、翻って之を見た意識である。ベルグソンの語をかりて云へば、純粋持続を同時存在の形に直してみることである、時間を空間の形に直してみることである。」とある。吉竹博（注16に同じ）の指摘する「認識以前」と「現識」が本文中にある他、精神と物質の対立（二六三頁）、芸術家の見るものが直接な経験であること（二九六頁）、意味の世界の前に体験の世界があること（三五一頁）など、中原の論と共通する点は多い。ただし、名辞という語を用い、生活世界が芸術表現を阻害する仕組みを論じる点で、「芸術論覚え書」の主題は認識よりも表現にある。

*18　中原の待つ姿勢は、その詩「言

段階である。ただし、認識や名辞それ自体に問題があるのではなく、夾雑物を紛れ込ませようとする、生活意識という社会的な力に原因があるというのだ。中原は名辞以前をとらえるべきだとは言っているが、そもそも名辞を根本的に否定しているわけではない。

　尤も、注意すべきは、詩人Aと詩人Bと比べた場合に、Bの方が間抜けだからAよりも一層詩人だとはいへぬ。何故ならBの方はAの方より名辞以前の世界も少なければ又名辞以後の世界も少ないのかも知れぬ。之を一人々々に就て云へば、10の名辞以前に対して9の名辞を与へ持つてゐる時と8の名辞以前に対して8の名辞を持つてゐる時では無論後の場合の方が間が抜けてはゐないが而も前の場合の方が豊富であるといふことになる。（「同前」）

中原はここで、単に名辞以後の世界が少なければよいというものではないとしている。名辞も知らず名辞以前も知らない詩人よりは、名辞も名辞以前も共に多く有する詩人の方が豊富だというのだ。もちろん、少しでも名辞以前の方が多くなければいけないのは確かだが、「これから名辞を造り出さねばならぬ」のならば、詩人はむしろ名辞とつき合わなければならない。

　では名辞がどのような用い方をされると詩人に有害なものとなるのだろうか。これまで見てきた中原の言葉をふまえれば、認識が現識に物としての形を与えるようときのように、名辞が名辞以前の生命の豊富に形を付与しようとするときだろう。形のないものに形を与えるのだから、生命そのものの多様性は失われる見込みは高い。本節の「3」で述べたよ

葉なき歌」（『文学界』一九三六・一二）などにも表されている。「あれはとほいい処にあるのだけれど／おれは此処で待つてゐなくてはならない」

うに、「山」や「笑顔」など目に見える形に置き換えた方が世間には分かりやすいが、固定化し合目的化されて生活世界で利用されることにもなる。

名辞が名詞に近い意味も持つのはこの点においてであろう。*19 名辞が言語を表すならば、動詞や形容詞で代表させてもよいはずだ。だが名辞の典型として「手」や「山」という名詞があげられるのは、それが対象を物としてとらえた表現だからである。本来「手」や「山」は単なる事物ではない。手はときに、働く手であり、慈しむものを愛撫する手でもあるだろう。その多義性や生きた感覚を、ひとつの物である名詞的表現に置き換えることなく表現することが詩人にとっては重要だということだ。また、「3」で引用した部分に、山は「山」という名詞を用いなくても表現できるとされていた。山の細部の表現を積み重ねていくことで、山という全体を言い表すことができるというのだろう。*20

5

扨、芸術家は名辞以前の世界に呼吸してゐればよいとして、「生活」は絶えず彼に向つて「怠け者」よといふ声を放つと考へることが出来るが、その声が耳に入らない程名辞以前の世界で彼独特の心的作業が営まれつつあるその濃度に比例してやがて生ずる作品は客観的な存在物たるを得る。　（「同前」）

物としての形象を避け精神の世界を探るという、名辞以前の心的作業にひたるのならば、そこから生まれる詩は、心の表現になるのではないか。特に抒情といった感情表現には、

*19　吉竹博（注15に同じ）は、速水晃『論理学』の記述をふまえ、名辞である名詞は、概念でありカテゴリーであるとする。だが名詞に限らず、動詞や形容詞もカテゴリーである。時期はずれるが、中原は一九二七年日記の九月六日に「即ち私に於ては概念とはアプリオリが空間に一個形として在ることを意味する。（正しい活動だけが概念ではない。）」と述べている。この発言は、注17に引いた西田幾太郎の言葉に類似している。

*20　中原は一九二七年日記五月九日に「あらゆる事物は多面体だ」と述べ、象徴理論と重ね合わせながらひとつの情調を多元的に表す詩的表現を模索していた。第二章Ⅳ「象徴とフォルム」の5参照。

物としての形などないから、名辞以前の表現になるのではないかと思える。だが「芸術論覚え書」では、感情の表現すら名辞以後になり得ると見なされている。本節の「3」で引用した、「ニガムシつぶした」面白さが笑う表情を強いられるという例にあったように、感情もまた生活意識に縛られた名辞になる可能性があるというのだ。*21

　生命の豊かさ熾烈さだけが芸術にとつて重要なので感情の豊かさが重要なのではない。寧ろ感情の熾烈は作品を小主観的にするに過ぎない。詩に就いて云へば幻影《イメッジ》も語義も感情も生発せしめる性質のものではないところにもつてきて感情はそれらを無益に引き摺り廻し、イメッジをも語義をも結局不分明にしてしまふ。
　生命の豊かさそのものとは、必竟小児が手と知らずして己が手を見て興ずるが如きものであり、つまり物が物それだけで面白いから面白い状態に見られる所のもので、芸術とは、面白いから面白い境のことで、かくて一般生活の上で人々が触れぬ世界のことで、謂はば実質内部の興趣の発展によって生ずるものであり、而して生活だけをして芸術しないことはまづ〱全然可能だが、芸術をして生活をしないわけには行かぬから、芸術は屢々忙しい立場に在り、芸術が一人の芸術家の裡で衰褪してゆくのは常にその忙しさの形式を採つてのことである。（「同前」）

ここでは、これまで検討してきた内容とほぼ同じことが繰り返されている。「面白いから面白い」ままに「A＝Aであるだけの世界」をとらえることが、芸術家のすべきことだとする。また、その生命の豊かさに触れる感覚を支えるのは、本節の「2」で紹介した子

*21　疋田雅明（注11に同じ）は、中原の「生と歌」（『スルヤ』一九二八・八）の「何となれば、「あゝ！」なる叫びと、さう叫ばしめた当の対象とは、直ちに一致してゐると甚だ言ひ難いからである。」という言葉を、「芸術論覚え書」と結びつけながら、中原は対象としての名辞を描くことを拒否し、中村稔『言葉なき歌―中原中也論』（角川書店、一九七三・一）の言う「述志」の系譜に連なる、詩人としての心情表白の表現を目指したとする。だが「生と歌」が叫びと対象との関係を論じているのに対し、「芸術論覚え書」は名辞以前の手と名辞としての手との関係を論じている。情動と対象の対比ではなく、形をとる以前の対象とその表現の対比である。また、本論で述べたように、「芸術論覚え書」では、「A＝A」と述べられたように、本来主体と客体は分離していないと考えられている。叫びと対象の不一致を取り上げる「生と歌」とは異なる問題意識なのである。

どもの目だともいう。ここであらためて注意を促されているのは、生命の豊かさと感情の豊かさを区別することだ。生命と感情は一見近しいものと思われる。だが感情が激しくなれば、小さい主観が前面に出るだけで、生命を全体としてとらえることができなくなる。精神や心が芸術家の目指す世界だからといって、自己の内面に耽溺せよというのではない。あくまで心をとおして客観的な世界をそのままに見ることが必要だというのだ。

おそらく名辞と認識を分けたのも、この点において意味がある。心など一見形のなさそうに思える事象にも、小主観としての感情や認識という形が生じる可能性を想定するのである。むしろ詩は名辞以前の世界をそのままとらえることであるため、イメージや言葉の意味や感情も生み出すものではないという。抒情は詩作の第一義の方法ではないということだ。その一方で中原は、心情をそのまま告白するように見える詩句を書いている。*22

自恃だ、自恃だ、自恃だ、自恃だ、
ただそれだけが人の行ひを罪としない。

平気で、陽気で、藁束のやうにしむみりと、
朝霧を煮釜に塡めて、跳起きられればよい!

（「盲目の秋」『白痴群』六号、一九三〇年四月）*23

このような表現は詩の末尾に配されることが多いのだが、詩はその一節だけで成立するわけではない。他の詩句との連関による構成的なものである。そのような構成こそが、物

*22　注21参照。

*23　「盲目の秋」は、『山羊の歌』に収録された。

に置き換えられやすい名辞を、名辞以前の多様性に近づける詩的表現なのである。この詩においても、簡潔な心情表現ならば「自恃」を繰り返す必要はない。繰り返しも単純な意思を伝える以上の働きをする詩的表現であるに違いない。

　この告白に似た表現は第一詩集『山羊の歌』（一九三四・一二）以前の詩に顕著な特徴である。「芸術論覚え書」が『山羊の歌』編集の後の、詩作の空白期に書かれたことを考慮すれば、中原が以前の詩風を見直した可能性もあるかもしれない。また一方で、『山羊の歌』に収録された詩には次のような感情の表現もある。

血を吐くやうな　倦《もの》うさ、たゆけさ
今日の日も畑に陽は照り、麦に陽は照り
睡るがやうな悲しさに、み空をとほく
血を吐くやうな倦うさ、たゆけさ

（「夏」『白痴群』三号、一九二九年九月）*24

「倦うさ、たゆけさ」という力が入らない状態であるのに、血を吐くという激しさが入り交じる。辞書的な意味ではイメージしにくいが、それでいて共感できる表現である。中原の言う、面白いのに「ニガムシつぶした」表情を思わせる背反した人間の心の在り様だ。このような詩的表現をふまえれば、「芸術論覚え書」がまったく新しい試みを言挙げしようとしているわけでもないようだ。これまでの自分の立ち位置を振り返りつつ、自己の詩の進めべき道を見極めようとしたのだろう。

*24　「夏」は、「ノート小年時」に書かれ、一九二九年八月二〇日の制作日付がある。『新編全集第一巻　解題篇』一二八〜一三三頁参照。

跋

本書は、二〇〇〇年東京都立大学大学院に提出した博士論文を元に、その後完結した『新編中原中也全集』（二〇〇〇・三〜二〇〇四・一〇）などを参照し、補訂したものである。各章各節はすでに発表した原稿を元にしており、発表先は以下のとおりである。

第一章　ダダ

Ⅰ　ダダイストという呼び名
未発表

Ⅱ　ダダ詩の構成
一九九七年三月、『中原中也研究』第二号
原題「中原中也ダダ詩の構成について　―「ダダ音楽の歌詞」を中心に」

Ⅲ　ダダイストとセンチメンタリズム
一九九九年八月、『中原中也研究』第四号
原題「ダダイスト中也とセンチメンタリズム」

Ⅳ　ダダイストの恋
二〇〇〇年八月、『中原中也研究』第五号
原題「ダダイスト中也の恋」

Ⅴ　ダダの理論
未発表

第二章　象徴詩

Ⅰ　象徴詩との出会い

未発表

Ⅱ　富永太郎

未発表

Ⅲ　小林秀雄

二〇〇二年五月、『近代文学』六六集

原題「詩と批評の精神　―一九二七年の中原中也と小林秀雄」

Ⅳ　象徴詩とフォルム

二〇〇二年二月、『日本文学』平成一四年二月号

原題「一九二七年の中原中也　―ダダと象徴の詩精神―」

第三章　生活

Ⅰ　一九三〇年頃の中原中也と「生活」

一九九八年三月、『中原中也研究』第三号

原題「昭和初年頃の中原中也と「生活」」

Ⅱ　生活と読書

未発表

終章　規則正しい生活

未発表

付

「芸術論覚え書」について

二〇〇九年三月、『京都ノートルダム女子大学研究紀要』第三九号

原題「中原中也「芸術論覚え書」について」

なお本書を刊行するにあたり、二〇一〇年度京都ノートルダム女子大学研究助成プロジェクトの助成を得ることができた。ここに御礼を申し上げる。

また出版にあたり、笠間書院社長池田つや子氏、編集長橋本孝氏をはじめ社員諸氏には多方面で尽力をいただき、良い本に仕上げていただいた。厚く感謝の意を表したい。

＊本文および注に引用しなかったもののうち主要な参考文献を左にあげる。

北川透『中原中也の世界』（紀伊国屋新書、一九六八・四）
中原思郎『兄中原中也と祖先たち』（審美社、一九七〇・七）
中村稔編『中原中也研究』（書肆ユリイカ、一九七一・四）
青木建『内なる中原中也』（麦書房、一九七二・七）
中村稔『言葉なき歌——中原中也論』（角川書店、一九七三・一）
中原フク述・村上護編『私の上に降る雪は——わが中原中也を語る』（講談社、一九七三・一〇）
小川和佑編『中原中也研究』（教育出版センター、一九七五・六）
大岡昇平・中村稔・吉田凞生編『中原中也研究』（青土社、一九七五・六）
深草獅子郎『わが隣人中原中也』（麦書房、一九七五・一二）
中原呉郎『海の旅路——中也・山頭火のこと他』（昭和出版、一九七六・六）
北川透『中原中也わが展開——天使と子供』（国文社、一九七七・五）
吉田凞生編『中原中也の世界』（冬樹社、一九七八・四）
村上護『文壇資料　四谷花園アパート』（講談社、一九七八・九）

中原中也年譜

一九〇七年（明治四〇）　〇歳

四月二九日、山口県吉敷《よしき》郡山口町大字下宇野令《しもうのりょう》村第三百四〇番屋敷（現山口市湯田温泉一丁目一一番地二三号）に生まれる。父謙助三〇歳、母フク二七歳の長男。謙助は当時旅順に陸軍軍医として赴任していた。フクは中也の祖父中原政熊の養女。政熊に子がなかったため、亡兄の娘フクが養女とされ、後に謙助が婿に迎えられた。政熊は湯田医院を営み、妻コマとともにカトリック教徒。結婚当初、謙助は中原姓を名のらず、野村姓、ほどなく柏村姓となった。一一月、フクと共に旅順へ。以後、謙助の転任に従い家族は山口、広島、金沢、山口と移った。一九一〇年一〇月に広島で亜郎《あろう》、一九一一年一〇月に三男恰三《こうぞう》、一九一三年一〇月に金沢で四男思郎《しろう》、一九一六年七月に山口で五男呉郎《ごろう》、一九一八年二月に六男拾郎《じゅうろう》が生まれた。

一九〇九年（明治四二）　二歳

二月、謙助、単身で広島へ赴任。三月、フクと共に広島へ。「其の年の暮の頃よりのこと大概記憶す」（草稿「〔履歴書〕」）

一九一二年（明治四五・大正元）　五歳

九月、謙助と共に一家は金沢へ移転。「住んでゐたのは野田寺町の照月寺（字は違つてゐるかも知れない）の真ん前、犀川に臨む庭に、大きい松の樹のある家であった。」（「金沢の思ひ出」）

同年代の動き

一九〇七年（明治四〇）

2　柳田国男・田山花袋・長谷川天渓・島崎藤村ら、イプセン会を結成　3　森鷗外らが観潮楼歌会を開催　4　幸徳秋水『平民主義』（発禁）

夏目漱石が東京帝国大学を辞職、朝日新聞社に入社　5　夏目漱石『文学論』　9　田山花袋「蒲団」　川路柳虹の口語自由詩「塵塚《はきだめ》」が『詩人』に掲載される　10　小山内薫主催『新思潮』（第一次）創刊

一九〇九年（明治四二）

1　『スバル』創刊　3　北原白秋『邪宗門』

9　三木露風『廃園』

一九一二年（大正元）

3　厨川白村『近代文学十講』　6　石川啄木『悲しき玩具』　高村光太郎「センチメンタリズムの魔力」

一九一三年（大正二）　六歳
四月、北陸女学校附属第一幼稚園に入園。「幼稚園は兼六公園の傍の北陸幼稚園であつた。行きも帰りも犀川橋を渡らなければならなかつた。」（「金沢の思ひ出」）

一九一四年（大正三）　七歳
三月、謙助が朝鮮に転任。中也は母弟とともに山口に帰る。四月、下宇野令《しもうのりょう》尋常高等小学校に入学。同級生が唱歌や遊戯を知らないことに不平を言った。（中原フク『私の上に降る雪は』）

一九一五年（大正四）　八歳
一月、弟亜郎病没。この年の初めか終わりの寒い朝に、亡弟を歌ったのが最初の詩作だという（「詩的履歴書」）。一〇月、謙助が養子縁組をして中原姓となり、中也ら家族も柏村姓を改める。

一九一六年（大正五）　九歳
「中也の習字作品は、（中略）小学校一年生のものから（中略）各学年別に並べてみると進歩のあとが歴然と分る。」（中原思郎『兄中原中也と祖先たち』）

一九一七年（大正六）　一〇歳
四月、謙助が予備役編人となり、中原家の家業（当時「湯田医院」、後「中原医院」）

一九一三年（大正二）
4　永井荷風『珊瑚集』　10　岩野泡鳴訳アーサー・シモンズ『表象派の文学運動』

一九一四年（大正三）
3　有本芳水『芳水詩集』　4　阿部次郎『三太郎の日記』　10　高村光太郎『道程』　12　辻潤訳ロンブロゾオ『天才論』

一九一五年（大正四）
3　萩原朔太郎、室生犀星、山村暮鳥「人魚詩社」より『卓上噴水』発刊　7　柳沢健「輓近の詩壇を論ず」　12　山村暮鳥『聖三稜玻璃』

一九一六年（大正五）
2　チューリッヒダダ「カバレー・ヴォルテール」結成　6　若山牧水『朝の歌』

一九一七年（大正六）
2　萩原朔太郎『月に吠える』　5　萩原朔太

を継ぐ。山口ではあまり外出が許されず、謙助が開業後は、父に許しを得るように命じられた。（中原フク『私の上に降る雪は』）

一九一八年（大正七）　**一一歳**

五月、教師の勧めで山口師範附属小学校に転校。教生の後藤信一が有本芳水の詩を朗読した場で、参観していた女性教師が涙を流すの見て驚嘆した。「大正七年、詩の好きな教生に遇ふ。恩師なり。」（「詩的履歴書」）

一九一九年（大正八）　**一二歳**

この頃、新体詩を制作して友人に見せていた。また、作文が得意だった。「一九一九・一二・六」の日付のある「初冬の北庭」が現存。受験勉強に取り組むが、地理、歴史、理科が苦手だった。

一九二〇年（大正九）　**一三歳**

二月、『婦人画報』『防長新聞』に短歌が入選。以後一九二三年まで『防長新聞』に投稿を続け、八十余首が入選し掲載された。四月、山口中学校に一九三名中一二番の成績で入学。入学後勉学意欲がなくなり、読書に熱中するようになる。七月、学期末の成績が悪く席次が落ちる。一二月、成績を五〇番に挽回する。

郎「三木露風一派の詩を追放せよ」　6　佐藤春夫「病める薔薇」　11　川路柳虹らが主唱し詩話会結成　12　日夏耿之介『転身の頌』

一九一八年（大正七）

1　『民衆』創刊　7　『赤い鳥』創刊　9　室生犀星『抒情小曲集』　生田春月『新しき詩の作り方』　11　武者小路実篤ら「新しき村」を建設

一九一九年（大正八）

1　堀口大學『月光とピエロ』　2　生田春月訳『ハイネ詩集』　4　室生犀星『新しい詩とその作り方』　9　川路柳虹訳『ヴェルレーヌ詩集』

一九二〇年（大正九）

8　『万朝報』に掲載された若月紫蘭「享楽主義の最新芸術」がダダイズムを紹介　9　豊島与志雄訳ロマン・ロラン『ジャン・クリストフ』

一九二一年（大正一〇）　一四歳

四月に、山口高等学校理科に入学し中原家に寄寓した井尻民男が家庭教師となるが、成績は回復せず、七月、学期末の席次が一二〇番まで下がる。本代がもらえず、書店で立ち読みをする。謙助に日課のように勉強することを約束させられる。五月、祖父政熊死去、六七歳。夏休みに謙助に命じられ「中原家累代之墓」および「中原政熊夫婦之墓」の碑銘を書く（「中原家累代之墓」は一九二九年、父謙助の一周忌に建てられた）。

一九二二年（大正一一）　一五歳

四月、井尻民男が京都帝国大学理学部に入学、井尻の紹介で山口高等学校文科の村重正夫が家庭教師の後任となる。短歌を作る村重と文学の話をして、勉強が疎かになった。合同歌集『末黒野《すぐろの》』を刊行。「温泉集」と題し二八首を収録。

一九二三年（大正一二）　一六歳

三月、山口中学落第。四月、京都の立命館中学第三学年に編入。秋、高橋新吉『ダダイスト新吉の詩』を読む。冬、永井叔の紹介で、劇団「表現座」の女優、長谷川泰子を知る。この頃、小説「その頃の生活」「分らないもの」。

一九二一年（大正一〇）

2『種蒔く人』創刊　3倉田百三『愛と認識の出発』　6日夏耿之介『黒衣聖母』　7佐藤春夫『殉情詩集』　8大杉栄『正義を求むる心』・11有島武郎訳『ホイットマン詩集』　12平林初之輔「唯物史観と文学」　平戸廉吉『日本未来派宣言運動』を街頭撒布

一九二二年（大正一一）

1出隆『哲学以前』　4高橋新吉「倦怠」　6辻潤『浮浪漫語』　大杉栄・伊藤野枝『二人の革命家』　7高橋新吉「断言はダダイスト」

一九二三年（大正一二）

1『上田敏詩集』（玄文社）　2高橋新吉『ダダイスト新吉の詩』　5西條八十『新しい詩の味ひ方』　9関東大震災が起る

一九二四年（大正一三）　一七歳

四月、長谷川泰子と同棲。春、立命館中学講師冨倉徳次郎の紹介で、正岡忠三郎を知る。七月、正岡の紹介で京都を訪れた富永太郎を知る。富永からフランス象徴派の詩を学ぶ。秋、「詩の宣言」を執筆（「詩的履歴書」）。この年、「春の夕暮」（後、「春の日の夕暮」と改題）や「頁頁頁」など「ノート1924」に書かれたダダイズムの詩や、小説「耕二のこと」などを執筆。

一九二五年（大正一四）　一八歳

二月、正岡宛の書簡に「ダダイスト中也」の署名で「退屈の中の肉親的恐怖」を書く。三月、長谷川泰子とともに上京。戸塚に下宿。早稲田大学予科、日本大学予科を受験する予定だったが、受験日に遅刻するなどして受けなかった。その後、東京で予備校に通う許可を得るため帰省。四月、富永太郎の紹介で小林秀雄を知る。五月、小林の近く、高円寺に転居。一〇月「秋の愁嘆」。一一月、富永太郎病没、二四歳。同月、泰子、小林のもとへ去る。中也は中野に転居。その後も中也・小林・泰子の「奇怪な三角関係」（小林秀雄）は続く。この年末か翌年初めに宮沢賢治『春と修羅』を入手する。この頃、「或る心の一季節」、評論「地上組織」。

一九二六年（大正一五・昭和元）　一九歳

二月「むなしさ」。四月、日本大学予科文科に入学。五月「朝の歌」。「七月頃小林に見せる。それが東京に来て詩を人に見せる最初。つまり「朝の歌」にてほゞ方針

一九二四年（大正一三）

4　宮沢賢治『春と修羅』　9　白鳥省吾『現代詩の研究』　鈴木信太郎『近代仏蘭西象徴詩抄』　10　富永太郎「秋の愁嘆」　12　『山繭』創刊、富永太郎「秋の悲嘆」などが掲載される

一九二五年（大正一四）

1　北川冬彦『三半規管喪失』　『青空』創刊、梶井基次郎「檸檬」などが掲載される　富永太郎「鳥獣剝製所」　4　『銅鑼』創刊　7　三木露風『詩歌の道』　8　八木重吉『秋の瞳』　萩原朔太郎『純情小曲集』　9　堀口大學『月下の一群』　10　萩原恭次郎『死刑宣告』

一九二六年（大正一五・昭和元）

1　葉山嘉樹「セメント樽の中の手紙」　5　倉田百三編集発行『生活者』創刊　10　『仏蘭

立つ。」(「詩的履歴書」)九月、家に無断で日大退学。その後、アテネ・フランセに通う。一一月「夭折した富永」を『山繭』に発表。一二月七日、書簡で小林に「人生斫断家アルチュル・ランボオ」の感想を述べ、小林の志賀直哉観に反論する。この年、「臨終」を書く。

一九二七年(昭和二)　二〇歳

一月、一九二七年日記(「新文芸日記(精神哲学の巻)」)の記録を始める。多数の読書記録が残る。春、河上徹太郎を知る。八月「無題(疲れた魂と心の上に)」。九月に辻潤、一〇月に高橋新吉を訪問。その後、高橋と共に佐藤春夫を訪問。一一月、河上の紹介で作曲家諸井三郎を知り、音楽団体「スルヤ」との交流始まる。この頃、「地極の天使」。この年、「小詩論　小林秀雄に」を執筆。「ノート小年時」の使用を開始。第一詩集を計画。

一九二八年(昭和三)　二一歳

一月、「幼なかりし日」。同月、スルヤ同人の作曲家内海誓一郎を知る。三月、小林秀雄の紹介で大岡昇平を知る。五月、「スルヤ」第二回発表会で「臨終」「朝の歌」(諸井三郎作曲)を発表。同月、父謙助病没、五二歳。喪主だったが、母フクの意向に従い帰省しなかった。同月、小林は長谷川泰子と別れ、奈良へ去る。泰子はその後もたびたび中也と会うが、再び同居することはなかった。同月、阿部六郎を知る。九月、大岡昇平の紹介により安原喜弘を知る。同月、下高井戸に転居。関口隆克、石田五郎と共同生活。一〇月評論「生と歌」発表。一二月「女よ」を書く。

西文学研究』創刊、小林秀雄「人生斫断家アルチュル・ランボオ」が掲載される　11　堀口大学『空しき花束』　佐藤春夫『退屈読本』

一九二七年(昭和二)

1　百田宗治『詩の本』　3　萩原恭次郎「詩壇プロレ派第一警鐘」　茅野蕭々『リルケ詩抄』　7　芥川龍之介が自殺する　9　小林秀雄「芥川龍之介の美神と宿命」　11　小林秀雄「「悪の華」一面」

一九二八年(昭和三)

2　『文芸都市』創刊　3　共産党員の全国的大検挙(3・15事件)　全日本無産者芸術連盟(ナップ)結成　5　『戦旗』創刊、蔵原惟人「プロレタリヤ・レアリズムへの道」など掲載　6　中野重治「いはゆる芸術大衆化論の誤りについて」　9　『詩と詩論』創刊　12　萩原朔太郎『詩の原理』

一九二九年（昭和四）　二二歳

一月「幼年囚の歌」。同月、阿部六郎の近く、渋谷に転居。四月、河上徹太郎・阿部六郎・安原喜弘・古谷綱武・大岡昇平らと同人誌『白痴群』を創刊。翌年六月発行の六号で廃刊になるまで「寒い夜の自我像」「修羅街挽歌」「妹よ」など、後に『山羊の歌』に収録される二十余篇を発表。七月、古谷綱武の紹介で彫刻家高田博厚を知る。高田のアトリエの近く、中高井戸に移転。高田の紹介で『生活者』九月号に、「都会の夏の夜」「逝く夏の歌」「悲しき朝」「黄昏」「夏の夜」「春」「月」、続いて一〇月号に「秋の夜空」「港市の秋」「春の思ひ出」「朝の歌」「春の夜」「無題」（後、「サーカス」と改題）を掲載。これらもほとんどが『山羊の歌』「初期詩篇」に収録された。この年から、ヴェルレーヌ「トリスタン・コルビエール」（『社会及国家』一一月号）など、翻訳の発表始まる。

一九三〇年（昭和五）　二三歳

四月、「失せし希望」を『白痴群』に発表。この号で『白痴群』廃刊。「以後雌伏。」（「詩的履歴書」）五月、「スルヤ」第五回発表会で「帰郷」「失せし希望」（内海信一郎作曲）「老いたる者をして」（諸井三郎作曲）が歌われる。九月、内海信一郎の近く、代々木に転居。中央大学予科に編入学。フランス行きの手段として外務書記生を志し、東京外国語学校入学の資格を得ようとしたためだった。秋、吉田秀和を知る。一二月、長谷川泰子、築地小劇場の演出家山川幸世の子茂樹を生む。中也が名付け親となった。この頃から「早大ノート」の使用が始まる。

一九二九年（昭和四）

1　日夏耿之介『明治大正詩史』上巻（下巻は11月）　2　日本プロレタリア作家同盟結成　3　春山行夫「無詩学時代の批評的決算」　4　大岡昇平が京都帝国大学仏文科に入学　安西冬衛『軍艦茉莉』　5—6　小林多喜二「蟹工船」　8　宮本顕治「敗北の文学」　9　小林秀雄「様々なる意匠」　10　世界恐慌がはじまる　『文学』創刊　11　西脇順三郎『超現実主義詩論』　12　小林秀雄「志賀直哉」

一九三〇年（昭和五）

2　日本共産党全国的大検挙　3　新興芸術派倶楽部結成　4　小林秀雄が「文芸時評」の連載を『文芸春秋』で始める　5　『作品』創刊　6　『詩・現実』創刊　10　小林秀雄訳ランボー『地獄の季節』　12　三好達治『測量船』

一九三一年（昭和六）　二四歳

この年から翌七年まで詩作が減る。二月、「羊の歌」を作り安原喜弘に贈る。高田博厚渡仏。長谷川泰子とともに東京駅で見送る。四月、東京外国語学校専修科仏語に入学。五月、青山二郎と竹田鎌二郎を知る。七月、千駄ケ谷に移転。九月、弟恰三病没、一九歳。葬儀のため帰省。冬、高森文夫を知る。

一九三二年（昭和七）　二五歳

二月「憔悴」。四月、『山羊の歌』の編集を始める。六月頃から自宅でフランス語の個人教授を始める。六月、『山羊の歌』予約募集の通知を出し、一〇名程度の申し込みがあった。七月に第二回の予約募集を行うが結果は変わらず。八月、馬込町北千束の高森文夫の伯母の家に移転。高森と同居。九月、祖母スヱ（フクの実母）没、七四歳。母から援助された三〇〇円で『山羊の歌』の印刷を始めるが、本文の印刷だけで資金が続かず、印刷した本文と紙型を安原喜弘に預ける。この頃、「頭をボーズにしてやらう」。一〇月、吉田一穂を訪ねる。秋、神経衰弱となり、年末、高森の伯母が心配してフクに手紙を送った。

一九三三年（昭和八）　二六歳

三月、東京外国語学校専修科修了。四月、『山羊の歌』を芝書店に持ち込むが断られる。五月、牧野信一、坂口安吾の紹介で同人雑誌『紀元』に加わる。六月、「春の日の夕暮」を『半仙戯』に発表。同誌に翻訳などの発表続く。七月、「帰郷」他

一九三一年（昭和六）

2　『詩と散文』創刊　5　『青い馬』創刊　9　満州事変勃発　11　ナップ解散、日本プロレタリア文化同盟（コップ）結成　小林秀雄訳・あるちゅる・らんぼお『酩酊船』

一九三二年（昭和七）

1　上海事変が起る　『プロレタリア文学』創刊　3　コップの大弾圧、四〇〇名が検挙される　『コギト』創刊　4　小林秀雄訳ヴァレリー『テスト氏I』　5　五・一五事件が起る　9　小林秀雄「Xへの手紙」　河上徹太郎『自然と純粋』　11　中島健蔵・佐藤正彰訳ヴァレリー『ヴァリエテ』　12　丸山薫『帆・ランプ・鷗』

一九三三年（昭和八）

1　木村毅訳『アミエルの日記』　2　小林多喜二、拷問を受け死亡　4　岩波書店より『文学』創刊　5　季刊『四季』創刊　6　阿部六

二篇を『四季』に発表。同月、読売新聞の懸賞小唄「東京祭」に応募したが落選。九月頃、江川書房から『山羊の歌』を刊行する予定だったが実現しなかった。同月、『紀元』創刊号に「凄じき黄昏」「秋」、一〇月号に「夏の日の歌」を発表。以降定期的に詩、翻訳を同誌に載せる。一二月、上野孝子と結婚。四谷の花園アパートに新居を構える。同アパートには青山二郎が住んでいた。月約一〇〇円の送金を受ける。青山の部屋には小林秀雄・河上徹太郎ら文学仲間が集まり、「青山学院」と称された。同月、三笠書房から『ランボオ詩集《学校時代の詩》』を刊行。

一九三四年（昭和九）　二七歳

この年も『紀元』『半仙戯』へ詩の発表が続く。『四季』『鷭』『日本歌人』などにも多数発表。二月「ピチベの哲学」、六月「臨終」「骨」などを発表。五月、一九三四―三六年日記（「日記（雑記帖）」）の記録を始める。一九三六年一二月まで。九月、建設社の依頼でランボーの韻文詩の翻訳を始める。同社による『ランボオ全集』全三巻（第一巻　詩　中原中也訳、第二巻　散文　小林秀雄訳、第三巻　書翰　三好達治訳）の出版企画があったためである。中也は暮れに帰省し、翌年三月末上京するまで山口で翻訳を続けたが、この企画は実現しなかった。一〇月一八日、長男文也誕生。この頃、草野心平ら『歴程』同人の催した朗読会で「サーカス」を朗読。一二月、高村光太郎の装幀で文圃堂より『山羊の歌』刊行。この頃、檀一雄の紹介で太宰治を知る。この年または翌年、評論「芸術論覚え書」を執筆。

郎「シェストフ覚書」　7　小林秀雄訳『アルチュルランボオ詩集』　9　宮澤賢治没する　西脇順三郎『Ambarvalia』　10　『文学界』創刊　『行動』創刊　『季刊明治大学』創刊　11　『文藝』創刊　岩佐東一郎『神話』

一九三四年（昭和九）

1　河上徹太郎・阿部六郎訳シェストフ『悲劇の哲学』　2　『詩精神』創刊　3　文芸懇話会結成　坂口安吾「神童でなかったラムボオの詩――中原中也訳『学校時代の詩』について」　4　『鷭』創刊　坂本越郎『暮春詩集』　5　萩原朔太郎『氷島』　7　三木清『人間学的文学論』　8　小林秀雄「中原中也の『骨』」　10　第二次『四季』創刊　12　『青い花』創刊

一九三五年（昭和一〇）　二八歳

この年、『四季』『日本歌人』『文学界』『歴程』などに、詩・翻訳など多数発表。三月「むなしさ」、五月「北の海」、六月「この小児」など発表。一月、「詩人座談会」に参加し『詩精神』に掲載される。二月、祖母コマ没、七二歳。「頑是ない歌」を『文芸汎論』に発表。評論「近頃芸術の不振を論ず」を執筆。六月、日本歌曲新作発表会で「妹よ」「春と赤ン坊」（諸井三郎作曲）が歌われた。同月、市谷に転居。高森文夫の弟、淳夫と同居。一一月、「妹よ」（諸井三郎作曲）がＪＯＢＫで放送された。一二月、『四季』同人となる。

一九三六年（昭和一一）　二九歳

『四季』『文学界』『改造』『紀元』などに詩・翻訳を多数発表。一月「含羞」、六月「六月の雨」（「文学界賞」佳作第一席）、七月「曇天」などを発表。六月、山本文庫『ランボオ詩抄』刊行。同月、「道化の臨終（Etude Dadaistique）」を書く。七月、東京詩人クラブに加入。八月、評論「我が詩観」（「詩的履歴書」を含む）を執筆。秋、親戚の中原岩三郎の斡旋で日本放送協会入社の話があり面接を受ける。一一月一〇日、文也死去。一二月一一日、評論「詩壇への願ひ」を執筆。一二月一五日、次男愛雅《よしまさ》生まれる。一二月二一日、評論「詩壇への抱負」を『都新聞』に発表。年末、神経衰弱が昂じる。

一九三五年（昭和一〇）

1　『文芸春秋』誌上で、芥川賞・直木賞の設立を発表　小林秀雄「中原中也の『山羊の歌』」　3　『日本浪漫派』創刊　『詩行動』創刊　日夏耿之介訳ポオ『大鴉』　5　『歴程』創刊　小林秀雄「私小説論」　11　日本ペンクラブ結成

一九三六年（昭和一一）

1　『文芸懇話会』創刊　『詩人』創刊　2　二・二六事件　3　『人民文庫』創刊　北園克衛『鯤』　5　桑原武夫訳スタンダール『カストロの尼』　6　小林秀雄「文学者の思想と実生活」　太宰治『晩年』　7　堀口大學訳フィリップ『獅子狩』　12　大手拓次『藍色の蟇』　堀辰雄『風立ちぬ』

一九三七年（昭和一二）　三〇歳

一月九日、千葉市千葉寺の中村古峡療養所に入院。二月一五日、退院。この間の記録「療養日誌」「千葉寺雑記」が残る。同二七日、鎌倉の寿福寺境内に転居。「ボン・マルシェ日記」の記録を始める。同月「また来ん春……」、四月「冬の長門峡」、五月「春日狂想」を発表。七月頃、帰郷の意志を友人らに告げる。九月、野田書房から『ランボオ詩集』を出版。同月、関西日仏学館に入会を申し込む。同月、『在りし日の歌』を編集し原稿を清書。小林秀雄に託す。一〇月、結核性脳膜炎を発病。同六日鎌倉養生院に入院。同二二日死去。同二四日、寿福寺で告別式。戒名は放光院賢空文心居士。郷里山口市吉敷の経塚墓地にある「中原家累代之墓」に葬られる。

一九三七年（昭和一二）

1　『新女苑』創刊　山本有三「路傍の石」

4　横光利一「旅愁」　永井荷風「濹東綺譚」

5　『新領土』創刊　立原道造『萱草に寄す』

中野重治「汽車の罐焚き」　7　盧溝橋事件が起り、日中戦争が始まる　8　金子光晴『鮫』

山内義雄訳ブールジェ『弟子』　9　萩原朔太郎『無からの抗争』　12　『文学界』中原中也追悼号

＊本年譜は、中原中也の伝記を網羅したものではなく、本書の内容に関係ある事項を要約、略記したものである。

＊作成にあたっては、吉田凞生・中村稔「作品・伝記年表」（『六巻本全集　別巻』）、加藤邦彦「中原中也年譜」（『新編全集　別巻（上）』）、『近代日本総合年表　第三版』（岩波書店、一九九一・二）などを参照した。

長沼光彦（ながぬま　みつひこ）
1963年新潟県生まれ。
東京都立大学大学院人文科学研究科博士課程単位取得退学。博士（文学）。
現在、京都ノートルダム女子大学准教授。

中原中也《なかはらちゅうや》の時代

2011年2月25日　初版第1刷発行

著者　長沼光彦

装幀　椿屋事務所

発行者　池田つや子

発行所　有限会社　笠間書院

東京都千代田区猿楽町2-2-3［〒101-0064］

NDC分類：914.6　電話　03-3295-1331　Fax　03-3294-0996

ISBN4-305-70530-3

印刷／製本：モリモト印刷
（本文用紙・中性紙使用）